John Casey
Der Traum des Dick Pierce

JOHN CASEY

DER TRAUM DES DICK PIERCE

Roman

Aus dem Amerikanischen
von Peter Hiess

ZSOLNAY

Die Originalausgabe erschien 1989 unter dem Titel
Spartina bei Alfred A. Knopf, New York

Deutsche Erstausgabe
1. Auflage
Ⓟ 1989 by John Casey
© der deutschen Übersetzung 1992 by
Paul Zsolnay Verlag Gesellschaft m. b. H., Wien
Alle deutschen Rechte vorbehalten

Textbearbeitung: Edith Walter
Umschlaggestaltung: Network! München
Umschlagillustration: Susanne Straßmann
Gesetzt aus der Bembo bei Theissdruck, Wolfsberg
Druck und Bindung: Ebner Ulm
Printed in Germany 1992

CIP-Titelaufnahme der Deutschen Bibliothek
Casey, John:
Der Traum des Dick Pierce: Roman / John Casey.
Aus d. Amerikan. v. Peter Hiess und Edith Walter. –
Wien: Zsolnay, 1992
Einheitssacht.: Spartina ‹dt.›
ISBN 3-552-04400-0

Dick Pierce hievte das Köderfaß vom Landungssteg in seinen Arbeitskahn. Er legte ab und begann den Pierce Creek flußabwärts zu wriggen. Die Boote, die er baute, hatten am Heck eine Riemendollenbuchse. Den meisten Käufern mußte er erklären, wozu sie da war. Aber er mußte wriggen können. So weit oben war der Fluß zu schmal, zum Rudern und außer bei Flut auch zu seicht für den Außenbordmotor.

Er ließ sein Boot eine Weile mit dem ablaufenden Wasser treiben. Ein Spinnenfaden zerriß an seiner Stirn. Vom Wasser stieg leichter Dunst auf, der sich aber auflöste, sobald er über die schwarzen Ufer hinausgelangt war. Dick liebte die Salzmarsch. Unter dem Salzgras war schwarze Erde, fruchtbarer zwar als jedes Ackerland, aber wegen des Salzgehalts für Farmer unbrauchbar. Nur Salzgras konnte in diesem salzigen Überschwemmungsgebiet gedeihen. Es verschloß sich einfach gegen das Salz und trank das Wasser. Schlaues Gras. Sollte er es jemals schaffen, sein großes Boot zu bauen, könnte er es „Spartina" – das hieß „Salzgras" – taufen, obwohl er es eigentlich nach seiner Frau nennen wollte.

Schöne Frühsommertage wie diesen begann er immer in einer Stimmung, die so ruhig und hell wie die Wasseroberfläche war. Alles um ihn herum schimmerte silbern und rosig – der Tau, die Spinnennetze, die Dunstwölkchen, ja sogar die feuchten Rücken der Dünen des Strandwalls, der die Salzweiher, die Marschen und die Flüßchen vom Meer trennte.

An der Stelle, wo der Pierce sich mit dem Sawtooth Creek vereinte, kippte Dick den Außenbordmotor hinunter und warf ihn an. Von hier aus konnte er bereits die Mündung ins Meer und dahinter einen blassen Streifen Horizont sehen. Das Boot hob sich mühelos aus dem Wasser. Achtzehn Fuß lang, aber leicht wie ein Sechzehn-Fuß-Boot und fast ebenso schmal, innen aber genauso geräumig wie größere Boote, weil er es nicht mit Kniestücken und Ruderbänken vollgestopft hatte. Es hatte einen ungewöhnlich hohen Vorsteven, und bei ruhiger See dachte er sich nichts dabei, auch weiter hinauszufahren. Nur eines konnte er mit dem Boot nicht: in größerer Entfernung von der Küste ein tiefgehendes Schleppnetz mit Hummerfallen ziehen. Leider hielten sich im Sommer genau dort die meisten Hummer auf. Er wagte sich gerade noch etwas mehr als zwanzig Meilen hinaus, aber davon hatte er gar nichts, solange er nicht die Maschinen besaß, die auch nur ein einziges Netz mit schweren Fallen und Warptauen schleppen konnten. Als er Sawtooth Island passierte, drosselte Dick den Motor und brachte das Boot in Position, um die Brandung zu durchfahren. Auf der langen Sandbank vor der Mündung konnte er schon die Brandungslinie erkennen. Er schlüpfte durch und drehte hart nach Steuerbord, um dem Gezeitenkanal zu folgen, der um den Sand herumführte. Dann steuerte er wieder nach Backbord, fühlte, wie bei der Kursänderung Kimm und Ruderhacken zu einer einzigen Linie wurden, und schon ging's hinaus in die spiegelglatte Dünung; trotz all seiner Probleme war sein Boot frei von Sünde, und die Freundlichkeit seines Bootes stimmte auch ihn freundlicher.

Er war schon etwas schlechter aufgelegt, als er zehn Hummerfallen aus dem Wasser gezogen hatte, von denen acht nur Abfall enthielten – Spinnenkrabben und Wellhornschnecken. Einen fetten, zwei Pfund schweren Tautog behielt er als Köder. Nachdem er noch ein paar leere Fallen eingeholt hatte, begann er den Fisch allerdings eher als Abendessen zu betrachten. Jetzt wurde es etwas besser – drei kleine zum Aufheben und einer, bei dem er nicht ganz sicher war. Er hielt ihn neben den Zollstab und warf ihn dann zurück. Fünf von zwanzig. Im August würde er sich mit einem solchen Tag abfinden, aber nicht Anfang Juni. Er aß die Hälfte seines Käsebrots und trank heißen Milchkaffee aus seiner Thermoskanne. Er überlegte, ob es Sinn hätte, einige Hummerkörbe in eine tiefere Bucht zu bringen. Die war allerdings ein paar Kilometer entfernt, und es war möglich, daß dort schon jemand anders seine Fallen ausgesetzt hatte. Außerdem trieben sich in dieser Bucht mehr Sportfischer herum, die sich nicht scheuen, Hummerfallen zu leeren, wenn die Barsche nicht beißen wollten.

Zwei hatte Dick einmal erwischt. Er hatte die Klippe in dem Augenblick umrundet, als sie seine Falle gerade über Bord warfen. Ein Collegestudent und seine Freundin in einem Luxus-Boston Whaler aus weißem Fiberglas, mit weißen Scheuerleisten aus Vinyl und Angelhaltern aus Chrom. Dick war längsseits gegangen und – bewaffnet mit seinem sechszackigen Bootshaken – in ihr Boot gesprungen. Ein Schlag mit dem Bootshaken auf die Außenbordmotor-Verkleidung der jungen Leute, und der Kunststoff war geplatzt.

„Wenn ich dich noch einmal bei einer meiner Fallen sehe", sagte Dick, „ramme ich dir das Ding durch deine verdammte Hand."

„Ich wollte sie mir nur ansehen", sagte der Bursche.

Und das Mädchen sagte: „Sie sind wahnsinnig."

Dick stieg wieder in sein Boot. Das Mädchen schrieb sich Dicks Bootsnummer auf, warf den Motor an und tuckerte davon.

Wie sich später herausstellte, gehörte das Boot dem Mädchen. Ihr Vater schickte Dick eine Rechnung für die Motor-Verkleidung. Dick sandte sie ihm mit einer kurzen Notiz zurück: „Ihre Tochter und ihr Freund haben eine meiner Fallen eingeholt. Das nennt man Diebstahl."

Der Vater rief ihn an. Das war damals, als Dick noch ein Telefon hatte.

„Mr. Pierce, meine Tochter hat mir versichert, sie und ihr Freund hätten nichts gestohlen. Ist das richtig?"

„Sie haben meinen Hummerkorb eingeholt", antwortete Dick.

„Schon möglich, aber gestohlen haben sie nichts. Sie haben sie bedroht. Wenn das noch einmal vorkommt, bringe ich Sie wegen Angriffs mit einer tödlichen Waffe vor Gericht."

„Geh zum Teufel", sagte Dick.

Der Vater redete immer noch, als Dick auflegte.

Einige Zeit später besuchte Dick auf seiner jährlichen Bankenrunde auch Westerly. Als er auf den Kredit-Sachbearbeiter wartete, sprach ihn ein Mann an: „Mr. Pierce?"

„Ja", sagte Dick und stand auf.

„Mr. Pierce", sagte der Mann, und Dick erkannte die Stimme wieder. „Ich habe mir Ihren Kreditantrag angesehen. Kommen Sie bitte in mein Büro..."

Dick dachte an seinen Antrag. An die Liste seiner bisherigen Jobs, die Crews, bei denen er gekündigt hatte und an die eine, aus der man ihn entlassen hatte. Sein Haus. Seine Hypothek. Seine Frau, die im Akkord Krabben sortierte. Sein armseliges Einkommen als Hummer- und Venusmuschelfischer. Der Kleinlaster, für den er immer noch Raten zahlte. Seine Behauptung, sein halbfertiges großes Boot sei vierzigtausend wert. Seine elektrischen Werkzeuge...

Dick sagte: „Geben Sie mir den Antrag zurück."

„Heißt das, Sie ziehen Ihren Antrag zurück?" fragte der Mann.

„Ja", erwiderte Dick.

Der Mann schickte eine Sekretärin mit dem Formular zu ihm hinaus. Dick setzte seine Runde fort: zur Hospital Trust und zur Old Stone Bank, Columbus. Keine Chance. Bei der Rhode Island Federal Savings & Loan war eine Frau für die Kredite zuständig. Sie riet ihm, einen Bürgen zu finden. In diesem Fall würden sie in Erwägung ziehen, ihm die Hälfte des Betrags zu geben, um den er gebeten hatte. Zinssatz: siebzehneinhalb Prozent. Bei zehntausend Dollar waren das siebzehnhundertfünfzig. Das konnte er nur schaffen, wenn er ein Boot für jemand anders baute. Und wenn er ein Boot für jemand anders baute, würde sein eigenes wieder nicht fertig werden.

„Sie sind eine vierköpfige Familie", sagte die Frau. „Wenn Sie Ihr Werkzeug und Ihren Arbeitsplatz steuerlich abschrieben – Sie arbeiten doch zu Hause, nicht wahr? –, hätten Sie Anspruch auf bestimmte Unterstützungen für Ihre Familie..."

„Sozialhilfe?" sagte Dick.

Die Frau holte tief Luft und meinte: „Ja."

Dick war ihr nicht böse. Wäre sie eine dieser Schicken, Jungen, Selbstbewußten gewesen, die ihre Beine immer mit dem leisen Reiben von Nylon an Nylon kreuzten, wenn sie sich vorbeugten, dann wäre er wahrscheinlich in die Luft gegangen. Aber diese Frau war sich ihrer selbst nicht sehr sicher und versuchte nur, freundlich zu sein. Ihre billige marineblaue Kostümjacke, die zerknitterten Rüschen ihrer Bluse, die Art, wie sie nervös an dem ausgefransten Lederrand ihrer Schreibunterlage zupfte – all das

8

wirkte verlegen und nett. „Mir ist klar, daß Sie mir helfen wollen", sagte Dick. Die Frau setzte zum Sprechen an, aber Dick redete weiter: „Soviel ich weiß, kommen die Typen von der Sozialhilfe zu Inspektionen ins Haus. Ich habe soeben vier Banken mehr über mein Leben erzählt, als mir recht ist. Außerdem habe ich im Hof ein halbfertiges Fischerboot stehen. Und damit meine ich kein kleines Dingi. Die Länge beträgt mehr als fünfzig Fuß insgesamt, die Breite achtzehn Fuß. Das Ding ist fast so groß wie mein Haus. Die von der Fürsorge würden sofort sehen, daß es mehrere tausend Dollar wert ist. Allein das Holz und die Beschläge. Schon im halbfertigen Zustand ist es mehr wert, als die Sozialhilfe erlaubt. Aber ich kann die Bankleute einfach nicht überreden, es sich anzusehen. Ich werde auch Sie nicht dazu bringen, jemanden, der sich mit Booten halbwegs auskennt, um ein Urteil darüber zu bitten, ob mein Boot nicht jetzt schon mehr wert ist, als ich mir bei Ihnen ausleihen will. Sie könnten Joxer Goode fragen, dem gehört die Krabbenfabrik..."

„Ich kenne Mr. Goode", sagte die Frau.

„Wenn ich ein Boot hätte", sagte Dick, „gäbe es überhaupt kein Risiko mehr für Sie – ich könnte bei Joxer Goode anheuern und Rotkrabben fangen. Es gibt Boote, nicht viel größer als meines, die bringen zwei- oder dreimal pro Sommer einen Zwanzigtausend-Dollar-Fang ein. Joxer Goode hat Verträge in Providence und Boston, und bald wird er auch nach New York City liefern. Sein Krabbenfleisch kostet halb soviel wie Hummer, die Restaurants lieben es, und er wird ein reicher Mann. Und die Boote, die ihn beliefern, werden auch gut verdienen. Er braucht mehr Boote, weil er nicht genug Hummerfänger dazu bringt, auf Krabbenfang zu gehen. Die wollen ihre Gewohnheiten nicht ändern. Manche haben sogar Angst, bis zum Rand des Riffs rauszufahren. Ich würde es sofort machen. Geben Sie mir zwanzigtausend, und noch ehe der nächste Sommer vorbei ist, zahle ich ihnen ihre siebzehneinhalb Prozent. Und da sind nur die Krabben eingerechnet. Auf dem Hin- und Rückweg könnte ich noch ein paar Schwertfische harpunieren. Die bringen vier bis fünf Dollar pro Pfund; durchschnittliches Gewicht zweihundert Pfund; das sind fast tausend Dollar pro Fisch. Ich müßte wirklich gelähmt sein, wenn ich im Schwertfischen nicht zusätzlich zehntausend machen könnte."

Dick zog die auf Hochglanzpapier gedruckte grünweiße Werbebroschüre heraus, die er in der Eingangshalle der Bank eingesteckt hatte. Er blätterte zu der Seite mit den grünen Zeichnungen. Man sah ein Haus darauf, einen Jungen in Barett und Talar mit einem Diplom in der Hand, den Kopf von Dollarzeichen umschwirrt; daneben ein großes Motorboot. Dick deutete auf den Bildtext: „Wir helfen Ihnen, Ihre Träume zu verwirklichen."

Die Frau sah ihn mit aufrichtigem Mitgefühl an. Dick sagte: „Als Kapitän eines eigenen Fischerbootes kann man etwa vierzigtausend Dollar im Jahr verdienen. Ich habe zu ihren Crews gehört, ich habe zwei Boote für sie gebaut, als ich noch auf der Werft gearbeitet habe. Ich war mein Leben lang auf See, ich könnte gut verdienen, und Sie raten mir, zur Sozialhilfe zu gehen."

„Wenn ich etwas zu sagen hätte..."

„Schon in Ordnung, ich gebe ja nicht Ihnen die Schuld. So funktioniert das eben – wenn ich das Geld habe, ist die Bank auch bereit, mir Geld zu leihen."

Die Frau rückte mit den Fingern ihre Schreibunterlage zurecht.

„Danke", sagte Dick.

„Haben Sie schon daran gedacht, Mr. Goode darum zu bitten, Ihnen bei der Finanzierung Ihres Bootes zu helfen?" fragte die Frau.

„O ja. Vielleicht hat er irgendwann Zeit, sich mein Boot anzusehen." Dick war der Ansicht, für heute genug geredet zu haben. Er bedankte sich noch einmal und ging, bevor er anfing zu erzählen, daß es zwischen ihm und Joxer Goode einfach nicht klappte. Er setzte sich in seinen Kleinlaster und verließ Westerly. Die Depression setzte sich wie Schlamm in seinem Kopf fest. Als er an einer Ampel langsamer wurde, hatte der Wagen eine Fehlzündung. Das erinnerte ihn daran, daß er einen neuen Auspufftopf einbauen mußte. Wenigstens war er bei diesem Ausflug auf niemanden wütend geworden und hatte nichts Schlimmes gesagt.

Jetzt ließ er sich auf der Dünung dahintreiben und beschloß, seine Fallen zu lassen, wo sie waren. Am Nachmittag würde er zangenfischen, bis er so viele Venusmuscheln beisammen hatte, daß sich die Fahrt zum Schalentierladen in Wickford auszahlte. Die Venusmuscheln erinnerten ihn an Weichmuscheln – momentan bekam man Sommerpreise dafür, und er hatte einen Plan für Weichmuscheln, der in mancher Hinsicht zufriedenstellend sein würde. Mond und Gezeiten waren jetzt genau richtig. Es war zwar nicht ganz ungefährlich, aber wenn er es schaffte, würde das einiges wieder wettmachen.

Als ein Naturschutz-Beamter ihn aus dem Vogelschutzgebiet verjagt hatte, hatte Dick einen Plan gefaßt. Sein Leben lang hatte er am landseitigen Ufer des Crescent Pond Weichmuscheln ausgegraben. Als man die Gegend zum Vogelschutzgebiet erklärt hatte, war Dick dafür gewesen; es bedeutete, daß der Salzsumpf erhalten bleiben würde, vom Sawtooth Creek bis zum Green Hill-Restaurant. Dick besaß nach wie vor den Sumpfstreifen zwischen Pierce Creek und Sawtooth Creek, und dort, am Rand des Schutzgebiets, konnte er Enten und Gänse jagen. Es war wohl gestattet, Muscheln zu suchen, aber der Naturschutz-Beamte hatte ihn verjagt, weil er den Crescent Pond mit dem Boot befahren hatte. Keine Motoren im Vogelschutzgebiet. Dick erbot sich zu rudern. Der Beamte war starrköpfig und beschlagnahmte seine Muscheln. Es gab nur eine andere Möglichkeit, zum Crescent Pond zu gelangen – den eineinhalb Kilometer langen Fußweg vom staatlichen Parkplatz aus. Nicht besonders schwierig, wenn man nicht gerade einen Korb voll Muscheln schleppen mußte.

Aber heute nacht würde Dick sich dafür entschädigen. Er hatte sich Eddie Wormsleys Traktor mit der Baggerschaufel ausgeliehen. Um elf Uhr abends forderte er seine beiden Söhne auf, hinten aufzusteigen, fuhr mit dem Traktor aus seiner Einfahrt das Bankett der Route 1 entlang und tauchte im Vogelschutzgebiet unter, und zwar an der Stelle, wo ein Baum auf den Drahtzaun gefallen war und ihn zusammengedrückt hatte. Dahinter war ein alter Fahrweg; der Farmer, dem die Marsch im vorigen Jahrhundert gehört hatte, hatte ihn für seine Wagen angelegt, die Salzheu von hier holten. Der Weg war wahrscheinlich hundert Jahre alt, verschlammt und mit Gras und Gestrüpp überwachsen, aber hart genug, daß der Traktor nicht steckenblieb. Die Jungen standen auf der Zugstange, hielten sich an den Kotflügeln fest und duckten sich, wenn die Zweige der Büsche an ihnen vorbeischnalzten. Als sie den Crescent Pond erreichten, ließ Dick die Schaufel herunter. Ganze zwanzig Meter des Ufers lagen frei – es war Ebbe bei Vollmond. Knapp oberhalb der Wasserlinie senkte Dick eine Ecke der Schaufel in den Boden und fuhr los, wobei er einen fast fünfzig Meter langen Graben zog. Der Mond gab genug Licht, daß die Jungen die Muscheln aufheben und in die Tonne werfen konnten, die Dick an der Zugstange und der Lehne des Fahrersitzes festgezurrt hatte. Um Mitternacht war die Tonne voll. Dick glaubte den Jeep des Naturschützers am seeseitigen Ufer gehört zu haben. Er hob die Baggerschaufel, die Jungen kletterten wieder auf den Traktor, und Dick stieg kräftig aufs Gas, damit sie die sandige Böschung hinauf und über den salzverkrusteten Scheitel kamen, wo Gras und Gestrüpp anfingen. Er wurde auch nicht langsamer, als er durch die Schneise zurückfuhr, die er auf dem Hinweg gezogen hatte. Die Jungen, die wie Kletten hintendran hingen, wichen Zweigen und Ranken aus. Als Dick sich der Route 1 näherte, schaltete er den Motor ab und schickte den älteren Jungen voraus; er sollte nachsehen, ob die Luft rein war. Dick fuhr die paar Meter bis zum Sawtooth Creek und steuerte dann in das dichte Unterholz auf seinem Stück Land zwischen Pierce Creek und Sawtooth. Als er weit genug vorgedrungen war, hielt er an, und dann packten er und die Jungen die Muscheln in Jutesäcke. Sie verschnürten die Säcke und versenkten sie im Pierce Creek. Nach einiger Zeit überließ Dick den Jungen die Arbeit mit den Muscheln, fuhr den Traktor in seinen Hof zurück und gleich auf den Anhänger, den er anschließend an seinen Laster ankoppelte und auf schnellstem Weg zu Eddie Wormsley brachte. Dick erzählte Eddie, was er soeben getan hatte. Eddie lachte, machte sich aber auch Sorgen. Vor einem Jahr war er erwischt worden, als er einen Schwan tötete. Der Naturschutz-Beamte hatte ihr zwar laufen lassen, aber er wollte keinen Ärger mehr mit ihm. Dick spritzte die Baggerschaufel und die

12

Hinterreifen mit dem Schlauch ab und reinigte die Laufflächen der Vorderreifen mit einer Drahtbürste. Eddie sagte ihm, er solle auch noch das Laub und die Ranken entfernen. Dick fragte ihn, ob er einen Anteil vom Erlös der Muscheln haben wolle. Eddie schwankte, meinte dann aber, lieber nicht. Er spendierte Dick ein Bier und schickte ihn nach Hause. Daran erkannte Dick, daß es wirklich spät sein mußte – Eddie war nämlich berühmt dafür, daß er nachts lange aufblieb.

Als der Morgen dämmerte, stand Dick auf. Er lud die Jutesäcke in sein Boot und schipperte auf der spiegelglatten morgendlichen See an Westerly vorüber. Bei einem Schalentierhändler in Connecticut bekam er für die Muscheln hundertzwölf Dollar.

Auf dem Heimweg setzte er noch ein paar Fallen aus, holte die anderen ein und bestückte sie mit neuen Ködern. Als er endlich nach Hause kam, war er völlig ausgehungert. Die Flut tröpfelte erst allmählich rein, also mußte er die letzten Meter zu seinem Pier wriggen. Er machte sich gerade in der Küche ein Sandwich, als seine Frau May ihn hörte und sich auf ihn stürzte, bevor er noch zu essen beginnen konnte. Sie war vor Zorn den Tränen nahe und schleppte ihn in das Zimmer der Jungen. Die beiden lagen nicht zugedeckt in ihren Betten, und ihre Arme und Beine waren auf den Umfang wurmstichiger Holzklötze angeschwollen.

„Schau dir das an! Schau dir das nur an!" May war fast nie sauer auf ihn, und wenn sie doch einmal wütend wurde, fühlte er sich immer schrecklich. Aber diesmal war es noch schlimmer als sonst. Dick erkannte sofort, was geschehen war – bei der Fahrt durchs Buschwerk hatten sich die Jungen Kratzer und Risse an den Armen und Beinen zugezogen. Die Hände waren in Ordnung, da er ihnen gesagt hatte, sie sollten beim Einsammeln der Muscheln Handschuhe anziehen. Aber in die Risse und Kratzer war Giftefeu geraten, es hatten sich nässende Pusteln gebildet, und ein paar Stellen waren offene Wunden. May wollte, daß er sie ins Krankenhaus brachte. Aber so betroffen Dick auch war, dagegen wehrte er sich. Er meinte, er könne im Drugstore etwas für sie besorgen, wenn sie sich solange in das salzige Flüßchen legten, bis er zurückkam. „Es wird zwar ein bißchen beißen, aber das Salzwasser zieht das Gift raus. Ich schwöre dir, May, das ist die beste Behandlung. Als ich einmal eine Fischvergiftung am

Arm hatte, habe ich ihn mit Salzwasser geheilt." May würdigte
ihn keiner Antwort, aber die Jungen taten, was er sagte. Dick
fühlte sich so miserabel, daß er mehr als zwanzig Dollar für
Cortisonsalbe ausgab.

Am Abend ging es den Jungen schon besser, doch May war
immer noch verstimmt. Nach dem Essen, als er auf der Veranda
saß und eine Zigarette rauchte, bevor die Moskitos kamen, sagte
sie ihm, warum sie so sauer war. „Parker war hier und wollte
dich sprechen. Ausgerechnet, als die Naturschutz-Beamten auftauchten. Das machte es noch schlimmer. Eddie Wormsley – na
schön, aber Larry Parker!"

„Ich hätte sie lange Hosen anziehen lassen sollen. Tut mir leid
wegen der Jungs, May."

Dick war verblüfft, daß diese Entschuldigung nicht genügte.
Er entschuldigte sich höchstens einmal im Monat bei ihr. May
sagte: „Ich brauche Geld, damit sie das Telefon wieder einschal-
ten."

Dick antwortete nicht.

„Sie wollen fünfzig Dollar Anzahlung", sagte May.

Dick zog den Schein aus seiner Geldscheinrolle, wartete, bis
May sich hingesetzt hatte, und sagte: „Ich fahre ins Neptune und
seh mir dort das Spiel an. Vielleicht treffe ich Parker."

Er war immer noch deprimiert, als er durch Galilee fuhr. Dann
fiel ihm ein, daß er nur noch vierzig Dollar besaß. Zwölf Stunden
zuvor waren es noch hundertzwölf gewesen. Er steckte einen
Fünfer in die linke Hosentasche und schwor sich, keinen Cent
mehr auszugeben – nicht einmal, wenn er Eddie auf einen Drink
einladen müßte. Wenn er Parker traf, würde der ohnehin bezahlen.

Vor Parker hatte Dick sich immer ein bißchen gefürchtet. Parker schien zu allem fähig. Außerdem schien er Dinge über Dick zu wissen, die Dick selbst nicht wußte. Parker sagte immer, er würde Dick nie in etwas hineinziehen, das er selbst nicht auch tun würde. Besonders beruhigend klang das nicht.

Dick hatte mit Parker ein paar wilde Fahrten unternommen. Vor einigen Jahren hatte Parker vom Eigner einer Motorjacht den Auftrag bekommen, das Boot von Newport in die Karibik zu bringen. Er gab Parker eine Kreditkarte, mit der er Treibstoff, Dockgebühren, Essen und zwei Flugtickets zurück nach Boston bezahlen sollte. Die Typen im Neptune, die Dick und Parker kannten, waren überrascht, daß die beiden miteinander auskamen. Da sie aber zu zweit eine Fünfzig-Fuß-Jacht zu führen hatten, sahen sie während der ersten Woche ohnehin nicht viel voneinander. Nach vier Stunden auf Wache weckte einer den anderen, verlor ein paar Worte übers Wetter, und das war's auch schon. Wenn sie, was nur ein paarmal der Fall war, über Nacht anlegten, hatte jeder eine eigene Kabine. Parker hatte es eilig, nach Süden zu kommen, also fuhren sie meist die Nächte durch. Mit der Kreditkarte des Eigners an Bord war sparsamer Treibstoffverbrauch kein Thema, also fuhren sie so schnell, wie die See es erlaubte.

Dick war von dieser Reise in den Süden begeistert gewesen. Es war ein gutes Boot, auch bei starkem Wind. Er genoß es, sich Chesapeake Bay, Cape Hatteras und die Inseln vor Georgia anzusehen. Dort machte Parker mit ihm einen kleinen Abstecher im Dingi. Sie tuckerten ein die Insel Ossabaw einschneidendes Salzflüßchen stromauf. „Schau mal", sagte Parker. „Ich wette, jetzt siehst du das erste Mal ein Krokodil, das nicht auf ein Hemd aufgenäht ist." Dick sah sich um. Zuerst sah er nur die glitzernden Augen, dann erst nahm er den Körper wahr, der im schlammigen Wasser dahintrieb. Er mochte Parker schon deswegen, weil er sich die Zeit genommen hatte, ihm einen Alligator zu zeigen. Parker war Dick nicht mehr so sympathisch, als er sich auf den Inseln amüsieren wollte. Er zog über Dick her, weil der früh ins Bett ging und kalte Füße bekam, wenn die Spesen zu sehr überzogen wurden. Parker war der Meinung, daß Dick plötzlich Skrupel bekam und sich vom flotten Treiben in den Bars einschüchtern ließ. Dick mußte zugeben, daß ihn die Akzente der Karibik und der dortigen Engländer, von denen der Ausländer ganz zu schweigen, etwas aus der Fassung brachten. Parker stieg voll ein und kleidete sich auch entsprechend. Ein heller Pullover, so weitmaschig, daß man fast durchsehen konnte, und kein Hemd darunter.

Cremefarbene Schuhe ohne Socken. Aber Dick konnte ihn trotzdem von den Frachtführern unterscheiden. Er beugte sich beim Sprechen vor, seine Augen schossen hin und her, und sein Mund mit den schlechten Zähnen und den grauen Plomben war ganz klein und verkniffen, selbst wenn er sich gut unterhielt. Und Parker unterhielt sich bestens. Dick beobachtete das, beneidete ihn wegen seiner guten Nerven und bewunderte ihn.

Komisch – wenn Dick mit seinem Freund Eddie Wormsley zusammen war, galt er als der Wilde. Neben Parker wirkte er jedoch richtig lahmarschig. Aber es lag nicht allein daran, auch nicht an der Fremdartigkeit der Leute und der Glätte einiger anderer Typen, daß Dick nur mit halbem Dampf unterwegs war. Es war die Gegend, die ihn völlig durcheinanderbrachte. Die Luft, das Meer, die Inseln. Dick hatte schon vor der Küste von Cape Cod, Maine und Nova Scotia gefischt. Doch das alles war mehr oder weniger das gleiche – zumindest waren die Unterschiede noch verständlich. Die Westindischen Inseln hingegen waren wie ein fremder Planet. Die Luft roch anders und fühlte sich auf seiner Haut an wie Seide. Das Wasser war zwar Salzwasser, schillerte aber in anderen Farben, Grün- und Blautönen, die er nie zuvor gesehen hatte. Filme und Zeitschriften hatten ihn nicht darauf vorbereitet. Und die Tatsache, daß er sich kaum vorstellen konnte, was auf dem Grund dieser See lag, wie tief sie war, weckte in ihm ein unangenehmes Gefühl. Die fremdartige Welt machte ihn völlig benommen. Am Ende kamen sie überein,

16

daß Dick den ersten Teil des Abends mit Parker verbringen und dann früh schlafen gehen sollte. Auf diese Weise hatte er die ersten Stunden des Tages für sich allein. Meist setzte er sich dann ins zwölf Fuß lange Dingi und trödelte darin herum, fing ein paar Fische, warf sie wieder ins Wasser.

Dick war einverstanden, als Parker ein paar Touristen an Bord nahm, die er in einer Bar getroffen hatte. Für zwei Tage Fischen und eine Nachtfahrt durch enge und gefährliche Fahrrinnen legten sie fünfhundert Scheine hin. Parker gab Dick vierzig Prozent davon ab. Dick fand das in Ordnung, weil Parker der Experte für Geschäfte mit Fremden war. Dick sorgte für klar Schiff und stellte die Angeln auf. Fürs Reden war Parker zuständig.

Endlich lieferten Parker und er das Boot beim Manager eines Jachtklubs ab. Ein Tag Verspätung, kein Problem. Aber dann machte Parker ihre Flugtickets zu Geld und organisierte für sich bei einem Typen, den er in einer Bar kennengelernt hatte, eine Überfahrt nach Florida. Er brachte Dick in Miami noch zum Bus und verduftete. Aber Dick hatte vierhundert Dollar in der Tasche und keine schlimmeren Sorgen, als daß May sauer sein würde, weil er eine Woche später zurückkam als geplant.

Es gab aber noch eine Kleinigkeit. Ein Monat verging, und dann tauchte Parker plötzlich auf Dicks Veranda auf. Dick wußte, was Parker wollte. „Falls du deswegen gekommen bist – die alten Stiefel hab ich weggeschmissen", sagte er. Dick hatte sie ganz unten in seinem Seesack gefunden. Der Name *Jimenez, J.* stand mit Tinte im Segeltuchfutter.

Parker lachte und sagte: „Nein, das hast du nicht."

„Ich hab sie anprobiert, aber sie haben nicht gepaßt, also hab ich sie weggeworfen."

Parker nickte und grinste.

„Außerdem waren die Absätze abgebrochen", sagte Dick.

„Na bitte. Du hattest schon die richtige Idee, aber du hast falsch kombiniert", sagte Parker. „Hol die Stiefel, ich zeig's dir."

Dick brachte die Stiefel. Parker schnitt das Segeltuchfutter auf und fischte eine Handvoll flacher Plastikbeutel heraus.

„Was ist das?" fragt Dick. „Wenn es nämlich Heroin ist..."

„Dickey-bird. Dieses Zeug würde ich doch nie anrühren. Das hier ist nur ein bißchen Koks, sonst nichts. Wenn irgend jemand nachgesehen hätte – die Stiefel hier gehören Jimenez, das hätte ich auch bestätigt. So, wir teilen immer noch sechzig zu vierzig, und ich möchte meine Schulden begleichen."

„Nein, danke", sagte Dick.

Parker überlegte einen Augenblick. „Paß auf", sagte er. „Bei jeder dritten, vielleicht sogar jeder zweiten Crew gibt es einen, der kokst, während sie draußen auf See sind und zehn, zwanzig Stunden ohne Unterbrechung Körbe einholen. Das weißt du doch. Ich stelle mich mit dem Zeug nicht vor eine Schule. Das kann also nicht das Problem sein. Gut, ich hab dich ein kleines bißchen benutzt, deswegen kannst du mit Recht meckern. Trotzdem weiß ich genau, was ich tue, und du bist eben ein bißchen schwer von Begriff. Also hab ich deine robuste Männlichkeit ausgenutzt – du weißt schon, deine verbissene Yankee-Art. Aber du sollst wissen, daß ich weder verrückt noch gierig bin. Man sollte so was nie zu kompliziert und zu groß werden lassen." Er zog eine Rolle Zwanziger aus der Tasche und zählte zehn Scheine ab. Dick übte sich im Kopfrechnen. „Das Zeug bringt fünfhundert Dollar?"

„In etwa", erwiderte Parker. „Ich verkaufe es nicht auf der Straße. Willst du mitkommen, wenn ich es..."

„Nein. Ich glaube dir."

„Oh, verstehe. Ja, stimmt, es ist unglaublich. Genau deswegen kommen Leute in den Knast, weil es so verdammt unglaublich ist. Darum mache ich auch nicht mehr. Das bißchen hier, sogar wenn ein Dritter davon erfährt, könnte auch mein kleines Privatvergnügen sein. Aber ein Dealer – der wird aufgefressen, und das nicht nur von der Küstenwache. Diese Dealer fressen sich gegenseitig. Die Leute, die das Zeug nehmen, sind kleine Fische. Also bleiben wir klein."

Bei dem Wort „wir" blinkte bei Dick ein Warnlicht auf. Er war nie mehr in den Süden mitgefahren. Er hatte mit Parker überall entlang der Nordwestküste Boote – Motorjachten und Segelboote – überführt. Parker kannte die seltsamsten Leute, er schien auf sorglose Reiche spezialisiert zu sein. Ein Typ rief ihn aus Nova Scotia an. Er war mit seiner Ketsch dort, und sein Urlaub war zu Ende. Parker und Dick brachten die Segeljacht nach New York zurück. Unterwegs spielte Parker wieder sein kleines Spielchen: In Rockland, Maine, gabelte er auf dem Kai eine Familie auf, verhandelte kurz mit dem Vater und nahm die ganze Familie – Eltern und drei Kinder – auf einen langen Nachmittagsausflug mit hinaus. Parker war einfach auf den Wohnbus zugegangen und hatte angefangen, mit den Leuten zu schwatzen. Er ließ die Kinder die Segel einholen, am Steuer drehen und stellte ihnen Seemannspatente aus, die er mit „Kapitän Lawrence Parker" unterzeichnete. Es schien ihm nicht ums Geld zu gehen, obwohl er dafür ein paar Hunderter kassiert hatte. Er mußte nur einfach immer was im Schilde führen.

Früher hatte Parker selbst Boote besessen. Dick konnte sich nicht vorstellen, wie er zu seinem ersten Boot gekommen war. Irgendwann erwarb er eins, das sich kaum noch auf dem Wasser halten konnte, und fuhr damit und zwei unerfahrenen College-Jungen einen ganzen Sommer lang hinaus. In der ersten September-woche brannte der Motor, das Boot fing Feuer und sank. Parker und die beiden Jungen kamen mit dem Dory[1] zurück. Sie fuhren mit dem Außenbordmotor, bis ihnen das Benzin ausging, und wechselten sich dann eine Nacht lang beim Rudern ab. Parker kassierte die Versicherungssumme. Es war eine schöne Stange Geld – wenn auch nicht mehr als die Summe, auf die man ein seetüchtiges Boot dieser Größe normalerweise versichern würde. Vernünftiger Parker. Nur nicht gierig werden.

Dick konnte sich nicht erklären, warum er bei einigen von Parkers Geschäften überhaupt mitmachte. Meistens konnte Dick so gerissene Typen nicht ausstehen. Aber Parker war nicht einfach nur gerissen – obwohl Dick ihn schon hierhin und dahin flitzen gesehen hatte, so daß er sich fragte, ob Parker selbst noch wußte, in welche Richtung er eigentlich unterwegs war. Dick glaubte nicht, daß er mit von der Partie war, weil es Spaß machte – doch vielleicht gehörte das dazu. Parkers leichtfüßige Art trug ebenfalls dazu bei. Es schien, als könne er nie wirklichen Schaden anrichten.

May meinte, daß Parker einen schlechten Einfluß auf ihn hatte. Sie hatte recht. Aber andererseits hielt ihn Parker auch auf geradem Kurs – er war seine Fahrwasserboje, hinter der gefährli-che Flachwasser lagen. Dick hielt zwar zu Parker, wenn May über ihn herzog oder jemand im Neptune eine Bemerkung über

---

1 Dory: leichtes, flachbodiges, offenes Ruderboot amerikan. Ursprungs

ihn machte, aber er hätte ihn nicht als Freund bezeichnet – nicht im Sinn seiner Freundschaft mit Eddie Wormsley. Eddie hätte sich für Dick die Hand abschneiden lassen, und Dick hätte dasselbe für Eddie getan. Eddie und er stimmten in fast allem überein. Eddie hatte einmal zwar einen kleinen Streit mit Miss Perry gehabt, aber darüber hinaus fand Dick, daß Eddie und er gleich dumm, gleich tüchtig und gleich veranlagt waren. Parker jedoch – Parker konnte seine Farbe ändern wie ein Chamäleon, und er versuchte einen dazu zu bringen, daß man seine Farbe ebenfalls änderte. Eines Nachts auf den Bahamas war Parker mit einem Mädchen, einer Engländerin, an Bord gekommen. Dick war noch an Deck und rauchte eine Zigarette. Er kletterte auf die Brücke und ließ die beiden auf dem Achterdeck allein. Parker und das Mädchen gingen nach unten. Dick blieb auf der Brücke. Als sich plötzlich die Bordsprechanlage einschaltete, schreckte er hoch. Er und Parker hatten sie nie benutzt, also dauerte es eine Zeitlang, bis Dick sie wieder abschalten konnte. Was er hörte, reichte für die Feststellung, daß das Mädchen wirklich Engländerin war – und es machte ihn ziemlich scharf. Dick ging erst unter Deck, als die beiden wieder weg waren.

Als sie am nächsten Tag ausgelaufen waren, riß Parker Witze über den Gag mit der Sprechanlage. Es war also kein Versehen gewesen. „Diese kleinen Engländerinnen plaudern wirklich gern, was? Egal was passiert, sie reden und reden..."

„Um Himmels willen, Parker", sagte Dick.

„Die haben eine völlig andere Art..."

„Mach was du willst, aber tu das nie wieder."

„In Ordnung. Doch das gehört eben auch dazu, wenn man die Welt kennenlernen will."

Alles in allem kamen sie ganz gut miteinander zurecht. Parker war ein guter Koch und überließ Dick das Manövrieren und die Navigation. Parker wußte viel über die Inseln – wer dort lebte, was die Leute arbeiteten, was im Meer war. Wenn man sich von ihm nicht aus dem Gleichgewicht bringen ließ, konnte man sich recht wohl fühlen. Einmal im Jahr war er genau richtig – auf die Art konnte man wenigstens seinen Motor voll aufdrehen und den Schlamm aus der Schraube blasen.

Als Dick ins Neptune kam, saß Parker schon an einem Tisch. Das erste, das ihm auffiel, war, daß Parker am rechten Unterarm einen Gipsverband trug. Ansonsten sah er gesünder aus denn je, wirkte entspannt und hatte sich in Schale geworfen. Ein neues Hemd, rotweiß-kariert, dessen Kragen noch steif war.

Sie tranken ein Bier und sahen den Sox zu, die eben in Führung gingen, weiter vorn blieben und das Spiel schließlich mit einem langsamen, hohen Ball entschieden. Parker ging zur Bar, kassierte fünf Dollar aus einer Wette, spendierte dem Verlierer ein Bier und nahm zwei Dosen für Dick und sich an den Tisch mit.

„Ich hab ein Boot", sagte Parker. „Ich hab auch einen Jungen vom College und könnte noch jemanden brauchen. Der Junge hat nicht viel Ahnung. Und mein Arm ist noch nicht in Ordnung."

„Bleibst du hier in der Gegend oder geht's irgendwo hin?"

„Eine Zeitlang bleib ich hier."

Dick stieg nicht sofort darauf ein. Er fühlte sich auf Parkers Booten nicht besonders wohl, wenn Parker junge Leute vom College dabei hatte. Parker nahm sie ein bißchen zu hart ran, forderte sie bis an die Grenze ihres Leistungsvermögens, was sie nicht gewohnt waren. Wenn sie eine ganze Nacht lang Hummerfallen einholten, brachte Parker es fertig, mittendrin mit der Stimme eines Fernsehsprechers zu verkünden: „Und jetzt ist es Zeit – für Kapitän Parkers Aufputsch-Pillen für schläfrige Seeleute!"

Manche von Parkers jungen Leuten konnten auch noch nicht schlafen, wenn sie schon wieder ein, zwei Tage an Land waren. Man traf sie im Neptune oder im Spielsalon, wo sie bis zur Sperrstunde Space Invaders spielten und wie Zombies Vierteldollar um Vierteldollar in den Kasten schmissen – manchmal bis zu zehn Dollar an einem Abend.

„Ich könnte noch ein paar Fallen brauchen", sagte Parker.

„Kann ich für dich auftreiben", entgegnete Dick. „Hab selbst ein paar aus starkem Draht. Dein College-Junge würde die aus Holz ohnehin nur zerbrechen."

„Ich hab ein paar Tage Zeit. Das Boot muß ein bißchen überholt werden. Willst du mir helfen? Vielleicht eine Fahrt mitmachen, wenn es wieder im Wasser ist? Ein paar Schwertfische spießen vielleicht? Ich hab gehört, es gibt momentan welche."

„Kannst du das Ruder mit einem Arm bedienen? Hat überhaupt

keinen Sinn, auf Schwertfische zu gehen, wenn ein College-Junge am Ruder ist."

Parker lächelte. Dick fiel auf, wie gut Parkers Schneidezähne aussahen – ganz gerade und weiß. „Bist du zu Geld gekommen?" fragte Dick.

„Hier und da. Könnte mehr brauchen. Ich will mir ein Boot zulegen, nicht das, das ich habe, ein schickes – für Charterfahrten. Im Winter unten bei den Inseln. Im Frühling könnt ich's von Virginia Beach aus betreiben. Im Sommer käme ich dann hier rauf, Thunfische fangen. Ein paar Sportfischer an Bord nehmen. Hast du eine Ahnung, was man für eine Dreitagefahrt mit einem Charterboot von Virginia Beach zum Golfstrom verlangen kann? Zwölfhundert Dollar. Der Maat arbeitet fürs Trinkgeld. Wenn man den Treibstoff abrechnet, sind das dreihundert im Tag. Die Sportfischer zahlen, ob sie was fangen oder nicht. Natürlich ist es ein Vorteil, wenn du den Ruf hast, Fische aufzutreiben. Das, ein gutes Essen und ein paar gute Geschichten. Beste Unterhaltung rund um die Uhr."

Dick lachte. „Klingt ganz nach deiner Art Geschäft."

„Aber es muß ein Klasseboot sein. Schnell. Zwanzig oder fünfundzwanzig Knoten vielleicht. Loran[1]. Sonar[2]. Die ganze erstklassige Ausstattung. Wird natürlich einiges kosten. Das Boot, das ich in der Werft habe, würde nur einen Bruchteil davon einbringen."

Parker drehte sein Bierglas zwischen den Fingern. „Ich hab Freunde auf den Inseln und einen echt guten Freund in Virginia Beach. Doch meine Kristallkugel sagt mir, daß ich diesen Sommer genau hier am richtigen Ort bin. Ein paar Fallen einholen – hab vor zirka einer Woche eine ganze Ewerladung ausgesetzt. Aber vor allem möchte ich ein paar Schwertfische erwischen. Ich versteh ein bißchen was davon, aber ich schätze, du weißt mehr. Hier wirst du doch nur unter deinem Wert gehandelt. Hast du je zugehört, wenn reiche Leute über Aktien und Anleihen reden? Die suchen immerzu was, das unterm Wert gehandelt wird. Ich könnte was aus dir machen. Du könntest was aus dir machen."

Dick wechselte das Thema. Er erzählte Parker, wie er mit dem

---

1 Loran: Funkortungsverfahren
2 Sonar: Schallortungsgerät

Traktor Muscheln ausgegraben und damit ein paar schnelle Dollar gemacht hatte.

Parker amüsierte sich zwar über die Geschichte, kam aber schnell wieder auf sein Boot in der Werft zu sprechen. „Ich sag dir was, Dick. Du schaust es dir einmal an und reparierst ein bißchen was daran. Ich zahl dir für die Stunde zwei Dollar weniger als den Werftpreis – das ist mehr, als du für denselben Job auf der Werft rausbekommen würdest."

„Was stimmt nicht mit dem Boot?"

„Sie haben es in der Werft schon repariert. Ein oder zwei Platten waren locker."

„Nein, ich meine, was stimmt jetzt nicht?"

„Man müßte sich die Stopfbuchse[1] mal ansehen."

„Verdammt", sagte Dick. „Ich hasse es, daran rumzupfuschen. Ist ein echter Scheißjob."

„Mhmm, ein echter Scheißjob."

„Na gut, ich seh sie mir an."

„Das Problem ist nur, daß ich dich nicht schwarz arbeiten lassen darf", sagte Parker. „Du kennst ja die Vorschriften. Ich muß dich fest anheuern, damit du bei mir arbeiten darfst."

„Wirst du ein Aufklärungsflugzeug einsetzen?" fragte Dick. „Ich hab keine Lust, rauszufahren und mit dir allein im Schwertfischgebiet herumzuschippern."

„Ein Aufklärungsflugzeug – ja, vielleicht. Ich muß zuerst ein bißchen Geld machen, weil ich der Werft noch was schulde. Vielleicht beim zweiten Mal. Geh mal hin, schau es dir an, und befrag dein Horoskop. Du triffst mich hier."

---

1 Stopfbuchse: Hohlzylinder zum Abdichten von Trennwänden, durch die bewegte Stangen oder Wellen durchgeführt werden müssen.

Dick fuhr mit einem halben Dutzend reparierter Fallen in seinem Boot hinaus. Er holte seine Hummerkörbe ein und bestückte einige mit neuen Ködern. Die strapazierfähigen nahm er alle mit. Er würde wahrscheinlich mit Parker fahren. Einen Korb voll Hummer hatte er für fünfzehn Dollar verkauft. Das reichte gerade für Lebensmittel, auf die hohe Kante konnte er wieder nichts legen. Wenn er mit Parker fuhr, konnten seine Jungen die paar Körbe, die er noch draußen hatte, in ein paar Stunden einholen. May mochte es nicht besonders, daß die Jungen bei Seegang allein rausfuhren. Und wenn Dick sie bei starkem Wind oder Nebel mitnahm, war sie ziemlich übel gelaunt.

Parker prüfte die Wassertemperatur. Neunzehn Grad. Im Schwertfischgebiet vielleicht achtzehn. Zwischen achtzehn und zwanzig Grad fühlten sie sich am wohlsten, da wären sie äußerst heikel. Dick wünschte, Parker würde ein Aufklärungsflugzeug chartern. Der Preis dafür betrug fünfzig Scheine die Stunde, plus einen Hundertdollar-Bonus pro Fisch, egal wie groß. Am Pier bekam man für ein Pfund Schwertfisch drei Dollar fünfzig. Würde wahrscheinlich mehr werden, wenn die Sommerleute erst da waren. Sollten Parker und er auch nur einen einzigen Hundertfünfzig-Pfund-Fisch fangen, könnten sie mit dem Erlös Flugzeug und Bonus bezahlen. Und bei einem guten Fisch, so ab zweihundert Pfund, würden sie anfangen zu verdienen. Mit einem Flugzeug würden sie auch die Fische sehen, die drei bis fünf Meter unter der Wasseroberfläche schwammen, und nicht nur die, die mit den Flossen schlugen. War gut möglich, daß sie zwei, drei Fische fingen. Und sollten sie schon am ersten Tag einen wirklich guten Fisch harpunieren, würden sie sich die Maschine noch einige Tage leisten können. Die Gewinne wollte Parker recht großzügig aufteilen – aber er hatte ja auch einen kaputten Arm.

Dick würde die Hummerkörbe einbringen – oder die Fallen für Rotkrabben, wenn Joxer Goode gut dafür zahlte – und außerdem die Harpunen, etwas mehr Erfahrung und gute Augen.

Dick kam früh genug auf die Werft, um sich nicht mit dem Verwalter darüber streiten zu müssen, ob er nun an Parkers Boot arbeitete oder es sich nur ansah. Er kletterte zur Stopfbuchse hinunter. Das Holz war faulig und das Dichtungsmaterial zusammengeklumpt. Man mußte alles herausreißen. Eines der wenigen Dinge, die an dem Boot in Ordnung waren, war der ungehinderte Zugang zur Stopfbuchse. Und die Propellerwelle war richtig eingestellt. Der Rumpf war einigermaßen gut bis mangelhaft. Ein Boot dieser Bauart hatte er in der Gegend noch nicht gesehen – geringer Tiefgang, gerade Linien. Parker mußte es unten an der Golfküste erworben haben. Das kleine Beiboot an Bord war von hier, aber nichts Besonderes. Dick organisierte noch ein paar Leinen mit stabilen Körben, eine in Westerly, die andere in North Kingstown, und setzte sie längsseits von Parkers Boot aus. „Mamzelle". Dick war zwar nicht sicher, wie man das richtig buchstabierte, aber daß es so falsch war, wußte er genau.

Dick schaute noch kurz bei Joxer Goodes Krabben-Verarbeitungsfirma vorbei, um sich nach den Preisen zu erkundigen. Die Fischkästen auf Parkers Boot waren ziemlich geräumig. Der Preis für Krabben war halb so hoch wie der für Hummer, aber wenn sie an die richtige Stelle kamen, konnten sie auch doppelt so viel erwischen. Dick fragte, ob Joxer hier sei. Joxer hatte nicht allzuviele Boote draußen, die Krabben fischten, also konnte er ihnen vielleicht einen Tip geben, wo sie ihre Fallen auslegen sollten. Dick war sich darüber im klaren, daß sogar die nächstgelegenen Krabbenplätze noch weit draußen waren, am Rand des Kontinentalsockels. Man brauchte ein bis zwei Tage, um die richtigen Fanggründe zu erreichen.

Die Sekretärin teilte ihm mit, Joxer sei mit seinem Motorboot unterwegs, um Freunden die Salzweiher zu zeigen und anschließend auf Sawtooth Island zu picknicken.

Dick fuhr nach Hause und steuerte sein Boot flußabwärts. Er hatte seine Venusmuschel-Zangen dabei, denn er wollte nicht, daß es so aussah, als sei er zu sehr hinter Joxer her. Als er in den Weiher hinter Sawtooth kam, sah er Joxers Boot auf dem winzigen Strand im Südwesten der Insel liegen. Ein schnittiger, kleiner

Wasser-Jet mit Polstersitzen, wie bei einem neuen Auto. Zwei Paare standen am Ufer. Joxer und seine Frau, beide reich und beide wichtig, trieben jede Menge Sport: unter anderem Tennis und Wasserski. Joxer besaß einen kleinen Renn-Einer. Im College war er Rennen mit dem Einer gefahren. Dick hatte in Joxers Büro die Pokale mit seinem Namen gesehen und daneben ein Photo von Joxer mit einem Haufen Japsen an Bord eines Fischerbootes. Aber Joxer verstand seine Arbeit. Dick hatte gehört, daß Joxer mit dem Atemgerät ins Wasser gesprungen war, um eine Schiffsschraube freizumachen, in der sich ein treibendes Stück Polypropylen verheddert hatte. Das Boot hatte an Joxers Pier festgemacht, um Krabben auszuladen, und blieb stecken, als es wieder ausfahren wollte. Ein anderes von Joxers Booten wartete auf das Ausladen und wollte nicht länger warten. Also sprang er selbst ins Wasser.

Dafür hatte Dick Verständnis. Was er Joxer übelnahm, war die Tatsache, daß er seinen Krabbenarbeiterinnen keinen Stundenlohn gab, sondern sie nach Akkord bezahlte. Und dann stolzierte er durch seine Fabrik, klopfte den Frauen auf den Rücken und versuchte sie auf die Art bei Laune zu halten. „So ist's richtig, meine Damen!" Als sei das Ganze ein Spiel der Bezirksliga, und sie hätten jede Menge Spaß. Dazu kam noch sein japanischer Aufseher, der nie ein Wort sprach und den Arbeiterinnen nur über die Schulter griff, um ihnen zu zeigen, wie man die Krabben schneller zerlegen konnte.

Joxer wollte schnell die erste Million machen. Hatte keine Zeit hinauszukommen und sich das Boot anzusehen, das Dick baute.

Joxers Frau. Ihr sah man die zwei Kinder nicht an. Sie spazierte auch in einem Tennisfähnchen oder in Bikini und kurzem Strandkleid herum, das gerade noch den obersten Teil ihrer ellenlangen Oberschenkel bedeckte. An windstillen Tagen beobachtete Dick sie, wenn sie auf den Salzweihern oder draußen auf dem Meer Wasserski fuhr. In solchen Dingen waren sie und Joxer wirklich gut.

Das andere Paar wirkte wie eine kleinere Ausgabe der Goodes. Es hatte das gleiche gesunde, gute Aussehen, aber maßstabgerecht verkleinert – außerdem waren die beiden noch dünner. Dick begann mit seinen Zangen zu arbeiten.

Die beiden Paare standen dicht beieinander, zeigten auf bestimmte Teile von Sawtooth Island und dann wieder auf Sawtooth Point. Dick hatte läuten hören, daß irgendwelche An- und Verkäufe im Gang waren. Er hätte nichts dagegen, Joxer Goode zum Nachbarn zu haben, dann könnte er vielleicht gewisse Ansprüche an ihn stellen. Dick war bei Schneefall, Überschwemmung oder Stromausfall immer ein hilfsbereiter Nachbar gewesen. Aber die einzigen, die auf Sawtooth Island noch Land besaßen, waren ein altes Ehepaar. Alle anderen Häuser wurden nur im Sommer vermietet, auch das Hochzeitstorten-Haus, das Dicks Großonkel 1911 fertiggebaut hatte. Dicks Zweig der Familie hatte nie darin gewohnt. Als sein Großonkel gestorben war, hatte der Sohn das Haus und das schmale Wegerecht an der Post Road verkauft und war weggezogen. Den Rest der Landspitze bekam Dicks Großvater. Zwei Baugrundstücke hatte Dicks Vater verkauft – das der Buttricks und das der Bigelows. Später, als er ins Krankenhaus mußte, verkaufte er noch sein eigenes Haus und den Rest der Landspitze, abgesehen von den viertausend Quadratmetern, die jetzt Dick besaß. Sein Vater hatte gehofft, Dick noch etwas Geld hinterlassen zu können, nachdem er seine Rechnungen bezahlt hatte. Aber es blieb so wenig übrig, daß Dick die Ersparnisse aus seiner Zeit bei der Küstenwache darauf verwenden mußte, sein eigenes kleines Haus zu bauen. Heute versuchte er, nicht mehr an all die Wenn und Aber zu denken. Wenn sein Vater ein bißchen länger durchgehalten hätte, hätten sich die Grundstückpreise verdoppelt und verdreifacht. Wenn sein alter Herr eine Krankenversicherung gehabt hätte. Wenn sein alter Herr einen Teil des Landes auf Dick übertragen hätte. Wenn, wenn, wenn. Der alte Herr hatte seine Schulden bezahlt. Er hielt wahrscheinlich noch heute den Rekord für die höchste Rechnung, die ein nichtversicherter Patient je im South County-Krankenhaus zu begleichen hatte. Als sein Vater starb und begraben wurde, war Dick auf See. Er mußte mit dem Hubschrauber zur Beerdigung fliegen. Acht Monate danach war seine Dienstzeit vorbei, und er kam gerade rechtzeitig zum Rechnungsabschluß nach der Testamentseröffnung. Er hatte sich zwar schon ausgerechnet, daß nicht viel übrigbleiben würde, war aber nicht darauf gefaßt, daß es praktisch nichts sein würde. Er hatte daran gedacht, das Geld – er hatte im schlimmsten Fall mit zehntausend gerechnet – für eine Ausbildung an der Akademie der Handelsmarine zu verwenden. Damals hatte er noch einen Plan: Mit vierzig wollte er Kapitän eines Handelsschiffes sein. Und jetzt war er vierzig vorbei und saß in einem Achtzehn-Fuß-Boot. Saß da und fing Venusmuscheln. Fischte und beobachtete dabei vier schöne Menschen in Badeanzügen, die so winzig waren, daß man aus dem gesamten Stoff nicht einmal ein einziges Hemd machen konnte. Bis zu einem gewissen Grad gestand Dick sich ja ein, daß sein Traum, sich zum Kapitän eines Handelsschiffes hochzuarbeiten, kein Kinderspiel gewesen wäre. Schon bei der Küstenwache hatte er sich nicht besonders bewährt – und damals konnte er seine üble Laune noch nicht auf sein Pech schieben. Sogar sein Freund Eddie Wormsley hatte ihm einmal gesagt, daß es ihm schwerfalle, einen Rat zu befolgen, ganz zu schweigen von einem Befehl. Sooft Dick auf einem Fischerboot angeheuert hatte, waren sein Kapitän und die Bordkameraden froh, wenn sie ihn endlich nicht mehr zu sehen kriegten. Arbeitete er auf der Werft, konnte er sich seine Arbeit zwar selbst einteilen, schaffte es aber dennoch, die Bootseigner auf die Palme zu bringen. Auf den meisten Werften New Englands duldeten die reichen Bootseigner das ungehobelte Gerede mürrischer Arbeiter. Die Bankiers und Anwälte aus New England erwarteten keine wohlerzogenen Dienstboten – sie mochten es sogar, von einem alten Seebären etwas härter rangenommen zu werden, wenn sie ihr Boot schlecht geführt hatten oder in die Werft kamen, um einen durch Dummheit entstandenen Schaden reparieren zu lassen. „Kein Wunder, daß Ihr Mast abgebrochen ist. Man hat die Schaumkronen ja schon auf dem Weiher gesehen – aber Sie mußten natürlich versuchen nach Block Island zu segeln." Dicks Fehler war es, die entscheidende spitze Bemerkung zuviel zu machen. So etwas wie: „Sie sind wirklich einer von den Seeleuten, die immer gegen den Wind pissen."

Der Besitzer der Werft hatte ihn hinausgeworfen, holte ihn aber auch heute noch hin und wieder für bestimmte Aufträge. Und wenn jemand in der Werft ein Beetlecat-Boot aus Holz gebaut haben wollte, schickte er ihn zu Dick.

So ein Cat-Boot war eine echte Schönheit. Kostete viertausend Dollar. Dick verdiente dabei keine tausend, und sein Stundenlohn belief sich im Endeffekt auf weniger als drei Dollar, die Einkaufsfahrten für das richtige Holz und die Beschläge eingerechnet. Ein gebrauchtes Cat-Boot, das noch ganz in Ordnung war, bekam man für ein Viertel dieses Preises. Und ein kleines Fischerboot aus Kunststoff kostete nur wenig mehr. Ein paar Boote baute er im Auftrag, eines für sich selbst und ein kleineres für die Jungen. Er wollte einfach mal sehen, ob ein Mann mit einem guten Boot sein Auskommen finden konnte. Die Antwort war ja. Knapp. Aber dieses Ja befriedigte ihn mit jedem Wechsel der Jahreszeiten weniger. Daher hatte er vor drei Jahren mit dem Bau seines großen Bootes begonnen. Er hatte die Pläne im *National Fisherman* gesehen und sich sofort in das Boot verliebt. Das war eigentlich der Hauptgrund – er hatte sich verliebt. Erst später entdeckte er andere Motive, spürte, daß er einen großen Sprung vorwärts machen konnte. Wenn niemand damit rechnete, würde er bei Flut plötzlich auf dem Great Salt Pond auftauchen und am Rest der Flotte vorbeituckern, Richtung Stadtpier. Der Hafenmeister würde ihn fragen, ob der Eigner von hier sei. „Du kannst hier nicht festmachen, wenn der Eigner kein Einheimischer ist, das weißt du doch, Dick." Dick würde nicht antworten. Einfach ein paar Schritte zurückgehen und die Beschriftung am Heck betrachten, als wollte er überprüfen, woher das Boot stammte. Über den Namen war sich Dick noch nicht ganz im klaren – entweder „May" oder „Spartina" – aber darunter würde auf jeden Fall „Galilee, R. I." stehen. Der Hafenmeister würde auch nach achtern kommen, und Dick würde ihm die Papiere zeigen. „Eigner: Richard D. Pierce."

„Herrgott! Herrgott, Dick!" würde der Hafenmeister sagen. Jetzt würden die Leute am Pier merken, daß etwas los war. Sie alle würden rüberkommen, sogar Kapitän Texeira. „Herrgott, Dick!" würden sie alle sagen. Na gut, Kapitän Texeira würde vielleicht nicht „Herrgott" sagen, aber er würde es sicher denken.

„Wo hast du sie her?"

„Das ist doch nicht das Boot, das die Werft gebaut hat..."

Schön langsam würden sie's kapieren. Einer von ihnen würde so tun, als schlendere er nur am Pier entlang, aber heimlich würde er seine Schritte zählen. Und dann würde er es nicht für sich behalten können:

„Vierundfünfzig Fuß!"

Jetzt würde Dick vielleicht etwas sagen. So etwas wie: „Recht gut geraten." Der Hafenmeister hätte es natürlich schriftlich.

„Vierundfünfzig Fuß, acht Zoll", würde er sagen. Er mußte die Leute immer korrigieren. Es gab noch ein paar Szenen, die Dick immer wieder in der Phantasie durchspielte, auch wenn er krampfhaft versuchte, nicht daran zu denken. Miss Perry, Kapitän Texeira und der Hafenmeister kamen in jeder vor. Und Joxer Goode. Joxer Goode, der einen hübschen Vertrag für ihn in der Tasche hatte. „Dick, ich brauche dich und dein Boot. Paß auf, ich schlag dir folgenden Handel vor..."

Joxer, der gerade die Kapitäne seiner Rotkrabbenflotte instruierte und auf vielversprechende Plätze am Rand des Kontinentalsockels hinwies: „Übrigens, Männer, die ‚Spartina' war Bonusgewinner des Monats. Ihr solltet mit euren Sechzig-Fuß-Booten lieber länger draußenbleiben."

Dicks Zange grub sich in den Boden. Er fühlte das Knirschen des lockeren Sandes geradezu. Das Wasser war hier, in der Nähe der Fahrrinne, etwa zweieinhalb Meter tief. Weiter hinten im Weiher gab es nur Schlamm und Schlick. Dort verfingen sich Aalgras und angeschwemmter Seetang in der Zange. Aber in der Nähe der Fahrrinne war die Strömung für dieses Zeug zu stark. Dick schloß die Enden der Zange und ließ sie hochschnellen. Er schüttelte etwas Schlick und verschlammten Sand vom Korb ab. Zack! Schau, was der Osterhase gebracht hat! Er zog die Zange ins Boot und hob die Venusmuschel auf. Den Spruch hatte er früher, als sie noch klein waren, immer zu Charlie und Tom gesagt. So klein waren sie damals, daß sie beide Hände dazu brauchten, um eine gute Venusmuschel aufzuheben. Schaut, was der Osterhase gebracht hat! Dick hielt die Muschel in der Hand und fuhr mit der Fingerspitze über die dünnen Rillen der Schale.

Er versenkte die Zange wieder im Wasser. Hier war ein guter Platz. Konnte man nur mit dem Boot erreichen. Wenigstens kamen keine Wochenend-Muschelfischer her, die mit ihren Gabeln ins Wasser wateten, um Venusmuscheln zu fangen, und an einer Schnur Reifenschläuche hinter sich herzogen, an denen Körbe hingen. Die Anstrengung des Zangenfischens beruhigte ihn. Ein milder Südwestwind wehte durch das Gestrüpp hinten am Strandwall. Strandpflaumen, Pimentbäume, Erbsstroh, Giftefeu. Ein Dufthauch von blühenden Strandrosen stieg ihm in die Nase.

Er holte bei jedem Versuch ein bis zwei Venusmuscheln aus

dem Wasser. Es lief besser als erwartet. Sollte er mehr als einen Scheffel zusammenbekommen, würde er die Muscheln in Mary Scanlons Green Hill-Restaurant bringen, das westlich vom Vogelschutzgebiet der Salzmarsch lag. Die Flut kam gerade herein – er konnte das Salzflüßchen stromauf bis zur Veranda des Restaurants fahren.

Und May ein paar Scheine nach Hause bringen. Das würde sie vielleicht damit versöhnen, daß er mit Parker rausfahren wollte. Gewöhnlich gab Mary noch einen Kuchen oder eine Torte dazu, die nicht ganz gelungen waren – es würde May und die Jungen beschwichtigen.

Irgendwann drang es zu Dick durch, daß Joxer Goode ihn rief. Dick blickte auf. Joxer wedelte mit den Armen und schrie noch einmal: „Ahoi! Dick Pierce!"

Dick ließ das Wasser aus dem Korb laufen, warf noch eine Venusmuschel auf den Haufen und grüßte zurück. Joxer winkte ihn zu sich. Dick bemerkte, daß Joxers Boot ziemlich weit oben am Strand lag. Dick zog den Anker hoch, warf aber den Motor nicht an. Er erwischte eine kleine Flutwelle, die ihn die ersten fünfzehn Meter mitnahm, dann legte er den Riemen ein und wriggte quer über die Strömung. Joxer watete ins Wasser und packte seinen Kiel.

„Hallo, Dick. Entschuldigen Sie, daß ich störe, aber haben Sie zufällig einen Flaschenöffner an Bord?"

Dick schüttelte den Kopf, was weniger „nein" als „verdammt" heißen sollte.

Der kleinere Mann nahm eine große Filmkamera von der Schulter, wo sie auf einer gepolsterten Unterlage geruht hatte. „Wir haben jede Menge kaltes Bier", sagte er, „aber die Flaschen haben keinen Schraubverschluß."

Joxers Frau begrüßte Dick und stellte ihn den beiden anderen vor – Marie und Schuyler van der Sowieso. Maries Gesichtsausdruck, eine Kombination aus Verwirrung und Geistesabwesenheit, war Dick vertraut. Er kannte dieses Gesicht von May. Es bedeutete: „Ich will mich ja nicht beschweren, doch ich hab viel weniger Spaß als die anderen."

„Haben Sie einen Schraubenzieher dabei – oder einen Marlpfriem?" wandte sich Dick an Joxer. Dick zog sein Bordmesser aus der Tasche und öffnete den Pfriem. Er nahm Schuyler die

Heineken-Flasche aus der Hand und hebelte den Flaschenver-
schluß mit der Spitze des Pfriems auf. Man hörte ein befriedigen-
des Zischen, und ein bißchen Schaum trat aus dem Flaschenhals
aus. Dick schnippte den Verschluß weg und gab die Flasche
zurück. Schuyler prostete ihm mit der Flasche zu und nahm einen
Schluck.

„Wollen Sie auch eins, Mr. Pierce?" fragte Schuylers Frau.

„Nein, danke", antwortete Dick.

Dick fühlte sich nicht sehr wohl in seiner Haut, weil die vier
Körper fast nackt waren – vor allem wegen der beiden van der
Sowiesos. Sie wirkten noch nackter als die Goodes. Alle vier
hatten eine frühsommerliche rosa-braune Hautfarbe. Dick
wandte den Blick ab und überlegte, daß es vielleicht daran lag,
daß die van der Sowiesos die gleichen dichten, blonden Ringel-
löckchen hatten.

Mittlerweile hatte Joxer den Trick mit dem Flaschenöffnen
heraus.

„Möchten Sie ein Sandwich, Dick?" Dick zögerte. Joxers Frau
drückte ihm eins in die Hand, und er konnte nicht widerstehen.
Es war lecker, mit Eiersalat und Speckstreifen. Er hätte doch ein
Bier nehmen sollen.

„Kommen Sie an Land", lud ihn Joxer ein. „Ich bin froh, daß
wir uns über den Weg gelaufen sind – wollte Sie ohnehin um
einen Gefallen bitten."

Dick wollte den Boden seines Ruderboots nicht über den
rauhen Sand ziehen, also warf er den Heckanker aus, rollte die
Stiefel auf und watete mit dem Buganker an Land. Das Boot lag
in dreißig Zentimeter tiefem, klarem Wasser. Joxer betrachtete
es. „Wirklich eine Schönheit." Er wandte sich an die anderen. „Es
unterscheidet sich von den anderen – Dick baut seine Boote mit
höherem Vorsteven. Und die Seitenplanken haben eine steilere
Aufwärtskurve – stimmt's, Dick?"

Dick nickte. Er war verlegen, fühlte sich aber zugleich geschmeichelt.

„Man braucht nicht mehr als diese zwanzig Pferdestärken",
sagte Joxer, „und es fliegt nur so dahin."

Joxer machte noch eine Flasche Bier auf. „Sawtooth Island hat
früher Dicks Familie gehört, Schuyler. Du wirst bald ein Nachbar der Pierces sein. Dick wohnt weiter oben an diesem Flüß-

chen." Joxer deutete auf den Fluß und wandte sich dann wieder Dick zu. „Schuyler und Marie haben letztes Jahr das Hochzeitstorten-Haus gekauft. Das hat doch einmal Ihrem Großvater gehört – oder ihrem Großonkel?"

Er drückte Dick das soeben geöffnete Bier in die Hand und setzte sich auf einen flachen Stein. Die anderen setzten sich auf ihre Handtücher in den Sand. Dick lehnte sich an einen runden Findling. „Ihre Stiefel gefallen mir", sagte Barbara Goode. „Dir nicht, Marie? Die vielen Falten unter den Knien sind super. Wenn die Stiefel aufgerollt sind, reichen sie über die Oberschenkel fast bis an die Leisten, nicht wahr? Wie halten sie eigentlich da oben?"

Dick hörte auf, an seinem Sandwich zu kauen.

„Man macht sie am Gürtel fest."

„Für den Fall, daß man durchs Wasser waten muß?"

„Genau – und wenn man in einem Cockpit arbeitet, das von einer Welle überspült worden ist."

Dick wunderte sich, daß Mrs. Goode all das nicht wußte.

Vielleicht versuchte sie auch nur, die andere Frau aus der Reserve zu locken. Aber wenn die andere Frau wirklich so war wie May, verschwendete Mrs. Goode ihre Zeit. Und sie machte sich über ihn und seine Stiefel lustig. Obwohl die beiden Damen es waren, die kaum etwas anhatten.

„Ich bin der König der Piraten!" sang Schuyler. „Ich bin der König der Piraten! Und eines kann ich euch verraten: Schön ist's als König der Piraten!"

Marie hatte sich ein überzähliges Handtuch wie einen Umhang um die Schultern gelegt.

Dick beneidete Menschen, die so leicht aus sich herausgehen und singen konnten. Hin und wieder fing Parker in Bars damit an, wie ein Itaker – er konnte auch ein paar Itakerlieder. Er blies sich auf wie ein Vogel und schmetterte drauflos. Itaker-Opernarien, Elvis Presley, Roy Orbison. Joxer und Barbara Goode grinsten über Schuylers Gesang. Dick sah jetzt in Marie eine verwandte Seele – so ähnlich ging es ihm, wenn Parker anfing zu singen. Dick rutschte dann auf seinem Stuhl immer tiefer. Er trank sein Bier aus und stand auf. „Bevor Sie gehen, Dick", sagte Barbara Goode, „möchten wir Sie noch um ein paar Gefallen bitten. Joxer und Schuyler wollen hier auf der Insel ein Strandpicknick veranstalten und brauchen jemanden, der ihnen dabei

33

zur Hand geht. Würden Sie das tun? Natürlich kaufen wir Ihnen die Muscheln und einige Hummer ab. Vielleicht können Sie den beiden zeigen, wie man das Feuerloch gräbt. Und wohin das Feuer, die Steine und der Seetang kommen. Joxer glaubt zwar, daß er das alles weiß, aber ich bin sicher, daß Sie es besser wissen. Wir werden dreißig Gäste haben, und da möchte ich nicht riskieren, daß die beiden einen Fehler machen."

„Ich fahre in ein paar Tagen raus", sagte Dick. „Außerdem muß ich für einen Freund ein Boot in Schuß bringen."

Schuyler hob herausfordernd den Kopf. „Sie fahren mit einem Fischerboot aufs Meer?"

„Mhmm."

„Ich drehe gerade einen kleinen Film – Filmemachen ist nämlich mein Beruf. Wäre es nicht möglich, daß ich mitkomme? Ich und meine Kamerafrau?"

Dick war verblüfft. „Ich weiß nicht. Wir bleiben so vier, fünf Tage draußen. Ich meine, es ist keine... Na ja, ich könnte Parker mal fragen."

„Regeln wir zuerst das mit dem Picknick", sagte Mrs. Goode. „Joxer, unterhalte dich mal mit Dick."

Joxer begleitete Dick zu seinem Ruderboot. „Sie wären uns wirklich eine große Hilfe", sagte er. „Sie sehen ja, wie es ist. Barbara macht sich Sorgen, weil sie die Party gibt, zusammen mit Schuyler und Marie. Barbara möchte, daß die beiden einen guten Start haben, wenn sie hierherziehen. Sagen wir fünfhundert Dollar für die Zutaten. Sie wissen schon – Weichmuscheln, Venusmuscheln, Kartoffeln, Mais – obwohl, ich glaube, um die Jahreszeit gibt es noch keinen Mais. Können Sie dreißig Hummer beschaffen?"

Dick wußte nicht, was er davon halten sollte. Auch bei dreißig Gästen würden sich die Kosten für Hummer, Venusmuscheln, Weichmuscheln und Kartoffeln auf nicht einmal zweihundert Dollar belaufen. Dick erinnerte sich mit Bedauern an das Faß Weichmuscheln, das er kürzlich dem Händler verkauft hatte. Er wagte es nicht, mit dem Traktor noch einmal ins Vogelschutzgebiet zu fahren, aber er konnte ja die Jungen schicken. Er würde sie mit ihrem Boot und ein paar Körben dort absetzen. Das mit den fünfhundert verstand Dick trotzdem nicht. „Das ist eine Menge Geld", meinte er.

„Nun, Barbara ist der Ansicht, daß es auch eine Menge Arbeit ist", sagte Joxer. „Und sie hat recht. Immerhin muß man das Loch graben und Treibholz und Seetang sammeln. Außerdem hofft sie, glaube ich, daß Sie mir helfen werden, die Gäste von der Landspitze auf die Insel zu bringen – also müssen wir Ihnen auch eine Pauschale für Ihr Boot bezahlen."

Allmählich sah Dick klarer. Noch nicht völlig klar, aber er begriff so ungefähr, worum es ging. Viele unabhängige Hummerfänger hatten Abmachungen mit Familien, die hier Sommerhäuser besaßen. Sie pumpten im Herbst das Wasser aus den Leitungen und reparierten im Frühjahr die Fliegengitter. So fing es an. Dann bekamen sie plötzlich einen Anruf, daß die Familien in ihrem Strandhaus Weihnachten feiern wollte, und man solle doch bitte das Wasser wieder aufdrehen, heizen und vielleicht noch eine Ladung Brennholz besorgen. Wenn es nicht zuviel verlangt sei, solle doch dieser Eddie Wie-hieß-er-doch-gleich bitte den Schnee aus der Einfahrt schaufeln. Und wenn es irgendwo eine hübsche Kiefer gebe, die man als Weihnachtsbaum verwenden könnte, dann wäre es sehr freundlich, wenn man sie gleich abschneiden und auf die Veranda schaffen könnte. Die Hälfte aller Hummerfänger, die Dick kannte, verdienten sich auf diese Weise einen ordentlichen Weihnachtsbonus. Im Frühjahr gab es noch einen netten Scheck. Dick hatte sich geschworen, sich nie auf so etwas einzulassen. Aber jetzt hatten sie ihn am Wickel. Fünfhundert Scheine. Dick warf einen Blick auf die Venusmuscheln in seinem Korb. Er schaute über den Kanal zum Hochzeitstorten-Haus. Wenigstens baten sie ihn nicht, die Leitungen leerzupumpen. „Schuyler ist ein alter Schulfreund von mir", sagte Joxer. „Er ist zwar ein bißchen komisch, aber es ist möglich, daß die ganze Gegend von ihm profitieren wird. Finanziell. Er spricht davon, daß er sich ein Boot bauen lassen möchte, und ich habe ihm gesagt, Sie seien der richtige Mann für ihn."

„Das einzige Boot, das ich derzeit baue, ist mein eigenes", erwiderte Dick. Plötzlich fiel ihm ein, daß er lieber sagen sollte, was er wollte. „Ich mache das Picknick", sagte er.

„Wunderbar", sagte Joxer.

„Wenn Sie auch was für mich tun."

„Und was?"

„Sie kommen zu mir und sehen sich das Boot an, das ich baue."

„Aber sicher", sagte Joxer. „Ich sehe mir gern jedes Boot an, das Sie bauen."
„Das ist nicht jedes Boot."

Dick schwor sich, seine Laune nicht an den Jungen auszulassen. Er war sehr schlecht aufgelegt – wegen der Sache mit dem Picknick und der Arbeit an Parkers Boot. Er hatte sich zuviel aufgehalst und arbeitete jetzt für zwei verschiedene Auftraggeber. Er setzte die Jungen am seeseitigen Rand des Vogelschutzgebietes ab. Charlie war nervös, weil er wieder Weichmuscheln ausgraben sollte. Als Dick drei Viertelscheffel-Körbe ans Ufer warf, sagte Charlie: „Pro Mann ist nur ein Viertelscheffel erlaubt."
„Der dritte Mann bin ich", sagte Dick. „Sobald ich die Körbe eingeholt habe, komme ich zurück. Wenn die Typen vom Naturschutz auftauchen und fragen, wo ihr neulich nachts gewesen seid, sagt ihr einfach ‚zu Hause'. Und dann sagt, daß ihr hier was erledigen müßt und keine Zeit zum Reden habt."
Während er die Hummerfallen kontrollierte, fiel Dick ein, daß er das kleine Ruderboot der Jungen auf Parkers Boot mitnehmen wollte. So ging's, wenn man sich zuviel vornahm. Aber wenn er in dem Tempo weitermachte, würde er am 4. Juli genug Geld für den Motor haben und das Boot bis zum Labour Day fertigbauen können. Ein guter, zuverlässiger Cummins-Diesel sollte es sein. Er hatte beschlossen, sich einen erstklassigen Motor und eine ebenso erstklassige Propellerwelle und Schraube zu leisten. Stundenlang hatte er sich mit dem Cummins-Vertreter in Providence unterhalten und zu Hause das Fundament für die Maschine immer wieder nachgemessen. Der Cummins stimmte von Größe und Gewicht her ganz genau. Und der Cummins-Vertreter war so fair gewesen, wie Dick es sich nur wünschen konnte. Kein Finanzierungsprogramm, aber für eine Anzahlung von fünfhun-

dert Dollar versprach er Dick, ihm den Motor zum alten Preis zu liefern. Dieses Frühjahr war die Cummins-Preisliste um zwölf Prozent in die Höhe geschossen. Schon jetzt hatte Dick also mehr als fünfhundert Dollar gespart. Aber nun mußte er wieder eine Rate zahlen, sonst konnte der Verkäufer den Motor nicht länger zurücklegen.

Zwölf Prozent mehr wären eine ganz schöne Belastung, und Dick hatte mehr als Geld in die Sache gesteckt. Er konnte keinen anderen Motor nehmen, ohne Größe und Gewicht völlig neu ausrechnen und wahrscheinlich das Fundament herausreißen zu müssen. Ebenso wertvoll wie Geld oder Arbeit war die Zeit, die er bereits dem Studium dieses Motors gewidmet hatte. Ein Diesel ist zwar wie der andere – es handelte sich schließlich nicht um ein besonders kompliziertes Gerät –, aber dieses Modell kannte er in- und auswendig. Er hatte einmal einen Cummins eingebaut, als er noch in der Werft arbeitete, und ihn zweimal gewartet. Im Lauf des letzten Jahres hatte er die Gebrauchsanweisung so oft gelesen, daß er jede beliebige Seite daraus mit geschlossenen Augen vor sich sah, sowohl die Texte als auch die Zeichnungen, bis zu jeder einzelnen Schraube, Beilagscheibe und Schraubenmutter, die auf magische Art in der Luft hingen, genauso wie sie in der Anleitung abgebildet waren.

Er war in den Motor nicht so verliebt wie in das Boot, aber richtig wohl fühlen würde er sich erst, wenn er ihn eingebaut hatte. Es machte ihm Freude, die Federzeichnung mit seinem geistigen Auge zu betrachten und sie sich als metallisch glänzende, ölig schimmernde Form vorzustellen, die er hochzog, herunterließ – und hier überschnitten sich zwei Tagträume –, ins Boot herunterließ, auf die eingestellten Bolzen des Fundaments. Er würde die riesige an der Kette des Hebekrans hängende Last so lange hin und her manövrieren, bis die acht Öffnungen der mit Lochflanschen versehenen Unterseite genau in der richtigen Position über den Spitzen der Bolzen waren und sich mit einem leisen Scharren senkten, einem stählernen Flüstern, mit dem sie auf die Gewinde trafen.

Er würde das Picknick vorbereiten. Er würde ihre Boote, ihre Anlegestellen, zum Teufel, sogar ihre Klos reparieren. Er würde nicht für sie arbeiten, weil er nicht gut genug war, sich seinen Lebensunterhalt auf See zu verdienen. Er würde für sie arbeiten, damit er zur See fahren konnte.

Dick schaffte alles, was er für das Picknick brauchte, nach Sawtooth Island. Er ließ Charlie und Tom am Strand von Sawtooth übernachten, damit sie den Hummerwagen und die Stahlreusen voller Krabben bewachten, die er dort ins Wasser gesetzt hatte.

Er schaute noch schnell ins Neptune und hinterließ Parker die Nachricht, daß die Stopfbuchse repariert und der Bugkorb getakelt war und sie nur noch warten müßten, daß die Werft das Boot wieder zu Wasser ließ.

Er hob das Feuerloch am Strand aus. Charlie und Tom mußten noch einmal Steine sammeln, mit denen er das Loch auslegen wollte. Die Jungen hatten die ersten Steine von unterhalb der Flutlinie geholt, und Dick hatte gehört, daß sie hin und wieder Feuchtigkeitstaschen hatten. Zwar hatte er noch nie einen Stein von unterhalb der Flutlinie explodieren sehen, aber man hatte ihm erzählt, daß einige Sommerfrischler auf diese Art ihre verdammten Picknicks in die Luft gesprengt hätten und Sandstein- und Granitsplitter wie Schrapnelle durch die Plane geflogen seien. Wäre fast den Spaß wert, das absichtlich zu tun – sollten sie ihre heißen Hummer doch im Flug fangen. Aber wenn man es wollte, ging natürlich nie etwas schief.

Die Jungen hatten von der Seeseite des Strandes eine Ladung sauberen Seetang geholt. Als das Feuer auf den Felsen niedergebrannt war, warfen sie die erste Lage Seetang darauf. Ein freundliches Zischen ertönte, und dann begannen die Lufttaschen des Seetangs aufzuplatzen. Sie kippten eine ganze Schubkarre neuer Kartoffeln in das Loch und legten eine Lage Seetang darauf. Ein bißchen später folgten die größeren Venusmuscheln, dann die kleinen und dann endlich die Weichmuscheln. Ganz zum Schluß alle Hummer. Dann kam die Plane darüber und wurde mit feuchtem Sand und Steinen beschwert.

Joxer hatte den ersten Schwung Gäste in seinem Boot von der Landspitze zur Insel gebracht. Einige davon kannte Dick. Er nickte ihnen zu. Ein Querschnitt durch die im heimischen South County ansässige Oberschicht mit Sommergästen.

Joxer brachte ihm ein Bier und fragte Charlie und Tom, ob sie ein Cola wollten. Die Jungen versteckten sich schüchtern hinter Dick, was ihn ärgerte, doch übelnehmen konnte er es ihnen nicht. Die ersten zehn Gäste, die an Land gekommen waren, hatten auf einer leichten Anhöhe einen Halbkreis gebildet, als ob die Pierce-Jungen und ihr Original-South-County-Picknick auf einer Bühne zur Schau gestellt wurden. Dick wandte sich ab und blickte aufs Wasser hinaus.

Joxer und Schuyler hatten Glück mit dem Wetter. Es war ein perfekter Juniabend, einer der ersten windstillen Sommerabende nach einem unbeständigen Frühling. Es war gerade so viel Bewegung in der Luft, daß der Duft der Strandrosen über den Weiher zu ihnen drang. Der Himmel, die kleinen Wölkchen, das seichte Wasser des Weihers, die Dünung, die sich an der Sandbarre[1] bei der Trichtermündung brach, sogar die Seeschwalben, die über ihren Nestern im Salzgras kreisten und flatterten, schienen jetzt weniger hektisch, als das grelle Nachmittagslicht weicher wurde und Luft und Wasser intensivere Farben annahmen.

„Wollt ihr Jungs nicht schwimmen gehen?" fragte Joxer.

„Geht nur", sagte Dick. „Die Badehosen habt ihr ja schon an. So spart ihr euch das Waschen, wenn ihr zum Abendessen heimkommt."

„Sie können gern hier essen", sagte Joxer. „Ich dachte, May und die Jungen würden uns Gesellschaft leisten."

„Sie essen früh zu Abend. Trotzdem danke. Also los, Jungs, ab ins Wasser und dann nach Hause."

Die Jungen blickten sich verlegen um, als müßten sie sich vor einer Menschenmenge ausziehen, obwohl sie nur Turnschuhe und T-Shirts abstreiften.

Elsie Buttrick kam zu ihnen herunter. „Hi, Dick. Hi, Charlie und Tommy." „Hallo, Inspektor Buttrick", sagte Dick.

Die Jungen grinsten. Elsie war zwar ihre Nachbarin seit Men-

---

1 Durch Strömungen entstehende Sandablagerung vor einem Fluß oder einer Hafeneinfahrt

schengedenken, aber zugleich auch Inspektorin der Naturschutzbehörde von Rhode Island, eine mit Supervollmachten ausgestattete Jagd- und Fischerei-Aufseherin. Ihre Autorität hätte jedem von Dicks Freunden größere Zurückhaltung auferlegt. Aber da Elsie eine geborene Buttrick war – und einer ziemlich reichen Familie angehörte, die auf der Landspitze wohnte –, brachte sie ihre offizielle Stellung ihnen sogar näher.

Dick fühlte sich in ihrer Gegenwart unbehaglich – näher hieß nicht automatisch vertrauter –, aber er mochte sie, weil sie so nett mit Charlie und Tom umging. Hin und wieder unterrichtete sie an ihrer Schule und rief Charlie und Tom dann mit Namen auf. „Charlie Pierce, ich weiß, daß *du* weißt, ob in unserer Gegend Wasserschildkröten leben." „Ja, Ma'am", sagte Charlie. Sie wandte sich an die Klasse. „Er weiß es, weil ihn einmal im Pierce Creek eine gebissen hat. Stimmt's, Charlie? Und führt der Pierce Creek Salz-, Brack- oder Süßwasser? Die Frage ist zu leicht für dich, Charlie. Fragen wir lieber einen von den Kartoffelfarmern."

All das und mehr berichtete Charlie zu Hause – über die Klassenfahrt zum Great Swamp oder nach Tuckertown, wo sie beim Kartoffelpflanzen zusehen durften. Elsie überredete Miss Merry, eine Dia-Schau über die Vogelarten der Region zu veranstalten, und Eddie Wormsley (was Dick damals sehr gewundert hatte), einen Vortrag über Bäume zu halten.

Eddie war nur einmal wirklich sauer auf Dick, und zwar als Dick ihn im Neptune wegen seines Vortrags auf die Schippe genommen hatte.

„Geht ihr Jungs schwimmen?" fragte Elsie. Sie schleuderte die Sandalen von den Füßen und zog den Pullover aus. Darunter trug sie einen blaßrosa Badeanzug. Als sie mit einer schnellen Bewegung den Wickelrock abstreifte, merkte Dick, wie Charlie ihre Beine anstarrte.

„Na, kommt schon, ihr beiden", sagte Elsie.

Dick hätte fast etwas gesagt. Er wollte Charlie wegen seiner Freundin auf den Arm nehmen. Aber er schluckte es hinunter und wunderte sich über seinen plötzlichen Anfall von Melancholie.

Charlie war sechzehn. Er war nicht so zäh, wie Dick mit sechzehn gewesen war. Er war kleiner, intelligenter und freundlicher. Kein rotzfrecher Halbwüchsiger, sondern ein magerer, schüchterner Junge, der sich für Elsie Buttricks Beine interessierte. Dick wußte, daß er zu streng mit ihm war. Von hinten sah Elsie immer noch wie sechzehn aus. Er wußte noch, wie sie ihm einmal im Sommer im Badeanzug entgegengekommen war (im Hafen? Auf der Werft?). Damals war ihm ihre Figur aufgefallen. Die kleine Elsie Buttrick war erwachsen geworden, sie anzusehen war ein reines Vergnügen. Dann sagte sie, es tue ihr sehr leid, daß sein Vater gestorben sei. Und sofort hatte *er* aufgehört, ihre Beine anzustarren.

Das nächste Mal hörte er von ihr, als sie vom College zurückkam – eigentlich von zwei Colleges. Brown und die Yale-Schule für Forstwirtschaft. In Uniform. Sie sah gut aus, war nicht immer hübsch, aber doch oft genug, um einen umzuwerfen. Und sie war das Gesetz. Diese Kombination konnte einen unsicher machen. Außerdem war sie ein reiches Mädchen. Aber sie arbeitete schwer – in dieser Hinsicht war sie wie Joxer. Sie arbeitete von morgens bis abends.

„Es kommen noch ein paar Gäste", sagte Joxer zu ihm. „Ich stelle mir die Sache so vor – wenn es Ihnen recht ist: Ich bleibe mit dieser Gruppe hier, und Sie holen die nächste. Schuyler und Marie servieren den Leuten gerade Drinks im Hochzeitstorten-Haus und schicken sie dann zum Kai runter. Von dort holen Sie sie ab. Schuyler wartet noch auf die Nachzügler und bringt sie mit rüber."

„Okay", sagte Dick. „Ich schicke nur noch schnell die Jungen nach Hause."

„Alles klar", sagte Joxer und ging wieder zu seinen Gästen.

Dick rief die Jungen. Sie sammelten ihr Zeug ein und begannen zu streiten, wer rudern mußte.

„Laß Tom rudern", sagte Dick. Als sie saßen, gab Dick dem Boot einen Stoß. „Geht morgen früh nicht weg!" rief er ihnen nach. „Ich hab was für euch zu tun!"

Elsie stand aus dem Wasser auf und watete ans Ufer. „Zu Befehl, Daddy", sagte sie und salutierte lachend.

„Kennen Sie eine bessere Methode, Kinder zu erziehen?" fragte Dick.

„Ach, achten Sie gar nicht auf mich. Vielleicht haben Sie ja recht. Die beiden finden Sie ziemlich in Ordnung. Nach Ed Wormsleys Vortrag über Bäume hat mich Charlie gefragt, ob Sie

41

mit der Klasse nicht einen Ausflug zu den Salzweihern und hinauf in die Marsch machen könnten."

„O Gott."

„Ist doch eine gute Idee. Sie kennen die Salzmarsch. Ich glaube, Sie und ich sind die einzigen, die noch wissen, wo der alte Karrenweg ist. Sie wissen schon – der Weg ins Vogelschutzgebiet."

Dick erschrak. Er sagte nichts.

„Machen Sie das nie wieder", sagte Elsie. „Beim ersten Mal war's noch lustig. Ein zweites Mal, und Sie bekommen eine ordentliche Geldstrafe aufgebrummt."

Dick hielt den Blick starr auf die Flußmündung gerichtet.

„Es gibt noch zwei andere Naturschutzbeamte, die sofort auf Sie getippt haben, aber sie können nichts beweisen", sagte Elsie. „Sie sind leicht verwirrt, weil sie wissen, daß Sie keinen Traktor besitzen. Mich verwirrt das nicht. Ich kenne Ihren Freund Ed Wormsley. Wäre schlimm, wenn Eddie wieder Ärger bekäme."

Dick sah den Köder zwar, aber er schnappte nicht danach. „Ach", sagte er nur, und fügte dann bedächtig hinzu: „Ich glaube nicht, daß Eddie irgendwas damit zu tun hat. Ich meine, wenn jetzt die Rede davon ist, wer den Strand im Schutzgebiet aufgegraben hat. Könnte ein Traktor gewesen sein. Klang zwar nicht wie ein Traktor, wäre aber möglich. Nur – Eddie würde nie nach Muscheln graben. Er mag gar keine Muscheln und wüßte auch nicht, wo er sie verkaufen kann. Ich muß noch ein paar Gäste abholen. Schätze, Sie werden jetzt ihre Uniform anziehen."

„Nein." Elsie lachte. „Heute bin ich nicht in Uniform. Macht es Ihnen was aus, wenn ich mitfahre?"

Es lohnte sich nicht, für die vierhundert Meter rund um die Landspitze zur Anlagestelle des Hochzeitstorten-Hauses den Motor anzulassen.

„Lassen Sie sich durch mich nicht stören", sagte Elsie. „Hören Sie, wenn Sie und Eddie nichts allzu Schlimmes anstellen, bin ich auf eurer Seite. Hat Eddie Ihnen die Geschichte mit dem Schwan erzählt? Nein, sagen Sie nichts. Ich erzähle es Ihnen: Ich habe ihm erlaubt, einen Schwan zu behalten, den er mit seiner Armbrust geschossen hat. Ich weiß, daß Sie über seine Armbrust Bescheid wissen. Solange ihr nichts Schlimmeres anstellt und solange keiner draufkommt... Ich will nur vermeiden, daß diese Gegend vor die Hunde geht. Manchmal denke ich, ich sollte kündigen und für Save-the-Bay oder die Clamshell Alliance arbeiten. Mich vor die Bagger legen, wenn sie wieder ein Atomkraftwerk bauen wollen."

„Soweit ich gehört habe, ist das jetzt vorbei. Sie können weder in Wickford noch in Charlestown bauen."

„Ja. Das Projekt ist gestorben. Ich weiß gar nicht, warum ich mich so aufrege. Und die Ferienhäuser, die mein Schwager hier oben bauen will, sind gar nicht so übel. Hat man Ihnen das Architekten-Modell gezeigt?"

„Welche Ferienhäuser?"

„Ich dachte, Sie wissen das. Hier auf Sawtooth Point."

„Herr im Himmel!" Dick hörte auf zu rudern.

„Überrascht mich, daß man Sie nicht informiert hat", sagte Elsie. „Ich dachte, daß man Sie deshalb eingeladen hat."

Dick lachte kurz auf. „Nein. Wer ist ‚man'?"

„Joxer und Schuyler van der Hoeve. Und dann noch mein Schwager und Mr. Salviatti. Ich dachte, sie hätten sämtliche Nachbarn eingeladen. Es sind auch ein paar Leute darunter, denen sie ein Haus verkaufen wollen. Vielleicht sagen sie es Ihnen später. Verraten Sie nicht, daß ich es Ihnen erzählt habe, in Ordnung? Hören Sie, so schlimm ist es doch gar nicht. Tut mir leid, daß ich es bin, die ... Ich hab die Pläne gesehen, und es wird sich hier nicht viel ändern."

„Wieviel werden die damit verdienen?"

„O Gott, das weiß ich nicht. Millionen, Milliarden. Sie wissen doch, wie das hier ist."

Das Ruderboot drehte sich leicht beim Driften. Da ihm die Sonne nicht mehr in die Augen schien, konnte Dick jetzt Elsies Gesicht sehen.

Vom Pier her rief jemand nach ihnen. Elsie winkte und schrie: „Wir kommen!"

Sie beugte sich vor und berührte sein Knie. „Hören Sie Dick. Ich fühle mit Ihnen. Ich war genauso entsetzt wie Sie jetzt. Aber alles westlich vom Pierce Creek bleibt Schutzgebiet. Es sind nur ein paar Häuser mehr." Sie lehnte sich zurück und sagte: „Scheiße. Warum sag ich so was? Ich rede schon wie diese Leute."

Dick wußte, daß er die Bitterkeit, die er wegen Sawtooth Point empfand, verdrängen konnte. Aber aus Elsie wurde er jetzt nicht schlau. Ein paar Minuten lang hatte sie ganz offen mit ihm gesprochen, und was sie über ihre Arbeit gesagt und wie sie nach allen Seiten ausgeteilt hatte, war sehr interessant gewesen. Es war ihm schon immer schwergefallen, sie und ihren Job unter einen Hut zu bringen. Dann hatte ihn die Neuigkeit natürlich tief getroffen, aber sogar hinterher hatte er das Gefühl gehabt, sie habe es ihm ziemlich direkt gesagt. Und als sie behauptete, mit ihm zu fühlen, hatte er auch das geglaubt.

Der Unterschied lag nicht so sehr darin, daß sie wegen des Vogelschutzgebiets sentimental geworden war, während ihm wieder einmal die Erinnerung an die hohe Krankenhausrechnung seines Vaters und an den Verlust von Sawtooth Point im Fleisch saß. Er konnte sie verstehen – schließlich lag ihm das Schutzgebiet auch am Herzen. War es ihr nicht möglich, mit ihm zu fühlen und an Geld zu *denken*? Es war nicht nur das. Es war ihr plötzlicher Stimmungsumschwung, die Tatsache, daß sie sich korrigiert, geflucht und versucht hatte, ihre Gefühle zu ordnen – es lief letztlich wieder darauf hinaus, wie *ihr* zumute war.

Er begann wieder zu rudern. Sie drehte den Kopf der Sonne zu. Ihr Gesicht wurde dunkel. „Ich muß . . .", sagte sie. Sie lehnte sich zurück. „Zum Glück habe ich gerade meinen Monatsurlaub. Ich hätte Schuyler nie versprechen dürfen, ihm bei seinem Film zu helfen. Wußten Sie, daß das sein Job ist? Er dreht kurze Dokumentarfilme. Er wollte wissen, ob Sie uns ein bißchen rumführen könnten. Haben Sie Zeit?"

„Momentan nicht. Ich muß Geld verdienen. Und sobald ich Geld habe, muß ich an meinem Boot weiterarbeiten."

„Na ja, vielleicht könnten wir auch einfach nur mitfahren, wenn Sie Ihre Fallen einholen. Ich denke, Schuyler ist auch bereit, dafür zu bezahlen."

„Worum geht's in seinem Film?"

„Er dreht mehrere gleichzeitig. In einem davon geht's ums South County. Er hat einen Vertrag mit dem Schulfernsehen und einen anderen mit dem staatlichen Fremdenverkehrsbüro. Außerdem besteht seine Investition in das Ferienhaus-Projekt zum Teil darin, daß er einen Kurzfilm darüber dreht, wie schön die Gegend hier ist."

„Schwer beschäftigt, der Knabe."

„Er ist ziemlich gut", sagte Elsie. „Er hat mehr aufzuweisen als ein hübsches Gesicht." Elsie mußte über ihre eigenen Worte lachen.

Dick war sich jetzt wenigstens über einen der Gründe im klaren, warum ihm Schuyler unsympathisch war. Er war wirklich ein hübsches Kerlchen. Und er schien sich ständig über etwas zu amüsieren. Er sah sich dies und das an und war belustigt. Joxers Jovialität störte Dick nicht annähernd so stark wie Schuylers amüsiertes Gesicht. Es paßte zu Schuyler, daß er sich ein Fischerdorf und eine Salzmarsch ansah und Filme darüber drehte. Von allem, was amüsant war.

Dick ruderte zur Anlegestelle, und die Gäste kletterten ins Boot. Dick stand auf und half Miss Perry auf die Heckbank. Als das Boot voller wurde, verließ Elsie ihren Platz neben Miss Perry, setzte sich zu Dick und nahm das Steuerbordruder. Ihre Schwester setzte sich dahin, wo Elsie gesessen war, und ließ sich von ihrem Mann ein Baby reichen.

„Sally, erinnerst du dich an Dick Pierce? Und das ist der kleine Jack-John Dudley Aldrich der Dritte. Kaum zu glauben, daß diese kleine Rübe schon so viele Namen hat, was?"

Dick erinnerte sich an Elsie mit vierzehn und fünfzehn. Sally war damals die Schönheit und Elsie das Großmaul.

Sally tat so, als habe sie die Bemerkung über ihr Baby nicht gehört. „Ja, natürlich, Dick Pierce. Sie haben sich überhaupt nicht verändert."

Sally hatte sich verändert, stellte Dick fest. Und nicht zu ihrem Nachteil. Früher war sie ein hübsches Mädchen unter vielen gewesen. Nun wirkte sie weicher und ein wenig müde, aber ihr Gesicht hatte Charakter.

Elsie stieß ab und ließ ihr Ruder durch die Dolle gleiten. „Sind wir soweit?" fragte sie. „Also – eins und zwei und eins und zwei."

„Das ist ein Ruderboot", sagte Sally. „Keine Tanzkapelle."

Dick und Elsie ruderten mit leichten Schlägen. Das Boot war widerspenstig mit neun Personen an Bord, weil es buglastig war. Elsie schwatzte mit Sally und Miss Perry. Wie in alten Zeiten. Die anderen Gäste, die meisten Fremde, riefen sich gegenseitig begeistert zu, wie schön die Aussicht war: das Hochzeitstorten-Haus, die Insel, der Weiher, wie reizend, wie unglaublich reizend.

Dick und Elsie brachten das Boot rückwärts an den schmalen

45

Strand der Insel. Joxer half Miss Perry, Sally und dem Baby an
Land. Die anderen Gäste zogen die Schuhe aus und stiegen über
Bord, wobei sie Joxer und seine Frau mit überschwenglichen
Zurufen begrüßten. Sie waren genauso vergnügt wie Joxer. Und
amüsiert. Höflich wie Sally und Miss Perry riefen sie auch noch
ein: „Vielen Dank für die Fahrt!" zurück, wandten sich einander
zu und voneinander ab, wateten durchs klare Wasser, wühlten
den hellen Sand auf, ein kleiner Schwarm freundlich aussehender,
barfüßiger Menschen in grellbunter Kleidung. Wie reizend, wie
absolut reizend. War es wirklich so leicht für sie, wie es aussah?
Sich so leichtfüßig zu bewegen, die Sätze lächelnd und mit einem
„Sag mal, wie war –" zu beginnen. Das Lächeln zu erwidern und
„wunderbar" zu antworten, oder auch „gräßlich"; Lächeln und
Worte, die so schnell und gleichzeitig hin und her schwirrten wie
ein Elritzenschwarm.

Geld. Es ging nicht nur um Geld. „Sag doch...", „Ja, ich weiß
alles darüber" oder „Nein, ich habe nicht die geringste Ahnung".
Anscheinend war es völlig bedeutungslos, ob sie wußten oder
nicht. Beide Antworten waren amüsant. Die ganze Konversation
glich einem Elritzenschwarm, zick, zack, zick. Nach oben, Köpf-
chen aus dem Wasser, runter und wieder weg.

Einmal war Dick zu einem Tennisplatz gegangen, um dort
jemandem zu sagen, daß sein Boot fertig sei. „Oh, Sekunde",
hatte der Mann zu den anderen Tennisspielern gesagt, sich dann
Dick zugewandt und gemeint: „Wir spielen nur schnell fertig,
wenn's Ihnen nichts ausmacht." Dick blieb stehen und wartete.
Eine der Damen machte einen Punkt, indem sie den Ball an den
Füßen ihres Gegners vorbeischmetterte. Sie sah so gut aus wie die
Tennisspieler im Fernsehen. Alle lachten. Sie waren belustigt.
Beim nächsten Mal prallte der Ball zwischen den beiden Spielern
desselben Teams auf. Beide reckten sich nach hinten, schlugen
aber in die Luft.

„Der gehört dir!" sagten beide. Dann lachten alle vier. Joxer
und Barbara Goode spielten gegeneinander. Vielleicht war es
deshalb so lustig. Dick wartete und wartete.

„Entschuldigung, ich wollte nur noch diesen Satz fertigspie-
len."

„Hallo, Dick!" rief Joxer fröhlich.

„Mr. Goode", sagte Dick, „Mr. White. Bill schickt mich. Er

hat gemeint, Sie wollten sofort verständigt werden, wenn Ihr Boot zu Wasser gelassen wird. Er sagte, Sie wollten dabei sein. Jetzt ist es so weit."

„Ach ja, Sie kommen von der Werft." Dick hatte diesen Typen vergangene Woche jeden Tag gesehen. „Sagen Sie Bill, ich bin unterwegs", fügte Mr. White hinzu.

Entlassen.

„Wie Sie wollen", sagte Dick jedoch. „Aber wenn Sie dabei sein wollen – das Boot wird zu Wasser gelassen, sobald ich zurück bin." Mr. Whites Ketsch hatte fünfundvierzig Fuß über alles und einen Tiefgang von acht Fuß. Bei Ebbe konnte man sie nicht zu Wasser lassen. Außerdem funktionierten die Winde und die Aufschleppvorrichtung nicht von selbst. Es waren die Größe des Bootes und die große Aufgabe, die Dick nervös machten. Auch wenn man es nur zum Vergnügen besaß, sollte man den Unterschied zwischen einer Tennispartie und einem Fünfund-vierzig-Fuß-Boot kennen. Aber Mr. White und Bill wußten, daß noch eine andere Größe damit zu tun hatte. Es ging nicht nur um Geld, aber sehr wichtig war es doch. Es war Zeit, nach den Muscheln zu sehen. Dick warf den Buganker aus, stoppte die Kette ab und watete durch das Wasser, um den Heckanker am Ufer zu befestigen.

Schuyler, seine Frau, Sallys Mann und die kleine Tochter paddelten mit einem Kanu zur Insel. Es war ein altes Boot mit Segeltuchbezug von einem leuchtenden Königsblau. Die Spanten und Duchten waren altersdunkel, glänzten aber frischlackiert.

Sally und Elsie liefen zum Wasser. Das Boot war ihr altes Familienkanu. Mr. Aldrich hatte es unter dem alten Buttrick-Haus entdeckt, als Überraschung für sie repariert und bei Schuyler unter einer Persenning versteckt.

Alle kamen herunter, um sich das Boot anzusehen.

„Das ist das alte Kanu deiner Mutter, Jenny. Damals war ich so alt wie du..."

Das kleine Mädchen begriff nicht, worum es ging, aber der Wirbel regte es auch auf.

Dick sah näher hin und bemerkte, daß einige Spanten neu waren. Gebeizt, damit sie zu den alten paßten. Da hatte sich jemand wirklich viel Arbeit gemacht.

„O Jack! Es ist wunderbar!"

Das neue Segeltuch war straff gespannt wie ein Trommelfell. Dick sah, daß sogar die Sitze mit neuem Rohrgeflecht versehen worden waren – im alten Stil, eine Reihe kleiner Sechsecke nach der anderen.

Marie van der Hoevel kam zu Dick herüber, als er unter dem Rand der Plane nach einer Muschel tastete.

„Kann ich Ihnen helfen?"

Er scheuchte sie mit seiner behandschuhten Hand zurück. „Vorsicht. Der Dampf könnte Sie verbrühen." Er fand eine Venusmuschel von beträchtlicher Größe. Offen. Also zog er die Plane weg und trat einen Schritt zurück. „Fertig!" Dick atmete tief ein, als der Dampf aufstieg und langsam an ihm vorüberwehte. Es roch gut. Er grub eine Kartoffel aus, tauchte sie ins Wasser und biß ab. „Kann man essen", sagte er zu Mrs. van der Hoevel. „Wollen Sie eine kosten?" Dick freute sich, weil alles so gut geklappt hatte. Er grub noch eine Kartoffel und eine kleine Weichmuschel aus, tauchte sie kurz ins Wasser und reichte sie ihr. „Ich werde das ganze Zeug jetzt in die Wannen legen", sagte er, „und Sie zerlassen die Butter auf dem Campingkocher. Riecht ganz gut. Wenn jetzt August wäre, hätten wir Maiskolben dazu, aber es ist auch so nicht schlecht."

Sie berührte die Muschel und zog hastig die Hand fort. „Meine Güte!" Dick klemmte seinen Handschuh zwischen die Knie und rollte das Muschelfleisch mit dem Finger zwischen den Schalen heraus. Schuyler und Elsie kamen rechtzeitig, um zu sehen, wie sie sich vorbeugte und die Muschel anknabberte. Dick entfernte den harten Teil des Halses. Sie streckte die Hand danach aus. „Die Vorhaut ißt man nicht, Schatz", sagte Schuyler. Mrs. van der Hoevel wurde rot. Sie kaute weiter. Aus dem Mundwinkel stieß sie ein „Gut" hervor. Wieder erinnerte sie Dick an seine Frau – obwohl sie hübscher war. Sie war dünn und nervös – Dick merkte, daß sie sich über Schuyler ärgerte. Aber sie nahm sich zusammen. Ihre weißen Shorts hatten scharfe Bügelfalten und hübsche Aufschläge. Jedes Hosenbein war eine Art Minirock, der um ihre schlanken Schenkel flatterte – so ähnlich wie ihr Haar um ihr Gesicht flatterte, das dadurch noch länger und schmaler wirkte. Wenigstens kaufte Schuyler ihr hübsche Kleider. Dick fühlte sich ein ganz klein wenig schuldbewußt wegen May!

Elsie zog lange Handschuhe und hohe Gummistiefel an und

stapfte in den Seetang, um ihm beim Füllen der Wannen zu helfen. Sie war etwa so groß wie Mrs. van der Hoevel, aber um einiges kräftiger und härter.

Mit den hohen, schwarzen Stiefeln und den Handschuhen sah sie, als sie in ihrem roten Badeanzug gebückt im Seetang herumfuhrwerkte, wie ein aufgeregter Marienkäfer aus. Alle paar Minuten mußten Dick und Elsie ein paar Schritte ins Wasser gehen, um die Sohlen ihrer Stiefel abzukühlen. Dann stiegen sie wieder auf den Scheiterhaufen, gruben Kartoffeln und einzelne Muscheln aus und warfen sie so schwungvoll in die Wannen, daß sie klirrten und klingelten wie ein nachdieselnder Motor. Dick fand es hochanständig von Elsie, ihm zu helfen. Er blickte zu ihr hinüber, als sie sich über den heißen Seetang beugte. Ihre Oberschenkel zwischen oberem Stiefelrand und Badeanzug waren von heißem Dampf rosa verfärbt, waren jedoch schön und kräftig geformt. Er verstand jetzt, warum Charlie sie so angestarrt hatte.

Als sie fertig waren, legte Elsie Handschuhe und Stiefel ab, lief ins Wasser und tauchte mit einer langen, gleitenden Bewegung ein.

Dick wünschte sich gerade, er hätte seine Badehose dabei, als Joxer ihm noch eine Flasche Bier brachte.

„Wenn Sie wie die meisten anderen Fischer sind, die ich kenne", meinte Joxer, „dann werden Sie lieber innen als außen naß."

„Wenn man so oft unfreiwillig naß geworden ist, geht man nicht oft schwimmen", antwortete Dick freundlich.

Er schöpfte mit der Hand etwas Wasser und schüttete es sich über Gesicht und Hals. „Das Wasser ist warm für Juni."

„Kann mir nur recht sein", sagte Joxer.

„Wasserski-Saison für Sie und Mrs. Goode."

Joxer lachte. „Nein. Wenn es weniger Hummer gibt, dann steigen auch meine Preise für Rotkrabben. Ich habe vor, zwei Kühlwagen zu kaufen, damit ich selbst nach New York und Boston liefern kann."

„Haben Sie genug Skipper, die für Sie rausfahren?"

„Noch nicht." Joxer legte den Kopf nach hinten. „Wie ich höre, hat Parker ein Boot."

„Mhmm", sagte Dick. Er schaffte es nicht, über sein eigenes Boot zu reden.

49

„Sieht aber nicht aus, als könnte es viel aushalten", sagte Joxer.
„Hat es für unsere Gewässer nicht einen schrecklich flachen
Kiel?"

Dick nickte. „Es wird nicht gerade bequem sein, aber es wird
gehen. Im Sommer. Wir werden ein paar Körbe aussetzen.
Vielleicht auch Rotkrabben fangen, wenn der Preis gut ist."

„Kommen Sie in mein Büro, falls Sie mit Parker rausfahren.
Ich sage Ihnen dann den Preis."

„Können Sie garantieren –", fing Dick an.

„Ich kann nichts garantieren. Aber der Preis sieht gut aus –
steigt sogar gerade."

„Ich hab gehört, Kapitän Texeira…"

„Kapitän Texeira hat zwei große Boote und ist ein alter
Skipper. Ich kann mich auf ihn verlassen. Wenn Sie und Parker
regelmäßig mit dem Schleppnetz rausfahren, können wir weiter-
reden."

Joxer sah zu den Gästen hinüber, die sich ums Essen anstellten.
Dann wandte er den Blick wieder Dick zu. „Sie haben hier
wirklich gute Arbeit geleistet", sagte er vergnügt. „Erstklassig."

Entlassen. Joxer war kein schlechter Kerl, aber er war und blieb
Offizier. Dick holte sich etwas zu essen und noch ein Bier, setzte
sich auf einen Stein und betrachtete Elsie auf der anderen Seite des
Weihers, die in dem flirrenden Licht nur noch als winziger
dunkler Punkt zu sehen war. Die Sonne glühte über dem Wasser
rot und orangefarben, und an Land färbten sich die ihm zugewandten Seiten aller Dinge über ihren dunklen Schatten blau und
violett. Dick spürte, wie seine brennenden und daher blinzelnden
Augen sich öffneten und er sich auch sonst entspannte. Das
violette Dämmerlicht, das Weiher und Marsch überschwemmte,
durchflutete auch ihn.

Als es ganz dunkel war, zündeten Joxers und Schuylers Partygäste Lampen an – Kerzen in Glaszylindern, ein paar Batterielam-
pen und eine zischende Gaslaterne am Bug von Joxers Wasser-Jet,
mit der die Bar auf dem Picknicktisch beleuchtet wurde.

Das lebhafte Stimmengemurmel glich jenem, das Dick immer
hörte, wenn er mit einem Fischerboot langsam an der Terrasse
des Jachtklubs vorbeifuhr. Der Motor tuckerte mit Viertelkraft
und wurde plötzlich von Stimmen übertönt – vielen Stimmen
zugleich, dann von einer oder zweien, die sich heraushoben und

zum Boot herübergeweht wurden wie der Flaum von Wolfs-
milch.

Dick hatte diese Laute immer gern gehört. Sie ähnelten jenen
der Zirpfrösche im Frühling. Nicht so heiser, aber höher als das
Schnattern der Enten, die im flachen Wasser auf Futtersuche
waren und einander etwas zuglucksten, bevor sie die Köpfe ins
Wasser tauchten. Alberne Laute zwar, aber immerhin zeigten sie
eine bestimmte Jahreszeit an.

Man konnte nichts gegen Lebewesen haben, die regelmäßig an
ihren Nist-, Laich- oder Brutplätzen auftauchten. Die Robben
wanderten im Mai nach Norden, die Seeschwalben kamen an, die
Streifenbarsche kamen in Schwärmen die Küste herauf. Wenn der
Sommer dann wirklich da war, gab es Schellfische, Schwertfische, Thunfische und Haie. Da mußte das Wasser aber schon über
achtzehn Grad haben. Über der Marsch flogen Amseln mit roten
Flügeln, Wiesenlerchen und Schwalben. Das Salzgras wurde
grüner, überall neue Flecken leuchtenden Grüns.

Im Hochsommer wurde alles Helle schwer und dunkel, und im
August schossen Sternschnuppen über den Himmel. Dann, bevor
man wußte, wie einem geschah, war es Herbst. Der lange, milde
Herbst, die klarste und beste Jahreszeit in Rhode Island mit ihrem
ganz eigenen Wirbel von Bewegung und Reife. An der ganzen
Küste konnte man in Buchten und Flüssen einzelne Kabeljaue
finden, die sich von ihren im Tiefwasser vorüberziehenden
Schwärmen getrennt hatten. Und dann brausten die Novemberstürme – alles krümmte sich und sank in sich zusammen. Das tote
Salzgras brach ab, wurde weggeweht, wickelte sich um die
nächsten Halme und fiel mit dem Regen zu den lebendigen
Wurzeln, vermischte sich dort mit der Schwärze. Es war ein
nützlicher Tod.

Während Dick an all das dachte und mit halbem Ohr die
Stimmen murmeln und das Gras im leichten Wind rascheln
hörte, der über den Weiher strich, während ein letztes Glühen den
Himmel und das Meer bei Block Island erhellte, dachte er an den
Tod seines Vaters. Er befreite sich von dem bitteren Gefühl, daß
das Sterben des alten Mannes ihn den Rest der Landspitze gekostet hatte, so daß Sohn und Enkel ohne Besitz zurückgeblieben
waren. Jetzt tat ihm der alte Mann leid. Er mußte seinen Tod wie
eine Laune der Natur empfunden haben, nicht wie einen der

üblichen Stürme, sondern wie einen Hurrikan, der zu früh kam, zu zerstörerisch war, der alles mit sich riß, statt es zu beugen und langsam in den dunklen Sumpf zu drücken.

Plötzlich war Dick wieder angespannt. Nun gut – die Landspitze würde er nicht mehr zurückbekommen. Aber das gottverdammte Boot wollte er bauen. Alles würde er für das Boot hingeben – das kleine Stück Land, das ihm der alte Mann hinterlassen hatte, und sämtliche Brosamen, die er noch von den neuen Besitzern der Landspitze bekommen konnte. Dieses Picknick zum Beispiel würde er direkt in den Motor investieren. Fünfhundert Dollar.

Joxer und Schuyler waren noch für viel mehr gut. Und auch Parker sollte das Seine dazutun.

Das war der Augenblick, in dem Dick Schuyler und Parker zum ersten Mal in einen Topf warf. Gerissen, einer wie der andere. Er war nicht so gerissen wie die beiden, aber sie würden sich prächtig verstehen. Dick fand, daß er Glück hatte. Zwar war er im Vergleich zu ihnen nur ein dummer Sumpf-Yankee, aber er wußte, was er wollte. Sein Boot wollte er schon die längste Zeit, aber nun schien es zum Ablauf der Dinge zu gehören. War so selbstverständlich, wie es selbstversändlich war, daß man auf Fische stoßen würde, wenn alle Zeichen stimmten.

Dick brachte einige Gäste auf die Landspitze zurück. Sally, ihren Mann und die Kinder. Und Miss Perry, die ihn daran erinnerte, daß Charlies Geburtstag nicht mehr fern war, an dem Dick sie und die Jungen jedes Jahr zum Fischen mit hinausnahm.

Zurück auf die Insel. Dick machte einen weiten Bogen um den großen weißen Wasser-Jet. Es war Flut, und die Leute sprangen vom Heck des Bootes ins Wasser, um zu tauchen.

Er fand Elsie. „Wenn Sie und Ihr Freund Schuyler Filme drehen wollen, habe ich eine Idee. Bringen Sie einfach Ihre Filmkamera mit, wenn Parker und ich auf Schwertfischfang fahren. Wir bleiben fünf oder sechs Tage draußen. Wir nehmen Sie beide mit, wenn Schuyler für uns ein Aufklärungsflugzeug chartert. Das Flugzeug kostet fünfzig Scheine die Stunde. Wir laufen um Mitternacht aus und übernehmen bei Tagesanbruch selbst die Wache. Nach Sonnenaufgang setzen wir das Flugzeug ein. Zwei Stunden Pause, während die Flut am höchsten ist. Wenn die See am Nachmittag noch ruhig ist, nehmen wir noch einmal ein paar Stunden die Maschine. Was sagen Sie dazu? Wenn wir das Flugzeug haben, ist es ziemlich sicher, daß wir etwas fangen."

„Parkers Boot?" fragte Elsie. „Bei Parker bin ich mir nicht so sicher."

„Parker hat den Arm in Gips, also..."

„Wenn Schuyler für das Flugzeug zahlt, wer bekommt dann die Fische?"

„Schuyler kriegt seine Aufnahmen, wir die Fische, der Pilot seine fünfzig die Stunde und einen Hunderter Bonus für jeden Fisch. Parker und ich werden den Bonus aus dem Erlös der Fische zahlen. Mehr können wir nicht anbieten."

Elsie lachte. „Was wird Parker dazu sagen?"

„Sprechen Sie mit Schuyler, ich rede mit Parker. Sie werden nicht so leicht ein anderes Boot kriegen. Momentan ist das Meer gerade richtig. Das Wetter stimmt. Man fängt keine Schwertfische, wenn es bewölkt ist oder der Wind zu oft umschlägt. Es gibt keine Garantie dafür, daß es den ganzen Sommer so gut sein wird."

„Okay", sagte Elsie. „Ich hole jetzt Schuyler. Aber, Dick..." Sie hielt inne.

„Ja?"

„Ich weiß nicht. Ich mache mir einfach nur Sorgen, wenn jemand wie Sie sich mit Parker rumtreibt."

„Ich habe auch meine Zweifel, was Ihren Freund Schuyler betrifft", antwortete Dick. „Aber wir wollen ja nicht heiraten – wir fahren nur ein paar Tage raus, spießen ein paar Fische und holen Fallen ein."

Elsie ging. Dick wußte, was sie meinte. Er hätte sich auch Sorgen gemacht, wenn er nicht gewußt hätte, daß die Gezeiten diesmal auf seiner Seite waren.

Die Gaslampe war jetzt ausgegangen. Nur die Kerzen brannten noch. Im Licht des abnehmenden Mondes sah Dick, daß die Partygäste nackt ins Wasser sprangen. Sollten sie ihren Sommerspaß haben! Charlie und Dick würden morgen die Insel säubern. Noch dieser Sommer würde sein Boot erleben. Er konnte gerade noch einige Köpfe erkennen, die auf dem Wasser zu tanzen schienen. Die Leute machten jetzt nicht mehr so viel Lärm, planschten und kicherten nur noch. Eine Flut aus Geld und

53

Vergnügen hatte sie nach Sawtooth Point und Sawtooth Island gespült. Diesmal würde er sich nicht drücken. Ein Fischzug wie jeder andere.

Dick hatte ganz vergessen, wie kribbelig er am Tag vor der Ausfahrt immer wurde. Auch May hatte es vergessen. Sie hätte sonst, wie früher, das Haus verlassen. Jetzt schnauzte er sie an, wenn er nicht gerade unterwegs zum Boot war. Inzwischen war er mindestens ein halbes Dutzend Mal hin- und hergegangen.

Beim vorletzten Mal fand er Schuyler, Elsie und Parker schon auf Deck. Sie standen da und quatschten. Hin und wieder zückten Schuyler oder Elsie die Kamera, die sie umgeschnallt hatten. Dick ging murrend an ihnen vorbei. Parker erzählte Schuyler irgendeine Scheiße. Hochsee-Geschichten. Dick legte seine Harpune beim Bugkorb ab, aber Schuyler wollte, daß er sie herüberbrachte und etwas darüber erzählte. Sowohl Schuyler als auch Elsie hoben die Kamera vors Gesicht. Dick wies auf den mit Schaumstoff umwickelten Stab, der aus dem Kamerapack heraus auf ihn zeigte. „Ist das das Mikrophon?"

„Ja", sagte Elsie. „Und was haben Sie in der Hand?"

„Lieber Himmel, Elsie, Sie haben doch schon mal eine Harpune gesehen..."

„Erklären Sie, wie sie funktioniert."

„Sie werden schon noch sehen, wie sie funktioniert. Das heißt, wenn wir jemals ablegen."

„Dick! Bitte!"

„Wenn wir irgendwo langschippern und nicht viel zu tun haben..."

„Kapitän Parker hat mir erzählt, Sie seien einmal so wütend

54

auf die Telefongesellschaft gewesen, daß Sie Ihren Apparat aus der Wand gerissen und aus dem Fenster mitten auf die Route One geworfen haben."

„Haben Sie etwa Angst um Ihre Kamera?" fragte Dick.

„Um Gottes willen!" sagte Elsie. Schuyler lachte.

Dick legte seine Harpune wieder beim Bugkorb ab, verstaute seine Seekarten und sonstigen Aufzeichnungen im Ruderhaus und wanderte dann auf dem Boot umher. Er überprüfte die Ködertrommeln und Ersatzkörbe. Schuyler fragte Parker, was er von Rhode Island halte. „Hübscher kleiner Bundesstaat", sagte Parker. „Als ich das erste Mal davon hörte, war ich gerade mit einem Charterboot im Golf unterwegs und hatte ein paar Texaner an Bord. Einer sagte zum anderen: ‚Ich hab gehört, du hast gerade das Land neben dem deinen gekauft. Mußt ja schon eine ziemliche Fläche zusammen haben.' Und der andere antwortete: ‚Es geht so. Etwas mehr als zweieinhalbmal Rhode Island.'"

Schuyler lachte. „Das darf nicht wahr sein!" rief Elsie.

„Diesen Scheiß erzählt er nur im Sommer", sagte Dick zu ihr.

„Wollen Sie damit sagen, daß Rhode Island im Winter größer wird?" fragte Schuyler. Er und Parker lachten.

„Wir fahren bald los", sagte Dick. „Ich hol noch ein paar Fallen ein und leg mich dann schlafen."

Schuyler und Elsie gingen mit ihm zu seinem Haus.

May war im Garten. Elsie winkte ihr und folgte Dick zum Kai. Schuyler stellte sich May vor. Er ließ die Kamera laufen und richtete das Objektiv auf den wackligen Schuppen, den Dick zusammengebaut hatte. Er hatte ein Holzdach, doch die Wandung bestand großteils aus alten Segeltuchplanen und Vinyl.

„Gehen Sie da nicht rein, Schuyler!" schrie Dick.

„Wann willst du zu Abend essen?" rief May zu Dick hinunter.

„Sobald ich zurück bin!" Dick ließ den Außenbordmotor an und legte ab.

Elsie sprang ins Boot. „Können Sie nicht einen Augenblick warten?" Dick fuhr das Flüßchen hinunter.

„Werden Sie auf der ganzen Tour so mies aufgelegt sein?" fragte Elsie.

Dick gab keine Antwort und beschleunigte, als sie an Saw-

55

tooth Point vorbei waren. Er konnte einfach nicht glauben, daß Schuyler mit seinen Filmen wirklich genug Geld verdient haben konnte, um das Hochzeitstorten-Haus zu kaufen.

Als Dick eine Reuse einholte, in der ein riesiger Aal war, wurde Elsie fröhlicher. Der Fisch hatte sich eingerollt und bildete ein großes S – von einer Ecke der Falle zur gegenüberliegenden. Als Dick die Reuse ins Boot schwingen wollte, quetschte sich der Aal zwischen den Stäben durch. Fast einen Meter lang und so dick wie Dicks Unterarm, schaffte er es dennoch, sich durch einen Spalt zu schlängeln, der etwa den Durchmesser von Dicks Daumen hatte. Elsie richtete die Kamera auf die Szene. Dick drehte die Falle um, und der Aal fiel ins Boot. Er zappelte zwischen Elsies Füßen hin und her, während sie den restlichen Reuseninhalt filmte – eine große Wellhornschnecke, einen Seestern und eine Spinnenkrabbe. Dick drehte die Schnecke um, damit Elsie den feuchten Fuß des Tieres filmen konnte, das sich in sein Haus zurückzog.

„Fruits de mer", sagte Elsie. „Zumindest zwei davon."

Dick stattete die Falle mit einem neuen Köder aus. „Die Hummer sind fast alle von hier verschwunden. Früher konnte man in Sichtweite vom Ufer noch so viele fangen, daß man ganz gut davon leben konnte. Aber jetzt muß man schon höllisch weit rausfahren."

„Aber ich hab das Gefühl, daß Sie gern richtig weit hinausfahren", sagte Elsie. „Sie sind gern auf See."

„Das ist wahr", sagte Dick. „Ich bin gern draußen. Hoffentlich verderben die Filmkameras nicht alles."

Elsie ließ die Kamera sinken und sah gekränkt aus.

„Ich meine nicht Sie", sagte Dick. „Aber wenn alles aufgenommen wird und diese Dinger dauernd surren wie die Uhrwerke – dann könnte das die Natur der Zeit ändern."

„O Schiet", sagte Elsie. „Schade, daß ich das nicht draufhabe. Ich nehme an, ich sollte Sie nicht bitten, es noch einmal zu sagen."

„Hat Schuyler bestimmte Regeln?" fragte Dick. Er warf die Falle über Bord und dachte: Ich muß aufpassen, daß sie nicht noch mehr aus mir herauslockt.

„Es gibt Regeln", sagte Elsie. „Aber ich bin nicht sicher, wie Schuyler sie auffaßt."

56

Als sie zurückkamen, setzte May Schuyler und den Jungen gerade Hamburger mit Erbsen vor. „Hoffentlich hat es Ihnen nichts ausgemacht, daß wir Sie hiergelassen haben", sagte Dick. „Sehen Sie zu, daß Sie pünktlich zu Parkers Boot kommen."

May brachte Elsie und Dick ihr Essen. „Wir haben uns gut unterhalten", sagte Schuyler.

Als Schuyler und Elsie weg waren, ging Dick ins Schlafzimmer und stellte den Wecker auf zwei Uhr. May kam ihm nach und setzte sich aufs Bett. „Er scheint nett zu sein", sagte sie. Dick schnaubte verächtlich. „Ich hoffe, du kommst mit ihnen zurecht", meinte sie. „Es ist auf jeden Fall besser, als die Zeit nur mit Parker und seiner Crew zu verbringen."

„Ich bin seine Crew", sagte Dick.

„Ich meine seine haschrauchenden Collegestudenten. Dieser Mann und das Buttrick-Mädchen sind einfach netter."

„Im Moment ist es mir aber gar nicht um meinen gesellschaftlichen Umgang zu tun –", sagte Dick.

„Manchmal frage ich mich, ob du jemals mit irgendwem zurechtkommen wirst – auch dann, wenn du dein Boot hast." Sie strich ihm über den Kopf, und durch diese Berührung klang ihre Bemerkung eher mitfühlend als nörgelnd; sie erinnerte ihn auch daran, daß er den größten Teil der Woche auf See sein würde. „Vielleicht möchtest du auch ein Schläfchen machen?" erkundigte er sich.

May stand auf. „Sobald du zurück bist", antwortete sie. „Das ist genauso wie mit dem Abendessen."

Sie legten kurz nach zwei Uhr morgens ab. Die späte Juninacht erinnerte eher an den Hochsommer. Als sie am Wellenbrecher vorüberglitten, begann Parkers Boot in der Dünung heftig zu arbeiten. Dick versuchte es mit verschiedenen Geschwindigkeiten, bis er das Boot soweit hatte, daß es ruhigere Fahrt machte.

Dick hatte sein Schläfchen hinter sich. Jetzt legten sich die anderen hin. Dick hörte, daß Elsie und Schuyler sich lachend darüber aufregten, wie dreckig die Kojen waren.

Es stimmte, es war wirklich ein dreckiges Boot, aber Dick war trotzdem zufrieden, daß er in See gehen konnte. Das Boot krängte unter der Sichel des abnehmenden Mondes.

Elsie wurde zuerst wach. Es war noch dunkel.

„Da drinnen stinkt's nach irgendwas", sagte sie. „Aber ich weiß nicht, was es ist."

„Wenn es windstill bleibt, können Sie's auslüften."

Vor ihnen färbte sich der Himmel bereits hell – anfangs war es nicht mehr als ein Klecks am Horizont, und dann wurde ein Stern nach dem anderen, Bogen für Bogen, vom Licht ausgelöscht.

„Es ist ruhiger als vorher", sagte Elsie. „Aber schließlich sind wir hier mitten im Ozean."

„Nicht mittendrin", sagte Dick.

„Na ja – nichts als Wasser. Wasser, Wasser überall, und nichts zum Trinken da.'"

Dick schaltete das Funkpeilgerät ein. „Da", sagte er zu Elsie, „suchen Sie mir einen New Yorker Sender."

„Sie wollen Musik hören?"

„Ich will Ihnen zeigen, wie Sie feststellen können, wo wir sind. Um diese Zeit ist es leicht, da hier nur wenige Stationen die ganze Nacht senden. Suchen Sie New York, Boston und einen aus Providence. Lesen Sie die Richtung ab, zeichnen Sie Linien auf die Karte, und wo sich die Striche kreuzen, da sind wir."

„So ähnlich, wie man mit dem Kompaß den Scheitelkreis ausrechnet."

„Genau", sagte Dick. „Sie haben's begriffen. Da. Versuchen Sie's."

„Warum genügen nicht zwei Linien?"

„Das werden Sie schon sehen. Wenn Sie damit fertig sind, holen Sie Kaffee und Fruchtsaft."

Elsie lachte ihn aus.

„Nach dem Frühstück werde ich Ihnen und Schuyler die Namen aller Dinge an Bord nennen", sagte Dick.

„Aber das interessiert mich nicht –", begann Elsie.

„Damit Ihnen klar ist, was es ist und wo es ist, wenn ich Sie darum bitte. Lachen dürfen Sie darüber, wenn wir wieder an Land sind. Sie können Filme drehen, so viele Sie wollen, solange es nichts anderes zu tun gibt. Ich will Sie nicht schikanieren. Aber so führt man eben ein Boot. Es gibt ein paar Dinge, über die wir diskutieren können, und ein paar andere, bei denen das unmöglich ist."

Elsie schwieg. Sie las die Peilungen ab und zeichnete sie ein. Dick warf einen Blick auf die Seekarte. „Nicht schlecht", sagte er. „Doch Sie haben ein ziemlich großes Dreieck rausgekriegt. Im Moment reicht es. Verstehen Sie jetzt, warum man drei braucht? Wenn es nur zwei sind, kann man sich einreden, daß man seine Position schon gefunden hat. Aber wenn drei übereinstimmen, wissen Sie, daß Sie recht haben. Wir haben noch genug Zeit, so daß Sie es noch einmal versuchen können, wenn Sie wollen."

Elsie machte es noch einmal. Sie bekam zwar keine genaue Position, aber diesmal war das Dreieck schon kleiner. Dick schaltete das Echolot ein. Ein Wert blinkte auf. „Und jetzt sehen Sie nach, ob die Stelle, an der wir Ihrer Peilung nach sind, so tief ist."

Elsie nickte.

„Jetzt legen Sie den Schalter da drüben um und lesen das Loran ab", sagte Dick.

Elsie las die Zahlen ab und fand sie auf der Seekarte wieder. „Warum haben Sie nicht gleich das Loran benutzt?" fragte sie.

„Weil Sachen kaputtgehen können. Wenn das Funkpeilgerät ausfällt, gibt es noch eine Möglichkeit, aber jetzt habe ich keine Zeit mehr, Ihnen die vorzuführen. Parker soll Ihnen zeigen, wo der Kaffee ist. Und sagen Sie ihm, er soll das Ruder nehmen, damit ich nach oben gehen und mich umsehen kann. Bringen Sie mir den Kaffee rauf. Viel Milch, kein Zucker."

Dick stieg ins Krähennest – den geschützten Ausguckstand auf dem Fockmast. Die lange Dünung brachte das Krähennest tüchtig zum Schaukeln, aber die See war perfekt, kein Riß in der Wasseroberfläche, die glatt war wie ein Leintuch. Noch nicht sechs Uhr. Das Flugzeug könnte um acht da sein. Am Ende würde er zwar müde sein, aber jetzt tat es gut, den Blick schweifen zu lassen. Der Anblick der glatten See war wie Balsam auf seiner Stirn. Er schaute weit hinaus, nahm dann den Blick zurück, blinzelte in den ersten Streifen Helligkeit und gönnte den Augen eine Entspannungspause. Nach einer Stunde kam Elsie herauf. Die Kamera trug sie an einem gepolsterten Riemen über der Schulter. Sie machte eine Aufnahme vom Bugkorb mit den daran festgezurrten Harpunen. Dann drehte sie sich um und filmte das Kielwasser, die einzige aufgewühlte Wasserfläche in weitem Umkreis.

„Was sieht man, wenn man einen Schwertfisch sichtet? Eine Rückenflosse?"

„Manchmal sieht man sie. Manchmal nur ein paar Zentimeter. Sieht aus wie ein Stück Treibholz. Mit guten Augen erkennt man auch einen Fisch etwa einen halben Meter unter Wasser – und zwar daran, daß er die Wasseroberfläche aufwühlt. Wenn die See kabbelig ist, sieht man sie nicht. Bei bewölktem Himmel zeigen sich die Flossen nicht."

„Und warum nicht?"

„Sie kommen nur herauf, damit die Sonne die Würmer töten kann, die sich in sie hineinfressen. Keine Sonne, keine Flosse. Man muß also hoffen, daß es so schön ist wie heute."

„Und wenn Sie einen sehen?"

„Machen wir uns an ihn ran."

„Das heißt, Sie schleichen sich an?"

„Nein, wir fahren einfach auf ihn zu. Manchmal kann er das Boot sogar sehen, aber er hat keine Angst. Ein Schatten macht ihm Angst, also jagt man nicht gegen die Sonne."

„Und was dann?" fragte Elsie.

„Dann steige ich in den Korb. Ich spieße den Fisch. Die Spitze der kleinen Harpune – sehen Sie, hier, mit dem Widerhaken – löst sich einfach vom Schaft. Die Leine ist an der Spitze befestigt. Der Fisch schwimmt weg, und die Leine rollt sich aus. Am Ende der Leine ist ein Schwimmer. Hier, das Faß mit dem Ring. Wenn die Leine am Boot befestigt wäre, könnte der Fisch sich gegen das Gewicht stemmen und die Harpunenspitze herausreißen. Aber wenn er sich gegen das Faß stemmt, geht sie nur ein bißchen unter. Sobald er nachläßt, schwimmt sie wieder oben. Aus demselben Grund benutzt man auch eine Angelrute. Sie gibt nach, wenn der Fisch zieht, und zieht an ihm, wenn er nachgibt. Immer gespannt, aber keine ruckartigen Bewegungen."

„Aber wenn das Faß über Bord ist, wie kriegen Sie dann den Schwertfisch ins Boot?"

„Man fährt hinter dem Faß her. Sobald der Fisch tot oder fast tot ist, holt man die Tonne ein und hievt ihn mit dem Haken an Bord. Wir haben einen Schwanz-Fischhaken. Das ist eine Drahtschlinge, die man über den Fischschwanz legt. Vor der Schwanzflosse ist nicht einmal ein großer Fisch dicker als mein Arm. Wenn man ihn dort erwischt, hat man ihn. Man holt ihn ein und tötet ihn mit einem Schlag auf den Kopf. Sie und Schuyler sollten lieber in sicherem Abstand bleiben. Das Schwert ist so lang wie ein Baseballschläger, und er kann es schwingen. So töten sie das, was sie fressen. Sie spießen es nicht auf. Sie schwimmen mitten in einen Fischschwarm und schleudern das Schwert hin und her. Dann schwimmen sie im Kreis zurück und fressen die Fische, die sie erschlagen haben. Der Schwanz kann einen über Bord werfen."

„Und dann?"

„Dann töten wir ihn, nehmen ihn aus und legen ihn auf Eis."

„Was glauben Sie, wie viele werden wir fangen?"

„Ich hab mal von einem Boot gehört, das an einem Tag sechs erwischt haben soll. Und ich war mit einem Boot draußen, das einen ganzen Sommer lang nicht einen einzigen gefangen hat. Es gibt keine Garantie. Das Flugzeug ist eine Hilfe. Wenn die Wassertemperatur stimmt, die See glatt ist, wenn die Gezeiten nicht zu heftig sind und man ein Aufklärungsflugzeug hat, müßte man schon viel Pech haben, in vier Tagen keinen einzigen zu fangen. Wir fahren über die Schwertfischgründe hinaus und setzen ein paar Körbe aus, aber das machen wir sehr früh. Bei Tageslicht sind wir wieder hier. In der dritten Nacht holen wir die Körbe ein, und auf dem Heimweg halten wir weiter Ausschau. Aber nach drei, vier Tagen sieht man nicht mehr besonders gut."

Sie standen eine Zeitlang schweigend da, beide durch einen Stahlring in Hüfthöhe gesichert. Elsie hatte den linken Arm um den Mast gelegt. Dick war selbst überrascht, als er wieder zu sprechen anfing:

„Es gibt da einen Trick beim Schauen. Man muß die Augen – gewissermaßen unscharf stellen. Dadurch kann man soviel wie möglich aufnehmen. Man sieht eigentlich nicht so sehr den Fisch, sondern man bekommt ein Gefühl dafür, daß etwas anders ist. Man fühlt einfach nur einen Punkt auf seinem inneren Bildschirm. Und dann stellt man den Blick scharf ein. Meist ist es nur der Schatten einer Welle oder Seetang oder Treibgut. Sie wären überrascht, wenn Sie wüßten, wieviel Zeug hier draußen herumschwimmt."

„Ich könnte mir vorstellen, daß Sie auch Haie zu sehen kriegen."

„Ja. Und wenn man einen sieht, sieht man fünfzig. Wenn wir einen Fisch spießen, ist es sehr wahrscheinlich, daß die Haie ihn umkreisen, bevor wir ihn im Boot haben."

„Die könnten den Schwertfisch also fressen – und Ihnen bleibt gar nichts?"

„O nein. Solange noch Leben in ihm ist, bleiben sie weg von seinem Schwert."

„Wie lange lebt ein Schwertfisch noch, nachdem Sie ihn harpuniert haben?"

62

„Kommt drauf an. Nicht lange, wenn ich ihn gut erwische. Zwischen einer Minute und einer halben Stunde. Wenn die Spitze kaum eingedrungen ist, kann es sehr lange dauern."

„Aber ist er nicht schneller als das Boot?"

„Nicht lange – und nicht, wenn er ein Bierfaß zieht."

„Aha."

Dick machte die Unterhaltung Spaß. Er ließ die Blicke ständig zwischen Nähe und Ferne hin und herwandern, und ihre Stimmen schienen von weither zu kommen. Halb wurde ihm jetzt erst klar und halb erinnerte er sich, daß er Selbstgespräche führte, wenn er mit seinem Boot lange Zeit auf See war. Meist kam dabei allerhand Bitteres ans Licht. Wenn es ihm gutging, sprach er nicht viel. Holte er eine Falle ein und fand etwas darin, das sich lohnte, sagte er manchmal: „Wär nicht schlecht, wenn's bei allen so wäre."

Fast hätte er ihn verpaßt. Eine Weile konnte er ihn nicht wiederfinden. Aus den Augenwinkeln sah er eine Bewegung und schaute schnell in die Richtung. Da war etwas. Er schrie zu Parker hinunter und deutete hin. Parker änderte den Kurs des Bootes.

„Wo ist es?" fragte Elsie. Aber Dick stieg schon hinunter, behielt den Punkt im Auge und beachtete sie daher nicht. Als er im Bugkorb war, waren sie etwa drei- bis vierhundert Meter entfernt. Nach einer weiteren Minute stellte er fest, daß das Objekt für einen Schwertfisch zu schwarz war. Dick überprüfte noch einmal das Faß, die Leine, die kleine Harpune und die Knoten. Er zeigte Parker, in welche Richtung der Fisch schwamm. Parker legte das Boot in eine Kurve, brachte es auf Kurs und machte langsame Fahrt voraus. Es war ein schwarzer Marlin. Nicht allzu groß. Der Aluminiumschaft fühlte sich seltsam an. Jetzt war es zu spät, den aus Holz zu nehmen. Dick musterte noch einmal die aufgerollte Leine und das Faß. Dann stemmte er die Füße auf den Boden. Parker ließ das Boot näher gleiten. Dick spürte die Reling quer an den Hüften. Er preßte sich fester dagegen, hob die Harpune. Die Spitze war ganz weit vorn, zeigte steil nach unten, schien von ihm wegzutreiben. Der Bug senkte sich in ein Wellental. Dick brachte Harpunenspitze und die breiteste Stelle des Fisches in eine Linie. Er stieß zu. Der Fisch verschwand. Dick war nicht sicher, ob er ihn getroffen hatte, bis er sah, daß sich die Leine schnell abrollte. Er holte den Schaft ein und hielt sich an der Reling fest, für den Fall, daß er die Füße heben mußte. Dann stellte er sich hinter das Faß und brachte es in Position. Die Leine rollte sich bis auf wenige Schlingen aus. Das Faß ging über Bord, hüpfte zweimal und klatschte durch einen Wellenkamm. Dick deutete auf das Faß – sicherheitshalber, falls Parker es übersehen haben sollte. Parker brachte den Motor auf Touren.

Dick sah sich um. Im Krähennest stand Elsie und filmte. Schuyler beugte sich über die Seite und hielt ebenfalls die Kamera in Händen.

„Wenn Sie über Bord gehen, holen wir den Fisch zuerst raus!" rief Dick ihm zu. Schuyler achtete nicht auf ihn.

Ich habe getroffen, dachte Dick. Ich hätte ein bißchen üben sollen, aber ich habe getroffen.

„Zweite Wahl", sagte er zu Parker.

Parker reagierte nicht. Schuyler hörte auf zu filmen und kam nach vorn. „Was haben Sie gesagt?"

„Zweite Wahl. Schwarzer Marlin. Schmeckt so gut wie Schwertfisch, aber keiner kauft ihn."

„Wozu dann das Ganze? Nur zum Spaß?"

„Gutes Fleisch. Wenn wir ihn erwischen, schneiden wir uns ein paar Steaks ab. Sie werden schon sehen."

Das Faß verschwand kurz unter Wasser, tauchte wieder auf. Ging noch einmal unter, schoß herauf.

„Sehen Sie", sagte Dick. „Er versucht zu tauchen. Aber es zieht ihn immer herauf."

„Ja ja, tauch nur und tanz Boogie", sagte Schuyler, das Auge immer noch am Sucher.

Dick hoffte, daß die Spitze fest genug steckte. Es hatte sich zwar richtig angefühlt, aber er wußte es nicht mehr genau. Dick zeigte noch einmal, und Parker nickte. Dick überließ es Parker, dem Fisch zu folgen. Er sah sich inzwischen den Keschhaken an, um sich zu überzeugen, daß sich die Drahtschlinge problemlos zusammenzog. Sie schienen jetzt aufzuholen. Das Faß hüpfte zwar immer noch übers Wasser wie eine Spitzboje bei Flut, aber es wurde langsamer, definitiv langsamer.

Er holte tief Luft und ballte die Hände, um das Flattern in seinen Unterarmen zu beruhigen. Sie kamen immer näher an das

Faß heran. Dick nahm den Bootshaken. Er wollte das Faß nicht heraushieven für den Fall, daß der Fisch noch genug Kraft für einen Fluchtversuch hatte. Die Leine, von der er etwa einen Meter sehen konnte, war nach wie vor straff gespannt. Sie schimmerte grünlich unter Wasser.

Parker kam auf und hielt das Faß längsseits. Die Leine erschlaffte, spannte sich, erschlaffte wieder. Er wartete, bis sie ganz locker war. Dann hielt er den Haken darunter und hob langsam eine Schlinge aus dem Wasser. Er holte ein paar Meter Leine ein. Hievte das Faß ins Boot. Ein schneller Blick zu Parker, um sicherzugehen, daß er aufpaßte. Langsam holten sie die Leine ein, und Dick rollte sie auf. Und da war auch schon der Fisch. Dick sah den blassen Bauch, dann den Speer, das Maul weit aufgerissen, mit langsam sich blähenden Kiemen, reglos die Flossen und der Schwanz. Es war kein Problem, die Schlinge über den Schwanz gleiten zu lassen und zuzuziehen. Der Fisch versuchte zu schwimmen, aber er hing in der Luft. Sie holten ihn ins Boot. Dem Gefühl nach hatte er achtzig, neunzig Pfund. Dick hatte ihn perfekt erwischt. Erstaunlich, daß der Fisch so weit gekommen war. Ein hübscher Fisch, stromlinienförmig, um schneller voranzukommen. Der schlanke Speer war kürzer als Dicks Arm. Dick stellte den Fuß auf den Fisch und fühlte, daß er sich unter seiner Stiefelsohle bewegte. Noch einmal knallte der Schwanz gegen das Deck, dann schlug er dem Tier auf den Kopf.

Ein Hieb reichte.

Er ließ den Fuß jedoch auf dem Speer stehen, als er den Fisch mit einem einzigen Messerschnitt öffnete. Der Magen war voller Köderfische. Mit beiden Händen warf er die Innereien über Bord. Tauchte den Fisch dann einmal kurz ins Wasser, um das Blut aus dem offenen Leib zu spülen. Brachte ihn nach unten und legte ihn auf Eis. Goß einen Kübel Wasser auf das Deck und schrubbte den Schleim weg.

Parker fixierte die Speichen des Steuerrades mit zwei Schläuchen und kam nach achtern, um ihm zu helfen. Dann zurück an die Arbeit.

Das Flugzeug erschien, sichtete jedoch während des ganzen Vormittags keinen Fisch. Der Pilot flog zum Mittagessen nach Hause, als die Flut auflief. Dick legte sich zwei Stunden aufs Ohr.

Als er erwachte, schlingerte das Boot stärker. Der Südwestwind war lebhafter geworden, die Wellen waren höher, aber nicht allzu kabbelig. Im Krähennest schaukelte es tüchtig. Das Boot ließ sich schwer manövrieren. Zwei Fuß hohe Wellen, und das verdammte Ding wurde zum Lastkahn. Elsie kam zu ihm herauf. Aber Dick schickte sie wieder hinunter, als er merkte, daß sie sich festklammerte, als ginge es um ihr Leben.

Dick konnte das Flugzeug hören und hin und wieder auch sehen. Um fünf kletterte er hinunter. Der Pilot hatte ohnehin bessere Sicht als er.

An Deck döste er vor sich hin. Parker hatte Schuyler das Steuer übergeben. Er hatte den Funkkanal offengelassen und die Lautstärke auf höchste Stufe gedreht, falls der Luftaufklärer etwas zu melden haben sollte. Das Krachen und Knistern begleitete Dick in den Schlaf. Sie fuhren einen langsamen Zickzackkurs nach Osten. Um halb acht wackelte das Flugzeug mit den Flügeln und machte sich auf den Heimweg. Parker ließ Elsie Dosensuppe mit Würstchen heißmachen.

Sie aßen schweigend und waren in ein paar Minuten fertig. „Machen wir, daß wir weiter raus kommen und ein paar Körbe einholen. Schließlich wollen wir morgen früh wieder hier sein."

„Willst du nicht noch eine Weile in den Ausguck?" fragte Parker. „Ich meine, solange wir unterwegs sind."

Der Wind war schwächer geworden, daher war es jetzt oben etwas bequemer. Elsie kam zu ihm herauf. Sie sprach kein Wort. Nach zwanzig Minuten sah Dick sie an. Sie sah sogar im kräftigen Licht der untergehenden Sonne grünlich aus.

„Gehen Sie lieber wieder runter", sagte er.

Einen Moment lang sagte Elsie gar nichts. Dann: „An Deck rieche ich die Köderfische."

Dick mußte sich zu ihr hinüberbeugen, um sie zu hören. „Legen Sie sich in Ihre Koje."

Elsie zog ein Gesicht. Dick beobachtete sie jetzt, behielt aber zugleich das Wasser im Auge. Plötzlich drehte sie sich von ihm weg, beugte sich in Taillenhöhe über die Reling und erbrach sich. Bohnensuppe und Würstchen trieben mit dem Wind und klatschten gegen die Windschutzscheibe des Ruderhauses. Dick packte sie, als sie wieder zu würgen begann. Sie beugte sich so weit vor, daß er fürchtete sie würde fallen. Er legte die rechte

Hand auf ihre rechte Hüfte und tastete nach ihrem Gürtel. Legte ihr die andere Hand auf die linke Schulter.

Sie stöhnte schwach. Er ließ die linke Hand zu ihrem Gürtel hinunterrutschen. „Ich halte Sie", sagte er. „Machen Sie weiter, lassen Sie's raus."

„O nein", sagte sie. „O Scheiße." Sie hörte sich entsetzlich an. „Ist es vorbei?" fragte er. „Wenn es vorbei ist, bring ich Sie hinunter."

Sie antwortete nicht. Er wartete eine Weile, bevor er sie auf die Leiter bugsierte. Seine Füße immer eine Sprosse unter ihren, seine Hände auf der Leiter, seine Arme unter ihren Achseln.

Als sie unten waren, sackte sie gegen ihn. Er fühlte plötzlich heftige Zärtlichkeit für sie, als sei sie ein kleines Kind. Es war ihm auch peinlich, weil er erregt war. Er warf einen Blick ins Ruderhaus. Parker lachte sich halbtot und zeigte auf die Schlieren am Glas. Dick schüttelte nur den Kopf und half Elsie weiter.

Auf dem Backdeck ließ er sie niedersetzen. Er holte ihren Seesack aus der Kabine und breitete einige Kleidungsstücke unter ihr aus. Sie lehnte sich zusammengekrümmt an die niedrige Reling. Dick legte eine Leine um sie und fixierte sie.

Als er einen Eimer Wasser geholt und über das Fenster gegossen, eine Schwimmweste unter Elsies Kopf gelegt und ihr eine Tablette gegen Übelkeit verabreicht hatte, stand die Sonne bereits zu tief, um noch Ausschau zu halten.

Er legte sich schlafen. Parker weckte ihn um Mitternacht. Dick weckte Schuyler und fragte ihn, wie er sich fühle. „Gut", sagte Schuyler. Dick nahm ihn mit an Deck; er sollte helfen, die Fallen mit Ködern zu versehen. Parker machte eine Tieflotung und errechnete ihre Position. Dick warf die erste Leine mit Körben über Bord. Um zwei Uhr nachts hatten sie alle Fallen ausgesetzt und machten sich auf den Rückweg. Schuyler und Parker gingen in die Kojen, Dick nahm das Ruder.

Dick konnte Elsie im Dunkeln gerade noch erkennen. Sie lag zusammengerollt auf der Seite. Das Boot schlingerte ein bißchen, aber nicht mehr so stark wie vorher. Der Mond hing seitlich vom Steuerbordbug und warf einen langen Glanzstreifen über die leichte Dünung. Das Licht war immer da, es glitzerte, verblaßte, glitzerte – egal, wie schnell es an ihnen vorbeizufliegen schien.

Dick überlegte, was für ein Gefühl ihm sein Boot vermitteln

würde – wahrscheinlich würde es tiefer und ruhiger im Wasser liegen. Er dachte daran, wie es sich anhören würde: Der Motor würde satter und runder laufen, das hölzerne Spantenwerk nicht so unvermittelt knarren und quietschen wie das Medley aus mißtönendem Knirschen und Klirren, das jetzt zu vernehmen war.

Er sah immer wieder nach Elsie. Er hätte daran denken sollen, einige dieser neuen Pflaster gegen Seekrankheit zu besorgen, die es in der Fischereigenossenschaft gab. Man brauchte sich nur eins hinters Ohr zu kleben, und schon war man seefest.

Er sah, daß sie sich rührte. Sich aufsetzte. Die Leine zu ihrem Gürtel entdeckte. In ihrer Tasche herumkramte. Sie zog einen Pullover an und streckte die Arme. Man merkte gleich, daß es ihr besser ging. Sie strich sich mit den Händen das Haar zurück und ließ sich wieder zurücksinken, alles mit einer einzigen Bewegung, anmutig wie eine vorübergleitende Welle. Ihre Hand tauchte noch einmal auf, tastete nach dem Saum ihrer gelben Regenjacke, fand ihn und zog die Jacke über die Schultern. Er warf einen Blick auf den Kompaß und brachte das Boot wieder auf Kurs. Es hatte schon seinen Grund, daß man Frauen besser an Land ließ. Auf See konnte sich niemand verstecken, man mußte ganz offen sein. Und wenn man alles richtig machen wollte, mußte man jedes bißchen dieser Offenheit aufbrauchen für das, was man tat, wo man stand und was geschehen würde.

Daß er den Marlin entdeckt hatte, war reines Glück gewesen. Er war sicher, daß er morgen einen Fisch sichten würde. Vielleicht sollte er Schuyler wecken, um ihm für die letzte Stunde vor Tagesanbruch das Ruder zu übergeben und selbst noch etwas zu schlafen. Morgen würde er den Holzschaft nehmen, wenn der Fisch nicht zu tief schwamm; es war wohl besser. Diesmal hatte er Glück gehabt.

Nachdem Schuyler das Ruder übernommen hatte, ging Dick nach vorn und kniete neben Elsie nieder. Er sah sie so lange an, bis sie die Augen öffnete.

„Alles okay?"

Sie rieb sich mit der Hand Augen und Wange.

„Ich bin ganz steif", sagte sie.

Er brachte ihre eine zusammengefaltete Decke und schob sie unter sie.

68

„Ich komme mir so blöd vor", sagte sie.

„Aber nein. Sowas passiert schon mal", meinte er. „Wenn Sie aufwachen, geht's Ihnen besser." Er packte ihre Beine in eine zweite Regenjacke.

„Sie sind ein guter Papi", sagte sie lachend.

Das ärgerte ihn. „Inspektor Buttrick", sagte er. „Gesetz-und-Ordnung-Buttrick. Sie waren fast so grün wie Ihre Uniform."

Sie erwiderte seinen Blick und grinste.

Dick war überrascht. Verdammt, dachte er, es gefällt ihr auch noch. Vielleicht hatten reiche Kinder das so an sich – alles war für einen schnellen, kleinen Lacher gut, jeder amüsierte sich über jeden.

„Schätze, Sie sind wieder Sie selbst."

Er ging nach unten, legte sich in die Koje und dachte nur noch an Schwertfische, zweihundert, zweihundertfünfzig Pfund schwer, die im Meer schwammen, auf die „Mamzelle" zu.

Obwohl das Aufklärungsflugzeug sechs Stunden lang über ihnen kreiste, fingen sie nichts.

Nach Sonnenuntergang verließen sie die Schwertfischplätze und fuhren weiter hinaus, um die Körbe einzuholen. Schuyler filmte im Scheinwerferlicht des Ruderhauses. „Ich dachte, Fischen sei in Amerika der zweitgefährlichste Beruf", sagte er. Dick behielt die Leine im Auge, die sich auf die Winde wickelte, und trat zur Seite, als eine Falle in Sicht kam. „Können Sie nicht ein bißchen näher an der Rah arbeiten?" rief Schuyler.

„Also manchmal können Sie wirklich ein echtes Arschloch sein", sagte Parker gut gelaunt zu Schuyler und lachte.

Sie hatten ein paar gute Hummer erwischt und eine wenig ergiebige Beute roter Krabben. Dick schätzte, daß der ganze Fischzug ihnen nicht viel mehr als dreihundert Dollar einbringen würde. Sie hatten einfach nicht genug Körbe ausgesetzt. Das Beiboot hätte mehr fassen können, ja selbst die „Mamzelle" hätte Platz für mehr gehabt. Außerdem hätten sie noch einen Tag warten sollen. Dick fragte sich auch, ob sie für Hummer nicht zu weit und für Rotkrabben nicht weit genug draußen waren. Er rechnete noch einmal durch, wieviel ihn neue Fallen für sein Boot kosten würden, und überschlug, wieviel er noch aufbringen mußte. Bei Sonnenaufgang machten sie langsame Fahrt zurück zu den Schwertfischplätzen. Das schöne Wetter hielt an. Trotzdem sahen sie den ganzen Vormittag nichts. Das Flugzeug wakkelte und flog zur Küste. Das Brummen wurde immer leiser. Dann blieb es plötzlich gleich. Er hielt das für eine Sinnestäuschung. Aber nein. Das Flugzeug kam wieder und zog einen engen Kreis. Kreiste weiter. Dick stieg wieder nach oben, sah überhaupt nichts. Parker ging auf volle Fahrt voraus. Als sie schon fast unter dem Flugzeug waren, entdeckte Dick etwas. Zuerst hielt er es für den Schatten des Flugzeugs. Keine Flosse, nur etwas Dunkles. Sie kamen näher, und er sah, daß es ein Fisch war. Er schlug nicht mit den Flossen, sondern sonnte sich drei oder vier Fuß unter dem Wasserspiegel. Dick würde den Metallschaft nehmen müssen. Er blieb oben, bis er sah, welches Ende des Fisches ihnen zugewandt war, glitt dann schnell hinunter und stieg in den Korb. Parker kam zu schnell auf. Dick zeigte ihm mit einer Handbewegung, daß er Fahrt wegnehmen solle. Parker brachte das Boot schlingernd auf halbe Fahrt zurück. Der Fisch war schon fast in Reichweite, als er das Knirschen hörte. Dick beugte sich weit hinaus. Der Fisch schlug einmal mit dem Schwanz und drehte ab. Dick schleuderte die Harpune. Diesmal sah er die Spitze eindringen – zu weit hinten. Vielleicht sogar hinter der Flosse.

Aber das Faß war über Bord, bevor er es noch erreichen konnte, und hüpfte übers Wasser davon. Dann glitt es gleichmäßig dahin und sah dabei aus wie ein vierschrötiger Roboter beim Wasserskifahren.

Parker sah es, sah, wie schnell es unterwegs war und ging mit einem Ruck wieder auf ganze Fahrt voraus.

Das Faß tauchte unter. Dick bemühte sich, es zu sehen.

Wenn es wieder herausschoß und über den Wasserspiegel sprang, hieß das, daß der Fisch sich losgerissen hatte. Dick kletterte ins Krähennest und hielt weiter Ausschau. Das Faß kam herauf und tauchte wieder unter. Immer noch am Haken. Aber wenn der Fisch es so lange unten halten konnte, war er bei sehr guter Gesundheit. Das würde eine lange Jagd werden.

Sie folgten dem Tier etwa eine Stunde. Immer wieder wurde der Fisch langsamer, und sie schöpften Hoffnung – doch dann schwamm er von neuem davon. Aber er hatte sich nicht losgerissen, also hatten sie gute Chancen.

Das Flugzeug flog hin und her, und das tiefe Motorengeräusch zerfiel durch das Auf und Ab des Bugs und den Wind in der Takelage in einzelne Takte. Es dauerte daher einige Zeit, ehe Dick merkte, daß die Maschine keine Bögen mehr flog, sondern wieder zu kreisen begann.

Dick stieg halb aus dem Krähennest herunter, um sich mit Parker zu besprechen.

Normalerweise folgte ein Mitglied der Crew mit dem Dory dem ersten Fisch, während das größere Boot den zweiten jagte. War der zweite Fisch verloren oder gefangen, kam das Boot zurück, um das Dory und den ersten Fisch an Bord zu holen – wenn der noch am Haken hing.

Doch wenn Dick das Dory nahm, konnte Parker keinen Fisch harpunieren, nicht mit dem Gipsarm. Wenn Parker fuhr, konnten sie sich nicht darauf verlassen, daß Elsie oder Schuyler das Boot dicht genug an den zweiten Fisch heranbringen konnten.

„Schick Elsie mit dem Dory raus", sagte Parker.

„Ich weiß nicht", sagte Dick.

Schuyler mischte sich ein.

„Wenn Elsie fährt, möchte ich sie nicht filmen. Sie wissen schon – ein Mädchen da draußen, das einen Fisch aus dem Wasser holt."

„Sie wird ihn nicht herausholen", sagte Parker, „nur im Auge behalten."

Dick schüttelte den Kopf. Wenn der Fisch starb, bevor das große Boot wieder bei ihr war, würde sie ihn sehr wohl herausholen müssen.

„Wie ist es mit Ihnen, Schuyler?"

„Elsie könnte an Bord was verpassen", sagte Schuyler. „Sie ist zwar ganz gut mit der Kamera, aber nicht so gut wie ich."

Seine Miene hellte sich auf. „Sie könnte ihr Haar ja unter einer Mütze verstecken. Sähe in der Totalen wie ein Fischer aus."

Elsie kam zu ihnen. Schuyler fragte sie, ob sie mit dem Dory umgehen könne.

„Aber sicher."

„Herrgott, Elsie", sagte Dick. „Das hier ist kein Salzweiher." Schon als er es sagte, war ihm klar, daß es falsch war, es so auszudrücken. Parker und Schuyler montierten den Außenbordmotor und setzten das Boot über die Seite aus. Bevor Elsie umstieg, nahm Dick sie am Arm.

„Hören Sie! Behalten Sie einfach das Faß im Auge. Das genügt. Wenn der Fisch stirbt, werden Sie vielleicht Haie sehen. Viele Haie. Wenn Sie von ihnen wegbleiben, gibt es keine Probleme. Wenn die Haie anfangen, den Fisch zu zerreißen, sehen Sie zu, daß Sie nicht mitten ins Getümmel geraten."

Schuyler bot ihr an, ihr die zweite Kamera umzuschnallen, aber Dick ordnete statt dessen an, daß sie eine Schwimmweste anzog. Er warf noch einen Blick auf das Dory – Ruder, Ruderdollen, Fischhaken, Leuchtpistole, Wasserflasche. Schuyler legte die Kamera ins Boot. Elsie ließ den Motor an und fuhr ab.

„Fahren Sie nicht zu schnell", rief ihr Dick nach. „Und stehen Sie nicht auf!"

Parker drehte ab und hielt auf das kreisende Flugzeug zu. Dick kletterte nach oben. Er blickte zurück. Elsie war ein orangefarbener Fleck im Dory, das kleine Boot selbst versteckte sich in einem Wellental und war nur undeutlich zu sehen. Das Faß blitzte auf einem Wellenkamm silbern auf und verschwand dann auf der anderen Seite.

Beim zweiten Fisch machte Parker es besser. Er schlich sich leise an. Dick schleuderte die Harpune so hart er konnte, wollte versuchen schnell zu töten. Er traf auch sehr genau, aber der Fisch zog mit großer Kraft davon. Dick hoffte, daß es bei einer Etappe der Verfolgungsjagd bleiben würde. Das Faß pflügte durch die Wellen. Als der Fisch endlich langsamer wurde, schienen Stunden vergangen. Tatsächlich aber war es erst eine Stunde her, daß sie Elsie ausgesetzt hatten.

Dick holte Faß und Leine ein. Er hielt die Schlinge bereit. Schuyler trat nah zu ihm und filmte drauflos. Dick starrte ihn böse an. „Schauen Sie nicht in die Kamera", sagte Schuyler.

72

Dick sah noch einmal zu ihm hin. „Leck mich, Schuyler."

Dick streifte die Schlinge über und zog sie fest zu. Der Fisch bäumte sich auf. Dick stemmte einen Fuß gegen den Boden, beugte sich zurück und ging tief in die Knie, um das richtige Gegengewicht zu bekommen. Er hievte die Schwanzflosse aus dem Wasser, damit der Fisch nicht schwimmen konnte, aber er schaffte es nicht, ihn an Bord zu holen, solange noch so viel Leben in ihm steckte. Er brachte ihn auf halbe Höhe des Bootes. Das Schwert hing nach unten und schlug ab und zu an den Schiffsrumpf.

Parker kam wieder. „Vielleicht erschieße ich ihn", sagte er.

„Nimm den Haken", sagte Dick.

Parker versuchte den Haken zu setzen. Der Fisch warf sich fast horizontal in die Luft. Knallte gegen den Schiffsrumpf.

Dick hätte fast losgelassen. Der Fisch war halb betäubt.

Parker lachte. „Ich steche ihn noch einmal", sagte er. „Der schlägt sich selbst k.o."

Er versuchte es wieder und setzte den Fischhaken diesmal sehr genau. Der Fisch kämpfte noch immer, aber nicht mehr so heftig.

„Wenn ich ihn hereinhieve", sagte Dick, „hältst du seinen Kopf fest. Also, jetzt – hoch!"

Der Stachel von Parkers Fischhaken riß ab. Der Fisch landete auf Deck. Dick trat zurück und zog fest an der Stange des Schwanzhakens, versuchte den Fisch ruhigzuhalten.

Parker schlug dann dem Fisch mit der Seite des Hakens auf den Kopf. Er wollte auf das Schwert treten, aber es schnellte hoch und krachte gegen sein Schienbein. „Hurensohn!" sagte Parker, und stieß mit dem gesunden Arm dem Fisch den Haken ins Maul. Er drehte ihn herum und trieb ihn, als der Fisch wieder mit dem Schwert um sich schlug, tief hinein in einen Winkel des Mauls.

Dick knüppelte auf den Fisch ein und knackte dabei den Kopf an der Seite auf.

„Ich hätte ihn erschießen sollen", sagte Parker. Er rollte das Hosenbein hinauf. „Nichts gebrochen. Hurensohn!"

Parker humpelte zum Ruder hinauf und sackte mit dem Hintern auf den Stuhl. Dick verstaute den Fisch unter Deck. Ausnehmen konnte er ihn später.

Parker funkte das Flugzeug an, das dort kreiste, wo sie hergekommen waren.

73

Der Pilot sagte, daß der erste Fisch anscheinend immer noch auf der Flucht sei und das Faß mitziehe. Das Dory folgte. „Vielleicht hätten wir riskieren sollen", meinte Dick, „daß der Aufklärer das Faß wiederfindet."

„Das Flugzeug kann den Fisch nicht aus dem Wasser holen", sagte Parker. „Vielleicht schreckt es die Haie ab."

Das Boot vibrierte im Rhythmus des Motors und vom harten Aufprall aufs Wasser. Das Kielwasser war ein grünweißes Band. Als Dick das Dory sah, fuhr es gerade einen Einwärtsbogen. Dann hielt es an. Er wußte nicht, was passiert war. Das Faß lag an Ort und Stelle. Elsie machte die Ruder klar. Als sie näher kamen, sah Dick einen Hai, dann noch zwei. Sie glitten in weiten Kreisen um das Dory herum. Als Elsie ruderte, schien das Faß hinter ihr herzuschwimmen. Jetzt wußte Dick, was los war. Die Leine hatte sich in der Schraube verheddert. Das bedeutete, daß der Schwertfisch am Dory hing – außer Elsie war auf die Idee gekommen, den Außenbordmotor über Bord zu werfen. Wenn ein Hai von entsprechender Größe anfing, an dem Schwertfisch zu zerren, oder wenn der Schwertfisch beim Anblick eines Hais einen letzten Fluchtversuch unternahm, würde das Heck des Dorys untergehen.

„Siehst du das?" sagte Dick zu Parker. „Geh längsseits – wir holen Elsie rauf."

Dick nahm eine Leine und machte an einem Ende eine große Schlinge. Parker brachte das Boot längsseits. Dick warf Elsie die Leine zu. Sie fing sie, aber dann nehm eine Welle das Dory mit. Dick ließ die Leine laufen. „Setzen Sie sich!" rief er Elsie zu. „Bleiben Sie sitzen, und halten Sie sich fest!"

Dick sah zwar, daß ein Teil der Leine, die zum Schwertfisch führen sollte, lose dahintrieb, aber den Schwertfisch konnte er nicht entdecken. Er holte die Leine ein, die zu Elsie führte. „Binden Sie sie um!" rief er ihr zu.

Elsie bewegte sich nicht. Sie hielt mit einer Hand die Leine fest und umklammerte mit der anderen die Ruderbank, auf der sie saß. Sie drehte den Kopf, um den Hai im Auge zu behalten, der am Heck vorüberglitt.

Parker ging auf volle Fahrt zurück. Der Abstand zwischen Boot und Dory wurde größer, als das breite Heck des Bootes abdrehte. Dick wagte nicht, zu fest an der Leine zu ziehen, denn er fürchtete, Elsie aus dem Gleichgewicht zu bringen.

„Elsie! Legen Sie sich die Leine um!" Sie sah ihn an, und er brüllte noch einmal, wobei er Arm und Kopf pantomimisch durch eine imaginäre Schlinge steckte. Elsie sah verwirrt aus. Dick wickelte sich sein Ende der Leine um die Brust. Jetzt begriff Elsie und zog die Schlinge über den Kopf.

Das Dory tauchte in dasselbe Wellental wie das Boot. Dick zog an der Leine, das Dory schmiegte sich an den Bootsrumpf, und Dick hievte Elsie mit ganzer Kraft herauf. Sie drehte sich in der Luft, klammerte sich mit beiden Händen an die Leine, hob die Beine aus dem Dory und strampelte, als versuche sie, in der Luft zum Boot zu laufen. Dick erwischte die Schlinge mit einer Hand und hob Elsie über die Reling. Sie lief zum Lukendeckel in der Mitte des Decks und hielt sich daran fest.

Dick sah nach der Fischleine. Das Dory trieb ab, aber das Faß war in Reichweite. Er beugte sich mit dem Bootshaken hinaus und erwischte die Leine.

Plötzlich ein lauter Knall, und gleich darauf noch einer. Dick schaute sich erstaunt um, Parker hatte das Ruder verlassen und schoß auf die Haie, den Gewehrlauf auf den Gipsarm gestützt. Er lud nach und feuerte. Dann noch einmal.

„Parker, was zum Teufel..."

„Hol den Fisch raus, Arschloch! Hol den Fisch raus, bevor sie das verdammte Ding auffressen."

Dick holte das Faß ein und zog das Heck des Dorys näher heran. Er fand die Leine auf der anderen Seite der Schraube.

„Elsie, bringen Sie mir die Schwanzschlinge."

Er holte die lose Leine ein. Als sie sich spannte, folgte er ihr mit den Augen und entdeckte den Schwertfisch. Er sah die Harpunenspitze und den Widerhaken, der aus der Haut ragte. Saß nicht tief genug. Noch fünfzehn Meter Leine. Er griff mit einer Hand nach dem Bootshaken und schob mit ihm das Dory aus dem Weg.

„Elsie, die Schwanzschlinge!" Er drehte sich um. Sie kauerte noch immer verstört neben dem Lukendeckel. Er schaute sich nach der Schlinge um und zeigte mit dem Finger darauf. Schließlich holte er sie selbst. Der Schwertfisch ließ sich leicht holen. Dick erweiterte die Schlinge und tauchte sie mit einer Hand unter, während er den Schwertfisch die letzten drei Meter zog.

Als er sich vorbeugte, um dem Fisch die Schlinge über die

75

Schwanzflosse zu ziehen, trat Parker neben ihn und stach mit dem langen Harpunenschaft aus Aluminium kräftig ins Wasser. Dick sah den Schaft an seinem Gesicht vorüberblitzen und folgte mit den Augen dem glänzenden Metall, dessen stumpfes Ende einen Hai an der Wange traf. Der Hai machte sich davon. Dick zog die Schlinge zusammen und zerrte mit beiden Händen daran. Er brachte den Schwanz des Tieres nicht höher als bis zum Bootsrand. „Hey, Parker!" Parker hatte sich abgewandt, um nach seinem Gewehr zu greifen.

„Elsie, helfen Sie mir!" Er wandte den Kopf. „Elsie." Sie blickte auf. „Elsie, packen Sie mit an!"

Sie rappelte sich auf und kam vorsichtig zu ihm herüber. Er zog mit einem kräftigen Ruck an, was ihm einen weiteren halben Meter einbrachte. „Hängen Sie sich an meinen Gürtel und ziehen Sie fest."

Dick hievte den Fisch an Bord; halb hob er ihn, halb schleifte er ihn über den Bootsrand. Er war nur einmal gebissen worden. Ein ausgefranstes Stück Magen und einige Gedärme hingen heraus. Ein ganzer silbriger Köderfisch schlüpfte aus dem aufgerissenen Magen. Der Fisch schlug mit dem Schwert nur einmal kraftlos gegen das Deck. Dick tötete ihn. Betrachtete ihn. Zweihundert Pfund, zweihundert und ein paar noch dazu. Beim Ausnehmen konnte er ihn so tranchieren, daß man den Haibiß nicht sah.

Dick zog die Harpunenspitze aus dem Kadaver und holte das Dory ein. Er stieg hinein, um die Leinen an den Davits zu befestigen. Dann ging er an Bord zurück. Schuyler filmte den Magen des Schwertfisches. „Könnten Sie ein paar Eingeweide über Bord werfen", fragte ihn Schuyler, „damit die Haie wiederkommen?"

„Tun Sie's doch, wenn Sie wollen", sagte Dick. „Oder aber Sie helfen mir, das Dory an Bord zu hieven. Wenn ich's allein machen muß, fällt mir vielleicht die verdammte Kamera ins Wasser."

Schuyler ging ihm zur Hand und fischte die Kamera aus dem Beiboot. „Hast du ein paar Aufnahmen?" fragte er Elsie.

Elsie lachte. „Die hab ich tatsächlich."

Dick sah sie an. Sie war immer noch blaß und den Tränen nahe. Sie saß am Rand des Lukendeckels und wiegte sich leicht vor und zurück.

76

Dick löste die Leine von der Schraube. Sie war nicht zu stark zerschnitten, aber man würde sie dennoch austauschen müssen. Das bedeutete vierzig Scheine weniger. Er sah Elsie noch einmal an. Ihr ganzer Körper schwankte wie ein Grashalm im Wind. Sie zitterte vor Angst.

Er ging zu ihr und legte ihr den Arm um die Schultern. „Schätze, Sie haben ein paar Haie gesehen", sagte er. Sie nickte. „Es ist unheimlich", sagte er. „Aber sie waren nicht hinter Ihnen her. Glauben Sie nicht alles, was Sie im Kino sehen. Die wollten nicht Sie, sondern den Fisch. Wenn Sie sich das klarmachen, sind Sie nicht mehr so nervös."

Elsie sah ihn an und nickte. Ihre Augen waren noch immer geweitet und blickten ins Leere.

„Als ich das erste Mal einen Hai längsseits sah", berichtete Dick, „hab ich geglaubt, er wäre hinter mir her. Ich dachte, seine Flosse sei so eine Art Radar, das seinem bösen Hirn signalisierte, ich sei seine nächste Mahlzeit. Aber das stimmt einfach nicht. Verstehen Sie?"

Elsie nickte. Dick fühlte, daß sie immer noch schwankte. Er glaubte nicht, daß es ihr bewußt war. Es war nur ein leichtes Nachbeben der Angst in ihren Nerven und ihrem Rückgrat, das sie ein bißchen unruhig machte wie die silbrige Spitze eines Salzgrashalms, die im Wind bebte.

Er stand auf. Sie hielt seinen Arm fest. „Ich muß unseren Fisch auf Eis legen", sagte er. „Sie haben sich gut gehalten. Parker und ich sollten Sie am Erlös beteiligen."

Als er mit dem Fisch fertig war, war Dick verlegen. Teufel noch mal, worauf war er eigentlich aus?

Parker hatte eine Flasche Bourbon geholt; Schuyler hatte an der Stelle, wo die Innereien auf dem Wasser trieben, weiter nach Haien Ausschau gehalten, aber es waren keine mehr aufgetaucht.

Elsie nahm einen Schluck aus Parkers Flasche. Dick kippte auch einen und holte sich ein Bier zum Nachspülen. Er schaute zum Himmel. Das Flugzeug war weg. Die Sonne färbte sich am unteren Rand bereits orangerot.

Dick versuchte, ihren Gewinn auszurechnen. Die Krabben würden die Kosten für den Treibstoff decken, vielleicht sogar die neue Leine.

Siebenhundert für Elsies Fisch, ein bißchen über fünfhundert würden wahrscheinlich die beiden anderen einbringen. Zwölfhundert. Sein Anteil belief sich auf etwa vierhundert. Und zweimal die Woche Marlinsteaks für die ganze Familie, sechs Wochen lang. Besser als Hummerfang und Zangenfischen vor der Küste. Vielleicht hatte er den Schwertfisch auch unterschätzt. Könnte sein, daß er mehr einbrachte – anteilsmäßig so dreißig, vierzig Scheine. Und Parker schuldete ihm noch hundert für die Stopfbuchse. Er trank noch einen Schluck Bier. Parker legte das Boot auf Kurs, der untergehenden Sonne entgegen, nach Hause. Dick fühlte sich wohl. Eines sah er: Je näher er seinem Boot kam, um so mehr Wenn und Vielleicht, um so stärkere Gegenströmungen schien es zu geben. Er sah alles, aber er war darauf vorbereitet. Aus dem Schlimmsten hatte er sich schon herausgeboxt. Und jetzt steuerte er auf sein Boot zu, spätestens im August. Er fühlte sich stark und glücklich.

Nach dem Abendessen übernahm Dick das Ruder. Die drei anderen legten sich aufs Ohr. Er drosselte den Motor, um Treibstoff zu sparen, und fuhr mühelos über die langen Wellen. Als Land in Sicht kam, war die Sonne untergegangen, und die Matunuck Hills hoben sich dunkel vom Himmel ab. Das Wasser glitzerte tiefschwarz und violett, als er die Lichter am Hafendamm ausnehmen konnte.

Dick schlief zwölf Stunden durch. Gegen Mittag holte er in Providence den Motor ab. Um die Abendessenszeit hatte er ihn bereits auf den Sockel montiert. Am nächsten Morgen lieh er sich Eddie Wormsleys Lastwagen und holte eine neue Ladung Bauholz. Arbeitete vom Vormittag bis zum Sonnenuntergang. Am Nachmittag halfen ihm Eddie Wormsley und Charlie.

Nach einem weiteren Arbeitstag war es an der Zeit, Parker zu fragen, wann sie wieder hinausfahren würden.

Sollte es von jetzt an jede Woche so gut laufen, dann würde sein

Boot am Labour Day fertig sein. Bis dahin hätte er noch zehntausend Dollar investiert. Dann brauchte er noch einmal sechs- oder siebentausend für Beschläge, Farbe, Funkpeilung und Loran. Er beschloß, noch etwas zu warten, bevor er Joxer zu sich bat, um ihm sein Angebot zu unterbreiten.

Dick steckte zehn Scheine ein und ging ins Neptune.

Die Sox spielten die zweite Hälfte einer Baseball-Doppelveranstaltung im Fenway. Parker saß an der Bar.

Dick trank ein Bier mit ihm und lotste ihn dann in eine Ecke, wo soeben ein Tisch frei geworden war. Dort sprach er über die Pläne, die er mit dem Boot hatte. Parker beobachtete zwar mit einem Auge das Spiel, ging aber immer auf das ein, was Dick sagte, und bewies damit, daß er zuhörte. „Vielleicht bin ich im Sommer hier, vielleicht auch nicht", sagte Parker während des siebenten Innings. „Wenn ja, dann fahren wir ein paarmal raus. Rechne aber nicht damit, daß es regelmäßig sein wird. Momentan sieht's gut aus – wir laufen morgen nacht aus. Ich will nicht allzuviel Geld in neue Körbe investieren. Vielleicht kannst du Joxer Goode zu einem Tauschhandel überreden – er leiht oder vermietet uns ein paar. Dafür versprechen wir ihm, daß wir bis zum Rand des Küstensockels rausfahren. Wegen des Aufklärungsflugzeugs bin ich nicht so sicher. Immerhin – sechs Stunden zu fünfzig Dollar. Willst du dich mit der Hälfte beteiligen?"

Dick sagte, das könne er nicht.

„Vielleicht kannst du dein Boot dazugeben", sagte Parker. „Du hattest recht mit dem Dory."

„Aber dann könnte Charlie meine Fallen nicht einholen."

„Vergiß deine Fallen. Noch besser – nimm sie mit raus."

„Ist mein Anteil für das Flugzeug abgegolten, wenn ich dir mein Boot leihe?"

„Wer sagt was von leihen?" sagte Parker. „Ich rede von verkaufen! Ich zahle nächsten Monat die zweitausend Dollar für das Flugzeug, und du gibst dein Boot dazu."

„Zum Teufel, nein", sagte Dick. Er war so wütend, daß er nicht mehr herausbrachte.

„Willst du noch ein Bier? Jetzt sei nicht gleich eingeschnappt, Dick. Ich wollte was mit dir besprechen. Also, noch ein Bier?"

Dick wollte keins. Parker stand auf, ging zur Bar und brachte trotzdem zwei Bier an den Tisch.

„Unterbrich mich, wenn ich was Falsches sage", meinte Parker. „Von Texeiras Boot bist du geflogen, weil du dem Maat und der Crew immer wieder unter die Nase gerieben hast, daß du der bessere Seemann bist. Bei der Küstenwache ist es dir aus demselben Grund nicht viel besser ergangen. Aus der Bootswerft haben sie dich auch rausgeschmissen, weil du Schwierigkeiten mit den Eignern hattest. Und einer deiner großen Tage im letzten Jahr war, als im Nebel eine große Jacht bei dir längsseits ging und man dich gefragt hat, wie man in den Hafen kommt. Du bist vor diesem Fünfzig-Fuß-Boot hergerudert und hast es reingelotst. Hast es langsam hinter dir hertuckern lassen, nur damit sich der Typ wie das größte Arschloch vorkommen mußte. Und als er dir ein Trinkgeld geben wollte, hast du ihm ins Gesicht gelacht.

Da war noch mehr, aber man sieht deutlich, was dahinter steckt. Du verbringst eine Menge Zeit damit, die Welt in reiche Nichtstuer und waschechte Seebären einzuteilen. Die Unwürdigen und die Würdigen. Und was hast du davon? Du bist sauer. Sollte ich noch was ausgelassen haben? Du kommst dir zwar wie ein verdammt guter Seemann vor, aber sonst ärgerst du dich nur. Und außerdem bleibst du dabei ein armer Hund. Fährst mit einem Achtzehn-Fuß-Boot zum Zangenfischen raus."

Dick war außer sich vor Wut, aber aus irgendeinem Grund innerlich ganz kalt und wie betäubt. „Jaja, mit meinem Boot, das du mir eben abluchsen wolltest", sagte er.

Parker lachte. „Ich machte dir ein Angebot. Anstatt zu sagen: ‚Nein, unter viertausend steig ich nicht drauf ein', bist du nur empört. Bei dir wird alles zu einer Frage der Moral."

„Willst du mir für meine Kinder auch ein Angebot machen?" fragte Dick.

„Fängst du schon wieder an", sagte Parker. „Aber wenigstens hörst du mir zu. Manchmal teile ich die Welt genauso ein wie du, in Gute und Böse. Und manchmal auch ganz anders, das kommt drauf an. In sexy, nicht sexy, geizig und freigebig. Aber es gibt noch eine Einteilung, die wirklich wichtig ist – Spieler und Nichtspieler. Und ich kapiere eins nicht – du könntest ein Spieler sein. Trotzdem endet es immer so, daß du dich wie ein Nichtspieler benimmst. Nichtspieler schinden sich ab, und dann meckern und jammern sie, weil alles so schlimm und unfair ist;

zugleich rackern sie sich aber noch mehr ab, wodurch es nur schlimmer und noch weniger fair wird."

„Hast du mich je meckern und jammern gehört?" fragte Dick.

„Manchmal brauch ich dich nur anzusehen und kann es spüren. Innerlich beißt du andauernd in eine Zitrone. Du brauchst es gar nicht auszusprechen." Parker nippte an seinem Bier. „Denk nur einmal an Schuyler. Du schaust ihn an und verachtest ihn, weil er zu reich ist, zu gut aussieht, und weil sein Haus zu groß ist. Du willst ihm zeigen, daß er von der See keine Ahnung hat, daß er ein Schwächling ist und kein Kerl wie du. Und ich sag dir eins: Du könntest ihm das alles zeigen, und es würde ihn nur belustigen.

Wenn ich ihn mir anschaue, sehe ich zum Teil auch das, was du siehst, aber ich sehe auch, daß er ein Spieler ist. Ich weiß zwar nicht, woher er seinen ersten Batzen Geld hat, aber ich merke, daß er spielt. Das Hochzeitstorten-Haus hat ihn nicht viel Bares gekostet – er hat es mit Fremdmitteln erworben. Und jetzt ist er im Geschäft mit Joxer Goode und Elsies reichem Schwager und dazu mit Salvatti, der noch mehr Geld hat. Als er am Zug war, hat Schuyler das Hochzeitstorten-Haus gesetzt, ohne mit der Wimper zu zucken. Hätte er auch nur ein bißchen gezögert, hätten die drei anderen sofort gewußt, daß er ein Nichtspieler ist und ihn ausgekauft oder links liegen lassen. Schließlich hätten sie für das Hochzeitstorten-Haus viel weniger geboten als das, was Schuyler jetzt damit kaufen kann. Er war gut vorbereitet. Abgesehen davon hat er so getan, als werde er jeden Moment einen Wahnsinnsvertrag für den nächsten Fernsehfilm abschließen. Er hat nicht gemeckert und gejammert, wie wenig man ihm das letztemal bezahlt hat. Er hat sich benommen, als gehe es bergauf, als sei er auf dem Weg zum Erfolg. Und die anderen haben sofort gemerkt, daß er ein Spieler ist. Als sie gesagt haben, daß jeder von ihnen eine Viertelmillion aufbringt, hat er nicht gesagt: ‚Um Gottes willen! Das ist alles, was ich habe!' Er sagte: ‚Wird das reichen, um alles erstklassig zu machen?' Damit hat er Elsies Schwager dazu gebracht, offen zu sagen, wie er sich das Ganze vorstellt. Schuyler hat ihn in die Defensive gedrängt."

„Woher weißt du das alles?"

„Man schwatzt hier ein bißchen, dort ein bißchen. Ich erfahre so manches und kombiniere dann. Es gibt viel, was ich nicht weiß, aber ich hab ein Gespür dafür. Ich weiß nicht, wieviel Schuyler wert ist, vielleicht hat er irgendwo ein paar Hunderttausend. Aber ich bin ziemlich sicher, daß er bei dem Sawtooth Point-Geschäft improvisiert. Er ist einfach ins kalte Wasser gesprungen."

„Willst du damit sagen, daß er alles nur mit seiner großen Klappe geschafft hat?"

„Aber nein. Nein, du verstehst nicht, was ich sagen will. Natürlich hat er Trümpfe in der Hand gehabt. Aber wie er sie ausgespielt hat, darauf kommt es an. Das Hochzeitstorten-Haus hat er für ein Butterbrot gekriegt. Ich hab in den alten Annoncen nachgeschaut, was sie ursprünglich dafür verlangt haben. Also schätze ich, daß er nicht mehr als hundert Riesen auf den Tisch gelegt hat, und die hat er wahrscheinlich aus dem Verkauf seiner Eigentumswohnung in New York. Seine Frau hat mir erzählt, daß sie ein halbes Jahr im Haus ihrer Eltern gewohnt haben. Vorher hatte er auf das Hochzeitstorten-Haus nur eine einjährige Option. Er hat alles riskiert, um diese Karte zu kriegen. Er plante sie auszuspielen, indem er das Haus an ein paar Typen vermietete, die dort einen bluttriefenden Horrorfilm drehen wollten, an dem er beteiligt gewesen wäre. Dann ergab sich für ihn plötzlich die Möglichkeit zu diesem Geschäft. Wenn er mitspielen wollte, mußte er die Hypothek tilgen. Wie er das gemacht hat? Sicher weiß ich es nicht, aber ich hab gemerkt, daß seine Frau ziemlich nervös ist. Wahrscheinlich ist er nach New York gefahren und hat sich dort Geld für den Film beschafft, den er gerade dreht, vielleicht auch für den Horrorstreifen – und mit diesem Geld hat er die Hypothek getilgt. Also muß er sich jetzt anstrengen, damit der Film auch was wird. Aber schau ihn dir an: Er amüsiert sich. Dann schau dir seine Frau an: Hier hast du die typische Nichtspielerin. Krank vor Sorgen, doch sie tut nichts dagegen."

„Na gut, für dich ist Schuyler also eine große Nummer. Na und?"

„Es gibt einen Unterschied zwischen dir und mir. Du suchst nach Möglichkeiten, ihn herabzusetzen. Ich passe gut auf. Du solltest auch aufpassen und das, was du erfährst, auf deine eigene Situation anwenden. Du verläßt dich darauf, daß ich mit dir rausfahre und wir uns halbtot arbeiten, um ein paar Rotkrabben und Schwertfische zu fangen. Wenn du Geld für dein Boot willst, mußt du bereit sein zu spielen. Du kannst zum Beispiel dein Grundstück einsetzen. Die Feriensiedlung könnte viel Geld machen, wenn sie dort ein weiteres Haus hinstellt."

„Um Himmels willen, Parker! Ich wohne dort..."

„Joxer ist auch eine deiner Trumpfkarten."

„Ich habe Joxer endlich soweit, daß er zugesagt hat, sich mein Boot anzusehen."

„Und Elsie hat mir gesagt, daß Miss Perry dich für großartig hält. Bring Miss Perry dazu, zu investieren. Sie schwimmt im Geld."

Das hatte Dick vor langer Zeit abgehakt. May hatte dieses Thema angeschnitten, als er mit seinem Boot angefangen hatte. Es war irgendwie nicht richtig. Dick sah Parker an und schüttelte den Kopf.

„Außerdem hast du alle Möglichkeiten in der Hand, diesen Leuten Ärger zu machen. Da du am Pierce Creek wohnst, wird die Feriensiedlung dir irgendwas kaputtmachen – ein Muschelbett vergiften oder so. Nimm dir einen Anwalt und stell fest, was du für Rechte hast."

„Ich kann mir keinen Anwalt leisten."

„Biete ihm ein Erfolgshonorar an. Du willst ja nicht wirklich klagen, sondern nur die Möglichkeit griffbereit haben. Dann einigt ihr euch auf eine lächerliche Summe, von der du dem Anwalt was abgibst. Was für dich dabei herauskommt, ist ein Geschäft, bei dem es nicht um Geld geht – sondern um einen billigeren Kredit für dein Boot, ein besseres Angebot für dein Grundstück. Aus dem Teil wird der Anwalt einfach rausgedrängt. Da steckt was drin, das rieche ich. Vielleicht geben sie dir einen Job als Berater, der sie über die Strömungen im Trichter und im Salzweiher und darüber aufklärt, was passiert, wenn sie einen Kanal ausbaggern wollen. Heuern sie dich nicht an, könntest du als Zeuge für die Gegenseite auftreten. Bist du jedoch ihr Angestellter, kann dich keiner in den Zeugenstand rufen, weil du zu ihnen gehörst. Und das ist ihnen was wert."

„Mein Gott, Parker!"

Mehr brachte Dick nicht heraus. Er war wieder wie betäubt, diesmal aber nicht vor Zorn. Ihm war, als habe Parker sein Leben in die Hand genommen und ausgepreßt. Sein ganzes Leben – doch das, was rauskam, war faulig. „Mein Gott", sagte er wieder.

Er hatte das Gefühl, sich säubern zu müssen. „Das ist doch nur Stammtischgeschwätz", sagte er.

Parker lachte. „Ja. Vielleicht ist es das. Trotzdem – wenn du mit dem Boot auf deine Weise weitermachst, wird die Rechnung nicht aufgehen. Keine Chance, daß du diesen Sommer mit ehrlicher Arbeit zehntausend Dollar verdienst. Bis jetzt hast du für – wieviel? – na ja, für ungefähr zwanzigtausend Dollar Material in dein Boot gesteckt. Oder mehr. Und das alles steht nutzlos herum. Nur der Himmel weiß, wieviel Arbeit du investiert hast. Das ist wie Kapital, das nicht arbeiten kann. Du wirst es nie durch den Winter schaffen, wenn dein Boot im Herbst nicht einsatzbereit ist. Im Oktober wirst du zusammen mit May Krabben sortieren. Glaubst du vielleicht, daß Joxer einem von seinen Krabbenarbeitern Geld borgt? An seiner Stelle würde ich einfach bis Februar abwarten und dir, wenn du ganz unten bist, dreißigtausend für dein halbfertiges Boot bieten. Dann würde ich es in der Bootswerft fertigbauen lassen und im Frühjahr um den dreifachen Preis losschlagen. Wenn ich es nicht verkaufen könnte, würde ich einen Kapitän anheuern und ihn damit rausschicken. Dieser Kapitän wärst aber bestimmt nicht du. Joxer könnte sich in New Bedford umsehen und dort einen erfahrenen Kapitän auftreiben, der nicht den Ruf hat, so sauertöpfisch zu sein wie du."

„Ich würde es ihm nicht verkaufen", sagte Dick.

Parker zuckte mit den Schultern. „Ja, das würdest du vielleicht wirklich nicht."

„Also, was ist jetzt?" fragte Dick. „Willst du rausfahren oder nicht?"

„Ah ja", antwortete Parker. „Na gut. Sicher. Aber es darf nicht in Schinderei ausarten."

Sie legten am Spätnachmittag ab, um die Körbe schon im ersten Morgenlicht am Rand des Küstensockels aussetzen und den größten Teil des Tages bei den Schwertfischplätzen verbringen zu können.

Zwei Tage lang tat sich überhaupt nichts. Sie fuhren wieder weiter hinaus und holten die Fallen ein. Diesmal klappte wenigstens das. Auf dem Heimweg ließen sie sich Zeit und liefen im Zickzackkurs durch die Schwertfischplätze. Noch immer nichts.

Dicks Anteil für die Krabben belief sich auf fast vierhundert Dollar.

Er gab Eddie Wormsley die Hälfte vom Rest des Schwarzen Marlins, und Eddie und er arbeiteten zweieinhalb Tage an seinem Boot, bis sie ohne Geld nichts mehr tun konnten.

Joxer war auswärts, in Boston. Parker wollte noch nicht wieder hinausfahren. Auch gut, schließlich hatte Charlie Geburtstag. Miss Perry kam in ihrem schön lackierten und polierten Kombi an, die hölzernen Zierleisten so dunkel wie die Spanten des alten Buttrick-Kanus. Der Wagen war ein Vermögen wert. Er war fast dreißig Jahre alt. Es eines der ersten Autos, das der Händler in Wakefield verkauft hatte, und er legte Wert darauf, daß es fahrtüchtig blieb. Er machte seine Kunden darauf aufmerksam und hatte in seinem Ausstellungsraum ein Farbfoto des Wagens hängen, das er herunternahm, wenn Miss Perry zu ihm kam.

Miss Perry fuhr kaum noch selbst. An Sonntagen ließ sie sich meist von Phoebe Fitzgerald chauffieren, der Mieterin ihres aus Stein gebauten Ferienhäuschens.

Als Dick sich aber diesmal bückte, um Miss Perry die Beifahrertür zu öffnen, sah er, daß Elsie am Steuer saß.

Dick kannte Miss Perry sein Leben lang. Schon ihr Vater hatte mit seinem Großonkel und seinem Vater Geschäfte gemacht. Er konnte sich nicht erinnern, daß sie ihm jemals nicht alt vorgekommen wäre. Als Charlie zur Welt gekommen war, hatte Miss Perry May und Dick ein Geschenk für das Baby gebracht. Auch zu Charlies erstem Geburtstag war sie gekommen und ebenso zum zweiten, genau eine Woche nach Toms Geburt. Ihr Besuch wurde zur Tradition und erinnerte Dick immer an die steife Förmlichkeit der Familientreffen in Schwarz und Weiß bei Großonkel Arthur im Hochzeitstorten-Haus. Anfangs war man dort genauso verlegen. Für May war dieser Besuch stets wie eine Inspektion, und sie putzte das Haus vom Keller bis zum Dach. Aber die Jungen mußten sich nicht feinmachen, da sie immer mit dem Boot zum Fischen fuhren. Dick konnte sich nicht erinnern, wann sie damit begonnen hatten – er wußte noch, wie Charlie und er und Miss Perry das erste Mal zu dritt rausgefahren waren. Der arme kleine Tom mußte damals noch mit May zu Hause bleiben, also mußte es elf Jahre her sein. Sie fuhren nie zu weit hinaus, nur in einen der Salzweiher oder – bei völliger Windstille – durch den Kanal ein Stückchen ins offene Meer. Miss Perry hatte es verstanden, die anfängliche Verlegenheit abzubauen – nicht durch Formlosigkeit, sondern durch ihr stets unverändertes Ritual. Sie überreichte Charlie und Tom ein Geschenk – es waren immer Bücher – und sagte Jahr für Jahr dasselbe dazu: „Das ist für dich, mein lieber Junge, es ist eine einfache nicht gebundene Ausgabe, und ich hoffe, es gefällt dir. Wenn du es gut behandelst, die Seiten nicht einreißt oder darauf herumkritzelst gebe ich dir dafür ein funkelnagelneues Buch, sobald du erwachsen bist."

Dann fragte sie die Jungen, wie ihnen das letzte Buch gefallen habe. „Gut, Ma'am", antworteten sie immer. Miss Perry erkundigte sich, ob sie noch den Inhalt wüßten. „Ja, Ma'am." Und dann sagte einer nach dem anderen eine Strophe aus einem Gedicht oder ein Stück Prosatext auf.

Miss Perry lobte den Vortrag und die Auswahl der Stelle und schüttelte jedem Jungen die Hand.

Als sie älter wurden, wurde dieses Ritual zwischen ihnen und Miss Perry zu einem Scherz. Einmal vergaß Miss Perry – vielleicht weil sie es vergessen wollte – die Jungen auszufragen, und die beiden, damals dreizehn und elf, erinnerten sie daran. Jetzt war Charlie siebzehn und Tom fünfzehn, und Dick fand die

Zeremonie allmählich ein bißchen albern, besonders vor Elsie Buttrick.

Aber Elsie hielt sich während der Geschenkübergabe und des Vortrags ziemlich im Hintergrund. Charlie und Tom mußten lachen, als der unvermeidliche Satz „...wenn du die Seiten nicht einreißt oder darauf herumkritzelst" kam, da Miss Perry sich damit über sich selbst lustig zu machen schien. Anschließend zitierten beide Jungen ihre Texte bereitwillig und leicht herablassend.

Elsie trat mit ihrem Geschenk vor, machte aber gleich wieder einen Schritt zurück, als sie sah, daß noch eine letzte Zeremonie folgte – die Glastüren des Bücherschranks wurden geöffnet, damit man die Sammlung und den Fortschritt in der Belesenheit der Jungen bewundern konnte. Dieser Teil gefiel Dick besonders gut – jedes Buch stand für ein Jahr im Leben der Jungen und markierte Übergänge. May und manchmal auch Dick hatten den Jungen bis zum Alter von neun Jahren die Bücher laut vorgelesen. Dann kam der zweite, heiklere Übergang zu den richtigen Erwachsenenbüchern. Charlie bekam dieses Jahr *Angewandte Navigation für Amerikaner* von Bowditch.

Es war eine seltsame kleine Bibliothek. Alle Bücher stammten von Autoren aus New England, außer ein paar der sehr frühen Kinderbücher wie Charlies *Gedicht-Garten für Kinder* oder Toms Gesamtausgabe der Werke von Beatrix Potter. Unter den Büchern für Jugendliche zwischen zehn und vierzehn fanden sich *Geschichte eines schlimmen Jungen* von Thomas Bailey Aldrich, Hawthornes *Zweimal erzählte Geschichten,* einige Bücher von Louisa May Alcott, John Greenleaf Whittier und Henry Wadsworth Longfellow sowie ein Buch von einem Mitglied der Schiffsbauerdynastie Herreshof über Jungen, die segeln lernten.

Aus letzter Zeit stammten Thoreau, Melville, noch mehr von Hawthorne, Sarah Orne Jewett, Francis Parkmans *Geschichte der Franzosen in Nordamerika* (Charlie hatte zum fünfzehnten Geburtstag alle neun Bände bekommen), weiters Prescotts *Die Eroberung Mexikos, Die Eroberung Perus* und *Ferdinand und Isabella* (für Tom zum vierzehnten Geburtstag). Auch Joshua Slocum – obwohl er aus den kanadischen Provinzen kam – hatte als Rhode Islander Aufnahme in die Sammlung gefunden. Schließlich hatte er das Boot, mit dem er allein um die Welt gesegelt war, hier auf

Rhode Island gekauft, drüben auf der anderen Seite der Narragansett Bay.

Miss Perry hatte erklärt – nicht jedes Jahr, sondern nur ein- oder zweimal –, daß diese Sammlung eine Geschichte des Denkens und der Geisteshaltungen New Englands repräsentiere, daß diese Geschichte jedoch, wenn man den Unternehmungsgeist dieses Denkens und die Walfänger-, Fischer- und Kauffahrerflotten von New England in Betracht zog, einen großen Teil der Welt angehe.

Miss Perry wiederholte das nun vor Elsie, um sie ins Gespräch einzubeziehen. Elsie schenkte sowohl Tom als auch Charlie ein Bordmesser, und Miss Perry meinte, daß die Jungen Elsie einen Penny zahlen sollten, denn etwas Scharfes zu schenken bringe Unglück und könne die Freundschaft zerschneiden.

Die Jungen holten ihre Angelruten. Elsie fragte Miss Perry, wann sie sie abholen sollte. „He, kommen Sie doch mit, Miss Buttrick", sagte Charlie. „Seien Sie keine Spielverderberin."

„Ziemlich zahme Angelegenheit nach dem Schwertfischfang", sagte Dick. „Aber wenigstens gibt's im Salzweiher keine Haie."

Nachdem sie eine Zeitlang mit dem Boot herumgedriftet waren und kleine Goldbrassen ihre Angelhaken geputzt hatten, fand Dick das Flunderloch. Von da an fingen sie Flundern, die pro Stück etwa ein halbes Pfund wogen. Und ein paar kleinere Köderfischchen.

Sie waren allein in einer tief eingeschnittenen kleinen Bucht und hörten das Salzgras rascheln. Tom hatte den Anker heruntergelassen, saß rittlings auf dem Bug und ließ die bloßen Füße über dem Wasser baumeln. Charlie saß im Heck, Miss Perry in einem Klappsessel vor ihm, Dick und Elsie auf der Ruderbank.

Miss Perrys Angelrute zuckte heftig. Sie kurbelte die Rolle auf und sang dabei: „Ein Aal, ein Aal! Ich hab ihn an der Nase!" Die Jungen kannten diese Zeile. Elsie sah Charlie an. „Das ist aus einem der Bücher", sagte er.

Dick beugte sich vor, an Elsie vorbei, erwischte Miss Perrys Angelschnur und holte den Fisch ins Boot. Es war ein Knurrhahn, dessen Brustflossen wie Flügel ausgebreitet waren. Dick hielt den Knurrhahn an Miss Perrys Ohr, damit sie sein Krächzen hörte.

„Du meine Güte!" sagte Miss Perry. „Der ist ja prähistorisch."

Tom drehte sich zu ihr um und sagte: „Doch was für eine schreckliche Überraschung! Statt eines glatten, fetten Aals zog Mr. Jeremy Fisher den kleinen Jack Sharp an Land, den kleinen Stichling, über und über mit Stacheln bedeckt!" Miss Perry krähte vor Vergnügen.

Sie hatten jetzt einen Eimer voll Fische. Sie fingen immer seltener etwas.

„Zeit zum Heimfahren?" fragte Dick.

Alle sagten nein und machten es sich bequem.

„Wir sehen aus wie ein Weberknecht", sagte Miss Perry. Sie deutete mit dem Finger auf die Angelruten, die rundherum aus dem Boot ragten und deren Schnüre in das ruhige Wasser hingen.

„Einer, dem ein Bein fehlt", sagte Charlie.

„Oder drei", meinte Elsie.

„Egal", sagte Miss Perry. „Wir erwecken trotzdem den Eindruck eines Weberknechts." Sie lächelte Dick an, und ihr Gesicht schimmerte gelblich im Sonnenlicht, das durch die Krempe ihres Strohhuts sickerte.

Das Boot schwankte leicht, als Elsie sich rücklings von der Ruderbank gleiten ließ und sich hinlegte. Sie bettete den Kopf auf eine Schwimmweste und drückte ihre Waden gegen die Bank. Der Griff der Angelrute lag jetzt in ihrer Achselhöhle, das erste Stück der Rute quer über ihrem Oberschenkel. Der Hut war ihr bis auf die Nase heruntergerutscht. Ihr gerade noch sichtbarer Mund öffnete sich zu einem Gähnen. „Das ist schön", sagte sie. „Das Schöne am Flundernfischen ist, daß es so blöd ist."

Charlie warf Elsie einen scharfen und leicht gekränkten Blick zu. Dick lachte. Charlie sah Dick an. Dick zuckte mit den Schultern und neigte den Kopf. Miss Perry legte ihre Angelrute über die von Elsie und drückte sie einmal fest nach unten. Elsie rappelte sich mühsam auf, verlor ihren Hut und holte hektisch die Angelschnur ein, bis ihr Köder aus dem Wasser kam. „Nur damit ihr seht, was wirklich blöd ist", sagte Elsie zu Dick. Die Jungen lachten. Miss Perry beichtete.

Nun war alles wieder ruhig. Weit weg und hoch oben schob der Wind Wolken über die See, aber um sie herum kräuselte keine einzige Welle den Weiher. In Ufernähe spiegelte sich das

Grün und in der Mitte der Bucht der Himmel im Wasser. Plötzlich war Dick von tiefer Liebe zu Charlie erfüllt. Ihm war, als treibe das Boot mit Charlie darin lautlos in seinem Herzen. Diese vollkommene Ruhe hielt eine Minute lang an. Dicks Gewohnheit, ständig alles ganz automatisch zu kontrollieren, störte die Stille ein wenig, ohne sie zu zerstören. Er bewegte die Spitze seiner Angelrute ein paar Mal ruckartig auf und ab und kniff die Augen zusammen, um auf der gleißenden Wasseroberfläche etwas erkennen zu können. Da er keinen Fisch mehr wollte, zog er den Kopf ein und sagte: „Bringst du uns nach Hause, Charlie? Tom, hol den Anker ein. Und wasch den Schlamm ab."

Charlie warf den Motor an. Das Boot hob sich und zog einen weiten Bogen durch das Wasser. Dick drehte sich um, damit er nach vorn schauen konnte, und machte zwischen sich und Elsies Schienbeinen für Tom Platz. Er legte Tom den Arm um die Schultern. „Wenn wir im Fluß sind, wriggst du, okay?"

Als sie Sawtooth Island passierten, sah Dick, daß man dort eine Reihe junger Weiden gepflanzt hatte. Die Dächer der ersten Ferienhäuser auf der Landspitze waren auch schon gedeckt. Dick dachte an sein Boot, das noch immer kein Deck hatte.

Tom machte den Wriggriemen klar. Miss Perry kam nach vorn, um sich auf Toms Platz zu setzen. Charlie klappte ihren Sessel zusammen und kippte den Motor ins Boot. „Sehen Sie sich das an", sagte Dick zu Elsie. „Den Trick haben nur die wenigsten drauf."

Tom wriggte mit sauberen Schlägen, und sie glitten langsam und problemlos stromaufwärts. Die Ufer des Flüßchens waren während der Gezeitenmitte eine etwa einen Fuß hohe Masse aus lockerem schwarzem Schlamm, auf dem ein dichtes Geflecht aus Wurzeln, Halmen und einer schimmernden Spur Salzgras gedieh.

„I scream, you scream, we all scream for ice cream", sang Miss Perry, und Tom und Charlie fielen ein.

Genauso blöd wie Flundernfischen, dachte Dick im stillen, aber es schien für Charlie und Tom ganz okay, mit Miss Perry ein bißchen Unsinn zu machen. Irgendwie waren sie gutherzig geworden. Von ihm hatten sie das bestimmt nicht. Und von Miss Perry auch nicht, obwohl er ihr dankbar war, daß sie es aus ihnen herausholen konnte. Trotz ihrer altmodischen Steifheit verstand sie sich darauf, beherrschte es so geschickt wie Tom das Ruder, mit dem er das Boot den Fluß stromauf führte.

Sie legten an. Charlie half Miss Perry aus dem Boot, und sie gingen zum Haus hinauf. Dick und Tom machten sich daran, die Flundern auszunehmen und zu filetieren. Die Fischköpfe warfen sie in einen Ködereimer und die Mägen in den Fluß, wo sofort grüne Krabben aus ihren Löchern schlüpften und nach ihnen schnappten. Er schälte das Fleisch vom Schwanz des Knurrhahns und warf es zu den Flundern.

Dick brachte den Eimer mit den Filets in die Küche. May stellte die Bratpfanne auf den Herd.

Dick nahm sich ein Bier und schaute sich um, um Elsie zu fragen, ob sie auch eines wollte. Er trat auf die Küchenveranda, aber weder Elsie noch Tom waren zu sehen. Er rief nach ihnen. Keine Antwort. Er sah zum Bootsschuppen hinunter, von dem man zwischen den Bäumen nur die Vorderseite sah. Den Schuppen hatte er gebaut, als er mit der Arbeit an seinem Boot begonnen hatte. Er war riesig und sah fürchterlich aus – bestand eigentlich nur aus einem hölzernen Rahmen. Die Seitenwände und das Spitzdach waren aus schweren, durchsichtigen Plastikplanen, die er mit Holzleisten an die Streben genagelt hatte. Es gab keine Tür, nur einen Vorhang aus zusammengehefteten alten Persennings. Als es wärmer geworden war, hatte er einen Teil der Seitenverkleidung weggerissen, um Luft in den Schuppen zu lassen.

Er hatte ihn gebaut, um sein Werkzeug und das Bauholz trocken zu halten. Außerdem sollten die Leute nicht sehen, woran er arbeitete. Den Jungen hatte er aufgetragen, niemanden in die Nähe des Schuppens zu lassen. Er ging auf den Eingang zu und zog den Plastikvorhang weg.

Elsie stand dicht dahinter, unter dem Bug, kehrte ihm den Rücken zu. Tom stand neben dem Boot, drehte sich halb um und sah Dick an. Er trat einen Schritt zurück und öffnete den Mund, sagte aber nichts.

„Verdammt, Tom!" sagte Dick.

Elsie wandte sich zu ihm um und legte ihm die Hand auf den Arm. „Mein Gott, Dick", sagte sie, „ist das schön! Es ist unglaublich schön."

„Tom", sagte Dick.

„Ich hab's ihr gesagt", antwortete Tom. „Aber sie ist einfach reingegangen."

„Dick, das ist erstaunlich. So was hab ich noch nie gesehen." Elsie streckte die Arme weit aus und strich mit den Händen an den Seiten des spitz zulaufenden Bugs hinauf. „Ich hab noch nie ein Boot aus diesem Blickwinkel gesehen. Ein so großes Boot, meine ich." Sie legte den Kopf zurück und schaute zum Bug hinauf. „Es ist so . . ." Sie brach mitten im Satz ab und ging an einer Seite entlang, ließ die Hand dabei über eine Fuge gleiten. „Es ist wie eine Skulptur. Ein echtes Kunstwerk."

Sie betrachtete ihre Handfläche, die Streifen roter Korrosionsschutzfarbe aufwies. Dann rieb sie die Hand am Hosenboden ihrer Shorts sauber.

Tom schlüpfte an Dick vorbei zur Tür hinaus.

Elsie trat einen Schritt vom Schiffsrumpf zurück, zeigte auf den Bug und zog mit dem Finger die Linie des Bootsrandes in der Luft nach. „Und wie es sich da oben nach hinten wölbt. Jetzt verstehe ich, warum Boote weiblich sind." Sie lachte. „Das klingt vielleicht dumm, aber es ist einfach – so – sexy." Sie stützte die Hände in die Hüften. „Und der Bug – zuerst so spitz und dann immer voller."

„Es ist ein Arbeitsboot", sagte Dick. „Es muß schnell sein und trotzdem viel Fracht befördern können. Das ist bei Booten immer das Problem . . ."

Dick zuckte zusammen, als May plötzlich hinter ihm sagte: „Fang gar nicht erst an, das jetzt alles zu erklären. Essen ist fertig."

„Mir gefällt auch die Farbe", sagte Elsie. „Ihnen nicht, May? Fast wie eine Rose."

„Das ist nur eine Grundierung, damit das Holz nicht feucht wird", sagte Dick.

May seufzte und ging hinaus. Dick hielt die Plane für Elsie.

„Ich wäre Ihnen dankbar, wenn Sie keinem von dem Boot erzählen würden", sagte er.

„Ah! In Ordnung. Wann wird es denn fertig sein?"

May, die vorausging, lachte kurz auf.

„Wenn ich soweit bin", sagte Dick. „Hast du Tomaten gepflückt?" fragte er May.

„Ist alles auf dem Tisch", antwortete May. Dann blieb sie stehen. „Dieses Boot mag Ihnen wie ein Kunstwerk vorkommen", sagte sie zu Elsie. „Für uns ist es eher so was wie ein Loch im Weltall."

„Was weißt du schon über Löcher im Weltall?" fragte Dick. „*Krieg der Sterne?*"

„Ein Schwarzes Loch meinen Sie?" fragte Elsie.

„Ja, so könnte man's nennen", sagte May. „Miss Schwarzes Loch."

„Das reicht jetzt", sagte Dick. „Es war schwierig, aber so schwierig war es nun auch wieder nicht. Auf jeden Fall gibt's keinen Grund, daß wir jetzt nicht gut zu Abend essen können. Zeig Elsie, wo sie sich die Hände waschen kann."

Als sie ins Haus gegangen waren, drehte sich Dick auf der kleinen Veranda hinter dem Haus noch einmal um. Er war auf May weniger wütend, als er erwartet hatte.

Zwar hatte sich in ihm ein heftiger Sturm zusammengebraut, aber er war vorübergezogen, ohne loszubrechen. Dennoch war er verletzt. Er betrachtete den verstaubten Hinterhof, der von den Reifenspuren des Kleinlasters zerfurcht war. Der Küchengarten. Die Reihe der Baumwipfel, dunkelgrün vor dem Abendhimmel wie die aufgewühlte See vom Cockpit eines kleinen Bootes aus.

Später, auf dem Weg ins Neptune, wo er Parker treffen wollte, würde er die Jungen und May beim Kino in Wakefield absetzen. Auf dem Heimweg konnte er sie wieder abholen.

Sein Bootsschuppen mit den eingerissenen Seitenwänden und dem hellen, durchhängenden Dach sah aus wie eine halbverbrannte, zerbrochene Eierschale, die man auf den Müll geworfen hatte.

Durch die Fliegengittertür hörte er Charlie, der Miss Perry soeben seine Muschelschalen- und Fischskelettsammlung vorführte. Charlie hatte die Knochen so präpariert, daß sich die Kiefer bewegen ließen. Tautog. Squeateague. Indianische Na-

93

men. Namen, die wie Knochen zurückgeblieben waren. Aus einer halben Meile Entfernung konnte Dick die Lastwagen hören, die vom Baugelände auf Sawtooth Point wegfuhren. Narragansett. Matunuck. Worte aus einer Zeit, in der noch niemand etwas besessen hatte.

Ich werde Joxer dazu bringen, sich das Boot anzusehen, dachte er. Joxer hat es praktisch schon versprochen. Und dann werde ich May sagen, daß das Boot spätestens am Labour Day von hier verschwunden sein wird – so oder so.

Beim Abendessen fragte Dick Miss Perry, ob die Narragansett-Indianer wirklich kein Land besessen hätten.

Miss Perry erklärte, daß sie zwar als Einzelpersonen keinen Landbesitz, als Stamm aber sehr wohl die Herrschaft über Stammesgebiete gehabt hätten.

„Warum hatten sie dann Wampum? Was haben sie damit gekauft?"

„Ah", antwortete Miss Perry, „Wampum wurde nicht hauptsächlich als Geld benutzt. Jede verzierte Muschelschale, also Wampum, war eine symbolische Darstellung bestimmter Ereignisse. Es konnte innerhalb eines Stammes als Chronik verwendet werden. Oder man konnte es von einem Stamm zum anderen schicken, um einen Rat einzuberufen. Hinterher fertigte jede Seite eine neue Muschelarbeit an, um darauf den geschlossenen Vertrag festzuhalten, und die Stämme tauschten ihre Arbeiten aus. Die Tatsache, daß Wampum ausgetauscht wurde, könnte in den englischen Siedlern die Vermutung geweckt haben, daß Wampum als Geld diente. Schließlich war es unseren Vorfahren hauptsächlich um Geschäfte zu tun. Ich glaube, Everett hat mir einmal erzählt, daß Wampum als Geld ebenso eine rein englische Erfindung war wie die Legende, daß das Skalpieren von den Indianern übernommen wurde. Wampum ist etwas sehr Schönes. Everett hatte ein Stück. Es bestand aus den purpurnen Innenseiten von Venusmuscheln und Stacheln eines Stachelschweines, die zu einem Mosaik geformt waren. Es hatte eine Bedeutung, die wir heute nicht mehr entziffern können, aber allein das Design ist ein echtes Kunstwerk."

Dick dachte an Parker. Indianer waren Nichtspieler. Elsie sagte, sein Boot sei ein „echtes Kunstwerk". Was bedeutete das für ihn? Würden er und die anderen Sumpf-Yankees nicht mehr als ein oder zwei Namen – Pierce Creek – und ein oder zwei Relikte – den verschlickten Fahrweg – hinterlassen und aussterben? Würden sich nur noch belesene alte Jungfern an sie erinnern? May brachte die erste Torte herein. Sie hatte „Charlie" in die Mitte geschrieben. Rund um den Namen steckten so viele Kerzen, daß einige davon schief standen und aussahen wie Kiefern, die auf einer Klippe wuchsen. Miss Perry fing an zu singen, und alle stimmten ein.

May, Miss Perry und Elsie strahlten Charlie an. Charlie reckte sich und holte ganz tief Luft, um die Kerzen auszublasen. Dick spürte plötzlich eine Anwandlung von Gereiztheit gegen Charlie, die ihn überraschte und verlegen machte. Nicht Charlie, jeder andere, nur nicht Charlie. Wenigstens zu Charlie war er immer gut gewesen.

Charlie sollte kein Fischer werden, er sollte nicht auf einem Boot enden. Das war Dick jetzt klar. Er wußte zwar, daß er es dem Jungen eine Zeitlang einreden konnte, aber in Charlie steckte etwas anderes. Dick konnte nicht sagen, was es war, aber hin und wieder leuchtete es in ihm geradezu auf. Dick freute sich darüber, fühlte aber auch schon die Trennung.

Und dann May – aus irgendeinem Grund war sie verärgert, und es ging nicht nur um das Boot, obwohl es ein starkes Stück gewesen war, es ein Schwarzes Loch zu nennen; bösartiger hatte sich May in dieser Richtung nie geäußert. Elsie hatte das Boot als echtes Kunstwerk bezeichnet – sie mochte zwar berufstätig sein, aber so etwas konnte nur aus dem Mund eines reichen Mädchens kommen. Sogar Miss Perrys verschrobene altmodische Güte entfernte sich immer weiter von ihm, erinnerte ihn wieder einmal nur daran, wie alles gewesen war, als Sawtooth Point noch eine Wiese und das Hochzeitstorten-Haus das Ergebnis der Landwirtschaft und Fischerei der Familie Pierce gewesen war.

Jede der drei Frauen brachte ihn dazu, an die Fehler seines Lebens zu denken, daran zu denken, daß es nicht mehr weitergehen und er scheitern könnte. Zorn, Neid und Bedauern. Das erzeugte einen bitteren Geschmack bei ihm. Er wollte diese Gefühle nicht. Zorn zu Hause, Bedauern wegen der Landspitze, Neid, der die Hügel hinaufschielte auf die großen Häuser, die von dort oben auf die hart arbeitenden kleinen Unternehmen in Meereshöhe herunterschauten.

May brachte jetzt Toms Torte. „Hurra!" rief Miss Perry, um so wettzumachen, daß Toms Torte erst als zweite kam, und dann fing sie wieder zu singen an.

Nachdem Miss Perry und Elsie gegangen waren und er May und die Jungen nach Wakefield ins Kino gebracht hatte, fuhr Dick ins Neptune.

Für Frauen und Kinder war es ein wirklich schöner Tag gewesen, daher hatte er beschlossen, sich lieber von ihnen fernzuhalten.

An dem Nachmittag, als Dick wieder mit Parker auslaufen wollte, rief Joxer an. Seine Telefonstimme dröhnte so laut, als rufe er übers Wasser.

Joxer hatte eine Stunde Zeit und wollte sie nutzen, sich Dicks Boot anzusehen. Dick hielt Joxer ein bißchen hin und sagte, er lade zwar gerade Ködereimer auf seinen Kleinlaster, doch sie sollten sich die Zeit vielleicht wirklich nehmen.

Zehn Minuten später erschien Joxer. Dick öffnete ein paar Dosen Bier und ging mit Joxer in den Schuppen.

Joxer ging einmal um das Boot herum. Er erkletterte die Leiter an der Seite und stieg in den Laderaum, wo er vorsichtig über das Kielschwein balancierte. Dort hob er eine Ecke des öligen Segeltuchs und warf einen Blick auf den Dieselmotor. Er setzte die Brille auf und las sich die technische Beschreibung auf dem Motor durch. Dann kletterten er und Dick wieder aus dem Boot und nahmen ihre Bierdosen von der Tischkreissäge.

„Furchtbar heiß hier drin", sagte Joxer. „Gehen wir nach draußen. Haben Sie die Pläne bei der Hand?"

Dick rieb sich die Hände sauber und holte die Pläne. Seine Hände zitterten. Joxer hielt ihm die Plastikplane auf. Sie gingen ins Wohnzimmer und setzten sich. Dick zeigte auf das unterste

Regalbrett des Bücherschranks. „Ich hab hier einen Artikel über diesen Bootstyp und das Cummins-Handbuch."

Joxer nahm seine Lesebrille heraus und überflog den Artikel aus dem *National Fisherman*. „Ja", sagte er, „ich erinnere mich daran. Ich habe schon daran gedacht, die Werft ein solches Boot für meine Firma bauen zu lassen. Aber dann hat Kapitän Texeira mir zugesagt, auf Rotkrabbenfang zu gehen, und..."

„Hab' gehört, Kapitän Texeira setzt sich wieder mal zur Ruhe", sagte Dick.

„Nur halb", meinte Joxer. „Aber seine beiden Boote fahren weiter für mich."

Dick nahm einen Schluck Bier.

„Das soll also einmal Ihr Boot sein, stimmt's?" fragte Joxer. „Sie finanzieren das allein, nicht mit Larry Parker oder jemand anders als Partner?"

„Nur ich", sagte Dick. „Eddie Wormsley und Charlie haben mir geholfen. Und für den Motor schulde ich dem Cummins-Händler noch die Hälfte. Keine Bankkredite. Es ist allein mein Boot."

„Keine Bankkredite?" sagte Joxer. „Aber Sie haben's bei ein oder zwei Banken versucht, nicht wahr?"

Da ist es wieder, wie gehabt, dachte Dick. Ein alter Groll in alten, ausgefahrenen Gleisen und die spontane Eingebung, ihn nicht zu beachten. Die beiden widerstreitenden Gefühle schienen ihn zu beruhigen. „Sie wissen ja", sagte er, „daß Banken an halbfertigen Booten kein Interesse haben. Zumindest dann nicht, wenn es keine Jacht ist. Die wollen gar nicht wissen, was ich hier habe. Könnte, soweit es sie betrifft, genausogut ein Erdloch sein. Aber Sie haben es sich wenigstens angesehen."

Joxer steckte seine Lesebrille in die Hemdtasche und streckte die Beine aus. „Das ist richtig, ich habe es gesehen. Es ist zwar ein bißchen kurz, aber es ist breit und hat einen guten Tiefgang. Guter Entwurf, gutes Material. Und Ihre Arbeit ist erstklassig. Einfach super."

Dick nickte und hielt den Mund. Er wollte nicht zu optimistisch sein.

„Natürlich ist noch viel zu tun, und ich schätze, Sie brauchen eine Menge Ausrüstung – Schleppgeräte und auch sonst alles mögliche", sagte Joxer. „Ich will ja keine Vermutungen anstellen, aber dürfte ich fragen... Ich meine, Sie brauchen mich nicht dazu, um zu hören, daß Sie bisher gute Arbeit geleistet haben. Aber was wollen Sie dann?"

Dick ließ sich Zeit. Joxer schlug die Beine übereinander, faltete die Hände über dem Knie und betrachtete seine Daumen.

Dick hörte sich stottern: „Was ich will – ist –, daß Sie – mir genug Geld leihen, damit ich fertigbauen kann."

„Mhmm", sagte Joxer nickend. „Und wieviel, schätzen Sie, wird das sein?"

„Zehntausend Dollar."

„Mhmm, und welche Sicherheiten können Sie mir für das Darlehen geben?"

O Herr! dachte Dick. Er hat nicht nein gesagt.

„Das Boot", sagte Dick. „Es ist schon im jetzigen Zustand mindestens zehnmal soviel wert."

„Wenn es nur auf mich ankäme", sagte Joxer, „wäre das in Ordnung. Aber ich habe ein paar Aktionäre. Ein unfertiges Boot läßt sich nicht gut verkaufen. Was ist mit ihrem Land?"

„Da sind bereits Hypotheken drauf. Durch die zweite Hypothek bin ich mit dem Boot überhaupt erst soweit gekommen."

Joxer sagte nichts. „Mein kleines Boot und der Außenbordmotor sind viertausend Dollar wert", fuhr Dick dort. „Das wäre schon mal die Hälfte."

„Als Nebenbürgschaft könnten wir aber nur den halben Wert berechnen", sagte Joxer. „Das ist eine harte Regel, aber das allgemein übliche Verfahren."

„Dann wäre da noch das Zwölf-Fuß-Boot der Jungs", sagte Dick und wünschte noch im selben Moment, den Mund gehalten zu haben.

„Es gibt eine andere Möglichkeit", sagte Joxer. „Sie könnten jemanden mit relativ schnell greifbaren Vermögenswerten dazu bringen, mit Ihnen gemeinsam zu unterzeichnen und zu bürgen."

„Warten Sie", sagte Dick. „Habe ich das richtig verstanden? Ich setze mein Boot ein, aber wenn Sie Ihre Forderung vorzeitig geltend machen wollen, können Sie bei meinem Mitunterzeichner kassieren, wenn das einfacher für Sie ist?"

„Das stimmt nicht ganz. Wir müßten glaubwürdig nachweisen können, daß wir versucht haben, das Boot zu verkaufen."

„Der Mitunterzeichner müßte also jemand sein, der etwas

besitzt, das zehntausend Dollar wert ist. Oder wären das zwanzigtausend?"

„Nein", antwortete Joxer. „Es müßte jemand sein, der einen guten Ruf und schnell greifbare Vermögenswerte hat. Ein Bankkonto, Wertpapiere oder Pfandbriefe. Solche Dinge."

„Parkers Boot wäre also nicht ausreichend."

Joxer lachte. „Parkers Boot kann heute hier sein und morgen ganz wo anders, so wie Parker selbst."

„Und was ist mit Eddie Wormsley?" fragte Dick. „Er hat Investitionsgüter in seinem Bauholzgeschäft, die soviel wert sind wie sein Haus. Traktor, transportable Sägemühle und einen Lastwagen mit hydraulischem Schwenkarm."

„Ich glaube nicht, daß das ginge", sagte Joxer. „Es müssen leicht umwandelbare Vermögenswerte sein. Passen sie auf. Ich erkläre Ihnen was ich tun kann. Ich – wie soll ich sagen – bin durchaus geneigt, mich bei meiner Firma dafür einzusetzen, daß man Ihnen ein Darlehen gibt. Für die Firma ist es schließlich von Vorteil, noch ein Boot für den Krabbenfang unter Vertrag zu haben. Ein Teil unserer Abmachung wird, nebenbei gesagt, darin bestehen, daß Sie Ihr Bestes tun, um Rotkrabben zu liefern. Wir haben da eine Standardklausel. Normalerweise handelt es sich um eine jährlich zu erneuernde Vereinbarung, aber in Ihrem Fall müßten wir sie ausdehnen, bis das Darlehen abbezahlt ist, oder auf drei Jahre – was eben länger dauert."

„Und das ist alles?" fragte Dick. „Was ist mit Schwertfischfang auf der Hin- und Rückfahrt?"

Joxer hob eine Hand. „Natürlich können sie nach Schwertfischen Ausschau halten. Aber das wäre trotzdem nicht alles. Sie brauchen immer noch einen Mitunterzeichner. Ich werde mich umhören, ob ich jemanden für Sie finde. Oder noch besser – haben Sie an Miss Perry gedacht?"

Dick schüttelte den Kopf. „Wie kommen Sie auf Miss Perry? Ich sehe sie vielleicht dreimal im Jahr. Sie mag meine Kinder. Ich verstehe gar nicht, wieso mir alle immer wieder mit Miss Perry kommen. Es würde mir nichts ausmachen, mit Eddie Wormsley zu verhandeln – wir machen vieles gemeinsam. Parker ist, seit ich denken kann, ein alter Geschäftemacher. Ich habe nichts dagegen, mit Ihnen zu sprechen, weil Sie aus der Branche sind. Ich fange, was Sie verkaufen. Und Sie wollen Geld verdienen." Dick schüttelte nochmal den Kopf. „Es ist schwer zu erklären. Sie ist nicht... Schauen Sie, es ist so: Wenn Sie in der Kirche jemanden beobachten, der hundert Dollar in die Sammelbüchse wirft, was tun Sie dann? Sie gehen doch nicht zu ihm, nehmen ihn am Arm und sagen: ‚He, ich könnte was von dem Geld brauchen.'"

Joxer saß einfach da und ließ das Kinn auf die Brust sinken. Dick wußte nicht, was er gerade dachte. Dick fühlte sich ausgepumpt, als habe er sich ein Loch in die Brust gerissen.

„Ich muß den Köder an Bord schaffen", sagte er und stand auf. Joxer tat es ihm nach. „Danke, daß Sie vorbeigekommen sind", sagte Dick.

„Ich freue mich, daß wir miteinander reden konnten", sagte Joxer. „Ich kann Ihnen nichts versprechen, aber ich versuche es. Ich will selbst, daß Sie dieses Boot ins Wasser kriegen. Sie fahren jetzt für eine Woche raus? Bringen Sie mir Krabben mit, und dann sehen wir ja, was bis dahin los ist. Es spricht auch zu Ihren Gunsten, daß Sie anscheinend lernen, wo diese Krabben zu finden sind."

Dick nahm mit Vorsicht auf, was Joxer sagte, aber als er die „Mamzelle" am Wellenbrecher vorbeisteuerte, sah er es schon ein bißchen positiver.

Auf dem Hinweg sahen sie keinen Schwertfisch, aber später, nachdem sie die Fallen ausgesetzt hatten und wieder bei den Schwertfischplätzen waren, sichtete Parkers Collegestudent einen. Dick kletterte schnell zu ihm ins Krähennest. Der Junge zeigte auf den Fisch. „Gottverdammich", sagte Dick. „Gottverdammich!" Hundertfünfundsiebzig Pfund. Dicks Anteil wären ungefähr dreihundert Scheine. Der Junge würde etwa fünfundsiebzig kassieren. Er sah nicht so aus, als sei er wegen des Geldes mit von der Partie. Wahrscheinlich wollte er eher richtig braun werden und vor den Mädchen angeben.

In den Fallen waren mehr Rotkrabben als beim letzten Mal. Sie füllten zwar nicht die Fischkästen, aber trotzdem war der Fang ganz anständig.

Auf der Rückfahrt trug Parker Dick auf, zu prüfen, wie gut der Junge das Besteck machen konnte und wie gut er sich auf Sichtpeilung verstand.

Parker überließ dem Jungen das Steuer. Er und Dick gingen nach achtern, einen trinken. Parker wollte wissen, ob Dick sein Boot am Wellenbrecher vorbei bis zum Little Salt Pond und von dort ein Flüßchen stromauf zu Mary Scanlons Restauraunt steuern konnte.

Dick sagte ja.

„Gibt's da mehr als einen Weg? Oder kann man nur den Sawtooth Creek hinauffahren?"

„Es gibt schon noch einen Bach, aber auf dem geht's nur bei Flut."

„Okay", sagte Parker. „Und wie kommt man vom Salzsumpf vor Mary Scanlons Lokal am besten wieder aufs Meer – wenn man nicht über den Little Salt Pond zurückfahren will?"

„In dem Teil der Marsch gibt es ein richtiges Labyrinth an Flüßchen."

„Und die führen alle genug Wasser?"

„Ein paar schon, ein paar nicht. Und bei denen, die genug Wasser haben, hängt es auch von den Gezeiten ab."

„Aber da weißt, welche man bei Flut benutzen kann?"

„Ja."

„Und durch die kommst du mit deinem kleinen Boot?"

„Hängt von den Gezeiten ab."

„Was ist mit dem Dory?"

„Das Dory liegt so tief wie mein Boot."

„Wenn du von Mary Scanlons Restaurant so weit nach Westen in den Sumpf fahren wolltest, wie weit kämst du da mit deinem Boot? Ohne wieder aufs Meer rauszufahren?"

„Nicht weit. Der nächste Weiher im Westen ist abgeschnitten. Dort führt ein hoher Damm mit einer Schotterstraße bis zur Küste. Aber es gibt einen überwölbten Abzugskanal. Ein kleines Boot könnte da durchkommen. Hängt von den Gezeiten ab."

„Und dann, wie weiter?"

„Herrgott, Parker. Wenn du ein Kanu hast, das du über ein paar Stellen tragen kannst, kommst du bis New York City."

Der Junge rief ihnen zu, daß sie sich dem Wellenbrecher näherten. Dick übernahm das Steuer. Er sah auf die Uhr. Sie hatten noch eine Stunde Zeit, die Krabben zu entladen. Er würde Joxer fragen, ob er etwas Neues über einen Mitunterzeichner wußte.

Als sie zu Joxers Dock kamen, ging es dort zu wie in einem Irrenhaus. Kapitän Texeiras Neunzig-Fuß-Boot hatte festgemacht, wurde aber nicht gelöscht. Die Crew lief ziellos umher. Daneben lag ein kleineres Boot, die „Marjorie". Ihr Kapitän stand an der Bugreling und brüllte Joxer etwas zu. Joxer redete mit Kapitän Texeira.

Dick hielt die „Mamzelle" vom Landungssteg zurück, als er sah, daß Kapitän Texeira an Bord seines Bootes ging und ablegte. Als Kapitän Texeira weit genug entfernt war, hielt Dick mit langsamer Fahrt aufs Dock zu.

Joxer sprach jetzt mit dem Kapitän der „Marjorie", der mit dem Brüllen aufgehört hatte. Joxers japanischer Vorarbeiter kam zur „Mamzelle".

„Wir können heute keine Krabben ankaufen."

„Was?" sagte Dick.

„Wir können heute keine Krabben ankaufen. Unsere Kühlanlage ist im Arsch."

„Was zum Teufel soll das heißen?" fragte Dick. „Sprechen Sie Englisch, verdammt noch mal!"

„Beruhig dich, Dick", sagte Parker.

„Wo ist Joxer?" erkundigte sich Dick. „Jesus Maria, wir haben eine ganze Bootsladung Krabben!"

Dick kletterte auf den Kai und entdeckte Joxer auf der anderen Seite der Winde; er redete noch immer mit dem Kapitän der „Majorie", der von Bord gekommen war und jetzt auf seiner Mütze stand.

Als Dick näher kam, trat der Kapitän einen Schritt zurück. Joxer hob die Mütze auf, wischte sie ab und überreichte sie dem Kapitän. Joxer sah blaß und erschöpft aus. Dick stieß den angehaltenen Atem aus. „Ach Scheiße, Joxer", sagte er.

„Entschuldigen Sie", sagte Joxer zum Kapitän. Er wandte sich Dick zu.

„Wir hatten hier ein absolut unvorhersehbares Problem. Ein zeitweiliges, und ich bin sicher, daß ich einen Weg finden werde, um Sie irgendwie zu entschädigen. Wenn Sie Mr. Yamaguchi einen Blick auf Ihre Ladung werfen lassen – werden wir notieren, wer wieviel verloren hat. Ich kann nicht..."

Parker stieß zu ihnen. „Wo will denn Texeira hin?" fragte er. „Er läuft wieder aus."

„Er fährt nach New Bedford", sagte Joxer.

„Warum haben Sie das nicht gleich gesagt?" fragte der Kapitän der „Marjorie".

„Weil die in New Bedford nur Kapitän Texeiras Ladung übernehmen können. Und auch von ihm kaufen sie nur die Hälfte. Er hat sein zweites Boot per Funk angewiesen, die Ladung wieder ins Meer zu werfen."

„Wie sieht's mit Ihren Lastwagen aus?" fragte Dick.

„Die sind voll. Glauben Sie mir, ich habe alles versucht."

„Was zum Teufel ist passiert?" wollte Parker wissen.

Joxer holte tief Luft und atmete wieder aus. „Die alte Kühlanlage hat aufgehört zu funktionieren. Das hätte nichts ausgemacht, weil die neue ohnehin schon auf dem Weg hierher war. Aus Troy, New York. Der Laster ist bis Worcester gekommen, dann hat die Firma sich mit dem Fahrer in Verbindung gesetzt und ihn zurückgerufen. Soviel ich weiß, ist der Scheck geplatzt – und das nur, weil der Kühlexperte, der für uns tätig war, Zugang zum Konto hatte. Es sieht so aus, als habe er das ganze Geld abgehoben und sei verschwunden."

Nach dieser Erklärung sagte keiner mehr etwas. Der Kapitän setzte die Mütze auf. Dick warf einen Blick hinter sich auf die „Mamzelle". Wenigstens haben wir den Schwertfisch, dachte er. Er versuchte sich auszurechnen, was Joxer Kapitän Texeira jetzt schuldete. Ein so großes Boot hatte nach einem guten Fang bestimmt fünfzehn bis zwanzigtausend Dollar im Laderaum. Kapitän Texeira ersparte Joxer durch die Fahrt nach New Bedford mindestens siebentausend Dollar. Die Crew war darüber wahrscheinlich nicht sehr erfreut, weil das Boot einen halben Tag dorthin brauchen würde, und dann würden die Männer die Ladung den ganzen Abend löschen und einen weiteren halben Tag zurückschippern.

Die „Mamzelle" hatte wahrscheinlich Krabben im Wert von

103

dreitausend Dollar in den Fischkästen. Dicks Anteil würde sich nach Abzug der Treibstoffkosten auf tausend belaufen. Er würde einen Eimer Krabben nach Hause mitnehmen und auch Eddie einen mitbringen. Als er an Eddies Haus vorbeifuhr, überreichte er seinem Freund jedoch beide Eimer. Er hatte keinen Appetit auf die verdammten Biester.

Joxer hatte gesagt, er könne erst in ungefähr einer Woche bekannt geben, wann er wieder Rotkrabben ankaufen konnte. Aber wenn der Kühlexperte mit dem ganzen Geld durchgegangen war...

Dick fand, daß er am besten möglichst schnell feststellen sollte, wo die küstenfernen Hummerplätze lagen. Die ganze verfluchte Rotkrabben-Fangflotte würde es nämlich auch versuchen. Als er zu seinem Haus kam, war Mays Auto nicht da. Er setzte sich in seinen Kleinlaster. Er hatte Eddie beide Eimer gegeben, dachte aber ununterbrochen an die Rotkrabben. Vielleicht hätten sie sie in die durchlöcherten Schwimmkästen für Hummer stecken und im Weiher am Leben halten sollen. Nein. Die Krabben waren empfindlicher als Hummer – sie lebten in größerer Tiefe und Kälte. Es mußte eiskalt sein, damit sie überleben konnten. Joxer mußte sie lebendig kochen, zerlegen und das abgepackte Fleisch so schnell schockfrosten, daß es fast augenblicklich gefror.

Joxer hatte zwei Jahre lang versucht, die großen Hummerboote dazu zu bringen, ein paar Meilen weiter hinauszufahren und Rotkrabben zu fangen. Als Kapitän Texeira endlich auf seiner Seite war, bekam er damit nicht nur Texeiras zwei Boote; es machten noch einige mit. Joxer hatte insgesamt vier Booten eine Kaufgarantie gegeben. Weitere vier – einschließlich der „Mamzelle", also eher dreieinhalb – fuhren auf gut Glück hinaus. Selbst wenn Joxer es schaffte, die Anlage wieder in Betrieb zu nehmen, und Kapitän Texeira weiterhin für ihn fuhr, würde er Schwierigkeiten bekommen. Die beiden Kapitäne, die bei ihm unter Vertrag standen, sowie die drei anderen, die auf eigenes Risiko fuhren, würden möglicherweise wieder mit dem Hummerfang beginnen. Hummer konnte man immer verkaufen.

Aber Joxers Problem berührte nicht nur die sieben Boote. Halb Galilee verließ sich mittlerweile auf Rotkrabben. Deshalb hatten sie vorhin an der Anlegestelle alle den Mund gehalten. Sie waren wütend auf Teufel komm raus, und dazu hatten sie auch jedes Recht. Schließlich gibt man nicht ein paar hundert Dollar für Treibstoff aus, verbringt ein, zwei Wochen auf See und holt zehn Stunden lang ohne Unterbrechung Fallen ein, nur um sich dann von einem Japaner sagen zu lassen: „'tschuldigung, wir nix kaufen Rotkrabben."

Joxers Problem war zwar unsichtbar, aber es würde Galilee dennoch treffen wie ein schwerer Sturm und etwas untergraben, auf das viele Leute gebaut hatten.

Dick wollte all das jetzt gar nicht genau durchdenken. Die allgemeine Notlage war ihm so stark bewußt, daß sie den wesentlich einschneidenderen Gedanken an sein eigenes Wohl betäubte: Joxers Firma würde ihm jetzt garantiert keine zehntausend Dollar leihen.

Er schaute aus dem Fenster und erblickte May. Also mußte Charlie das Auto haben. Dick hatte sich noch immer nicht an den Gedanken gewöhnt, daß Charlie fahren konnte.

May erzählte ihm, daß die Jungen bei einem Ballspiel waren. Dick duschte, nahm May in die Arme und fing an, mit ihr herumzualbern. Sie hörte auf, die Küche zu putzen. Hinterher berichtete er ihr von Joxers Problem. Sie nörgelte nicht herum, als er sagte, er gehe ins Neptune.

Er steckte einen Fünfer ein und versuchte sich ein paar nette Worte für May einfallen zu lassen. „Du hast abgenommen, wahrscheinlich durch die Gartenarbeit."

Das reichte nicht. May blickte auf und verdrehte den Kopf, als habe sie eine Maus in ihrer Küche gehört. Dick nahm sich noch einen Fünfer. „Sag Charlie, daß ich morgen am Boot etwas Hilfe brauchen könnte", sagte er.

Als er ins Neptune kam, lief im Fernsehen eine Sportsendung. Ein Baseballspiel, das von Howard Cosell kommentiert wurde. Dick sah ein Inning lang zu, bekam aber kaum mit, was Cosell erzählte. Er unterhielt sich mit einem Bekannten, der auf einem der großen Hummerboote arbeitete, und fragte ihn, was es Neues gab. Der Mann lachte. „Ich schätze, wir werden euch Krabbenboote jetzt alle im Kielwasser haben", meinte er.

„Leck mich", sagte Dick und sah sich nach Parker um.

Parker tauchte eine Stunde später auf. Dick hatte eben seinen dritten Whisky mit Bier zum Runterspülen bestellt.

„Wir müssen morgen rausfahren und die toten Krabben ins Meer werfen", sagte Parker. „Ein Naturschutzbeamter hat dem Kapitän der ,Marjorie' befohlen, sie weit draußen zu versenken, damit sie nicht hier angespült werden."

„Wie weit willst du denn rausfahren? Ich muß an meinem Boot arbeiten. Verdammt, fahren wir doch gleich. Ich schlage dir vor, sofort loszufahren, nicht erst morgen."

„Dick, mein Alter, verkrampf dich doch nicht gleich. Man muß eben das Bittere mit dem Süßen nehmen. Für dein Boot hast du noch genug Zeit. Außerdem reicht dein Geld ohnehin nur für einen Anstrich."

Dick schwieg.

„Aber ich sag dir was", fuhr Parker fort. „Ich glaube, wir haben jetzt genug Pech gehabt. Verstehst du, was ich meine? Ich finde, es wäre jetzt höchste Zeit für ein bißchen Glück. Wir fahren zwei, drei Tage raus. Du nimmst dein kleines Boot mit, nicht das große. Wir hängen den Außenbordmotor vom Dory dran. Du hast recht mit dem Dory, es ist eine Mißgeburt. Ich möchte mich nicht darauf verlassen müssen."

„Was zum Teufel hast du vor? Willst du die Versicherung für die ‚Mamzelle' kassieren?"

Parker hob die Hand. „Herrgott, wirst du aber laut, wenn du was getrunken hast! Außerdem liegst du falsch. Unterhalten wir uns morgen weiter, wenn wir den Laderaum ausgeleert haben. Wir sollten nichts übereilen. Wenn wir in der richtigen Stimmung sind, kommen wir schon zusammen."

Sie fuhren drei Stunden lang hinaus und kippten die toten Krabben ins Wasser, bevor sie zu stinken anfingen. Einen Eimer nach dem anderen. Möwen begannen ihr Boot zu umschwärmen. Einige ließen die Krabben wieder aufs Deck fallen, um die Schalen aufzubrechen. Am Ende der Köderleine tauchten ein paar kleine Haie auf, schwammen kreuz und quer und verschwanden.

Keith, der College-Junge, wollte Thunfisch fangen. Dick war egal, was sie taten. Es war alles Zeitverschwendung. Er hatte Charlie und Eddie zu Hause gelassen, sie sollten das Boot einmal streichen. Parker hatte in einem recht: Dick besaß nicht genug Geld, um länger als einen Tag an seinem Boot arbeiten zu können.

Der Junge hatte eine Hochseeangel mitgebracht mit einer Schnur, die bis hundert Pfund belastbar war, einer Leitleine aus Draht und einem Köder, der aus einem Operationsschlauch und einem Bleikopf mit Glasaugen bestand. Er rollte ein Stück Schnur ab und machte sie mit einer Wäscheklammer fest. Dann schnallte er einen Gürtel mit einer Halterung für den Rutengriff um.

„Schon mal Thunfisch gefangen?" fragte Dick.

„Nein", antwortete der Junge. „Aber ich bin einmal beim Thunfisch-Derby in einem Sportfischerboot mitgefahren."

Parker war amüsiert. Er bat Dick, aufzuentern und nach

Schwertfischen Ausschau zu halten. Dick wies ihn auf den unruhigen Seegang hin. Parker fragte ihn, ob er wisse, wo die Hummerplätze seien. Dick zeigte ihm zwei Stellen auf der Seekarte. „Aber das war vor mehr als fünf Jahren, als ich das letzte Mal auf einem großen Hummerboot gefahren bin", sagte er. „Die Hummer wandern."

„Wie ist es hier?" fragte Parker und deutete auf eine andere Stelle.

„Weißt du was?" erkundigte sich Dick. „Hast du mit jemandem gesprochen?"

Parker nickte.

„Die erzählen einem doch alles mögliche. Aber bitte, wenn du's dort versuchen willst – du bist der Kapitän. Meiner Ansicht nach wären wir besser dran, wenn wir unser Geld für ein Aufklärungsflugzeug anlegten, um Schwertfische zu fangen."

„Paß auf", sagte Parker, „wenn wir mit dieser Fahrt was verdienen, stecke ich das Geld in ein Flugzeug."

Parker war in einer seiner unerklärlich guten Launen. Es war ihm recht, daß der Junge ein paar Stunden mit der Schleppangel fischte, während sie langsam dahintuckerten und Treibstoff verbrauchten. Dick war ruhelos und ging nervös an Deck hin und her, während er darauf wartete, daß die Gezeitenströmung nachließ. Er hörte das schnappende Geräusch, als die Angelschnur des Jungen aus der Halterung sprang. „Hey, bist du wach?" rief er. Der Junge ließ sich rücklings vom Lukendeckel gleiten und stemmte die Füße dagegen. Die Schnur surrte ruckartig von der Rolle. Der Junge hob die Angelspitze, senkte sie wieder und kurbelte wie wild. „Mach jetzt keinen Blödsinn", sagte Dick. „Der Junge hat einen Fisch!" rief er Parker zu. Parker nahm Gas weg und schaltete auf Leerlauf.

Dick betrachtete die Schnur und folgte ihr mit den Augen. Der starke Zug war hauptsächlich auf die Fahrt des Bootes zurückzuführen gewesen. Der Fisch tauchte nicht tief, verhielt sich nicht wie ein Thunfisch. Der Junge kämpfte immer noch. Vielleicht ist es ein Marlin, dachte Dick. Das wäre doch was. Der Junge riß die Angelrute hoch, und der Fisch durchbrach wild um sich schlagend die Wasseroberfläche, keine zwanzig Meter hinter dem Heck. Dick ergriff den Fischhaken und schlüpfte mit der Linken in einen Handschuh, um den Draht fassen zu können. Der Junge kurbelte und kurbelte. Dick hielt die Schnur jetzt in der linken Hand und sah den Fisch wieder mit lautem Klatschen aus dem Wasser schnellen. Mit einem starken Ruck hievte er ihn an Bord.

„Oh", sagte der Bursche.

„Man kann ihn essen", kommentierte Dick.

„Ich mag keinen Blaufisch", sagte der Junge.

Der Blaufisch warf sich an Deck hin und her. Dick schlug ihm mit der Seite des Fischhakens den Kopf ein. Er hielt das Tier an der Leitschnur aus Draht hoch. „Groß für einen Blaufisch", sagte er. „Über zwanzig Pfund. Wenigstens vergeudest du nicht deine Zeit."

Der Junge war noch immer verlegen. Völlig erschöpft, die Beine gespreizt, hatte er mit einem Fang von zwei- bis dreihundert Pfund gerechnet.

„Anscheinend braucht man mehr als ein paar tote Krabben, um Thunfische zu ködern", sagte Dick. Der Junge antwortete nicht. Wahrscheinlich war er Dicks Freundlichkeit nicht gewöhnt.

Dick sagte zu Parker, er werde jetzt aufentern und nach Schwertfischen Ausschau halten. Parker war einverstanden, wollte aber weiterhin so langsam fahren, daß der Junge fischen konnte.

„Es ist dein Boot."

Oben im Krähennest beruhigte Dick sich wieder. Wind kam auf, aber nicht so stark, daß er den Ausguck verleidet hätte. Er streckte sich und hielt die Nase in den Wind – der hier oben, fern vom Dieselgestank, kühl war und salzig roch. Warum auch nicht, fragte er sich. Ich muß nirgendwo hin, habe nichts zu tun. Er blickte nach unten. Der Junge hatte seine Angel in die Halterung gesteckt und zerlegte den Fisch. Keine Wolke am Himmel. Es war ein perfekter Julitag auf einer sanften blauen See.

Sie fuhren hinaus, holten ihre Fallen ein, warfen die Krabben wieder zurück und behielten ein paar Hummer. Als es dämmerte, aßen sie zu Abend. Es gab Tomatensuppe aus der Dose mit Blaufischbrocken. Dick machte sich ein Sandwich mit einem ordentlichen Stück gebratenem Fischfilet und viel Mayonnaise. Dazu trank er ein kaltes Bier.

Parker steuerte das Boot noch weiter hinaus, sah etwas und hielt darauf zu. Es war eine Markierungsboje mit zwei orangefarbenen Wimpeln. Parker ging längsseits und bereitete alles vor, um sie einzuholen.

„Herrgott, Parker. Die gehört nicht uns."

„Schon in Ordnung, Dick. Ist alles arrangiert. Hilf mir."

Parker holte die Schleppleine nur bis zum dritten Korb ein, öffnete ihn und nahm ein Paket heraus. Die drei Körbe und die Markierungsboje warf er wieder über Bord.

Dick sah den Jungen an. Der Junge wußte, was gespielt wurde. Parker ging auf Gegenkurs. Dick stellte sich neben ihn ans Ruder.

„Parker, vor langer Zeit hab ich dir gesagt..."

„Vor langer Zeit", antwortete Parker, „hast du trocken geschluckt und ein paar hundert Scheine kassiert. Klein. Das ist klein. Immer schön klein bleiben."

Dick gefiel es nicht. Ihm kam der Gedanke, ein paar Kilometer vor der Küste in sein Boot umzusteigen und heimzufahren. Und das wäre es dann, was Parker und ihn betraf. Er würde auf keinem Boot einen Job kriegen. Und wenn doch, würde ihm niemand für das Spießen von Schwertfischen einen Anteil von vierzig Prozent geben. Die „Mamzelle" war kein besonders gutes Boot, aber für Dick erfüllte sie ihren Zweck.

Parker bat ihn, das Ruder zu übernehmen. Dick sah Parker und Keith zu, die ein paar riesige Wellhornschneckenhäuser hervorholten – so große hatte er noch nie gesehen. Sie stopften versiegelte Kokainbriefchen in die Schneckenhäuser. Die Sache war nicht so klein, wie Parker behauptet hatte.

Parker brach ein paar Eierschalen aus Plastik auf. Keith und Parker lachten. Dick fragte, was für ein Zeug das sei. Noch immer vor sich hin kichernd brachte Parker eine Eierschale zu Dick auf die Brücke. „Das ist Schleim", sagte Parker. „Schau her." Er deutete auf das Wort SCHLEIM das in tropfenden Lettern auf der Schale zu lesen war. „Aus einem Spielzeugladen. So ähnlich wie Knetmasse, aber es sieht schleimig aus."

Parker und Keith füllten die Gehäuse mit Schleim. Es sah dem eingezogenen Fuß einer Schnecke tatsächlich recht ähnlich. Als sie Land sichteten, wies Parker Dick an, zu stoppen. „Also – das ist mein Vorschlag. Einfach und leicht. Wir lassen Keith an Bord und fahren mit deinem Boot rein, sobald es dunkel ist. Und zwar bis dahin, wo der Fluß an Mary Scanlons Parkplatz vorbeifließt. Ich steige aus und treffe mich auf dem Parkplatz mit einem Typen, der einen Laster hat. Er hat Mary Scanlon eingeredet, spezielle Meeresfrüchte wie diese *scungilli* hier zu kaufen." Parker

benutzte das italienische Wort für „Wellhornschnecken". „Ich
stelle den Korb hinten in seinen Laster", fuhr Parker fort, „steige
wieder in dein Boot, und wir nehmen für die Rückfahrt eine
andere Route. Wir treffen den guten Keith und fahren noch mal
ein bißchen raus. Einfach und leicht. Ich gebe dir fünftausend."
Dick schüttelte den Kopf.

„Hör mal, das ist viel einfacher, als Muscheln zu wildern",
sagte Parker. Dick wünschte, er hätte Parker nie davon erzählt.
Kinderkram, der ihn albern aussehen ließ. Aber Parker konnte es
trotzdem gegen ihn verwenden. Wenn du das Gesetz brichst,
kannst du es auch gleich richtig tun. „Hier geht's um großes
Geld. Damit hast du die Hälfte von dem, was dein Boot noch
kostet."

Dick blickte zu dem Fleckchen Land hinüber. „Diese fünftausend", sagte er, „das sind doch keine vierzig Prozent."

„Nein", antwortete Parker. „Das ist ein Pauschalpreis. Ich habe
bereits das größte Risiko auf mich genommen. Dein Anteil
beläuft sich auf fünftausend. Sehr geringes Risiko. Sollte was
schiefgehen, werfe ich die Schnecken über Bord."

Es gefiel Dick, daß Parker wegen der vierzig Prozent nicht log.
Dick wußte zwar nicht, wieviel für Parker rausspringen würde,
aber er wußte verdammt genau, daß es keinesfalls nur – es
dauerte eine Weile, bis Dick die Zahl im Kopf ausgerechnet hatte
– zwölftausendfünfhundert Dollar sein konnten.

„Das Schöne daran ist, daß du alles leugnen kannst", sagte
Parker.

„Ganz einfach – dein Skipper hat zu dir gesagt: ‚Bring mich
dahin, ich will ein paar Schnecken verkaufen.' Du hast dir zwar
gedacht, daß das ein bißchen komisch ist, aber andererseits,
schließlich gibt es im Moment keine Krabben, und so... Vielleicht hast du ja auch gehört, daß *scungilli* Aphrodisiaka sind.
Behaupten wenigstens die Türken oder Griechen oder sonst wer
aus der Gegend. Besser als Austern. Also denkst du dir: Zum
Teufel, was soll's?"

„Tja, was soll's?" wiederholte Dick. „Wir wär's mit sechstau-
send?"

„Nein", sagte Parker.

Es gefiel Dick, daß Parker ihn nicht so verzweifelt nötig hatte.
„Ich will dich nur aus einem einzigen Grund dabei haben",

sagte Parker. „Und der ist, daß ich in einem kleinen Boot auf offener See meinen Seelenfrieden haben will. Ich möchte nicht hin und her geschleudert werden, daß mir die Plomben aus dem Mund fallen, und ich will nicht naß werden. Ich könnte Keith nehmen oder das Boot selbst einhändig steuern. Aber ich mag einfach die Art, wie du mit einem kleinen Boot umgehst."

„Wirst du nach dieser Geschichte abhauen?" fragte Dick. „Zurück nach Virginia oder North Carolina?"

„Zum Teufel, nein! Ich fische hier oben bis Ende August weiter. Ich will dir was sagen: Wir setzen Aufklärungsflugzeuge ein. Einen Monat lang pro Woche zwei Tage mit Flugzeugen. Damit holen wir uns ein paar Fische, garantiert. Fünf oder sechs große Fische."

„Und wenn es zu windig ist? Oder das Wasser zu heiß wird?"

„Dickey-bird, wenn's denn sein muß, umfahren wir sogar Cape Cod. Ich werde es tun. Aber du denkst schon wieder negativ. Das ist alles positiv."

„Aufklärungsflugzeug", sagte Dick.

„Genau", erwiderte Parker. „Wir arbeiten wieder erstklassig. Verdammt, wir nehmen sogar wieder deine Freundin und Schuyler an Bord, damit sie filmen können. Wir setzen Keith in das kleine Boot und fangen zwei Fische auf einmal. Und Sie lassen Ihr Boot am Labour Day zu Wasser, Kapitän Pierce."

Dick warf wieder einen Blick auf den Streifen Land und fühlte die „Mamzelle" schwerfällig unter seinen Füßen schlingern.

„Wann willst du reinfahren?"

„Sobald es dunkel ist. Um zehn Uhr. In zirka einer Stunde rein und raus. Dauert nicht länger als ein Zahnarzttermin." Parker klopfte mit dem Fingernagel gegen seine neuen Zähne. „Schmerzlos."

112

Es war Flut, als sie einliefen. Kein Mond. Ein paar Böen aus Südwest und ein wolkiger Himmel.

Als sie durch die Fahrrinne schlüpften, sagte Parker, der im Bug stand und nach achtern blickte: „O Scheiße."

Dick steuerte auf den Sawtooth Creek zu. „Was ist los?" fragte er.

„Dachte, ich sähe draußen ein Boot. Hab mich vielleicht geirrt." Parker wollte nach achtern kommen.

„Bleib oben", sagte Dick. „Mit dem Motor haben wir ohnehin schon zuviel Gewicht am Heck."

Dick hielt den Sawtooth Creek stromauf und bog hinter dem Flunderloch nach Westen ab. Er nahm den langen, schmalen Fluß, der sich durch den unter Naturschutz stehenden Teil der Salzmarsch schlängelte. Dick stand auf, um nach Trümmern Ausschau zu halten, die im Flüßchen trieben. Der Wasserstand war so hoch, daß er über das Salzgras hinaussehen konnte. Sie tasteten sich nördlich vom Trustom Pond entlang. Dick konnte schon die Laterne an der Ecke von Mary Scanlons Parkplatz sehen. Er hoffte, Parker würde sich beeilen – wenn die Ebbe einsetzte, würde er den Durchlaß unter der Green Hill Beach Road nicht nehmen können.

Dick stellte den Motor schon ein gutes Stück vom Parkplatz entfernt ab. Als er die Ruder ins Wasser senkte, hob er den Kopf, weil er glaubte, weit weg einen Motor zu hören. Das Geräusch verklang. Er ruderte bis zu der Biegung des Flüßchens, die der Ecke des Parkplatzes am nächsten lag. Parker kletterte die Uferböschung hinauf, in der Hand den Muschelkorb voller Schnekken. Er verschwand auf dem mit Wachsmyrthe und Giftefeu bewachsenen Hang.

Dick hielt das Boot mit einem Ruder am Ufer fest. Er wölbte

die rechte Hand über das Zifferblatt seiner Uhr, um die Leucht-
zeiger sehen zu können. Er wartete eine Weile. Spuckte in den
Fluß. Die Spucke trieb ab – das bedeutete, daß die Ebbe schneller
gekommen war. Er sah wieder auf die Uhr. Etwa sieben Minuten
waren vergangen. Wieder hörte er das weit entfernte Motorengeräusch, dann kam Parker die Böschung heruntergerutscht. Er
stieg ins Boot, zog den Korb hinter sich herein. Er war noch
immer voll. „Los", zischte er Dick zu.

Dick ruderte. „Scheiße, was ist das?" rief Parker leise. Dick
hörte den Motor. Er stand auf. Über den Spitzen der Salzgrashalme konnte er den Verlauf des Flüßchens ausmachen, auf dem
sie gekommen waren – zwar nicht den Kanal selbst, aber den
dunkleren Einschnitt im hohen Gras. Was es auch war, das sich
hier näherte, es fuhr auf alle Fälle ohne Lichter. Das Motorengeräusch klang sehr hoch.

Dick warf den Außenbordmotor an, und das Boot hob sich aus
dem Wasser. Wenn es der Naturschutz oder die Küstenwache
war, dann kamen sie mit einem Boston Walboot, wahrscheinlich
mit vierzig PS. Dick rechnete sich aus, daß sie noch ungefähr eine
halbe Meile vor sich hatten, ehe sie den nächsten Weiher erreichten. Bis dorthin konnte er dem Walboot davonfahren. Wie es
weitergehen sollte, war ihm nicht ganz klar.

Er glitt durch die schmale Öffnung unter der Straße. Noch eine
Viertelmeile bis zum Weiher.

Als er dort anlangte, stand er auf. Im oberen Teil des Weihers
waren jede Menge Hügel, zwischen denen sich Kanäle in alle
Richtungen davonschlängelten. Einige davon führten in den offenen Teil des Weihers, andere waren Sackgassen, die im Brack-
wasser endeten. Er nahm etwas Gas weg und hörte das andere
Boot aufheulen.

„Wer immer sie sind, sie sind in unserem Fluß", sagte er zu
Parker.

Er fuhr nach Westen und geriet in totes Wasser. „O Scheiße",
sagte Parker, der im Bug kauerte. „Eine Sackgasse."

„Nein, der Weg ist schon richtig", antwortete Dick. „Steig aus.
Wir holen das Boot aus dem Wasser." Er kippte den Außenbordmotor herauf, ging an Parker vorbei nach vorn und stieg über
den Bug ins Wasser. Parker stieg ebenfalls aus, und gemeinsam
hievten sie, die Stiefel in den zähen Schlamm stemmend, den Bug

114

des Bootes hoch. Etwa sechs Meter weit zogen sie das Boot auf der Kielhacke hinter sich her. Anschließend ging Dick mit einem Ruder nach hinten und grub das Stück der Uferkante ab, auf dem ihr Kiel eine Spur hinterlassen hatte. Es plumpste ins Wasser. Er versuchte das Salzgras wieder aufzurichten, das sie flachgelegt hatten. Zum Teil schaffte er es, das andere hielt er hoch, indem er die ganze Breitseite des Ruderblattes dagegendrückte.

Der Motor winselte an ihnen vorbei und fuhr durch einen Kanal in den offenen Weiher. Das Boot stieß hart ans Ufer, als es plötzlich langsamer wurde. Der Motor hustete kurz und klang tiefer. Dann nahm das Boot die Fahrt wieder auf und brummte rund um den Weiher. Parker robbte zu Dick herüber. Dick sagte ihm, er solle noch mehr Gras aufrichten.

Sie blieben liegen. Das Brummen klang einen Ton höher.

„Wie lange willst du hierbleiben?" fragte Parker.

Dick überlegte. „Zwischen diesem Weiher und Ninigret Pond gibt's einen Kanal. Den wollte ich nehmen, dann über den Ninigret und schließlich bei Charlestown durch den Trichter ins offene Meer. Aber es führt eine Brücke über diesen Kanal. Sie müssen dort nur einen Mann aufstellen, der den Kanal im Auge behält, und dann mit ihrem Boot hierher zurückkommen."

„Was hältst du davon, wenn wir die Route nehmen, die wir gekommen sind?"

Dick dachte darüber nach. „Was hast du auf Marys Parkplatz gesehen?" fragte er. „Warum bist du zurückgekommen?"

„Da stand ein Auto", sagte Parker, „aber es hat zu normal ausgesehen, verstehst du."

„Wenn es ein Bulle ist, hat er unseren Motor gehört. Er braucht sich nur ans Ufer zu stellen. Wir müssen... Nein, laß mich überlegen."

Vor seinem geistigen Auge konnte Dick die Salzmarschen sehen – eigentlich nur eine Marsch, von Flüssen durchzogen und mit Weihern gesprenkelt, die durch schmale, höher gelegene Festlandstreifen voneinander getrennt waren. Die Marsch grenzte im Süden an die Küste. Wenigstens kannte er die Umrisse des Problems, wenn ihm auch der Ausweg noch nicht ganz klar war.

Aber was er sehr deutlich sehen konnte, als er sich die Marsch von oben vorstellte, war die Erhebung, auf der Parker und er neben dem Boot lagen. Er war in Auflösung begriffen. Nicht aus

115

Angst, obwohl er sich diese Möglichkeit eingestand. Aber das konnte er im Moment noch verdrängen. Etwas viel Wichtigeres als seine Nerven ließ ihn im Stich. Es lag nicht daran, daß es ein so großes Unrecht gewesen wäre, ein bißchen Koks an Land zu schmuggeln. Kapitän Parkers Aufputsch-Pillen für müde Seeleute. Aber irgendwie war nicht richtig, wie er hierhergeraten war. Und etwas anderes in seinem Innern sickerte in den Schlamm. Es war nicht Parkers Schuld. Das Zeug schadete Parker nicht, es war ganz einfach Parkers Art, sein Leben zu meistern. Dick selbst sah sich jedoch im Boden versinken. Er erhob sich auf die Knie und lugte über die Grashalme. Das Walboot – vielleicht war es auch nur ein weißes Motorboot – befand sich in der Mitte des Weihers, keine halbe Meile von ihnen entfernt, und suchte die Gegend mit einem Scheinwerfer ab. Der Lichtstrahl reichte nicht bis an den Rand des Gewässers. Das Walboot hielt aufs Ufer zu und machte einen Bogen. Dick duckte sich wieder.

„Wir fahren an der Ostseite des Weihers hinunter", sagte er zu Parker. „Aus der Südwestecke führt kein Weg hinaus, also werden sie sich mehr auf die Flüßchen hier oben und die Verbindung zum Ninigret konzentrieren. Es gibt da ein paar kleine Inseln, hinter denen wir uns halten können. Gleich hinter dem Strand wächst hohes, dichtes Gras. Dort verstecken wir uns wieder und warten ab, bis sie hier oben sind. Dann tragen wir das Boot die Düne hinauf und auf der anderen Seite wieder hinunter. Am Strand können wir es dann zu Wasser lassen."

„Mein Arm ist noch nicht wieder ganz in Ordnung", sagte Parker. „Wie weit müssen wir es ziehen?"

„Etwa dreißig Meter bis auf den Dünenkamm. Dort überqueren wir eine Schotterstraße. Von dort sind es vielleicht noch zweihundert Meter bis zum Wasser. Du wirst deinen kranken Arm nicht brauchen, wir legen dir eine Leine um die Schulter. Den Arm mußt du nur dazu benützen, diese Schnecken ins Wasser zu werfen."

Parker grunzte. Er stand auf und blickte zum Weiher hinunter. „Worauf warten wir noch?'

„Laß sie ruhig noch ein paarmal um den Weiher herum fahren", sagte Dick. „Dann wird es sie langweilen. Wenn wir Glück haben, fragen sie sich, ob wir es nicht doch in den Ninigret geschafft haben. Dann müssen sie uns bei der Charlestown-Mündung suchen."

„Oder sie kommen hierher zurück", wandte Parker ein.

„Wäre ganz gut, wenn sie es einmal täten, bevor wir losgehen. Nachher kommen sie nicht mehr auf die Idee."

Sie blieben unbeweglich liegen.

„Wie treffen wir Keith wieder?" fragte Dick.

„Er fährt mit dem Boot einfach hin und her, eine halbe Stunde nach Südosten und eine halbe Stunde nach Nordwesten."

„Herr im Himmel", sagte Dick, „wird nicht leicht sein, ihn zu finden."

Er drehte sich auf die Seite. Der Himmel war jetzt dichter bewölkt. Er wollte aufstehen und sich noch einmal umsehen, als er das Motorengeräusch näher kommen hörte. Also legte er sich schnell wieder flach und bemühte sich noch einmal, das Salzgras aufzurichten. Es hatte überhaupt keinen Sinn, an ein Entkommen zu Fuß auch nur zu denken. Das Boot lief auf seinen Namen, und die Registrierungsnummer stand auf beiden Seiten des Bugs.

Das Walboot rauschte mit Viertelkraft an der Mündung des toten Arms vorbei. Es wurde langsamer, schaltete mit einem Rasseln in den Rückwärtsgang, und als sich die Schraube aus dem Wasser hob, hörte man ein kurzes Sirren wie von einem Zahnarztbohrer. Der Scheinwerferstrahl schwang herum. Dick preßte das Gesicht zwischen den Grashalmen in den lehmigen Untergrund. Seine Vorderseite war ganz naß. Vielleicht hatte er in die Hose gemacht. Er wartete darauf, daß der andere wieder in den Vorwärtsgang schaltete. Einmal zuckte sein Bein, und er spürte, wie Parkers Hand es fest umklammerte. Er horchte. Irgendwo im Westen krächzte heiser ein Syphoke.

„Scheiße, was war das?" fragte eine Männerstimme.

„Eine Rohrdommel", antwortete eine Frau.

„Eine was?"

„Eine Art kleiner Reiher." Es war Elsie, die sprach. „Man nennt sie auch Syphokes. Man bekommt die Vögel fast nie zu sehen, aber man kann sie kilometerweit hören." Elsie ahmte das Krächzen eines Syphokes nach.

„Na wunderbar. Haben Sie eine Ahnung, wo wir sind?"

Der Syphoke krächzte zurück.

Ein anderer Mann lachte. Zwei Männer. Und Elsie.

„Hören Sie auf, Buttrick", sagte der erste Mann. „Wissen Sie, wo wir sind?"

„Ja. Wissen Sie, wohin wir wollen?"

„Zur Brücke zurück."

„Die Durchfahrt in den Ninigret?"

„Genau. Fahren wir."

Mit einem Rasseln in den Vorwärtsgang. Der Motor senkte sich langsam ins Wasser, und es klang, als blase ein Kind durch einen Strohhalm in seine Limo. Parker ließ Dicks Bein los. Das Walboot machte Fahrt, hob sich aus dem Wasser und brauste nach Süden, in einen schiffbaren Kanal, der zum Weiher führte.

Sie ließen das Boot ins Wasser zurückgleiten. Dick stakte es ins Flüßchen hinaus und ruderte zum Ostufer des Weihers. Er sah den Scheinwerferstrahl des Walbootes über das Westufer streichen. Dort drüben gab es ein paar tiefe, kleine Buchten, die sie eine Weile aufhalten würden. Er legte sich in die Riemen. Sie knarrten, aber das Boot lag auf der dem Wind abgekehrten Seite des Walbootes. Am Ostufer gab es einen etwa eine Viertelmeile langen harten Streifen Landes, der in einer Spitze endete. Südlich davon war eine kleine Insel. Dick ruderte so fest er konnte, ohne die Riemen im Wasser klatschen zu lassen. In ihrem Kielwasser zogen sie ein dünnes Band grün phosphoreszierenden Planktons hinter sich her; jeder Ruderschlag hinterließ zwei blaßgrüne Kreise auf der Oberfläche des Weihers.

Dick sah über die Schulter, erkannte die Lücke zwischen Landspitze und Insel, steuerte das Boot durch und dann in einem Bogen an die Leeseite der Insel. Pause. Im Westen brummte immer noch der Motor des Walbootes.

Bis zu den Dünen waren es nur noch hundert Meter. Kurz vor dem Ziel ruderte er langsamer und ließ das Boot zwischen das unter Wasser treibende Aalgras gleiten. Am Ufer wuchsen einige Büsche. Sie zogen das Boot an Land und versteckten es unter den Büschen. Darüber war das hohe Steilufer mit großen Steinen befestigt. Dick kletterte hinauf und überprüfte die Schotterstraße auf dem Dünenkamm nach beiden Seiten.

Er legte Parker eine Schlinge der Bugleine um die Schulter, hob das Heck an und hielt den Außenbordmotor mit einem Arm fest. Er konnte die Spalten zwischen den flachen Steinen nicht sehen und mußte sich Schritt für Schritt vorwärts tasten. Der

118

Bug knallte gegen einen Stein. Parker schlüpfte aus der Schlinge, drehte sich um und zog mit einer Hand. Dann hielt er an, um auszuruhen.

Dick hob das Heck wieder an und ging voraus. „Komm her", sagte er zu Parker. „Wir ziehen es hinauf."

Schwer atmend schafften sie es schließlich mit dem Boot auf die Schotterstraße. Dick fühlte sich dort oben zu ungeschützt und zog das Boot daher schnell über den Schotter, die strandseitige Böschung hinunter, ließ es über das steinerne Bankett rattern und kam endlich in weichen, trockenen Sand. Jetzt mußte auch er stehenbleiben. In seinen Ohren dröhnten nur noch sein Keuchen und das Donnern der Brandung. Parker holte ihn ein, nahm die Heckleine, legte sie mit der gesunden Hand über die Schulter und zog an. Dick packte den Außenbordmotor und ging hastig rückwärts. Die Absätze seiner Stiefel gruben Löcher in den Sand.

Die Brandung wurde lauter, und sie kamen bergab schneller voran. Dick fühlte, daß der Sand unter seinen Füßen fester wurde. Parker legte eine Hand auf den Rücken. Dick blieb stehen, drehte sich um. Die Ausläufer einer Welle leckten an Parkers Füßen. Dick schaute nach links und nach rechts. Keine halbe Meile östlich entdeckte er die Lichter von Green Hill. Wenn von dort her ein Jeep ohne Beleuchtung auf sie zukam, würden sie ihn nicht sehen können. Dick drehte den Bug in die Brandung und legte die Riemendollen in die Buchsen. „Wenn wir weit genug draußen sind, steige ich zuerst ein", sagte er zu Parker. „Ich fange an zu rudern. Du kommst übers Heck rein."

Als sie bis zu den Knien im Wasser standen, blitzte vor der Küste ein Scheinwerferstahl auf, der, wie Dick vermutete, auf die Charlestown-Mündung gerichtet war. Das Licht sah im Nebel blau aus. Wenn die Lichter direkt vor der Mündung waren, waren sie ungefähr anderthalb Meilen entfernt. Wenn es die Küstenwache war, ein kleiner Kutter zum Beispiel, würde man sein Boot auf dem Radar orten und in drei Minuten hier sein.

„Mach weiter!" rief Parker. Sie wateten tiefer hinein. Eine Welle bäumte sich auf, dunkel, brusthoch. Das Boot trieb über ihren Köpfen. Fast wurde es ihnen aus den Händen gerissen, als die Welle weiß ihre Körpermitte umspielte.

Dick konnte nicht erkennen, ob eine noch größere Welle folgte. Er kletterte über das Dollbord ins Boot und tauchte die

119

Riemenblätter ins Wasser. Sein Ruderschlag reichte aus, um das Boot über den Kamm der nächsten Welle zu bringen, bevor sie sich brach. Er zog die Riemen noch einmal durch. Parker hielt sich mit einer Hand am Heck fest.

Über dem Weiher explodierte eine Leuchtrakete und stürzte schwankend nach unten.

Parker zog sich bis zum Bauch über den Bootsrand. Noch ein Schlag, und dann packte Dick Parker hinten am Kragen.

Parker brachte das Knie über die Seite, ließ sich ins Boot fallen, holte tief Luft. „Hab meinen Stiefel verloren."

Dick machte noch ein paar kräftige Ruderschläge, für den Fall, daß eine größere Welle heranrollte.

„Was ist denn los?" fragte Parker. „Haben wir etwa Scheiß-Nationalfeiertag?"

Sie hatten die Brandung hinter sich gelassen, und Dick freute sich über die kabbelige See. Das Boot war so klein, daß es in den Wellentälern verschwand und auch auf einem Radarschirm wie ein Störfleck aussehen würde. Jedenfalls solange niemand allzu genau hinsah. Er fuhr im rechten Winkel von dem Küstenwachboot weg, damit das Boot dem anderen sein schmales Heck zudrehte.

Seine Arme waren etwas müde, aber das Rudern beruhigte ihn.

„Sollten wir den Motor nicht anwerfen?" fragte Parker.

„Ja. Geh in den Bug. Nasser wirst du ohnehin nicht mehr."

Der Motor sprang an. Parker zog eine durchweichte Seekarte aus der Tasche und breitete sie auf der Ruderbank aus. Er wölbte eine Hand um seine Taschenlampe und zeigte auf eine verschmierte Bleistiftlinie. „Hier müßte unser Junge sein." Parker nahm den Handpeilkompaß aus der Bugkiste. Er schaltete das Batterielicht ein und klemmte den Griff in die Halterung für die Angelrute. Dick beschleunigte und richtete den Bug nach Südosten, quer über die von Süden kommenden Wellen. Je weiter sie sich von der Küste entfernten, desto flacher wurden die Wellen. Dick blickte zurück. Der Scheinwerferstrahl leuchtete nach wie vor die Mündung aus. Dick schätzte, daß sie sich jetzt etwa eine halbe Meile südlich von Green Hill befanden. Er schielte kurz auf die Kompaßskala, die sanft purpurfarben schimmerte. Er wog den Benzintank in der Hand. Nicht übel. Jetzt waren es nur noch fünf Meilen Bummelfahrt bei leichtem Wellengang.

120

Parker schlüpfte aus dem Hemd und wrang es aus.

„Dein Stiefel", sagte Dick und beugte sich vor. „Da steht doch hoffentlich nicht dein Name drin."

„Jimenez, J.", sagte Parker. „Guter alter Jorge Jimenez."

Als sie weiter draußen waren, wehte ein kühlerer Wind. Dick ließ Parker ans Ruder, während er seine Kleider auswrang und das Wasser aus den Stiefeln leerte.

„Was schätzt du?" fragte Parker. „Halbe, dreiviertel Stunde noch?"

Dick übernahm das Ruder wieder. Parker setzte sich auf eine Schwimmweste, lehnte sich gegen die Ruderbank am Bug, die Arme fest über der Brust gekreuzt, die Hände in den Achselhöhlen. Dick zog sich die Strickmütze über Stirn und Ohren.

Parker zeigte auf das abermals aufblitzende Scheinwerferlicht.

Dick sah sich um. Es schien von der Durchfahrt in den Little Salt Pond zu kommen.

Parker beugte sich über die Ruderbank zu Dick vor. „Fleißig, fleißig, fleißig", sagte er. „Da fragt man sich doch wirklich, ob das alles uns gilt? Wir sind nur kleine Fische. Kleine, kleine Fische. Vielleicht hat noch jemand was an Land gebracht. Vielleicht hatten wir einfach Pech, daß sich dieses Motorboot an uns gehängt hat. Vielleicht hatten sie die ganze Küste, jede noch so kleine Bucht, unter Beobachtung. Mir wäre lieber, wenn wir Pech gehabt hätten. Und wenn der Typ auf dem Parkplatz vielleicht kein Bulle war."

Er lehnte sich wieder zurück und sang eine Weile „Maybe, Baby". Der Wind wehte gleichmäßig, der Wellengang blieb unverändert. Ihr Boot kam gut voran. Dick hielt seine Uhr ans Kompaßlicht, um zu sehen, wie spät es war. Wenn sie die „Mamzelle" verpaßten, sähe es seltsam aus, wenn sie bei Tagesanbruch hier draußen herumtanzten. Möglicherweise würde die Küstenwache einen Hubschrauber losschicken. Es war leicht dunstig, aber nicht neblig. Aber andererseits – sollte wirklich Nebel aufziehen, hätten sie es erst recht schwer, die „Mamzelle" zu erkennen. Ihre Probleme waren keineswegs vorbei.

Als sie fast eine Stunde lang Fahrt gemacht hatten, wies

121

Dick Parker an, jetzt Ausschau zu halten. Dick schätzte, daß sie nicht ganz fünf Knoten machten.

„Ich nehme an, dein Junge kennt sich gut genug aus, um die Positionslichter eingeschaltet zu lassen."

„Aber ja", sagte Parker.

„Was soll er tun, wenn er die halbe Stunde hinaus und wieder eine halbe Stunde zurückgefahren ist?" fragte Parker.

„Wieder eine halbe Stunde raus. Rein, raus, rein, raus."

„Also ist es möglich, daß wir ihm jetzt nachjagen, während er hinausfährt?"

„Höchstens eine Zeitlang. Dann wendet er wieder."

Dick schob das Stück Rohr über die Drosselklappe und stand auf. Sein Sweatshirt war immer noch ziemlich naß. Der Wind preßte es an seinen Oberkörper.

Parker drehte sich auf der Ruderbank wieder um. „Weißt du, was ich glaube? Ich glaube, die haben uns reingelegt. Es war nie wirklich leicht mit diesen Leuten. Wenn ich versucht habe, einen kleinen Deal zu machen, waren sie immer sehr abweisend. Diesmal – diesmal kam's mir nicht so schwierig vor. Vielleicht habe ich mich geirrt, als ich das über die kleinen Fische gesagt habe. Vielleicht haben die sich gedacht, sie liefern ihnen bei Green Hill einen kleinen Fisch, verstehst du, spielen der Drogenfahndung was für die Verhaftungsstatistik in die Hände. Der große Fisch kommt anderswo rein. Mein Geld hat der große Fisch ohnehin schon, also kann ihm der Rest scheißegal sein. Ich stelle keinen Verlust für ihn dar. Und schaden kann ich ihm auch nicht." Parker spuckte ins Wasser. „Vielleicht war's diesmal doch keine gute Idee, ein kleiner Fisch zu sein."

„Sehen wir einfach zu, daß wir dein verdammtes Boot finden."

Parker schaute wieder nach vorn. Dick hörte ihn kichern. Parker blickte über die Schulter. „Weißt du was? Im Moment ist dieses kleine Boot mit diesem kleinen Korb drauf mehr wert als die ganze ‚Mamzelle'."

Dick fragte sich, ob Parker die Situation begriff. Dick fragte sich auch, ob Parker vielleicht verrückt war. „Soll ich dir auch mal was sagen?" brüllte er ihn an. „Weißt du was? Wir haben vielleicht zu wenig Benzin, um wieder an Land zu kommen. Und dann ist dein verfluchter Korb einen Dreck wert. Null."

Im Dunkeln und in dem auf den Wellen tanzenden Boot fiel es

Dick immer schwerer, zwischen Meer und Himmel zu unterscheiden. Am höchsten Punkt des Himmels waren ein paar Sterne zu sehen, aber dicht über dem Horizont war es ziemlich bewölkt. Außerdem begann er sich Sorgen zu machen: Wenn er sich am Kompaß auch nur um einen Grad irrte und Keith um ein oder zwei Grad in die andere Richtung abwich, waren sie möglicherweise schon aneinander vorbeigefahren. Er fing an nach allen Richtungen Ausschau zu halten, vernachlässigte dabei jedoch das Ruder ein bißchen. Er rief Parker zu, daß er sich umdrehen und nach achtern Ausschau halten sollte. „Das Problem ist nur: Haben sie unsere Namen verraten oder nur ungefähre Angaben gemacht?" sagte Parker. „Hey, Jungs, heute nacht bringt jemand irgendwo in South County was rein. Das ist nicht unwichtig, verstehst du? Wenn wir das wüßten, könnten wir unsere nächsten Schritte planen."

Dick fürchtete, daß Parker wirklich verrückt geworden war. Er sah sich selbst um. Die „Mamzelle" war mit etwa sechs Knoten unterwegs. Drei Seemeilen raus, drei Seemeilen zurück. Nicht einmal Keith konnte dabei eine ganze Meile vom Kurs abkommen. Und Dick war sich ziemlich sicher, daß er ein Licht sehen konnte, wenn er weniger als eine Meile weit weg war. Wo zum Teufel war also dieses Boot?

„Hey Parker. Was genau hast du zu deinem Collegeknaben gesagt?"

„Ich hab ihm gesagt, er soll in südöstlicher Richtung hinausfahren, eine Kursänderung um hundertachtzig Grad vornehmen und eine dann halbe Stunde mit halber Kraft fahren. Anschließend wieder um hundertachtzig Grad wenden, und so weiter. Raus und rein."

„Hast du ihm die Grade angegeben oder nur südöstlich gesagt?"

„Beides. Südöstlich, hundertfünfunddreißig Grad."

Dick kam die Idee, daß der Junge hundertfünfunddreißig von hundertachtzig abgezogen haben könnte, anstatt hundertachtzig und hundertfünfunddreißig zu addieren. Charlie hatte das einmal getan, als Dick ihm Unterricht gab. Auf welchem Kurs wäre er dann?

Fünfundvierzig Grad. Nordöstlich. Herr im Himmel! Was würde er tun? Würde er es schaffen, sich auszurechnen, wo er war, wenn er seinen Fehler selbst bemerkte? Und wäre er fähig, seinen Kurs zurückzuverfolgen und dorthin zu fahren, wo er erwartet wurde?

Dick stellte sich den Jungen vor, wie er in der Dunkelheit stand, nur das Licht des Kompaßhauses zur Verfügung hatte und seinen Kurs nach den Gradangaben fuhr – oder dem, was er dafür hielt. Er achtete nicht darauf, aus welcher Richtung der Wind wehte, woher der Gezeitenstrom kam. An Bord der „Mamzelle", im Ruderhaus, war das auch nicht so leicht festzustellen wie in einem kleinen Boot.

Dick stellte sich Keith vor, der das Ruder hielt, sich ein bißchen langweilte, auf die Uhr sah. Würde er sich genug fadisieren, um auf die Idee zu kommen, seine Position auszurechnen? Dick sah ihn Striche auf die transparente Folie zeichnen. Das X anstarren. Verdammte Scheiße, das stimmte nicht! Also noch einmal. Verdammt! Da hatte er aber Mist gebaut!

„Hey, Parker. Hast du dem Burschen den Kurs in die Seekarte eingezeichnet? Du weißt schon, diese drei Seemeilen, auf denen er hin- und herfahren soll?"

Parker dachte nach! „Ich glaub schon. Ja. Ich hab's ihm auf die Folie gezeichnet."

Dick sah auf die Uhr. Noch zwanzig Minuten mit viereinhalb Knoten, dann würde sich ihr Boot ganz nah am südöstlichen Ende des Drei-Meilen-Kurses befinden. Und acht Seemeilen von der Küste entfernt.

„Hey, Parker. Ich rudere jetzt mal eine Zeitlang. Ein bißchen Benzin sparen. Außerdem will ich mich aufwärmen."

Dick ruderte zehn Minuten und fühlte sich besser. Er ließ Parker an die Riemen, setzte sich auf die Ruderbank am Bug und blickte nach vorn. Nach zehn Minuten wechselten sie wieder. Dick schätzte, daß sie beim Rudern keine drei Knoten machten. Er errechnete soeben wieder ihre Position, als er backbords in einiger Entfernung ein weißes Licht sah, fast genau im Norden. Als das Boot auf einen Wellenkamm kletterte, sah er unter dem weißen Licht eine rote Positionslampe. Und dann die abgeschirmte weiße Hecklaterne.

Dick warf den Motor an und brachte das Boot auf neuen Kurs. Parker wandte sich zu ihm um. Dick sah nur, daß er ihn mit offenem Mund anstarrte. „Genau vor uns!" schrie Dick ihm zu.

124

Parkers Gesicht verschwand, als er sich wieder umdrehte, um etwas zu sehen. Es tauchte sofort wieder auf. „Und wenn es nicht die ‚Mamzelle' ist?"

Vielleicht war Parker doch nicht verrückt.

„Das sollten wir rechtzeitig feststellen."

Die Schwierigkeit lag darin, das verdammte Fischerboot einzuholen. Ihr Boot hatte nun backbord achteraus eine nachlaufende See. Dick mußte aufpassen, wenn er die Vorderseite einer Welle hinunterfuhr, daß er nicht zu tief in die Wellentäler pflügte. Er beschleunigte, wenn sie den Rücken einer Welle erkletterten, drosselte die Geschwindigkeit, sobald sie kurz auf dem Wellenkamm ritten und ließ das Boot sanft an der Vorderseite wieder hinabgleiten.

Sie brauchten weitere zwanzig Minuten, um sich dem Boot soweit zu nähern, daß sie es gut sehen konnten. Dick spähte mit zusammengekniffenen Augen hinüber. Soweit er das unter der roten Positionslampe ausmachen konnte, konnte der Rumpf die richtige Farbe haben, ein schmutziges Grün. Er ließ das Boot vorbeifahren und schnitt dann am Heck vorbei.

„Mamzelle".

„Keith! Hey! Keith!" brüllte Parker. Dick manövrierte das Boot unter die Leeseite der „Mamzelle" und schaffte es, ihm soviel Saft zu geben, daß sie das Ruderhaus passierten. Parker gab Blinkzeichen mit der Taschenlampe und brüllte. Der Junge mußte blind und taub sein. Endlich verminderte die „Mamzelle" ihre Fahrt. Die Maschine ging rasselnd in den Leerlauf.

Der Junge kam an Deck. Im grünweißen Schein der Positionslampen und des Topplichts sah Dick ihn unsicher winken. Er machte einen verwirrten Eindruck. Parker lachte. Dick war wütend.

Sie brachten den Muschelkorb und das Boot an Bord. Der Junge wollte den Korb im Laderaum verstauen. Dick sagte: „Laß ihn lieber in Reichweite. Falls du ihn schnell ins Wasser werfen mußt."

Der Junge sah Parker fragend an.

„Ja, okay", sagte Parker. „Ins Ruderhaus." Er wandte sich Dick zu. „Fein, fein", sagte er, „da sind wir also wieder an Bord der guten alten ‚Mamzelle'. Was hältst du davon, wenn der Kapitän der gesamten Crew einen Grog ausgibt? Keith, gibt mir eine

Zigarette. Es darf geraucht werden." Er zog den einzelnen Stiefel aus. „Dick, tu mir bitte einen Gefallen. Wirf ihn über Bord." Er hielt Dick den Stiefel hin. „Und dann wird der olle Kapitän Parker dafür sorgen, daß seiner Crew ordentlich warm wird." Dick nahm ihm den Stiefel ab und warf ihn über die Reling.

„Mach's gut, Jorge", sagte Parker. „Wir überantworten deine sterbliche Hülle der Tiefe." Keith lachte.

„Hast du einen kleinen Umweg gemacht, Junge?" sagte Dick. „Vielleicht die Naturschönheiten besichtigt?"

Keith hörte auf zu lachen. Sah wieder Parker an. „Ich spreche mit ihm", sagte Parker zu Dick. „Zieh erstmal trockene Sachen an. Keith macht uns Kaffee. Und dann werfen wir einen Blick in meine Kristallkugel."

„Herrgott, Parker", sagte Dick.

„Ja, hast schon recht. Schätze, du brauchst mich nicht Kapitän zu nennen."

In jener Nacht warfen sie weder einen Blick in Parkers Kristallkugel noch redeten sie miteinander. Dick legte sich schlafen. Der Junge weckte ihn nach vier Stunden, und er nahm das Ruder. Die Morgendämmerung war grau und dunstig. Sie fuhren mit zwei Drittel Kraft in das Gebiet, in dem sie ihre Hummerfallen ausgesetzt hatten. Ein paar Stunden später stand Parker auf. Der Junge blieb in seiner Koje. Parker brachte Dick Kaffee, bot ihm aber nicht an, ihn abzulösen. Dick wartete.

„Wir können nicht ewig hier draußen bleiben", sagte Parker. Dick reagierte nicht.

„Andererseits haben wir gewisse Probleme, wenn wir an Land gehen wollen."

„Ich will an Land gehen", sagte Dick. „Muß an meinem Boot arbeiten. Meine fünftausend investieren."

„Dick! Dick, alter Kumpel. Dieses Unternehmen kann man nun wirklich nicht als geglückt bezeichnen."

„Ich hab dich hingebracht. Und ich hab deinen Arsch gerettet, verdammt."

„Du hast meinen Arsch gerettet!? Es war dein Arsch, mein Lieber. Du hast unseren Arsch gerettet. Wir haben unseren Arsch gerettet. Unser Arsch wurde gerettet."

„Du hast von einem Pauschalpreis geredet, Parker."

„Paß auf, Dick, ich sag dir was. Du kriegst deine fünftausend sofort."

Parker hielt ihm eines der Schneckenhäuser hin, stieß ihm damit gegen den Ellbogen. „Nimm nur." Dick sah kurz auf Parkers Hand und dann wieder geradeaus.

„Verstehst du, was ich meine?" fragte Parker.

„Ich verstehe, daß das Zeug etwa genausoviel wert ist wie dein Versprechen", sagte Dick nach einer Weile.

„Du bist ein unvernünftiger Hurensohn. Zuerst machst du dir jede Menge Sorgen um deine Jungfräulichkeit und sagst: ‚O nein, o nein, so was würde ich nie tun!' Und auf einmal verlangst du Geld – bevor du was dafür getan hast. Und was, glaubst du, sollen wir mit dem kleinen Päckchen hier machen? Ja, ja, ich weiß schon, was du gern tun würdest. ‚Wirf es ins Wasser.' Aber deine fünftausend willst du trotzdem haben." Parker schnaubte verächtlich.

„Pauschalpreis", sagte Dick.

„Für ein erfolgreiches Unternehmen", erwiderte Parker. „Mein Versprechen gilt nach wie vor. Aber wir sind noch nicht fertig. Das ist *mir* völlig klar. Sieh es wie ich, oder mach's dir selber."

Dick dachte wieder daran, in sein Boot zu steigen und allein an Land zu gehen. Nicht genug Benzin. Er würde rudern, verdammt! Und was sollte er sagen, wenn man ihn anhielt? Egal was er sagte, er konnte genausogut mit den Fingern auf Parker zeigen.

Das würde er nie tun.

Dick sah schon den Zeitungsartikel vor sich. Er kannte solche Storys – das *Journal* aus Providence war voll davon. Ein gewisser Soundso, in dem und dem Alter, wurde in seinem Kleinlaster auf der Route 1 angehalten. Dick Pierce, 43, aus Matunuck; fünf bis zehn Jahre Haft. Als nächstes sah Dick Charlie vor sich, der den

Artikel in sein Sammelalbum einklebte. Mit einem hatte Parker recht. Wenn es nach ihm ging, würde der Korb samt Inhalt schleunigst im Meer landen.

Als sie bei den Hummerkörben angelangt waren, wehte ein heftiger, dunstiger Südwestwind. Sie hatten soviel damit zu tun, auf Kurs zu bleiben, daß es längst dunkel war, ehe sie die Fallen eingeholt hatten. Parker fand es lustig, daß sie einen recht guten Fang gemacht hatten. Die Hummer füllten fast einen ganzen Kasten.

„Fahren wir einfach wieder rein." Es war Keith, der das vorschlug.

„Spritzen wir die Schnecken ab, damit sie richtig schleimig aussehen. Tun wir das, was wir sonst auch tun würden. Aber sofort."

Sie standen zu dritt im Ruderhaus. Keith am Ruder; Parker und Dick hatten in einer Hand eine Tasse heiße Suppe und hielten sich mit der anderen fest.

Dick gefiel die Idee nicht, aber er wandte nichts ein. Parker trank seine Tasse leer. „Daran hab ich auch schon gedacht", sagte er. „Ich hab nichts dagegen. Eigentlich wollte ich den Korb ja nachts mit dem kleinen Boot an Land bringen, irgendwo an einem verlassenen Strand vergraben und dann abwarten."

Keith lachte und sang: „Johoho, und 'ne Buddel voll Rum."

„Reizend, wirklich reizend", sagte Parker.

„Das wird nicht einfach sein", meinte Dick jetzt. „Erstens: Wo willst du jetzt, mitten im Sommer, einen verlassenen Strand finden? Zweitens erscheint ein Boot von der Größe der ‚Mamzelle', das vor der Küste liegt, sehr deutlich auf dem Radarschirm. Und drittens haben wir keine Schaufel."

„Graben wir mit den Riemen oder mit den Händen", sagte Parker.

„Ja, klar – und dann haben wir einen großen nassen Fleck über dem Loch, und rundherum einen Haufen Fußabdrücke. Dazu kommt, daß du das ganze Zeug später mühsam wieder ausgraben mußt. Und wie weit bist du dann? Genausoweit wie jetzt."

„Haben Sie eine bessere Idee?" fragte Keith.

„Ja", sagte Parker und sah Dick an.

„Stecken wir die Schnecken in Hummerkörbe und setzen sie aus", sagte Dick.

128

Parker lachte. „Wie viele Körbe verlierst du in einem Jahr?"
„Kommt drauf an", sagte Dick.

„Genau", sagte Parker. „Sie stoßen gegen Felsen oder die Leine
verfängt sich in einem Stück Treibholz. Ein Sturm reißt die Boje
weg. Ein Fischerboot fährt versehentlich über die Leine. Vielen
Dank für deinen Beitrag, aber damit wolltest du mir doch nur auf
nettere Art sagen, daß ich sie ins Wasser werfen soll. Diesen
Sommer haben wir sogar in völlig glatter, ruhiger See Fallen
verloren." Parker deutete mit dem Daumen über seine Schulter.
„Und was ist das da draußen? Also ich würde es nicht ruhig
nennen."

„Hören Sie mal", mischte Keith sich ein. „Das ist doch alles
Scheiße. Machen wir's auf meine Art. Nur so geht's. Wenn Sie
beide zu nervös sind, bringe ich das Zeug an Land. Ich schaffe den
Korb in mein Auto und fahre los. Wenn sie mich erwischen,
nehme ich alles auf mich. Wenn nicht, kassiere ich die Hälfte."

Parker lachte. „Hoho, Junge! Der große, große Käpten Silver!
Na los doch!"

Keith blickte verlegen hinter sich.

„So was solltest du nie über mein Sparschwein sagen, ja, nicht
einmal denken, Söhnchen", sagte Parker. „Ganz zu schweigen
von der Zeit, in der Dick und ich uns im Sumpf verstecken
mußten, oder von der Zeit, die wir dazu gebraucht haben, dich
hier draußen zu finden, während du gemütlich herumschipperst.
Wir wollen nicht, daß du noch mehr herumschipperst."

„Wir machen es so, wie Keith gesagt hat", erklärte Parker
etwas später.

„Wenn man ihnen meinen Namen genannt hat, werden sie
mich immer wieder durchsuchen, bis sie was finden. Oder sie
unterschieben mir was. Also ist es völlig egal, wie lange wir
abwarten. Wenn man ihnen andererseits nur Ort und Zeit verraten hat – sind wie nur ein Boot wie jedes andere, und die
Schnecken sehen ziemlich echt aus. Trotzdem, Keith – es wäre
nicht schlecht, wenn du einen Eimer mit Köderbrühe über sie
schüttest. Verstehst du? Nur für den Fall, daß die einen Drogen-
hund haben. Dann lassen wir das Zeug einfach hier an Deck
stehen, während wir die Hummer verkaufen. Ich fahre meinen
Kombi ans Dock. Keine Hektik. Denn ich lade ja nur ein paar
Sachen in den Kofferraum – meinen Seesack, ein paar Hummer

129

und meinen Korb voller *scungilli*. Ihr beide benehmt euch unauffällig. Und wenn ihr das nicht schafft, dann tut beschäftigt."

Als die „Mamzelle" am Hummerkai anlegte, sah Dick den grünen Jeep der Naturschützer. Er tat beschäftigt.

Es stellte sich bald heraus, daß der Beamte, der an Bord kam, nicht vom Naturschutz war. Ein Bulle in Zivil. Ausgesprochen höflich. Er zeigte Parker seinen Ausweis und bat ihn um Erlaubnis, an Bord kommen zu dürfen. Parker war ebenso ausgesucht höflich. „Es macht Ihnen doch hoffentlich nichts aus, wenn meine Crew inzwischen die Ladung Hummer löscht?" Der Bulle und sein Assistent sahen ihnen zu, wie sie die Körbe heraufholten. Der Assistent führte den Hund.

Sie gingen ins Ruderhaus. Dick wußte nicht, ob er sie beobachten sollte oder nicht. Tut beschäftigt. Dick ließ die Hummer wiegen. Als er mit dem Geld aus dem Büro kam, stieg der Bulle gerade aus dem Laderaum. Der Hundeführer bemühte sich, den Hund an Deck zu hieven. Das Tier stemmte die Vorderpfoten hoch und krabbelte herauf. Parker rauchte eine Zigarette und zeigte mit der Hand, in der er den Glimmstengel hielt, auf etwas, um das Keith sich kümmern sollte. Er zuckte nicht mit der Wimper. Gab Keith etwas zu tun. Der Korb mit den Schnecken stand an Deck.

„Wir müssen das Deck abspritzen und die Fischkästen durchspülen", sagte Parker zu dem Bullen. „Wenn Sie hier unten fertig sind..."

Keith warf die Seesäcke mit Schwung auf den Kai und stellte den Schneckenkorb daneben. Dann noch einen Eimer mit drei Hummern und sein Ölzeug.

Dick ging nach vorn, um seine Harpunen zu kontrollieren und einmal tief durchzuatmen. Der Bulle schlenderte hinter ihm her.

Dick glaubte nicht, daß er sich normal mit ihm unterhalten konnte. Er redete sich ein, der Typ bewege sich so langsam, weil er sich langweilte – vor ihm ein öder Tag in den Docks.

Der Bulle fuhr mit den Fingern den metallenen Harpunenschaft entlang, klopfte einmal kurz dagegen. „Ich dachte immer, man feuert diese Dinger heutzutage aus Kanonen ab."

„Sie denken an Wale", sagte Dick. „Die hier sind für Schwertfische."

Der Bulle wollte einiges über den Schwertfischfang wissen. Dick erzählte es ihm, aber der Polizist hörte zerstreut zu. Als Dick ihm erklärte, wozu das Bierfaß diente, klopfte der Bulle gegen das Faß und betrachtete es genauer.

„Aber diesmal haben Sie keinen erwischt, oder?"

„Nein."

Der Bulle gähnte und fuhr sich mit der Hand durch das Haar.

Keith war jetzt mit dem Abspritzen des Decks fertig. Der Bulle ging mit vorsichtigen Schritten nach achtern. Ein gelangweilter kleiner Mann in Anzug und Großstadtschuhen. Er kletterte zurück auf den Kai und sah sich nach seiner Nummer Zwei um. Als er den Mann direkt rechts neben sich entdeckte, zuckte er erschrocken zusammen. Der Hund saß bereits wieder auf dem durch Maschendraht abgetrennten Rücksitz ihres Wagens.

Parker warf den Motor an. Keith machte die Heckleine los. Parker setzte zurück, und das Heck bewegte sich vom Dock weg, während Dick die Bugleine noch an einem Poller befestigt ließ. Als Parker nickte, machte auch Dick los und holte die Leine ein.

Parker manövrierte die „Mamzelle" zu ihrem Liegeplatz zwischen den beiden letzten Pfählen in der Reihe. Dick warf noch einen Blick auf den Haufen Ausrüstungsgegenstände auf dem Kai, den Schneckenkorb, die zwei Bullen.

Parker legte an. Dick machte die zwei Bugleinen fest, Keith die Heckleinen. Anschließend kletterten Parker und Keith auf die grauen Planken des Piers. Keith wollte flott losmarschieren. Parker hielt ihn zurück, befahl ihm, noch eine Springleine festzumachen und schlenderte davon. Dick folgte ihm, blieb aber stets hinter Parker und betrachtete seine Füße.

Keith überholte ihn, hob seinen Seesack, sein Ölzeug und den Hummereimer auf. Zwei Seesäcke und der Schneckenkorb blieben liegen. Der Bulle stand noch immer da. Der Hundeführer

131

ging soeben zu seinem Wagen zurück. Dick schaute sich nach
Parker um und sah, wie er seinen zerbeulten VW-Kombi anließ.
Dick sah, daß der Hundeführer den Hund wieder aus dem Wagen
holte.

Parker rollte im Rückwärtsgang langsam auf den Korb zu und
hielt kurz an, um Mann und Hund vorbeizulassen. Dick bückte
sich, um den Korb aufzuheben. Der Bulle wandte sich ihm zu.

„Was sind denn das für Dinger? Seemuscheln oder so was?"

„Wellhornschnecken."

„Mann, die stinken aber!"

„Italiener essen so was", sagte Dick.

Parker hielt an. Der Hund rieb Wange und Schulter am Korb.
„Hey!" rief der diensthöhere Bulle. „Halt sie doch von diesem
Scheißzeug weg, sonst verstänkert sie uns das ganze Auto." Der
Bulle mit dem Hund hielt den Fuß vor den Brustkorb des Tiers.
Der Hund leckte ihm den Schuh und setzte sich.

Dick hörte, wie ein Boot an den Kai heran fuhr. Der Bulle griff
in die Manteltasche und holte seine Dienstmarke heraus. Dick
hob den Schneckenkorb in den VW, stellte dann Parkers und
seinen Seesack daneben. Parker schlug den Kofferraumdeckel zu.
„Charlie hat meinen Laster", sagte Dick, als er sich auf den
Beifahrersitz schob. Parker startete den Motor und fuhr los.

Als sie auf der Straße waren, fing Parker zu lachen an. „‚Italiener essen so was.' Du bist mir der Richtige, Dick! sagt einfach zu
Detective-Sergeant Russo: ‚Italiener essen so was.' Italiener essen
dieses Scheißzeug. Großartig!"

„Der Bulle heißt Russo? Um Gottes willen."

„Nein, so hab ich's nicht gemeint. Ich finde es wirklich großartig. Unglaublich." Parker trommelte mit den Fingern gegen das
Lenkrad. „Verstehst du, so etwas kann man sich nicht vorher
überlegen. Was wäre passiert, wenn der Hund seine Nase in den
Korb gesteckt hätte, anstatt sich daran zu reiben? Gibt's hier
irgendwo eine Tankstelle? Ich muß jemanden anrufen."

Es fing wieder an zu regnen. Dick ließ das Fenster offen,
während Parker telefonierte. Der Korb verstänkerte das ganze
Auto.

Als sie die Route 1 erreichten, hörte der Regen auf. Das war bei diesen dunstigen Südwestwinden normal – es fing abrupt an und hörte ebenso schnell wieder auf. Parker lenkte seinen VW durch das Tor von Sawtooth Point. „Dauert nur eine Minute. Ich hab eine echt gute Idee." Dick war zu erschöpft, um sich darüber Gedanken zu machen, was Parker ausgeheckt hatte.

Ein halbes Dutzend neuer Ferienhäuser war von der Einfahrt aus sichtbar. Sie schienen fast fertig zu sein, die Dächer waren zumindest gedeckt. Es wurde auch viel angepflanzt. Die alten Robinien rund ums Buttrick-Haus hatte man stehenlassen, aber die Kanalisation aufgegraben. Zwischen dem Buttrick- und dem Hochzeitstorten-Haus hatte man neben dem alten Aschenplatz zwei neue leuchtend grüne Tennisplätze angelegt. Dick erinnerte sich daran, wie die Buttricks ihren Platz gebaut hatten. Jetzt hatte man den Maschendraht abgerissen, die Pfosten und die Rückenbretter frisch gestrichen. Die Sträucher außerhalb der Plätze waren voller Himbeeren.

Parker fuhr direkt zum Hochzeitstorten-Haus. Die Tür war offen. Auf der Veranda standen ein paar Lattenkisten und Möbelstücke, davor hatte ein Umzugswagen seine Ladeklappe heruntergelassen. Menschen waren keine zu sehen.

Parker spazierte ins Haus. „Hey, Schuyler!" rief er. Schuyler erschien in der offenen Tür der dem Weiher zugewandten Seite des Hauses. Er kam vom Schwimmen. Um den Hals hatte er sich ein Handtuch geschlungen, und auf seiner Stirn klebten nasse Löckchen. Abgesehen davon war er nackt.

„Hallo, Kapitän Parker. Wollen Sie auch mal reinspringen? Hallo, Dick, kommen Sie rein."

Die Eingangshalle war leer. Durch die offene Doppeltür sah

Dick, daß das große Zimmer ebenfalls leer war, abgesehen von
einem Plattenspieler, Flaschen und Gläsern.

„Was ist denn hier los?" fragte Parker.

„Wir ziehen um – in eines der Ferienhäuser. Außerdem hatten
wir die Besetzung und das Filmteam zu einer kleinen Party
eingeladen. Sind letzten Freitag fertig geworden. Nicht mit unserer edlen Dokumentation, sondern mit einem kleinen Schnell-
schuß. Lauter junges Volk aus dem College. Sexy Körper im
Wasser, auf dem Rasen, bei Luftsprüngen ... Ich habe euch doch
davon erzählt, nicht?" Schuyler trocknete sich das Haar. „Bringt
das Zeug in die Küche. Ich komme gleich runter. Ich glaube, es
ist auch noch was vom Frühstück übrig." Das rief er schon von
der halben Treppe aus.

Parker ging hinaus, um den Korb zu holen. Dick sah sich um.
Seit seiner Kindheit hatte er das Hochzeitstorten-Haus nicht
mehr von innen gesehen. Er konnte sich nicht erinnern, warum
er damals hier gewesen war. Sein Vater, seine Mutter. Großonkel
Arthur. Ach ja, Onkel Arthurs Frau war gestorben. Onkel Arthur hatte Schwarz getragen, und überall hatten Vasen mit Blumen gestanden. Miss Perry war auch dagewesen. Er war mit
seiner Mutter und Miss Perry auf die hintere Veranda gegangen,
weil er einen Blick durch Onkel Arthurs Fernrohr werfen wollte.
Es hatte nicht dagestanden. Weil der Krieg zu Ende war. Es
mußte ein Tag im Spätsommer gewesen sein, weil die Sträucher
an der Kaimauer jede Menge Hagebutten trugen. Onkel Arthur
hatte ihm erlaubt, mit ihm nach U-Booten Ausschau zu halten –
das mußte einen Sommer zuvor gewesen sein. Dämmerung, das
ganze Haus verdunkelt. An der ganzen Küste kein einziges Licht.
Aber wie hell die See schimmerte, lange nach seiner Schlafenszeit.
Wie blaß und still! Das Haus, der Himmel, die See.

Dick betrat die hintere Veranda. Der Rasen, der zum Wasser
hinunterführte, kam ihm kürzer vor als früher. Die Veranda
schien immer noch riesengroß und hoch. Sie zog sich an der
gesamten Längsseite des Hauses hin und erweiterte sich an den
beiden dem Meer zugewandten Ecken zu kreisförmigen Veran-
den. Der schmiedeeiserne Tisch, weiß und mit dicker Glasplatte,
war noch da. Vielleicht war es nicht derselbe. Das Fernrohr hatte
immer hier gestanden, aber Onkel Arthur hatte es an dem Abend,
an dem Dick länger aufbleiben durfte, um ihm bei der U-Boot-

Suche zu helfen, auf den Ausguck geschleppt. Von diesem Ausguck aus hatten sie am Tag des Sieges über Japan die Feuerwerksraketen beobachtet. Und dann war Onkel Arthurs Frau gestorben.

Dick ging zu der kreisrunden Veranda hinüber, wo der Tisch stand.

Die Bodenbretter waren in Ordnung, Nut und Feder verschwanden unter dem massiven Sockel des Geländers. Auf diesem Sockel ruhte ein kompliziertes Gitterwerk, das aussah wie ein Zierdeckchen. Das Muster wiederholte sich an den Oberkanten der Pfosten und an den Fensterstürzen. Es sah aus, als seien in jeder oberen Ecke fächerförmige Korallen befestigt. Und alles Handarbeit, ohne Spezialsägen und Kunstharz. Die Erinnerung daran stammte nicht aus dem Krieg, aus seiner Kindheit; es war ihm von weitem aufgefallen, aus seinem Boot.

Onkel Arthur war weggezogen. Sein Vater hatte ihr Haus verkauft – später wurde es abgerissen, um für die neue Route 1 Platz zu schaffen. Die Scheune im oberen Feld benutzten sie weiterhin. Sie hatten den Point auch noch bestellt, nachdem die Bigelows und später die Buttricks ihr Grundstück erworben hatten. Das Geld hatte sein Vater in sein Boot und wahrscheinlich auch in das kleine Haus in Snug Harbour gesteckt. Das war geschehen, nachdem seine Mutter ins Krankenhaus gegangen war. Sie war vor dem Hurrikan im Jahr 1954 gestorben. Vielleicht hatte auch ihre Krankenhausrechnung dieses Geld geschluckt. Das Boot seines Vaters – das größte in ganz Galilee – war '54 im Hafen gesunken. Kapitän Texeiras Boot war damals auf See gewesen und hatte gar nicht erst versucht, den Hafen anzulaufen. Er hatte die Warnung gehört und war nach Osten gesegelt. Der Hurrikan hatte die Küste mit voller Wucht getroffen. Kapitän Texeira mußte nur ein schweres Wetter überstehen und hatte dazu die ganze offene See zur Verfügung.

Sein Vater hatte sich nie über die großen Katastrophen beklagt – nur über alte Familienstreitigkeiten und seinen neuen Nachbarn.

Unbedeutende Klagen wegen unbedeutender Probleme. Er hatte von einem neuen Boot gesprochen, es aber nie gebaut, hatte über die neue Werft und die steigenden Preise gejammert. Und irgendwann hatte er geschwiegen.

Dick hatte das Schweigen des alten Mannes als Enttäuschung über seinen Sohn interpretiert.

Sie waren gegeneinander recht kurz angebunden gewesen, das stand fest.

Als Dick ihm erzählt hatte, er wolle die Marineakademie besuchen, hatte sein Vater erklärt, er bezweifle, daß man ihn aufnehmen werde. Dick war selbst unsicher gewesen und hatte die Worte seines Vaters niedergeschlagen und schweigend zur Kenntnis genommen.

Wie sich später herausstellte, war der alte Mann der Ansicht gewesen, daß der Kongreß über die Aufnahme entschied, man also politische Verbindungen brauchte.

Daß das Wohl Rhode Islands in den Händen irischer und später italienischer Politiker lag war für den alten Mann zeitlebens Anlaß zu Nörgeleien gewesen.

Sein erstes High School-Jahr hatte Dick damit zugebracht, im Keller des kleinen Haus in Snug Harbour ein Boot zu bauen. Sein Vater hatte sich über den Lärm beschwert. Im letzten Schuljahr war Dick hauptsächlich in seinem Boot auf dem Wasser herumgeschippert.

Auf dieser Veranda gewann Dick plötzlich eine ganz andere Sicht von den Dingen. Dieses weiße Gitterwerk, der grüne Rasen. Dahinter die saftigen Wiesen, an jedem Morgen feucht vom nächtlichen Dunst. Und die sorgfältig gehüteten Hoffnungen des alten Mannes – eine späte und wohlüberlegte Heirat; „gute Herkunft", wie er oft gesagt hatte. „Deine Mutter und ich sind beide von guter Herkunft." Vielleicht hatte er Dick damit Selbstsicherheit geben wollen. Mit dem nie ausgesprochenen Satz „Und was ist bei dir schiefgelaufen?" hatte Dick diesen Gedanken immer zu Ende geführt. Der alte Mann hatte eine lange und gute Ehe erwartet, hatte sogar damit gerechnet, daß das Pierce- und nicht das Texeira-Boot gerettet werden würde.

Bei all seinen Erwartungen war er jedoch nie untätig geblieben. Er hatte die Farm bewirtschaftet. Er hatte auf seinem Boot gearbeitet. Aber er hatte an seine Ehe und daran geglaubt, es gehöre zur natürlichen Ordnung der Dinge, daß die Pierces Land besaßen. Sogar als Onkel Arthur seinen Anteil verkauft hatte und weggezogen war, hatte der alte Mann noch an die göttliche Vorsehung zugunsten der Pierces geglaubt. Es hatte so ausgesehen, als könne er Enttäuschungen einfach abwehren – Unglück nicht. Dick wußte, wie sehr er um seine Frau getrauert hatte. Aber er hatte das Gefühl des Verrats, das sich ihm durch seine Verluste aufgedrängt hatte – den Verlust seiner Frau, den Verlust des halben Pierce-Landes –, energisch unterdrückt, indem er ein Boot baute. Als das Boot gesunken war, hatte ihn die ganze Bitterkeit auf einmal überfallen. Er hatte sie sich die zwölf Jahre bis zu seinem Tod bewahrt.

Und sein kleinliches Meckern und Aufbrausen war nur ein Ventil für diese Bitterkeit gewesen; den größten Teil hatte er immer in sich herumgetragen.

Dick versuchte sich an eine unbeschwerte Zeit mit seinem Vater zu erinnern. An eine gemeinsam erlebte Freude. Doch alles schien einen bitteren Beigeschmack zu haben. Gut, es gab das Fischen; der alte Mann hatte ihn oft genug zum Fischen mitgenommen, und manchmal war es gar nicht schlecht gewesen. Stille, dämmrige Abende. Sie hatten ihre Angeln nach Streifenbarschen ausgeworfen, wenn sie vor der Meerenge in einem starken Ebbstrom lagen, und die sanfte Bewegung des vor Anker liegenden Bootes hatte sie beruhigt. Unter ihnen war der dunkle Ebbstrom geflossen, und die ruhige Dünung hatte sie sanft zur Sandbank getragen, ein flüsternder weißer Schaum in der Dämmerung. Das kleine Boot hatte genau an der richtigen Stelle zwischen dem ablaufenden Wasser und der langsam rollenden See gelegen.

Um dorthin zu gelangen, hatte Dick sie durch die enge Durchfahrt gerudert, den Kanal genommen, der um die Sandbank herumführte, und war außerhalb der Brecher vor Anker gegangen; hatte eine Leine auslaufen lassen und an einer Klampe befestigt. Sein Vater hatte dann immer ein paar Minuten ruhig dagesessen und sich umgesehen. Lange Zeit hatte Dick geglaubt, der alte Mann wolle sich vergewissern, ob sein Sohn alles richtig gemacht habe. Jahre später, als Dick mit seinen Söhnen zum Fischen gefahren war, hatte er begriffen, daß es nur eine Pause gewesen war. Der alte Mann hatte immer dasselbe getan: hatte hinausgeschaut, um zu sehen, wie tief die Sonne stand, in die andere Richtung geschaut, ob der Mond schon aufging, und dann hatte er ins Wasser gespuckt, um zu prüfen, mit welcher Geschwindigkeit die Gezeiten unterwegs waren. Endlich hatte er genickt und zu seiner Angel gegriffen.

Sie hatten gefischt, bis der Himmel so dunkel war wie die See und die Ebbe so weit abgelaufen war, daß sie heimfahren konnten. Dick hatte immer gedacht, daß das zu selten vorkam. Nicht nur, daß es nicht oft zugleich Ebbe und Vollmond in der Abenddämmerung gab – Streifenbarsche waren auch nur höchstens ein halbes Jahr in der Nähe.

Als er jetzt auf der Veranda des Hochzeitstorten-Hauses stand und das weiße Gitterwerk betrachtete, schien es ihm immer noch wenig genug – nicht für ihn, das hatte keine Bedeutung –, aber zuwenig Balsam für die verbitterte Seele seines Vaters.

Dicks Blick schweifte von der Verandabrüstung zur Meerenge. Die Sicht war durch Neupflanzungen und einen Neubau auf Sawtooth Island abgeschnitten, eine offene Picknickhütte ohne Wände, nur Säulen, die ein kleines Dach trugen. Die neugepflanzten Bäume waren Weiden. Hätte man nur diese Weiden gesetzt, wären sie eine gute Deckung für die Entenjagd gewesen.

Marie van der Hoevel kam durch die Kaimauer auf das Haus zu. Sie war ebenfalls schwimmen gewesen, und ihr üppiges Haar klebte an ihrem schmalen Kopf. Sie trug einen viel zu großen weißen Bademantel, den sie mit beiden Händen vorn zusammenraffte. Sie hielt beim Gehen den Kopf gesenkt, und sah Dick daher erst, als sie zu den Verandastufen kam. Sie schien überrascht, konnte ihn anscheinend nicht gleich einordnen. Er versuchte ihr zu erklären, wer er war.

„O ja, natürlich!" sagte sie. „Dick Pierce, draußen mit dem Boot, die Schwertfische. Kapitän Parker. Und dort drüben." Sie drehte sich um, zeigte auf die Insel und griff dann wieder nach den Falten ihres Bademantels. „Die Muscheln, die Strandparty. Natürlich."

Sie tauchte einen Fuß nach dem anderen in einen Eimer Wasser, um den Sand abzuwaschen. „Ich bin gleich wieder da. Schuyler muß irgendwo in der Nähe sein."

„Ich glaube, Parker und er haben etwas Geschäftliches zu erledigen."

Sie war verschwunden. Parker und Schuyler tauchten auf dem Rasen neben der Veranda auf. Schuyler richtete einen Gartenschlauch auf den Schneckenkorb. Parker hielt ein Schneckenhaus in der Hand und stopfte die Knetmasse wieder hinein.

„Wir fahren jetzt", sagte Parker zu Dick. „Schuyler und ich

fahren nach New York." Er kam auf die Veranda und überreichte
Dick seine Wagenschlüssel. „Könntest du mein Auto beim Bahn-
hof in Kingston abstellen? Ich bin in zwei, drei Tagen wieder da.
Ich habe Zweitschlüssel – laß es einfach auf dem Parkplatz
stehen." Parker stieg die seitlichen Stufen zu Schuyler hinunter.
Dick folgte ihm, wollte ihn fragen, was los war, hatte aber das
Gefühl, ein paar entscheidende Entwicklungen verpaßt zu haben.

Parker und Schuyler gingen ums Haus herum zur Einfahrt, wo
sie den Korb in den Kofferraum von Schuylers Wagen stellten.
Parker wollte einsteigen. „Essen wir doch noch hier", sagte
Schuyler. „Unterwegs sollten wir keine Pausen machen."

Schuyler führte sie in die Küche. Hier erkannte Dick nichts
mehr wieder. Die Wand zur Speisekammer war abgerissen und
der Raum mit einem neuen Herd, einem neuen Kühlschrank und
allem erdenklichen modernen Krimskrams ausgestattet worden.
Schuyler nahm eine Bratpfanne aus dem Umzugskarton und
Teller und Tassen aus einem anderen.

Parker setzte sich an den Küchentisch. Dick blieb neben ihm
stehen.

„Würdest du es jetzt als erfolgreiches Unternehmen bezeichnen?" fragte er.

„Fast, Dickey, fast." Parker hob den Kopf und sah ihn an. „Ach
ja, du willst an deinem Boot weiterarbeiten. Weißt du was:
Nimm einstweilen das Geld für die Hummer. Keith hat sich so
schnell aus dem Staub gemacht, daß er ruhig auf seinen Anteil
warten kann."

„Hast du genug für die Fahrt nach New York?" fragte Dick.

„Ja", antwortete Parker. „Ich fahr noch kurz bei mir zu Haus
vorbei."

Schuyler schloß die Kühlschranktür. „Fahren wir direkt",
schlug er vor. „Ich habe ein bißchen Kleingeld dabei."

Parker zupfte mit zwei Fingern an seinem Hemd. „Ich rieche
etwas streng."

Schuyler ging mit Parker nach oben, um ihm die Dusche zu
zeigen und saubere Kleidung zu borgen. Er kam mir Marie
zurück und fragte sie, was sie zum Frühstück wolle.

„Nur Orangensaft und Kaffee."

„Aha. Ein Hurenfrühstück, wie meine Freunde aus der Branche immer gesagt haben. Und Sie, Dick? Volles Programm?"

139

Dick nickte. Schuylers Bemerkung hatte ihn erschreckt, weil er nicht wußte, wie viel Ernst dahintersteckte. Er sah Marie an, die ihm im selben Augenblick das Gesicht zuwandte. Ihre hellen graublauen Augen waren weit geöffnet. „Schuyler hat einmal einen Dokumentarfilm über Huren gemacht. Huren faszinieren ihn. Er weiß alles über sie."

„So stimmt das nicht ganz", sagte Schuyler. „Ich hatte ein Lieblingspaar, beide sind schon im Ruhestand. Sie waren auf schüchterne Jungs aus der Prep School spezialisiert. Sie hatten Wimpel an den Wänden, von St. Paul's, St. Mark's und Deerfield – vor allem von Deerfiel. Sie hatten auch eine Yale-Fahne, so eine, auf der normalerweise ‚Für Gott, Vaterland und Yale' steht; aber sie hatten ‚und für Sue und Sally' hinzugefügt. Ich wollte das festliche Dinner filmen, das einige Kunden für sie gaben, aber das haben sie nicht erlaubt. Ich habe nur ein paar bruchstückhafte Interviews bekommen. Wissen Sie, sie hielten sich tatsächlich für Erzieherinnen. Sie haben den Knaben alles möglich erklärt, zum Beispiel Verhütungsmethoden, erogene Zonen oder postkoitale Zärtlichkeit. Es waren die besten Partnerschafts-Seminare, die man sich vorstellen kann.

Die Jungs kamen aus dem Rough Rider Room, wo sie ordentlich Cola-Rum gebechert hatten. Einer hatte gewöhnlich die Telefonnummer dabei, und sie haben sich solange gegenseitig Mut gemacht, bis sie sich endlich anzurufen trauten. Und sie haben ein wahres Juwel an Aufklärung bekommen. Sue und Sally haben immer zwei auf einmal ins Schlafzimmer mitgenommen, sich zu ihnen gesetzt, ihre Hände gehalten und ihnen alles erklärt. Dann haben sie ihnen ein kurzes Bad verpaßt und die Abschlußprüfung abgenommen. Und schon waren die nächsten beiden dran. Eine echte Institution der fünfziger Jahre."

Schuyler sah von seinem Schneidbrett voller Schalotten und Käse auf.

„Warten wir auf Parker." Er steckte Brotscheiben in den Toaster, drückte sie aber noch nicht hinunter. Dann schlug er Eier auf und verrührte sie. „Unter anderem gab es da auch eine latente Homosexualität", berichtete er weiter. „Ich meine die sexuelle Verbindung zwischen den Jungs, die sozusagen zusammen drinsteckten. Aber mehr als ein paar Interviews konnte ich, wie gesagt, nie kriegen. Das ist jetzt Jahre her." Schuyler seufzte.

140

„Vielleicht sollte ich sie heute interviewen. Sie wohnen immer noch zusammen, irgendwo auf Long Island. Himmel! So eine Art Antithese zum Seniorenclub. Lido Beach statt East Hampton."

„Warum drehst du nicht lieber den Film fertig, an dem du gerade arbeitest?" fragte Marie.

„Ach ja, Liebling", erwiderte Schuyler. „Ich habe ganz vergessen, dir das zu erzählen. Muß wegen dieser Umzugshektik und der Party für die Filmleute gewesen sein... Elsie hat der Investorengruppe in Providence ein paar Filmmeter von unserer Dokumentation gezeigt, und die Typen waren begeistert. Sie haben sogar mehr Geld rausgerückt."

„Wieviel?"

„Zwölftausend. Natürlich erwarten sie, daß der Streifen zum geplanten Termin fertig ist. Damit meine ich den ein wenig optimistischen Termin, den ich ihnen am Anfang gegeben habe. Also muß ich eventuell..." Schuyler wandte sich um und lächelte Dick an. „Das Geheimnis eines lockeren Omeletts ist, daß man das Eiweiß extra schlagen muß. Tut mir leid, daß alles so lang dauert und wir Sie langweilen... Der Film, über den wir hier reden, ist der, in dem sie und Parker vorkommen. Kriegen Sie Kanal 36 rein?"

Dick wollte eben sagen, er besitze keinen Fernsehapparat, als Marie plötzlich zu Schuyler sagte: „Das Glück wird dich noch zugrunderichten. Dein Glück und dein Charme lassen dich innerlich verkümmern." Marie sagte es leise und ganz beiläufig. Dick musterte sie, um zu sehen, ob sie verärgert war. Sie wirkte nur ein bißchen glücklicher als üblich – ansonsten unverändert. Sie war so hübsch wie immer. Ihr Haar war jetzt trocken, fiel weich und duftig über ein hellblaues Stirnband. Sie trug ein weißes Tenniskleid mit einem Rock voll kleiner Falten.

„Das sollte mir jetzt unangenehm sein, nicht?" sagte Schuyler. „Aber wie du weißt, helfen ernsthafte, gute Menschen einem bezaubernden kleinen Taugenichts wie mir anscheinend gern." Schuyler wandte sich wieder an Dick. „Marie ist mit der Art nicht einverstanden, wie mir Geld aus dem Nichts zufliegt. So kommt es ihr wenigstens vor."

„So kommt es mir vor", sagte Marie. Ihr Gesichtsausdruck blieb unverändert. Schuyler jedoch runzelte verblüfft die Brauen

141

und hob sie dann überrascht. Er sah Dick liebenswürdig lächelnd an. „Sind Sie eigentlich ein fröhlicher Mensch?"

„Wenn es etwas gibt, worüber man fröhlich sein kann", antwortete Dick.

Parker kam herein. Er trug einen blauen Freizeitanzug und hatte immer noch seine weißen Turnschuhe an. „Dick ist ein bißchen negativ gepolt", sagte Parker, „aber er weiß, was er tut. Das muß man ihm lassen, er erledigt seine Arbeit bis aufs I-Tüpfelchen. Wie sehe ich aus, hm? Ist ein bißchen eng, aber wahrscheinlich muß ich die Jacke ohnehin nicht zuknöpfen."

Schuyler goß die gerührten Eier in die Omelettpfanne und schüttelte sie leicht. „Gerade richtig. Was meinst du, mein Liebling?"

Marie wandte den Kopf. „Absolut wunderbar. Abgesehen vom Hemd. Ich glaube, ein nettes weißes Tennishemd wäre besser als die Streifen und Knöpfe. Finden Sie nicht, Kapitän Parker?"

„Da könnte sie recht haben", sagte Schuyler. „Paßt vor allem besser zu den Turnschuhen. Probieren Sie doch ein anderes Hemd. Sie sind da drüben in dem blauen Matchsack..."

Schuyler verteilte die Schalotten aus einer Bratpfanne über die Eier in der anderen. „Ich wollte immer wegen meiner Fröhlichkeit geschätzt werden. Ich meine, Glück ist nur Glück, aber Fröhlichkeit... Eine echte Pfadfindertugend, findet ihr nicht? Gehört zum Pfadfindergelöbnis..."

„Du fährst also heute nach New York?" fragte Marie.

„Ja, mein Liebling. Ich fahre heute, denn von morgen an muß ich mit Hilfe meines Glücks und meines Charmes eine Menge Dinge erledigen, unter anderem einen ganzen Haufen Arbeit im Schneideraum, dieser bekannten Senkgrube für Glück und Charme. Wenn ich also Kapitän Parker dabei behilflich sein will, Meeresschnecken an der Küste zu verkaufen, muß ich das heute tun. Die drei Burschen, die dir beim restlichen Umzug helfen werden, kommen am Nachmittag. Du mußt ihnen nur sagen, was wohin kommt. Ich überlasse es sogar dir, wo sie mein Klavier hinstellen."

Schuyler schaltete den Toaster ein, legte das Omelett zusammen und nahm drei Teller aus einem Karton, der auf dem Boden stand.

Ohne Schuyler sympathischer zu finden, wechselte Dick langsam auf seine Seite über. Marie war wie einer dieser Fische, die den Haken schlucken und dann einfach auf dem Meeresgrund vor sich hin schmollen – nicht ausreißen, nicht springen, nicht spielen. Es dauerte ewig, bis man so einen Fisch aus dem Wasser hatte, ohne daß die Leine riß.

Parker kam zurück. Marie hatte recht gehabt, das schlichte weiße Hemd paßte besser. Ihr Gesicht hellte sich bei seinem Anblick ein wenig auf. Sie setzte sich auf, um ihn besser in Augenschein nehmen zu können, und als sie den Kopf hob, wurden ihre Augen so groß wie bei einer Porzellanpuppe. Sie war eine Wucht, keine Frage, man konnte sich ihr Bild sehr gut als Titel einer Modezeitschrift neben anderen Models vorstellen. Ihr Gesicht, das zu schweben schien, gerahmt, die geweiteten Augen und schön gezeichneten schmalen Lippen hervorgehoben.

Dick fragte sich, ob Schuyler je der Gedanke gekommen war, daß er einen Fehler gemacht hatte; sehnte er sich nie nach mehr Schwung und Lebensenergie? Aber vielleicht hatte er ja gewußt, was er bekam – ein durchscheinendes, ätherisches Wesen, das dafür sorgte, daß sich seine Kleider richtig bewegten.

Schuyler, Parker und Dick aßen.

„Die Eier sind gut", sagte Dick.

„Probier erstmal den Kaffee", sagte Parker. „Der bringt dich wieder in Form. Reinster Raketentreibstoff."

„Wo willst du denn das Klavier haben?" fragte Marie.

„Die Packer sollen schauen, ob sie es durch die Tür ins Hinterzimmer kriegen. Haben Sie gewußt", wandte er sich an Parker und Dick, „daß ich nach dem College ein Jahr lang zur See gefahren bin? Ich habe in der Cocktailbar Klavier gespielt. Deshalb bin ich auf Ihrem Boot auch nicht seekrank geworden. Vielleicht sollte ich das Klavier hier im Hochzeitstorten-Haus lassen und wieder meinen früheren Beruf ausüben. Keine Ahnung, warum ich damit aufgehört habe. Das Essen war gut, ich hatte eine Einzelkabine und durfte alle Freizeiteinrichtungen benutzen. Sie hatten einen Swimmingpool und eine Trainingshalle, und auf dem obersten Deck konnte man Skeetschießen. Die Arbeit hat mir nichts ausgemacht. Nur am Schluß ein bißchen – ich weigerte mich, ‚Autumn Leaves' zu spielen und habe statt dessen lieber Witze erzählt."

„Ich dachte, man hat dich mit irgendwem beim Nacktbaden erwischt", sagte Marie.

„Nein, mein Liebling, die Witze waren schuld. ‚Tex, warum hast du dir eigentlich diesen Dackel gekauft?' ‚Wollte ich gar nicht, dachte, es sei ein texanisches Meerschweinchen.' Und schon vorher habe ich mit dem nächsten Lied losgelegt. Auf dieser Kreuzfahrt hab ich eine Menge texanischer Witze erzählt, weil wir viele Texaner an Bord hatten. Ein Texaner geht in Paris ins Pissoir. Während er pinkelt, merkt er, wie ein Franzose sich vorbeugt und seinen Pimmel anstarrt. ‚Say, Bo-' sagt der Texaner. Und der Franzose sagt: ‚C'est beau? Mais non, c'est magnifique!' Und dann habe ich The Yellow Rose of Texas gespielt. Das könnte der Grund gewesen sein..."

Parker lachte.

„Vielleicht hast du dort gelernt, ein so vergnügter Taugenichts zu sein", sagte Marie, „da du beim Klavierspielen in der Cocktailbar so viel Spaß hattest."

„Bleib sitzen, mein Liebling, wir räumen den Tisch schon ab", entgegnete Schuyler. „Und dann geht's im Batmobile nach Gotham. Sag Elsie... Ach was, vergiß es, ich rufe sie aus New York an."

Dick war jetzt ganz für Schuyler und gegen Marie. Weil er Witze erzählte, Klavier spielte, mit den reichen Geschäftspartnern Geldspielchen trieb und weil er Parker nach New York brachte.

Gleichzeitig wußte Dick jedoch, daß er genauso mürrisch war wie Marie und auch alles mißbilligte. So mürrisch wie damals May, als sie damit herausgeplatzt war, sein Boot sei ein Schwarzes Loch, nachdem Elsie erklärt hatte, es sei ein Kunstwerk. Marie war Schuylers May. Vielleicht war Dick Parkers May. Wo man in diesem Spiel stand, hing davon ab, ob man eigene Wünsche hatte oder sich von den Wünschen eines anderen mitzerren ließ.

Dick wollte sein Boot, Parker wollte sein schickes Boot, Schuyler auf seine Art wollte... Und Joxer Goode konnte man auch gleich dazunehmen – sie alle wollten und wollten. Bis zu diesem Augenblick war Dick der Meinung gewesen, daß ihre Wünsche sehr unterschiedlich waren, daß alles an ihnen verschieden war und jeder in seinem eigenen Schneckenhaus steckte. Aber jetzt schien es ihm, als dehnten sich ihre Wünsche aus,

144

griffen auf alle anderen über, lägen nicht nur im Widerstreit miteinander, sondern übertrügen auch einen Teil von sich selbst auf die anderen – etwas von Parker auf Dick, von Dick auf Marie, von Marie auf May, von Dick auf Schuyler, von Schuyler auf Dick...

Dick hatte bisher angenommen, daß alle Menschen verschieden seien, so wie alle Dinge verschieden waren. Ein Hummer war keine Krabbe, eine Blaukrabbe keine Rotkrabbe. Die alten Pierces im Hochzeitstorten-Haus. Die Buttricks im Buttrick-Haus. Miss Perry in Miss Perrys Haus. Dick in dem Haus, das er auf dem letzten ihm verbliebenen Stück des alten Pierce-Landes gebaut hatte.

Aber jetzt schien es überall herauszuströmen, durchzusickern, ineinanderzufließen. Dick hätte sich in diesem Moment umdrehen und ebenso leicht für Marie sein können wie vorher für Schuyler. Er hätte noch einen Schritt zurückgehen und sich an das Hochzeitstorten-Haus und Onkel Arthur erinnern... und wie Miss Perry sein können. Er konnte sich so fühlen, wie sein Vater sich gefühlt hatte. Er konnte sich verhärten und wünschen, sich wie Kapitän Texeira zu fühlen. Er konnte es fertigbringen, sich wie Parker zu fühlen, konnte aber auch versuchen, sich zurückzuziehen und sich nicht wie Parker zu fühlen.

Er war irgendwo am Rand angelangt. War es letzte Nacht passiert? Nein, in der Nacht vorher – er hatte das Stück schwarzer Uferböschung abgebrochen, und es war ins Wasser gerutscht und hatte sich aufgelöst. Es hatte aufgehört, aus Fußabdrücken und Lehm zu bestehen und war in das Salzflüßchen gerutscht.

Eigentlich sollte ihn das nicht so überraschen, er hatte immer beide Seiten gekannt: Die Salzmarsch ist die Salzmarsch, die See ist die See, der Himmel ist der Himmel – und das Land wird in den Salzfluß gespült, der Salzfluß in die See, die See in alle anderen Meere, und alles im Meer löst sich auf. Alles im Meer löst sich auf – Materie sinkt in die Tiefe, steigt als Nährstoffe wieder nach oben, gerät in die Kette, deren erste, unsichtbare Glieder Tier-Pflanzen, Pflanzen-Tiere sind; und die ganze Zeit wird die riesige Flüssigkeitsmenge des Meeres von der Sonne in den Himmel gezogen, nimmt flüchtig Wolkengestalt an und kehrt zur Erde zurück.

Dieser Kreislauf war ihm immer ein entfernter Trost gewesen.

145

Solange sich das alles weit weg zutrug – Erde, Wasser, Luft. An einem anderen Ort. Aber jetzt spielte er sich in dieser Küche ab, und das deutete auf Auflösung hin. Etwas löste sich auf. Sein Begriff von „sein" – sein Haus, sein Boot, sein Anderssein.

Er stand auf, spülte Schuylers Geschirr. Nahm Parkers Autoschlüssel und fuhr in Parkers Wagen nach Hause. Er erklärte May nicht, wieso er den Wagen hatte. An diesem Morgen hatte er von allem genug.

Aber May schien ehrlich froh, ihn zu sehen und fragte nicht sofort, ob er genug verdient habe, um das Haushaltsgeld aufstokken zu können.

„Willst du frühstücken?" fragte sie.

„Wir haben schon gegessen."

„Na gut, dann geh doch duschen. Die Jungs sind heute vormittag unterwegs. Ich wollte eigentlich ein bißchen putzen, aber das kann ich auch später tun."

Dieser mit ungewöhnlicher Begeisterung vorgebrachte Vorschlag freute ihn nicht so, wie er es sonst getan hätte. Er fühlte sich noch fremd in seinem Leben, noch immer so durchfroren und eingeschrumpft wie in der Nacht, als er sich auf dem Erdhügel im Salzsumpf versteckt hatte, so nervös und angespannt wie auf dem Vordeck der „Mamzelle", als er den Bullen bei der Durchsuchung zugesehen hatte, so bewegt wie im Hochzeitstorten-Haus, als Erinnerungen an seine verlorene Jugend ihn überfallen hatten.

Er duschte, kam, in ein Handtuch gehüllt, aus dem Bad und umschlang Mays schmale Taille. Als sie auf dem Bett lagen, zog er ihr die Haarnadeln heraus, wie sie es mochte, vielleicht sogar noch langsamer als sonst, damit sie es noch mehr genoß als sonst. Aber er mußte die ganze Zeit daran denken, daß er ihr nicht erzählen konnte, was los war, weil sie mit ihrer Ansicht über Parker so recht gehabt hatte. Er rieb ihr Höschen an ihrer Haut, wie sie es gern hatte, und kam sich geradezu unanständig großartig vor, als sie schwerer atmete, ihre Haut sich rötete und sie in Trance zu fallen schien.

Hinterher sagte sie, sie hätte schon vergessen, wie sehr sie ihn immer vermißt hatte, als er noch regelmäßig auf einem Boot fuhr. Das zu sagen, war lieb von ihr, aber es ging an ihm vorbei. Er betrachtete geistesabwesend ein paar kleine Regenspritzer auf

146

der Fensterscheibe, hinter der sich der müde Südwestwind mühsam weiterschleppte.

Am nächsten Morgen stellte Dick Parkers Auto auf dem Bahnhof ab, stieg zu Charlie in den Kleinlaster, setzte Charlie ab und fuhr dann nach Wickford, wo in einem Lagerhaus Restbestände von Marine-Ausrüstungen versteigert wurden.
 Er war müde, angespannt und über seine ins Wanken geratene Sicht der Dinge verblüfft.
 Beim Anblick der Gegenstände im Lagerhaus besserte sich anfangs seine Laune. Jeeps, Dreivierteltonner, Kleineisenzeug und Beschläge, Rollen mit Stahlkabeln, sechs stählerne Rettungsboote, kleine, transportable Hilfsmaschinen, Zusatzgeneratoren...
 Als die Versteigerung begann, wurde ihm klar, daß die Sachen in ganzen Partien und für ihn viel zu teuer verhökert wurden. Er wollte gerade gehen, als ihm Eddie Wormsley über dem Weg lief, der ebenfalls dünne Stahlkabel kaufen wollte. Zusammen konnten sie sich eine Rolle leisten. Dick kaufte noch ein paar Elektrokabel und defekte Bullaugenbeschläge, die außer ihm niemand wollte. Der Rest des Hummergeldes ging für Stahldavits drauf.
 Eddie sagte Dick, er solle ihn nach dem Mittagessen anrufen, dann würde er rüberkommen und ihm beim Verlegen der Leitungen helfen. Eddie arbeitete zwar langsamer, aber gründlicher als Dick. Außerdem war Dick besser gelaunt und kam leichter in seinen Arbeitsrhythmus, wenn Edie dabei war. Dick freute sich über Eddies Angebot. Er war wegen der Leitungen ohnehin unsicher und nervös gewesen.
 Auf dem Nachhauseweg begann es wieder zu regnen, aber es war kein gleichmäßiger, ordentlicher Regen, sondern nur ein Spritzen und Nieseln.

Ein paar Kilometer vor Wakefield sah Dick einen Radfahrer. Er ärgerte sich immer darüber, wenn Radfahrer und Jogger den Verkehr auf einer Schnellstraße behinderten, indem sie am Straßenrand dahinschwankten. Dieser Radfahrer fuhr wirklich ganz am Rand der rechten Spur und trat wie wild in die Pedale. Dick erkannte erst die Uniform und sah dann, daß es Elsie war. Anscheinend erkannte sie auch seinen Laster, denn er sah im Rückspiegel, daß sie ihm zuwinkte. Hunderte Meter weiter fuhr er rechts heran. Er kurbelte das Fenster auf der Beifahrerseite hinunter, und als ihr gerötetes und nasses Gesicht darin auftauchte, fragte er, ob er sie mitnehmen könne. Zuerst lehnte sie ab, dann sagte sie ja. Sie hob ihr Rad auf die Ladefläche und legte es neben die Kabelrolle. Dann kletterte sie zu Dick in die Fahrerkabine. Sie war auch schlecht gelaunt, wegen des Wetters und weil sie ihren neuen Volvo wegen geheimnisvoller Geräusche hatte in die Werkstatt bringen müssen. Am meisten ärgerte sie sich allerdings darüber, daß ihr Urlaub gestrichen worden war und sie zwei Nächte lang mit zwei Bullen in einem Walboot umherschippern mußte.

„Angeblich als Verstärkung für einen angeblichen Alarm wegen angeblicher Schmuggler. Alarmbereitschaft in drei Bundesstaaten. Vom Cape Cod Canal bis zum Connecticut River. Staatspolizei und Küstenwache müssen es insgesamt auf ein paar tausend Überstunden gebracht haben, nur um herumzuflitzen und mit ihren Scheinwerfern zu blinken. Das Boot der Küstenwache ist eine Stunde lang die Strände abgefahren und hat dort mit einem Suchscheinwerfer herumgeschnüffelt. Wir haben ein Boot in den Salzsumpf verfolgt, aber das waren wahrscheinlich Jugendliche, die Muscheln gewildert haben oder Vierzehnjährige, die ein Bier trinken wollten." Elsie rollte ihr rechtes Hosenbein hinunter und lehnte sich auf dem Beifahrersitz zurück. „Ich habe meinem Chef gesagt, daß es Zeitverschwendung ist, uns als Verstärkung einzusetzen. Die Staatspolizei hat uns nicht gern dabei. Obwohl die Typen, mit denen ich unterwegs war, ohne mich wahrscheinlich immer noch irgendwo herumirren würden ... Wir haben eine ganze Tankfüllung verbraucht, sind jeden einzelnen Salzfluß hinaufgefahren. Mein Revolver ist auch naß geworden, den muß ich jetzt reinigen."

Für Dick war es eine gute Nachricht, daß der Alarm so

148

weiträumig gegeben worden war – nun schien es schon weniger wahrscheinlich, daß man Parker besondere Aufmerksamkeit schenkte.

Trotzdem, neben ihm im Lastwagen saß nicht die private, sondern die offizielle Elsie.

Sie sagte ihm, wo er abbiegen mußte. Miss Perrys Privatstraße entlang und in den Wald. Bei einem schmalen Feldweg bogen sie wieder ab.

„Das ist doch der Weg zum Quondam Pond", sagte Dick. „Ich wußte gar nicht, daß Ihr Haus da steht."

„Doch. Miss Perry hat mir dieses kleine Stück Land verkauft."

Das Haus erhob sich an der Südseite einer ebenen, grasbewachsenen Lichtung. Von der Lichtung aus gesehen, wirkte es wie ein großer Werkzeugschuppen. Ein langgezogenes Schindeldach und darunter eine geduckte, fensterlose Mauer. Am Rand der Lichtung eine offene Einzelgarage, von der ein überdachter Weg ins Haus führte. Elsie hängte ihr Rad an zwei Haken in der Garage auf. „Kommen Sie rein", sagte sie dann. „Ich zeige Ihnen das Haus."

Im Durchgang war es dunkel, aber als Elsie die Haustür öffnete, standen sie plötzlich in grellem Tageslicht. „Vorsicht, Stufen", sagte Elsie, „sie führen nach unten."

Das Haus bestand praktisch nur aus einem einzigen langen Raum, der sogar an diesem grauen Tag hell war. Das Gebäude war halb in den Hang eingebettet. An der Südseite bestand es fast ausschließlich aus einer Fensterfront, die auf den kleinen Weiher hinausblickte, ein Oval aus Stille, die nur durch das Prasseln des leichten Regens ein wenig in Unruhe geriet.

Am anderen Ufer streckten verblühte Rhododendren ihre Zweige übers Wasser. Darunter trieben noch ein paar weiße Blütenblätter.

Elsie setzte in der Küche – eigentlich eine hintere Ecke des langen Hauptraums – Wasser auf. Ein paar Meter vor der Küche, im letzten Drittel des Raums erhob sich ein freistehender steinerner Kamin mit gemauerter Esse.

Elsie ging daran vorbei ans andere Ende des Zimmers, wo sie hinter einem faltenreichen Vorhang aus schimmerndem Stoff verschwand. Auf den ersten Blick wirkte er scharlachrot, aber dann sah Dick, daß das Material im Licht changierte, dunkel an

149

den Innenseiten der Falten und heller, fast rosa an den Oberflächen war.

Als Elsie wieder herauskam, trug sie einen viel zu großen Frotteebademantel. Es hätte derselbe sein können, den Marie einen Tag zuvor angehabt hatte.

„Gehen wir schwimmen?" fragte Elsie. „Ich springe schnell mal ins Wasser, muß mir den Schmutz der langen Nacht abwaschen."

Dick schüttelte den Kopf und sah Elsie nach, die über eine metallene Wendeltreppe in ein kleines Gewächshaus hinunterstieg, das seitlich am Haus mit Blick auf den Weiher angebaut war. Das Dach des Treibhauses fiel vom unteren Rand der Fenster des Hauptraums schräg ab. Unter dem Gewächshaus lag ein grasbewachsener Abhang, der bis ans Ufer des Weihers reichte. Elsie sprang vom Ufer auf einen mehr als einen halben Meter vom Rand entfernten Felsen. Mit einer einzigen geschmeidigen Bewegung schlüpfte sie aus dem Bademantel und tauchte ins Wasser. In der Mitte des Weihers tauchte sie wieder auf. Es ging alles so schnell, daß Dick nicht sicher war, ob sie einen Badeanzug trug.

Er wandte sich um und betrachtete das Balkenwerk des Hauses. Es war einfach, aber gut. Jetzt fiel ihm auch ein, daß Eddie vor einiger Zeit erwähnt hatte, er habe diese Arbeit gemacht. Der einzige etwas kunstvollere Teil waren die Stufen, die von der Eingangstür herunterführten. Zwei konzentrische Bögen, fast schon Halbkreise, am Rand schön abgerundet. Irgendwie erweckten sie den Eindruck, als führten sie in ein Gewässer. Die Ritzen zwischen den braungrauen Kaminsteinen waren mit Quarzit verfugt, und auch dieses Muster erinnerte Dick an Wasser, an Licht, das von Wasser widergespiegelt wurde. Er dachte an den gestrigen Morgen im Hochzeitstorten-Haus, an den Sog der Gedanken, in den das Haus ihn gerissen hatte … Dieses Haus hatte mit dem alten Stil sicherlich nichts zu tun, war schlicht und schmucklos. Und dennoch ähnelten die beiden Gebäude einander auf gewisse Weise. Auch dieses wirkte, als ziehe Elsie gerade ein oder aus. In der gedrungenen Rückwand waren Einbauregale, leer die eine Hälfte, voller Krimskrams die andere.

Er suchte das Badezimmer und fand es hinter dem Kamin, auf der dem Weiher zugewandten Seite.

150

Die Toilette summte. Sie bestand aus einem riesigen Plastik-würfel mit Temperaturanzeiger und einer Menge elektrischer Drähte. Das einzig Normale daran waren Toilettedeckel und -sitz. Vorn ragte eine hoch angebrachte Fußstütze heraus, ein ziemliches Problem für einen Mann, der hier im Stehen pinkeln wollte. Dick mußte sich mit einer Hand an die Rückwand stützen, um sich über die Muschel beugen zu können. Er fand das witzig und lachte so heftig, daß er sich auf die Lippen beißen mußte, damit nichts danebenging.

Er zog den Reißverschluß herauf und hielt Ausschau nach dem Griff der Spülung. Er fand einen, der aber verschloß nur die untere Hälfte der Muschel. Vielleicht war das hier so ähnlich wie die Toilette auf einem Boot mit eingebautem Auffangbecken. Er gab sich damit zufrieden, den Deckel zu schließen.

Er machte die Tür hinter sich zu und fing wieder an zu lachen. Elsie kam gerade über die Wendeltreppe aus dem Treibhaus. Sie hatte sich fest in den Bademantel gewickelt. „Was gibt es zu lachen?"

„Diese komische Vorrichtung da drin", sagte Dick.

Elsie verschwand wieder hinter dem Vorhang am anderen Ende des Raums. „Oh! Die Bio-Toilette", rief sie ihm von dort zu.

„Die was?"

„So ähnlich wie ein Humusklo. Verwandelt Abwässer in Kompost. Keine Sickergrube. Und der Weiher bleibt sauber."

Als sie wieder herauskam, trug sie Shorts und ein verblichenes rotes Sweatshirt. Sie krempelte die Ärmel über die Ellbogen, während sie barfuß in die Küche trottete. Unter den steifen schwarzen Shorts wirkten ihre Beine ganz besonders nackt und muskulös.

Schon wollte er ihr von seinem seltsamen Morgen im Hochzeitstorten-Haus und dem Frühstück erzählen, das Schuyler für Parker und ihn zubereitet hatte. Aber dann hielt er sich doch zurück. Er dachte an Marie, die in *ihrem* zu großen Bademantel vom Salzweiher heraufgekommen war, an *ihr* Geplapper, *ihre* seltsame Zwiespältigkeit zwischen rückgratloser Trägheit und bissiger Angriffslust. Vielleicht fingen diese reichen Mädchen alle Gespräche auf die gleiche Weise an, indem sie erst einmal den Korken von der Flasche knallen ließen.

151

„Ich koche mir jetzt Suppe und Kaffee. Ist Ihnen doch recht, oder?"

Während sie am Herd stand, sah sich Dick wieder die Regale an der fensterlosen Wand an. Ziemlich viele Bücher. Eine Reihe mit lauter Vogelbüchern. Schachteln mit losen Photos, ein paar Bilder auf Pappe aufgezogen, andere gerahmt. Zwei Kameras. Daneben drei Tennispokale, zwei voller Kleingeld, Stecknadeln und alten Knöpfen, der dritte war eine kleine Statue – ein Mädchen beim Aufschlag. Der Arm mit dem Schläger war abgebrochen.

Unter dem untersten Regalbrett standen Plastikkörbe und ein Karton, ebenfalls mit allem möglichen vollgestopft. Es sah aus, als wollte Elsie einen Flohmarkt veranstalten. Ein paar Mädchen-Eislaufschuhe, eine Tauchermaske mit Schnorchel, Tennisballdosen, ein Springseil, mehrere Fahrradschläuche und eine Schwimmflosse mit eingerissener Ferse. Und das war nur der erste Korb. Dick schob ihn mit dem Fuß zurück an die Wand, schaffte es jedoch nicht ganz. Er rüttelte am Griff eines Schmetterlingsnetzes, das im Weg war, sich aber an einem anderen Karton verhängt hatte. Er gab auf und wischte sich den Staub von den Händen.

Elsie sah ihm dabei zu. „Sie sind genauso schlimm wie meine Schwester", sagte sie. „Wenn Sie was zum Spielen wollen, in Ordnung. Aber räumen Sie hier bloß nicht auf."

Automatisch wurde Dick zurückhaltend – wie immer, wenn ihn jemand zurechtwies. „Wohnen Sie schon lange hier?"

Elsie zuckte die Achseln. „Ein Jahr. Nicht ganz. Ich habe meistens draußen gearbeitet, Pflanzen eingesetzt. In einem Lagerhaus habe ich noch ein paar Möbel, doch die passen eigentlich nicht hierher. Neue kann ich mir nicht leisten. Aber wozu soll ich mich hetzen? Mir gefällt es, nur mit dem Notwendigsten zu leben."

Das Sofa vor dem Kamin und der einzige Tisch am Fenster wirkten irgendwie fremd und verloren. Das dreisitzige Sofa hatte schon bessere Zeiten gesehen. Und der Tisch war ein rustikaler Picknicktisch mit Bänken, an deren Beinen immer noch Zedernrinde haftete.

Das einzige andere sichtbare Möbelstück war ein hoher Kleiderschrank mit Doppeltür. Er war mit Schnitzereien verziert und in altem italienischem oder portugiesischem Stil bemalt. Die

152

Farben waren zwar etwas verblaßt, aber es war dennoch ein schönes Stück. Vor dem scharlachroten Vorhang stehend, ließ der Schrank diese Ecke des Zimmers wie den Seitenaltar einer großen katholischen Kirche aussehen. Ein Jammer, daß alles andere so vernachlässigt wirkte.

„Hier wird passiv solar geheizt", erklärte Elsie. „Im hinteren Teil des Treibhauses liegt ein Haufen Steine, und die Wärme strömt..." Sie machte eine ausladende Geste und unterbrach sich dann. „Wissen Sie eigentlich, daß sie ein schreckliches Gesicht machen?"

Dick war verlegen. „Wegen der Bänke und dem Tisch. Der Kleiderschrank gefällt mir. Und mir gefallen das Haus und der Weiher."

„Gut so. Es ist auch nicht mehr als eine Zuflucht." Sie vergrub die Hände tief in den Taschen ihrer Shorts. „Ich hab hier viel gearbeitet, gehämmert und gesägt, meine ich. Fragen Sie Eddie. Wir haben den Plan für dieses Haus erarbeitet... Vielleicht sieht es an einem regnerischen Tag hier ein bißchen düster aus..."

„Nein. Es ist..."

„Aber an einem schönen Tag kann man sich auf dem Weiher treiben lassen – wir haben ihn ausgebaggert und den kleinen Deich repariert – man kann einfach daliegen und..."

„Ich mag Ihr Haus. Eddie mag Ihr Haus auch. Er hat mir davon erzählt. Vom Luftstrom und so weiter."

„Ich bin nur noch nicht dazu gekommen, die... Ich freue mich über jeden Rat. Haben Sie vielleicht die eine oder andere Idee?"

„Mm-mm." Er hatte keine Ahnung, was sie von ihm wollte. Aber sie brachte ihn zum Reden. In ihrer Nähe gelang es ihm einfach nicht, den Mund zu halten. „Na ja, vielleicht könnten Sie die Rinde von dem Picknicktisch abschaben. Sieht aus wie ein Hippiemädchen mit behaarten Beinen."

Elsie lachte. „Er kommt ohnehin ins Freie. Irgendwann. Zurück in die Natur, wo er hingehört. Und irgendwann schaffe ich mir auch Kommoden für die Sportsachen an."

„Vielleicht sollten Sie das Zeug in der Garage verstauen. So sieht das Haus nämlich aus, als müßte es einen Deckel zum Aufklappen haben. Wie eine große Spielzeugkiste."

Elsie sah verletzt aus, lachte kurz auf und machte wieder ein gekränktes Gesicht.

153

„Ach, verdammt, Elsie, ich wollte ja nur . . .“

„Wußten Sie eigentlich, daß die Kinder Angst vor Ihnen hatten, als Sie noch auf der Werft gearbeitet haben?“

„Ich soll böse zu Kindern gewesen sein? Nie. Möglich, daß ich zu ein oder zwei Bootseignern gewisse Dinge ein bißchen schroff erklärt habe. Aber zu Kindern war ich nie böse.“

„Ich habe auch nicht gesagt, daß Sie böse waren.“

„Als ich das erstemal auf der Werft gearbeitet habe, war ich selbst noch fast ein Kind. Das war vor meiner Zeit bei der Küstenwache. Bevor ich auf Kapitän Texeiras Boot angeheuert habe. Ich bin immer nur in die Werft zurückgekommen, wenn es woanders nicht geklappt hat.“

„Seltsam. Als Kind habe ich immer bewundert, wie gut Sie alles können. Es hat mir gefallen, wie Sie sich anscheinend eine gute Beziehung zu den Dingen erarbeitet haben – ich meine jetzt die physische Welt. Für mich waren Sie und Eddie – Sie bei den Booten und Eddie im Wald – also, ich habe Sie mit den meisten anderen Männern verglichen . . . Sie und Eddie sind mir immer so echt vorgekommen. Und glücklich.“

Dick lachte. „Da müssen Sie aber alles auslassen, was ich richtig vermurkst habe. Das gleiche gilt für Eddie.“

„Oh, ich weiß, daß Sie und Eddie oft in Schwierigkeiten kommen. Aber das liegt daran, daß Sie nach Ihren eigenen Regeln leben – oder zumindest die Dinge auf Ihre Weise sehen. Mir hat immer gefallen, wie Sie und Eddie mit diesem Teil von South County umgegangen sind, als ob . . . Nein, nicht als ob er Ihnen gehörte, sondern als sei er für Sie offen, ein Teil ihres natürlichen Hoheitsgebiets.“

„Das ist wirklich ein schönes Bild. Natürliches Hoheitsgebiet.“

„Haben Sie gewußt, daß die Indianer – oder wie Miss Perry sagt – die Rothäute – nie etwas besaßen?“

„Bei mir und Eddie ist es genauso. Aber ich liebe es, mein natürliches Hoheitsgebiet zu haben, in dem es – unter anderem – auch Banken gibt. Aber nach Lage der Dinge kann man nicht behaupten, daß mein natürliches Geschäft im Moment floriert.“

Elsie verfolgte das Thema nicht weiter. Sie stellte die Suppe auf den Picknicktisch. „Ich weiß, Sie mögen diesen Tisch mit den behaarten Beinen nicht, aber einen anderen haben wir nicht.“

Dick hatte den Eindruck, auf plumpe Weise über Geld gespro-

154

chen zu haben. Das ärgerte ihn. „Wie ich sehe, haben Sie hier Tennistrophäen. Wollen Sie Mitglied im neuen Tennisklub werden, den Ihr Schwager am Sawtooth Point eröffnen wird?"

Elsie lächelte, als habe sie ihn durchschaut. „Früher war Tennis meine Methode, Jungs zu bestrafen. Jetzt benutze ich es dazu, Männer kennenzulernen. Also werde ich vielleicht Mitglied. Um mein natürliches Hoheitsgebiet zu erweitern." Von einem der Regale nahm sie ein Bild, das sie und einen Mann zeigte, die sich über einem Tennisnetz die Hand schüttelten. „Damals war ich siebzehn. Ich hatte ihn gerade besiegt. Es war der alte Schulleiter von Perryville – hatte immer noch ziemlich was drauf." Elsie lachte. „Immer noch! Alt! Er war nur ein paar Jahre älter als ich heute. Noch keine vierzig."

„Bis Sie vierzig sind dauert es aber noch ein bißchen", sagte Dick. „Wie alt sind Sie – mehr als zehn Jahre jünger als ich?" Er betrachtete das Bild. „Ich erinnere mich an Sie, als Sie in dem Alter waren. Sie sind in die Werft runtergekommen, um mir Ihr Beileid zum Tod meines Vaters auszudrücken."

„Das weiß ich auch noch", sagte Elsie. „Wenn ich dran denke, werde ich heute noch rot. Ich erinnere mich, daß mich alle Männer in der Werft angestarrt haben, aber da hatten Sie mich auch schon gesehen, also konnte ich nicht mehr zurück. Ich dachte, ich würde... Ich dachte, weil ich etwas Gutes tat, müßte ich unsichtbar sein und es würde nichts ausmachen. Ich hatte nur einen Badeanzug an. Sally wollte nicht mitgehen, aber sie wußte damals schon, daß die Männer sie anstarrten, und ich konnte immer noch nicht glauben, daß sie mich überhaupt bemerken würden... Na ja, irgendwie schon..."

„Es war nett von Ihnen", sagte Dick. „Niemand sonst aus Ihrer Familie hat je ein Wort über meinen Vater verloren. Ich war richtig dankbar, daß Sie kamen."

„Das war der Sommer, in dem unsere ganze Familie auseinanderfiel."

Dick nickte. „Ich erinnere mich. Ihr Buttricks seid eine Zeitlang irgendwie verschwunden gewesen. Aber Sie habe ich manchmal gesehen."

„Ich ging in die Perryville-Schule. Zwei Jahre war ich dort im Internat. Manchmal waren wir segeln. Die Schule hatte zwei Boote in der Werft, in der Sie gearbeitet haben. Wissen Sie noch,

155

die beiden kleinen Segelboote für die Weiher? Alle Kinder haben sich vor Ihnen gefürchtet . . . Sie waren ein berüchtigter Miesepeter."

„Sie hatten auch Angst vor mir, nicht?"

„Ich nicht. Aber Sie waren wirklich ein Miesepeter."

„Ich kann mich nicht erinnern, meine miese Laune an euch Schulkindern ausgelassen zu haben." Dick war ein bißchen verlegen.

Elsie lachte. „‚Schulkinder'", wiederholte sie. „Du lieber Gott. Ich habe mich damals nicht mehr für ein Schulkind gehalten. Das wäre ein richtiger Tiefschlag für mich gewesen! Lieber so was wie ein Supermann oder ein Star-Rebell. Aber ein Schulkind . . ."

Elsie räumte die Suppenteller ab und brachte den Kaffee.

„Sagen Sie mir eines", begann Elsie. „Was bin ich heute? Ich meine, damals war ich die kleine Elsie Buttrick, ein Schulkind. Und heute? Eines der Buttrick-Mädchen, nicht das hübsche. Und vielleicht eine von den Buttricks, die dieses schöne Haus auf der Landspitze hatten? Oder vielleicht ‚Inspektor Buttrick', wie ihr manchmal spöttisch sagt? Oder vielleicht einfach nur eines dieser verwöhnten Kinder aus reichem Haus?" Elsie lachte. „Ich weiß noch, wie ich mir im College mühsam angewöhnt habe, Erdäpfel statt Kartoffeln zu sagen, nur damit die linken Mitschüler mich nicht haßten." Elsie blickte auf. „Also – Möglichkeit A, B oder C? Oder keine davon? Oder alle zusammen?"

Er schüttelte den Kopf.

„Ach, kommen Sie, Sie können, wenn Sie nur wollen – wo ist denn plötzlich Ihre Courage?"

Es dauerte eine Weile ehe Dick antwortete. „Es geht mir weniger darum, was Sie von meiner Courage halten, ich fürchte mehr, daß ich Sie verletzen könnte."

„Ooooh. Na gut." Elsie setzte sich kerzengerade auf. „Schulmädchen kriegen manchmal einen Dämpfer."

„Nein", sagte Dick. „Den haben Sie sich selbst zuzuschreiben."

„Beim Fechten nennt man das einen Aufhaltstoß. Man streckt seine Klinge aus, der Gegner springt vor, und schon braucht man einen neuen Spitzenschutz."

„Sie fechten?"

„Früher, ja."

„Schätze, es gibt nichts, was Sie nicht tun,"

156

„So ungefähr."

„Abgesehen davon, andere Leute auch was sagen zu lassen..."

„Um Himmels willen! Kein Mensch hält Sie auf! Aber das war wahrscheinlich auch schon eine Antwort. Was ich für eine gewinnende Art zu plaudern halte, wirkt auf Sie sicherlich unangenehm aufdringlich."

„Ja."

„Ja. Nein", sagte Elsie. „Jetzt habe ich Sie tatsächlich dazu gebracht, den wortkargen Sumpfland-Yankee zu spielen." Elsie lächelte ihn an, wollte etwas sagen, schwieg aber und ließ den Mund offen.

Darüber mußte Dick lachen.

„Also gut", sagte Elsie. „Jetzt hätten wir das auch geklärt. Wollen Sie einen Pfirsich?"

Dick bejahte.

Elsie sprach weiter, während sie das Obst holte: „Eigentlich wollte ich darauf hinaus... Ach was, ich sag's Ihnen einfach direkt. Vor nicht allzulanger Zeit hatte ich ein unheimliches Gefühl. Es war wegen Miss Perry. Ich mag Miss Perry. Ich bewundere Miss Perry. Sie ist wie einer dieser exzentrischen englischen Pfarrer aus dem 18. Jahrhundert, die alles über die Gegend wußten, in der sie lebten. Über Feldfrüchte, Flora und Fauna, die heimische geologische Beschaffenheit, die sozialen Belange – alles eben. Miss Perry in ihrer Förmlichkeit ist auch reines 18. Jahrhundert. Sie wissen doch, daß sie Kapitän Texeira seit Ewigkeiten kennt und ihn geradezu anbetet. Sie schickt ihm immer noch kleine Briefchen, in denen steht: ‚Darf ich Dich nächsten Sonntag besuchen?' Sie sehen sich nur einmal im Monat. Und Sie wissen auch, wie sehr sie Sie mag, aber sie besucht Sie nur an den Geburtstagen Ihrer Söhne. Diese Rituale sind so erstarrt, daß man sie in einer Vitrine ausstellen könnte. Und dann hat sie noch die eine Stunde pro Woche, in der sie in der Bibliothek den Kindern vorliest. Das tut sie gern. Einmal habe ich sie nach ihrer übrigen Wohltätigkeitsarbeit gefragt, die ihr nicht so viel Freude macht. Sie hat gesagt, sie habe ihrem Vater in ihrer Jugend die gleiche Frage gestellt, und er habe geantwortet: ‚Das Leben ist eine Reihe kleiner Pflichten, von denen die meisten unangenehm sind.' Sie sagte, damals sei sie darüber entsetzt gewesen. Ich habe erwidert, ich sei heute genauso entsetzt. Kurz

157

und gut, folgendes ist passiert. Ich habe begonnen, an der Schule meine Vorträge über Ökologie zu halten – die ja auch Charlie und Tom besucht haben. Und ich bin hierhergezogen. An einem der ersten Tage kam ich zur Tür herein und blieb wie vom Schlag getroffen stehen – es war wie in einem Spukhaus ... So ist es also, wenn man sich wie Miss Perry fühlt, dachte ich." Elsie stellte die Pfirsiche auf den Tisch und ließ die Finger noch einen Augenblick auf den Früchten liegen. „Es war weniger ein Gedanke als ein Gefühl. Ich spürte ihren Geist – nein, nicht ihren Geist. Ich habe ihre Form zu leben gespürt. Mir war, als lauere diese Form, diese förmliche Form, hier drin und könnte plötzlich den Rest meines Lebens zum Erstarren bringen."

Dick war verblüfft. Das war zwar nicht der gleiche Gedanke, mit dem er gestern gespielt hatte, aber er kam ihm doch sehr nahe.

„Das ist natürlich lächerlich", schränkte Elsie ein. „Miss Perry und ich sind nicht nur verschieden, sondern meilenweit voneinander entfernt. Aber dieses Gefühl damals war absolut erschreckend. Es verging recht schnell wieder, nicht aber meine Reaktion. Damit meine ich, daß ich mich immer wieder dabei ertappe, wie ich mir die Unterschiede zwischen mir und Miss Perry aufzähle." Elsie lachte. „Das klingt wahrscheinlich ziemlich albern." Elsie beugte sich über ihren Teller und begann einen Pfirsich zu essen.

„Erst gestern habe ich – etwas ganz Ähnliches gedacht", sagte Dick. „Einerseits hab ich mir überlegt, wie mein Vater war, und daß er mir Eigenschaften hinterlassen hat, von denen ich nie etwas geahnt habe. Zum Beispiel, wie schwierig es ist, nicht so ..."

„Ja?"

„... so gottverdammt schwermütig zu sein."

„Das ist offenbar das Problem der ganzen Gegend", sagte Elsie.

„Bei Miss Perry konzentriert sich die Melancholie wenigstens auf einen einzigen Anfall. Auch das ist bei ihr irgendwie förmlich und findet jedes Jahr um die gleiche Zeit statt. Ich kann nicht voraussagen, wann ich mich melancholisch fühlen werde. Früher passierte es mir, wenn ich an unserem alten Haus vorbeikam. Oder etwas Bestimmtes roch – eine Seebrise, die durch ein feuchtes Holzhaus weht ... Ich hab immer alles auf dieses Haus geschoben, auf diesen einen Sommer. Dieser Sommer war die

Sonne meines Sonnensystems... Jetzt weiß ich nicht mehr so
recht, bewege mich mehr im äußeren Weltraum. Das war vor
siebzehn Jahren. Was haben Sie vor siebzehn Jahren gemacht?"

„Dieses Jahr", erwiderte Dick. „Ich erinnere mich an dieses
Jahr. Im Januar habe ich geheiratet, Charlie ist zur Welt gekommen und mein Vater ist gestorben."

„Aber Charlies Geburtstag ist im Juni", sagte Elsie.

„Ja."

„Oh, tut mir leid, ich wollte nicht..."

„Und ich hab bei der Küstenwache gekündigt und in der Werft
zu arbeiten begonnen", sagte Dick. „Machen Sie sich deswegen
keine Gedanken. Als Charlie zur Welt kam, hat er neun Pfund
gewogen, also konnte man ihn kaum ernstlich als Frühgeburt
bezeichnen. Ich weiß noch, daß Mays Mutter es trotzdem versucht hat..."

Elsie lachte und warf ihm dann einen schnellen Blick zu, um zu
sehen, ob er es übelnahm.

„Und ich habe unser Haus gebaut", sagte Dick. „May wohnte
bei ihren Eltern in Wakefield, bis ich damit fertig war. Nach
Arbeitsschluß bin ich rübergefahren und habe bis in die Nacht
gearbeitet. Eddie Wormsley und ich. Manchmal auch noch ein
paar andere Burschen von der Werft. Das war kurz bevor Eddies
Frau ihn verlassen hat. Er wußte, daß sie gehen würde, daher war
er nicht besonders gut aufgelegt."

„Aha", sagte Elsie. „Also war's nicht nur meine Familie. Es
war für Sie alle ein schlechtes Jahr. Man könnte fast anfangen, an
Astrologie zu glauben."

„Nein", antwortete Dick. „Um ehrlich zu sein, für mich war
dieses Jahr gar nicht so schlecht. Mir hat die viele Arbeit Freude
gemacht. Bei der Küstenwache hab ich mich ohnehin nur gelang-
weilt. Und ich war froh, daß ich wenigstens dieses kleine Stückchen Land behalten hatte und mein Haus wuchs. Und ich hatte
einen Sohn."

„Stimmt", meinte Elsie. „Sie hatten das Baby. Ich beneide
meine Schwester nicht mehr, außer um ihre Kinder. Letztes Jahr
bin ich doch tatsächlich zu einer Agentur gegangen, um mich
wegen einer Adoption zu erkundigen." Elsie lachte. „Das war
vielleicht eine merkwürdige Szene..."

„Darüber sollten Sie sich mit Eddie Wormsley unterhalten",

159

sagte Dick. „Er hat seinen Sohn von seiner Ex-Frau zurückbekommen, als der Junge zehn war. So gut wie erwachsen – das hat Eddie wenigstens gedacht. Und er war ein guter Junge. Aber, mein Gott... Sprechen Sie mal mit Eddie darüber."

„Ich hab mit Mary Scanlon darüber geredet..."

„Mary?" unterbrach Dick. „Mary hat keine Kinder."

„Nein, nein. Aber sie und ich haben darüber Witze gemacht..." Elsie winkte ab. „Na ja, daß wir beide als alte Jungfern enden werden", fuhr sie fort. „Sie wissen ja, daß Mary abends arbeitet und ich tagsüber, also haben wir gemeint, wir könnten uns eine Tochter teilen. Dort drüben könnte ich ein Zimmer für Mary anbauen." Sie zeigte auf die Seitenwand. „Und ich ziehe auf die andere Seite. Miss Perry überreden wir, Großmutter ehrenhalber zu spielen. Wir hätten auch noch ein paar freie Nischen für männliche Verwandte. Mein Schwager als reicher Onkel zum Beispiel." Elsies Hand flatterte bei jedem neuen Gedanken hierhin und dahin. „Und einen Onkel, der das schwarze Schaf der Familie ist... Würde Ihnen diese Rolle zusagen? Der schurkische Onkel..."

Dick lachte. „Mary Scanlon und Sie. Das wäre wirklich ein schönes Paar."

„Ich weiß nicht, warum Sie so was sagen", sagte Elsie. „Mary spricht nur gut über Sie. Eigentlich mag sie Sie richtig gern."

„Ich mag Mary auch", sagte Dick. „Sehr sogar."

„Was dann?"

Dick schüttelte den Kopf.

„Dann hat es also mit mir zu tun!" sagte Elsie.

„Nein. Ich mag Sie auch sehr gern. Aber ihr beide als Paar. Ich hab mir nur vorgestellt, wie irgendein armer Kerl hier reinspaziert. Sie würden ihm von beiden Seiten gleichzeitig die Haut abziehen."

„Ich kann mir nicht vorstellen, warum Sie das sagen. Mary und ich sind vielleicht die nettesten Menschen weit und breit..."

„Stimmt. Vielleicht."

„Nur weil wir unabhängige Frauen sind... Aber vielleicht fühlen Sie sich dadurch bedroht."

Dick lachte. „Genau das habe ich ja gemeint – wenn ihr zwei einmal loslegt, würde ich mich möglichst schnell aus dem Staub machen."

„Aha", sagte Elsie. „So denken Sie also. Ich nehme an, es gefällt Ihnen besser, wenn eine Frau wie diese Marie van der Hoevel ist, mit einem leisen Flüsterstimmchen und winzigen Füßchen und blassen Spaghettibeinchen. Wahrscheinlich fällt Ihnen nicht einmal auf, daß diese Frau gemeiner ist als ich und Mary zusammen genommen."

Dick riß sich zusammen. Er wollte nicht darüber reden, daß er und Parker mit Schuyler und Marie zu tun hatten. „Nein", sagte Dick. „Aber das liegt vielleicht daran, daß ich Marie nicht kenne. Nur von der Strandparty her. Damals schien sie sich nicht besonders gut zu amüsieren."

„Also, daran ist sie wirklich selbst schuld", sagte Elsie. „Nein, das sollte ich nicht sagen. Schuyler kann manchmal wirklich unmöglich sein. In Wirklichkeit freue ich mich darüber, daß die beiden hierbleiben. Daran erkennen Sie, wie wenig Freunde ich hier noch habe. Da ist Mary Scanlon, aber die bekomme ich kaum zu sehen, weil sie nachts arbeitet. Meine wirklich beste Freundin ist also Miss Perry... Ich liebe sie wirklich, aber... Ich bin hier aufgewachsen, und jeder, den ich damals kannte, ist weggezogen. Nach New York, Boston... Weg. Meine Schwester sehe ich hin und wieder, aber seit sie und Jack zwei Kinder haben, ist es nicht mehr wie früher. Schon noch nett, aber... Was ich an Miss Perry bewundere, sind ihre Freundschaften. Natürlich, ihr bester Freund, der alte Mr. Hazard, ist gestorben. Aber sie hat noch Kapitän Texeira..."

Elsie hielt jäh inne, stützte sich auf die Ellbogen und drückte die Finger gegen die Stirn. „Wahrscheinlich fürchte ich mich davor, so zu enden wie Miss Perry. Andererseits bewundere ich, wie sie hier lebt. Und ich will auch hierbleiben, ich will hier sein. Ich glaube, daß es gut ist, hier zu sein. Es ist nur manchmal so schwer. Natürlich ist es meine Schuld... Ich kann so schwierig sein. Ich bin nicht wirklich, ich bin..." Elsie legte die Hände über die Augen, sagte „O Scheiße" und fing an zu weinen.

Dick war beunruhigt. Er verspürte plötzlich heftige Sympathie für Elsie. Das Gefühl überfiel ihn so schnell, wie man ein Blatt Papier in der Mitte zerreißt. Er wußte nicht, was tun. Es schien Jahre her, seit May Weinkrämpfe gehabt hatte. Oder seit er nett zu May gewesen war, wenn sie geweint hatte.

Dick reichte Elsie seine Serviette. Als er ihre Hand berührte,

161

gab Elsie ein Geräusch von sich, das so sehr einem wütenden Knurren glich, daß er die Finger schnell wieder zurückzog. „Es geht mir gut", sagte sie. „Geben Sie her." Sie trocknete sich die Augen, schneuzte sich und redete einfach weiter. „Früher habe ich immer geglaubt, daß wir dazu fähig sein sollten, alles zu tun. Ich meine, im Gegensatz zu den Pflanzen und Tieren können wir doch die ganze Welt sehen. Aber anscheinend endet trotzdem jeder – eingeschrumpft in einer Ecke. Haben Sie je eine Wassermaus gesehen? Die sind winzig, kleiner als mein kleiner Finger. Sie sind fast blind und müssen andauernd fressen ... Wenn sie ein Nest bauen, müssen sie den schnellsten Weg vom Nest zum Wasser auskundschaften, um den Vögeln zu entgehen. Sie können es sich nur ein einziges Mal leisten, den richtigen Weg zu ertasten. Wenn ein Stein im Weg ist, laufen sie drum herum, liegt ein Zweig vor ihnen, springen sie drüber. Und das ist dann ihr Pfad. Wenn man den Stein und den Zweig wegnimmt, laufen sie immer noch um die Stelle herum, wo der Stein gelegen hat und springen immer noch dort, wo der Zweig war. Sie sind wunderbar, aber wenn sie sich auf eine bestimmte Methode eingestellt haben, sind sie einfach lächerlich. Ich bin gern ein Tier, aber nicht in dieser Beziehung. Ich meine, ich bin dankbar, am Leben zu sein, und das meiste, was ich tue, tue ich gern. Ich wünsche nur, ich wäre nicht so – gefangen in ... Die wirklichen Probleme machen mir nichts aus, die echten Steine und Zweige. Aber daß ich mich in einem Labyrinth von Dingen bewege, die gar nicht da sind, das macht mich ganz ... Es macht mich traurig um Miss Perrys und um meiner selbst willen. Wenn man allein lebt, verbringt man so viel Zeit damit, um Steine herumzurennen, die es nicht gibt. Man verschwendet sehr viel Zeit damit, sich zu überzeugen, daß man etwas nicht ist. Daß man keine Angst hat, nicht einsam und nicht lächerlich ist." Elsie sah ihn wieder an. Sie wirkte ein wenig verwirrt. „Verstehen Sie, was ich meine?" fragte sie. Sie drehte die Hand auf der Tischplatte herum, so daß sie die seine berührte. Die Berührung fuhr ihm ins Rückgrat, und er richtete sich stocksteif auf.

Zähe, kleine Elsie Buttrick. Verträumte, zungenfertige Elsie Buttrick, flink und geschickt wie eine Seeschwalbe, die übers Wasser strich. Es hatte Dick erschreckt, sie kleinmütig zu sehen, und er war froh, daß sie sich wieder gefaßt hatte.

Sie stand auf, nahm ihre Kaffeetasse, stellte sie wieder zurück und schob sie zur Seite. Sie nahm seine Hände, und er kam fast gleitend auf die Beine. Dabei stieß er gegen eine Ecke des Tisches. Als sie seine Wange berührte, waren sie weit weg vom Tisch, in der Mitte des Zimmers.

Sie sagte einiges, aber er bekam nichts mit. Er fühlte sich gewichtlos, aber als sie sich berührten, fühlte er ihre und seine Schwere, als seien sie kleine Boot auf See, die auf derselben Dünung aufstiegen und sich aneinanderdrängten, nur mit ihrem Fleisch als Puffer dazwischen.

Als sie für einen Augenblick auseinandertrieben, spürte er einen stechenden Schmerz – sein Gewissen. Dann schob Elsie den roten Vorhang beiseite und sie glitten hindurch.

„Es ist okay", sagte Elsie. „Es ist in Ordnung." Er sagte nichts. Sein Mund war wie betäubt, seine Hände waren wie betäubt, obwohl er spürte, wie Elsie sich ihm durch sie auslieferte. Sie lieferte ihre Haut, ihre Zähne, ihren Atem und ihren seltsamen Weinkrampf an ihn aus, der ihr selbst gegolten hatte. Und die sechzehnjährige Elsie von vor siebzehn Jahren – nun kehrte die Erinnerung an sie schlagartig zurück. Als sie damals auf ihn zugegangen war, hatte sie nervös an ihrem Badeanzug gezupft. Er sah es vor sich – als sie durch die Werft gegangen war, hatte sie die Finger unter den Rand des roten Badeanzugs geschoben, der an der Hüfte hinaufgerutscht war, und hatte ihn mit einer geschickten Drehung ihrer Hand heruntergezogen. Dann hatte sie ihm ihr Beileid zum Tod seines Vaters ausgedrückt. Jetzt war sie nur einen Schritt näher. Jetzt hatte sie ihn erreicht. Er hatte das Gefühl, daß alles, was jetzt geschah, daß die Empfindungen, die ihn bald übermannen würden, genauso weit entfernt waren wie diese Erinnerung. Ihr ausgeprägteres, jetzt erwachsenes Gesicht war so weit weg wie ein Stern, das Licht, das vor Jahren von dort ausgegangen war, erreichte ihn jetzt und hielt ihn an der Meeresoberfläche fest.

Elsie schockte ihn. Nicht weil sie miteinander ins Bett gegangen waren – obwohl ihn auch das in einen Schockzustand versetzt hatte. Aber diesen Zustand konnte er begreifen, er verstand seine Natur und absorbierte ihn. Er wußte auch, daß er ihn bereitwillig absorbierte, daß er ein schlechter Mensch war, daß er wieder in Elsies Haus kommen und daß ihm schaden würde, was er hier tat. Und daß er es wieder tun wollte.

Aber Elsie hatte ihn auf eine Weise geschockt, die er nicht vorhergesehen hatte: Sie verbarg nichts. Mehr als das – sie war der Ansicht, daß sie einander von jetzt an alles sagen konnten. Sie freute sich nicht nur auf weitere Stunden mit ihm im Bett, sondern auch darauf, mit ihm zu reden, und er sollte ihr ganzes Leben genausogut kennenlernen wie ihr Haus. Er war nicht sicher, ob er die Einladung annehmen sollte. Er hatte das Gefühl, er sei derjenige, der sich preisgeben mußte, als dringe sie mit dem, was sie ihm erzählte, in ihn ein.

Anfangs waren es nur Kleinigkeiten. Am Nachmittag darauf kam er zu ihr, um sie mit seinem Kleinlaster zum Volvo-Händler zu fahren, wo sie ihr Auto abholen wollte. Als sie in seinen Wagen stieg, sagte sie lachend. „Ich hätte heute bestimmt nicht radfahren können", sagte sie. „Hab ganz vergessen, wie steif ich hinterher immer bin, ich meine, wenn ich es eine Weile nicht getan habe." Er mußte sie bestürzt angesehen haben. „Nein, mach dir keine Sorgen, es war schön. Ich bin den ganzen Vormittag durchs Haus gehumpelt und habe gedacht, wie schön..."

Warum sollte sie so etwas nicht sagen, dachte er. Aber das „wenn ich es eine Weile nicht getan habe" war wie von weither an sein Ohr gedrungen.

Ein paar Tage später gingen sie in ihrem Weiher schwimmen. Sie schafften es, sich gemeinsam in einen großen Reifenschlauch zu zwängen. Darin ließen sie sich einfach treiben, auch dann noch, als es leicht zu regnen begann. Sie steckte seine Hände in ihre Achselhöhlen. Der Regen war etwas wärmer als der Weiher, und sein Körper fühlte sich an wie eingeölt.

„Als ich das erstemal mit einem Jungen geschlafen habe", erzählte sie, „ging ich noch in die Perryville-Schule. Meine Freundinnen, die es schon hinter sich hatten, haben mich gewarnt und gesagt, daß ich enttäuscht sein würde. Irgendwie war ich auch enttäuscht, aber andererseits auch erstaunt. Was für eine wundervolle Art, jemanden kennenzulernen, dachte ich. Ich wollte mit allen Männern auf der ganzen Welt schlafen." Sie lachte.

Sie trieben unter die Rhododendrenzweige. Elsie griff nach oben und stieß sich von einem der Zweige ab. Mit einer langsamen Drehbewegung glitten sie wieder zur Mitte des Weihers.

„Ich meine, es hat nicht allzulange gedauert, bis ich wieder aufhörte, wirklich mit jedem zu schlafen, den ich mochte. Was mich verblüffte, war die Frage, *warum* die *Idee* doch nicht so gut war. Ich bin heute noch froh darüber, daß mir dieser Gedanke kam. Und ich bin froh, daß ich später dachte: Wozu überhaupt Sex? Fast ein katholischer Standpunkt. Sex dient nur dazu, Babys zu kriegen, und alles andere ist ein schlechter französischer Roman. Aber auch das war Theorie. Am Ende habe ich noch eine Menge schlechte französische Romane erlebt."

Dick konnte sich nicht beklagen. Er wünschte nur, sie würde so nicht reden. Gleichzeitig schämte er sich, weil er es sich wünschte, da er doch tat, worüber sie sprach. Zugleich schämte er sich, weil er froh war, daß sie so sprach, denn es befreite ihn von jeder Verantwortung. Wahrscheinlich war er für sie nur ein schlechter französischer Roman mehr.

Über fast alles andere redete er gern mit ihr. Er hörte ihr sogar gern zu, wenn sie über Sex redete, solange sie sich dabei nicht zu sehr auf ihr eigenes Sexualleben konzentrierte, sondern von ihnen beiden sprach. „Ich habe gemerkt, wie du mich beim Strandpicknick angesehen hast", sagte sie. „Gib's doch zu. Das war die reine Lust. Ich verstehe es ja – es war Frühsommer, und du hattest schon lange keine Frau im Badeanzug gesehen."

„Nein", sagte er.

„Jetzt sei aber ehrlich. Als ich dir bei den Muscheln geholfen habe und den Badeanzug und deine alten Gummistiefel anhatte und meine Oberschenkel vom Dampf ganz rosa wurden. Da hattest du doch einen Augenblick lang unanständige Gedanken. Sag es: ‚Ich hatte unanständige Gedanken...‘"

„Zum Teufel, Elsie", sagte er, „ich habe gedacht, was für ein feiner Kerl du bist." Jetzt wurde sie wild.

„Du Idiot!" Sie änderte ihre Stellung, um die Oberhand über ihn zu bekommen. „Pech für dich. Bei dem Picknick waren mindestens fünf Typen, die mich verdammt süß fanden." Sie wollte sie an den Fingern abzählen.

„Okay, okay." Er hätte lieber weiterhin daran geglaubt, daß sie ganz zufällig so gut ausgesehen hatte, als sie in seinen Stiefeln zu ihm ins Wasser gewatet war. Er wollte, daß alles nur zufällig geschehen war. Na gut, den kleinen Zufall beim Picknick, der doch keiner war, konnte er verkraften. Aber er wollte nichts davon hören, daß sie auch Charlies Blick provoziert und genossen hatte. „Du hast recht", gab er zu. „Ich hab mir zweimal die Finger verbrannt, weil ich deine Beine angestarrt habe." Aber er nebelte sich nur wie ein Tintenfisch mit einer Tintenwolke ein, um sich davonstehlen zu können. Dies war nur eines der vielen Male, bei denen er ihren Drang fühlte, alles in ihm an die Oberfläche zu zerren. Je tiefer etwas lag, um so mehr wollte sie es. Manchmal machte es ihm selbst Freude, wenn er spürte, wie sie ihre ganze Geschicklichkeit im Gleiten und Tauchen einsetzte, um an ihn heranzukommen. Hin und wieder ahnte er auch eine dritte ganz andere Möglichkeit: Ihr Gleiten und Tauchen, ihre sexuelle Begierde (die genauso hektisch und drängend werden konnte wie ihre Gespräche) waren nur kleine, abgesplitterte Stücke von ihr, die an die Oberfläche trieben – und daß sie eigentlich ein stilleres, großzügigeres Wesen hatte.

Dennoch schätzte er das, was sich an der Wasseroberfläche abspielte. Ihr Seeschwalben-Ich bezauberte ihn nach wir vor – und ihr gefiel es auch. Wahrscheinlich war es ein gutes Gefühl für sie, so als könnte sie fliegen und kreisen und herabstoßen. Allmählich wurde ihm jedoch auch jener weniger sprühende Teil ihres Wesens bewußt, der nicht zwischen Angriff und Flucht pendelte. Weit unterhalb der verschiedenen Eigenschaften, die sie zu haben glaubte, die sie haben wollte oder fürchtete, lag ein Teil ihrer selbst, der feiner herausgearbeitet war, müheloser empfan-

166

gen und loslassen konnte, der in den Wellen nicht so deutlich zu sehen war wie eine Muschelschale oder ein Schneckenhaus oder eine Felsklippe, sondern eher einer Bucht an der Stelle glich, an der sie tiefer wird und irgendwann unmerklich und unauffällig in die See übergeht.

Dieser Eindruck von ihr, aber auch seine Verbindung zu ihrer Kindheit (durch ihre Gespräche verstärkt und in ihrer sexuellen Erregung wieder zersplitternd), die zärtliche Bewunderung und Sympathie, die er ihr entgegenbrachte – all das waren beunruhigende Gedanken. Dann mußte er an die gedankenlose und fast bewußtlose Selbstverständlichkeit denken, mit der sie das erste Mal zusammen in ihr Bett gefallen waren. Wenn die ganze Sache nach diesem einen Mal zu Ende gewesen wäre, hätte er sich nicht so schuldig gefühlt. Aber sie war über ihm zusammengeschlagen wie eine außergewöhnlich hohe Welle.

Er wußte noch immer nicht, was er eigentlich tat, aber er wußte, daß er Elsie an Abenden besuchte, an denen er May erzählte, daß er ins Neptune wollte, und an Nachmittagen, an denen er vorgab, etwas für das Boot besorgen zu müssen.

Der Sex war einfach Sex. Variabel, aber stets erkennbar. In dieser Hinsicht wußte er, was er tat. Was sich ständig veränderte, waren die Gespräche mit Elsie. Er sagte ihr noch immer, sie sei zu neugierig, er sprach noch immer nicht über gewisse Dinge – über Parker zum Beispiel –, aber er erzählte ihr vieles über sich, das er noch nie jemandem anvertraut hatte, nicht einmal May. Er redete sich ein, er habe May diese Dinge nie gesagt, weil sie nie danach gefragt hatte. Aber in Wahrheit wußte er, daß May all das, was Elsie aus ihm herauslockte, auch gern gewußt hätte. Er redete sich ein, so sei es nun einmal, weil Elsie geschickter fragen konnte. Und Elsie konnte er erzählen, was er getan hatte, was er dachte, ohne daß sie sich darüber aufregte. Selbst wenn Elsie etwas für falsch hielt, das er getan hatte, reagierte sie nicht zu schroff. Vielleicht deshalb, weil sie ihm so viel von sich erzählt hatte, aber vielleicht weil sie sich vorstellen konnte, es selbst zu tun, ob gut oder schlecht. May hätte diese Vorstellung weit von sich gewiesen und düstere Warnungen ausgesprochen.

Immer wenn er von Elsies Haus wegfuhr, war er voller Schuldgefühle. Er stieg heftig aufs Gas, raste aus ihrer Einfahrt und bretterte über die Straßenkuppe, während Lorbeerzweige die

Flanken seines Kleinlasters peitschten und sich in den breiten Seitenspiegeln verfingen.

Seine Arbeitsgewohnheiten ließen nach. Manchmal rührte er sein Boot tagelang kaum an, arbeitete höchstens mit Eddie an der Installation der Leitungen oder erklärte Charlie, wie er die Ruderhausfenster einzubauen hatte.

Er fragte den Eigentümer der Werft, ob er ihm seinen neuen Anhänger leihen würde, damit er das Boot in die Werft transportieren und über die alte Aufschlepphelling zu Wasser lassen konnte. „Sind Sie denn schon fertig damit?" fragte der Eigentümer. „Nein", antwortete Dick. „Ich plane nur voraus."

„Na gut, aber keinesfalls in der Woche nach dem Labor Day", sagte der Eigentümer. „Da erscheinen nämlich sämtliche Jachten. Im Frühjahr verteilt sich das eher, da kommen sie zwischen Memorial Day und Juli. Aber im Herbst wollen sie alle gleichzeitig zu mir."

Dick stattete Joxer Goode einen Besuch im Krabben-Verarbeitungsbetrieb ab. Er kaufte noch immer keine Krabben. Aber immerhin hatte er in der Zwischenzeit Geld für die neue Kühlanlage und einen neuen Investor aufgetrieben, und obwohl er keinen Cent entbehren konnte, sagte er: „Kommen Sie wieder vorbei, wenn Ihr Boot fertig ist!" Dick sagte, aber sicher. Joxer sprach in einem Tonfall, den Dick noch nie von ihm gehört hatte. Sie standen jetzt auf gleicher Stufe, aber das lag nicht daran, daß Dick es zu etwas gebracht hätte, sondern einzig und allein an Joxers Pech.

Dick hielt bei Schuylers neuem Ferienhaus. Marie sonnte sich in einem Liegestuhl auf dem Bootssteg, der in das Flüßchen hineinragte. Dick konnte das Kokosöl, mit dem sie sich eingerieben hatte, schon aus drei Metern Entfernung riechen. Marie erklärte ihm, daß die Telefongesellschaft das Telefon noch nicht angeschlossen und sie daher auch nichts von Schuyler gehört habe.

„Und ich kann auch niemanden anrufen, damit er herkommt und hier im Haus etwas macht. Selbst kann ich überhaupt nichts tun. Köstlich, was?"

In diesem Moment kamen Charlie und Tom in Dicks Boot vorbei. Charlie verlangsamte die Fahrt, winkte und hielt auf den Kanal zu. Marie hob den Kopf, und Tom winkte. Das Kielwasser

168

des kleinen Bootes, das unter dem Steg ans Ufer geklatscht war, floß wieder zurück.

„Ihr Freund Parker ist noch nicht wieder da, oder?"

„Nein", erwiderte Dick. „Nicht daß ich wüßte."

Alles, was er sah, war ein Teil des ihm wohlvertrauten Lebens – alles, außer seiner eigenen Situation. Und des Teils seiner selbst, den es zu Elsie zog. Wenn er mit jemandem sprach, fühlte er sich von Mal zu Mal merkwürdiger. Der Werfteigentümer, Joxer, Marie. Wie merkwürdig mußten Charlie und Tom es gefunden haben, als sie ihn dort sahen? Eigentlich hätte er in dem Boot sitzen sollen. Wie merkwürdig es war, das Boot zu sehen, nachdem jahrelang er darin gesessen und zur Landspitze herübergeschaut hatte.

Marie schob sich die Sonnenbrille mit einem Finger auf die Nase, begann wieder zu lesen. Dick verabschiedete sich. Sie wandte ihm das Gesicht zu und bewegte lautlos die Lippen. „Auf Wiedersehen."

Dick beschloß, lieber allein mit der „Mamzelle" auszulaufen. Er wollte Keith, den Collegestudenten, und Charlie mitnehmen. Parker würde seinen Anteil trotzdem bekommen. Hatte ja keinen Sinn, alles unproduktiv liegen- und stehenzulassen. Das Wetter war gut und würde noch ein paar Tage anhalten.

Dick fuhr nach Hause. May war im Garten. Er ging an ihr vorbei, um sein Boot anzusehen. Als er die Plastikplane vom Eingang des Schuppens wegzog, sagte May: „Das Buttrick-Mädchen war hier. Sie hat gesagt, du hättest bestimmt nichts dagegen, wenn sie ein paar Photos von deinem Boot macht."

Dick sagte nichts. „Ich habe es ihr erlaubt", sagte May, „wußte ja nicht Bescheid. War das in Ordnung?"

„Ist egal", sagte Dick.

„Hast du schon mal daran gedacht, sie zu fragen, ob sie dir Geld leihen kann?" erkundigte sich May. „Ich hab gehört, daß Joxer Goodes Fabrik immer noch geschlossen ist, also kannst du dich nicht an ihn wenden. Und daß du Miss Perry nicht um Geld bitten wirst, ist mir auch klar. Aber du könntest das Buttrick-Mädchen fragen. Die Buttricks haben ihr ganzes Land an die Erschließungsgesellschaft verkauft. Sie haben es ja auch billig genug gekriegt, weiß der Himmel!"

„Das ist lange her", sagte Dick.

169

„Trotzdem ... Sie werden daran denken, nachdem sie jetzt so viel daran verdient haben."

„Wenn Parker aufkreuzt, sag ihm, ich bin mit seinem Boot rausgefahren", sagte Dick nur. „Ich kann nicht mehr länger warten."

„Wirst du das Buttrick-Mädchen fragen?"

„Falls ich mich dazu entschließe."

May sah ihn so lange an, daß er unruhig wurde. „Du hast so schwer gearbeitet", sagte sie, „daß mir der Gedanke verhaßt ist, du könntest jetzt aufgeben."

„Ich gebe nicht auf. Herrgott, Frau! Ich laufe mit der ‚Mamzelle' aus."

„Ich hätte nie gedacht, daß ich dir sagen müßte, du solltest etwas wegen deines Bootes unternehmen. Es war ..."

„Dann sag's mir auch jetzt nicht. Sag mir nicht, was ich mit dem Boot tun soll. Ich hab dir schon einmal erklärt, wenn ich es im September nicht im Wasser habe, verkaufe ich es, wie es ist und suche mir eine regelmäßige Arbeit. Du kannst also zufrieden sein, so oder so."

May seufzte. „Es stimmt, ich würde keinen Winter mehr wie den letzten durchhalten. Oder wie den vorletzten und den davor. Das liegt nicht nur daran, daß wir kein Geld haben, sondern auch daran, wie du dich aufführst, weil du dein Boot nicht hast. Die Jungen und ich bekommen es bis ins Kleinste zu spüren – deinen Zorn auf die Banken, den Holzpreis, auf alles, was schiefgeht. Wenn du das Geld nicht beschaffen kannst und das Boot verkaufst, werden wir anderen auch nicht besser dran sein. Du sagst, ich könne dann zufrieden sein, so oder so. Ich sage dir, du wirst sauer sein, so oder so. Es gibt nur eine Möglichkeit, daß es nicht so kommt: Du mußt dein Boot endlich zu Wasser bringen. Mit der Fischerei wirst du nicht schnell genug zu soviel Geld kommen, wie du brauchst. Es gefällt dir vielleicht besser, auf dem Salzwasser herumzuschippern, aber die schlichte Wahrheit ist, du mußt genau dasselbe tun wie alle anderen – du mußt deinen Mut zusammennehmen und herumfragen."

„Ich werde nicht mir dir darüber reden", sagte Dick. „Was glaubst du denn, weswegen Joxer Goode hier war? Ich habe für ihn gekocht, habe für ihn und seine Freunde den Kellner gespielt, damit er sich mein Boot ansehen kommt. Ich hab ihn gefragt, ich

170

hab ihn fast schon angefleht, verdammt! Was war los mit dir an diesem Tag? Warst du blind? Taub? Warst du den ganzen Sommer blind? Ich habe den ganzen Sommer Geld verdient. Ich habe Muscheln gewildert, und es war dir nicht recht. Ich habe diese Strandparty ausgerichtet, und du hast mir vorgeworfen, daß ich die Jungs zu hart rannehme. Ich bin mit Parker rausgefahren, um Schwertfische zu spießen und mit über viertausend Dollar zurückgekommen, und du hast über Parker geschimpft. Du weißt nicht, wovon du redest."

„Ich weiß, daß du das alles getan hast", sagte May, „und ich weiß auch, daß es nicht reicht. Und ich weiß, daß du weder Miss Perry noch die Buttricks gefragt hast. Erzählt mir also nicht, du wirst das Boot verkaufen, erzähl mir nicht, du wirst dir den Arm abschneiden. Und komm mir nächsten Winter bloß nicht daher und verstänkere das ganze Haus mit deiner schlechten Laune. Nicht bevor du die Runde gemacht und..."

„Und gebettelt hast", warf Dick ein.

„Nein", sagte May. „Du erzählst den Leuten einfach, was du vorhast, um Geld zu verdienen, und wie sie ihr Geld zurückbekommen. Wenn du wirklich betteln mußt, ist es mir immer noch lieber, du bettelst und es tut dir weh, als du sitzt noch ein Jahr herum und giftest uns alle an. Ich will nicht mehr so leben. Vielleicht schaffst du es nur dadurch, daß du dich so hart antreibst, aber ich kann nicht mehr zulassen, daß du mir und den Jungs dasselbe zumutest. Also geh fragen."

Dick war klug genug, nicht wütend zu werden. Was May da sagte, ging über ihr übliches Nörgeln hinaus. Es war eine ausgereifte, bittere Beschwerde. Und was sie sagte, war zwar hart, aber es stimmte. Es lohnte nicht, über Einzelheiten zu streiten. In der Sache mit dem Boot hatte sie ihn ziemlich festgenagelt.

May setzte sich auf einen umgedrehten Waschzuber. Sie legte die Arme um die Knie und den Kopf auf die Arme. Sie weinte nicht. Nach einer Weile stand sie auf und jätete weiter Unkraut.

Dicks Erschöpfung konnte sich nicht mit der ihren messen, nicht in dieser Woche.

Das Salz der Arbeit fehlte ihm. Er kam sich verrottet vor wegen seiner heimlichen Süße.

May hörte zu hacken auf und sah ihn an. „Ich denke darüber nach", sagte er tonlos.

„Ich habe nichts gesagt."

May sah aus wie der Winter. Kein strahlend blauer Winter, sondern ein müder Winter, in dem es ständig nieselte. An diesem Sommertag, an dem die Sonne noch über den Bäumen stand, war May, inmitten der unreifen Früchte des Ziegenpfeffers und der Sommerkürbisse vor dem Beet mit blühendem Zuckermais, das einzige, das den Sommer nicht in sich aufgenommen und nicht geblüht hatte.

Dick fühlte, daß ihre Forderung berechtigt war. Er fühlte es um so mehr, da sie aus einer Trostlosigkeit heraus gesprochen hatte. Aber dennoch bezweifelte er, daß er über sich bringen würde, Miss Perry zu fragen. Er konnte hoffen, daß Parker zurückkam. Aber auch wenn Parker bezahlte, hätte er noch zuwenig Geld.

Die Peinlichkeit und Gefahr seines nächsten Gedankens spürte er schon, bevor er ihn überhaupt gedacht hatte – May wollte, daß er zu Elsie ging. Dick sah sich spät nach Hause kommen, May war noch wach, und er hörte sich sagen: „Ich habe getan, was du wolltest, ich habe das Buttrick-Mädchen aufgesucht."

Perfekt. Schlicht und einfach perfekt. Zieh es durch, Dickey-Boy. Sei ein Spieler.

Dick fragte sich, ob es möglich gewesen wäre, ihn zu überreden, Elsie zu fragen, wenn er kein Verhältnis mit ihr hätte... Aber das war jetzt egal. Es war nicht mehr möglich – nicht nach dem, was er getan hatte.

Dick konnte es jetzt kaum mehr erwarten. „Die nächste Fahrt wird nicht lange dauern", sagte er. „Ich passe gut auf Charlie auf, du brauchst dir keine Sorgen zu machen. Wir haben gutes Wetter. Im Sommer kann uns nichts passieren."

„Das Buttrick-Mädchen hat mir erzählt, du hättest ihr das Leben gerettet", sagte May. „Das war auch im Sommer."

„Ach, das", sagte Dick. „Das war nicht..."

„Sie hat mir erzählt, was los war. Also setz Charlie nicht mit dem Boot aus. Behalte ihn an Bord. Die Familie Buttrick sollte eigentlich zu schätzen wissen, was du getan hast. Sie..." May unterbrach sich mitten im Satz. Sie wußte, daß man über eine solche Hilfeleistung nicht sprach. Man barg Schiffe, keine Menschen. Wenn einem das Leben gerettet wurde, war man dankbar; wenn man ein Leben rettete, verlangte man nichts dafür.

Dick war froh, daß May sich auf die Zunge gebissen hatte. Er schämte sich zu sehr seiner anderen Gedanken, um sie zu tadeln. Er zog die Plastikplane über den Eingang des Schuppens. Er wollte das Boot nicht sehen. Er sollte es nicht anrühren. In seinem Zustand sollte er nicht einmal in seine Nähe kommen. Er sollte mit Parkers Kahn hinausfahren.

Aber Dick wartete noch, bevor er mit dem Boot auslief. Er blieb weiterhin Versuchungen ausgesetzt, obwohl sich Tonart und Wesen verändert hatten. Er widerstand ihnen genausowenig wie der ersten.

Ihr sexuelles Zusammensein war längst nicht mehr der anfängliche gewichtlose Taumel von Wolke zu Wolke. Als er das zweite Mal zu ihrem Haus fuhr, war das Wetter schön und das Licht grell. Er war mit einem Vorsatz hergekommen, aber sie hatte die Oberhand behalten. In der Kabine seines Kleinlasters, unterwegs um ihren Volvo abzuholen, war sie redselig und anschmiegsam gewesen, hatte sich an ihn gelehnt, bis er sagen mußte: „Also, wirklich, Elsie, ich kenne ungefähr die Hälfte der Typen, die mit ihren Kleinlastern diese Straße rauf und runterfahren." Sie zog sich auf ihre Seite der Kabine zurück, unterstrich aber weiterhin das, was sie sagte, indem sie mit dem bloßen Fuß unter dem Hosenbein seinen Unterschenkel streichelte.

Auf dem Rückweg überholte sie ihn kurz vor der Abzweigung zu der schmalen Zufahrtsstraße, die zu ihrem Haus führte. Sie zwang ihn ebenfalls abzubiegen, und er raste hinter ihr her und nahm die Kurve zu ihrer Einfahrt so eng, daß der Schotter an seine Stoßstange knallte und die grünen Zweige gleichzeitig gegen ihren Wagen und seine Stoßstange schlugen. Ihm war, als sehe er sich selbst von weither zu – da war er und führte sich auf wie ein verrückter Teenager. Sie schien es zu wissen – sie sprang raus aus dem Wagen und lief auf den Weiher zu. Sie lachte, und wenn er es sich recht überlegte, bewegte sie sich für jemanden mit Muskelkater ziemlich flink. Er stolperte schwerfällig hinter ihr her, als müsse er sich durch Dickicht kämpfen und stoße dabei Dornbüsche und Kletterpflanzen, die letzten Spuren seines gesunden Menschenverstands, aus dem Weg.

Sie flüchtete in eine Ecke des winzigen Rasens zwischen den wilden Rosen und dem Weiher. Lauf nur, lauf, du kleiner Wicht, denn mich fängst du sicher nicht. Und dann lagen ihr Höschen und die Turnschuhe auf dem Gras, als wären sie Teenager.

Am Tag danach ließ er Eddie die Kabel im Ruderhaus allein verlegen. Charlie und Tom strichen die Brücke. Er mußte daran denken, May und Eddie dieselben Lügen zu erzählen. Er plante den Irrsinn auch noch, in dem er schon bis zum Hals steckte.

Aber Elsie war ihm wieder einmal einen Schritt voraus. Sie hatte auf einem Tablett für sie beide gedeckt, mit kleinen, ordentlich zusammengefalteten Servietten unter den Gabeln. „Soll ich dir was zu trinken machen?"

Außerdem schien sie die Zeit beeinflussen zu können, zauberte Zeit einfach aus der Luft und wickelte ihn darin ein. Er fühlte sich unbeweglich, aber das machte nichts, da sich auch sonst nichts bewegen konnte. Dann befreite sie ihn, ließ jedoch noch ein wenig Zeit um seine Knöchel und Handgelenke geschlungen, und er konnte sich wieder rühren, doch nur zentimeterweise. Als sie sich endlich auf ihrem Bett ausstreckten, war er zwar nackt, aber gezähmt – im Gleichgewicht zwischen angenehmer Ungeduld und ebenso angenehmer Geduld und glücklich, weil sie ihn beherrschte und einen seiner Triebe gegen den anderen ausspielte. Sie wisse genau, was sie tue, sagte er laut, sie wisse, was sie tue. Mit ihren Fingerspitzen und dann praktisch mit nichts außer ihrem Atem konnte sie ihn zum Schweben bringen, als sei er eine leichte Daunenfeder. Sie ließ ihn emporsteigen und wieder sinken, wirbelte ihn herum und ließ ihn heruntertaumeln. Und dann höher hinauf, jedesmal ein bißchen höher. Einmal griff sie mit der Hand nach seinem Mund, wandte ihm den Kopf zu und sagte: „Du knirschst schon wieder mit den Zähnen, knirsch nicht mit den Zähnen." Sie ließ ihre Finger in seinen Mund gleiten und strich ihm über Backenzähne und Zahnfleisch, daß sein Kiefer sich sofort lockerte. Er hörte seinen Atem, fühlte seinen Atem so intensiv, als habe sie ihn zum Teil seines Atems gemacht.

Aber hinterher, als er noch über ihre körperliche Zartheit staunte, ging sie grob mit ihm um, bevor er darauf gefaßt war. „Weißt du, was ich schön daran finde, daß du mir in den Mund kommst?" fragte sie ihn. „Daß ich mir dabei wie eine Blinde vorkomme – du weißt doch, man sagt, Blinde nehmen alles mit dem Gefühl wahr und können so praktisch ein Gebäude ‚sehen'. Genauso ist es... Nachdem ich es gefühlt habe, werde ich es praktisch sehen, wenn du das nächstemal in meine Muschi kommst..."

Als er mühsam die Wirkung ihrer Worte verdaut und verstanden hatte, was sie meinte, hörte er sie lachen. „Jetzt solltest du dein Gesicht sehen. Du bist ja richtig geschockt! Dabei habe ich gedacht, dir gefällt dieser Gedanke... Oder ist es wieder ein Hippiemädchen mit behaarten Beinen?"

„Nein..."

„Du hättest lieber etwas Hübscheres, Poetischeres von mir zu hören bekommen?"

„Nein. Es kam nur so plötzlich. Ich hätte lieber noch ein bißchen faul herumgelegen."

„Na gut." Sie nahm seinen Kopf zwischen die Hände, setzte sich dann aber wieder auf die Fersen, wobei ihre Augen rund und glänzend wurden wie die eines Vogels. „Ich hab einmal einen Arzt gefragt, ob Sperma Nährwert hat. ‚Aber gewiß', hat er gemeint. ‚Es hat ungefähr soviel Kalorien wie eine Scheibe Weißbrot.'"

„Jetzt machst du's absichtlich."

„Stimmt. Ich kann nichts dafür, aber bei dir lohnt es sich wirklich. Wenn ich dich schockiere, habe ich das Gefühl, eine ganze Granitschicht erschüttert zu haben."

Wenn er nicht mit ihr zusammen war, versuchte er, nicht an sie zu denken, aber das schaffte er natürlich nicht. Einer der beunruhigendsten Gedanken, die ihm dabei kamen, war die Erkenntnis, daß die Eigenschaften, die er an Elsie mochte, zueinander im Widerspruch standen. Mit May war das ganz anders, sie war ein ungewöhnlich beständiger Mensch. Hier unterbrach er seine Überlegungen – er wollte nicht, daß May und Elsie in seinem Kopf aufeinandertrafen. Nach dem ersten Delirium – einem Wort

175

– neben „Lotosessen" und „postkoitaler Amnesie" –, mit dem Parker seine Landurlaube beschrieb (Ausdrücke die sich immer wieder in Dicks Gedanken einschlichen, sooft er sie auch zu verdrängen suchte) –, gelangten Dick und Elsie in einen seltsamen Zustand seelischer Intimität, der – wie alles, was er an Elsie mochte – auch viel Gegensätzliches hatte. Er war zugleich angenehm und voller Spannung, träge und energiegeladen, ziellos und Teil eines festen Plans. Sie konnte unglaublich verständnisvoll sein („Mein Gott, Dick, wie hast du das nur ausgehalten!") und unbarmherzig in ihn dringen, um Fakten oder den Grundton seines Lebens kennenzulernen. Der Rhythmus ihrer inquisitorischen Befragung kam ihm bekannt vor, aber er konnte ihn nicht gleich einordnen. Ein paar Nachmittage saßen oder lagen sie nur faul herum. Dick war insgeheim erleichtert, weil der sexuelle Stundenplan ein wenig lockerer war – obwohl es ihn nach wie vor erotisch erregte, wenn er nur zu ihrem Haus fuhr. Schließlich kam er drauf, woran ihn der Rhythmus erinnerte: an ein Blaureiherweibchen, das auf seinen Stelzen die Marsch durchwatete – anscheinend nur spazierenging –, aber plötzlich in der Bewegung erstarrte. Ein kaum merkliches Neigen des Kopfes, der lange Hals ein bißchen schief, völlig bewegungslos. Nein, diesmal war es nichts. Weiterwaten, stehenbleiben. Plötzlich ein neues Bild – ein Fisch, der von ihrem geteilten Schnabel fast halbiert wurde. Das Wasser kräuselte sich, aber das Reiherweibchen, der Tümpel, die Marsch, der Himmel blieben heiter. Wolken glitten vor die Sonne, der Fisch glitt ins Dunkel.

Er schilderte ihr dieses Bild. „Es hat mir gefallen", sagte sie, „daß du mich mit einer Seeschwalbe verglichen hast."

„Du bist auch wie eine Seeschwalbe. Du kannst jeder Vogel sein, der du sein willst. Du..." Er biß sich auf die Zunge. Fast hätte er ihr gesagt, daß sie krächzen konnte wie eine Rohrdommel.

„Früher war ich sicherlich ein häßliches Entlein."

„Ach, komm, Elsie. Du warst ein Wildfang, mehr nicht. Du warst nicht häßlich. Ich seh dich noch vor mir, wie du mit Mr. Bigelow in eurem blauen Kanu hinausgefahren bist und ihr auf der Brandung über die Sandbank geritten seid. Das hat hübsch ausgesehen. Du warst ein süßes Kind. Braun wie eine Nuß. Unter der Red Sox-Mütze, die du immer trugst, hat dein

Haar herausgeschaut. Ich glaube, diese Mütze hast du immer und überall getragen. Außer wenn du ins Kaufhaus gegangen bist – dann hast du sie an die Brust gepreßt."

„Ich wollte meinen Busen verstecken. Es war mir so peinlich, als meine Brüste zu wachsen begannen. Kein Busen war in Ordnung. Ein richtiger Busen wäre auch okay gewesen... komisch, aber okay. Meine Schwester, meine Mutter und Mrs. Bigelow haben ja auch so ausgesehen und getan, als seien sie normal. Das war im Sommer, als ich dreizehn wurde."

„Ich glaube auch. Du hast mich noch Mr. Pierce genannt. Bald danach habe ich bei der Küstenwache angefangen und dich, glaube ich, erst wiedergesehen als du sechzehn warst. Dieser Sommer, mit dir und deiner Baseball-Mütze, war der letzte, in dem wir das Land am Sawtooth bestellt haben. Wir haben hundertdreißig Scheffel Zuckermais pro halbem Hektar geerntet. Eines Abends ist dein Vater aufs Feld gekommen und hat mir zehn Dollar angeboten, wenn ich den Giftsumach zwischen den Himbeersträuchern herausreiße. In Ordnung, hab ich gesagt, bei Gelegenheit. Aber dann hat sich herausgestellt, daß Mrs. Bigelow, die ihn geschickt hatte, darauf bestand, ich müsse es sofort tun. Weil es am Abend bei euch Himbeeren als Nachspeise geben solle. Sie war in der Nähe, wartete auf dem Weg, der an eurem Tennisplatz vorbeiführte. Und als sie hörte, daß ich sagte ‚bei Gelegenheit', kam sie rüber, um mich zu beschwatzen. Es machte mir nichts aus, neben der Arbeit in der Werft für meinen Vater als Teilzeit-Farmer zu arbeiten, aber ich hatte keine Lust, Mrs. Bigelows Gärtner zu spielen. Zuerst habe ich überhaupt nicht reagiert. Ihr wollte ihr ja einerseits gefällig sein, aber andererseits wollte ich nicht, daß so was zur Gewohnheit wurde... Ich hatte noch immer nichts gesagt, da griff sie deinem Vater in die Hosentasche, zog einen Fünfdollarschein heraus und steckte ihn mir in die Hemdtasche. ‚Damit es schnell geht', hat sie dazu gesagt und diesen komischen kleinen Zwei-Ton-Lacher von sich gegeben, den sie an alles angehängt hat..."

„Ja – eigentlich waren es drei Noten, ein kleiner, höher werdender Triller. Wir haben ihn immer Aggies Vierundsechzigstelnoten-Tremolo genannt."

Darüber mußte Dick lachen.

„Hast du damals mitgekriegt, daß sie mit meinem Vater vögelte?" fragte Elsie.

177

Jetzt war Dick völlig durcheinander.

„Ich wußte es nicht, damals wenigstens nicht", fuhr Elsie fort. „Ich hab's erst mit sechzehn erfahren. In dem Jahr, in dem du zurückkamst. Seit uns dein Vater die zwei Bauplätze verkauft hatte, haben wir alle auf Sawtooth Point gewohnt. Unsere Familien haben gemeinsam den Tennisplatz angelegt – das heißt, wir haben Eddie damit beauftragt, aber Dad und Timmy Bigelow waren dabei. Und meine Mom. Aggie wollte nicht im Freien arbeiten, aber sie hat Limonade für uns gemacht. Und dann war da noch das blaue Kanu. Das blaue Kanu hat uns allen gemeinsam gehört. Meine Schwester hat es als erste herausgekriegt, dann der Sohn der Bigelows und später ich. Schließlich hat meine Mutter davon erfahren. Sie sagt, das sei nicht der einzige Scheidungsgrund gewesen. Timmy – Mr. Bigelow – hat noch jahrelang nichts davon gewußt. Erst letzten Frühling hat er es entdeckt. Damals haben Einbrecher ihr Haus für ein leerstehendes Sommerhaus gehalten, sind eingestiegen und haben Timmy und Aggie entdeckt. Sie haben sie gefesselt und eine Schatulle aufgebrochen, die sie für Aggies Schmuckkästchen gehalten haben. Aber es waren nur Liebesbriefe von meinem Vater drin. Als die Einbrecher weg waren, haben die Briefe direkt vor Timmys und Aggies Füßen gelegen. Sie mußten stundenlang zusammen da liegen – Timmy und Aggie, meine ich. Erst am Morgen ist jemand aufgetaucht. Und sie haben vor diesen verstreuten Briefchen gelegen ... Die Einbrecher hatten die Umschläge geöffnet, wahrscheinlich haben sie Wertpapiere oder etwas ähnliches darin vermutet. Timmy konnte sie lesen – natürlich erkannte er die Handschrift –, er konnte ein paar Zeilen lesen. Anscheinend waren es sehr eindeutige Briefe." Elsie lachte ein bißchen. „Oh, Aggie!" sagte sie. „,Verbirg nicht deine Schätze dort auf Erden, wo Diebe ihrer habhaft werden ...' Weißt du, wenn Timmy nicht ein so lieber Kerl wäre, könnte ich über die ganze Geschichte nur lachen. Wenn er ein Mann wäre, der sie hätte auslachen können, ihr einfach ins Gesicht lachen ... Weil es so armselig ist. Heute ist sie eine alte Hexe. Irgendwas stimmt nicht mit ihr, ich glaube, sie ist krank und von Timmy völlig abhängig. Aber ich fürchte, er war einfach nur zutiefst verletzt, als er da gelegen hat, stundenlang dieses Geheimnis vor Augen, das sich ihm auf so groteske Weise praktisch selbst enthüllt hatte."

Was Elsie über den alten Mr. Bigelow sagte, klang zwar recht freundlich, aber wenn sie auf Mrs. Bigelow zu sprechen kam, war ein bitterer Triumph in ihrer Stimme, den Dick abstoßend, jedoch faszinierend fand.

Als Elsie seine Geschichte unterbrochen hatte, war er erst verärgert und dann betroffen über die ihre gewesen. Sein Ärger hielt auch jetzt noch an, vielleicht deshalb, weil Elsie seine Geschichte auf ihren Platz verwiesen hatte, als sei es nur Beschwerde eines Dienstboten, eine ganz unbedeutende und keinesfalls eine Insider-Geschichte. Dennoch fand er ihre Gehässigkeit irgendwie erregend.

„Ich erinnere mich gut an Aggies Schmuckkästchen, weißt du", sagte Elsie. „Sie waren mit gesteppter Seide überzogen. Als Sally und ich noch klein waren, hat sie uns öfter in ihr Zimmer mitgenommen, um uns zu frisieren. Damals hatte ich langes Haar. Sie hat ihre Armbänder rausgenommen, und wir durften sie anprobieren. Manchmal hat sie uns auch geschminkt – das war ein wunderbares Gefühl – sie hatte kühle, leichte Hände. Ich habe immer die Augen zugemacht und mir gewünscht, es ginge ewig so weiter... Später habe ich mich dann gefragt, wo sie und Dad es wohl getrieben haben. Heute frage ich mich, wo sie die Schatulle mit den Briefen aufbewahrte – und ob sie sie nachts herausgenommen und gelesen hat. Vielleicht war es ihr ganz egal, daß sie Dad nicht mehr hatte, vielleicht kam es ihr nur drauf an, ein Geheimnis zu haben. Und schließlich ist auch das geplatzt."

„Passiert das oft in besseren Häusern", fragte Dick, „daß jemand mit der Frau eines anderen durchbrennt?"

„Ach, durchgebrannt sind sie nicht. Als die Sache aufkam und jeder außer Timmy wußte, was los war, ist Daddy einfach verschwunden. Seine Devise war nicht ,Frauen und Kinder zuerst', sondern ,Jeder ist sich selbst der Nächste'. Vielleicht war es das, was Aggie so zugesetzt hat – daß sie von ihm abhängiger war als er von ihr. Sie konnte ihn sich nur angeln, weil er schwach war – und sie hat ihn verloren, weil er schwach war. Also hat sie nur gekriegt, was sie verdient hat. Abgesehen von Timmy, den hat sie nicht verdient. Als ich klein war, habe ich Timmy richtig angebetet. Trotzdem, er ist viel zu nett. Ich wollte nie einen Freund wie ihn."

„Du hättest dich jetzt hören sollen. In dieser ganzen Geschichte gibt es niemanden, den du nicht fertiggemacht hast. Und Aggie..."

„Über Aggie sage ich, was ich will. Weißt du, warum ich angefangen habe, beim Naturschutz zu arbeiten? Ich meine, natürlich glaube ich daran, daß die Natur geschützt werden muß – aber zum Teil habe ich es auch getan, um in Aggies Bereich einzudringen. Der liebste Platz auf der ganzen Welt ist für sie dieser Teil von South County. Sie ist einer der vier Erwachsenen, die diese Gegend entdeckt haben. Und jetzt bin ich auch da, aber durch meine Arbeit bin ich ihr genaues Gegenteil. Sie ist fauler, weibchenhafter, wissenschaftlich ungebildeter, snobistischer, ein unsportlicher Feigling. Und ich bin ein fleißiger, wilder, wissenschaftlich gebildeter, sozial abgestiegener, sportlicher Typ, der sich bei rauher See mit einem kleinen Boot hinaustraut." Elsie hielt inne. Dick stand kurz davor, sie von ihrem hohen Roß zu holen, indem er sie daran erinnerte, wie schreckensbleich sie wegen der Haie gewesen war, als Elsie zu ihm aufsah und sagte: „Abgesehen davon bin ich genauso ein Miststück wie Aggie."

Dick wußte, daß sie es ernst meinte, aber ihm war nicht klar, worauf sie hinauswollte. Wollte sie sich von ihm entfernen? Ihm näher kommen? Aber vielleicht war es ja auch nur eines ihrer Flugmanöver, ein Sturzflug, um zu sehen, wie schnell sie sein konnte.

„Na ja", meinte er, „wir würden beide keinen Orden für vorbildliches Verhalten kriegen."

„Mir geht es auch nicht um vorbildliches Verhalten, ich habe an meinen schlechten Charakter gedacht. An meine geheime gesetzlose Natur. Du wirst wieder zu vorbildlichem Verhalten zurückfinden, nicht wahr?"

Dick sagte einen Augenblick gar nichts. Dann nickte er. „Tja", sagte er. „Ich laufe nirgendwohin davon."

„Genau. Du läufst nach Hause. Du solltest wirklich nach Hause gehen. Ich möchte gar nicht, daß du woanders bist. Gut und sicher aufgehoben. Und ich bleibe hier und sperre das große, böse Geheimnis wieder ein."

Dick wußte nicht, ob sie ihm weh tun wollte oder sich selbst.

„Na gut", sagte er. „Soll ich jetzt gehen?"

„O Gott!" Sie summte gereizt. „Also, manchmal bist du wirklich... Um Himmels willen, hast du keinen Sinn für..."

„Wofür?" fragte Dick. „Orientierung?"
Sie war zu aufgebracht, um seine Bemerkung lustig zu finden. „Hast du kein Gefühl für... Spaß, für Timing, für..."
Elsie holte Luft und sagte: „Für mich!"
Sie zögerte eine Sekunde, und dann merkte Dick, daß sie gleich lachen würde. Er sah zu, wie das Lachen sie überwältigte, und ihn durchströmte eine Lust, von der er nicht einmal gewußt hatte, daß es sie gab.

Mittlerweile würden ein paar Hummer in den Körben, die er ausgesetzt hatte, schon anfangen, sich gegenseitig aufzufressen.

Vielleicht schlängelte sich auch gerade ein großer Aal in eine der Fallen, jagte hinter einem Hummer her, bekam eine Schere zu fassen, schleuderte das Tier hin und her und zerriß dabei hoffnungslos das Innennetz.

Die Körbe würden sich so tief im Schlamm vergraben oder an der falschen Seite eines Felsens verfangen, daß ihre Gehäuse zerbrechen würden, wenn er das Schlepptau einholen wollte.

Möglicherweise war auch ein Schleppnetzfischerboot mit voller Kraft vorbeigekommen und hatte seine Grundleine zerrissen.

Dick rief Keith, den College-Jungen, noch einmal an. Jemand anders nahm den Anruf entgegen und behauptete, nicht zu wissen, wo Keith war. Dick hinterließ wieder eine Nachricht. Es war höchste Zeit, die verfluchten Fallen einzuholen.

Er machte sich auf den Weg ins Neptune – ein Bier trinken und sich nach einem Matrosen für eine Fahrt umsehen.

Er kam an Elsies Einfahrt nicht vorbei.

Ihm kam der Gedanke, daß Charlie, sollte er einmal den Laster fahren, sich plötzlich vor Elsies Haus wiederfinden würde. Das Pferd kennt den Weg.

181

Als er es Elsie erzählte, war sie entzückt. So weit war es schon mit ihm gekommen, daß er ihr alles erzählte.

„So etwas ist früher sicherlich passiert, als die Leute noch mit Pferden unterwegs waren", sagte Elsie. „Was für eine Art, entlarvt zu werden! Ich glaube sogar, Maupassant hat mal so was geschrieben. Nein – nicht über Pferde. Über einen Sohn, der die Geliebte seines Vaters übernimmt."

Sie brachte ihm ein Bier. Sie selbst trank Wein, hatte aber immer ein paar Bier für ihn im Kühlschrank.

Das Haus kam ihm heute sehr hell vor. Das Licht, das durch das Panoramafenster fiel, durchflutete das ganze Zimmer. „Dick", sagte sie und unterbrach sich gleich wieder. Sie sprach seinen Namen ungezwungen und vertraut aus, aber dennoch so, daß er sich nicht darin zu Hause fühlte.

„Hm?"

„Ach, nichts, ich sag's dir später. Wenn du dir's gemütlich gemacht hast. Bilde ich mir das nur ein, oder bist du wirklich schrecklich nervös?"

„Nein. Nur unruhig wegen der Hummerkörbe."

Sie fragte ihn nicht nach den Körben. Sie lehnte sich in ihrem Sessel zurück, streckte die Beine aus. „Hast du Mary Scanlon gesehen?" fragte sie. „Ich mache mir Sorgen. Ich glaube, ihr Vater ist sehr krank."

Sie hatte sich so tief in den Sessel verkrochen, daß sie sich das Weinglas auf den Bauch stellte und mit einem Finger im Gleichgewicht hielt. „Letzte Nacht hat bei Miss Perry Licht gebrannt, sehr spät noch. Ich fürchte, sie hat gerade ihr manische Phase vor der Depression. Hast du sie mal gesehen?"

„Nein."

„Jack war hier, um sich die Sommerhäuser anzusehen... Mehr als die Hälfte davon sind schon verkauft. Er kam heute nachmittag. Ich habe geglaubt, du seist es."

Dick fühlte sich immer noch fremd. Er kannte die Leute, von denen sie sprach, interessierte sich auch für Neuigkeiten über sie, aber die Oberflächlichkeit mißfiel ihm; er mochte es nicht, wenn Elsie so oberflächlich daherredete... Er wußte nicht, was mit ihm los war. Zum Teufel, im Neptune redeten sie ja auch nichts anderes als „Hast du schon gehört?"

„Weißt du", sagte Elsie, „ich wette, ich könnte Jack überreden,

182

in dein Boot zu investieren. Er schämt sich immer noch – wenigstens vor mir, weil er auf Sawtooth Point baut. Und er hält sich gern für jemanden, der mit dem Leben auf See verbunden ist." Elsie stand auf und knipste die Deckenlampe in der Küche aus. Er war ihr dankbar dafür. Aber als sie zu ihrem Sessel zurückging, legte sie ihm die Hand auf den Kopf. „Jack würde alles für mich tun", sagte sie.

Dick zog den Kopf weg.

„Sei ruhig gekränkt", sagte Elsie. „Es ist trotzdem eine gute Idee." Sie machte es sich im Sessel bequem. „Ich habe in letzter Zeit ein übersinnliches Gefühl. Ich kann Dinge fühlen..." Endlich wandte sie sich ihm zu. „Du mußt aber auch übersinnliche Wahrnehmungen haben. Ich habe gelesen, daß manche Kapitäne isländischer Fischerboote Heringsschwärme in ihren Träumen aufspüren. Träumst du von Hummern? Findest du sie auf diese Art?"

„Nein." Er versuchte es. „Nein, die leben viel zu tief im Wasser. Aber ich kann mir ausrechnen... Nein. Reden wir nicht über Hummer, ich habe mir schon den ganzen Tag den Kopf über Hummer zerbrochen."

„Was ist mit Schwertfischen? Träumst du..."

„Ich hatte zwei besondere Talente. Als Junge hatte ich zwei Talente, die meinen Vater beeindruckt haben. Wenn ich in unser Boot stieg und wir Streifenbarsche fangen wollten, hatte ich ein ganz komisches Gefühl. Ich fuhr zur Sandbank raus und spürte an der Innenseite meines Unterarms ein nervöses Prickeln. Manchmal am rechten, manchmal am linken. Auf dieser Seite waren dann die Fische."

„Wirklich? So eine Art Wünschelrutenfischen?"

Dick wünschte, er hätte gar nicht davon angefangen; Elsie wollte oft lang und breit über Dinge diskutieren, die dadurch auch kein bißchen klarer wurden. „Mit Wünschelruten kenne ich mich nicht aus", sagte er. „Es war nichts Geheimnisvolles. Wahrscheinlich waren rundherum so viele kleine Hinweise, die ich im einzelnen nicht erkennen konnte, daß ich ein allgemeines Gefühl dafür bekommen habe."

„Willst du's mal versuchen? Ich habe eine Wünschelrute da."

„Das ist lange her, damals war ich noch ein Kind. Außerdem ist jetzt nicht die richtige Zeit für Streifenbarsche."

„Na gut", sagte Elsie gleichmütig. Dick kam es so vor, als wolle sie ihn aus der Reserve locken.

„Du mußt mir nicht glauben; ich frage mich selbst manchmal, ob es stimmt. Sicher weiß ich es nicht. Aber eines kann ich dir sagen: Ich war mit Kapitänen auf See, die den Meeresgrund schmecken mußten. Kapitän Texeira hat immer ein Handlot benutzt, obwohl er ein Tiefenlot auf dem Schiff hatte. An dem war eine Stelle, an die man ein Wachsklümpchen kleben konnte, und daran blieb ein Stückchen von Meeresgrund haften. Daran hat er dann geleckt. Vielleicht wollte er ja nur nachprüfen, wo wir waren, vielleicht hat er daraus auch etwas anderes erfahren. Aber eins ist sicher – fast jeder kann den Unterschied im Meerwasser schmecken, wenn sich ein paar kleine Wellen aus dem Golfstrom hineinverirrt haben."

„Vernünftige Erklärungen interessieren mich nicht", sagte Elsie. „Ich will lieber mehr über erleuchtete Geistesblitze hören. Was war dein zweites Talent?"

„Ich konnte die Gezeiten spüren. Das kann ich immer noch, wenn auch nicht mehr so gut. Wenn ich in der Schule war, dachte ich plötzlich, ich müßte etwas im Weiher tun, und da wußte ich..."

„Das ist nichts Besonderes. Du hast es gesehen, bevor du in die Schule gegangen bist."

„Ja. Vielleicht war's auch nur das."

„Nein, erzähl weiter. Laß dich nicht..."

„Vielleicht hast du recht. Aber ich habe nicht nachgerechnet. Ich wußte nicht mehr, was ich am Morgen gesehen hatte, und habe auch nicht die Stunden abgezählt. Ich hab's einfach gespürt. Vor allem die Flut. Ich fühlte, wie sie in mir stieg. Über meine Arme, meine Brust. Aber du könntest natürlich recht haben – es war wichtig für mich, also habe ich es möglicherweise unbewußt im Auge behalten."

„Nein. Ich habe über dieses Gefühl gelesen."

„Na, dann ist es sicher okay, wenn man es hat."

„Herrgott, Dick, bleib *cool*." Sie sprach dennoch weiter, als hätte er sie gar nicht unterbrochen. „Eigentlich habe ich es in einer Story gelesen, also hat der Autor es vielleicht nur erfunden. Es war eine sehr sexy Story. Wir mußten sie im Französischunterricht lesen. Unglaublich sexy. Ich meine, ich habe ja auch

Catull gelesen, aber das war wirklich irre ... Schade, daß ich mich nicht genau erinnern kann ..."

„Sind alle diese französischen Geschichten so wie deine schlechten französischen Romane?"

Elsie legte ihn wieder herein. „Na gut, scheiß drauf. Du *bist* gereizt. Willst du ins Neptune?"

„Anscheinend schaffe ich es nie bis dorthin." Dick lachte.

„Mit mir, meine ich."

Dick schüttelte den Kopf.

„Von mir aus, dann gehen wir getrennt hinein."

„Elsie, das ist eine Bar für Fischer."

„Ich hab gehört, daß manchmal auch Frauen dort sind."

„Ja. Entweder sie gehören zu einem der Kerle oder nicht."

„Ja, das sind die beiden Möglichkeiten."

„Stell dich nicht dumm. Wenn sie zu niemandem gehören, dann erwarten sie ..."

„Dann gehe ich rein und erwarte was. Vielleicht mußt du schneller sein, als du glaubst."

„Elsie, wir können nicht ins Neptune. Ich kenne alle Männer dort."

„Also, was sonst? Jetzt hast du mich unruhig gemacht." Elsie stand auf. „Komm. Wir fahren mit dem blauen Kanu raus. Ich weiß, wo es ist. Wir fahren einen Salzfluß hinauf. Wie steht's mit den Gezeiten?"

„Die Flut ist fast auf dem höchsten Stand. Ich hab nachgesehen."

Als Elsie das Bootshaus beim Hochzeitstorten-Haus aufsperrte, kam Dick der Gedanke, daß sie das vielleicht die ganze Zeit schon vorgehabt hatte – mit ihrer Bitte Sie ins Neptune mitzunehmen, hatte sie es ihm nur unmöglich gemacht, zu einem zweiten Vorschlag nein zu sagen. Er dachte daran, sich auf die Hinterbeine zu stellen, aber ihm fiel kein Grund dafür ein, außer daß er es nicht leiden konnte, manipuliert zu werden.

Er sah eine Sternschnuppe. „Schau!" Aber Elsie schaute aufs Wasser, das dort, wo das Kanu eingetaucht war, phosphoreszierte.

Als sie den Wellenbrecher umfahren hatten, sahen sie es dort, wo sich die größeren Wogen an der Sperre brachen, weiß aufblitzen. Der Wind war frisch und die Flut so stark, daß sie sie fast in

185

den Pierce Creek abgetrieben hätte. Dick saß im Bug und ruderte kräftig, um sie in den Sawtooth Creek zu dirigieren. Elsie lachte. „Das wäre eine weitere Geschichte von Elsie. ‚Schau mal, was die Flut angespült hat!‘“

Sie glitten den Sawtooth Creek stromaufwärts und brauchten die Riemen praktisch nur zum Steuern. Als sie den Weiher mit dem Flunderloch erreichten, wurde die Strömung schwächer. Sie ließen sich treiben. Der Wind im Gras hielt die Geräusche von der Route 1 von ihnen fern. Es war Neumond; die Flut würde ziemlich weit in die Marsch reichen. Die Sterne leuchteten hell. Noch eine Sternschnuppe und gleich darauf wieder eine – der übliche Meteoritenschauer im August.

Das Kanu schwankte. Er drehte sich zu Elsie, sie zog die Jeans aus. Sie mußte aufstehen, um sie über ihre Hüften zu streifen. Dann setzte sie sich wieder und zog ihr Sweatshirt über den Kopf. Bevor er noch etwas sagen konnte, stützte sie sich mit den Händen auf die beiden Schanzdeckel und schwang sich über die Flanke des Kanus. Durchsichtige Blasen tanzten rund um sie auf dem Wasser. Sie tauchte auf, strich sich mit den Händen übers Gesicht und tauchte wieder unter. Er sah, daß sie tief hinunterging, das Wasser durchschnitt wie ein Fisch. Ihre Umrisse zeichneten sich durch das phosphoreszierende Plankton, das sie in Bewegung versetzte, deutlich ab. Ihre Beine wirkten wegen der Lichtspur, die sie in ihrem Kielwasser hinterließ, um einiges länger.

Sie tauchte wieder auf. „Spring rein“, sagte sie. „Es ist wunderbar.“

„Ich will nicht naß werden.“

„Spaßverderber.“

„Wie willst du eigentlich wieder ins Boot kommen?“

Sie griff quer über das Kanu, verlagerte ihr Gewicht auf die ausgestreckte Hand und rollte sich ins Boot, schnippte ein paar Tropfen Wasser in seine Richtung.

„Ich will nicht naß werden“, wiederholte er.

„Komm her. Ich weiß die Geschichte jetzt wieder. Setz dich hierher, in die Mitte.“

Dick drehte sich auf der Sitzbank um. Sie nahm seine Hand und zog ihn näher zu sich. Sie hockte auf den Fersen, seitlich auf der mittleren Ruderbank. Er kniete auf der anderen.

186

„Ich weiß nicht mehr genau, wie sie heißt... o ja, *La Marée.*
Vielleicht. Es geht um einen Jungen und seine Cousine in der
Bretagne. Sie waten ins Meer, als die Flut steigt. Der Junge ist wie
du, er hat die Gabe, die Gezeiten zu spüren. Vielleicht *sind* sie im
Wasser, das würde es... Nein, sie sind in einer Marsch, ich weiß
noch, daß ich im Wörterbuch nachsehen mußte... *roseaux*, Schilf-
rohr. Der Junge überredet sie, seinen Schwanz in den Mund zu
nehmen und zwingt sie ganz stillzuhalten. Nichts darf sich bewegen
nur die Flut. Er spürt, daß die Flut steigt. Er fühlt sich selbst als Flut
und sie als – was eigentlich? – als das Land, das überflutet wird?
Jedenfalls zwingt er sie, stillzuhalten. Sie hat Angst, aber sie betet ihn
an. Nein, falsch – man weiß nicht, was sie denkt, vielleicht hat mir
das so gut daran gefallen, daß man sie sich vorstellen mußte... Die
Flut steigt bis an ihre Taille – also seine Unterschenkel – dann in die
Höhe ihrer Brüste – möglich, daß ich das alles nur erfinde – und dann
bis an ihre Schultern. Schließlich sind wir in der Bretagne, wo die
Flut schneller steigt, als man laufen kann. Er spürt die Flut in seinem
Körper, fühlt, wie sein Blut sich ausdehnt. Er spürt ihre Angst, aber
dann spürt er, wie sie sich verändert, sie fühlt die Flut auch. Das habe
ich erfunden. Auf jeden Fall spürt er das Wasser an den Fingern der
Hand, die er in ihrem Haar vergraben hat. Sein Körper ist straff
gespannt. Es ist unerträglich." Elsie hielt inne.
„Was hältst du davon?"
„Heute abend hast du nichts als deine schlechten französischen
Romane im Kopf."
„Das war eine Kurzgeschichte. Ich weiß noch, daß ich sie im
College gelesen habe. Ich war nie besonders gut in Französisch und
mußte viele Worte nachschlagen. Hektisch." Elsie lachte.
„Weißt du, was ich davon halte?" fragte Dick. „Ich denke, die
beiden ertrinken gleich." Er war wütend. Über alles. Über seine
nassen Kleider, seine ledernen Arbeitsschuhe, die er nicht mit
Salzwasser ruinieren wollte, über seinen Körper, über ihre Ge-
schichten; darüber, wie wunderschön sie unter Wasser aussah, und
darüber, wie sie mit allem und jedem herumspielte – sie war wie ein
Kind in einer Werkstatt: nahm alles in die Hand, auch wenn sie keine
Ahnung hatte, was man damit anfangen sollte.
Das Kanu trieb über den Weiher und verfing sich seitlich in dem
schmalen Flüßchen, das zu Mary Scanlons Restaurant führte. Er
blickte zum dichtbestirnten Himmel auf.

„Also schön", sagte Elsie. „In Ordnung. Ich merke, daß du..."
Sie wandte sich von ihm ab und zog das Sweatshirt an. Als sie
aufstand, die Jeans in der Hand, stieg er in den Schlamm und
schob das Kanu mit einem Ruck an. Elsie kippte aus dem Boot.
Das Flüßchen reichte ihr bis an die Brust. Sie kämpfte sich
mühsam ans andere Ufer; als sie zu waten begann, blieben ihre
Füße stecken. Sie strampelte sich frei und hielt sich mit einer
Hand am Ufer fest.

„Scheiße!" rief sie. „Wo ist meine Hose? Und der Schlüssel
zum Bootshaus... Du Arschloch!"

Er schwamm zu ihr hinüber. Sie begann sich am Ufer hinauf-
zuziehen, indem sie sich an die kräftigen Wurzeln des Salzgrases
über ihr klammerte. Er landete mit den Knien auf einer
Schlammplatte und griff nach ihr. Sie trat mit der Ferse nach ihm,
verlor aber dadurch den Halt und rutschte wieder zurück. Sie
krallte die Hände in die Uferböschung. Trotzdem machte sie eine
Bauchlandung im Schlamm, der jetzt von Salzwasser überflutet
war. Dick zog ihr das Sweatshirt über Kopf und Schultern, hielt
es dann mit einer Hand hoch wie einen Jutesack. Er schaufelte mit
der anderen Hand Schlamm auf ihren Rücken, ihren Hintern, ihre
Beine. Die dunkle Masse zerlief wie sehr dickflüssige Farbe auf
ihr, zäh wie Zahncreme, aber schwarz. Sogar im schwachen Licht
der Sterne sah man, daß sie schwarz war.

Elsie wand sich aus ihrem Sweatshirt. Sie wirbelte herum und
warf eine Handvoll Schlamm nach ihm. Dann bohrte sie die
Finger in die Böschung, um ein weiteres Wurfgeschoß auszugra-
ben. Er nahm sie an den Füßen und drehte sie wieder auf den
Bauch, wobei er ihre Beine in die Höhe hielt wie die Griffe einer
Muschelzange. Ihre Arme versanken fast bis zu den Ellbogen im
Schlamm. Er ließ ihre Beine herunter und setzte sich rittlings auf
sie. Dann goß er genüßlich den Morast über ihre Schultern und
ihren Nacken. Er schob die Hand unter ihren Körper und
schmierte Schlamm auf ihre Brüste, ihren Bauch und in ihre
Achselhöhlen. Er stand auf, träufelte Schlamm auf die noch
bloßen Stellen in ihren Kniekehlen und strich ihn glatt.

„Okay", sagte Elsie. „Heb mich auf."

Er ließ die Arme an ihren heruntergleiten und half ihr auf die
Knie. Sie hielt den Atem an, stand auf und strich langsam
Schlamm auf seine Wange. Sie knöpfte sein Hemd auf und rieb

ihm die Brust ein. Sie zog seine Hose am Gürtel nach vorn und schöpfte eine Handvoll Schlamm hinein. „Wenn ich mir's recht überlege...", sagte sie dann, machte die Hose auf und zerrte sie herunter. Jetzt beschmierte sie seine Beine.

„Verstehe", sagte sie. „Du hast mich schwarz bemalt, damit ich unsichtbar werde."

Die Hose hing jetzt etwa in Höhe seiner Waden, seine Arbeitsschuhe steckten tief im Schlamm. Sie riß ihn um. Er fing sich mit den Unterarmen auf, so daß seine Hände nur wenige Zentimeter einsanken. Sie legt ihm die Hände auf den Rücken, kletterte über seine Schultern, um ihn, auf den Knien liegend, noch tiefer hinunterzudrücken. Nun überschüttete sie ihn mit Schlamm. Er schlängelte sich nach vorn und stützte sich auf die Unterarme. Sie rutschte auf seinem Rücken herunter. Er hob die Beine, um Elsie einzuklemmen und in dem Dreieck aus Beinen und zusammengerollter Hose zu fangen. Aber sie rollte sich seitlich weg und rutschte von seinen Beinen herunter. Er drehte sich auf die Seite und packte ihr Bein. Seine Hand rutschte zwar über ihre Wade, als sei sie ein Aal, aber den Knöchel bekam er schließlich richtig zu fassen. Er zog ihn über seine Taille. Er sah sie kaum.

Sie verschwand im Schlamm wie ein Aal. Sie verschwanden beide. Seine Hände waren mit einer dünnen Schlammschicht überzogen. Er streckte die freie Hand nach ihrem anderen Bein aus, versuchte es mit den Finger zu umschließen, damit er auch ihren zweiten Knöchel fassen konnte. Seine Hand glitt an der Innenseite ihrer Schenkel entlang, das letzte Stückchen blasser Haut im Dunkeln. Dann rutschte die Hand in den kühlen Schlamm, aber er spürte eine Hitze an der Außenseite des Unterarms, die ihn aufschrecken ließ, als sei sie ein Lichtstrahl.

Sie lagen still.

Seine Füße ragten ins seichte Wasser. Der Fluß kräuselte sich um seine Füße, zupfte im Vorbeifließen an seiner Hose und drängte stromauf in die Marsch. Er spürte, wie Elsie sich bewegte.

Die Außenseite ihres Oberschenkels streifte sein Gesicht. Sie rutschte etwas auf ihn zu, auf seinen Unterarm unterhalb des Ellenbogens. Er legte die Stirn auf sie, als sie sich leicht zu wiegen begann wie ein Boot auf einem kabbeligen See.

Jetzt gab er ihrer Phantasie nach.

Vorher hatte er nicht gewußt, was er tat. (Was für eine Bedeutung hatte die Balgerei eigentlich für ihn gehabt? Alles nur äußerlich... Als hätte er es mit einem Kerl zu tun, der die Klappe nicht halten konnte, aber zu betrunken war um zu kämpfen? Oder als bestrafe er ein Kind?)

Er drehte den Kopf so, daß seine Wange auf ihrem Bein lag. Er fühlte, wie sich ihre Muskeln ganz leicht bewegten – aber noch fand ihr Orgasmus mehr in ihrem Kopf statt; doch wenn sie tiefer in den Sog geriet, würde sie sich in einen einzigen Muskelstrang verwandeln wie ein Fisch – alles an ihr würde sich zugleich bewegen, zucken und sich krümmen, von den Kiemen bis zur Schwanzflosse eine Einheit.

Sein Geist verschmolz halb mit dem ihren. Er fühlte, wie sie dahintrieb, noch mit lockeren Gliedern, nur ab und zu zog ein kleiner Strudel in der Strömung ein bißchen fester an ihr und brachte sie der Flut näher.

Die Flut erreichte ihren Höchststand.

Er spürte, wie sie ganz und gar durch seine Stirn in ihn eindrang: die Anstrengung ihres Körpers, als schwimme sie gegen den Strom, dann die Entspannung, als sie sich streckte, um den richtigen Augenblick abzupassen und auf einer Welle dahinzugleiten, die viel höher war als erwartet, gefangen in stürzenden Wassermassen.

Er fühlte es – einen Moment lang fürchtete sie sich. Er hörte das kurze Aufweinen nicht, aber er spürte es, als presse sie die Lippen an seine weit geöffnete Stirn. Dann atmete sie – er fühlte die Bewegung ihres Körpers, als bedecke ihr Mund seinen ganzen Körper –, sie atmete und ließ sich einfach fallen.

Eine ganze Weile später stiegen sie das Ufer hinauf, als müßten sie der Flut entkommen. Sie kletterten auf das höhergelegene Plateau, ins Salzgras. Als er sich setzte, um die Schuhbänder aufzumachen, kletterte ihm Elsie auf den Rücken, als könne sie vom Klettern nicht genug bekommen. Er schlüpfte aus der Hose und faltete sie auf den langen, flachgedrückten Halmen zu einem Polster für sie.

Hier war es heller als im Fluß – um sie herum reflektierten die Spitzen der Salzgrashalme das matte, schattenlose Licht der Sterne.

Er griff mit einer Hand unter ihren Rücken, um abgebrochene

Halme glattzustreichen. Für einen Augenblick fühlte er, daß sie ihn spürte, fühlte, daß sie ihn wahrnahm, seine inneren Geräusche, die nach außen dringenden Schallwellen, die sie aufnahm. Und dann stürzten sie in ihre eigenen Nöte, in Beunruhigungen, die aufeinander übergriffen wie Ausläufer zweier Stürme, die sich zuerst gegenseitig abschwächten und dann aufpeitschten.

Sie lagen still in ihrer Mulde aus grauem Licht. Sie legte die Wange an die seine. Er hatte keine Ahnung, welchen Ausdruck ihr Gesicht jetzt hatte – vielleicht lächelte sie, vielleicht erholte sie sich und lachte sich selbst aus wie immer, wenn sie geweint hatte.

Sie bewegte den Kopf und küßte ihn auf den Mund. Auch dadurch verstand er sie nicht besser. Sie würde bald anfangen zu reden.

Aber sie blieb still. Sie fand nicht so leicht zurück. Er fing das Signal eines neuen Gefühls auf, das von der schweren Ruhe ihrer Körper ausging. Diesmal hatte es sie und ihn – unabhängig davon, welches dumme Spiel sie angefangen hatten – gepackt, tief erschüttert und bis hierher mitgerissen.

Traurigkeit lähmte sie jetzt beide.

Und dann mußten sie aufstehen und ihre Kleider zusammensuchen, wieder zwei alberne Menschen. Das blaue Kanu steckte immer noch am anderen Flußufer fest. Elsies Sweatshirt lag im Gras. Dicks Paddel war noch im Kanu, aber das von Elsie war weggeschwemmt worden, zusammen mit ihren Jeans und dem Schlüssel zum Bootshaus. Und ihren Autoschlüsseln.

Sie stellten das Kanu auf dem Rasen über dem Bootshaus ab und gingen zu Fuß zu Elsies Haus. Als auf der Landspitze ein Auto an ihnen vorüberfuhr, zog Elsie den Saum ihres Sweatshirts auf Minirocklänge hinunter – und dann noch einmal, als sie über die vier Fahrspuren der Route 1 hasteten.

Dick ging angezogen unter die Dusche und spülte den Schlamm innen und außen ab. Der von Solarzellen erwärmte Wasservorrat ging allmählich zu Ende. Elsie hatte keinen Trockner, also legte sie seine Kleider ins Backrohr. Dick nahm das Glas Bier, das er vorher nicht ausgetrunken hatte, von der Armlehne des Sofas. Ihm war jetzt alles gleichgültig. Gleichgültig, aber wieder fremd. Ihm blieb nur der Hoffnungsschimmer, daß hier alles viel zu verrückt und fremd war, um in seinem eigentlichen Leben aufzufallen.

Endlich erreichte Dick auch Keith, den College-Jungen. Dick führte ein angenehmes und vernünftiges Gespräch mit ihm. Auch Keith hatte noch nichts von Parker gehört und war mit Dick einer Meinung, daß es sinnlos sei, untätig herumzusitzen und das Boot ungenutzt zu lassen. Sie wollten noch diese Nacht auslaufen.

Charlie freute sich, daß er mitfahren durfte. Auch Tom wollte dabeisein, aber das erlaubte May nicht. Dick wandte ein, daß er in Toms Alter schon auf einem Hummerboot mitgefahren sei. „Nicht auf einem von Parkers Booten", entgegnete May. „Und nicht ihr alle drei auf einem Boot. Nein."

„Sobald ich mein Boot im Wasser habe, darfst du auch an Bord", versprach Dick seinem jüngeren Sohn.

Dick fuhr mit dem Kleinlaster los, um noch ein paar Ersatzkörbe zu besorgen. Er war nicht besonders überrascht, als er doch wieder über die unbefestigte Straße zu Elsies Haus rumpelte. Er fuhr langsam, damit sich die aneinandergebundenen Fallen nicht losrissen.

Elsie machte sich gerade zurecht, um zu einer Gartenparty bei ihrer Schwester zu gehen. Er sagte ihr, daß er ein paar Tage auf See sein und heute abend auslaufen würde.

„O nein", sagte Elsie. „Warum hast du mir das nicht früher gesagt?"

„Hab's bis jetzt selbst nicht sicher gewußt", sagte Dick.

Elsie sah auf die Uhr. Aus der Nische hinter den Vorhängen holte sie eine rote Wollschärpe, die sie sich über dem weißen Rock um die Taille band. Dann probierte sie Sandalen an, zog sie wieder aus und versuchte es statt dessen mit hochhackigen Schuhen. Sie betrachtete sie prüfend, sah dann Dick an und fragte ihn, was er denke. „Schön", sagte er. Elsie streifte die Schuhe wieder ab. „Du hättest es mir sagen sollen", nörgelte sie. „Ich habe noch Urlaub, ich hätte mit dir fahren können."

Um Himmels willen, dachte Dick. Aber warum überraschte ihn das überhaupt noch?

Elsie zog wieder die Sandalen an. „Ich hab von einer neuen Vorbeugungsmaßnahme gegen Seekrankheit gehört", erklärte sie, „aber man muß einen Tag vor dem Auslaufen damit anfangen. Ich würde gern wieder mal rausfahren."

„Das hängt von Parker ab."

Elsie betrachtete die Sandalen. „Jetzt weiß ich", sagte sie. „Ich lasse die Sandalen an und leihe mir von Sally anständige Schuhe aus. Weißt du, ich kann's gar nicht erwarten, daß du dein Boot endlich im Wasser hast. Vielleicht kündige ich beim Naturschutz und heuere bei dir an. Hoffentlich sind deine Kojen angenehmer als die von Parker."

Dick wußte nicht, ob Elsie es ernst meinte. „Parkers Boot ist das schlimmste, das du wahrscheinlich je zu sehen bekommst", antwortete er. „Wenigstens in dieser Gegend."

„Wen willst du eigentlich als Mannschaft anheuern?" fragte Elsie. „Für dein Boot, meine ich."

„Eines nach dem anderen. Es ist noch nicht einmal sicher, ob ich es ins Wasser kriege."

„Schade, daß ich nicht wußte, daß du rausfährst", wiederholte sie. Sie band ein buntes Seidentuch im Piraten-Look um den Kopf. „Wie ist es damit? Sehe ich damit komisch aus?"

„Nein", sagte Dick.

Elsie hielt sich baumelnde Ohrringe an die Ohrläppchen. „Und die?" erkundigte sie sich. „Sag jetzt nicht wieder einfach ‚schön'."

„Damit siehst du wie eine Zigeuner-Wahrsagerin aus."

Elsie tauschte die Ringe gegen Perlenstecker aus und strich den Kragen ihrer Bluse glatt. „Du hast recht, so ist es besser. Würdest du nicht lieber noch hierbleiben? Warum sagst du Parker nicht einfach, er soll einen Tag warten?"

„Je früher ich losfahre, desto früher bin ich zurück. Außerdem mußt du ohnehin auf deine Party." Er verschwieg Elsie, daß Parker in New York war. Sein Leben war total ins Schlingern geraten, und an der ganzen Küste liefen Leute mit Geheimnissen herum, die ihn zu Fall bringen konnten.

193

„Um welche Zeit läufst du heute abend aus?" fragte Elsie. „Ich könnte rechtzeitig..."

„Ich nehme Charlie auf diese Fahrt mit", sagte Dick. „Er muß endlich los von Mutters Rockschößen. Es ist sein erstes Mal auf hoher See."

„Na, dann kann ich ja übers Wochenende bei Sally und Jack bleiben."

Elsie nahm eine Einkaufstasche und stopfte ihren Tennisdress hinein. Sie streifte ein Schweißband über den Griff des Schlägers und verstaute den Schlägerkopf in eine Plastikhülle. Dann musterte sie sich im Spiegel. „Langweilig", sagte sie, nahm das Kopftuch ab, fuhr sich mit der Hand durch das Haar. Sie holte ein lavendelfarbenes Chiffonkleid hinter dem Vorhang hervor und hielt es an ihren Körper.

„Wir wär's damit?" Doch ehe Dick antworten konnte, war sie schon wieder hinter dem Vorhang verschwunden. Als sie herauskam, hatte sie das Kleid an und hielt die Vorderseite an den Spaghettiträgern hoch.

„Das Problem ist nur, daß es rückenfrei ist und ich am Autositz kleben werde. Obwohl – ich könnte ja ein Handtuch drüberhängen... Was meinst du? Würdest du das bitte zubinden, hinten am Nacken... Nicht so fest." Sie trat einen Schritt zurück. „Sieht man Bikinistreifen? Oder bin ich nahtlos braun?" Elsie drehte dem Spiegel den Rücken zu und reckte den Hals nach hinten. „Na, ich schätze, das kommt hin. Du bist keine große Hilfe, stimmt's?"

Sie streifte ein Armband über und hielt sich die großen Ringe wieder an die Ohren. „Was meinst du? Die hier, oder?"

„Ja."

Das Telefon läutete. Elsie hob ab.

„Oh, hallo! Nein, ich bin noch nicht weg... Ja, sicher, könnte ich schon, aber wie kommt sie wieder nach Hause? Ich wollte nämlich eigentlich bei euch übernachten, wenn euch das recht ist. Wenn es daran liegen sollte, daß sie nicht zu euch findet, kann sie hinter mir herfahren... Ach so. Na gut, dann soll sie eben mein Auto nehmen, ich komme schon irgendwie heim. Muß Jack nicht sowieso auf die Baustelle oder so? Aber vielleicht kann sie auch bei euch bleiben... Paß auf, wir improvisieren einfach. Soll ich sie anrufen? Sag mir die Nummer... Okay. Wir kommen dann.

Tschüs." Elsie legte auf. „Verdammt", sagte sie. „Jetzt muß ich diese dumme Pute abholen, die in Miss Perrys Ferienhaus wohnt. Kennst du sie? Phoebe Fitzgerald." Elsie lachte. „Die ist auch nur berühmt, weil sie sich letztes Jahr im Wald verirrt hat."

„Ich weiß, wer sie ist", sagte er. „Eddie Wormsley hat sie damals gefunden."

„Ist das wahr? *Ist* das wahr?" Elsie lachte. „Hat Eddie irgendwas über sie gesagt?"

„Er fand sie nett. Er hat gemeint, sie wäre damals recht wackelig auf den Beinen gewesen. Ich glaube, er wollte einmal mit ihr ausgehen, aber sie hat abgelehnt."

„Aha", sagte Elsie. „Ich kann es kaum erwarten, mit ihr zu reden. Vielleicht kann ich für Eddie ein gutes Wort einlegen." Elsie wählte die Nummer. „Phoebe Fitzerald? Hier spricht Elsie Buttrick, Sallys Schwester. Ja, genau. Ich wußte nicht, ob Sie sich noch an mich erinnern. Sally hat mir gesagt, Sie würden gern mitfahren... Aber sicher, überhaupt kein Problem... Ja, ich kenne das Haus. Sind Sie fertig? Ich bin noch nicht angezogen, aber ich bin in ein – oh, in ein paar Minuten bei Ihnen."

Elsie legte auf.

„Was soll das heißen, du bist nicht angezogen?" fragte Dick. „Willst du dich noch einmal umziehen?"

„Vielleicht tu' ich das wirklich. Vielleicht ist dieses Kleid zu dünn, wirke ich darin zu hilflos." Elsie stellte sich in Pose, den Körper nach rechts geneigt, die Arme mit nach oben gewandten Handflächen links nach hinten gestreckt. „Ich sehe etwas zu sehr nach flüchtender Nymphe aus, wenn du weißt, was ich meine."

„Du könntest dir deinen Revolvergürtel umschnallen", sagte Dick. „Das gleicht es wieder aus."

Elsie lachte. „Ach, ich weiß nicht", sagte sie dann. „Wahrscheinlich ist es okay so." Sie nahm Dicks Hände. „Vor ein paar Sekunden war ich noch ein bißchen geil, und jetzt bin ich nur noch zärtlich. Das macht mich schwach und traurig. Verstehst du? Ich war darauf vorbereitet, auf dem Fußboden brutal genommen zu werden. Und jetzt will ich nur noch sicher sein können, daß du zu mir kommst, sobald du zurück bist. Montag nacht? Egal, wie spät es ist. Du kannst auch Dienstag morgens kommen und mich aufwecken."

Elsie lehnte sich an seine Brust und schlang die Arme um seine Taille.

Dick war verlegen und fühlte sich unbehaglich, seine Hände schienen meilenweit von ihm entfernt, und in noch größerer Entfernung glitten seine plumpen Fingerkuppen über die sanfte Kurve ihres Rückens. Kleine Elsie Buttrick, frisch wie neue Farbe. Große, erwachsene Else Buttrick, über allen Dingen stehend. Aber jetzt zeigte sie einen Anflug von Schmerz.

Es befriedigte ihn kein bißchen zu sehen, daß ihre Kleider, ihr großes schwarzes Tennisracket, ihr Volvo und ihr Solarhaus nicht besonders ins Gewicht fielen. Sie war einfach nur ein bißchen verzogen. Sie beide waren – verdammte Narren von gleicher Art. Aber aus irgendeinem Grunde würde sie mehr leiden als er. Und deswegen fühlte er sich schrecklich.

Sie würde mehr leiden, aber er würde den größeren Schaden davontragen. Er wollte jetzt noch nicht Schluß machen.

Auf der Rückfahrt über die unbefestigte Straße wurde ihm klar, daß Elsie ihm einen neuen Schock versetzt hatte. Das Theater mit dem Anziehen war albern gewesen. Vielleicht hatte sie es nur aufgeführt, um ihn zu ärgern, aber gewiß hatte sie es auch getan, um albern zu sein. Sie ging nicht vorsichtig mit ihm um. Sie ging nicht einmal vorsichtig mit sich selbst um. Er bewunderte das – es war nicht so leicht, wie es auf den ersten Blick aussah. Welche Rolle sie auch spielte, sie kam immer direkt auf ihn zu, drängte sich in ihn hinein. Gut für sie.

Fast hätte er ihr die Schuld daran gegeben, daß er in der vergangenen Woche nicht gearbeitet hatte. Falsch. Und er war auch versucht gewesen, sich einzureden, er habe dieses Herumtrödeln als Entschädigung für sein Pech verdient. Falsch.

Er verstand noch nicht alles, doch es war ziemlich klar, daß er sich in den letzten paar Jahren festgefahren hatte. Nun hatte er sich freigesprengt. Das war es, was er den Sommer über getan hatte. Bis hin zu dieser dämlichen Muschelwilderei. Den Fahrten mit Parker, dem Einverständnis mit dem, was Parker trieb.

Gedacht hatte er diese Gedanken jedoch, als sei er immer noch festgefahren – als stecke er unverrückbar zwischen zwei Ufern bei Sawtooth Point fest, und um ihn herum könnten sich alle frei und mühelos bewegen, nur er sitze fest. Wieder falsch. Er war nur auf sich selbst gestellt. Früher hatte er das voller Bitterkeit gedacht – hatte geglaubt, er sei auf die schlimmste Art auf sich selbst gestellt – gefangen am Oberlauf des Pierce Creek, weil sein Vater versagt hatte, weil sich jeder von ihm abwandte.

Von all dem hatte er sich nun freigesprengt, ohne zu wissen, was er tat. Oder vielleicht hatte er es gewußt. Aber er hatte es getan, verdammt, und er war sicher gut beraten, wenn er jetzt darauf achtete, wohin ihn sein Weg führte. Ob er sich einfach treiben ließ oder in Fahrt war – er konnte sich über Wasser halten.

Der freundliche Mensch, aber auch der übelgelaunte Mistkerl, der er in den letzten Jahren gewesen war – beide waren durch Gewohnheiten oder ererbte Eigenschaften entstanden. Er hatte sich in ausgefahrenen Gleisen bewegt. Zwar hatte er sie noch nicht verlassen und war auch nicht sicher, ob er sie überhaupt verlassen wollte. Auch in seinem Wunsch, Kapitän eines eigenen Bootes zu sein, hatte er sich festgefahren. Und am seltsamsten von allem schien ihm, daß er völlig unabhängig war, seit er einen Teil seines Lebens in die Hände anderer – Parkers und Elsies Hände – gelegt hatte, Menschen, die sich außerhalb feststehender Spielregeln bewegten und bei denen alles von ihrem wechselhaften Willen abhing.

Bei der Ausfahrt durch die Schwertfischgründe fiel Dick auf, daß die Wassertemperatur an manchen Stellen zu hoch und an anderen ungefähr richtig war. Er begann das Thermometer häufig zu überprüfen.

Sie sichteten keinen einzigen Schwertfisch. Also holten sie die Körbe ein, setzten sie wieder aus und fuhren zu den Schwertfischgründen zurück. Es wird allgemein behauptet, daß bei starker Gezeitenströmung keine Schwertfischflosse über Wasser zu sehen ist. Niemand weiß genau warum, aber so wurde es von einer Generation zur anderen weitergegeben – ebenso wie die ideale Wassertemperatur, bei der Schwertfische dicht unter die Oberfläche kommen, nämlich achtzehn bis zwanzig Grad, obwohl manche Leute auf die Unter- und andere auf die Obergrenze dieses Bereichs schwören.

Dick stellte fest, daß es schmale Zungen Wasser mit genau der richtigen Temperatur gab, die sich an Strömungslinien entlangzogen. Dabei handelte es sich möglicherweise um kühleres Wasser, das vom Meeresgrund aufstieg, sich durch die Gezeiten ausbreitete und sich vielleicht mit dem Wasser an der Oberfläche mischte. Er war der Ansicht, daß die Schwertfische, wenn sie ihre Gründe nicht verlassen hatten, irgendwann heraufkommen mußten, um die Würmer loszuwerden. Also mußten sie sich in Gewässern mit der richtigen Temperatur aufhalten, gleichgültig ob bei Ebbe oder Flut. Es war einen Versuch wert.

Charlie entdeckte den ersten. Kaum hatten sie das Tier im Boot, als Charlie wieder aussang. Den zweiten schätzten sie auf dreihundert Pfund. Gegen Abend sang Charlie ein drittes Mal aus, aber was er auch gesichtet hatte, es war verschwunden, bevor sie es erreicht hatten.

„Ich bin ziemlich sicher", sagte Charlie. „Für einen Hai war die Flosse zu hoch. Ich..."

„Okay, okay", sagte Dick. „Ich glaube dir. Morgen gehst du wieder rauf. Wir bleiben noch einen Tag draußen."

„Das solltest du Mom lieber sagen", meinte Charlie.

Keith lachte. Dick sah ihn scharf an, damit er den Mund hielt, und erklärte Charlie dann die Bedienung des UKW-Funkgeräts, mit dem er jemanden in der Fischer-Kooperative erreichen konnte.

„Okay", sagte Dick dann. „Was wirst du sagen?"

„Ich sage: Bitte rufen Sie May Pierce an und richten Sie ihr aus, daß wir später kommen, weil wir bis zum Hals in Schwertfischen stecken."

„Um Himmels willen!" rief Dick. „Ein Funkgerät ist doch kein verdammtes Telefon. Da hören alle mit."

Keith lachte. Charlie lachte ebenfalls. „Das weiß ich doch", sagte er.

„Ich hab einen Witz gemacht, Dad."

Dick grunzte nur. „Also, was wirst du wirklich sagen?" fragte er.

„Ich sage: Bitte verständigen Sie May Pierce davon, daß unsere geschätzte Einlaufzeit der Mittwoch ist."

„Gut. Ist in Ordnung."

„Tut mir leid, Dad, ich dachte, du wüßtest, daß ich..."

„Ich weiß nicht, was du weißt und was du nicht weißt. Wenn ich dich etwas frage, gib mir eine klare Antwort."

„Okay. Entschuldigung."

„Schon in Ordnung." Dick kam sich wie ein Idiot vor, war jedoch immer noch gereizt. Aber es gab ein Echo – zum Teil lag es daran, daß er Charlie „May Pierce" sagen hörte und die Worte ganz merkwürdig in der Luft gehangen hatten. Außerdem lag es daran, daß Charlie sich wohl genug fühlte, um frech zu werden. Das war zwar leicht beunruhigend, aber Dick freute sich darüber.

In der Morgendämmerung lief der Gezeitenwechsel mehr oder wenig nach dem gleichen Schema ab wie zwölf Stunden vorher. Abgesehen von ein paar Nebelflecken war es klar. Charlie sichtete gleich nach dem Frühstück eine Rückenflosse. Dick sah sie nicht. Er hielt mit dem Boot auf die Stelle zu, auf die Charlie deutete, und entdeckte eine Minute später die Flosse auch.

Der Fisch, den sie an Bord zogen, war ihrer Schätzung nach ebenfalls ein Zweihundert-Pfund-Exemplar. Mehr tat sich an diesem Vormittag nicht.

Aber drei Fische in sechzehn Stunden – wenn man an diesen Zungen kühleren Wassers entlangsegelte, war es so, als durchwatete man einen dicht mit Forellen besetzten Bach. Dick übergab Keith das Ruder und stieg zu Charlie ins Krähennest, um ihm eine Tasse Suppe zu bringen. „Du bist doch nicht müde?"

„Nein."

„Paß trotzdem auf dich auf. Du kennst doch den alten Spruch: Eine Hand fürs Boot, eine Hand für dich."

„Ich weiß, Dad."

„Okay. Wir machen jetzt Geld. Ich will nur nicht..."

„Dad, du wirst allmählich schlimmer als Mom." Charlie setzte seine Sonnenbrille auf. „Was soll's? Bis jetzt halte ich mich doch ganz gut."

„O ja", sagte Dick. Charlie sah hier oben irgendwie fremd aus. Er kniff hinter den dunklen Gläsern die Augen zusammen, und sein Gesicht wirkte unter dem Mützenschirm dunkel und hart. Hinter ihm waren nur leerer Himmel und See. „Du hältst dich gut", sagte Dick. „Du hast gute Augen."

Charlie wandte sich ab. Das Lob ließ ihn auf einmal wieder jung und weich aussehen. „Denk an das, was ich dir erklärt habe", sagte Dick. „Streng deine Augen nicht ununterbrochen an, gönn ihnen von Zeit zu Zeit Ruhe, dann..."

„Ich denk dran", sagte Charlie.

„Okay. Trink deine Suppe aus, damit ich die Schüssel mit runternehmen kann."

Charlie lachte. „Komisch", sagte er. „Mir ist nie aufgefallen, wie ähnlich du und Mom einander seid."

Vor dem Abendessen fingen sie einen weiteren Fisch. Er war kleiner, etwa hundertfünfzig Pfund. Dick wollte schon die Kooperative anfunken, um nach dem Preis zu fragen, aber er wollte keinem anderen Boot einen Hinweis geben. Sie hätten sich in den ein, zwei Minuten, die das Gespräch mit der Kooperative dauerte, mit ihren Funkpeilgeräten schon an die „Mamzelle" hängen können.

An diesem Tag tat sich nichts mehr. Dick wollte noch einen Tag länger draußenbleiben.

Nach dem Essen kontrollierte er mit Charlie die Hummer in den Fischkästen und überprüfte, ob die Schwertfische richtig im Eis lagen.

Charlie wollte wissen, wieviele Schwertfische ein einzelnes Boot je gefangen hatte.

„Als ich noch mit Kapitän Texeira fuhr, haben wir einmal zwanzig Fische in elf Tagen gefangen. Das ist das meiste, von dem ich je gehört habe. Bei der nächsten Fahrt haben wir innerhalb von zwei Wochen neun erwischt. Und bei der Fahrt darauf gar keinen. Die ganze restliche Saison nichts mehr. Das war in dem Sommer, als du dein Fahrrad bekommen hast."

Charlie berührte das Loch im Schwertfisch.

„Aber eines sag ich dir", sagte Dick. „Ich verdiene an diesen vieren mehr, als ich damals für die zwanzig kassiert habe, obwohl ich es war, der jeden einzelnen gespießt hat. Und wenn ich mit meinem eigenen Boot unterwegs wäre, würde ich an zwei Fischen mehr verdienen als an diesen vieren oder damals den zwanzig. So funktioniert das. Ich wußte es schon immer, habe aber nie sehr auf die Rechnerei geachtet."

„Hast du auch mal danebengeschossen?" fragte Charlie. „Ich meine, als du noch auf Kapitän Texeiras Boot gefahren bist?"

„Ja", antwortete Dick. „Fünf Männer und der Kapitän sehen zu, wie ihre Anteile den Bach runtergehen. Und du mußt die schlaffe Leine wieder einholen... Aber ich hab einen schlimmeren Fehler gemacht, als nicht zu treffen – ich habe den Mund nicht gehalten. Ich hab dem Mann am Ruder die Schuld gegeben."

„War es sein Fehler?"

„Darum geht's nicht. Der Kapitän muß es sagen. Oder auch nicht. Du kannst den Kerl ansehen, der es vermurkst hat, du kannst sogar unter vier Augen mit ihm darüber reden. Aber du solltest nie vor allen anderen das Maul aufreißen."

Charlie nickte, und Dick fügte hinzu: „Aber für dich wird das wahrscheinlich kein Problem werden. Du hast mehr gesunden Menschenverstand als ich – mehr als ich in deinem Alter, meine ich."

„Aber es war sein Fehler?"

„Er ist zu schnell gefahren, aber ich hätte den Fisch trotzdem treffen müssen. Verstehst du auch wirklich, was ich dir eben erzählt habe?"

„Aber klar doch", sagte Charlie, etwas zu lässig für Dicks Geschmack. Er fragte sich, ob er Charlie für einen Tag nicht zu viel gelobt hatte.

„Wann zeigst du mir, wie man mit einer Harpune umgeht?" fragte Charlie. „Darf ich's versuchen, wenn wir einen Skilley sichten?"

„Ich zeige es dir diesen Winter. Du mußt erst üben, bevor du es an etwas Lebendigem versuchst."

„Ich habe schon ein bißchen geübt", sagte Charlie.

„Nein", sagte Dick. „Auf dieser Fahrt gibt es genug anderes für dich zu lernen. Außerdem hat deine Mutter gesagt, ich soll dich nicht ins Boot lassen, also wäre es ihr sicher auch nicht recht, wenn du dich aus dem Bugkorb beugst."

Charlie sagte nichts. Sein Gesicht verschloß sich, nicht mürrisch, es wurde einfach leer. Er war ein gutaussehender Junge. Dick war überrascht, wie sehr er May ähnlich sah. Er drehte sich

201

um und ging an Deck. Dick blieb unten, als habe etwas im
Halbdunkel seinen Blick gefesselt. Es war Mays Gesicht – vor
mehr als siebzehn Jahren, bei ähnlich schlechtem Licht. Er
wußte noch, wo es gewesen war – im Flur des Krankenhauses,
in dem sein Vater lag. Mays Gesicht, schlicht und breit. Schon
mit zweiundzwanzig ganz Frau, kein Mädchen mehr. Bereit, es
mit seinen Problemen aufzunehmen. Ohne Mätzchen. Bereit,
mit ihm in das dunkle, kalte Haus in Snug Harbor zurückzuge-
hen. Ihre Hände waren noch warm von den Wollfäustlingen, die
sie mit ihrem Wollhut und -schal in der Diele gelassen hatte.
Noch im Mantel schlug sie seine gesteppte Tagesdecke zurück.
Sie beide, blaß und trocken und erhitzt, in der salzigen Feuchtigkeit des Hauses. Er hatte das Gefühl gehabt, daß sie ihm sehr
ähnlich war, dem bedächtigen ernsten Teil seiner selbst, den er
für gut hielt. Sie war nicht so jähzornig wie er, Gott sei Dank.
Sie war geduldig und eigensinnig, konnte abwarten, bis sein
Zorn vorbei war. Jetzt dachte er zum erstenmal daran, was sie
wohl tun würde, sollte sie das mit ihm und Elsie erfahren? Sie
würde ihn nicht verlassen. Sie würde vielleicht eine Zeitlang
fortgehen, aber verlassen würde sie ihn nicht. Sie würde bleiben,
ihm aber nie verzeihen. Sie würde die Jungen nicht gegen ihn
beeinflussen, aber sie würde ihn zwingen, es aus sich herauszu-
reißen, Woche für Woche, Tag für Tag, bis er so sauber war wie
ihr Küchenboden, jeden Tag frisch gewischt und jeden Samstag
mit heißem Wasser übergossen und mit Stahlwolle geschrubbt.
Er hatte ihr gesagt, daß man Holz nicht so behandeln dürfe.
Aber wo sie das Sagen hatte, hörte sie nicht auf ihn. Sie würde
ihm eine schwere Hypothek auferlegen, die wahrscheinlich sogar die beiden überleben würde, mit denen das Haus belastet
war.

Aber das war noch nicht das Schlimmste. Ein Teil ihrer Selbst
hatte sich mit dem Leben abgefunden, das sie führten, doch ein
anderer Teil, kleiner vielleicht, aber dennoch zu ihr gehörig,
konnte nicht anders als nach seinen Schwächen zu suchen. Selbst
angesichts seiner Untreue würde sie nichts sagen, aber sie würde
denken: Ich habe immer gewußt, daß es einen Grund geben
muß, warum aus dir nichts wird. Er würde ihre Gedanken lesen
können. Es würde in ihr sein, in ihr stecken, ein Klumpen
Verachtung. Sie würde noch immer mit ihm schlafen, das Essen

wäre nicht schlechter, sie würde ihm nicht einmal verbieten, ins Neptune zu gehen.

Keine Ausbrüche, keine Versuche, ihn an die Leine zu nehmen. Sie würde etwas viel Schlimmeres tun – sie würde es akzeptieren.

Bevor er an Deck ging, um das Ruder zu übernehmen, sah sich Dick im dämmrigen Laderaum um. Er sollte Charlie wirklich nicht noch länger auf See behalten. Diesen Gefallen konnte er May wenigstens tun. Auch wenn sie besonderes Glück hätten und noch mehr Schwertfische fingen, hatte May recht: Er würde sein Boot nie zu Wasser bringen, wenn er für Parker auf dessen Boot arbeitete.

Dick schickte Charlie ins Büro, um für die Schwertfische und Hummer zu kassieren, während er und Keith die „Mamzelle" abspritzten.

Der Junge sollte die Abzüge für Köder, Treibstoff und Anlegegebühren sehen, sollte erfahren, wie hoch der Anteil eines Besatzungsmitglieds für die Schwertfische und Hummer nach sämtlichen Abzügen war und daß der Bootsanteil dem Eigner fast die Hälfte des Geldes einbrachte, ohne daß er überhaupt mitgefahren war.

„Wäre Parker dabeigewesen", erklärte Dick seinem Sohn, „hätte er Anrecht auf einen weiteren Anteil gehabt und zwar dafür, daß er der Kapitän ist. Verstehst du, wie das gewöhnlich funktioniert?"

Charlie freute sich zu sehr. Dick schickte ihn noch einmal ins Büro, um ein paar kleinere Scheine zu holen. In einen Umschlag steckte Dick Geld für den Haushalt, die monatliche Tilgung für die beiden Hypotheken und ein bißchen zusätzlich, für Lebensmittel. „Du begreifst doch, daß wir's im Sommer durch Mutters Garten leichter haben. Außerdem gibt es im Sommer für uns kostenlose Muscheln und Flundern."

Charlie freute sich immer noch. Dick gab es auf. „Naja", sagte er, „es war eine gute Fahrt. Du hast dir dein Geld ehrlich verdient."

Charlie bat Dick, seinen Anteil zu behalten und in sein Boot zu investieren. „Es ist dein Geld, Charlie", sagte Dick.

Charlie sagte, er könne es ihm ja zurückgeben, wenn sein Boot im Wasser sei und Geld einbringe. „Außerdem will ich nicht, daß Tom noch trauriger ist, weil er zu Hause bleiben mußte", fügte Charlie hinzu, bevor Dick noch etwas sagen konnte. „Wenn er mich mit dem Haufen Geld sieht..." Dick ließ auch das durchgehen. Charlie war berauscht von einer guten Fahrt, kein Grund zur Beunruhigung. Und daß er seine Aufregung voller Eifer in guten Willen ummünzte – auch das wollte Dick ihm nicht nehmen.

Sie warfen ihre Seesäcke auf die Ladefläche des Kleinlasters. Charlie so schwungvoll, daß Dick lachen mußte.

Charlie zog sich die Hose hoch und ging mit langen Schritten um den Wagen herum. Der Junge schwankte und wiegte sich in den Hüften wie ein alter Seebär. Dick konnte sich gerade noch zurückhalten, um nicht zu sagen: „Stoß dir beim Einsteigen nicht den Kopf an."

Charlie überreichte May den Umschlag für den Haushalt. Sie machte viel Aufhebens darum und war besser gelaunt als seit Monaten. Dann machte sie sich daran, ein ausgiebiges Frühstück zuzubereiten, und Charlie fing an, ihr von der Fahrt zu erzählen, einen Tag nach dem anderen.

Dick wollte heiß duschen. Er hörte May „Ooh" und „Ahh" rufen und drehte dann das Wasser auf.

Er begriff seine Freude über Charlies Freude, er verstand aber auch sein Unbehagen und das Bedürfnis, Charlie ein bißchen aus seiner Euphorie herauszuholen. Was Dick jedoch nicht verstand, war das Gefühl trostloser Verzweiflung, das ihn jetzt befiel. Er war gut bei Kasse, hatte zweitausend Scheine, von denen fraglos mehr als die Hälfte ihm gehörten. Mit Glück und Verstand hatte er eine gute Ladung Hummer und Schwertfische an Land gebracht. Sie hatten die Körbe nach seinen und nicht nach Parkers markierten Seekarten ausgesetzt. Es waren seine Messungen und Berechnungen gewesen, die sie zu den Schwertfischen geführt hatten.

Und es bestand noch immer die Möglichkeit, daß Parker aus New York zurückkommen und ihn bezahlen würde.

Er war näher als je zuvor daran, sein Boot auszurüsten. Er hatte nicht mehr viel Zeit, und die Liste der Dinge, die er brauchte, war lang – da war das Loransystem, fünftausend Dollar. Dann noch ein Tiefenlot, eine Bilgenpumpe, eine weitere Teilzahlung für die Maschine. Er hatte die Ausrüstungsgegenstände und ihren Preis genauer denn je im Kopf. Aber daran lag es nicht. Es war etwas anderes, das er nicht verkraftete. Es waren nicht die Sorgen oder zuviel Arbeit oder die Angst, leiden zu müssen. Ihm war, als sei er plötzlich durch grundlose Leichtigkeit geschwächt. Schon trieb etwas in ihm lose und leicht umher. Es war nicht die Versuchung aufzugeben, sondern ein Gefühl, das er schon einmal gehabt hatte.

Erst als er sein Frühstück gegessen hatte – May und Charlie unterhielten sich an ihrem Ende des Tisches immer noch lebhaft –, setzte er sich wieder unter Druck.

Er stand auf. „Ich gehe zu Miss Perry", sagte er. „Über Geld reden."

May blickte auf. Sie machte ein erschrockenes Gesicht.

„Was...", sagte May, räusperte sich und fing noch einmal an. „Weißt du schon, was du sagen wirst?"

„Ich werde etwas tun, was du von mir willst", sagte Dick. „Also mach dir keine unnötigen Gedanken darüber, wie ich es tue."

Dick bog in Miss Perrys Einfahrt ein, fuhr den Weg zu ihrem Haus hinauf und hielt auf dem weiß gekiesten Kreis rund um die riesige Trauerweide. Erst als Dick den Kreis halb umrundet hatte, entdeckte er Elsies Volvo. Die Schnauze zeigte auf den Steinplattenweg, der zur Rückseite des Hauses führte, und das Heck ragte so weit in den Kreis, daß er nicht daran vorbei konnte, ohne ein paar Zweige von der Trauerweide abzureißen.

Himmel, dachte er, auch noch Elsie!

Er stieg die Stufen zur Eingangstür hinauf und läutete, bevor er sich noch Gedanken darüber machen konnte. Elsie öffnete die Tür.

„Du lieber Gott", sagte sie. „Dick. Wo bist du gewesen?" Dick holte Luft.

„Und was willst du hier?" fragte Elsie. Er atmete aus. „Paß auf, es ist jetzt nicht günstig", fuhr sie fort. „Ich meine, es war sehr schlau von dir, mich hier zu vermuten, aber jetzt geht es einfach nicht. Ich fahre bald nach Hause. Sagen wir in einer halben Stunde."

„Ich bin hier, um mit Miss Perry zu reden", sagte Dick.

„Oh", sagte Elsie.

„Ist Miss Perry da?"

„Also – ja. Aber es ist wirklich nicht die richtige Zeit. Sie ist gerade vom Arzt zurückgekommen. Es ist ein bißchen kompliziert."

„Ist sie krank?" fragte Dick.

„Sie hat ihren – du weißt schon, ihr jährlicher Anfall."

„Ich habe geglaubt, den hat sie mehr gegen Ende des Sommers."

„Ja, schon", sagte Elsie. „Normalerweise. Aber ich habe – eigentlich ihr Arzt und ich –, wir haben versucht, sie zu überreden, ein bestimmtes Medikament einzunehmen, und unser Gerede hat sie anscheinend aufgeregt. Hör zu – kannst du nicht in einer halben Stunde zu mir kommen? Oder vielleicht jetzt schon rüberfahren? Geh einfach hinein. Ich komme bald und erkläre dir dann alles. Sie wird sich freuen, daß du sie besuchen wolltest. Ich werde es ihr sagen."

„Ich bin hier, weil ich sie fragen wollte, ob sie mir Geld leiht."

„Oh." Elsie trat einen Schritt zurück. „Du meine Güte. Ich weiß nicht. Also ich habe jetzt wirklich noch einiges vorzubereiten. Kapitän Texeira kommt gleich, und wir erwarten auch den Arzt, also fahr doch einstweilen voraus zu mir. Wir treffen uns dort."

Elsie schloß die Tür. Dick stand da. Er fühlte sich zu sorglos und leicht benommen, um sich blamiert vorzukommen, aber das kam bestimmt noch, er wußte es schon jetzt. Er stieg in seinen Kleinlaster. Als er an die Kreuzung von Miss Perrys Zufahrt und der unbefestigten Straße kam, hielt er an. Wozu sollte er zu Elsie fahren? Aber andererseits – wozu sollte er nach Hause fahren?

Vor Elsies Haus blieb er im Wagen sitzen und rauchte eine Zigarette. Er zündete sich eine zweite an, drückte sie aber wieder aus und ging ins Haus.

Es war ein merkwürdiges Gefühl, so allein, ohne Elsie. Er war froh, daß er sich merkwürdig fühlte, weil dadurch seine Gedanken nicht zur Ruhe kamen. Der scharlachrote Vorhang rund um das Bett war aufgezogen, das Bett ungemacht, aber nicht unordentlich – nur die beiden vorderen Ecken der Decke hingen herunter und zwei Kissen lagen aufeinander.

Hell lag die Sonne auf dem kleinen Weiher und dem schrägen Treibhausdach.

Auf dem Tisch neben dem Bett standen ein Teller mit einem feuchten Pfirsichkern und eine leere Tasse. Daneben ein an Elsie adressierter Brief, der aus mehreren handschriftlichen Seiten bestand. Daneben ein Schreibblock und ein Kugelschreiber. Auf der Seite stand nur *Liebe Lucy* in Elsies Handschrift.

Daß hier offensichtlich eine Tätigkeit unterbrochen worden war, ließ das Haus nur noch mehr mit Stille aufgeladen erscheinen.

Elsie kam in der nächsten halbe Stunde nicht. Dick wartete. Der Pfirsichkern und das zerwühlte Brett machten ihn nervös. Er warf den Kern in den Müll, schlug die Bettdecke ordentlich ein und setzte sich an den Tisch am Fenster. Geist und Seele entspannten sich. In diesem hellen Raum war nichts. Die Sonne glitt über den Teich, über die Schräge aus Glas. Jetzt begannen sich seine Gedanken zu beruhigen. Was hatte er getan? Sein Gesicht war kalt, aber von Gefühlen belebt. Er war damit herausgeplatzt, wie dringend er Geld brauchte. Warum kam ihm das so schlimm vor? Vor Bankangestellten und vor Joxer Goode hatte er sich schon mehr entblößt. Der Unterschied war, daß er bei diesen Leuten ein bestimmtes Argument anführen konnte. Sie konnten einen Gewinn erzielen, wenn sie ihn klug benutzten. Weder bei Miss Perry noch bei Elsie konnte er mit diesem Argument auftreten. Sie hatten es nicht auf ihren Vorteil abgesehen, waren nicht darauf aus, Geschäfte zu machen. Sich an sie zu wenden, war Bettelei. Genau das.

Dick dachte daran zu gehen. Elsie vielleicht eine Nachricht hinterlassen, er habe es sich anders überlegt. Er fühlte sich wieder schwerelos, abgeschnitten von allem, als könne er Gott weiß wo enden.

Fühlte sich Parker die ganze Zeit so? Fühlte man sich als Spieler so? Oder stellte man irgendwann fest, daß man sich so fühlte und mußte dann entscheiden, ob man ein Spieler war? Parker war an nichts und niemanden gebunden. So kam Dick sich jetzt auch vor. Der Unterschied war nur, daß Parker deshalb weniger ängstlich als konfus war. Sobald Parker etwas Gefährliches in Angriff nahm, überlegte er jeden Schritt genau. Und Parker grinste. Das war auch ein Unterschied. Dick dachte an Parkers Grinsen. Er sah es deutlich vor sich. Zum erstenmal in all den Jahren, die er Parker nun kannte, fiel Dick auf, daß zwischen

Parkers Nase und seiner Oberlippe nicht genug Fleisch war. Kein Wunder, daß Parker sich seine Zähne hatte richten lassen, bevor er noch die Reparatur seines Bootes bezahlte. Parker konnte nichts dafür, daß er grinste. Funktionierte es so? War Parker einfach mit dieser zu kurzen Oberlippe geboren und konnte nicht anders, als einem bestimmten Ruf gerecht werden? Oder hatte sich diese Lippe bei jedem schnellen Trick, den Parker abzog, um Haaresbreite verkürzt? Mit jedem Dollar, den er Touristen, Versicherungen und seinen Crews unerfahrener College-Jungen abgeluchst hatte? Kapitän Parkers Aufputsch-Pillen für schläfrige Seeleute.

Dick hielt inne. Was wollte er eigentlich? Wollte er etwa alles auf Parker schieben? Er hatte immer gewußt, wie Parker lebte. Wenn er mitgemacht hatte, lag das nur daran, daß ein Teil von ihm genauso schlau und listig sein wollte wie Parker. Er konnte nicht behaupten, sich bei Parker mit dieser Krankheit angesteckt zu haben. Er hatte ganz allein Muscheln gewildert, und es war egal, daß das nur ein minderes Vergehen war. Und so wie er über Banken dachte, hätte er jederzeit eine ausgeraubt, wenn es keine Unannehmlichkeiten nach sich gezogen hätte.

Und war es seine Idee gewesen, Schuyler an Bord zu nehmen und ihm die Rechnung für das Aufklärungsflugzeug anzuhängen. So etwas war Parker pur, und er, Dick, hatte es getan.

Gegen Parkers Drogenschmuggel hatte er sich zwar gesträubt, aber schließlich doch mitgemacht. Und um ehrlich zu sein – er bereute es nicht, sorgte sich nur darum, daß Parker ihn bescheißen könnte.

Gottverdammt richtig. Er konnte keine Hypotheken mehr auf seinen Besitz aufnehmen, also hatte er eine auf seine Existenz als freier Bürger genommen. Keine Zinsen, aber eine hohe Strafe.

Das Wichtigste war jedoch, daß er was mit Elsie hatte. Damit hatte Parker nicht das Geringste zu schaffen.

Je länger er wartete, um so klarer sah Dick, wie Elsie mit jedem Aspekt seines Lebens verbunden war. Mit dem Land seines Vaters und durch ihre eigenartige Kondolenz sogar mit dem Tod seines Vaters. Mit den Schönen und Reichen, die jetzt auf dem Land seines Vaters am Salzweiher wohnten – Joxer, Schuyler mit der ganzen Picknickgesellschaft. Mit dem Naturschutz, um Gottes willen. Mit Miss Perry. Mit seinen eigenen Söhnen. Dick erinnerte sich an Charlies verwirrten und sehnsüchtigen Blick auf Elsies Beine, als sie ihren Rock abgestreift hatte, um schwimmen zu gehen.

Vielleicht waren Charlies Träume voll von Elsie – Miss Buttrick für ihn. Charlies jugendliche Schwärmerei, vermischt mit den ersten Anfällen pubertärer Seelenqualen. Vielleicht rannte er wegen der bezaubernden Miss Buttrick wie ein Bock mit dem Kopf gegen einen Baum, weil sie so unglaublich hinreißend war, wenn sie sich im Ökologieunterricht über ihn beugte, wenn ihr Ärmel seine Hand streifte, während ihr Finger den Staub auf einem Schmetterlingsflügel berührte. Biß er nachts die Zähne zusammen, wenn er an die schrecklichen Dinge dachte, die er mit Miss Buttricks Körper tun wollte, stellte er sich mit Scham und Lust zugleich vor, wie Miss Buttrick „Nein, Charlie", wie sie „Ja, Charlie" sagte?

Dick krümmte sich innerlich. Er wollte diesem Teil in Charlie nicht zu nahe kommen.

Aber der Gedanke an Charlie hatte sich in Dicks Kopf festgesetzt; seine tatsächliche Lust – die er keine zehn Fuß von dem Platz entfernt erlebt hatte, an dem er jetzt saß – schien im Vergleich zu Charlies Träumen blaß.

Dick wurde Charlies Tagträume endlich los, als Elsie in der Tür erschien und die zwei Stufen heruntersteig. Er stand auf. Sie stellte ihre Handtasche auf den Tisch. Dann legte sie ihm eine Hand auf die Schulter und gab ihm einen schnellen Kuß. „Hast du mir nicht gesagt, du wolltest vorgestern zurück sein", fragte sie.

Dick überlegte, was er sagen sollte. Eigentlich müßte „wir sind auf eine Menge Fische gestoßen" reichen – aber Elsie in ihrem blauen Leinenanzug, so korrekt gekleidet, als arbeite sie in einer Bank, Elsies in perfekter Nachahmung einer Ehefrau, die auf Antwort wartete, zur Seite geneigtes Gesicht, nicht May, jetzt nicht May, niemals May – hier stand eine beleidigte Ehefrau aus dem Leben eines anderen, aus dem Leben eines Mannes in Anzug und Krawatte, die zu seinem Anzug paßte, eines Mannes, der sagen würde: „Tut mir schrecklich leid, Liebling, ich bin im Büro aufgehalten worden" –, all das lag so weit, so weit außerhalb dessen, was er sich eben vorgestellt hatte, daß ihm eine klare Antwort nicht über die Lippen wollte.

Er fühlte, wie er in sich selbst zurückschlüpfte, wieder seinen Körper bewohnte, von seinem ausdruckslosen Gesicht bis hinunter zu seinen breiten Füßen in den guten, zu engen Schuhen. Er sah zu Elsies Gesicht auf, immer noch abwartend zur Seite geneigt, mit vorgestrecktem Kinn und gerunzelter Stirn. Als sie die Arme vor der Brust verschränkte, begann er zu lachen. Er versuchte das Lachen zu unterdrücken.

„Was ist so lustig?" fragte Elsie.

Dick schüttelte den Kopf. „Es ist die ganze Sache, nicht wahr?" sagte sie.

„Stimmt", sagte er und setzte sich.

„Du Hurensohn", sagte Elsie.

„Es ist nicht die Sache mir dir", sagte Dick. „Im Moment ist es einfach alles."

„Du Lügner", sagte Elsie. „Du glaubst wohl, du kommst mit allem davon, weil du denkst, ich sei nichts anderes als ein verwöhntes Balg."

„Da liegst du falsch", sagte Dick. „Das ist nur ein Teil dessen, was ich über dich denke."

„Du Arschloch!" Elsie kreischte nicht, aber ihre Stimme hatte einen kreischenden Unterton. Es kam Dick merkwürdig vor, daß Elsie die Beherrschung verlor. Bei allen heftigen Wortwechseln mit Sportseglern, Bankiers und so weiter war es immer Dick gewesen, der die Beherrschung verloren hatte. Der andere war vielleicht auch wütend, aber immer war es Dick gewesen, der ausgerastet war.

Eben noch war er leicht gereizt gewesen, aber er wollte nicht, daß Elsie die Beherrschung verlor.

„Komm schon, Elsie. Himmel nochmal, ich konnte dich doch nicht über Funk benachrichtigen. Die Funkerin in der Kooperative ist neugierig wie der Teufel. Außerdem war Charlie an Bord, und du weißt ja, daß man Funksprüche auf dem ganzen Boot mithören kann. Ich weiß, daß ich versprochen hatte, vorgestern hier zu sein, aber wenn man auf Fische stößt, dann..."

„Ob du funken konntest oder nicht ist mir scheißegal – obwohl dir sicherlich eine Möglichkeit eingefallen wäre, wenn du's ernsthaft versucht hättest, darauf könnte ich wetten. Du hättest mir ja eine ganz harmlose Nachricht übermitteln lassen können; zum Beispiel anfragen, ob ich den Korb Hummer noch will, obwohl du später an Land kommst."

„Ich bin nicht besonders gut darin, mir solche Dinge auszudenken", sagte Dick.

„Aber die eigentliche Unverschämtheit, die bodenlose Unverschämtheit ist, daß du hier sitzt und wie ein Idiot vor Lachen brüllst! Ich komme herein, du warst fast eine Woche lang weg und lachst mir ins Gesicht."

„Ich habe nicht –", sagte Dick.

„Außerdem hat dein erster Besuch hier Miss Perry gegolten."

„Das ist schwer zu erklären", sagte Dick. „Ich war . . ."

„Das ist es sicherlich", sagte Elsie. „In diesem Fall hättest du wenigstens so viel Anstand haben können zu lügen. Du hättest ja sagen können, daß du mich gesucht hast."

Dick versuchte nicht mehr, etwas zu sagen.

„Weißt du, was Kapitän Texeira macht, wenn er an Land kommt?" fragte Elsie. „Er ruft Miss Perry an. Wenn er spät abends zurückkommt und sie nicht mehr besuchen kann, bringt er ihr Blumen. Sie findet dann einen kleinen Blumentopf vor ihrer Haustür und weiß, daß er gesund wieder da ist. Außerdem hat er sein zweites Boot nach ihr benannt."

Dick fürchtete, wieder lachen zu müssen. Blumen. Er und Elsie Buttrick stritten über Blumen. Er stand auf, ging zum Fenster hinüber und blickte auf den Teich hinaus.

„Ich habe kein Boot, geschweige denn zwei. Und selbst wenn es so wäre, bin ich nicht sicher, daß ich je so liebenswürdig sein könnte wie Kapitän Texeira." Der Weiher, auf dem das grelle Licht der Mittagssonne lag, sah jetzt schlammig aus. „Ich habe dir gesagt, warum ich Miss Perry besuchen wollte. Ich kann dir auch sagen, daß ich es nicht will. Ich tue es nur, weil ich auf einem Tiefpunkt angelangt bin. Das ist mir heute morgen beim Einlaufen klargeworden. Diese Fahrt hat mir mehr eingebracht, als ich hoffen konnte, ich hatte soviel Glück wie man sich wünschen kann, aber es reicht noch nicht. Wenn es nur um mich ginge, würde ich aufgeben. Ich würde soviel wie möglich für dieses verdammte Boot herausholen und irgendwo um Arbeit bitten. Noch vor einem Jahr hätte May dasselbe gewollt. Aber jetzt will sie, daß das Boot vom Stapel läuft, weil sie der Ansicht ist, ich wäre Gift für sie und die Jungs, wenn ich aufgäbe. Und sie hat recht. Ich könnte mich dazu durchringen, das Boot zu verkaufen, aber es fiele mir verdammt schwer. Selbst wenn ich fünfzig- oder sechzigtausend dafür bekäme – das Geld würde verpuffen. Wenn ich mich jetzt drücke, bekomme ich nie ein Boot. Darum bin ich bereit – widerwillig bereit – bei Miss Perry zu betteln. Und heute morgen war mir eines klar: Entweder ich tue es sofort oder nie."

Dick hörte Elsie hinter sich auf und ab gehen. „Ich weiß nicht, ob ich dich richtig verstanden habe", sagte sie nach einer Weile. „Du willst ein Darlehen."

„Richtig."

„Du bettelst nicht. Ein Darlehen ist kein Betteln. Ich weiß, daß du bei Joxer Goode warst..."

„Joxer Goode ist Geschäftsmann. Er hätte daran verdient. Aber sogar als ich mit ihm sprach, hatte ich ein Gefühl, mich noch weiter als bis aufs Hemd auszuziehen. Ich werde dir jetzt etwas erzählen, woran ich mich nur ungern erinnere. Joxer hat sich wegen einer Nebenbürgschaft erkundigt, und ich habe ihm das Haus und den Kleinlaster genannt. Und weißt du, was ich dann gesagt habe? ,Da wären dann noch mein Achtzehn-Fuß-Boot und das kleine Boot der Jungs.'"

„Verstehe ich nicht", sagte Elsie. „Was ist daran so schlimm?"

„Um Himmels willen, Elsie. Genausogut hätte ich ins Nebenzimmer gehen und mit dem Sparschwein der Jungs zurückkommen können. Das Boot gehört den beiden. Es war so – jämmerlich. Joxer ist ein anständiger Kerl, darum hat er auch nicht gelacht. Zumindest nicht vor mir. Aber ich habe vor ihm gestanden und habe meine Taschen umgedreht. Da hätte ich doch auch die Hose runterlassen oder sagen können: ,Nehmen Sie meine Jungs, nehmen Sie May. Sie werden für Sie Krabben sortieren und bei Ihnen putzen...'"

„Ich kann mir nicht vorstellen, daß er das auch so gesehen hat", sagte Elsie. „Aber ich begreife, wie du dich fühlst..."

„Wirklich?"

„Wirklich", sagte Elsie. „Ja, verdammt, wirklich! Und du liegst falsch, wenn du glaubst, daß ich es nicht begreife."

Dick drehte sich um.

„Es macht mich verrückt", fuhr sie fort, „wie du von mir denkst. Du hättest es mir schon früher klarmachen müssen. Viel klarer. Entweder hältst du mich für eine Idiotin, oder du traust

212

mir nicht. Aber auch ich weiß so manches, Herrgott noch mal! Ich habe dieses Haus gebaut, ich lebe von meinem Gehalt. Und ich bin vertrauenswürdig." Elsie schürzte die Lippen. „Ich bin nicht perfekt, aber ich bin vertrauenswürdig." Plötzlich wirkte sie ernüchtert. „Ich weiß, daß es nicht einfach ist", sagte sie. „Ich meine – wir haben ein Verhältnis, und das bedeutet immer mehr, als man sich vorstellt... Und ich habe auf merkwürdige Weise mit allen möglichen Leuten zu tun, denen du vielleicht nicht traust – zum Beispiel mit meinem Schwager, der auf Sawtooth Point seine traumhafte Feriensiedlung für die ‚richtigen' Leute baut. Er ist kein schlechter Mensch, aber... Ich habe es immer für unfair gehalten, wie meine Familie sich Sawtooth Point angeeignet hat. Und jetzt tun meine Schwester und mein Schwager es wieder. Ich hatte immer das Gefühl, als sei meine Familie dir etwas schuldig. Und mir ist klar, wie schwer du gearbeitet hast. Ich fühle mich schuldig. Ich kann mir sogar vorstellen, daß es dich vielleicht wütend macht, wenn du hierherkommst und dieses Haus siehst."

„Nein. Herrgott, Elsie, ich werfe dir doch nicht dein Haus vor. Und wenn dein Vater von meinem Vater Land gekauft hat, ist das ihre Angelegenheit. Mein alter Herr hat das Geld gebraucht. Und den Rest der Landspitze hat er erst später verkauft. Als er wußte, daß er Krebs hatte, hatte er Angst, sie würden ihn nicht richtig behandeln, wenn sie glaubten, er könnte seine Rechnungen nicht bezahlen.

Es ist komisch – in den letzten beiden Wochen bin ich viel weicher geworden. Mein Leben lang habe ich noch nie so viel herumgegammelt. Noch nie so viel Zeit im Bett verbracht."

Elsie hielt ihren Kopf schräg. „Ach, tatsächlich? Trägheit und Wollust verdrängen Zorn und Neid. Wozu macht mich das eigentlich? Zu einer Sirene, die dich in ihre Zauberhöhle lockt, wo du dich verderblichen Sinnenfreuden hingibst?"

„Nein."

„Wäre dir lieber, daß ich an dir herumnörgle, weil bei deinem Boot nichts weitergeht?"

„Nein."

„Glaubst du, wir sollten Schluß machen? Ich meine, glaubst du, es gibt einen Zusammenhang zwischen unserem Verhältnis und der Tatsache, daß du nicht an deinem Boot arbeitest?"

213

„Nein."

„Du wirst immer so mürrisch, wenn ich dich etwas frage", sagte Elsie. „Der Sumpf-Yankee, der tief in dir steckt. Aber das tut dir gut, weißt du. Wie schuldig fühlst du dich – auf einer Skala von eins bis zehn –, weil du mit mir ins Bett gehst?"

„Herrgott, Elsie!"

Elsie lachte. „Macht dich unsere kleine Kabbelei nicht fröhlich? Mich schon."

„Komm schon, Elsie. Sei nicht albern. Ich habe alles falsch gemacht. Alles verdorben habe ich, wirklich alles."

Elsie seufzte. „Ich nehme an, ich sollte ein Trost für dich sein. Das Problem ist nur, daß wir nie miteinander schlafen, wenn wir kuscheln und zärtlich zueinander sind. Aber sprich nur weiter. Wenn das auch meine letzte gute Tat für heute sein wird. Ich hab den ganzen Vormittag damit zugebracht, Miss Perry zum Arzt und wieder nach Hause zu bringen."

Elsie zog die Jacke aus, setzte sich aufs Sofa und sagte: „Komm her."

Sie nahm seine Hand und hielt sie zwischen ihren Händen auf ihren Knien fest. „Sag mir, was du deiner Meinung nach verdorben und falsch gemacht hast."

Dick schüttelte den Kopf. „Das meiste weißt du schon", sagte er dennoch. „Ich hab dir gerade erzählt, warum ich nicht zu Miss Perry gehen will."

„Davon reden wir gleich – es ist gar nicht so ausgeschlossen", sagte Elsie. Sie strich ihm über den Kopf. „Was noch?" fragte sie.

Dick lehnte sich zurück. „Ich glaube, Charlie ist in dich verliebt", sagte er.

„Während ich hier auf dich wartete, ist mir dauernd im Kopf herumgegangen, daß er viel Zeit damit verbringt, von dir zu träumen."

„Aha. Ja. Ich verstehe." Elsie lächelte. „Mach dir keine Sorgen. Er schwärmt möglicherweise ein bißchen für mich, aber es ist nichts Ernstes. Außerdem hat er in der Schule eine Freundin, glaube ich. Aber niemand wird etwas von uns beiden erfahren. Du mußt dir keine Sorgen machen, es ist wirklich alles in Ordnung."

Dick ließ sich ganz los, obwohl er fürchtete, daß er es irgendwann bereuen würde. Vielleicht war das Ganze für sie nur ein

Spiel. Aber als sie „Es ist wirklich alles in Ordnung" sagte, war das eine solche Erleichterung, daß er nicht länger widerstehen konnte. Er erzählte ihr, daß er es gewesen war, der am Strand des Vogelschutzgebiets Muscheln ausgegraben hatte. „Ich weiß. Mach dir keine Sorgen." Er gestand ihr, daß er einmal mit seinem Boot Koks geschmuggelt und es wieder getan hatte. Erst vor kurzem. „Ich weiß", sagte sie. „Wahrscheinlich sind Parker und Schuyler deswegen nach New York gefahren."

„Ich bin nicht dafür bezahlt."

„Tu das nicht wieder. Wenn du's nicht wieder tust, passiert dir nichts. Es ist gut, daß du kein Geld dafür bekommen hast. Das ist in Ordnung."

Er erzählte ihr von dem Polizisten am Kai, dem Hund, den Wellhornschnecken. „Jesus", sagte sie und atmete tief ein. „Versuch das nie wieder." Sie lachte. „Wellhornschnecken!" sagte sie. „Es wird schon gutgehen. Parker ist vernünftig genug, Schuyler die Sache auf seine Art erledigen zu lassen. Schuyler verkauft das Zeug wahrscheinlich dort, wo er Squash spielt."

Als sie besänftigend „Squash" sagte, nahm sie Dicks Kopf zwischen die Hände. „Dir geht es wirklich elend", sagte sie. „Du fühlst dich einfach schrecklich."

Dick hatte sich nie vorstellen können, daß es so viel Nachsicht, einen so sanften, friedvollen Genuß gab.

Elsie zog ihn näher zu sich, damit er den Kopf in ihren Schoß legen konnte. Sie strich ihm mit den Handflächen über die Stirn und schloß ihm die Augenlider.

„Manchmal habe ich das Gefühl, als habe man mich schon gefaßt", sagte Dick. „Als ob eine Macht hinter mir herschnüffelt – Leute, die weder offen noch intelligent sind, sondern nur ein Schwarm stumpfsinniger Haie, die nichts sehen können, aber herumschnüffeln."

„Ich weiß, ich weiß", sagte Elsie. „Aber die sind nicht hinter dir her. Glaub mir, du bist es nicht, auf den sie aus sind." Sie strich die Sorgenfalten auf seiner Stirn mit den Fingerspitzen glatt. „Und Parker wird dich nicht verraten", sagte sie. „Möglich, daß er dich ausnützt und betrügt, aber ich bin sicher, daß er dich nie bei der Polizei verpfeifen wird."

„Es ist nicht nur das", entgegnete Dick. „Ich liege völlig offen da, alles kann schiefgehen."

215

„Wird es aber nicht", sagte Elsie. Sie küßte ihn auf die Schläfe.
„Alles wird gut. Wirklich. May hat keine Ahnung, das weiß ich.
Du wirst dein Boot fertigbauen und viel Arbeit haben. Wir beide
werden Freunde bleiben. Du wirst schon sehen. Miss Perry leiht
dir das Geld. Es ist alles schon vereinbart."
    „Was?" fragte Dick.
    „Vielleicht hätte ich meine Nase nicht in deine Angelegenhei-
ten stecken sollen, aber es war nicht allzuviel Zeit – ihre depres-
sive Phase beginnt gerade. Du mußt nicht zu ihr gehen."
    Dick wollte aufstehen.
    „Noch nicht", sagte Elsie und legte eine Hand auf seine Brust.
    „Nein", sagte Dick. „Herrgott, Elsie..."
    „Schon gut", sagte sie. „Ich weiß, ich hätte mit dir darüber
reden sollen, aber jetzt ist alles besprochen, und ich will, daß du
dir von mir helfen läßt. Miss Perry will dir das Geld geben. Wir
haben auch mit Kapitän Texeira gesprochen, der kurz vorbeikam, und er hat gemeint, du seist gut und dein Boot eine gute
Investition. Sie wird dir zehntausend leihen. Du zahlst ihr tausend
im Jahr plus zehn Prozent Zinsen zurück. Und ich leihe dir
weitere tausend, die ich mir von meinem Schwager ausgeborgt
habe."
    Dick hatte es die Sprache verschlagen. Es stürzte einfach auf
ihn ein. Er war nicht überrascht, so liefen in letzter Zeit alle
Dinge ab, es war nur eine unsichtbare Kraft mehr, die ihn in die
Irre führte, so daß er orientierungslos dahintrieb.
    „Sie tut es", sagte Elsie – „ich meine, abgesehen davon, daß sie
zu dem Schluß gekommen ist, es handle sich um eine erstklassige
Investitionsmöglichkeit, und natürlich ist auch ihre Sympathie
für dich im Spiel –, sie tut es, weil sie will, daß hier in der Gegend
alles seine Ordnung hat. Und sie ist der Ansicht, obwohl das ein
bißchen wie Feudalismus klingen mag, daß es dir möglich sein
sollte, den Platz deiner Familie in unserer Gemeinde zu erhalten.
So." Dick schüttelte den Kopf. „Ich weiß schon", sagte Elsie, „es
ist nicht ganz so gelaufen, wie du es dir vorgestellt hast. Aber so
lautet das Angebot."
    Vorhin, als Elsie ihn getröstet hatte, war Dick vor Freude ganz
benommen gewesen. Das war jetzt vorbei. Aber seine Aufmerksamkeit richtete sich dennoch nicht sofort auf die Gegenwart,
nicht ganz zumindest. Er durchlebte einen Augenblick verzeh-

216

render der Angst wie damals auf dem Erdhügel in der Salzmarsch, als er neben seinem Boot flach auf dem Boden gelegen hatte. Es war nicht so, daß er sich für einen Kriminellen hielt, ihn beunruhigte, daß es Menschen in Uniform gab, die es taten. Sie wußten, daß sich jemand in der Salzmarsch versteckte. Sie wollten seinen Namen erfahren. Sobald sie seinen Namen wüßten, wäre alles zu Ende. Er stellte sich ein Büro vor, einen Schreibtisch, ein Blatt Papier, auf dem sein Name stand. Dort war die Macht – in dem Büro, auf dem Schreibtisch, auf dem Blatt Papier. Die Macht war nicht in der Wahrheit und auch nicht in dem, was unter seinem Namen stand. Es war die Macht der Vervielfältigung, die ihm Angst einjagte – ein Büro nach dem anderen, ein Schreibtisch nach dem anderen, ein Blatt Papier nach dem anderen. Die Macht seines Namens auf diesen Papieren, die ihn von Büro zu Büro zerren konnte ... Es war nicht die Angst vor einem Prozeß oder vor dem Gefängnis, sondern vor der Eintönigkeit von Plastikstühlen, die mit ihren vier verchromten Beinen auf vier verschiedenen Rechtecken verblaßten Linoleums standen; Rechteck im Rechteck, blaßbraun, blaßgrün, grau.

Er sah Elsie an. Ihr herbes gebräuntes Gesicht, den weißen Kragen ihrer Bluse, die aus je einer Perle bestehenden Ohrklips. Sie hatte für ihren Vormittag mit Miss Perry und dem Arzt Lippenstift aufgelegt. Ein marineblaues Samtband hielt das von der hohen Stirn straff zurückgekämmte Haar zusammen und ließ sie aussehen wie ein braves junges Mädchen.

Elsies tannengrüne Uniformen hingen im Moment alle an Kleiderbügeln, und ihr Revolver Kaliber 38 lag neben ihrem Schmuckkästchen in der verschlossenen Kommode. Ihr roter Badeanzug baumelte an einem Träger von einem Haken neben der Dusche, das rückenfreie Partykleid am selben Kleiderständer wie die Uniformen. Was Elsie wohl von der Unterströmung in den mit Linoleum ausgelegten Büros hielt? Sie machten ihr sicherlich keine Angst – sie gehörten zu den Spielen, die sie beherrschte.

„Ich verspreche dir, daß alles zu deinem Besten ist", sagte sie. Sie legte ihm die Hände auf die Schultern und lächelte. „Sag doch was." Dick streifte ihre Hände ab und setzte sich auf.

„Manchmal machst du alles schwieriger als nötig", sagte Elsie.

„Du hast recht", antwortete Dick. „Das ist einer der Unter-

217

schiede zwischen uns. Ich mache es schwierig. Du machst es
einfach. Für dich ist es fast nichts."

„Oh, um Himmels willen!" sagte sie.

„Ich bin dumm", sagte er. „Das ist mir klar. Ich benehme mich
wie ein Arschloch. Es dauert nur einen Augenblick."

„Nein, irgendwie hast du ja recht. Ich sehe ein, daß es nicht so
einfach ist... Ich war viel zu direkt, und du hast recht, wenn du
dich sträubst. Ich meine, vor allem, wenn du jetzt den Eindruck
hast, ich hätte es nur aus einem Schuldgefühl heraus getan, weil
mein Vater das Land deines Vaters gekauft hat oder weil du mir
das Leben gerettet hast. Oder ist es für dich schrecklich, daß das
Wichtigste in deinem Leben plötzlich in den Händen von zwei
Frauen liegt – ich versuche es von deinem Standpunkt aus zu
sehen, weißt du? –, von zwei Frauen noch dazu, die von Booten
nichts verstehen." Elsie setzte sich auf dem Sofa kerzengerade
hin. „Aber Miss Perry und ich wissen, daß Joxer Goode dir das
Geld geliehen hätte, wenn seine Kühlanlage nicht kaputtgegangen wäre. Warum sollen also nicht wir für ihn einspringen?
Besonders nachdem Miss Perry Kapitän Texeira um Rat gefragt
hat."

Dick nickte, sagte aber nichts. Es fiel ihm schwer, sich auf ihre
sachliche Art zu konzentrieren.

„Außerdem wissen Miss Perry und ich, daß es nur noch um
das letzte Stückchen geht. Das letzte Zehntel. Weniger als ein
Zehntel, wenn man deine Arbeit mitrechnet. Verstehst du, daß
ich und Miss Perry nicht einfach – ins kalte Wasser springen?"

„Ja", sagte Dick. „Soweit versteh ich's."

„Und daß es sich um ein Darlehen handelt. Niemand schenkt
dir etwas. Du mußt es zurückzahlen." Elsie lachte und bohrte
ihm den Zeigefinger ins Knie. „Wenn du auch nur mit einer Rate
im Rückstand bist, werden Miss Perry und ich dir vielleicht alles
wegnehmen, was du hast."

Dick wich ihrer Berührung aus. Er sprang mit einem Ruck auf
und blieb vor dem großen Fenster stehen. Am liebsten wäre er
gegangen, aber er schaffte es nicht, sich umzudrehen und sie
direkt anzusehen.

„O Dick..." sagte sie.

„Sei still."

Er versuchte auszuschalten, was ihn von ihr forttrieb. Ihren

218

letzten übermütigen Scherz. Die ganze Reihe vernünftiger Argumente. Er sah sie vor sich, wie sie alles Miss Perry erzählte – und Kapitän Texeira. Auch das. Er hörte ihre Stimme nicht, aber er sah, wie sich ihre Hände bewegten, die Aufschläge ihrer Jacke sich bewegten wie Kiemen. Sie strahlte über ihre gute Tat. Vielleicht würde sie sich feinmachen und in ihrem rückenfreien Kleid halbnackt antanzen, wenn sie ihren Schwager um die tausend Dollar bat. Er wußte, daß seine Gedanken schrecklich waren. Er wußte, daß er sich widerwärtig benahm.

Sie beide hatten alles durcheinandergebracht. Elsie war ebenso darin verstrickt wie er. Vielleicht versuchte sie freizukommen und konnte es nur auf diese Weise.

Er schüttelte sich, atmete durch die Nase ein. Jetzt war er wütend, weil er nicht klar denken konnte. Aber sein Ärger ließ nach. Er fühlte, wie die Depression über ihn kam und den Ärger unterdrückte.

„Na gut", sagte Elsie. „Wie ich sehe, bist du der Ansicht, daß ich etwas falsch gemacht habe."

„Du würdest mit niemandem über die geschäftlichen Angelegenheiten deines Schwagers sprechen", sagte Dick. „Du würdest nie versuchen, seine Geschäfte für ihn zu erledigen, wenn er dich nicht darum gebeten hat. Du würdest den Leuten nie erzählen, in welchen Schwierigkeiten er steckt. Aber einer, der erst vor kurzem ein Strandpicknick für die Reichen und die Schönen organisiert und damit ein paar Scheine verdient hat, na der muß froh und dankbar sein, wenn man was für ihn tut."

„Das ist einfach nicht wahr."

Dick wandte sich um und sah sie an. „Nein", sagte er. „Für dich ist es vielleicht nicht so einfach. Vielleicht ist es durch die Komplikationen für dich schwieriger, es so einfach zu sehen. Ich sollte mich auch nicht so darüber aufregen. Es spielen ja noch so viele andere Dinge mit."

„So viele andere Dinge, die dich zornig machen?"

„Nein. Du weißt schon, was ich meine. Ich weiß, daß du dich bemüht hast, mehr aus deinem Leben zu machen. Einiges davon tust du einfach, weil es dir Spaß macht. Aber du meinst es gut. Das sehe ich."

Elsie blickte zu Boden und strich den Rock über den Knien glatt. „Ich – ich traue mich schon gar nicht mehr, etwas zu sagen." Sie verschränkte die Hände im Schoß und sah immer noch zu Boden.

Dick konnte sich nicht vorstellen, je mit ihr geschlafen zu haben, so wie sie jetzt dasaß – brav in blau und weiß ausstaffiert. Gleichzeitig jedoch überfiel ihn eine sehr starke sinnliche Erinnerung an sie: sein Gesicht ganz dicht über dem ihren, sie biß die Zähne zusammen, atmete schnell und flach und wurde dann ganz starr, während ein leises zischendes Stöhnen zwischen ihren Zähnen entwich.

Elsie sah zu ihm auf, musterte ihn von oben bis unten. Er spürte den Krawattenknoten an seiner Kehle, den Hemdkragen, der an dem Kratzer scheuerte, den er sich beim Rasieren beigebracht hatte. Die saubergeschrubbten Hände, die aus den gebügelten Manschetten ragten.

Elsie stand auf. „Schau, Dick, ich hab das vielleicht nicht perfekt arrangiert..."

„Ich muß sowieso mitspielen", sagte Dick, „schon wegen May und den Jungs."

„Na bitte, da hast du's", sagte Elsie. „Darauf läuft es nämlich hinaus."

Dick stand zum zweiten Mal an diesem Tag vor Miss Perrys Haustür und bewunderte die Steinmetzarbeit. Der Eingang hatte einen Rundbogen und bestand aus grauen Steinen, grob behauen, ungefähr so groß wie Ziegel, abgesehen vom Schlußstein, einem stattlichen Keil von der Größe eines Brotlaibs.

„Allmächtiger Gott", sagte Dick laut und läutete. Eine Krankenschwester in marineblauem Kittel öffnete. Dick nannte ihr seinen Namen. „Einen Augenblick", sagte sie und ließ ihn in der Eingangshalle stehen.

Dick war schon früher in dem Haus gewesen, aber die lebhafteste Erinnerung daran stammte aus der Zeit, als er sieben gewesen war. Vielleicht weil er sich damals auch gefürchtet hatte? Er erkannte die Spazierstöcke mit den geschnitzten Köpfen wieder, die in einem Halter an der Wand hingen. Er sah auf sie hinunter. Damals hatte er sie in Augenhöhe und schreckliche Angst vor ihnen gehabt. Der Indianerkopf, die Bulldogge mit den roten Granataugen, der Adlerschnabel. Die Erleichterung, die er beim Anblick des schlichten Elfenbeinknaufs empfunden hatte. Der Stock aus Schlehdorn, dem mit dem zweihöckrigen Knorren und etwas Gelblichem in den Ritzen. Vor ihm hatte er sich damals am meisten gefürchtet, weil es so aussah, als sei etwas halb lebendig unter den Schellackschichten gefangen.

Die Schwester kam zurück und bat ihn, ihr zu folgen. Miss Perry ruhte in der Bibliothek auf einem Sofa, eine dünne Wolldecke über den Beinen. Die Brille lag auf ihrer Brust. Ihr weißes Haar war wie üblich aufgesteckt, aber zerzaust. Sogar bei der schwachen Beleuchtung sah Dick, daß ihre Augen gerötet waren.

„Nehmen Sie bitte Platz."

Dick sah sich um und entdeckte einen Stuhl mit gerader Rückenlehne. Die Vorhänge vor den hohen Fenstern zu beiden Seiten des offenen Kamins waren zugezogen. An einer der Schmalseiten des Zimmers befand sich hoch über den Bücherregalen eine Art Bullauge, dessen äußerer Fensterladen geschlossen war.

„Ich fürchte, Sie erleben mich im schlimmstmöglichen Zustand."

Miss Perrys Stimme war so leise, daß Dick sie kaum hören konnte. Er wollte seinen Stuhl näher rücken, aber sie hob die Hand. Also setzte er sich wieder.

„Ich habe nicht gern mit Menschen zu tun, wenn ich mich so fühle."

Draußen war es heiß gewesen. Hier drinnen war die Luft kühler, aber sie stand im Raum. Dick fing an zu schwitzen.

„Elsie und der Arzt wollen, daß ich ein Medikament einnehme. ‚... laß meine Sinne mich in Lethe eintauchen.' Die Zeile stammt von Webster. Weder Elsie noch der Arzt begreifen, warum Lethe furchtbar ist. Ich zitiere Webster. Webster ist morbid, melodramatisch und reicht an Shakespeare nicht heran. Aber Webster paßt zu meiner Stimmung. Webster ist glanzvoll und ungesund.

Ich sollte ihn mir aus dem Kopf schlagen, aber ich kann es nicht. Websters Problem war, daß er sich mit dem Leben nicht so direkt auseinandersetzen konnte wie Shakespeare. Seine Dramen sind voller Drogen und Zaubertränke. ‚Süßigkeiten, die des Menschen Nasenlöcher faulen lassen.'"

Die Krankenschwester brachte ein Tablett herein. „Möchten Sie Tee?" fragte Miss Perry.

„Nein, danke", antwortete Dick.

„Keinen Tee, Schwester, aber trotzdem danke."

„Aber er ist fertig. Ich lasse ihn einfach hier."

Miss Perry schloß die Augen. „Wie Elsie. Elsie ist auch so hartnäckig geworden." Dick zuckte zusammen.

„Kosten Sie doch einfach", sagte die Schwester. „Wenn er Ihnen nicht schmeckt, nehme ich ihn wieder mit, aber ich wette, daß er Ihnen doch schmecken wird." Sie ging.

Dick litt mit Miss Perry. Einen Moment lang war er verwirrt gewesen, als sie von Webster gesprochen hatte – er hatte geglaubt, es handle sich um den Webster, der das Wörterbuch herausgegeben hatte. Erst als ihm sein Irrtum bewußt wurde, verstand er, was sie meinte.

Gleichzeitig fiel ihm ein, daß er sie nie unhöflich erlebt hatte, und er hatte auch nie gehört, daß sie sich beklagt hätte. Andererseits hatte er auch noch nie erlebt, daß sie so lange ohne Unterbrechung über sich selbst gesprochen hätte. Sie war ihm immer vorgekommen, als habe sie eine Gesprächs-Stoppuhr eingebaut – als läute in ihrem Kopf von Zeit zu Zeit eine Glocke, worauf sie das Thema wechselte, nach May und den Jungen fragte oder sich erkundigte, wie die Hummersaison war. Aber jetzt...

Und dann noch diese Bemerkung über Elsie – anscheinend hatte Elsie die alte Dame sehr bedrängt, Pillen zu nehmen. Und vielleicht auch wegen des Geldes.

Miss Perry sah das Teeservice an. „Ich nehme an, es ist Teezeit", sagte sie. Sie setzte sich auf und goß zwei Tassen ein. Dann musterte sie einen Teller mit kleinen Sandwiches. „Was soll denn das sein? Ich habe keine Ahnung. Wissen Sie, was das ist? Was da drin ist?"

Dick aß ein Brötchen. „Krabben." Er hielt ihr den Teller hin. „Ganz frisch. Vielleicht hat Joxer Goode seinen Betrieb wieder eröffnet."

Miss Perry schüttelte den Kopf, nippte an ihrem Tee und lehnte sich zurück. „Ich komme mir vor wie ein kleines Kind. Ich kann einfach nichts tun. Ich bin lächerlich erschöpft, ohne auch nur irgend etwas getan zu haben."

Dick räusperte sich. „Tut mir leid, daß es Ihnen so schlecht geht", sagte er.

„Jedes Jahr rede ich mir ein, daß es diesmal nicht passieren wird, und dann gebe ich einfach nach. Ich breche nicht zusammen. Ich gebe nach."

Dick merkte es. Er empfand Mitleid für sie, wußte aber zugleich, daß es nutzlos war. Er hatte hier nichts verloren. Seine Anwesenheit strengte Miss Perry nur an. Sie hatte ja praktisch gesagt, sie wünschte, er hätte sie nicht in diesem Zustand gesehen. Ihre ungeschminkten Augen waren trübe, unstet und wehrlos – nein, schlimmer als wehrlos – nur beinahe wehrlos.

Und ihr Aussehen entsprach ihrer Redeweise: Es gab Anzeichen für Verzweiflung, aber kein Signal, auf das er reagieren konnte. Sie war nicht verrückt; sie wußte, in welchem Zustand sie war, und sie würde sich daran erinnern können.

Genauso quälend war es, daß sie fast – aber eben nur fast – sie selbst war. Es kam ihm so vor, als stünde er am Ufer und sähe, wie ein Boot in Seenot geriet. Der Bug hob sich immer noch mit den Wellen, es gab Lebenszeichen, jemand stand am Ruder, jemand lief über das Deck, aber irgend etwas stimmte nicht. Man konnte sich vorstellen, daß sich etwas in der Schraube verfangen hatte oder das Ruder nicht mehr manövrierfähig war oder auch, daß die Maschine nicht mit voller Kraft arbeitete. Man konnte es sich vorstellen, aber man wußte es nicht genau. Und man konnte nicht helfen. Man konnte hoffen, daß Hilfe kommen oder die Besatzung es selbst schaffen würde, aber man war nur einer der Gaffer. Man hatte das Boot in seiner Hilflosigkeit gesehen, auch wenn man darüber schweigen würde.

„Elsie hätte mich heute vormittag zur Kirche fahren sollen", sagte Miss Perry, „aber sie hat statt dessen den Arzt gerufen. Ich muß ihr manchmal ihren Willen lassen, denke ich." Miss Perrys Gesicht war der Rückenlehne des Sofas zugewandt. Dick merkte, daß sie eigentlich mit sich selbst sprach oder es lieber tun würde.

Dick war wütend auf Elsie. Und noch wütender auf sich selbst. Es war seine eigene Verzweiflung gewesen, die ihn hergeführt hatte. Elsies Rolle hatte nur darin bestanden, daß sie Miss Perry von seinen und ihm von Miss Perrys Problemen erzählt hatte. Für Elsie mit ihrem jugendlichen und unbeschwerten Mitgefühl waren Probleme einfach Probleme und nicht mehr; sie ahnte nicht, wie schwer einen das Gefühl des Versagens belastete und wie schwer die Scham wog, weil man gesehen worden war. Miss Perry läutete nach der Krankenschwester. Dick stand auf und sagte endlich: „Danke. Eigentlich bin ich nur gekommen, um Ihnen das zu sagen."

Miss Perry schwieg einen Augenblick. Dann sagte sie mühsam: „Ich fürchte, ich habe bereits den Punkt erreicht, von dem an Gespräche zu verwirrend werden. Es tut mir leid..."

Sie wurde von der Schwester abgelenkt, die eintrat und die Tassen wieder auf das Tablett zurückstellte.

„Bitte tun Sie das nicht, bevor ich Sie darum ersuche", sagte Miss Perry.

Sie wandte sich Dick zu. „Bitte gehen Sie. Sie müssen wiederkommen." Sie war außer Atem. „Aber nicht jetzt", sagte sie heiser und heftig. „Jetzt müssen Sie alle gehen." Sie wandte sich von ihnen ab und stieß mit den Händen nach ihnen.

Als Dick und die Krankenschwester bei den Spazierstöcken angelangt waren, sagte sie: „Nehmen Sie es nicht persönlich." Der Bulldoggenkopf, der wulstige Knorren auf dem Schlehdorn. Er fürchtete sich vor Miss Perrys Krankheit. Und ihn ekelte vor seinem und ihrem Körper, als habe er sie geschlagen.

Dick hielt am Ende von Miss Perrys Zufahrt an. Diesmal bog er nicht zu Elsies Haus ab. Er fuhr nach Hause und ging in die Küche. May sah ihn an. „Miss Perry wird es tun", sagte er. „Sie leiht mir das Geld." So, da haben wir's, dachte er, ich habe den Kreis geschlossen. Jetzt kann man es nicht mehr rückgängig machen.

Er setzte sich und bedeckte die Augen mit der Hand. Ihm war schwindlig, und er war erschöpft. May sah ihn an. Sie kam zu ihm und berührte ihn an der Schulter. „Du zahlst es ihr zurück. Sie ist eine nette Frau, aber du hast es dir verdient. Du wirst es wieder gutmachen."

Dick spürte Mays Kraft. Er wünschte, sie könnte sie auf ihn übertragen.

„Ich bekomme noch tausend zusätzlich", sagte er. „Elsie Buttrick leiht sie mir."

May neigte den Kopf. „Nicht besonders viel, was? Aber immerhin etwas."

„Es war Elsie Buttrick, die zu Miss Perry gegangen ist und das mit den Zehntausend vereinbart hat. Miss Perry steckt mitten in einer ihrer Depressionen. Und Elsie ist dieses Jahr an der Reihe, sich um sie zu kümmern."

„Das ist gut", sagte May. „Was glaubst du, wann du dein Boot zu Wasser lassen kannst?"

„Kommt drauf an. Ob ich das Loran ohne große Verzögerung kriege. Ob Eddie mir mit der Elektrik hilft. Ob ich es von der Werft zu Wasser lassen kann. Eine Woche oder zehn Tage noch."

May nickte. „Und wann kannst du anfangen, damit zu arbeiten?"

„Kommt drauf an. Ob Parker damit einverstanden ist, daß die Hälfte der Fallen draußen jetzt mir gehört zum Ausgleich für das Geld, das er mir schuldet. Und ob ich ihm noch ein paar abkaufen kann – dann habe ich für den Anfang fast tausend Körbe draußen."

Dick stand auf und betrachtete vom Hoffenster aus den Schuppen. Was er soeben zu May gesagt hatte, klang ihm selbst irgendwie seltsam. Es war zwar vernünftig, aber es kam ihm vor, als habe er nichts damit zu tun. Das Boot, die Maschine, sie schienen ihm jetzt weniger real als in der Zeit, in der er sie in seinen Träumen gesehen hatte. Damals war er noch wild entschlossen gewesen, hatte er alles deutlich und klar vor sich gesehen. Die Konturen des Bootes hatten ihn geradezu angefleht, vervollständigt zu werden. Und auch der Zorn war hilfreich gewesen, der ihn jedesmal gepackt hatte, wenn er in seinem Boot an Sawtooth Point vorbeigefahren war.

War er mit Elsie Buttrick vielleicht nur ins Bett gegangen, weil

225

sie ein Teil von Sawtooth Point war? Weil sie eine der Buttricks war, in die Perryville-Schule ging, zum Leben auf den Tennisplätzen und Segelbooten gehörte, die diese Gegend überschwemmt und ihn den Pierce Creek stromauf gedrängt hatten, auf einen halben Hektar voll Gestrüpp?

Natürlich hatten sie ihn auch zu konzentrierter Zielstrebigkeit gedrängt.

Als das Boot halb fertig war, war er die andere Hälfte des Bootes gewesen. Jetzt, da es fast ganz fertig war, hatte er gehofft, er werde sich auch wieder ganz fühlen. Aber es war nicht so.

Er hatte diesen Schlamassel sich selbst zu verdanken.

„Rufst du die Jungs bitte?" fragte May. „Sie sind unten am Kai. Das Abendessen ist fertig." Als er sich nicht sofort bewegte, berührte sie ihn wieder an der Schulter. „Dick, vielleicht hast du nicht gemerkt, wie schwer es war. Vielleicht hast du geglaubt, du müßtest nur nachgeben, und das wäre ganz einfach. Aber zu diesen Leuten zu gehen und Geld zu beschaffen ist Arbeit. Jetzt solltest du gut essen und gut schlafen, damit du wieder in Ordnung kommst."

„Ich hole die Jungs", sagte Dick.

Ein North Star-Loran. Fünftausend Scheine. Eddie Wormsley sah Dick über die Schulter, als er den Scheck für sein Konto bei der Bank in Wakefield ausstellte. Elsie hatte ihn einmal angerufen, um sich nach seiner Kontonummer zu erkundigen, und dann noch einmal, um ihm mitzuteilen, daß die Zehntausend eingezahlt waren. Der Händler ging in sein Büro, um die Bank anzurufen. Er kam breit lächelnd wieder heraus.

Edie dachte daran, ihn zu fragen, ob ihnen jemand beim Einbau helfen könnte. Der Händler hatte gerade einen Mann frei.

Eddie begleitete Dick auch beim Kauf des Funkgeräts. Eddie war so gut aufgelegt, daß sich auch Dick davon anstecken ließ.

Am Ende der Woche hatten sie die Zehntausend für das Loran, das UKW-Funkgerät und das Funkpeilgerät ausgegeben. Mit dem Schwertfischgeld bezahlte er das Sonar. Sie installierten alle Geräte. Die Antennen mußten ebenso wie der Toppmast und das Krähennest noch warten, bis sie das Boot aus dem Schuppen gezogen hatten.

Eddie war bei Dick, als der Verwalter der Werft kam, um mit ihm über den Stapellauf zu sprechen. Sie gingen zu dritt zum Schuppen hinaus. Dick hielt die Plastikplane zur Seite. „Heiliger Herr im Himmel", sagte der Verwalter. Eddie lachte und stampfte mit den Füßen auf.

„Sie haben verdammt recht", sagte er. „Glauben Sie, daß Sie es transportieren können?" fragte Dick den Verwalter.

„Verdammt", sagte der Manager. „Das ist wirklich unglaublich, Scheiße nochmal." Sein Kopf kippte nach unten. „Eigentlich habe ich Ihnen damals einen Gefallen getan, als ich Sie entlassen habe."

„Ich habe es Ihnen nie übelgenommen", sagte Dick.

Der Verwalter ging um das Boot herum und sah sich Bock und Schlittenständer an. „Wir können es machen. Wenn Ihnen egal ist, was mit dem Schuppen passiert."

„Der Schuppen ist mir egal", sagte Dick.

„Okay. Wir können es machen. Das wird das letzte Stück Arbeit für die alte Schlepphelling. Wenn Sie es später wieder zu Wasser lassen wollen, müssen Sie es vom Staatspier in Galilee aus tun. Ich habe einen neuen Schleppmotor, aber für den ist Ihr Boot zu groß. Nur noch Jachten von nun an. Ich lasse die alten Schienen herausreißen."

„Also lassen Sie Dicks Boot um der guten alten Zeiten willen vom Stapel?" fragte Eddie.

Der Manager sah Eddie von der Seite an, wandte sich dann wieder Dick zu.

„Ich mache Ihnen einen guten Preis. Ich muß zwar etwas dran verdienen, aber ich mache Ihnen einen guten Preis. Wir tun es am Montag. Von jetzt an bis Mitte September muß ich jeden Tag Jachten zu Wasser lassen, aber ich schiebe Sie am Montag ein, um der guten alten Zeiten willen. Trotzdem werden Sie für vier Mann und die Benützung der ganzen Anlage bezahlen müssen."

„Wir könnten die Kosten senken, wenn Dick und ich –", sagte Eddie.

„Nein", unterbrach ihn der Verwalter. „Meine Versicherung gilt nur, wenn ich mit Leuten arbeite, die auf meiner Lohnliste stehen."

„Vielleicht können Sie ein paar Holzstämme brauchen", sagte Dick.

„Ich habe welche, erst letzten Winter gefällt, groß und gerade gewachsen, so lang wie Telefonmasten."

„Das geht in Ordnung, Eddie", sagte Dick. „Ich habe noch ein bißchen Geld in Reserve."

Der Verwalter brach auf. „Ich weiß, daß er diese Stämme brauchen kann", sagte Eddie zu Dick. „Wenn er dir zu viel berechnet, lassen wir ihn im Oktober ordentlich für die Stämme bezahlen."

„Ja-hmm."

„Was ist, Dick? Du bist doch startklar, oder? Du scheinst mir nicht so glücklich zu sein, wie du eigentlich sein solltest."

„Ja-hmm. Vielleicht bin ich müde. Vielleicht kann ich auch nicht glauben, daß wirklich alles gutgehen wird. Vielleicht erst, wenn es endlich im Wasser ist." Dick riß sich zusammen. „Hör zu, Eddie, du hast eine Menge Arbeit hineingesteckt."

„So viel auch wieder nicht", sagte Eddie. „Ich bin froh, daß es klappt. Die letzten paar Jahre ist es mir ganz gutgegangen. Ich möchte nicht, daß mein Glück sich wendet."

Dick wußte, was er meinte – wenn man anderen nicht hilft, fällt das früher oder später auf einen selbst zurück. Dick dachte, daß er selbst möglicherweise deshalb so nervös war. Er hatte eigentlich nur noch für sein Boot gelebt. Daß er Parker geholfen hatte, zählte nicht, weil er das nur wegen des Geldes getan hatte – ob er das Geld je zu sehen bekam oder nicht. Daß er Elsie aus dem Wasser gezogen hatte, galt auch nicht – denn er hatte etwas daraus gemacht, das man sicherlich nicht als Hilfe bezeichnen konnte, zum Teufel!

„Also dann", sagte Eddie. „Bis Montag."

„Bis Montag, Eddie."

Dick rief Elsie am Sonntagabend wieder an. Er hatte mit ihr telefoniert, war aber die ganze Woche nicht bei ihr gewesen. Jetzt machte sie es ihm leicht.

„Gestern habe ich zufällig Eddie Wormsley getroffen", sagte sie. „Er hat mir erzählt, daß ihr zwei bis über die Ohren damit beschäftigt wart, das Zeug einzubauen, das du gekauft hast. Übrigens, ich habe deinen anderen Scheck hier. Soll ich ihn dir bringen, oder willst du vorbeikommen? Komm doch vorbei?"

„Ja", sagte Dick. „Ich bin jetzt zu Hause."

„Ah", sagte Elsie.

„Wann soll ich den Scheck abholen – wann paßt es Ihnen?" fragte Dick.

„Jetzt gleich zum Beispiel."

Dick schaute sich um. Die Jungen deckten den Tisch, May stand am Herd. „Nach dem Essen", sagte er, „wenn es Ihnen recht ist. Wie geht es Miss Perry?"

„Gut", sagte Elsie. „Nein. Es geht ihr nicht gut. Das erzähle ich dir später. Es ist nicht schlimmer als sonst – behauptet wenigstens der Arzt. Wie steht's bei dir?"

„Gut", antwortete Dick.

Elsie lachte. „Gut", sagte sie. „Uns geht's allen gut. Komm zu mir."

Dick räusperte sich. „Wie es jetzt aussieht, werde ich das Geld jetzt doch brauchen, also..."

„Dick, hey, Dick!" rief Elsie. „Komm einfach her."

„In Ordnung", sagte Dick und legte auf.

Als Dick sagte, er müsse wegfahren, um mehr Geld zu holen, fragte Charlie, ob er mitkommen könne. Dick sagte nein, weil er, wenn er das Geld hatte, noch ins Neptune wollte, um zu sehen, ob Parker schon zurück sei – wie er meinte.

„Parker?" fragte May. „Ich habe gedacht, Parker sind wir los."
„Ich habe dir doch gesagt, daß ich ihn wegen der Körbe fragen
muß. Ihr Jungs könnt einstweilen dafür sorgen, daß der Weg frei
ist, wenn sie mit dem Sattelschlepper kommen. Sie kommen
gleich morgen früh."
„Was meinst du, Dad?"
„Was werde ich schon meinen, zum Teufel?! Der ganze Müll
im Hof – die Ködereimer, der Sägebock..." Mehr fiel ihm nicht
ein. „Ich möchte, daß das alles aus dem Weg ist", sagte er.
„Das können wir doch morgen machen", sagte Charlie.
„Tu, was dein Vater sagt", wies ihn May zurecht. „Außerdem
will ich sowieso nicht, daß du ins Neptune gehst."
„Charlie ist zu jung fürs Neptune", sagte Tom.
„Ihr solltet lieber den restlichen Mais und die Tomaten einsam-
meln", sagte Dick zu May. „Wenn sie wenden, um mit dem
Schlepper rückwärts reinzufahren, müssen sie vielleicht über das
südliche Ende des Gartens fahren. Ihr Jungs helft eurer Mutter im
Garten."
Jetzt kann ich es genausogut ganz durchziehen, dachte Dick. Er
bog vor einem Kombi in die Route 1 ein. Der Fahrer des Kombis
hupte, als Dicks Kleinlaster eine Fehlzündung hatte. Der Kombi
wechselte die Spur und überholte ihn. Dick stieg zweimal aufs
Gas, beschleunigte und zog rechts an dem Kombi vorbei. Dicht
vor ihm wechselte er in die linke Spur und wurde wieder
langsamer, um in die Linksabbiegespur zu kommen.
Der Kombi hupte wieder, und der plärrende Ton verklang, als
das Fahrzeug Richtung Wakefield davonfuhr.
Wenn schon, dann richtig, dachte Dick. Sei schweigsam und
mürrisch vor Eddie, führ dich auf wie ein Arschloch vor May
und den Jungs, laß sie arbeiten, hau einfach ab, treib es wieder mit
Elsie und nimm auch noch ihr Geld. So wie das der alten Dame,
wenn sie gerade im Kopf nicht richtig beisammen war. Perfekt.
Als er den schmalen Weg zu Elsies Haus hinauffuhr, wurde
ihm klar, daß er es auf verrückte Art ernst meinte. Er wollte alles
erledigen. Es so schlimm wie möglich machen und am Ufer
zurücklassen, wenn er mit dem verdammten Boot auslief.

Elsie schien zu wissen, wie er sich fühlte. Schon bevor er kam, hatte sie ziemlich viel Luft in eine Flasche Wein gelassen, und jetzt schenkte sie schwungvoll, wenn auch ein bißchen schwankend, zwei Gläser ein.

Sie trank das ihre halb aus, stellte es hin und stopfte einen Briefumschlag in Dicks Hosentasche.

„Bevor ich's vergesse", sagte sie, „mein Schwager hat noch einen guten Rat dazugegeben. Schließlich ist es sein Geld. Er meint, du solltest dich mit deinem Boot nicht bei Joxer Goode verpflichten. Er glaubt nicht, daß Joxer es schaffen wird."

„Die halbwegs Anständigen können mit Geld nicht besonders gut umgehen, nicht wahr?"

„Scheint so. Aber du schaffst es. Wenn du erst dein eigener Herr bist, wirst du es schon richtig machen."

„Ja-hmm."

„Sei jetzt nicht bockig. Heute abend trinken wir zusammen eine Flasche Wein. Morgen höre ich auf zu trinken. Ich werde mich noch eine Woche lang Miss Perry widmen und dann wieder die Uniform anziehen. Du bist dann schon mit deinem brandneuen Boot auf See."

Elsie tätschelte seinen Arm. „Ich habe auch einen guten Rat für dich. Sei fröhlich, sei vergnügt." Sie lachte.

Die Sonne sank tiefer und färbte sich rot. Sie schien unter den Kronen der hohen Bäume und dem Dachgesims der Seitenveranda durch. Das seitlich einfallende Licht hob die halbleere Flasche, die Gläser und das polierte Holz hervor. Es zuckte über Elsies Hände und ihr Gesicht, als sie ihr Glas aufnahm und es durch eine Schranke aus Sonnenlicht zum Mund führte.

Der Raum war so hell und bunt wie ein Jahrmarkt.

Der Weiher lag im Schatten, schwarz und unter dem Glitzern

des Glashausdaches deutlich umrissen. Das diesseitige Ufer und der große Felsen waren im Schatten gerade noch sichtbar.

Sie sahen beide eine Weile zum Teich hinunter. Sie küßten sich auf müde und friedliche Art. Elsie lachte, schüttelte den Kopf und zog ihn an der Hand, weil sie schwimmen gehen wollte.

Sie blieben nicht lange im Wasser, aber als sie herauskamen, war es fast dunkel. Sie blieben stehen, um den fast vollen Mond zu betrachten.

Elsie ließ ihre Kleider in der Mitte des Zimmers fallen und nahm ihr Glas in die Hand. Er konnte eben noch sehen, wie es sich bewegte, ein Stückchen Licht in beinahe völliger Dunkelheit. Elsies Körper war genauso dunkel umrissen wie der Weiher.

Sie kam ihm voller und weicher vor denn je.

Im Halbdunkel war es schwierig, Entfernungen abzuschätzen, und er war daher überrascht, als er sie mit ausgestreckten Händen berührte. Ihre Haut war kühl, und das war irgendwie entmutigend. Ihre Lippen und die Zunge waren schon wärmer, gelöst und herb vom lauwarmen Wein. Sie legte ihm die Arme um den Hals und begann langsam auf Zehenspitzen zu tanzen.

„Es macht dir doch nichts aus, daß ich ein bißchen blau bin, oder?" sagte sie. Sie begann eine Melodie zu summen, während sie tanzte.

Plötzlich drehte sie ruckartig den Kopf zur Seite. Im nächsten Augenblick hörte er einen Wagen. Die Scheinwerferstrahlen leuchteten grell durch das Fenster der Seitenveranda herein. „O Scheiße", sagte Elsie und suchte im Dunkeln nach ihren Kleidern. Dick hatte es gerade geschafft, die Hose anzuziehen, als es an der Tür klopfte. „Einen Augenblick!" rief Elsie.

„Wer ist da?"

„Mary. Mary Scanlon."

„Komme", sagte Elsie und schaltete das Licht ein. „Einen Moment, Mary." Sie sah Dick an, der sich gerade das Hemd in die Hose steckte. Als sie an der Tür war, schaute sie um und wartete, bis er den Gürtel geschlossen hatte. Sie gab ihm durch Zeichen zu verstehen, daß er sich setzen solle, und öffnete die Tür.

Mary Scanlon stand – ganz in Schwarz – auf der obersten der drei Stufen und sah größer aus, als Dick sie in Erinnerung hatte. Sie überragte Elsie. Marys Gesicht sah unter dem schwarzen Hut

blaß und knochig aus. Einen solchen Gesichtsausdruck hatte Dick
bei ihr noch nie gesehen. Er stand auf und rechnete fast damit,
daß Mary ihn und Elsie mit Vorwürfen überschütten würde.

„Du meine Güte, tut mir leid", sagte Mary. „Ich wollte nicht
so hereinplatzen." Sie war verwirrt, und diese Verwirrung nahm
allmählich zu.

Elsie nahm ihre Hand. „O Mary, tut mir leid", sagte sie. „Ich
wollte dich vorige Woche besuchen, aber..."

„Ich war die ganze Woche im Krankenhaus. Gestern war das
Begräbnis."

„Mein Beileid, Mary. Wie geht es deiner Mutter?"

„Sie ist okay. Meine Brüder bleiben noch ein paar Tage bei ihr.
Ich habe geglaubt, ich wollte allein sein, aber als ich hier war,
habe ich es nicht mehr ausgehalten, also habe ich mir gedacht, ich
schau schnell mal vorbei."

Elsie nahm Marys Hände, führte sie die letzte Stufe hinunter
und umarmte sie. Dick steckte die Hände in die Taschen und
stieß dabei an den Briefumschlag. Elsie brachte Mary zum Sofa
und setzte sich neben sie.

Mary sah auf und nahm Dick wahr. „Mein Vater ist gestorben."

„Bist du müde?" fragte Elsie. „Möchtest du einen Drink?"

„Mein Beileid, Mary", sagte Dick.

„Er war tapfer", sagte Mary. „Er war wirklich tapfer. Das lag
zum Teil daran, daß der Krebs auf die Leber übergegriffen hat,
und die Ärzte sagen, das sei schmerzlos. Sie behaupten sogar,
man werde euphorisch. Und er hat es gehaßt, alt zu sein, also..."
Sie wandte sich Dick zu. „Aber Sie haben das ja schon durchge-
macht. Und für Sie muß es noch schlimmer gewesen sein, weil
sie keine Geschwister hatten und Ihre Mutter starb, als Sie noch
ein Kind waren."

Dick fühlte sich festgenagelt, als sich ihr Mitgefühl plötzlich
auf ihn konzentrierte.

Sie saßen schweigend da. Mary wirkte am gelassensten. Elsie
fragte Mary noch einmal, ob sie einen Drink wollte. Mary lehnte
den Wein ab, bat aber um einen kleinen Whiskey. „Bin ich die
einzige?" fragte sie, also nahm Dick auch einen, mit einem Bier
zum Hinunterspülen.

Wieder schwiegen sie. Dick fühlte, wie die Kraft von Marys

grauen Augen die Luft im Zimmer veränderte, wie der erste kalte Herbsttag, eine ernste Warnung. Es war nur gerecht, daß sie gekommen war, um seinem Verlangen nach Elsie ein Ende zu bereiten.

„So sind Elsie und ich damals Freunde geworden", erzählte Dick. „Als sie in die Werft kam und sagte, es tue ihr sehr leid, daß mein Vater gestorben sei."

„Nein, das war es nicht", sagte Elsie. „Meine Schulmädchen-schwärmerei hat viel früher angefangen."

Mary sah Elsie an. „Damals schon."

„Damals was?" fragte Elsie.

„Schon damals hast du dich mit uns Iren und Sumpf-Yankees abgegeben."

„Ich verstehe nicht, warum du immer noch so von mir denkst."

Mary lächelte. „Okay, okay – du bist einfach eine von uns. Ich schätze, das kommt daher, daß ich gesehen habe, wie deine Schwester und ihr Mann mit ihrem Vierspänner hier hereinga-loppiert sind, um ihre Ländereien zu inspizieren. Das erinnert mich daran, daß du nicht immer eine von uns warst."

Das ist schon eher die Mary, die ich kenne, dachte Dick. Als trinke man ein Bier mit ihr, während sie jemanden an der Bar fertigmachte.

Aber sie waren in Elsies Haus. Elsie sah unglücklich und zer-brechlich aus, als sie sich in einer Sofaecke zusammenrollte, mit nassem Haar und Augen, die in das Licht der Stehlampe hinter Mary blinzelten. Dick stand auf und drehte den Lampenschirm in die andere Richtung. Er konzentrierte sich wieder auf Mary. Er hatte das Gefühl, mehr für Elsie tun zu müssen, aber er konnte nicht.

Mary nahm den Hut ab. „Ich war seit Jahren nicht mehr in der Messe. Außer bei Begräbnissen. Vielleicht sind es die mittleren Jahre, aber allmählich beginnt es mir wieder zu gefallen. Heute morgen waren alle wieder in der Messe."

Sie lachte. „Etwas, das mein Vater gesagt hat... Ich glaube, es war ein, zwei Tage vor seinem Tod. Meine Mutter hat einen Pfarrer an sein Bett gerufen, einen jungen Pfarrer, fast noch ein Kind. Aber mein Vater hatte was gegen Beichten auf dem Sterbebett. Das sei zu einfach. Also sagt der alte Herr, er werde nicht beichten. Der Pfarrer bleibt trotzdem da, erzählt ein paar Geschichten und bringt Vater zum Reden. Vater erzählt auch ein paar Geschichten. ‚Also, Mr. Scanlon‘, sagt der Pfarrer dann, ‚Sie haben ein recht gutes Leben geführt.‘ ‚Stimmt‘, sagt Vater. ‚Aber es gibt sicher ein paar Dinge, die Ihnen heute leid tun‘, sagt der Pfarrer. ‚Stimmt‘, sagt der alte Herr. Der Priester will zum Ende kommen und fügt ganz beiläufig hinzu: ‚Weil es Sünden gegen Gott waren?‘ Da hebt Vater den Kopf und sagt: ‚Nein. Weil es Sünden gegen *mich* waren!‘“ Mary lachte und sah Elsie an, die entsetzt dreinschaute. „Ach Gott“, sagte Mary. „So was muß man wahrscheinlich selbst miterleben.“

Dick lachte. Mary sah Dick an, und ihre grauen Augen wurden größer und heller. Er verstand jetzt, warum sie Elsie erschreckt hatte.

„Oder man muß Katholik sein“, sagte Mary. Sie lachte wieder. „Einmal hat mein Vater in einem Büro gearbeitet, als Vertreter bei einer Firma, die feinste Spitzen herstellte. Hier im South County hat es einmal eine Spinnerei und Weberei gegeben, deren Spitzen weltbekannt waren und auf der Messe in Brüssel eine Goldmedaille gewonnen haben. Na, egal – auf jeden Fall haben Vater und ein anderer Vertreter eine bühnenreife Gallagher-und-Sheen-Doppelconférence abgezogen, wenn alle beim Wasserkühler standen.

‚Sie, Mr. Gallagher?‘

‚Ja, Mr. Sheen?‘

‚Ich hab gehört, der neue Papst hat alle Kardinäle soweit gebracht, daß sie auf Zehenspitzen stehen.‘

‚Wie hat er denn das gemacht, Mr. Sheen?‘

‚Er hat alle Pissoirs im Vatikan ein paar Zentimeter höhersetzen lassen.‘

Pa-pa-pa-paaam. Nein, Moment. Alle haben gelacht außer einer jungen Sekretärin. Also schaut mein Vater sie an und sagt: ‚Tut mir leid, mein Schatz. Fanden Sie das nicht lustig?‘ Und sie sagt: ‚Entschuldigen Sie, Mr. Scanlon, ich weiß nicht, was ein Pissoir ist – wissen Sie, ich bin nicht katholisch.‘“

Diesmal lachten sowohl Elsie als auch Dick. Mary seufzte. „Irgendwann ist ein Familienwitz draus geworden“, sagte sie. „Wenn jemand sich besonders dumm stellte, hat Vater nur gesagt: ‚Tut mir leid, ich bin nicht katholisch‘ – und schon haben wir uns alle gekugelt vor Lachen.“

235

„Wie alt war Ihr Vater?" fragte Dick.

„Vierundachtzig. Mein Großvater wurde achtundneunzig. Er kam gerade rechtzeitig nach Amerika, um im Bürgerkrieg zu kämpfen. Vater wurde im Ersten Weltkrieg eingezogen und über den ganzen Atlantik nach Frankreich zurückgebracht. Wahrscheinlich ist es ein Glück, daß es mich gibt, nach einer Hungersnot und zwei Kriegen. Einer meiner Cousins ist im Zweiten Weltkrieg gefallen, aber damals war ich schon über der Ziellinie.

Vater war der Jüngste seiner Familie, und ich bin die Jüngste von uns Geschwistern. Du meine Güte – alle meine Brüder haben schon weißes Haar! Der älteste wurde vor kurzem von der Navy pensioniert.

Als ich klein war, lebte mein Großvater noch – und der hat im Bürgerkrieg gekämpft! Mein Vater hat noch Zwanzig-Dollar-Goldstücke gekannt." Mary lachte. „Eines Tages bei der Messe – es war hier in Wakefield – ist der Klingelbeutel durch die Reihen gegangen und mein Großvater hat in die Tasche gegriffen und seinen Penny gespendet.

Damals hat man noch einen Penny gegeben! Als der Klingelbeutel am Ende der Reihe war, hat Großvater gemerkt, daß er sein Zwanzig-Dollar-Goldstück hineingeworfen hatte. Er stand auf und wollte es wieder herausholen, aber meine Großmutter zog ihn am Arm zurück. Er flüsterte ihr zu, was ihm passiert war, und da drängte sie ihn, aufzustehen und sich das Gold wieder zu holen.

Aber da war der Klingelbeutel schon durch den Mittelgang nach vorn unterwegs, wie eine Braut zum Altar. ‚Nein, Mary‘, sagte mein Großvater laut, ‚ich habe es Gott gegeben – zum Teufel damit!‘"

Mary lachte und sah Elsie an. Elsie lachte. Mary schenkte Dick und sich selbst noch ein Gläschen ein. „Etwas habe ich im letzten Jahr sehr schön gefunden – Vater ist nach und nach seine Kindheit wieder eingefallen. Früher hat er immer über sein Leben als junger Mann gesprochen – seine Zeit bei der Armee, die Stellung bei der Spitzen-Fabrik. Dann mußten alle Betriebe schließen, er zog nach Pawtucket und mußte wieder ganz von vorn anfangen. Er hat eben immer über die schweren Zeiten geredet. Aber im letzten Jahr ging es um seine Kindheit. Er hat noch erlebt, daß die Hügel in unserer Gegend früher reines Weideland voller Schafe waren.

Als kleiner Junge war er in das hübscheste Mädchen der ganzen

Weberei verknallt. Mabel O'Brien hat an einer Tretkurbel gearbeitet – hat den ganzen Tag in die Pedale getreten, den Rock bis
zu den Knien hochgezogen und mit angespannten Wadenmus-
keln unter den weißen Strümpfen. Sie hatte drei uneheliche
Kinder von drei verschiedenen Männern. Heute halten wir diese
Zeit für engstirnig und intolerant, als sei Sex erst 1960 erfunden
worden, aber damals gab es auch schon Mabel O'Brien, die jeden
Sonntag mit ihren drei Jungs zur Messe ging. Vater erinnerte sich
an die Samstagabendgesellschaften, auf denen er sie gesehen hat.
Sagenhaft, wie deutlich er Mabel O'Briens Beine noch vor
Augen hatte – wie sie in die Pedale traten oder Samstag abends
durch die große Küche der O'Briens hüpften.

Ich besuchte ihn im Krankenhaus und saß bei ihm, während er
und sein Zimmergenosse sich das Spiel der Red Sox anschauten.

Vater hat ein kurzes Schläfchen gemacht und ist dann aus
einem Traum erwacht – fast alle seine Träume haben von seiner
Kindheit hier gehandelt. Natürlich hat er Mabel O'Briens Beine
gesehen, aber es war auch alles andere so klar und deutlich. Mit
acht Jahren hat er immer das warme Mittagessen bei den Frauen
abgeholt und den Männern gebracht – die irischen Arbeiter haben
oben auf dem Hügel in Firmenhäusern gewohnt. Die Eßgeschirre
hat er in ein Faß gestellt, das er auf seinen Schlitten genagelt hatte.
Wenn die Mittagssirene zu heulen begann, ist er den Hügel
hinuntergerast, die Füße um das Faß geschlungen und das Gesicht
halb erfroren vom kalten Wind, weil er so oft um das Faß herum
nach vorn schauen mußte. Er hielt vor dem Fabriktor, und die
Männer haben ihre Eßgeschirre genommen und ihn mit hinein-
genommen, damit er sich aufwärmen konnte. Beim Essen haben
alle durcheinandergeredet. Sie sind fast geplatzt, weil sie während
der Arbeit nicht sprechen durften. Er hat ihre Stimmen im
Traum gehört – damals hatten die meisten noch einen starken
irischen Akzent. Und er wußte auch noch, daß sie nicht stillste-
hen konnten, nachdem sie die ganze Zeit an den Maschinen
gestanden hatten. Sie haben ihre Kräfte beim Armdrücken gemessen, haben getanzt und gewettet, wer am besten auf den
Händen gehen konnte. Der Vater meines Vaters war berühmt
dafür, aus dem Stand über einen Farbbottich springen zu können.
Mein Vater hat ihm dabei zugesehen. Großvater bückte sich und
verschwand hinter dem Bottich. Plötzlich flog er durch die Luft.

Ich hatte gedacht, das Leben in Fabriken sei die Hölle gewesen, aber meinem Vater ist es vor seinem Tod wie das Paradies erschienen. Er sprach, als habe er seit damals nichts anderes erlebt. Sofort nach dem Aufwachen hat er mir erzählt, wie er mit seinem Schlitten den Hügel herunterraste. Als es zu Ende ging, fühlte er in seinen geträumten Erinnerungen nur noch Hitze oder Kälte. Und er schmeckte noch etwas. Er hatte im Traum noch den Geschmack des ersten Ahornsirups auf der Zunge, den er gekostet hatte. Sie hatten alle nicht gewußt, wie er schmeckte. Irgend jemand hatte ihnen eine Flasche geschenkt, aber sie kannten das Zeug nicht. Seine Mutter verabreichte ihm den Sirup als Hustenmedizin, bis ihr jemand zeigte, wie man damit Pfannkuchen backen kann.

Mabel O'Brien hat er angebetet. Die O'Briens, die etwas weiter oben auf dem Hügel wohnten, haben in ihrer Küche regelmäßig Gesellschaften veranstaltet. Nach dem Tanzen und Singen haben sie einander Geschichten erzählt. Hauptsächlich Gespenstergeschichten, ihr wißt schon – ein Mann, der nachts allein draußen ist und eine Todesfee hört. Das hat Vater Angst eingejagt, er war damals schließlich erst sechs oder sieben. Eines Abends ist er länger geblieben als seine Familie und traute sich nicht, allein nach Hause zu gehen. Mabel hat ihm die Hintertür aufgemacht, und das Licht der Öllampen zog eine helle Furt im Schnee bis zur Hintertür seines Hauses. Also ist er losgerannt, durch den Lichtstrahl, der aus der offenen Tür fiel, und plötzlich hörte er Mabels Vater brüllen: ‚Herrgott, jetzt mach doch die Tür zu!‘ Aber sie hat sie offengelassen. ‚Mach die Tür zu, Mabel, wir erfrieren!‘ Mabel ist neben der Tür stehengeblieben, bis Vater sicher zu Hause war.“ Mary lehnte sich zurück und legte die Hände über die Augen.

„Wißt ihr, es ist nicht so schlimm, daß Vater mit vierundachtzig gestorben ist, obwohl ich sehr traurig bin. Aber ich sehe ihn als kleinen Jungen vor mir. Als Tommy Scanlon, der allein den Weg entlangläuft, Tommy Scanlon, der sich vor der Dunkelheit fürchtet.“

Mary fing an zu weinen. Elsie legte den Arm um sie. Mary schneuzte sich, stand dann auf und schenkte sich noch einen Whiskey ein. Auch Dick bekam nachgeschenkt. Sie streifte die

Schuhe ab, damit sie nicht größer war als er, stellte ihr Glas ab und preßte sich ganz fest an ihn.

„Bist du nicht ein bißchen eifersüchtig auf Mabel O'Brien?" fragte Elsie. „Ich wäre es."

Mary lachte. „Sicher bin ich das. Aber sie hat nie erfahren, wie sehr er sie verehrt hat. Außerdem hat sie – oder vielmehr die Erinnerung an sie – ihm das Sterben leichter gemacht."

Mary setzte sich wieder. Sie rutschte zur Seite, damit Dick zwischen ihr und Elsie Platz hatte, und klopfte das Kissen zurecht. „Sie muß längst tot sein. Sie war zehn Jahre älter als Vater."

Dick quetschte sich zwischen die beiden Frauen. „Was ist aus ihr geworden?" wollte er wissen. „Aus ihr und ihren drei Söhnen?"

„Ich weiß nicht. Ihr Vater ist gestorben, und sie hat zusammen mit ihrer Mutter die drei Kinder großgezogen. Sie hat weitergemacht, bis die Webereien geschlossen wurden, aber was dann aus ihr wurde, weiß ich nicht. O ja. Ihre Mutter hat als Hausmädchen bei einer der wenigen irischen Familien der Stadt gearbeitet, die sich Spitzenvorhänge leisten konnten. Einmal ist Mrs. O'Brien – Mabels Mutter – in den Salon gekommen, um dort zu putzen, und da saß die Tochter der Familie mit zwei Freundinnen, und alle drei haben Zigaretten geraucht. ‚Schämt euch, Mädchen', sagte Mrs. O'Brien. ‚Anständige Mädchen rauchen keine Zigaretten!' Und die Tochter antwortete: ‚Wie können Sie es wagen, so etwas zu mir zu sagen, Mrs. O'Brien, da doch Ihre Tochter drei uneheliche Kinder hat!' Und Mrs. O'Brien sagte: ‚Das ist etwas völlig anderes! Mabel liebt Kinder!'"

Mary lachte, und ihre Wangen bekamen ein bißchen Farbe, doch gleichzeitig begann sie vor Erschöpfung in sich zusammenzusinken. Schließlich lehnte sie sich an Elsie, die den Arm um sie legte.

„Schlaf doch bei mir, Mary", sagte Elsie. „Auf der Veranda steht ein Bett. Wir schlafen uns aus und frühstücken ordentlich, und dann gehen wir zusehen, wie Dicks Boot zu Wasser gelassen wird."

Elsie nahm Mary das Glas aus der Hand und brachte sie auf die Schlafveranda. Sie schickte Dick hinaus, um Marys Koffer zu holen. Elsie stellte Mary den Koffer ans Bett. Dick setzte sich

239

wieder ins Wohnzimmer und hörte die beiden Frauen leise miteinander reden. Dann ging Mary im Nachthemd durchs Zimmer. Sie hatte eine Zahnbürste in der Hand, und das rote Haar fiel glatt über den Rücken. Als sie wieder zurückkam, gab sie Dick einen Kuß, der nach Zahncreme und Whiskey roch.

Mary legte sich schlafen. Elsie kam wieder herein. Sie setzte sich neben Dick aufs Sofa und zog ein Bein unter sich. Sie trank Marys Whiskey aus und atmete tief aus.

„Ich weiß nicht, ob sie in Ordnung ist", sagte sie. „Ich weiß nicht, wie so was ist."

„Er war vierundachtzig", sagte Dick. „Das scheint ihr ziemlich klar zu sein. Und sie ist ja hier bei dir."

Elsie nickte. „Benehmen sich bei einer Totenwache alle wie sie? Diese Witze? War das eine Totenwache?"

Dick mußte lachen. „Tut mir leid", sagte er, „ich bin nicht katholisch."

„Zieh mich nicht auf", sagte Elsie. „Mir ist irgendwie komisch."

Dick fand Elsie rührend. Er nahm ihre Hand. „Vielleicht bist du schon wieder zu gut, kommst dir vor, als würdest du zu einer zweiten Miss Perry."

„Nein, so gut bin ich bestimmt nicht", sagte Elsie. „Ich hatte vor, dich bis zur Besinnungslosigkeit zu ficken, als Mary kam."

Dick schüttelte den Kopf. Er konnte sich noch immer nicht daran gewöhnen, daß Elsie so redete.

„Es waren nicht nur Witze", sagte Dick. „Man hat gemerkt, daß sie ihren Vater geliebt hat."

„Das war hübsch, diese Geschichte über Mabel O'Brien", sagte Elsie. „Ich denke, ich wäre lieber so nett wie Mabel O'Brien als so gut wie Miss Perry."

Dick lachte, weil Elsie es irgendwie geschafft hatte, sich in dieser Geschichte wiederzufinden. Dann tat sie ihm wieder leid. „Vielleicht bist du das ja", sagte er.

„Warum hast du gelacht?"

„Da sitzt du nun, ein erwachsener Mensch, und zerbrichst dir den Kopf darüber, ob die Leute dich nett finden."

Elsie machte ein mißtrauisches Gesicht.

„Du bist nett", sagte Dick, „deshalb brauchst du dich nicht zu sorgen."

„Ich hätte aber gern, daß du mich auch dann magst, wenn ich nicht nett bin", sagte Elsie. „Das ist eines der Dinge, die ich an Mary so mag. Sie hat mich einfach gern, ob ich nun nett bin oder nicht."

„Na ja, sicher", sagte Dick. „Das ist nicht so schwer."

Jetzt lachte Elsie über ihn.

„Ich hab ein kleines Bootseinweihungs-Geschenk für dich." Sie stand auf und überreichte ihm ein Päckchen. Er öffnete es. Es war eine Thermosflasche, die wie eine White Rock-Sodawasserflasche aussah.

„Danke. Eine Thermosflasche kann ich brauchen."

„Schau dir das White Rock-Mädchen an."

Dick hielt die Thermosflasche ins Licht der Lampe: Das White Rock-Mädchen kniete auf seinem Felsen, nackt, bis auf ein winziges Röckchen, und mit kleinen Libellenflügen auf dem Rücken.

„Siehst du's nicht?" fragte Elsie. „Schau, das ist der Teich und das der Felsen. Und das bin ich."

„Herrgott, Elsie!"

Elsie lachte. „Hab ich selbst gemacht. Ich habe ein altes Etikett genommen, mein Bild hineingeklebt und mit Photo-Offset gearbeitet. Sieht aus wie echt, oder?"

„Schätze schon. Aber wo zum Teufel soll ich das hintun?"

„Auf dein Boot."

„Herrgott, Elsie – also, ich weiß nicht."

„Paß auf – wenn du mich nicht erkannt hast, wer sollte es dann tun?"

„Wer hat das Photo gemacht?"

„Oh, um Himmels willen, Dick. Sag mir einfach, daß ich hinreißend aussehe."

„Tust du. Aber trotzdem – ich weiß nicht. Manchmal werden Charlie und Tom an Bord sein."

„Sie werden es nicht erkennen."

Dick sah noch einmal hin. „Schätze, du hast recht."

„Aber du wirst wissen, daß das ich bin", sagte Elsie. „Ach ja – macht es dir was aus, wenn ich morgen ein bißchen filme? Ich habe noch Schuylers Kamera hier."

Dick war verblüfft, wie lebhaft sie plötzlich wieder war. Es war, als bringe sie sich wieder in die Stimmung, in der sie vorher mit ihm gewesen war. Ihm war schon der Gedanke gekommen,

241

daß sie vielleicht mit ihm hinausgehen und einen hübschen Platz im Gras suchen wollte – pfeif auf die Moskitos, volle Kraft voraus! Er hatte die Vorstellung reizvoll gefunden, war aber erleichtert, daß sie jetzt irgendwie unwahrscheinlich schien.

Er wußte nicht, ob er es ihr ohne Umschweife sagen sollte. War nicht sicher, ob sie begriff, daß sie nicht mehr miteinander schlafen würden. Er wagte nicht, sie zu fragen, wie sie dachte. Die Thermosflasche beunruhigte ihn immer noch. Er betrachtete sie noch einmal – eine hübsche Thermosflasche. Die dünnen, gleichmäßigen Lackschichten glänzten, das Bild-Etikett war schön eingepaßt. War sicher eine Menge Arbeit gewesen.

„Sie gefällt mir wirklich gut", sagte er, „obwohl ich nicht weiß, wo ich sie hintun soll. Verstehst du, was ich meine?" Er stellte die Thermosflasche ab und nahm ihre Hand. „Herrgott, Elsie, ich weiß nicht, was ich tun soll. Ich könnte aufhören, mit dir ins Bett zu gehen, aber was ist dann? Es wird mir etwas fehlen. Ich will nicht, daß es so wird wie damals, als ich zum ersten- und einzigenmal auf den Westindischen Inseln war. Von jetzt an wird mein Leben ziemlich geordnet ablaufen. Wenn ich zu dir komme, ist die Wahrscheinlichkeit groß, daß es mich sofort wieder in deine Arme treibt. Als ich dich damals im Regen auf der Straße auflas, hatte ich überhaupt keine Absichten. Womit ich nicht sagen will, daß du mir nicht aufgefallen wärst. Und dann war's plötzlich passiert."

Elsie lachte. „Ja", sagte sie, „manchmal bist du richtig süß."

Dick schüttelte den Kopf. „Ich habe mir geschworen, zweierlei Dinge nie zu tun. Erstens will ich nie Hausmeister eines Sommerhauses sein, und zweitens will ich meine Familie nicht zerstören."

„Du hast keins von beiden getan. Du hast das getan, was May wollte, als du dir von Miss Perry und mir Geld geliehen hast. Weißt du – ich wette, selbst wenn May das mit uns herausfände, würde sie sich weiterhin am meisten darüber beschweren, daß du verbittert, nervös, dickschädlig und alles in allem ein unmöglicher Mensch bist. Nicht ungewöhnlich für eine Ehe. Und für einen Mann bist du gar nicht so übel. Wenn du jetzt noch ein bißchen netter und fröhlicher wirst, weil doch alles besser für dich läuft, wird May zufrieden sein."

„Du nimmst dir wirklich kein Blatt vor den Mund, verdammt!"

„Ich weiß", sagte Elsie. „Und das ist nicht einmal das Schlimmste an mir."

Dick lachte.

„Mach dir keine Sorgen", sagte Elsie. „Niemand wird etwas erfahren. Ich werde die Diskretion in Person sein."

„Aber was machen wir . . ."

„Wir werden sehen", sagte Elsie. „Was wir auch tun, es wird nicht schlecht sein." Sie stand auf, begleitete ihn zur Tür und hinaus bis zu seinem Kleinlaster. Er legte die Thermosflasche ins Handschuhfach, setzte sich in die Fahrerkabine und hielt sich am Lenkrad fest. Elsie beugte sich durch das offene Fenster.

„Vielleicht werden wir ein Paar wie Miss Perry und Kapitän Texeira", sagte sie. Sie steckte den Kopf weiter hinein und küßte ihn kurz.

„Wir werden sehen", sagte sie. „Wir sind ja füreinander nicht aus der Welt. Du fährst jetzt nach Hause und träumst davon, wie du dein Boot zu Wasser läßt. Ich werde da sein und ein paar Bilder schießen. Gegen Mittag, stimmt's? Keine Sorge, ich nehm Mary mit."

Als er die schmale Zufahrtsstraße entlangfuhr, begriff er, daß sie ihn auf andere Weise durcheinandergebracht hatte. Er hatte ihr praktisch gesagt, daß es vorbei war. Besonders als er erzählt hatte, wie es nach dem Tod seines Vaters zwischen Elsie und ihm gefunkt hatte, war ihm die Bedeutung dieser Bemerkung sehr bewußt gewesen. Sie war ihm herausgerutscht, aber er hatte gedacht, sie hätte so beiläufig geklungen, daß ihre wahre Bedeutung sein Geheimnis bleiben würde. Als er sie jetzt nachvollzog, kam sie ihm so plump und tölpelhaft vor, daß er angewidert auf die Bremse trat. Elsie hatte den Gedanken geradezu zu Ende führen müssen: Und jetzt kommt Mary, direkt vom Begräbnis ihres Vaters, und trennt uns. Zuerst hatte Elsie widersprochen, hatte nein gesagt und behauptet, schon früher für ihn geschwärmt zu haben, ehe er etwas davon gewußt hatte. Und dennoch hatte sie ihm irgendwie zugestimmt und ihn nach Hause geschickt. Jetzt spürte er, wie sich in ihm wieder alles veränderte, spürte ein Ziehen, das ihn so mühelos herumwirbelte wie der Wurf eines Ringkämpfers.

Er stellte den Motor ab. Es war egal, ob er sich das nur einbildete.

Als er ihr gesagt hatte, sie sei gut, hatte sie verneint und erklärt, sie habe ihn bis zur Besinnungslosigkeit ficken wollen.

Hätte er bei seiner Abfahrt darauf geachtet, dann hätte er vielleicht gesehen, daß sie an der Eingangstür stehenblieb, die Hand langsam auf den Türknopf legte und ihn nur leicht berührte. Hätte er in diesem Augenblick den Motor abgestellt, hätte sie sich umgedreht.

Jetzt würde sie sich die Zähne putzen. Oder ihr Glas Wein trinken. Vielleicht im Zimmer auf und ab gehen. Vielleicht verließ sie auch noch einmal das Haus und lief barfuß zum Weiher hinunter.

Dick stieg aus und ging zu Fuß die Zufahrtsstraße wieder hinauf. Er hielt sich auf dem grasbewachsenen Mittelstreifen des Wegs, damit seine Schritte auf dem Schotter nicht knirschten. Als er Marys kleinen Lieferwagen erreichte, ging er vorsichtig auf dem Rand des Rasens um ihn herum und bewegte sich langsam, damit die Ranken der Forsythien, die bis an die Flanke von Marys Laster reichten, nicht gegen das Blech schlugen. Als er sich dem Haus zuwandte, sah er, daß auf der Schlafveranda Licht brannte. Eben erst eingeschaltet?

Die hüfthohe Brüstung schränkte die Sicht ein und erlaubte keinen direkten Blick auf die Lampe. Das Mondlicht war hell genug, um das Drahtgeflecht des Fliegengitters zum Funkeln zu bringen.

Dick schlüpfte an den Forsythien vorbei und blieb hinter einer neugepflanzten Schierlingstanne stehen, die noch nicht so groß war wie er.

Mary war noch wach. Er hörte ihre Stimme, dann sah er, daß Elsie die Veranda verließ. Er konnte warten, bis Mary wieder einschlief.

Nein. Elsie kam zurück. Sie setzte sich zu Mary ans Bett. Er hörte Sesselbeine über den Boden scharren. Durch das Fliegengitter konnte er Elsies Kopf sehen. Er wollte sich schon auf den Weg machen, beschloß aber, noch zu warten, bis Elsie wieder ins Haus ging.

Im Moment brauchte sie nämlich nur leicht den Kopf zu wenden, um seinen hastigen Rückzug mitzukriegen.

Seine Ohren gewöhnten sich an das Summen der Insekten, und er konnte Mary und Elsie jetzt hören. Sie sprachen über eine

244

Freundin von Elsie, die mit Jack Aldrich verheiratet gewesen war; Elsies Schwester war seine zweite Frau.

Die Moskitos hatten Dick jetzt entdeckt. Geschah ihm recht.

Elsie Stimme. „. . . Lucy hatte die ganze Zeit eine Spirale. Jack mag ja manchmal ein Arschloch sein, aber das hat er nicht verdient. Der arme Mann hat sich wahrscheinlich die ganze Zeit gefragt, ob er unfruchtbar ist."

Marys Stimme. Er verstand nicht, was sie sagte.

„O nein", sagte Elsie. „Das würde er nie tun. Dabei muß der Mann in einen Plastikbecher ejakulieren. Lucy hat es mir erzählt, als sie schon geschieden waren. Aber sie hat Jack auch dann noch nicht die Wahrheit gesagt. Lucy und ich hatten deswegen einen Riesenstreit. Ich habe ihr vorgeworfen, daß sie eine abscheuliche Lügnerin ist. Sie hat gesagt, sie habe nicht gelogen, sie habe ihm nur nichts gesagt, und anscheinend hat er auch nie gefragt, wenigstens nicht direkt. Ich habe noch nie mit jemandem so gestritten. Ich habe mit meiner Schwester gezankt, aber das war nichts dagegen. Ich habe auch mit Jack meine Streitereien, von einigen habe ich dir ja erzählt, doch die machen eher Spaß. Wegen Lucy Potter fühle ich mich immer noch schrecklich. Und ausgerechnet jetzt bekomme ich einen Brief von ihr – das ist doch die reinste Ironie. Sie heiratet wieder und möchte mich zur Brautjungfer."

Marys Stimme.

„Ja, sicher", sagte Elsie. „Aber das Ironische daran ist, daß es seitenverkehrt wie ein Spiegelbild ist. Wenn es stimmt."

Marys Stimme.

„Sicher werde ich es ihm früher oder später sagen. Darum geht es nicht. Oder eigentlich geht es genau darum. Wenn man es vorher weiß, hat man immer noch die Wahl."

Marys Stimme, diesmal laut genug, daß Dick die Worte verstehen konnte – „O Elsie! Ganz sicher nicht! Denk nicht einmal . . ."

„Sei doch nicht wütend auf mich", sagte Elsie. „Mich mußt du nicht überzeugen. Wenn – ich meine, es ist alles ‚wenn'. Wenn ich es bin. Wenn ich es ihm gleich erzähle."

Dick begriff, daß Elsie schwanger war. Ohne wenn.

Ihr Gespräch über Adoption, ihr Plan mit Mary Scanlon. Ihre plötzlich Lebhaftigkeit, als sie die Mabel O'Brien-Geschichte gehört hatte. Und was war das mit Elsies Freundin Lucy Potter

245

gewesen? Das verstand er nicht ganz, aber es war auch nicht nötig.

Er ließ sich aus seiner kauernden Stellung hinter der Schierlingstanne auf die Knie fallen. O heiliger Gott im Himmel! Er war nicht so wütend, wie er vermutet hätte. Elsie hatte ihn noch nicht angelogen – vielleicht lag es daran. Er hoffte, es war ein Mädchen. Der Gedanke schoß ihm wie eine Sternschnuppe durch den Kopf.

Aber sofort wußte er, welche Strafe ihm auferlegt wurde: Sie würden nie Vater und Tochter sein.

Er ließ sich auf die Fersen zurücksinken und spürte das Knistern des Briefumschlags an seinem Oberschenkel. Was war in dem Kuvert? Sein Lohn, die Belohnung für den Zuchthengst. Schlaue Elsie Buttrick. Das konnten die Buttricks also auch kaufen.

Einen Augenblick war er nahe daran, den Scheck zu zerreißen.

Oder einfach auf die Veranda zu marschieren.

Er hörte Mary Scanlon lachen.

Er zerdrückte mit dem Zeigefinger einen Moskito unter seinem Ohrläppchen.

Man konnte sich darauf verlassen, daß Mary Scanlon den Witz an einer Sache verstand.

Sie saß jetzt aufrecht im Bett.

„Ich könnte um Schwangerschaftsurlaub ansuchen", sagte Elsie, „aber dann würden sie mich vielleicht aus moralischen Gründen entlassen. Ich werde mit einem Anwalt sprechen. Doch ich denke, am besten ist es, wenn ich vorgebe, es sei adoptiert. So kann ich meinen Beruf weiterhin ausüben, und es wäre auch für Dick leichter. Während der letzten fünf Monate könnte ich zu meiner Mutter nach Boston ziehen. Ich suche um Fortbildungsurlaub an und schreibe mich in ein paar Kurse ein. Du könntest hier einstweilen ein bißchen allein sein. Und könntest dich um den Anbau für dich selbst kümmern."

„Klingt gut – ein paar Monate in Boston", sagte Mary. „Nimm an, du lernst in Boston jemanden kennen und beschließt plötzlich zu heiraten."

„Kann ich mir nicht vorstellen." Elsie lachte.

„Hast du je daran gedacht zu heiraten, damit das Kind einen Namen hat?" fragte Mary. „Dann könntest du als Geschiedene auftreten."

„Ich sehe weit und breit keinen geeigneten Kandidaten. Außerdem will ich, daß das Baby meinen Namen trägt."

„Was ist, wenn Dick dich heiraten will? Ich meine, wenn er sich scheiden ließe und . . ."

„O nein", sagte Elsie, „das würde er nie tun, und ich würde es auch nicht wollen. Ich will das nicht, ich will nicht, daß das Kind sein Leben beginnt, indem es das eines anderen Menschen zerstört. Wie die Dinge jetzt liegen, glaube ich nicht, daß jemand leiden wird."

„Vielleicht nicht", sagte Mary. „Das Kind wird unehelich sein. Vielleicht wird es nicht darunter leiden. Wenn Dick es nicht erfährt, ist das vielleicht gemein, aber ich schätze, man könnte einwenden, daß er nicht leiden wird. Du könntest ihm erzählen, daß du's adoptiert hast, aber er ist nicht dumm, das weißt du . . . Nimm einmal an, du sagst es ihm. Was dann? Angenommen, er sagt, du sollst es abtreiben lassen?"

„Nein", sagte Elsie. „Ich bin ziemlich sicher, daß er das nicht tun würde. Aber ich muß es abwarten. Ich kann mir gar nicht vorstellen, wie er sich fühlen wird. Was fühlen Männer überhaupt? Angenommen, ich sage ihm, daß ich ihn ausgesucht habe – wird er sich da nicht geschmeichelt fühlen? Ist das nicht das Beste, was einem Mann passieren kann? Keine Windeln, kein Haushaltsgeld. Seine Gene sind kostenlos mit von der Partie."

„Elsie. Ich glaube nicht, daß es so einfach ist, Elsie."

Elsies Kopf sank unter den Rand des Fliegengitters und tauchte dann langsam wieder auf.

„Aber du spielst trotzdem mit?" fragte Elsie. „Du wirst die Taufpatin sein? Und hier mit uns wohnen?«

„Sicher", sagte Mary. „Wir geben dem Kind ein schönes Heim." Sie lachte. „Du weißt doch, was manche Typen von uns denken werden – nur wir beide hier draußen im Wald? Ein Lesbenpärchen in mittleren Jahren."

„Sollen sie doch. So bleibt wenigstens das Gesindel weg."

„Mein gesellschaftliches Leben ist nicht so vielseitig, daß ich es mir leisten kann, das Gesindel wegzuschicken", sagte Mary.

„O Mary", sagte Elsie, „mach dich nicht lächerlich. Du siehst hinreißend aus, du bist klug, bist witzig, du kannst wunderbar kochen. Und wenn du erst Managerin von Jacks Restaurant bist, lernst du alle möglichen Leute kennen. Und du hast dieses hübsche Haus, in das du sie einladen kannst."

„Ja, sicher. Mit vierzig fängt das Leben erst an. Ich beschwere

mich ja nicht. Wir werden es schön haben miteinander. Aber
bevor du einen neuen Flügel an dein Haus anbaust, solltest du
dich lieber erst vergewissern, daß du wirklich schwanger bist."

„Ich habe nächste Woche einen Termin beim Arzt. Aber ich
will auf jeden Fall, daß du hier einziehst."

„Das besprechen wir alles noch. Im Moment bin ich todmüde."

„Aber du begleitest mich trotzdem in die Werft?"

„O ja. Dicks Boot. Sicher, wenn's nicht zu früh am Morgen
ist."

„Mittags." Elsies Stimme hing noch im Raum, schwang sich in
die Lüfte wie ein Windhauch. „Es ist ein schönes Boot. Dick ist
mürrisch wie immer, wenn er davon spricht, doch es ist wirklich
erstaunlich. Ich weiß, daß es anmaßend ist, aber ich bin schrecklich stolz darauf. Auf ihn."

Marys Stimme klang jetzt wieder gedämpft, aber es klang, als
habe sie genug und wollte nicht, daß Elsie wieder euphorisch
wurde.

Das Licht ging aus.

Dick richtete sich auf ein Knie auf. Eine Sekunde lang war er
verwirrt, als habe er sich im Dunkeln verlaufen – dachte, er
verstecke sich noch immer in der Salzmarsch. Er fühlte seinen
Körper kaum, nur noch als dumpfe Last.

Er hätte nie gedacht, daß man auf so vielerlei Art in Schwierigkeiten geraten konnte. Er ging zu seinem Kleinlaster zurück und
ließ ihn die Zufahrt hinunterrollen, fast bis zur Kreuzung bei
Miss Perrys Haus.

Dann erst ließ er den Motor an.

Als er ins Bett schlüpfte, glaubte er, er werde nur schwer
einschlafen können.

Einmal weckte ihn May, damit er aufhörte zu schnarchen. Am
Morgen mußte sie ihn wieder wachrütteln, als der Sattelschlepper
für sein Boot von der Route 1 abbog und in den Hof fuhr.

248

Das Aufladen dauerte länger, als er angenommen hatte, aber es ging alles gut. Als der Schlepper im Rückwärtsgang hereinfuhr, rissen die Vorderräder die Hälfte von Mays Garten auf. Dann rollte der Auflieger ganz langsam, Meter für Meter, in den Schuppen, nahm das Gewicht des Bootes Spant für Spant auf, während Eddie und er den Bock zerlegten.

Die Räder des Schleppers sanken ungefähr fünfzehn Zentimeter tiefer in den Boden und hinterließen zwei parallele Gräben, die aus dem Schuppen quer durch den Garten, durch den Hof und seitlich ums Haus verliefen, wo sie sich allmählich dem Straßenniveau anglichen, da die Räder auf dem festen Belag der Zufahrt aus Schotter und Muschelkalk nicht mehr einsanken. Die Jungen liefen auf die Route 1 hinaus und schwenkten an Stöcke gebundene rote Taschentücher, um den Verkehr aufzuhalten. Dicks Transporter hatte keine Blinker, also fuhr Eddie mit seinem Laster hinter dem Boot her. Die Jungen nahm May in ihrem Wagen mit.

Als sie die zwei Meilen zur Werft geschafft und das Boot auf die Schlepphelling gerollt hatten, war es fast Mittag.

Der Verwalter schickte seine Männer für eine halbe Stunde in die Mittagspause. Dick zog die Brauen hoch, er holte tief Luft und nahm den Verwalter beiseite, um ihn so ruhig wie möglich zu fragen, ob denn diese halbe Stunde auch auf seine Rechnung gehe. Der Verwalter zwickte sich in den Nasenrücken, schloß die Augen und sagte „Nein". Er öffnete die Augen wieder. „Hören Sie, Dick", sagte er. „Es läuft alles gut. Das Boot ist in der Werft. Es liegt auf der Helling. Und meine Jungs brauchen um diese Zeit ihr Mittagessen. Wenn man so etwas überstürzt, geht es schief. Das wissen Sie." Er zeigte mit dem Kopf zum Hafen. „Die Flut steigt noch, und in einer halben Stunde wird das Wasser noch höher stehen. Schließlich wollen Sie nicht, daß Ihr Boot hart aufschlägt, wenn wir's zu Wasser lassen. Ihr Bootseigner seid doch alle gleich", fügte der Verwalter noch hinzu. „Ihr erwartet, daß alles sofort klappt, nur weil ihr hier erscheint." Das schmerzte. Der Verwalter schüttelte den Kopf. „Kommen Sie schon, Dick. War nur ein Witz. Das haben *Sie* doch immer gesagt, als Sie noch hier gearbeitet haben."

Dick schickte Charlie und Tom in Mays Wagen los, um ihr kleines Boot von der „Mamzelle" zu holen. Tom sollte das Boot von Galilee in den Hafen bringen und Charlie das Auto zurückfahren. Dick wollte das kleine Boot dazu benutzen, die Vertäuleinen aufmerksam zu beobachten und zu handhaben. May bot ihm an, nach Hause zu fahren und ihm ein Sandwich zu machen. Aber Dick war zu aufgeregt um zu essen. Er holte sich ein Ruder aus dem Lager der Werft, setzte sich in ein Dingi, das er über der Helling treiben ließ, und stocherte mit dem Ruder an der Stelle herum, wo das Heck seines Bootes auf dem Wasser aufsetzen würde. Seine Hände waren so zittrig, daß er das Ruder beinahe fallen ließ.

Mehr als genug Wasser. Warum war er nur so nervös? Er klatschte sich eine Handvoll Wasser ins Gesicht.

Ein Mann in roter Hose und weißer Tennismütze winkte ihm von der Anlegestelle aus zu. Dick hielt die Hand ans Ohr. Der Mann rief, er wolle sein Dingi wiederhaben. Eddie nahm sich seiner blitzschnell an. Eddies Hände öffneten sich wie Blüten vor seiner Brust, und er legte den Kopf schief. Eddie zeigte auf Dicks Boot, und die Blicke des Mannes folgten. Der Mann hob die Hand, um Dick noch einmal auf sich aufmerksam zu machen. „Okay, lassen Sie sich Zeit." Dick paddelte trotzdem zurück.

Er entschuldigte sich und sagte, er habe gedacht, das Dingi gehöre der Werft.

Der Mann wollte sich mit ihm unterhalten. „Wirklich ein schönes Boot", sagte er. „Hätte nie gedacht, daß Fischerboote noch aus Holz gebaut werden." Er sah Dick wieder an. „Haben Sie nicht mal hier auf der Werft gearbeitet?"

Dick erkannte das Gesicht des Mannes wieder, konnte ihn aber nicht einordnen. Der Mann deutete auf einen Liegeplatz, wo ein großes Katboot[1] vertäut war. „Sie haben ein paarmal auf meinem Boot gearbeitet."

---

1 Segelboot mit Mast am Bug

Dick schaute hin. „Ja. Ich erinnere mich an Ihr Boot. Eine alte Crosby."

Der Mann schien sich zu freuen.

„Sie haben die Schülerinnen der Perryville-Schule öfter damit rausfahren lassen", sagte Dick.

„Richtig! Richtig!" sagte der Mann. Er war offensichtlich begeistert, weil Dick ihn erkannte.

Dick hielt nach dem kleinen Boot der Jungen Ausschau, das im Kanal allmählich in Sicht sollte.

„Ihr Boot kommt aber nicht von dieser Werft", sagte der Mann. „Haben Sie es auf einer Werft in Rhode Island bauen lassen?"

„Ja, so ungefähr – er hat es selbst gebaut – in seinem Hinterhof", sagte Eddie.

Dick warf einen Blick auf den Parkplatz. Er sah Elsies Volvo und gleich darauf Elsie und Mary selbst, die eben um das Werftbüro herumkamen.

„Ist ja super", sagte der Mann zu Dick. „Das wollte ich auch schon immer machen."

„Und ich wollte schon immer Gehirnchirurg werden", sagte Dick.

Der Mann hob überrascht den Kopf. Dann breitete sich ein gekränkter Ausdruck auf seinem Gesicht aus – langsam, wie der Inhalt eines Farbsignalbeutels auf See.

„Dick! Herrgott nochmal", sagte Eddie. „Beruhige dich."

Dick atmete durch die Nase ein und wieder aus und schüttelte den Kopf über sich selbst. „Ja", sagte er. „Tut mir leid. Ich weiß selbst nicht, warum ich das gesagt habe."

„Ich habe schon verstanden", sagte der Mann. „Ich wollte Ihnen – gratulieren, weil Sie geschafft haben, was viele nur wünschen."

Elsie und Mary kamen über die Landungsplanke auf den Pier.

„Gut", sagte Elsie. „Wir sind nicht zu spät dran. Mary hat eine Flasche Champagner für May mitgebracht, damit sie das Boot damit taufen kann."

Sie wandte sich dem alten Mann zu. „Hallo, Mr. Potter", sagte sie und küßte ihn auf die Wange. Sie stellte ihn Mary Scanlon vor. Dann Dick und Eddie. Mr. Potter schüttelte ihnen die Hände.

Dick kam sich wieder einmal dumm und gemein vor.

251

Elsie sah sich gutgelaunt um. „Sind Ihre Jungs da? Ich sehe sie gar nicht. Ich habe auf dem Weg hierher bei Miss Perry vorbeigeschaut, weil ich hoffte, daß vielleicht eine winzige Chance bestünde, sie ... Sie wünscht Ihnen Glück. Kapitän Texeira war gerade dort, also ist er auch mitgekommen."

Mr. Potter erkundigte sich nach Miss Perry.

„Es geht ihr schon viel besser", sagte Elsie. „Kann man von hier aus gute Bilder schießen, Dick? Oder soll ich irgendwo hinaufsteigen und von oben filmen? Es wird einen ziemlichen Plumps geben, wenn es aufs Wasser knallt, nicht wahr?"

„Das dürfte nicht passieren. Es gleitet auf einer Schlepphelling ins Wasser – wir lassen es nicht einfach reinrutschen."

„Aha. Na ja, vielleicht schafft Schuyler es, noch rechtzeitig zu kommen. Er ist wieder da, also kommt er vielleicht auch her, und wir können mit zwei Kameras filmen."

Dick fühlte eine schreckliche neue Vertrautheit, als wären Elsie und er aneinandergekettet und schwebten gemeinsam ungehemmt durch die Luft, vor den Augen einer Menschenmenge, die Elsie entweder nicht wahrnahm oder die ihr gleichgültig war, weil sie sich auf ihn konzentrierte und immer wieder ihre Wange an die seine drückte. Doch, sie nahm die Menge wahr, winkte ihr sogar zu.

Dick schüttelte den Kopf.

„Dick", sagte Elsie, „Wie wär's mit dem Schuppendach da drüben?" Jetzt legte sie ihm tatsächlich die Hand auf den Arm. „Ich möchte auf jeden Fall May im Bild haben."

„In Ordnung", sagte Dick. „Überall, wo Sie nicht im Weg sind."

Endlich tauchte das kleine Boot im Kanal auf. Dick schaute zum Parkplatz hinauf und sah Charlie hereinfahren.

Parker war bei ihm.

„Sag Tom, er soll mit dem kleinen Boot hier warten", wandte sich Dick an Eddie.

Er ging zum Parkplatz. Der Verwalter trommelte seine Mannschaft wieder zusammen.

Parker klopfte Dick auf die Schulter.

„Wie geht's dir, alter Kumpel? Verdammt, sieh dir das an! Das ist es also, dein eigenes, richtiges, selbstfinanziertes, hochseetüchtiges Boot, mit voller Garantie für fünf Jahre oder fünfzigtausend Meilen, was immer zuerst kommt. Hurra!"

Charlie lachte.

252

„Also das ist vielleicht ein Boot, Junge!" Parker rüttelte Charlie
an der Schulter. „Und dein Alter hat es selbst gebaut. Was hältst
du davon?"

Charlie war verlegen.

„Er kennt das Boot", sagte Dick. „Er hat auch daran mitgear-
beitet."

„Na bitte, da hast du's", sagte Parker und ließ Charlies Schulter
los. „Du, Dick, wie ich höre, warst du mit der ‚Mamzelle'
draußen, während ich weg war."

„Richtig", antwortete Dick. „Jemand mußte die Fallen kontrollieren."

„Ganz meine Meinung", sagte Parker. „Ich bin dir sehr dankbar. Vielleicht können wir heute noch ein bißchen miteinander
reden und uns gegenseitig über den neuesten Stand der Dinge
informieren. Nachdem du dein Boot klar hast."

Parker schlenderte davon, um sich das Boot anzusehen. Charlie
folgte ihm mit den Blicken. Dick spürte, daß Geheimnisse in der
Luft hingen. „Er war an Bord, als wir zur ‚Mamzelle' kamen, also
haben wir ihm erklärt, was los ist, und er ist einfach zu mir ins
Auto gestiegen." Charlies Stimme klang zweifelnd.

„Ist schon in Ordnung", sagte Dick. „Deine Mutter sieht ihn
nur ein bißchen einseitig. Es wäre mir zwar nicht recht, wenn ihr
Jungs euch von ihm anheuern lassen würdet, aber er ist – er hat
auch seine guten Seiten."

„Ich glaube, er hat Humor", sagte Charlie.

Dick warf Charlie einen schnellen Seitenblick zu, als wolle er
sich vergewissern, daß es wirklich sein Sohn war, der diese
Bemerkung gemacht hatte. Es war zwar eigentlich nichts dabei,
aber sie hatte so lapidar geklungen, als sei damit alles gesagt.

Elsie kam um das Büroeck gehastet. „Dick, kommen Sie doch!
Da ist ja auch Charlie! Gut. Du stellst dich neben deine Mutter,
wenn sie die Flasche zerbricht. Tom ist schon dort."

„Herrgott, Elsie", sagte Dick. „Ich will nur das Boot zu Wasser
lassen und nachsehen, ob es leckt. Ich brauche keinen Zirkus."

„Das Problem mit deinem Vater", sagte Elsie, „sind die Trüb-
sinnspillen, die er immer schluckt."

Charlie lachte.

„Das ist ein alter Yankee-Aberglaube", sagte Elsie. „Wenn
man mürrisch genug ist, hat man angeblich Glück. Aber heute,

Dick, nur dieses eine Mal, seien Sie bitte kein Spaßverderber. Alle wollen ein bißchen feiern."

Elsie ging zum Boot zurück. Als Dick und Charlie um das Büro herumkamen, sahen sie, daß eine Menge Leute zusammengelaufen waren.

Elsie schnallte ihre Kamera um und kletterte über eine Leiter auf das Schuppendach.

Mary Scanlon hatte eine Champagnerflasche an ein langes Band gebunden und hielt sie May hin. „Das wird doch die Farbe nicht beschädigen, oder?" wandte sich May an Dick.

„Nein", sagte Mary Scanlon. „Ich hab die Flasche mit einem Glasschneider praktisch in zwei Teile gesägt."

„Was soll ich sagen?" fragte May.

„Du sagst: ‚Ich taufe dich auf den Namen ‚Spartina'", antwortete Mary und sah dann Dick an. „Das stimmt doch so Dick, oder? Ich weiß es von Elsie?"

Mary drehte sich wieder zu May um. „Und dann läßt du einfach die Flasche los. Du kannst gar nichts falsch machen."

Mary winkte dem Verwalter, der an den Kontrollgeräten der Schlepphelling saß. Er jagte den Motor hoch und schaltete dann auf Leerlauf zurück.

„Sie heißt ‚Spartina-May'", sagte Dick.

„Ich kann doch nicht meinen eigenen Namen rufen", wandte May ein.

„Bitte, May. Sag ihren ganzen Namen."

„Tu du es, Charlie."

„Es muß eine Frau sein", sagte Mary Scanlon.

Mary hob die Arme über den Kopf.

Jetzt, da alle still waren, wirkte die Menge noch größer. Kapitän Texeira, mit der Mütze in der Hand. Joxer Goode. Elsies Schwester und ihr Mann. Eddie Wormsley unten am Pier, der eine der Leinen hielt. Parker, der Schuyler und Schuylers Frau angrinste.

Dick richtete den Blick von den Menschen weg über den Hafen. Die auflandige Brise aus Südwest wurde stärker, huschte wie eine Katzenpfote in seine Richtung und brachte etwas Leben in die langweilig glatte Wasseroberfläche des Kanals.

May hielt sich an seinem Arm fest, holte tief Atem und sagte

254

mit hoher Stimme: „Ich taufe dich auf den Namen ‚Spartina-May'."

Das Boot begann schon zu gleiten, als May endlich die Flasche losließ, die am Bug sauber in zwei Teile zerbrach. Der Champagner strömte heraus, und dann tröpfelte nur noch Schaum aus dem baumelnden Flaschenhals.

„Großartig, Ma!" sagte Charlie.

Während das Boot ins Wasser glitt und vom Schlitten nach oben trieb, fühlte Dick einen immer stärker werdenden Druck, der erst aussetzte, als die „Spartina-May" befreit dümpelte. Jetzt gab es nur noch sie beide. Er spürte, wie sie aus dem Wasser nach oben drängte, spürte wie die Farben in der richtigen Reihenfolge auftauchten: der graue Rumpf, die königsblaue Wasserlinie und ein schmaler Streifen des rostroten Bodens, als sie leicht auf dem Wasser trieb und zum erstenmal den Geschmack der See kostete.

Dick konnte sich nicht daran erinnern, mit jemandem gesprochen oder zu Mittag gegessen zu haben. Erst als May ihn darauf aufmerksam machte, daß er Mary und Elsie für den Champagner und den Picknickkorb danken müsse, dämmerte ihm, daß er doch gegessen hatte. Eine Zeitlang durften Charlie und Eddie Wormsley die Leute auf dem Boot herumführen. Dann brachte Dick die „Spartina" an ihren Liegeplatz. Er behielt das kleine Boot der Jungen und blieb den Nachmittag über an Bord. Er arbeitete nicht. Er sah sich nur alles an, berührte alles und lauschte dem leisen Knarren des Rumpfs im Kielwasser vorbeiziehender Boote. Zum Abendessen fuhr er nach Hause, kehrte dann aber mit einer Matratze für eine der Kojen an Bord zurück und schlief auf dem Boot. Am Morgen schaltete er die Bilgenpumpe ein. Die „Spartina" hatte ein bißchen Wasser gemacht, etwa die normale Menge für den ersten Tag. Am Morgen des dritten Tages war sie knochentrocken und damit völlig dicht. Während er an Bord war, hatte Dick die Antennen und das Krähennest montiert.

Er nahm Charlie mit, holte Parker ab und machte mit den beiden eine kurze Jungfernfahrt.

Sogar mit vollen Tanks lag die „Spartina" hoch im Wasser. Dick spürte, wie sie auf den Wellen tanzte, als sie den Wellenbrecher hinter sich hatten. Er hatte weder die Wassertanks aufgefüllt noch Eis für den Fischladeraum an Bord genommen. Also pumpte er etwas Meerwasser in den Hummerkasten, und das beruhigte sie ein bißchen.

Dick ließ Charlie ans Ruder und ging unter Deck, um zu hören, wie der Motor lief. Parker begleitete ihn.

„Jede Menge Kraft", sagte Parker. „Und – ach, du lieber Gott, man sehe sich diesen Hummerkasten an. Du bist ziemlich optimistisch."

„Siebentausend Pfund", sagte Dick. „Das ist etwa die Hälfte von dem, was Texeiras Boote laden können. Aber die bleiben auch doppelt so lange auf See. Ich schätze, ich werde bei gutem Wetter zehn Tage draußen bleiben."

„Und was schätzt du, wie deine Crew aussehen wird?"

„Ich hätte gern zwei Leute und im Sommer einen Jungen."

„Und wie viele Fallen?"

„Ach ja", sagte Dick. „Reden wir über die Fallen. Wir beide haben mit etwa fünfzehnhundert angefangen, von denen etwa tausend dir gehört haben. Aber jedesmal, wenn wir eine verloren oder eine kaputtging, habe ich sie ersetzt. Also haben wir jetzt ungefähr gleich viele."

„Moment, Dick, einen Augenblick! Wenn wir Fallen verloren haben – woher weißt du, daß es meine waren und nicht deine?"

„Jedenfalls war ich es, der neue ausgesetzt hat", sagte Dick.

„Aber wenn eine von deinen kaputtgegangen ist, hast du doch deswegen keine dazugewonnen. Verstehst du das nicht?"

„Dann will ich es so ausdrücken", sagte Dick. „Du schuldest mir Geld."

„Stimmt", antwortete Parker. „Auf dich wartet ein kleiner Betrag."

„So klein ist er nicht."

„Schau her, Dick, es ist so – in dem Moment, in dem ich Schuyler hereinnehmen mußte, da es mit deiner ersten Fahrt

256

nicht geklappt hat, haben sich die Verhältnisse geändert. Das verstehst du doch, oder?"

„Du willst in den Süden", sagte Dick. „Dort brauchst du keine Fallen. Du willst sicherlich auch keinen Tender chartern, der die Fallen für dich birgt. Wenn du sie mit der ‚Mamzelle' einholst, kostet dich das einen Monat. Und ein Verkauf im Hafen bringt dir nicht viel ein, selbst wenn du bereit wärst, abzuwarten, bis die verschiedenen Kapitäne einlaufen. Also bin ich bereit, deine Fallen zu übernehmen, und wir sind quitt."

Parker lachte und ging wieder an Deck.

Dick wußte, daß sein Standpunkt unhaltbar war. Aber er wußte auch, wie ungeduldig Parker war. Noch nie war er über die zweite Oktoberwoche hinaus im Norden geblieben. Das bedeutete, daß er höchstens noch zweimal mit der „Mamzelle" auslaufen konnte.

Vielleicht konnte er dabei ein paar Fallen einholen, vielleicht wollte er auch einen Tender benutzen und eine ganze Menge hereinbringen, und vielleicht konnte er sie sogar losschlagen. Parker war zwar schlau, aber er hatte keine Geduld. Dick konnte warten.

Den Rest des Nachmittags verbrachte Dick damit, Loran und Funkpeilgerät zu überprüfen und die Kompaßpunkte festzulegen – er richtete die „Spartina" auf Block Island, Brenton Reed und Point Judith Light aus.

Parker brachte das Thema wieder zur Sprache, als Charlie das Ruderhaus verlassen hatte. „Du Yankee-Hurensohn schießt immer weit übers Ziel hinaus, aber ich sage dir trotzdem was – da ich eine schöne Freundschaft nicht zerstören will..."

„Okay", sagte Dick, „du hast recht. Wir wollen uns nicht streiten. Wir teilen die Fallen einfach auf und versuchen gar nicht erst, einen Deal zu machen. Ich nehme alle Fallen östlich von Lydonia Canyon. Das ist ungefähr die Hälfte."

„Moment, Dick, hör mir doch mal einen Augenblick zu. Sagen wir fünfzig-fünfzig bei den Fallen. Das ist doch schon ein Anfang. Du kaufst mir meine Fallen ab. Ich ziehe dir die zweitausendfünfhundert Dollar, die ich dir schulde, vom Kaufpreis ab..."

„Wieviel pro Falle?"

„Zehn Dollar."

„Parker, da können ich und die Jungs sie ja billiger selber machen. Nein, behalte deine Hälfte, und bezahl deine Schulden bei mir. Und das sind keine zweitausendfünfhundert Dollar."

„Ich mußte Schuyler beteiligen."

„Schwachsinn, Parker. Schon möglich, daß du Schuyler ein Stück vom Kuchen abgegeben hast, aber dafür ist auch der Kuchen größer geworden." Parker zuckte mit keiner Wimper, aber seine Augen zeigten eine Reaktion. „Schuyler ist in seinen Club gegangen", fuhr Dick fort, „hat ein paar Freunde getroffen und sich dabei gesundgestoßen wie ein Gauner. Und ich schätze, das Ganze hat so lange gedauert, weil du – während ich mit deinem Boot rausfahren mußte – einen Abstecher nach Virginia gemacht und eine Anzahlung auf dein neues Charterboot geleistet hast."

Dicks Ansicht nach hatte er auch damit ins Schwarze getroffen.

Bevor Parker noch etwas erwidern konnte, rief Dick Charlie ins Ruderhaus und bat ihn, Tee zu kochen.

„Willst du auch Tee?" sagte Dick zu Parker.

Parker nickte und wartete, bis Charlie nach unten ging. „Schuyler hatte mich in der Hand. Du solltest ein bißchen weniger mißtrauisch sein, Dickey-boy."

„Hör mir bloß mit dieser Scheiße auf", sagte Dick. „Wenn Schuyler dich gelinkt hätte, würdest du ihn nicht anlächeln. Ich habe dich und ihn gesehen, und ihr schient mir ziemlich glücklich zu sein. Aber ich bin nicht glücklich. Willst du wissen, warum? Weil du damals, als ich dich aus der Salzmarsch hinausgeschmuggelt und dein Boot mitten im Nirgendwo gefunden habe, und weil du, sobald du sicher an Bord warst, nur gesagt hast: ‚Tut mir leid, es hat nicht funktioniert. Kein Geld!' Also gut, jetzt hat es funktioniert. Und ich bitte dich nicht einmal um Geld. Nur um ein paar Fallen, die du ohnehin nicht mehr brauchst."

Parker hatte bei Dicks Ausbruch ein wenig benommen ausgesehen, aber jetzt hellte sich seine Miene wieder auf. „Du willst kein Geld. Das ist mir klar. Du willst mit Sicherheit keinen Scheck. Aber vielleicht hast du auch Angst vor Barem." Parker zog eine Braue hoch. „Also fragte ich mich, wo hast du das Geld hergehabt, um dieses Boot hier vom Stapel lassen zu können. Von Joxer Goode? Vielleicht war es eine seiner Bedingungen, daß du deinen alten Kumpel Parker fallenläßt. Keine Faxen mit dem berüchtigten Kapitän Parker mehr, wenn du mit einer vornehmen alten New England-Familie Geschäfte machen willst."

Dick lächelte. Er hatte besser geraten als Parker.

„Ich bin selbst eine alte New England-Familie", sagte Dick.

Parker lachte. „Das habe ich befürchtet, mein Sohn. Es steigt dir sichtlich zu Kopf, ein eigenes Boot zu haben. Aber du solltest mich wirklich nicht so einfach abschütteln. Was du mir zu verdanken hast, bedeutet mehr als das Geld, das ich für dich gemacht habe. Ich habe dafür gesorgt, daß du deinen schlechten Ruf nicht verlierst. Du bist nicht einmal so übel, wenn du mit mir herumziehst. Aber wenn du plötzlich ganz anständig wirst... Also, ich weiß nicht, Dickey-boy, ich weiß wirklich nicht."

„Jetzt hast du mich aber wirklich erwischt", sagte Dick. „Ich habe Angst vor deinem Geld, das ist es. Drück mir fünftausend Dollar in die Hand, und du kannst zusehen, wie ich daran zerbreche."

Parker antwortete nicht. Dick verglich einen weiteren Kompaßstrich mit der Anzeige auf dem Loran. Ausreichend. Er rollte die Seekarte zusammen und legte sie an ihren Platz.

Im selben Augenblick spürte er einen Ruck. Das Gefühl war so körperlich, daß er sich erschrocken umsah. Die See war ruhig. Es war Elsies wegen. Er dachte an Elsie. Während er hier auf dem hohen Roß saß und vor Parker den Hartgesottenen und Eiskalten spielte, sackte er samt Härte und Kälte plötzlich tief hinunter in ein Wellental.

Was hatte Parker gesagt? Er habe für seinen – Dicks – schlechten Ruf gesorgt? Wenn das nur alles wäre.

Dick sah ihn an. Parker hatte nichts gemerkt – er stand immer noch da und versuchte sich eine Antwort einfallen zu lassen.

Dick dachte an ihren Trip in den Süden. Sie waren den Long Island Sund hinaufgefahren und hatten sich New York City angesehen. Sie waren mit dieser Jacht um Manhattan herumgedampft, und Parker hatte ihm die Namen der Wolkenkratzer und Brücken genannt. Als sie die Bucht verlassen hatten, um wieder aufs Meer zu gelangen, waren sie vor Sandy Hook auf hohen Seegang gestoßen. Sie waren mitten hineingestürmt, waren immer höher hinauf und über den Wellenberg getragen worden. Und stürzten dann ab – der ganze Bug tauchte in dieses Wellental, wurde von ihm begraben. Wasser wogte am Ruderhaus

259

vorüber. Dick wurden die Füße weggerissen, und er mußte sich am Ruder festhalten. Parker fiel auf den Hintern. Noch bevor das Boot wieder freikam, sagte Parker, während er versuchte, sich aufzurappeln: „Verdammt! Ich hab's denen gesagt, als ich letztesmal hier war. Ich hab ihnen von diesem Loch im Wasser erzählt. Diese gottverdammten New Yorker reparieren nie was."

Was soll's? dachte Dick jetzt. Warum sich die Erinnerung an die guten alten Zeiten verderben?

„Paß auf", sagte er, „ich will nicht mit dir streiten. Tu, was du für fair hältst."

Parker trat neben das Ruder. „Du mich auch", sagte er. „Nimm die verdammten Fallen. Ich will nicht länger hier her-umhängen oder noch mal rausfahren. Ich will in den Süden..."
Dick begriff, daß Parker dachte, er habe ihn hereingelegt. „Sei nicht gleich eingeschnappt", sagte er. „Ich will nicht, daß du mit dem Gefühl abfährst, ich hätte dich übervorteilt. Hör zu. Ich schulde dir noch den Bootsanteil für die letzte Fahrt. Ich bringe dir das Geld in die Wohnung."

„Die habe ich aufgegeben", sagte Parker. „Ich wohne auf der ‚Mamzelle'."

Dick lachte. „Du Hurensohn! Du willst ja wirklich bald in den Süden."

„Schon gut. Ich überlasse dir die Fallen."

„Du fährst doch nicht, weil du in irgendwelchen Schwierig-keiten bist, oder?"

„Aber nein. Wenn ich das wäre, würde ich sicher nicht mit der ‚Mamzelle' fahren. Ich kenne einen Mann in Florida, der mir zugesagt hat, die ‚Mamzelle' zu kaufen, wenn sie die Reise übersteht."

„Im Süden wird sie besser aufgehoben sein – mit diesem Rumpf", sagte Dick.

„Und für den Fall, daß sie es nicht schafft", sagte Parker, „habe ich sie hoch versichert."

„Du liebst sie nicht besonders, stimmt's? Ich nehme an, du hast dir dein Charterboot schon ausgesucht."

„Fünfundvierzig Fuß Paradies à la Weltraumzeitalter. Das schnellste Boot seiner Größe. Vier Anglerstühle. Fliegende Brücke. Ich schaffe es in einer Stunde zu den Fischgründen und in einem Tag bis zum Golfstrom. Der Charterpreis ist fünfundsiebzig Dollar pro Kopf und Tag. Das sind bei einer Gruppe von acht Leuten sechshundert Dollar. Der Maat arbeitet für Trinkgelder. Also gehören die sechshundert mir allein. Wenn ich zweihundert für Treibstoff ausgebe, verdiene ich immer noch so gut wie ein Arzt oder ein Anwalt. Und wie sie bekomme ich mein Geld auch, wenn ich keinen Erfolg habe. Winter in Florida, Frühling in Virginia Beach, und im August komme ich zu euch herauf zum Thunfisch-Derby. Aber ich muß nirgends sein, wo ich nicht sein will. In Virginia Beach verdiene ich mir meine Brötchen für ein ganzes Jahr. Der Rest ist Spaß. Das einzige, worüber ich mir noch Sorgen machen muß, ist Herpes."

„Dafür hat der liebe Gott ihn erschaffen, Parker", sagte Dick. Charlie kam mit zwei Bechern Tee herauf. Dick übergab ihm das Steuer und sagte ihm die Peilung.

„Und was hat der liebe Gott getan, um dich in deinen Schranken zu halten? Dazu mußte er überhaupt nichts tun. Denn hier hast du ohnehin Winter mit Wassertemperaturen knapp über dem Gefrierpunkt, haushohen Wellen und Eis im Tauwerk. Dickey-boy, ich bewundere dich, weil du dir ein Boot gebaut hast, aber ich beneide dich nicht."

Dafür, dachte Dick, gibt es Tage in diesen Gewässern, die ich für nichts auf der Welt eintauschen würde. Sogar im Dezember, an klaren Tagen nach einem Sturm, wenn die See noch von weißen Wellenkämmen zerzaust war – mit einem Himmel von einem Blau so blaß und hart wie Hydrozoen.[1] Er würde draußen auf See sein, egal wie chaotisch sein Leben an Land war.

Sie kamen herein, passierten den Wellenbrecher und setzten Parker bei seinem Boot ab. Eines der kleineren Fischerboote wurde gerade aufgeschleppt. Als er das obere Ende des Salzweihers erreichte, sah er, daß auch eines der größeren Segelboote eingeschleppt wurde. Es war nach sechs Uhr abends.

Als er am Büro des Werftverwalters vorbeikam, fragte der ihn, wann er die „Spartina" in den Hafen bringen wolle.

„In ein, zwei Tagen, Warum die Eile?"

„Es könnte schlechtes Wetter geben. Ich will nicht, daß Ihr Boot bei einem Sturm hier hin- und herschwojt."

---

1 Polypenarten zwischen 2 cm und 2 m Größe

261

„Ich verschwinde morgen von hier. Ich fahre raus. Wenn ich zurückkomme, mache ich unten in Galilee fest."

„Sie werden vielleicht nicht rausfahren können. Ein Hurrikan aus der Karibik ist hierher unterwegs."

„Gewöhnlich ziehen sie auf See hinaus", sagte Dick. „Holen Sie deshalb so spät am Abend Boote aus dem Wasser? Jedes Jahr werden alle nervös wegen der Hurrikans. Dabei hat uns seit 1955 keiner mehr richtig schlimm erwischt."

„Vielleicht sind wir fällig."

„So was wie fällig gibt's nicht. Von den paar hundert Hurrikans, die Zeit meines Lebens begonnen haben, sind nur vier an die Küste gelangt: 1938, 1954 und die beiden kleinen von 1955. Seither nichts – und das ist jetzt mehr als zwanzig Jahre her. Ich behaupte ja nicht, daß es keinen geben wird. Ich sage nur, daß es so etwas wie ‚fällig' nicht gibt."

Noch während er sprach, erkannte Dick, daß er gerade eine noch idiotischere Theorie aufgestellt hatte als die bezüglich „fällig": Er verließ sich auf „nicht fällig".

Er fuhr zu Joxers Fabrik. Auf dem Weg dorthin sah er, daß Kapitän Texeiras „Lydia P." an Joxers Pier festgemacht hatte. Die „Lydia P." konnte auf ihrem Computerbildschirm Satelliten-Wetteraufnahmen empfangen.

Dick begegnete Joxer am unteren Ende des Piers, wo er seine Arbeiter überwachte, die Läden über die Fenster nagelten und an den Mauern aus Schlackenstein Sandsäcke aufstapelten.

„Sie nehmen das aber ziemlich ernst", sagte Dick.

„Ich habe mit Kapitän Texeira geredet", antwortete Joxer. „Er nimmt es auch ernst."

Dick fragte den ersten Maat der „Lydia P.", ob er an Bord kommen und mit dem Kapitän sprechen dürfe. Der Maat schickte ihn ins Ruderhaus.

Kapitän Texeira erklärte ihm die Lage.

Es gab zwei Stürme. Der zweite, Elvira, war schneller unterwegs als der erste namens Donald. Sollte Elvira Donald einholen, dann würde der vereinte Sturm möglicherweise an Geschwindigkeit zunehmen. Gewöhnlich folgten Hurrikans, welche die Küste heraufkamen, dem Golfstrom und zogen auf See hinaus, bevor sie New England erreichten. Wenn aber ein Hurrikan schnell vorwärtskam – mit mehr als fünfunddreißig Meilen pro Stunde –

war es möglich, daß er sich über diese Neigung, auf wärmeres Wasser zuzuhalten, hinwegsetzte.

Außerdem lag ein schwaches arktisches Tief über Zentral-New England, das einen Sturm eher anziehen würde. Die Winde in einer Höhe von zwanzigtausend Fuß, die – wie eine Theorie besagt – einen Hurrikan steuern, kamen aus Süd. Kapitän Texeira hatte sein größeres Boot, die „Bom Sonho", angewiesen, sich von Georges Bank nach Südost zu halten.

Sie war schnell genug, bis in die Mitte des Atlantiks zu kommen.

„Selbst wenn der Hurrikan auf die See abbiegt", sagte Kapitän Texeira, „ist sie nach zwei Tagen weit genug im Südosten und in Sicherheit."

„Und was ist mit der ‚Lydia P.'?"

„Ich weiß nicht. Ich weiß nicht. Hier im Hafen bleibe ich nicht. Die Wellenbrecher können vielleicht eine Hurrikan-Flutwelle davon abhalten, mit voller Wucht den Hafen zu treffen. Sie erinnern sich doch noch an 1954? Damals hat der Sturm Boote über die Route 1 geschleudert, den Hügel hinauf, mehr als vierzig Fuß über dem Wasser. Wenn die Hurrikanflut zwanzig Fuß steigt, wird die Vertäuung aller Jachten da hinten reißen. Der Nothafen bleibt Schiffen der Küstenwache und der Navy vorbehalten. Vielleicht noch ein paar anderen. Das hängt von der Küstenwache ab. Sie würden vielleicht auch die ‚Lydia P.' dort liegen lassen. Vielleicht haben sie Platz, immerhin ist es innerhalb der Wellenbrecher fast eine Quadratmeile. Aber sogar dort hängt alles davon ab, daß sich die anderen Schiffe nicht losreißen oder die Anker schleppen. Ich bin nicht gern von Leuten abhängig, die ich nicht kenne."

Kapitän Texeiras Worte hatten Dick ernüchtert.

„Meine Frau will, daß ich zu Hause bleibe", sagte Kapitän Texeira. „Mein Neffe ist tüchtig genug, um die ‚Lydia P.' auf See zu bringen – er ist jetzt seit fünf Jahren amtierender Kapitän. Aber was ist, wenn etwas passiert? Wie soll ich dann seiner Mutter – meiner Schwester – noch ins Gesicht schauen können? Die ‚Lydia P.' ist versichert. Sie ist mein Zweitboot. Aber wenn sie hierbleibt und untergeht, sind mein Neffe und die gesamte Besatzung ein Jahr lang arbeitslos, während ich ein neues Boot bauen lasse. Ich glaube, ich kann dem Sturm nach Osten ausweichen. Aber der Sturm könnte sich auch nach Ost drehen, dann wären wir genau im schlimmsten Quadranten."

„Warum fahren Sie nicht raus und warten, ob sich der Sturm nach Ost dreht – und wenn, dann nehmen Sie Kurs nach Westen, in die ruhigere Zone", schlug Dick vor. „Schnell genug sind Sie ja."

Kapitän Texeira schüttelte den Kopf. „Ein Sturm dieser Größe treibt die Dünung mehrere hundert Seemeilen vor sich her. Und die Wellen können so hoch sein, daß man nur mit halber oder noch geringerer Kraft vorankommt. Und sie können sich über eine Breite von mehr als zweihundert Meilen ausdehnen."

„Sie glauben also, daß wir diesmal dran sind."

„Ich weiß es nicht. Der Wetterdienst weiß es nicht. Niemand weiß es. Wenn sich die Stürme vereinigen, wenn der große Sturm mit vierzig Meilen Cape Hatteras passiert... Wenn, wenn, wenn. Morgen werde ich mehr wissen, aber morgen könnte es zu spät sein, mit der ‚Lydia‘ auszulaufen."

Dick bedankte sich und fuhr zur Bootswerft zurück. Mittlerweile hatte sich eine Menschenmenge vor dem Büro versammelt. Dick spähte über die Schultern derer, die vor der Eingangstür standen. Er sah, daß der Verwalter den Telefonhörer auf seinem Schreibtisch neben den Apparat gelegt hatte und gerade versuchte, zur Tür herauszukommen. Als er endlich durch war, ging er an Dick vorbei, drehte sich aber nach einigen Schritten zu ihm um. „Werden Sie die ‚Spartina‘ wegbringen?"

„Hören Sie zu", sagte Dick. „Ich komme mir zwar wie ein verdammter Narr vor – nachdem wir sie eben erst vom Stapel gelassen haben. Ich hole Eddies Laster, hänge meinen alten Schlitten an – und wenn Sie sie einholen, bringen wir sie von hier weg."

Der Verwalter schüttelte den Kopf.

„Vor Ihnen sind fünfundzwanzig oder vielleicht sogar dreißig Boote an der Reihe. Die sind seit Jahren meine Kunden. Sie haben alle die Nachrichten gehört. Ich kann die ‚Spartina‘ nicht aufschleppen. Keine Chance."

Der Verwalter wandte sich einem Mann zu, der sofort anfing auf ihn einzureden. Aber kaum hatte der Mann ein Wort gesagt, unterbrach ihn der Verwalter. „Tut mir leid – ich spreche mit Kapitän Pierce."

„Ich warte schon –", sagte der Mann.

„Ich spreche mit Kapitän Pierce."

Der Mann ließ sich deutlich anmerken, wie sehr er sich bemühen mußte, die Ruhe zu bewahren. „Na gut", sagte er, „ich rufe Sie zu Hause an."

„Ich fahre nicht nach Hause. Ich gehe auch hier nicht mehr ans Telefon. Wenn Sie wollen, daß Ihr Boot aufgeschleppt wird, notieren Sie den Namen auf einen Zettel, unterschreiben Sie, setzen Sie die Zeit dazu – es ist jetzt achtzehn Uhr vierzig –, und legen Sie den Zettel auf meinen Schreibtisch. Ich kann nichts versprechen."

Der Mann ging.

„Ich schulde Ihnen fast tausend Scheine", sagte Dick. „Und dafür darf ich zusehen, wie ein Jachteigner stocksauer davonstürmt und werde noch dazu Kapitän Pierce genannt. Das Leben steckt voller kleiner Freuden."

„Schauen Sie, Dick", sagte der Verwalter, „es tut mir leid. Der Typ ist ein Arschloch. Wenn es um Sie oder ihn ginge, würde ich Sie aufschleppen. Aber ich muß mich an die Regeln halten und einem System folgen, das für alle gilt. Ich setze Sie auf die Liste – mehr kann ich nicht für Sie tun. Ich muß fair bleiben."

„Kann ich Ihr Telefon benutzen?"

„Aber sicher. Wenn Sie den Hörer wieder danebenlegen, sobald Sie fertig sind."

Dick rief seinen Versicherungsagenten zu Hause an. Besetzt. Er versuchte es im Büro. Auch besetzt. Er stieg in seinen Kleinlaster und fuhr zum Haus des Typen. Sein Auto stand vor dem Haus, also klopfte Dick so lang, bis sich die Tür öffnete.

Dick sagte dem Vertreter, er wolle den Versicherungsschutz für die ‚Spartina' erhöhen. „Sicher", sagte der Typ. „Ich werde sehen, was sich machen läßt. Aber vielleicht erinnern Sie sich noch an das, was ich Ihnen erklärt habe. Es gibt da eine kurze Vorlaufzeit. Es wird einfacher sein, wenn Ihre vorläufige Police erst einmal gültig ist."

„Sie haben mir gesagt, daß die ‚Spartina' durch eine vorläufige Police gedeckt ist. Ohne diesen Schutz wäre ich heute nicht ausgelaufen. Also erhöhen Sie einfach die vorläufige Police."

„Aber davon rede ich doch die ganze Zeit – von der vorläufigen Police. Ich bin ziemlich sicher, daß ich Ihnen gesagt habe, es

265

würde mit dem Versicherungsschutz ein paar Tage dauern. Das wäre dann der Neunte. Heute ist der Sechste."

Dick mußte sich abwenden. Wenn er dem Kerl noch länger ins Gesicht schaute, würde er durchdrehen. Er atmete tief ein. „Aha", sagte er, „jeder Schaden, den ich vor dem 9. September habe, ist mein Pech. Danach ist alles in bester Ordnung."

„Ja."

„Wenn die ‚Spartina‘ also – sagen wir, am 9. September eine Minute nach Mitternacht ein totales Wrack ist, kriege ich hundert-fünfzigtausend Dollar. Eine Minute vor Mitternacht, und ich kriege gar nichts."

„Es sieht unge-", fing der Kerl an.

„Ja oder nein", sagte Dick. „Sagen Sie mir nur, ob ich recht habe."

„Ja."

„Und wo steht das? Ich meine, wo habe ich das schriftlich? Steht das auf dem Papier, das Sie mir gegeben haben?"

„Ja."

„Na gut, dann also am Neunten. Das sind von jetzt an noch zwei Tage und fünf Stunden. Sollten Sie irgendwie daran zweifeln, wann mein Schiff einen bestimmten Schaden erlitten hat, dann nehmen Sie doch auf alle Fälle mit Kapitän Ruy Texeira Verbindung auf. Kennen Sie Kapitän Texeira?"

„Ja, ich kenne..."

„Gut. Ich werde mit ihm oder einem seiner Boote in Funkkontakt bleiben. Und Sie lassen sich von ihm bestätigen, vergewissern sich hundertprozentig, ob die ‚Spartina‘ in der ersten Minute des 9. September beschädigt ist oder nicht. Und sollte ich aus irgendeinem Grund die Versicherungssumme nicht selbst kassieren können, dann schulden Sie das Geld doch meiner Familie. Ist das richtig?"

„Ja. Sie erinnern sich doch – als ich die Police ausgestellt habe, haben wir über die Möglichkeit gesprochen, daß..."

„Gut."

Dick fuhr nach Galilee zurück. Joxers Fabrik war mittlerweile eine richtige Festung, mit Sandsäcken an den Süd- und Ostseiten. Kapitän Texeira war noch an Bord der „Lydia P.".

Dick fragte ihn, ob er mit ihr auslaufen würde.

Kapitän Texeira bejahte. „Gut", sagte Dick. „Ich fahre mit der ‚Spartina‘ raus. Über welchen Kanal sind Sie zu erreichen?"

266

„Fünfundsechzig."

„Okay, gut. Ich kann das Satellitenbild nicht empfangen und wäre Ihnen daher sehr zu Dank verpflichtet, wenn Sie mich informieren könnten."

Kapitän Texeira setzte sich. Er schwieg lange. „Sie waren 1959 bei der Küstenwache", sagte er schließlich.

„Ja, Sir."

„Waren Sie damals bei dem kleinen Hurrikan draußen?"

„Ja, Sir."

„Dieser wird größer sein." Kapitän Texeira neigte den Kopf nach vorn, und sein Gesicht wurde schlaff.

„Kapitän Texeira, ich habe viele Gründe", sagte Dick. „Meine Versicherung ist erst in zwei Tagen gültig. Es sieht vielleicht so aus, als sei ich ein Huhn, das ohne Kopf herumläuft, aber es gibt einen ganz wichtigen Grund. Wenn ich mein Boot verliere, bin ich ein Sklave."

Kapitän Texeira schüttelte den Kopf.

„Ich tue das nicht, weil Sie es tun, Sie überreden mich nicht dazu", fuhr Dick fort. „Ich habe meine eigenen Gründe, und ich habe mein eigenes Boot. Sie brauchen meinetwegen kein schlechtes Gewissen zu haben."

Kapitän Texeira nickte. Dick wollte aufbrechen, als Kapitän Texeira ihn am Arm nahm. „Wenn Sie hineingeraten, kämpfen Sie nicht. Verstehen Sie? Mehr Kraft ist nicht die Lösung. Die Form Ihres Bootes ist die Lösung. Wenn sie hart auf eine hohe Welle prallen, hat es die ‚Spartina' schwerer. Wenn Sie sie nachgeben lassen, wird sie alles richtig machen. Die Welle ist eine Mauer, wenn Sie dagegenknallen. Wenn Sie ihre Bewegungen mitmachen, ist es nur eine Welle. Aber Sie sind früher leicht wütend geworden – haben gern den harten Mann gespielt."

„Hören Sie", sagte Dick. „Es gibt da noch eine Sache. Meine Versicherungspolice ist vom Neunten an gültig. Eine Sekunde nach Mitternacht. Ich werde Sie dann anfunken, damit Sie in Ihr Logbuch eintragen können, daß die ‚Spartina' noch heil ist."

Kapitän Texeira nickte. Dick überlegte sich, ob er ihn darum bitten sollte, diese Nachricht auf alle Fälle ins Logbuch einzutragen. Aber er hielt sich im letzten Augenblick zurück.

Er schüttelte dem alten Mann die Hand und ging von Bord der „Lydia P.".

267

Dick hielt sich nur lange genug zu Hause auf, um Charlie ein paar Dinge aufzutragen, die erledigt werden mußten. So plötzlich war er da und schon wieder weg, daß May keine Zeit hatte, Fragen zu stellen. Er füllte seine neue Thermosflasche mit Kaffee und nahm sich eine Sechserpackung Cola von den Jungen.

Charlie fuhr ihn zur Werft. Dann ließ er sich von ihm an Bord übersetzen und trug ihm auf, das kleine Boot auf den Kleinlaster zu laden.

Wenn es zu einer Überschwemmung kam, sollte die ganze Familie zu Eddies Haus hinauffahren. In diesem Fall sollten Charlie und Tom das große Boot, mit Steinen beschwert, im Salzflüßchen versenken. Aus dem Haus sollten sie so viele Sachen mitnehmen, wie sie in Auto und Kleinlaster unterbringen konnten, vor allem aber die Bücher. Wenn die Zeit reichte, könnten Charlie und Tom auch die Fenster mit Brettern vernageln, aber das wichtigste war, daß sie bei Eddie waren, bevor der Sturm die Küste erreichte.

Erst als Dick an Bord der „Spartina" ging, schien Charlie zu begreifen, was der Vater vorhatte.

Dick sagte ihm, er solle sich auf den Weg machen. Aber Charlie wollte nicht, er stand in dem kleinen Beiboot, hielt sich an der „Spartina" fest und machte ein finsteres Gesicht.

„Ich habe keine Zeit für Spielchen", sagte Dick. „Wenn ich jetzt losfahre, kann ich noch mit Kapitän Texeira mithalten. Ich tue nur, was er auch tut."

„Ich komme mit", sagte Charlie.

„Nein", sagte Dick. „Schau – du bringst deine Mutter und deinen Bruder zu Eddie. Das ist deine Aufgabe. Ich kümmere mich um das Boot. Das wär's, Charlie. Wir sehen uns in drei Tagen."

Das Chaos auf der Werft war so groß, daß es zu lange gedauert hätte, die Treibstofftanks der „Spartina" aufzufüllen. Dick machte bei Joxer Goode Halt. Die „Lydia P." war schon ausgelaufen. Joxer winkte ihm zu und schleppte einen Sack auf den Pier. „Kapitän Texeira hat das für Sie hiergelassen. Es ist ein Rettungsfloß. Mit Leuchtraketen, Wasservorrat und einem automatischen Seenotsender."

„Ich verstehe", sagte Dick. „Er rechnet für mich mit dem Schlimmsten."

„Das ist nur wegen der Vorschriften", sagte Joxer. „Falls die Versicherungsgesellschaft wissen will, ob Sie richtig ausgerüstet waren..."

Dick unterschrieb den Treibstofflieferschein und verstaute das Rettungsfloß in einem Geräteschrank im Ruderhaus. Er steuerte die „Spartina" mit dem Heck voraus vom Pier weg und drehte sie dann auf den Wellenbrecher zu. Sie tauchte mit dem Schub ein und hob sich dann wieder aus dem Wasser. Er wollte sie eine Zeitlang unbeladen lassen. Sollte die See unruhiger werden, würde er Meerwasser in die Hummerkästen aufnehmen.

Hinter dem Wellenbrecher war die See ruhig. Die Wellentäler der leichten Dünung waren so breit, daß man den Seegang kaum wahrnahm.

Plötzlich war er sehr zuversichtlich. Die „Spartina" war nur wenige Knoten langsamer als die „Lydia P." und vielleicht zwei Stunden hinter ihr.

Es stimmte zwar, daß sie innerhalb eines Tages hundert Seemeilen voneinander entfernt sein würden, aber Kapitän Texeira hatte vermutlich errechnet, daß dies der mindeste Sicherheitsabstand war.

Nach einer Stunde ließ die „Spartina" Block Island steuerbord achteraus liegen. Dick sah den Schatten ihres Bugs über das Wasser rasen. Hinter ihm schillerte das Sonnenlicht bereits rötlich. Die langen Federwölkchen am Himmel sahen aus wie zart-rosa Bänder. Er würde es überstehen, sie würden es schaffen – solange die Maschine nicht aufgab.

Klang gut.

Na gut, er würde eine ganze Tankfüllung verbrauchen. Eine Ausgabe ohne Gewinn. Ein kleiner Verlust – vor allem, wenn

269

er hinterher eines der wenigen noch seetüchtigen Boote haben würde.

Er band das Steuer fest, machte sich eine Schüssel Suppe, steckte zwei Schokoriegel in die Tasche und ging zurück ans Steuer. Er beschloß, seine Thermosflasche mit Kaffee für die lange Nacht aufzuheben. Im Ruderhaus wurde es bereits dunkel, obwohl die Meeresoberfläche noch glänzte. Elsies Bild auf der Thermosflasche konnte er gerade noch erkennen. Er war noch immer in Hochstimmung. Schön, er hatte sich ein oder zwei Wochen in Elsies Bett herumgeaalt. Welcher Mann hätte da nein gesagt? Das erstemal seit längerer Zeit dachte er wieder mit reinem Vergnügen an sie. Er erinnerte sich an das Licht, das durch die Baumkronen ins Zimmer fiel. An ihren festen Körper, der durch ihre Energie größer schien. Wer hatte wen aufgerissen? Sie hatte ihn gewollt, und erst jetzt fühlte er sich durch ihr Begehren geschmeichelt. Warum auch nicht?

Sie war nicht hilflos, sie wußte, was sie wollte. Sie mochte ihn, um Himmels willen. Er ließ auch dieses Gefühl zu – nicht nur Geschmeicheltsein, sondern auch ein bißchen Trost. Sie war hart, schroff und launisch. Und neugierig wie ein Seehund. Aber sie war gut und lieb zu ihm gewesen, hatte ihn mit Schmeicheleien in ihr Leben gelockt. Warum sollte er sich jetzt von ihr distanzieren? Sie würde sich bestimmt nicht an ihn klammern, das war klar, sie war eine eigenständige Frau.

Dick schaltete die Kartenleuchte ein und las das Loran ab. So weit alles in Ordnung, er war gut unterwegs.

Gegen Mitternacht wurde er etwas müde. Die Wellen, immer noch weiter auseinandergezogen als alle anderen, die er bisher gesehen hatte, waren jetzt höher. Er konnte sie nicht besonders gut sehen, aber er fühlte sie, wenn sie gegen den Steuerbordbug der „Spartina" schlugen und das Boot sich langsam höherschob und mit leichtem Stampfen und Schlingern über den Wellen-kamm glitt.

Eine Stunde später überprüfte er wieder seine Position. Die „Spartina" war durch den Seegang merklich langsamer gewor-den.

Er funkte die „Lydia P." an und bekam Kapitän Texeiras Neffen ans Gerät.

Ihre Position war weit östlich der „Spartina." Der Hurrikan

hatte an Stärke zugenommen. Das Satellitenbild der „Lydia P."
zeigte, daß die beiden Sturmsysteme sich vereinigt und an Geschwindigkeit gewonnen hatten. Das Zentrum des Sturms lag
jetzt mehr als zweihundert Seemeilen vor Cape Hatteras, und
man erwartete, daß es sich mit fünfunddreißig Knoten oder sogar
mehr nach Norden bewegen würde. Wenn der Hurrikan nicht
abbog, würde er sich irgendwo zwischen Old Lyme und der
Mitte von Cape Cod nach New England hineinpflügen. Die
Küste von Rhode Island lag genau in der Mitte zwischen diesen
beiden Punkten.

Es sah so aus, als habe Kapitän Texeira gut geschätzt und den
richtigen Zug gemacht. Die Position der „Spartina" war nicht so
günstig. Der Durchmesser des Hurrikans lag derzeit bei fast
vierhundert Meilen. Sollte der Sturm genau bei der Mündung der
Narragansett Bay auf die Küste treffen, dann müßte die „Spartina" zu diesem Zeitpunkt mindestens zweihundert Seemeilen
östlich sein. Seit Mitternacht tuckerte die „Spartina" aber nur
noch mit sechs Knoten pro Stunde nach Osten. Es wehte zwar
kein nennenswerter Wind, aber die Wellen zu durchschneiden
war so mühsam wie das Besteigen eines Berges. Wenn die
vordere Spitze des Hurrikans jetzt mit fünfunddreißig bis vierzig
Knoten an Hatteras vorbeifegte, würde er die „Spartina" in zehn
oder elf Stunden erreicht haben. Sie läge dann im besten Fall
hundertzwanzig Seemeilen östlich vom Auge des Sturms und
würde hineingeraten. Nicht in die heftigsten Winde – die zogen
sich in engen Wirbeln rund um das Zentrum zusammen. Aber
selbst auf halbem Weg zum äußersten Rand des Sturms hatten die
Böen, wie die „Lydia P." meldete, die unverminderte Gewalt
eines Hurrikans. Da sich die „Spartina" im Ostsektor des Sturms
aufhalten und der Wirbel gegen den Uhrzeigersinn dieselbe Richtung einschlagen würde wie die Gesamtbewegung des Hurrikans, konnte Dick diese vierzig Knoten der Windstärke hinzu-
rechnen.

Wenn die Sturmzentren sich nicht vereinigt hätten, wäre er fein
heraus gewesen. Keiner der Stürme hatte für sich einen größeren
Durchmesser als hundertfünfzig Meilen gehabt, und die „Spartina" wäre vierzig bis fünfzig Seemeilen östlich vom Ostrand
gewesen. Sicher – sie hätte es mit großer See und einem Wind in
Sturmstärke zu tun bekommen, doch das wäre für Dick kein

Grund zu ernsthafter Sorge gewesen. Aber da sich der Hurrikan nun verdoppelt hatte, griff sein Ostrand wie eine riesige Pfote nach der „Spartina".

Dick sah noch ein weiteres Problem voraus: Wenn der Südost ihn zu weit nach Norden abtrieb, endete er auf Georges Bank, einem Unterwasserriff bei Cape Cod. Das wäre fast so schlimm wie eine Leeküste.[1] Die Wellen, die den ansteigenden Meeresgrund von Georges Bank fühlten, folgten ihm, bündelten sich, wurden steiler und brachen.

1959 hatte Dick bei Winden von Hurrikanstärke am Ruder eines Küstenwachschiffs gestanden. Sie fuhren mit halber Kraft mit dem Bug im Wind, dennoch bewegte das Schiff sich rückwärts.

Wenn alles stimmte, was er von der „Lydia P." erfahren hatte, dann erwarteten die „Spartina" Stürme, die etwa vierzig Knoten schneller waren. Dick konnte die Windstärke nicht genau errechnen. Er hatte einmal gelesen, daß die Windstärke nicht einfach mit der Windgeschwindigkeit zunahm, sondern mit dem Quadrat der Windgeschwindigkeit. Demnach hatte ein Sturm mit einer Geschwindigkeit von sechzig Knoten eine Stärke von etwa fünfzehn Pfund pro Quadratfuß, aber ein Sturm von hundertzwanzig Knoten eine Wucht von nicht dreißig, sondern fast achtzig Pfund pro Quadratfuß.

Wenn die „Spartina" breitseits von einem solchen Wind getroffen würde, wäre das so, als würde sie von einem Schlepper gleicher Größe gerammt.

Dick betrachtete die Seekarte. Auf dem Papier sah alles so leicht aus – nichts als Zahlen und Linien. Die „Spartina" mühte sich mit sechs Knoten nach Osten. Der Hurrikan raste mit vierzig Knoten nordwärts – genau auf einundsiebzig Grad und dreißig Minuten, als sei der Längengrad eine Schiene. Er konnte nur hoffen, daß der Sturm langsamer wurde. Wenn er nur noch mit dreißig Knoten pro Stunde unterwegs wäre, konnte Dick fast seinen Ostrand erreichen. Bei zwanzig Knoten könnte er ihm ganz entkommen. Dann wäre er da draußen, mit den Booten von Kapitän Texeira, die wieder einmal Glück gehabt hatten – die

---

1 Bezeichnung für den gefährlichen Zustand, wenn ein Schiff im Sturm dicht vor einer Küste treibt.

„Bom Sonho" fuhr in diesem Augenblick auf die Azoren zu, und die Sterne leuchteten auf sie herab.

Dick funkte alle paar Stunden die „Lydia P." an. Der Hurrikan war immer noch mit voller Geschwindigkeit unterwegs, schnurgerade und direkt wie ein Expreßzug. Die Entfernung zwischen der „Lydia P." und der „Spartina" war jetzt größer, als ihre verschiedenen Rumpffahrtgeschwindigkeiten rechtfertigten. Es war die Höhe der Wellen, die die „Spartina" behinderten.

Als die Sonne aufgehen sollte, sickerte Licht durch die Wolkendecke – ein bernsteinfarbenes Glühen mit grünlicher Tönung.

Der Seegang, den er jetzt sehen konnte, war enorm. Jedesmal, wenn die „Spartina" auf dem abgerundeten Kamm einer Welle stand, konnte Dick drei oder vier Wellenkämme weit nach Süden sehen. Die Dünung schien fast unbeweglich wie die Vorberge einer Gebirgskette.

Um zehn Uhr vormittags warf er einen Blick auf das Barometer. Achtundzwanzig. Er wollte gerade wieder die „Lydia P." anfunken, als er nach Süden schaute. Jetzt brauchte er nicht mehr zu funken. Er sah die schroffe Linie, bei der das bernsteinfarbene Glühen der Wolkendecke und die runden Wellen von Finsternis verschluckt wurden. Und doch flimmerte etwas in dieser Finsternis. Anfangs dachte er, es müßten Blitze sein, dann vermutete er, es seien weiße Schaumkronen, die das letzte bißchen Licht reflektierten. Aber noch ehe er nahe genug war, um festzustellen, was es tatsächlich war, sank seine Sicht auf null.

Er hatte Angst, aber sie schien mit seinem Körper nichts zu tun zu haben. Er trank eine Cola und aß einen Schokoriegel. Er nahm noch einen Schokoriegel heraus, packte ihn jedoch nicht ganz aus und steckte ihn in die Jackentasche. Dann schaltete er die Pumpe ein und ließ noch etwas Seewasser in die Hummerkästen. Er öffnete die Tür zum Ruderhaus, hakte sie fest und verdrahtete Haken und Öse miteinander. Daß die Fenster platzten, wenn der Druck fiel, konnte er am wenigsten brauchen.

Als die erste Sturmbö ihn traf, beobachtete er die Nadel auf der Anzeige des Windstärkemessers. Sie schoß auf siebzig hinauf und fiel dann wieder, als die „Spartina" in ein Wellental glitt. Er nahm etwas Kraft zurück. Die Wellen waren jetzt steiler als vorher, aber nicht so hoch. Ihre Kämme wurden vom Wind flachgedrückt. Aus den Augenwinkeln warf er einen zweiten Blick auf die

273

Anzeige des Windstärkemessers. Die Nadel raste nach rechts bis zum Anschlag. Die „Spartina" tauchte mühelos in das nächste Wellental, und Dick nahm noch mehr Kraft weg. Wenn er über den Bug hinausblickte, sah er nichts als Wasser. Er spürte die Bewegung der See nicht, wußte nicht, ob sie auf ihn zuraste, ob sie sich hob oder senkte. Er merkte, daß die „Spartina" aufgehoben wurde. Wieder zuckte die Nadel nach rechts und fiel gleich darauf zurück. Einen Augenblick lang war er verwirrt, aber dann spürte er, wie die „Spartina" ins Dunkel des nächsten Wellentals stürzte.

Nach dem Heulen des Windes und dem schnellen Gekritzel zu schließen, das der Gischt auf die Glasscheibe vor ihm sprühte, war er mit hoher Geschwindigkeit unterwegs, hatte aber nur das Gefühl – da Gehör und Sicht keine Bedeutung mehr hatten –, in Zeitlupe voranzukommen.

Ein weiterer Blick auf den Windstärkemesser zeigte ihm, daß die Nadel bei Null hing. Die Glasabdeckung des Instruments war weggeblasen worden.

Er kontrollierte die Wassertiefe. Das Boot hatte genug Wasser unter dem Kiel.

Jede halbe Stunde brach er ein Stück Schokolade ab. Dann wurde ihm klar, daß die Zeit sich nur noch mehr zerdehnte, wenn er ständig auf die Uhr sah. Er hob sich das letzte Stück Schokolade für eine kurze Flaute auf.

Es kam ihm merkwürdig vor, daß seine Beine schneller müde wurden als seine Arme. Und als ihn unangenehme Stiche in Waden und Schenkeln zu peinigen begannen, verlor er etwas von seiner Zuversicht. Er war müde, kam sich wie ein Idiot und Pechvogel vor.

Plötzlich war es windstill. Einen schrecklichen Augenblick lang fürchtete er, in das Auge des Hurrikans geraten zu sein. Das Auge wäre eine Katastrophe.

Es hieße, daß der Sturm zur See abgebogen und in seine Richtung unterwegs war. Es hieße, daß die Winde, die er noch zu erwarten hatte, gegen die Meeresströmung anrennen würden. Dann säße die „Spartina" in durcheinanderlaufender See zwischen unberechenbaren Wellen fest. Doch es war nur eine Flaute. Der Wind kam noch aus Südost, soweit Dick das feststellen konnte, und die „Spartina" hielt sich an der Leeseite der berghohen Wogen. In seiner Panik hatte er vergessen, den Rest seines Schokoriegels zu essen. Im nächsten Wellental stopfte er ihn in den Mund und legte hastig wieder beide Hände ans Steuer. Immer wenn die „Spartina" tief unten in einem Tal war, sprühte kein Gischt auf die Windschutzscheibe. Von dem Loch, in das er stürzte, konnte er gerade so viel sehen, daß ihm die „Spartina" wie ein Käfer vorkam, der in einer Toilettenschüssel paddelte.

Er versuchte auszurechnen, wie lange es dauern würde, bis der Sturm vorübergezogen war. Wenn die „Spartina" nicht nach Norden abgedrängt wurde und der Sturm mit vierzig Knoten weiterraste, würde es keine zehn Stunden dauern. Er mußte auf eine neue windstille Phase warten, um die Werte des Loran mit der Seekarte zu vergleichen und zu überprüfen, ob die „Spartina" Fahrt voraus machte.

Irgendwann würde der Wind nicht mehr aus Südost, sondern aus Süd kommen und dann nach Südwest drehen. Zu dem Zeitpunkt, zu dem die „Spartina" die Sturmwirbel an ihrem unteren Ende verlassen würde, würde der Wind schon wieder aus Nordwest kommen und sich vielleicht von Hurrikan- auf Sturmstärke abgeschwächt haben. Der Gedanke, am unteren Ende herauszukommen, stimmte ihn fröhlicher. Bis jetzt hielt die „Spartina" sich tapfer. Sie war noch immer dicht und trocken.

Der schwache Punkt war er. Er begann sich selbst zu verfluchen. Er schimpfte laut, nannte sich einen blöden Hurensohn, ein vertrotteltes Arschloch. Damit versuchte er die bittere Erkenntnis zu verdrängen, die ihm sagte, was er wirklich war. Dumm zu sein hieß nur, daß man Fehler machte. Aber ihn ihm steckte etwas Schlimmeres, er war bereit, sich selbst vorsätzlich Schaden zuzufügen. Die „Spartina" war in Ordnung. Kapitän Texeira hatte recht, was ihre Linien betraf – sie war für die mörderischen Brecher keine leichte Beute. Diesen Teil hatte er gut hingekriegt. Aber einen üblen Teil seiner Mühe hatte er in sich zurückgelassen. Vielleicht war es der Teil, den er für zähe Bitterkeit hielt, die sich aber jetzt als brüchig erwies, als er entsetzt feststellen mußte, daß er aufgeben könnte. Schlimmer als brüchig – verrottet. Schlimmer als verrottet – total korrupt.

Die Flüche gingen ihm aus. Er schüttelte den Kopf, hatte das Gefühl, vor Angst ein bißchen durchzudrehen, ihm war schwindlig wie nach einem Sonnenstich.

275

Er hielt durch. Er kam sich wie benebelt vor, irgendwie abgestumpft – aber trotzdem okay. Vielleicht hätte er ein bißchen schlafen sollen, als die „Spartina" nach Ost gedampft und bevor der Seegang zu hoch geworden war. Er überlegte lange, ob er noch eine Cola oder den Kaffee aus der Thermosflasche trinken sollte. Er bückte sich, um eine Dose Cola aus dem Kühlbehälter zu nehmen. Als er sich wieder aufrichtete, rutschte die „Spartina" plötzlich wie geölt vorwärts. Sie steckte die Nase in eine Welle, wurde hinuntergedrückt und festgehalten. Dann wurde sie am Bug hochgehoben und seitlich weggewirbelt. Er stemmte sich gegen die Speichen des Steuerrads. Es reagierte nicht. Sie knallte mit der ganzen Breite wieder aufs Wasser. Er klammerte sich mit einer Hand an die Steuersäule, um nicht umzukippen. Sekundenlang wußte er nicht, wo die „Spartina" oder wo oben und unten war. Dann brachte sie sich selbst wieder in die richtige Lage. Ihr Heck wackelte, aber konnte nicht sagen, ob sie auf das immer noch hartgelegte Ruder reagierte oder ob der Seegang mit einem ausgesprochen glücklichen „Schubser" nachgeholfen hatte. Und dann schmiegte sie sich auch schon ins nächste Wellental, als sei überhaupt nichts geschehen. Sein Adrenalinspiegel fiel langsam wieder auf normal zurück. Der Zinkgeschmack verschwand aus seinem Mund.

Er spürte, daß seine innere Einstellung zur „Spartina" sich allmählich veränderte.

Er hatte sie gebaut. Er hatte sie gemacht, aber jetzt war sie die Gute. Sie war besser als er. Es erschreckte ihn nicht, sondern war zutiefst tröstlich. Sie war von einem gefährlichen, behindernden Gewicht befreit. Sie war nicht er. Sie hatte sich von ihm getrennt und blieb dennoch bei ihm.

Er fürchtete, wieder ein bißchen durchzudrehen. Aber wenigstens hatten seine Nerven ihn wachgerüttelt. Er brauchte die Dose Cola jetzt nicht mehr. Er sah sich zu seinen Füßen nach ihr um, konnte sie aber nicht entdecken. Die Thermosflasche steckte noch in ihrem Halter über dem abschließbaren Kasten.

Er zwang sich, weiterhin auf die Bewegung der „Spartina" zu achten, aber einige seiner Gedanken begannen zu wandern. Er dachte an die Bücher, die Miss Perry immer seinen Jungen schenkte. Das Buch, das ihm am meisten mißfiel, ging ihm nicht aus dem Kopf. Es war ein Weihnachts-, kein Geburtstagsbuch. Er sah die hübschen, anspruchslosen Zeichnungen lockiger Jungen und Mädchen vor sich – die Jungs in Matrosenanzügen, die Mädchen in bauschigen Kleidchen unter hübschen, weichen Sommerwölkchen. Alles war gekünstelt – das Haar der Kinder, ihre Wangen und Kleider, die hübsche Wolke über den hübschen Kindern. „Ein Gedichte-Garten für Kinder."

„„O Leerie, dann geh ich nachts umher und zünd Laternen mit dir an!"" sagte er laut. Er konnte sich an keinen anderen Teil des Gedichts erinnern. Außer an den Titel: „Der Laternenanzünder". Noch einmal stahl die Zeile sich ihm ins Ohr: „„O Leerie, dann geh ich nachts umher und zünd Laternen mit dir an!"" Und dann noch einmal. Er fühlte, wie das kleine Gedicht an einem anderen Gedanken zerrte, als sei es die Strömung in einem Salzflüßchen, die an einem Zweig zerrte, der zur Hälfte im schlammigen Ufer steckte und mit der anderen Hälfte im Wasser tanzte.

All diese verdammten kleinen Gedichte hatte er den Jungs vorgelesen. Er hätte nicht geglaubt, daß sie hängenbleiben würden. Und jetzt kamen sie wieder. „„Und Tom, der möcht ein Fahrer sein, und Sylvia fährt zur See, und mein Papa, der ist Bankier . . .""

„Miss Perry sagt ‚Papa'", hatten die Jungs eingewandt. „„Und mein Papa, der ist Bankier.' Es heißt ‚Papa'. Und Miss Perry sagt ‚Silvia'. Nicht ‚Sülvia'."

Und wieder, wie sanftes Regenrauschen in den Ohren: „„. . . und Sylvia fährt zur See und mein Papa, der ist Bankier und dazu noch Millionär. Aber ich, wenn ich einmal stärker bin und tun kann, was ich will!"" schrie er laut heraus. „„O LEERIE, DANN GEH ICH NACHTS UMHER UND ZÜND LATERNEN MIT DIR AN!""

Die Zeile brachte ihn auf Charlie. Im Alter von sechs oder sieben Jahren hatte Charlie alles bewundert, was Dick getan hatte. Und mochte es noch so langweilig und alltäglich sein. Ob er nun Holz hackte, Muscheln ausgrub oder eine Bierdose öffnete – Charlie war an seiner Seite und strahlte ihn an, als sei sein Gesicht ein Suchscheinwerfer.

Tom war nicht so gewesen. Natürlich hatte Tom das Problem gehabt, mit Charlie Schritt halten zu müssen, und dadurch war er verschlossener und in sich gekehrt gewesen. Er hatte so tun müssen, als sei ihm gleichgültig, was er nicht selbst fertigbrachte

277

oder verstehen konnte – bis er es auch konnte und Charlie damit überraschte. Aber Charlie war wie ein Entchen hinter Dick hergelaufen. Seinem offen staunenden Gesichtchen hatte man deutlich angesehen, daß er überzeugt war, Dick habe alles erfunden, was sie im Wasser oder im Schlamm fanden – Hummer, Fische oder Muscheln, habe erfunden, daß Messer schneiden und Boote sich auf dem Wasser halten konnten. „O Leerie, dann geh ich nachts umher und zünd Laternen mit dir an."

Wirklich erstaunlich, dachte Dick, daß Charlie nicht auch miesepetrig wurde, als er es mit mir noch mit einem mürrischen Vater zu tun hatte. Doch Charlie war ihm nicht in die Bitterkeit gefolgt, sondern liebenswürdig seiner eigenen Wege gegangen. Vielleicht hatte er einen anderen „Leerie" gefunden, den er begleiten konnte.

Das bißchen Licht, das noch da war, schwand allmählich. Zwar konnte Dick noch die dunklere See vom helleren Himmel unterscheiden, aber er überblickte jetzt die Täler und scharf umrissenen Stirnseiten, diese Facetten aus bröckelndem Feuerstein, nicht mehr. Er hatte nach wie vor ein Gefühl für die gigantische Entfernung zwischen den Wellen. Jedes Wellental war wie ein kleines Tal an Land. Am verblüffendsten jedoch war, daß er nicht mehr wußte, ob die „Spartina" sich auf eine Welle zubewegte oder die Welle auf sie zukam – bis sie hinaufgetragen wurde und der Gischt auf der Windschutzscheibe ihm die Sicht nahm.

Als es völlig dunkel geworden war, merkte er, daß die See durcheinanderzulaufen begann. Aus der Richtung der Spritzer auf der Windschutzscheibe schloß er, daß der Wind sich nach Südwesten gedreht hatte. Vielleicht auch nach Westen. Die Hauptwassermassen kamen zwar noch aus dem Süden, aber er spürte, daß die „Spartina" auf Windstöße an der Steuerbordseite reagierte.

Das war gut und schlecht zugleich. Das Gute war, daß der Richtungswechsel des Windes bedeutete, daß sich die „Spartina" dem unteren Ende des Hurrikans näherte. Schlecht hingegen war, daß sie jetzt möglicherweise ein paar komische Bocksprünge machen würde. Er sah nicht, wie hoch die Brecher waren, merkte aber, daß die „Spartina" jetzt schneller aus den Wellentälern kam. Es dauerte eine ganze Weile, ehe ihm klar war, was sich noch geändert hatte – es war das Geräusch des Windes. In den höheren

278

Tonlagen setzte es jetzt manchmal aus, variierte, klang einmal höher und dann tiefer, anstatt eine bestimmte Tonhöhe zu halten. Und nun hörte Dick auch die „Spartina". Zwar nicht ihre Maschine, aber die war mit weniger als halber Kraft auch nicht allzu laut, doch er hörte, wie ihre Spanten arbeiteten, ächzten und knarrten.

Als das Boot in einer kleinen querlaufenden Welle nach Backbord schlingerte, prallte die Coladose an seinen rechten Fuß.

Er hob sie auf, riß die Lasche auf und trank gierig. Er hatte gar nicht bemerkt, wie ausgetrocknet er war. Fast sofort fing er an zu schwitzen. Der Schweiß brach ihm auf der Stirn aus und lief ihm an den Schläfen hinunter.

Er streckte die Hand nach der Thermosflasche mit Kaffee aus, packte aber schnell wieder mit beiden Händen das Steuerrad, als die „Spartina" seitlich ausbrach und heftig nach Steuerbord schlingerte. Er drehte den Kopf in Richtung des ersten Geräuschs. Es klang wie Zähneknirschen seiner Zähne, aber es war das Fenster an Backbord.

Im schwachen Schein der Armaturenbeleuchtung sah er, wie das schwarze Fenster sich in knisterndes Weiß verwandelte. Er duckte sich, die linke Hand noch am Steuerrad, und mit der Rechten über den Boden rutschend. Seine Linke ließ los. Er wurde gegen etwas gepreßt, von dem er nicht wußte, was es war. Dann zog es ihn auf die Seite, er fand mit der linken Hand eine Kante. Nur ganz allmählich wurde ihm klar, daß Wasser war, was an ihm zerrte.

Der Sog erreichte seine Taille und seine Knie.

Er lag vor der Tür eines verschließbaren Kastens. Langsam und gründlich, wie man es ihm beigebracht hatte, begann er zu überlegen. Er lag vor einer normalerweise senkrecht stehenden Tür, und das bedeutete, daß die „Spartina" Steuerbord querab krängte.

Er war zu benommen, um sich zu rühren, spürte aber, daß sich seine Hand unter dem Gesicht bewegte und die Wange streifte.

Im nächsten Augenblick hatte er wieder Boden unter den Füßen. Seine Sinne wurden klar genug, um zu erkennen, daß die „Spartina" sich wieder aufrichtete. Er drehte sich um, klammerte sich an die Kante des Instrumentenbretts und dann ans Steuerrad.

Die „Spartina" war wieder so gut wie in Ordnung. Die Armaturenbeleuchtung war ausgegangen. Nur das Kompaßlicht brannte noch.

Er war nicht ganz sicher, glaubte aber, im Liegen ein bläuliches Leuchten gesehen zu haben. Hatte es in den Leitungen einen Kurzschluß durch das einströmende Wasser gegeben? Und wo war das Wasser hingekommen? Er zitterte jetzt. Durch das Gewicht des Ruderhauses voller Wasser hätte die „Spartina" ganz umschlagen können – da das Gewicht so hoch lag, wäre sie fast gekentert.

Er beugte sich vor, öffnete mit der rechten Hand die Kastentür und tastete nach der Taschenlampe. Zuerst richtete er den Lichtstrahl auf das zerbrochene Fenster. Ein paar Glasscherben hingen noch im Rahmen. Er schlug sie mit dem Lampengriff heraus, um sich nicht an ihnen zu schneiden. Dann sah er sich im Ruderhaus um. Vier, fünf Zentimeter Wasser schwappten noch über den Boden. Die Instrumente noch in ihren Fassungen. Die lose umherliegenden Seekarten waren fortgespült worden. Ein durchweichtes Stück einer Karte klebte am Türpfosten.

Er legte beide Hände um das Steuerrad und atmete durch die Nase. Die offene Tür war sein Glück gewesen. Das Wasser war durch die Tür abgelaufen, bevor sein Gewicht die „Spartina" zum Kentern bringen konnte.

Einmal draußen an Deck, war es einfach wieder abgeflossen.

Natürlich hatte er auch Glück gehabt, daß er selbst nicht ebenfalls durch die Tür hinausgerissen und über die Reling geschwemmt worden war.

Seine Hände zitterten, obwohl er die Speichen des Steuerrads fest umklammerte.

In der kurzen Flaute des nächsten langen Wellentals versuchte er sich zu überlegen, wie er das zerbrochene Fenster abdichten könnte.

Das Fenster lag im Moment an der Leeseite, daher wehte der Wind gerade keinen Gischt herein, aber bei der nächsten Sturzwelle stand er wieder bis zu den Knien im Wasser. Und wenn die „Spartina" mit dem Bug noch einmal unter Wasser geriet...

Die Wirkung des Adrenalins ließ jetzt nach. Er suchte etwas, mit dem er das Loch abdichten konnte. Dachte an die Matratze in seiner Koje. Die Tür des Ruderhauses. Oder die Kastentür. Er blieb unentschlossen, überlegte hin und her. Der Wind jaulte an dem Loch vorbei. Dick verlor jegliches Zeitgefühl.

Er kam erst wieder zu sich, als er pissen mußte. Er schüttelte den

Kopf. Fast wäre er im Stehen eingeschlafen. Er knöpfte die Träger der Latzhose auf, schob die Hose hinunter und pißte in die paar Zentimeter Wasser zu seinen Füßen.

Er untersuchte das Fenster noch einmal mit der Taschenlampe. Vielleicht war es gar nicht so schlimm, wie er gedacht hatte. Nur neunzig Meter mal sechzig Zentimeter. Er nahm die Thermosflasche aus ihrer Halterung und steckte statt dessen die Lampe hinein. Sie warf ein trostloses Licht auf die blinden Instrumente und den Wasserfilm zu seinen Füßen. Er trank den Kaffee aus und warf die Thermosflasche in den Kasten.

Eine Welle schwappte über den Bug der „Spartina" und tanzte um das Ruderhaus. Im Schein der Lampe sah Dick, daß sich etwa ein Eimer voll Wasser durch das Fenster ergoß. Die Kastentür flog auf und stieß gegen ihn. Er steckte Nägel in die Jackentasche, nahm eine Zange aus der Werkzeugkiste und montierte die Kastentür ab.

Im nächsten langen Wellental hielt er die Tür an die Fensteröffnung. Sie paßte nicht – aber lieber zu groß als zu klein. In der relativen Ruhe der Wellentäler schlug er ein paar Nägel durch das Furnierholz der Tür in den Fensterrahmen.

Wieder am Steuerrad, warf er einen Seitenblick auf sein Werk. Es sah verdammt provisorisch aus. Wenn die nächste querlaufende Welle fest dagegenschlug, würde die Tür ins Ruderhaus geflogen kommen und er darauf liegen wie ein Yogi auf dem Nagelbrett. Er nahm den elektrischen Schraubendreher aus dem Werkzeugkasten. Er erinnerte sich nicht, ob die Batterien naß geworden waren.

Nein. Zu diesem Zeitpunkt war die Kastentür noch geschlossen gewesen.

Er stellte sich mit dem Schraubendreher ungeschickt an, da er nicht gewöhnt war, ihn mit der linken Hand zu benutzen. Die erste Schraube knallte er schief hinein, aber die nächsten sechs drehten sich gerade ins Holz. Jetzt schwitzte er wieder. Das Furnierholz sah noch immer nicht besonders widerstandsfähig aus. Er nahm ein kurzes Stück Draht und wand es mit der Linken ein paar mal um den Knauf der Spindtür. Das andere Ende machte er an einer Halterung an der Wand fest. So würde das Ding – falls eine Welle es hereindrückte – wenigstens gestoppt werden, bevor es ihm den Kopf abreißen konnte.

281

Die Bewegung und das Hämmern hatten ihn wieder ein bißchen munter gemacht. Vielleicht wirkte mittlerweile auch der Kaffee. Er sah auf die Uhr und schaltete die Taschenlampe aus. Kurz vor Mitternacht.

Wenn die „Spartina" nicht weit zurückgetrieben worden war, müßte sie es eigentlich bald überstanden haben.

Der Seegang wurde schwächer. Die Wellenkämme waren zwar steiler – er hörte sie über den Bug zischen –, aber nun war alles nicht mehr so gewaltig. Die „Spartina" brauchte jetzt nicht mehr so lange, um eine Welle abzureiten. Ein wenig Hoffnung stieg in ihm auf und straffte ihm die Schultern. Und sein Brustkorb schmerzte. Beim Einatmen stach es ihn in der rechten Seite. Er konnte sich nicht erinnern, daß er sich verletzt hatte.

Dann stellte er fest, daß er zu oft auf die Uhr sah. Er wartete und wartete, riskierte dann wieder einen Blick und entdeckte, daß in der Zeitspanne, die er für eine Stunde gehalten hatte, nicht mehr als fünfzehn Minuten verstrichen waren.

Um drei Uhr früh begann er Selbstgespräche zu führen. „Nicht mehr hinsehen. Vergiß die verdammte Uhr. Die Uhr hat überhaupt nichts damit zu tun." Er schob sie unter den Ärmel, damit er sie nicht mehr so leicht ablesen konnte.

Er war nicht überrascht, eine Blaskapelle spielen zu hören.

Die Musik kam von Backbord voraus, lärmte irgendwo hinter dem vernagelten Fenster. Sie spielten einen Marsch. Anfangs hörte er ihn nicht gut genug, um sagen zu können, was für ein Marsch es war. Dann kam die Musik näher, und als er Pikkoloflöten über der Melodie zwitschern hörte, erkannte er, daß es *The Stars and Stripes Forever* war. Er begann im Marschrhythmus auf der Stelle zu treten und riß dabei die Knie hoch, bis sie ans Steuerrad stießen. Die Posaunen und Sousaphone setzten ein, und dann schmetterte die ganze Kapelle den langen weiten Teil. Er sang mit: *„Sei-ei nett zu-u den schwimmfüßigen Freunden, denn eine Ente ist vielleicht auch eine Mutter..."* Die Kapelle hörte auf zu spielen. Der Text stimmte zwar nicht, aber was, zum Teufel – das verdammte Gedicht hatte er richtig hingekriegt. Er atmete tief ein und stieß mit zusammengebissenen Zähnen die Luft aus. Herr im Himmel. Er drehte durch. Wurde total irre. Jenseits von Gut und Böse.

Nein, nicht total irre. Er tat nichts Verrücktes. Er mußte sich nur gut unter Kontrolle haben. Egal, was er hörte oder dachte, solange er die „Spartina" auf Kurs hielt. Sie würde es schaffen, wenn nur er sich unter Kontrolle hatte.

Irgendwann begann er sich einzubilden, daß etwas nicht in Ordnung war. Daß die Wellen, die auf die „Spartina" herunterge-knallt waren, sie beschädigt und die Decksbeplankung auseinan-dergedrückt hatten. Daß sie bei jeder Welle, die sie überrollte, durch die Spalten Wasser machte.

Oder daß mit der Maschine etwas nicht in Ordnung war. Daß sich etwas lockerte. Daß irgendwo das Metall ermüdete, brüchig wurde. Wenn unter Deck etwas nicht stimmte, konnte er nichts dagegen tun.

Er warf einen Blick auf den Kompaß und war ein bißchen überrascht, daß sich die „Spartina", obwohl er die Seen noch mehr oder weniger mit dem Bug nahm, nach Südwest bewegte. Der Gischt war weniger geworden und wurde nicht mehr über die Windschutzscheibe getrieben, sondern floß langsamer. Er war sich nicht sicher, aus welcher Richtung der Wind kam. Wahr-scheinlich war er noch ziemlich stark, selbst wenn Dick den Südrand des Sturms hinter sich gelassen hatte.

„Eins nach dem anderen", sagte er laut. „Warte, bis es hell wird. Dann wirst du sehen, was los ist. Wenn es hell ist, wirst du auch ein bißchen wacher werden."

Doch als der Morgen dämmerte, nahm seine Erschöpfung zu. Je heller das Grau des Himmels wurde, um so mehr schien ihn das Licht zu schwächen. Immer wieder fielen ihm die Augen zu, und er schlief einige Sekunden wie ein Tümmler. Das half ihm nicht viel.

Um sechs Uhr morgens war das graue Licht heller als alles, was er seit Beginn des Sturms gesehen hatte. Es war noch nicht klar, klarte jedoch auf. Die Wellen waren nicht mehr riesig, aber steil mit scharfen Kämmen, die der Wind nun nicht mehr wegriß. Doch nicht der Zustand der See war sein Problem, sondern sein eigener.

Bis jetzt hatte er noch keine dummen Fehler gemacht, aber er geriet allmählich an einen Punkt, an dem er vielleicht die Kon-trolle über das, was er tat, verlieren würde.

Er hielt eine weitere Stunde durch. Er versuchte seinen Kreis-lauf in Bewegung zu halten, indem er auf der Stelle hüpfte und

283

lief. Das putschte ihn zwar ein bißchen auf, bewirkte aber gleichzeitig, daß er das Gefühl hatte zu schweben. Er fürchtete, bald zusammenzuklappen.

Die Furcht jagte eine kleine Welle Energie durch seinen Körper – aber das war nicht genug.

Endlich gestand er sich ein, daß er fix und fertig war und sich jetzt ganz auf die „Spartina" verlassen mußte. Er machte das Steuerrad mit dem Reifenschlauch fest, stellte die Maschine auf Leerlauf und machte den Seeanker klar, der sich in dem einen noch intakten Kasten auf der Steuerbordseite befand. Das Boot machte jetzt keine Fahrt. Er klemmte sich das sperrige Segeltuch und die starke Breudelleine aus Hanf unter den Arm und ging zur Tür hinaus. Gleich achtern vom Ruderhaus hängte er sich an die Rettungsleine und arbeitete sich zum Vordeck vor. Er schaute zum Ruderhaus zurück und stellte fest, daß der Anstrich aussah, als habe man ihm mit einem Sandstrahlgebläse bearbeitet. An manchen Stellen war die Farbe bis auf das blanke Holz weggescheuert.

Er warf den Seeanker über Bord, befestigte das Ende der Leine und ließ sie laufen.

Als er um die Ecke bog und ins Ruderhaus zurückgehen wollte, wurde er von der um seine Taille geschlungenen Rettungsleine zurückgerissen.

„Wach auf, Idiot!" sagte er. Seine Stimme überraschte ihn. Sie klang, als spreche jemand anders.

Er stellte sich wieder ans Steuerrad und beobachtete die Leine zum Seeanker.

Als sich der Bug hob, sah er, wie ein Stück der straffgespannten Leine aus dem Wasser kam und Tropfen abschüttelte. Einen Seeanker zu setzen, war Dick immer so vorgekommen, wie wenn man einen Drachen steigen ließ – mit dem einen Unterschied, daß die große stumpfe Segeltuchpyramide mit beidseitig offenen Enden das Boot mit Bug oder Heck im Wind halten sollte und sich nicht vom Menschen lenken ließ wie ein Drachen.

Er wußte nicht genau, wo sich die „Spartina" befand. Er wußte es ungefähr – östlich des Durchbruchs zwischen Monomoy und Nantucket. Da der Wind aus Nordwest und die Dünung aus Südwest kamen, würde er wahrscheinlich in nichts anderes als in viel, viel Wasser treiben. Nur eine halbe Stunde wollte er die

284

Beine ausruhen, mehr brauchte er nicht. Er nahm eine Schwimmweste aus dem Kasten. Sie war dick genug, so daß er nicht in der Pfütze sitzen mußte, die immer noch über den Boden des Ruderhauses schwappte. Er lehnte sich mit dem Rücken an die Tür des unbeschädigten Kastens. Seine Schultern fielen nach vorn, und der Nacken entspannte sich vor Erleichterung. Er versteifte sich jedoch sofort wieder, weil ihm einfiel, daß er seine Leine lieber am Griff der Kastentür festmachen sollte. Dann sackte er wieder zusammen. Die blasse Sonne stand ganz nahe am oberen Rand der offenen Tür. Er streckte die Beine aus und fühlte, wie sie sich lockerten. Okay, dachte er, ein paar Minuten nur. Bis die Sonne ein bißchen höher steht.

Und noch während sich seine Augen schlossen, dachte er: Das ist vielleicht die Dummheit, die ich eigentlich vermeiden wollte.

Er erwachte, weil etwas an seiner Rettungsleine zog. Er lag auf der Seite, mit dem Gesicht zur Tür des Ruderhauses. Der Himmel hatte sich leicht verdunkelt. Die fernen Wolken waren so bauschig wie die im *Gedichte-Garten für Kinder*.

Er blieb noch eine Zeitlang liegen, halb benommen, halb auf seine Bewegungen achtend, denn er rollte vor und zurück, und nur die Rettungsleine bewahrte ihn davor, zur Tür hinauszukollern. Seine Hände waren naß und die linke Wange klebrig vom Salzwasser. Ohne das Ziehen an seiner Taille wäre die Bewegung angenehm beruhigend gewesen.

Doch richtig wach wurde er erst, als er sich mit einer Hand ins Gesicht fuhr und merkte, daß sie ganz runzlig geworden war. In einem plötzlichen Anfall von Panik zog er sich schnell an der Rettungsleine in die Höhe. Durch die Windschutzscheibe sah er den mächtigen, glühenden Abendhimmel, der rote Lichtpfeile durch die Wolken schoß. Das graue Vordeck der „Spartina" schimmerte in einem hübschen Violett, als es nach unten ging und das Licht der frühen Dämmerung einfing. Die Leine zum Seeanker bewegte sich in ihrer Führung.

„Du bist mir vielleicht ein glücklicher Hund, du dummer Hund", sagte er.

Er ließ die „Spartina" noch eine Zeitlang beigedreht liegen, fand einen Schokoriegel und trank den letzten Schluck kalten Kaffee aus der Thermosflasche. Er hatte das Gefühl, sich langsam und ungewohnt schwerfällig zu bewegen. Sein ganzer Körper war wie betäubt und steif – außer seiner Seite, die stark schmerzte. Nicht so übel, alles in allem.

Da die „Spartina" noch ziemlich ruhig lag, nahm er den Sextanten und ging vor die Tür. Der Wind war frischer und der Seegang noch ziemlich hoch, aber regelmäßig. Er brauchte lange, um die Werte abzulesen, obwohl er sich mit dem Rükken gegen die Tür stemmte. Er stand noch immer auf wackligen Beinen, und Hände und Augen waren noch nicht richtig koordiniert. Als er die Peilung hatte, fluchte er vor sich hin. Die Seekarte war weggespült worden. Er durchwühlte den Einlegeboden des unbeschädigten Kastens und fand eine Karte in größerem Maßstab. Er konnte die Position der „Spartina" zwar nur sehr ungenau feststellen, aber selbst wenn er sich um eine Seemeile verschätzte, würde ihn das nicht umbringen.

Die „Spartina" war nach Norden abgetrieben worden. Sie lag etwa fünfundvierzig Seemeilen östlich des Stone Horse-Leuchtschiffs vor Monomoy Point. Das paßte ihm gut. Er würde sie an Cape Cod vorbei nach Hause steuern – es war zwar möglich, daß der Seegang noch unruhig war, aber der Wind würde die „Spartina" von der Küste abdrängen. Er sah auf der Gezeitentafel nach. Wenn er sich beeilte, erwischte er noch die Flut, die von Woods Hole aus in seine Fahrrichtung nach Cuttyhunk drehte. So konnte er auf dieser Etappe ein paar Knoten zulegen. Mit ein bißchen Glück war er zum Frühstück daheim.

Er nahm sich weitere zehn Minuten Zeit, um unter Deck zu gehen und seine Thermosflasche mit Tee und Kondensmilch zu füllen. Er war schrecklich hungrig, hielt sich aber zurück, um nicht zuviel auf einmal hinunterzuschlingen. Er begnügte sich mit einer Tasse Instant-Hühnersuppe mit Nudeln, die so heiß war, daß er sie langsam trinken mußte. Dann machte er sich zwei Käsesandwiches, die er für später einpackte.

Die Sonne war untergegangen. Er fluchte wieder über sich und schaltete im letzten Tageslicht die Bilgenpumpen ein. Anfangs spuckten sie, dann dröhnten sie so, daß er aufmerksam wurde. Schließlich ließ der Lärm nach. Er ging unter Deck, um nachzusehen. Hier unten funktionierte das Licht. Er wollte nur schnell einen Blick auf alles werfen. Keine Schäden, soviel er sehen konnte. Die Wassermenge konnte auf alles mögliche zurückzuführen sein. Vielleicht war einer der Fischkästen nicht dicht oder übergeschwappt, als die „Spartina" so stark gekrängt hatte.

Bevor er wieder an Deck ging, blieb er ganz ruhig stehen. Hier unten hatte er viel Zeit verbracht – fast täglich ein paar Stunden und annähernd vier Jahre lang. Aber als er jetzt hier stand und darauf horchte, wie die „Spartina" sich bewegte, wie das Holz knarrte und seufzte, während die Maschine schwieg, hatte er das Gefühl, alles sei ihm völlig neu. Er wußte, wo alles war, daran lag es nicht. Aber dieser Blick auf sein Boot war für ihn so überraschend wie damals sein erster Blick auf May, als er nach Charlies Geburt zu ihr hineingegangen war.

Er stieg wieder an Deck, warf den Motor an, holte den Seeanker ein und ließ die „Spartina" Fahrt aufnehmen. Noch war sie nicht zu Hause.

Er sah das erste Licht und begann den Intervall zu zählen. Eintausendneun, eintausendzehn. Blinken. Er wußte, wo er war. Er würde das Leuchtfeuer auf Monomoy sehen können, ein paar andere Leuchtfeuer entlang Cape Cod und durch den Vineyard Sound sogar die Inseln.

Als der Morgen dämmerte, war er gerade im Vineyard Sound.

Der Vineyard war eine dunkle Erhebung vor dem Morgenhimmel, aber Naushon, Nashaweena, Pasque und Cuttyhunk verfärbten sich von Granitgrau zu Purpur und von Purpur zu Rosa, als das erste Licht sie berührte. Die „Spartina" lief hart in der See und wurde etwas schneller. Als er Cuttyhunk passierte, konnte er schon das Two-Mile-Leuchtfeuer blinken sehen – einen unnatürlich silbrigen blitzlichtähnlichen Pfeil, den das Tageslicht bald dämpfen würde.

Dann Sakonnet Point und das Brenton Reef-Leuchtfeuer vor dem Bug und dann querab. Schließlich Point Judith, direkt voraus. „Von hier kannst du schon deine Küche riechen", sagte er. Und da kam ihm zum erstenmal der Gedanke, sich zu fragen, wie sein Haus jetzt wohl aussah.

Als er den Nothafen erreichte, bemerkte er, daß die Ebbe noch hin und her schwappte und in gleichmäßigen Abständen verschlammtes Wasser durch die Lücke im Wellenbrecher pumpte. Als er die „Spartina" hineinmanövrierte und auf die Einmündung in den Salzsee zuhielt, wurde er von einem Schlepper der Küstenwache angerufen. Er drosselte den Motor und ließ das Boot längsseits kommen. Ein Leutnant der Küstenwache rief durch das Megaphon: „Wenn Sie in den Point Judith Pond wollen – achten Sie auf treibende Wrackteile. Es wäre vielleicht besser... die Flut abzuwarten... bevor Sie hineinfahren."

Eine höfliche Warnung, also schaltete er auf Leerlauf und ging an Deck, um sie zu bestätigen. Er sah ein Siebzig-Fuß-Fischerboot auf der Galilee Road liegen.

Die Matrosen des Schleppers warfen ihm eine Leine zu und dann eine zweite, und er zog die „Spartina" an die riesigen Tender des Schleppers und machte sie fest.

Dann zeigte er auf das Boot auf der Straße.

„Im Hafen ist es noch schlimmer", sagte der Chefingenieur.

„Wie lange noch bis Niedrigwasser?"

„Wir müßten jetzt schon Stillwasser haben", sagte der „Chef", „aber dort drin ist wirklich jede Menge Wasser."

Der Schlepper war größer als die „Spartina", doch sein Achterdeck lag tiefer. Als der Chef Kaffee für Dick bestellte, mußte der Seemann, der die Kanne geholt hatte, sich zur „Spartina" hinaufrecken, um Dicks Trinkbecher füllen zu können.

Der Leutnant und der Chef berichteten Dick, daß der Hurrikan schlimmer gewesen war als der von 1954, aber nicht so schlimm wie der 1938.

Soweit sie wußten, war niemand umgekommen – wenigstens nicht hier in der Gegend. Sie waren in Wickford gewesen, als der Sturm das Festland erreicht hatte, und erst heute morgen in den Nothafen eingelaufen. Im Moment hielten sie sich in Bereitschaft für eventuelle Seenotsignale, und hinterher würden sie helfen, den Kanal freizuräumen.

Dick war für Kaffee und Neuigkeiten dankbar. Als sie jedoch

die „Spartina" in Augenschein nahmen und ihn fragten, wo er gewesen sei, fühlte er sich unbehaglich.

Der Chef bemerkte die kahlen Stellen am Ruderhaus und ein paar andere am Rumpf, und der Leutnant fragte ihn, ob seine Besatzung unter Deck sei.

„Ich war allein mit ihr draußen", antwortete Dick verlegen. Er hatte das Gefühl, nackt dazustehen, bis auf seine Narrheit entblößt. Seine Liebe zur „Spartina", sein Stolz auf sie, seine Befriedigung, daß er sie richtig geführt hatte, und seine Erleichterung, wieder zu Hause zu sein, waren auf einmal wie weggeblasen.

Er wußte, was er selbst von einem verdammten Idioten halten würde, der allein mit seinem Boot einen Hurrikan abritt. Er würde zwar sein Glück bewundern, aber nicht den Mann selbst.

„Er hat mich auf der anderen Seite ein bißchen gestreift", sagte er, ohne aufzublicken. „Hab' gehofft, im Osten wieder klar zu kommen."

„Wie lange waren Sie draußen?" fragte der Leutnant.

„Sieht aus, als wären Sie mehr als nur ein bißchen gestreift worden", sagte der Chef.

„Drei Tage."

„Sie müssen müde sein", stellte der Leutnant fest.

„Haben Sie sich schon per Funk gemeldet?" fragte der Chef. „Weiß jemand, daß Sie zurück sind?"

„Das Funkgerät ist kaputt."

„Vieleicht sollten wir die Station anrufen, Sir", sagte der Chef zum Leutnant. „Vielleicht steht dieses Boot auf der Vermißtenliste."

Er wandte sich an Dick. „Na, wenigstens mußten wir Sie nicht da draußen suchen."

Der Leutnant befahl einem Matrosen, ans Funkgerät zu gehen. Er sah Dick an. „Wie heißt Ihr Boot?"

„Spartina-May!"

„Wollen Sie, daß die Station irgend jemand verständigt? Obwohl die Telefonleitungen natürlich beschädigt sein können . . ."

„Eddie Wormsley. In Perryville. Meine Frau und meine Kinder sind dort."

Dick wollte schon fragen, wie es auf der anderen Seite des

289

Salzsees mit Schäden aussah, aber diese Männer waren auch nicht dortgewesen, und Dick wollte nicht wissen, was sie nur vom Hörensagen kannten.

„Ich muß mir jetzt etwas ansehen", sagte er. „Bei Flut komme ich zurück."

Er legte vom Schlepper ab und hielt auf die westliche Lücke im Wellenbrecher zu. Bis zur Einmündung in den Sawtooth Point waren es keine zwei Seemeilen. Er brauchte nur einen Augenblick, um festzustellen, was sich am Ufer verändert hatte. Es gab kein einziges Strandhaus mehr. Früher hatten dort zwei Dutzend gestanden, ganz zu schweigen von der Wohnwagensiedlung auf der Anhöhe von Matunuck Point. Der alte, unterspülte Damm, seit fünfundzwanzig Jahren nur eine Ruine, war hingegen unberührt.

Als er zu dem Kanal kam, der in den Sawtooth Pond führte, sah er, daß der Sturm ihn weit aufgerissen hatte. Früher war er vierzehn Meter breit gewesen, jetzt waren es etwa fünfundvierzig.

Ein Blick den Kanal hinauf zeigte ihm, daß das Hochzeitstorten-Haus noch stand. Er nahm seinen Feldstecher zur Hand. Das Gitterwerk der vorderen Veranda war zertrümmert und einige Fensterläden abgerissen. Die Fenster waren zerbrochen. Der Putz war noch stärker weggescheuert worden als der Anstrich der „Spartina".

Wahrscheinlich hatte der Wind Sand von den Dünen abgetragen und wie Vogeldunst gegen das Haus geweht.

Kein einziger Baum oder Busch auf Sawtooth Island stand noch aufrecht.

Nur ein paar Holzstücke waren zwischen den eng beieinanderstehenden Felsen eingeklemmt.

Das Wasser lief noch immer aus dem Kanal ab – langsame, bräunliche Strudel, mit Grashalmen und Blättern und – hin und wieder – dem Weiß eines gesplitterten Astes, der dicht unter der Wasseroberfläche tanzte. Eine ganze Weide, die wie eine riesige Qualle aussah, schwamm vorbei. Auch dunklere, schwerere Gegenstände bewegten sich durch den Kanal. Dick schaltete die „Spartina" auf Leerlauf und ließ sie treiben, damit der Wind sie von dem Plunder weghielt, der in der langsam zur Küste fließenden Strömung an die Oberfläche schoß und sich ausbreitete. Als

290

Dicks Augen dem Verlauf der Strömung folgten, stellte er fest, daß die Sandbank vom Sturm durchgeschnitten worden war – es sah so aus, als trenne die beiden Teile jetzt ein von der See geschaffenes Fahrwasser.

Die Sommerhäuser, die etwas zurückgesetzt auf Sawtooth Point standen, schienen unbeschädigt, aber die am Salzflüßchen hatten einiges aushalten müssen.

Am Haus von Schuyler und Marie reichten die Wasserflecke und Reste von Gras, Seetang und Schlick bis zum ersten Stock hinauf. Die Panoramascheibe war zerbrochen und die halbe Veranda auf der Flußseite weggerissen worden, sie hing ins Wasser.

Dick fragte sich, wie weit die Sturzsee das Salzflüßchen hinaufgekommen war. Möglicherweise war auch sein Haus überflutet.

Sein Blick wanderte über das flache Ufer hinaus zu dem Dickicht auf den Manutuck Hills, dann zurück zu den Dünen, wo das niedrige Gras standgehalten hatte, und endlich zum Zusammenfluß von Sawtooth Creek und Pierce Creek und dem tiefliegenden, mit Salzgras bewachsenen Land zwischen den beiden Flüssen.

Jetzt rechnete er nicht mehr nach, wie hoch die Sachschäden sein könnten – sie waren nicht etwa einem anderen Gedanken gewichen, sondern einer Überfülle von Grün. Er ließ den Feldstecher sinken.

Die Luft war so rein wie geschrubbt, der Wind hatte das tote Braun gejätet, und das Grün schimmerte im Morgenlicht so hell, daß mancher Halm ihm über das Wasser hinweg förmlich in die Augen stach. Grün vor dem schwarzen Dreck der Marsch, Grün vor den Kristallen des frischgesiebten Sandes und Grün auf den Hügeln vor einem lebendig blauen Himmel.

Diese Gegend, die Küste zwischen Green Hill und Galilee, das höhergelegene Land zwischen Strand und großem Sumpf, die Manutuck Hills und Wakefield, nur fünf Meilen breit und fünf Meilen tief, war ungefähr alles, was er kannte. Er hätte nie gedacht, daß es ihm einmal so ans Herz greifen würde. Er hatte das Gefühl, ebenso gereinigt worden zu sein wie das Salzgras, noch gründlicher abgescheuert als das Ruderhaus der „Spartina" oder das Hochzeitstorten-Haus. Jedesmal, wenn er auf dieses Stück Land blickte, drang das Grün in ihn ein wie Farbe in ein ausgetrocknetes Stück Holz.

Ein Jeep fuhr den Strand des Vogelschutzgebiets entlang. Dick ließ die „Spartina" vom Wind noch etwas weiter von der Küste wegtreiben, legte einen Gang ein und manövrierte das Boot am Wellenbrecher vorbei vorsichtig zurück.

Er folgte dem Küstenwachschlepper durch die Mündung, wobei er das Kielwasser des Schleppers und das Wasser, das an seinem Rumpf entlangglitt, genau im Auge behielt, um nichts zu übersehen, was sich in seine Schraube verwickeln oder hart mit ihr zusammenprallen konnte. Er hatte keine Zeit, mehr als einen ganz kurzen Blick nach Backbord auf Joxers Krabbenverarbeitungsbetrieb zu werfen. Das Dach war noch da, und vor den Mauern und Fenstern stapelten sich noch die Sandsäcke. Die „Lydia P." war noch nicht zurück. Die dicht beieinanderstehenden Häuser in Jerusalem schienen ziemlich gelitten zu haben. Und die Brücke über das Sumpfloch vom Point Judith Pond zum Potter Pond war unpassierbar.

Jenseits des Kanals lagen die Piers von Galilee in Trümmern. Die Fischerkooperative und George's Restaurant standen noch, aber Teile der kleineren Gebäude und Schuppen waren bis zur Escape Road verstreut. Lastautos und Planierraupen räumten die Straße und den Parkplatz. Die Boote, die vom Wasser weit weggezogen und vertäut worden waren, hatten den Hurrikan anscheinend ganz gut überstanden. Auf eines der Boote, das in der Nähe des Piers lag, war quer über das Deck ein Strommast gefallen – das Schanzkleid war zertrümmert, aber der Rumpf war noch intakt. Die Boote, die auf den Aufschleppplätzen liegengeblieben waren, hatten um so weniger abbekommen, je näher sie am Kai lagen. Die äußersten Boote mußten sie geschützt haben, auch dann noch, als sie bereits gesunken waren. Die Aufbauten der innen liegenden Boote waren beschädigt, aber ihre Rümpfe intakt. Die „Mamzelle" lag auf Grund. Trotz Ebbe konnte Dick nur ein Stück ihres Ruderhauses sehen. Der Rest der Decksaufbauten war verschwunden.

Der Schlepper hielt am staatlichen Pier an. Dick fuhr langsam den Salzweiher hinauf. Alle kleinen Inseln waren überflutet. Man konnte nicht mehr unterscheiden, wo Sommerhäuser gestanden hatten und wo nicht – sie waren ohne Unterschied mit Holztrümmern übersät.

Dick mußte sich vorwärtstasten. Der Kanal war im Vorjahr wieder auf zweieinhalb Meter Tiefe ausgebaggert worden, aber Dick wußte nicht, was der Sturm möglicherweise angerichtet hatte. Einige der Fahrwasserbojen hatten das Unwetter überstanden, aber es waren nur wenige, und der Abstand zwischen ihnen war so groß, daß er die Zickzack-Windungen dazwischen aus dem Gedächtnis nachvollziehen mußte.

Die Liegeplätze vor der Werft waren leergefegt worden. Die Boote, die nicht mehr aufgeschleppt werden konnten, hatten sich entweder losgerissen oder waren untergegangen. Ein paar gesunkene Boote zerrten heftig an ihren halbüberfluteten Hafenbojen. Dick sah von weitem, daß die Flutwelle mindestens sechs Meter hoch gewesen war.

Einige der Boote, die sich losgerissen hatten, waren gegen die Pfeiler der Route 1-Brücke geprallt, die über den nördlichen Ausläufer des Teichs führte.

Er würde den Verwalter nicht lange um einen freien Liegeplatz bitten müssen. Es konnte sich als schwieriger erweisen, ein freies Dingi zu finden, um vom Liegeplatz an Land überzusetzen. Die Piers und Bootsschuppen lagen in Trümmern, die Büromauer auf der ihm zugewandten Seite war eingestürzt. Er fragte sich, ob das Telefon funktionierte. Er schaltete in den Leerlauf und schaute sich nach einem sicheren Liegeplatz um, in dessen Nähe kein Wrack lag.

Er sah, wie sein Kleinlaster, gefolgt von einem Naturschutz-Jeep, langsam über die Brücke fuhr. Sie hielten gleich nach der Zufahrt auf dem Plarkplatz an, weil es unmöglich war, zwischen den verstreut daliegenden Booten durchzukommen, von denen einige noch aufgebockt, andere zwar umgekippt, aber unbeschädigt, etliche leckgeschlagen und manche mitten durchgebrochen waren.

Dick machte an den Überresten eines Piers fest. Er dachte kurz daran, die Salzrückstände von der „Spartina" wegzuspritzen, war aber erleichtert, als er entdeckte, daß der Wasserhahn am Kai kaputt war. Leicht schwindlig vor Müdigkeit und der Phantombewegung der „Spartina" in seinen Beinen lehnte er sich an einen Pfosten. May, Charlie und Tom standen vor der Schutzmauer, konnten aber nicht zu ihm herunter, weil die Landgangplanke nicht mehr da war. Charlie sprang schließlich. Der halb im Wasser treibende Pier schwankte. Charlie stand auf und umarmte ihn.

„Ja, da bin ich wieder", sagte Dick, und Charlie machte Platz für Tom.

„Versucht mal, ob ihr eure Mutter hier runterkriegt Jungs", sagte Dick.

Eddie ließ May an den Händen herunter, und die Jungen fingen sie auf. May wartete, bis sie ihr Gleichgewicht gefunden hatte und blieb noch einen Augenblick lang unbeweglich stehen. Dick nahm sie in die Arme. Ihm schwindelte ein bißchen, als er ihren Rücken unter dem Kleid spürte, ihr Haar an seinem Gesicht, die echte Freude, mit der sie ihn festhielt.

Sie sah zu ihm auf. Er merkte, daß sie innerlich jetzt wieder hin und her gerissen war. „Sie hat sich gut gehalten", sagte er. „Es war das einzige, was ich tun konnte – sie aus dem Schlimmsten heraushalten."

May sah ihm prüfend ins Gesicht, sagte aber nichts. Eddie sprang herunter und packte seine Hand. „Bei allen Heiligen, du hast es geschafft, Dick."

„Sie hat sich gut gehalten. Sie ist ein gutes Boot."

„Ja, bei allen Heiligen. Du mußt müde sein."

„Ziemlich müde." Dick wandte sich an Charlie. „Seht zu, Jungs, daß ihr irgendein Dingi auftreibt, damit ich die ‚Spartina' an einen Liegeplatz bringen kann."

Elsie stand auf dem Rand der Schutzmauer. Sie war in Uniform und trug die Filmkamera auf der Schulter. „Willkommen zu Hause, Kapitän Pierce", sagte sie.

Dick nickte. „Ich habe dafür gesorgt, daß Ihre Investition flott bleibt. Ihre und Miss Perrys."

Elsie schüttelte den Kopf. „Großer Gott."

Charlie und Tom kletterten an einem Pfosten neben der

Schutzmauer wieder nach oben. Eddie machte aus seinen Händen einen Steigbügel für May und hob sie hoch, bis sie die Oberkante der Mauer erreichte. Die Jungen zogen sie ganz hinauf. Eddie kam zurück, warf die Leinen los, und Dick steuerte die „Spartina" rücklings auf den Liegeplatz und stellte den Motor ab. Die Jungen zogen ein Aluminium-Johnboot[1] die Rampe herunter und ruderten es mit Hilfe von Brettern lachend und planschend zum Heck der „Spartina".

„Herrgott", sagte Dick, „ist das etwa eine chinesische Feuerwehrübung?"

Er blickte zu seinen Söhnen herunter. Sie freuten sich, ihn zu sehen, da gab es keinen Zweifel.

„Komm schon, Dad, steig ein."

„Na gut, aber halt das Ding fest Tom. Ich habe keinen gottverdammten Hurrikan überstanden, um daheim zu kentern."

„Komm schon, Dad. Wir halten es fest."

Dick ließ sich herunter und prallte auf der Sitzbank auf. Die Rippen taten ihm weh, und die Beine fühlten sich an wie Tonnen.

„Und jetzt schön langsam, Jungs. Ich bin zu alt, um naß zu werden."

„Du könntest ein Bad vertragen, Dad", sagte Tom. „Ich dachte, du hast auf der ‚Spartina' eine Dusche eingebaut."

„Paddle du mal lieber anständig."

Die Jungen legten sich kräftig ins Zeug, und das Johnboot schaukelte ans Ufer. Dick drehte sich zur Seite und berührte die beiden – Tom, der im Heck saß, an den Knien, und Charlie, der im Bug kniete, auf dem Rücken.

„Habt ihr Miss Perrys Bücher in Sicherheit gebracht, Jungs?"

„Ja."

„Habt ihr das große Boot versenkt, wie ich's euch gesagt habe?"

„Ja."

„Habt ihr das kleine Boot zu Eddie mitgenommen?"

„Ja."

„Ihr habt wohl nicht dran gedacht, es mitzubringen, um mich an Land zu setzen."

„Oh!" sagte Charlie.

---

1 Ein offenes Transportboot ohne eigenen Antrieb; nur für den Hafen

„Herrgott, Dad", sagte Tom. „Elsie ist vorbeigekommen und hat uns gesagt, daß du hereinkommst. Da sind wir einfach losgefahren."

„Vergeßt das Boot. Ihr habt eure Sache gut gemacht."

Dick hatte das Gefühl, er sollte mehr sagen, aber etwas hinderte ihn daran, er war wie blockiert. Was stimmte nicht mit ihm? Er gab sich Mühe. „Und ihr habt euch und eure Mutter zu Eddie in Sicherheit gebracht."

„Jawohl", sagte Charlie. „Es gibt zwar kein Telefon und keinen Strom mehr, aber uns geht's gut."

„Du solltest mal die Straße sehen", sagte Tom. „Sie ist voller Trümmer."

„Aber bei Eddie ist euch nichts passiert, oder?"

„Nein", sagte Tom. „Es war nett. Das Auge des Hurrikans ist direkt über uns hinweggezogen. Wir waren im Keller und haben Bäume splittern und den Wind heulen gehört – und dann war es plötzlich ganz still."

„Aber euch ist nichts passiert."

„Mom hat sich Sorgen gemacht", sagte Charlie. „Sie hat sich um dich gesorgt. Ich hab ihr erklärt, daß du draußen nicht in Reichweite des Sturms bist. Man hat sogar im Keller gespürt, daß das ganze Haus zittert, und wir konnten uns kaum vorstellen, daß es woanders nicht so stürmisch ist."

Dick nickte. May hatte ein Recht, auf ihn sauer zu sein. Der Gedanke ermüdete ihn.

Sie zogen das Johnboot die Rampe hinauf und gingen zum Laster. Elsie hielt in ihrem Jeep neben ihnen an. „Sie arbeiten wieder", sagte Dick.

„War doch sicher Ihr Jeep, vorhin am Strand?"

„Ja. Als ich die ‚Spartina' gesehen habe, bin ich fast im Wasser gelandet. Ich . . ."

„Danke, daß Sie May und die Jungs verständigt haben."

„Schön, daß Sie wieder da sind", sagte Elsie. „Ich fahre jetzt los und erzähle es Miss Perry. Sie hat nach Ihnen gefragt." Elsie lachte. „Komisch. Der Hurrikan hat sie anscheinend aus ihrer Depression herausgeholt. Sie haben nicht zufällig von Kapitän Texeira gehört?"

„Schon längere Zeit nicht mehr. Mein Funkgerät ist ausgefallen. Aber die ‚Lydia' war viel weiter östlich als die ‚Spartina'. Sie müßte eigentlich in Ordnung sein. Sie könnten ja bei der Küstenwache anfragen."

„Na gut." Sie hielt kurz inne. „Bis dann. Ich werde den ganzen Tag unterwegs sein, aber Sie können mich über CB-Funk erreichen."

Die Jungen kletterten auf die Ladefläche des Kleinlasters. Dick überließ Eddie das Steuer. Auf der Route 1 mußten sie Slalom fahren. Geknickte Bäume und Teile von Zäunen, Dächern und Gestrüpp lagen mitten auf der Fahrbahn. An ein paar niedrigen Stellen, wo das Wasser die Straße überspült hatte, klebte noch Schlamm.

„Hast du das Haus schon gesehen?" wandte Dick sich an May.

„Nein."

„Ich fahre dich hin, wenn du dich ausgeruht hast", sagte Eddie. „Am Vormittag muß ich beim Straßenräumen helfen."

Eddie fuhr einfach weiter, als sie an Dicks Zufahrt auf der anderen Seite der Route 1 vorbeikamen. Dick reckte den Hals, weil er etwas sehen wollte, aber die Büsche auf dem Mittelstreifen nahmen ihm die Sicht.

„Ich bringe dich später hin", sagte Eddie. „Frühstücken wir lieber zuerst."

Wahrscheinlich hat Eddie sich das Haus schon angesehen, dachte Dick, und es sieht ziemlich übel aus. Aus irgendeinem Grund war Dick aber nicht darüber erschrocken. Vielleicht war er zu müde, um sich Sorgen zu machen. Er fühlte sich merkwürdig. Mit den Jungen war er zwar auf seine übliche barsche Art umgegangen, aber er hatte das Gefühl, sich verändert zu haben. Man merkte es nur noch nicht. Das fand er auch ganz in Ordnung, da er nicht an abrupte Veränderungen glaubte. Besser gefiel ihm die Idee, daß Gefühle, die schon in ihm geschlummert hatten, durch den Sturm bloßgelegt worden waren. Wie nackter Fels ragte vor ihm auf, was ihm wirklich wichtig war.

„Dein Boot hat seinen Wert bewiesen, glaube ich", sagte Eddie. „Du könntest es wahrscheinlich für zweihunderttausend verkaufen. Es hat den härtesten Test bestanden, den es überhaupt gibt."

Dick schüttelte den Kopf. „Davon habe ich nie etwas gehalten. Du siehst in Newport ein großes, schmuckes Segelboot, und auf dem Verkaufsschild heißt es: ‚Zwei Atlantiküberquerungen'.

Daran sollst du sehen, wie gut das Boot ist. Tatsächlich aber heißt es, daß es vermutlich überholt werden muß. Diese Fahrt hat die ‚Spartina‘ wahrscheinlich vier oder fünf Jahre ihres Lebens gekostet." Dick lachte. „Ich habe sie aus ihrer Jungmädchenzeit ins mittlere Alter gebracht, ohne daß sie ihre Jugend genießen konnte."

„Mir scheint, du bist nicht so weit hinausgekommen, wie es deiner Schätzung nach möglich gewesen wäre", sagte May.

Dick nahm Mays Hand. Sie ließ sie in der seinen liegen. „May, ich habe das Beste daraus gemacht. Und es hat geklappt. Nicht hundertprozentig, aber es hat geklappt. Ich weiß, daß es hart für dich war, und das tut mir leid."

May sagte nichts, aber sie entzog ihm auch nicht die Hand.

„Du wirst keine Schwierigkeiten haben, eine Besatzung zu finden", sagte Eddie. „Die Jungs werden glauben, daß du immer und überall durchkommst."

„Nicht, wenn sie hören, wie es wirklich war", sagte Dick. „Ich weiß nicht, ob ich bei einem Kapitän anheuern würde, der verdammt alles tut, um sein Boot zu retten. Wahrscheinlich wäre mir jemand lieber, der ein Boot aufgeben kann. Und alle sicher zurückbringt – oder sie gar nicht erst von zu Hause weggeholt. Wenn herauskommt, daß ich nichts anderes getan habe, als hinter Kapitän Texeira herzufahren und keine allzugroßen Schwierigkeiten hatte, dann finde ich sicherlich jemanden, der bei mir anheuert – aber nur einen, der schon länger ohne Arbeit ist."

„Wenigstens ist es dir nicht eingefallen, Charlie mitzunehmen", sagte May.

„Da hast du recht", sagte Dick. „Das ist mir nicht eingefallen."

Eddie bog mit dem Kleinlaster in die Ministerial Road ein. Nach einer halben Meile im Schneckentempo zwischen Zweigen und kleinen Ästen erreichten sie seine Zufahrt „Da sind wir", sagte er. „Nicht daheim und doch zu Hause." Er ging um das Auto herum und hielt May die Tür auf. „Soll ich dir ein Frühstück machen?" fragte er Dick.

„Das mache ich schon", sagte May. „Wenn du nichts dagegen hast, Eddie. Die Jungs können dir einstweilen im Hof helfen. Ich mach uns allen was."

May ging mit Dick ins Haus und begann zu weinen. Sie rollte beim Weinen die Stirn an seiner Schulter hin und her und schlug

298

dann mit dem Kopf gegen seine Brust. Dick beruhigte sie und hielt sie fest.

„So etwas kommt nie wieder vor, May", sagte er. „Ganz sicher nicht."

„Vielleicht", antwortete sie und stellte sich an den Herd. „Es gibt kein fließendes Wasser, aber wenn du willst, mache ich dir einen Eimer Wasser warm, damit du dich waschen kannst."

„Es tut mir leid, May."

„Ich habe deinen Rasierapparat und die Zahnbürste mitgenommen. Sie sind im Badezimmer. Du bist ohne sie aus dem Haus gegangen."

„Ich wußte doch, daß ich was vergessen habe." Dick lachte.

May lachte nicht, aber als er sie von hinten um die Hüften nahm und sich an ihren Rücken preßte, spürte er, wie sie sich entspannte. Sie ließ sich nicht ganz los, aber sie entspannte sich.

Eddie hatte May und Dick sein Zimmer überlassen. Dick schrubbte den Dreck von seinem Körper, rasierte sich und putzte sich die Zähne. Dann legte er sich für eine Minute hin. Er hörte die Jungen ins Haus kommen. Sie halfen May, den Tisch zu decken. Als er aufwachte, hörte er die gleichen Geräusche – May rief die Jungen herein, und die Teller klapperten. Aber als er aufstand, stellte er fest, daß es Zeit zum Abendessen war.

Eigentlich hatte Dick den Tag damit verbringen wollen, das große Boot zu heben. Er hatte eine Liste über die am Ruderhaus der „Spartina" erforderlichen Reparaturen aufstellen und den Rumpf untersuchen wollen. Außerdem wollte er seinen Versicherungsagenten aufsuchen. Alle anderen hatten gearbeitet. Eddie war den ganzen Tag auf den Straßen, und die Jungen waren in Eddies Garten beschäftigt gewesen. May hatte eine Ladung Wäsche mit der Hand gewaschen und aufgehängt.

„Wenn wir nicht bald wieder Strom haben", sagte Eddie beim Abendessen, „verderben die Lebensmittel in meinem Gefrierschrank." Doch das war seine einzige Klage. Im Moment verdiente er ganz gut. Er war einem halben Dutzend Hausbesitzern über den Weg gelaufen, die ihn gebeten hatten, ihre Auffahrten und Gärten zu säubern und die Schäden zu reparieren. „Diesmal schaffe ich es vielleicht", sagte Eddie. „Ich könnte als Bauunternehmer anfangen. Ich habe schon ein paar Schuppen und Garagen gebaut, die billiger waren als diese Fertighäuser aus dem Laden in Wakefield – und die den Leuten auch besser gefallen. Sie mögen den Blockhaus-Stil. Die Leute sehen mich jetzt draußen auf der Straße und belegen mich sofort mit Beschlag. Die Telefone funktionieren noch immer nicht, also können sie niemand anders anrufen. Und Elsie macht Mundpropaganda für mich. Heute nachmittag hat sie mich über CB-Funk gerufen und mir gesagt, ich solle mich mit ein paar Leuten treffen und ihnen Kostenvoranschläge für ihre Bootshäuser machen. Ich sollte mir Schilder mit der Aufschrift *Dieses Bootshaus wird von Edward Wormsley repariert – ST3-7801* machen lassen. Nein, lieber eine Postfachnummer. Und auch hier ein Schild aufhängen: *Hurrikan-Reparaturen. Näheres im Haus zu erfragen.* Dick, du solltest dir wirklich über den Winter ein paar Aufträge für Bootsreparaturen an Land ziehen. Ich helfe dir beim Transport, da nehmen wir meinen Lastwagen mit der Winde. Die Böcke baue ich dir hier im Hof zusammen.

Ich habe viel Holz. Mit sechs oder sieben Aufträgen überstehst du den schlimmsten Winter. Es werden Wochen kommen, in denen du nicht auslaufen kannst."

Dick nickte. „Aber jetzt muß ich einmal hinaus, um nachzuschauen, ob nach dem Sturm überhaupt noch Fallen da sind. Vielleicht muß ich mir welche machen."

„Vielleicht muß du vorher ein neues Haus bauen", sagte May. „Wir können uns schließlich nicht den ganzen Herbst über bei Eddie einquartieren."

„Warum eigentlich nicht?" sagte Eddie. „Ich bin allein, außer an den Wochenenden, an denen mein Junge nach Hause kommt. Wir könnten das Hinterzimmer für deine Jungs herrichten. Ich schlafe im Zimmer meines Jungen. Wir würden damit bestimmt nicht schlecht fahren."

„O Eddie", sagte May, „wir können doch nicht…"

„Und im November schießen Dick und ich ein paar Gänse. Vielleicht auch ein, zwei Rehe. Charlie und Tom nehmen wir mit. Wir machen noch richtige Waldbewohner aus deinen Jungs."

Dick nickte, sagte aber nichts. Er stand schon zu tief in Eddies Schuld.

„Im Keller könnten wir Fallen anfertigen", sagte Eddie. „Du, ich und deine Jungs. Holen meinen Jungen von seinem Motorrad herunter und lassen ihn auch anpacken. Ein richtiger Fließbandbetrieb. Wir bauen jedes Wochenende so viele Fallen für dich, daß du jede Woche eine neue Leine auslegen kannst."

„Und was ist mit deinem Feuerholz-Geschäft?" fragte Dick.

„Dafür ist gesorgt. Bestens. Wenn ich die Bäume schneide, die ich jetzt transportiert habe, brauche ich die nächsten zwei Jahre nichts mehr zu tun. Man kann hier in der Gegend nur eine bestimmte Menge Feuerholz verkaufen. Ich erweitere nur meine Geschäftsinteressen."

„Trotzdem, May hat recht. Vor allem muß ich mir das Haus ansehen."

Dick stand auf und holte den Schlüssel für den Kleinlaster heraus.

Charlie und Tom wollten mitfahren. „Ich will es mir erst allein anschauen", sagte Dick. Er fürchtete, wieder ein bißchen zu hart mit ihnen umzuspringen. „Morgen fahren wir alle zusammen. Ich werfe jetzt nur schnell einen Blick darauf und komme gleich zurück. Ich weiß noch, wie ich es gebaut habe. Ich will es mir einfach allein ansehen."

Doch als er vor seiner Zufahrt stand, verließ ihn der Mut. Er beschloß, sich zuerst die Sommerhäuser auf Sawtooth Point anzusehen und zum Vergleich heranzuziehen – damit er später über sein eigenes Haus vielleicht sagen konnte: „Nicht so schlimm – hätte ärger sein können."

Die Sommerhäuser an der Straße hinter der Einfahrt waren in Ordnung. Man hatte die Fenster abgedeckt, aber Öffnungen gelassen, um den Luftdruck auszugleichen, damit die Scheiben nicht zersprangen. Ein paar Häuser waren zwar naß geworden, aber eingedrungen war das Wasser nicht. Dick fuhr eine Runde zu den Häusern der Bigelows und Buttricks. Das der Bigelows

301

war leicht angeschlagen, aber sonst okay. Es lag etwas höher als das Buttrick-Haus, das es schlimm erwischt hatte. Das Wasser hatte eine Ecke des Hauses unterspült, und es neigte sich jetzt einen guten Viertelmeter auf den Weiher zu. Das Haus stand zwar noch, aber die Hälfte aller Fensterrahmen war herausgerissen worden. Ein Großteil der Verschalung hatte sich abgelöst. Der Eckpfeiler stand schief. Hätte noch schlimmer sein können. Vielleicht konnten sie die Ecke wieder heben, den Pfeiler ersetzen und ... Aber wahrscheinlich nicht.

Dick fuhr weiter zum Hochzeitstorten-Haus und umrundete es zu Fuß.

Sein Großonkel war beim Bauen sehr klug vorgegangen. Das Haus stand zwar am äußersten Ende der Landspitze, aber auf einem kleinen Buckel. Das Wasser war bis zum Haus gestiegen, hatte jedoch nicht einmal die hochgelegene seeseitige Veranda erreicht und nur Trümmer und Seetang auf den Stufen und den riesigen Granitblöcken des oberirdischen Fundaments hinterlassen. Der Wind hatte sein Bestes gegeben, aber nur das Gitterwerk, die Fenster und Fensterläden beschädigt. Dicks Laune besserte sich – gut für Onkel Arthur. Gut für die Pierces.

An der seeseitigen Ecke des Hauses parkte ein Tankwagen mit dem Zeichen der Salviatti Company. Im ersten Augenblick war Dick verblüfft, bis er den Schlauch entdeckte. Sie hatten eine Tankladung frisches Wasser auf dem Rasen versprizt, um das Salz abzuwaschen. Sie hätten das Wasser für das Kartoffelfeld hinter dem Matunuck-Strand verwenden und so vielleicht eine Ernte statt eines Rasens retten können. Aber es war ihr Geld, und sie konnten damit machen, was sie wollten. Es war jetzt ihr Haus. Trotzdem sollten sie Onkel Arthur dankbar sein.

Dick machte sich auf den Rückweg. Vor dem Sommerhaus der van der Hoevels entdeckte er Parkers VW-Kombi. Dick stellte seinen Wagen daneben ab und ging den Weg zum Haus hinunter. Von der „Spartina" aus hatte er schon gesehen, daß die Veranda in den Fluß geweht worden war, aber der Hauptteil des Häuschens stand noch, obwohl Fenster und Türen herausgedrückt worden waren. Dick wollte eben nach Parker rufen, als er Stimmen hörte. Die tiefstehende Sonne blendete ihn. Er ging einen Schritt weiter, um in den Schatten zu gelangen, den das Haus warf. Eine Glasscherbe knirschte unter seinem Fuß. Er sah

302

kurz auf sie hinunter und blickte wieder auf, als er eine Frau jammern hörte. Im Erkerfenster tauchte im Profil Maries Kopf auf. Das Fenster hatte keine Scheibe mehr. Das rautenförmige Fenstergitter war zwar noch halb intakt, hing aber nach außen.

Dick glaubte, daß sie um ihr Haus weinte. Ihr Kopf bewegte sich nach hinten und verschwand. Dafür erschienen ihre Arme und Hände. Sie nahm das längliche Kissen von der Fensterbank, schüttelte es, drehte es um und ließ eine Hand darübergleiten. Dann tauchte ihr Kopf wieder auf. Das offene Haar fiel ihr über die Wange. Ihre Hände glitten über das Kissen und umklammerten das Fensterbrett. Ihre Schultern zuckten, als schluchze sie. Sie ließ die Stirn auf das Kissen fallen.

Dick trat den Rückzug an. Er hätte nie gedacht, daß das Sommerhaus ihr so am Herzen lag. Aber vielleicht waren sie finanziell am Ende. Nicht versichert...

Plötzlich wurde ihr etwas über Kopf und Schultern geworfen. Das geschah so plötzlich, daß Dick zur Seite sprang. Sie gab wieder ein Geräusch von sich. Es dauerte eine Sekunde, ehe er begriff, daß sie lachte. Und daß er ihren Kopf nicht sehen konnte, weil ihr langer Rock darübergestülpt war.

Dick taten rechts wieder die Rippen weh, weil er sich so ruckartig bewegt hatte. Er preßte den Ellbogen dagegen und schlich sich seitlich davon. Dabei kam er vom Weg ab und geriet zwischen die Ziersträucher.

So kann man es natürlich auch nehmen, wenn einem das Haus über dem Kopf zusammenfällt, dachte er. Er steckte jetzt inmitten der Himbeersträucher und riß ein Hosenbein von einer Ranke los. Dann blickte er zurück, voller Scham, aber trotz allem kribbelig und erhitzt. Jetzt tauchte Schuylers Kopf auf. Sein Kinn lag auf ihrem Rücken. Es war nicht Schuyler. Es war Parker.

Um Himmels willen, Parker. Aber natürlich. Es war ja auch Parkers Wagen. Parker, du Hurensohn! Du schreckst wirklich vor gar nichts zurück.

Dick wandte sich ab und legte das Kinn auf die Brust. Er kletterte über eine dünne, entwurzelte Föhre. Als er einen Zweig aus dem Weg schob, geriet klebriges Harz auf seine Hand. Er war überrascht, weil er so aufgewühlt war, sich selbst widerwärtig fand. Es ärgerte ihn, daß dieser Anblick an ihm hängenblieb, und er war wütend über die hitzige, klebrige Erinnerung, die er von hier mitnahm. Wütend, weil er noch einmal zurückgeblickt hatte.

Sie wechselten gerade die Stellung. Dick wich weiter zurück. Sie legten sich der Länge nach auf die Fensterbank, mit den Gesichtern zueinander, mit den Füßen zu ihm. Er hätte fast laut aufgelacht, als er sah, daß sie beide noch Turnschuhe anhatten. Zwei Paar Turnschuhe. Jetzt alle vier Turnschuhe Drehung nach links und *do-re-mi*... Und vor dem Tanzpartner verbeugen.

Dick marschierte zur Straße zurück und stieg in seinen Kleinlaster. Er ließ den Motor nicht sofort an. Maries Stimme, ein schwacher, hoher Ton. Er drehte den Zündschlüssel herum.

„Verdammt", sagte er laut – aber er nahm den Anblick ihres Haares mit, das ihr über die Wange fiel, sah ihre Hände über die Fensterbank gleiten. Sie hatte mittendrin das verdammte Kissen umgedreht! Vor dem Geräusch des laufenden Motors und der knirschenden Reifen stellte er sich die Töne vor, die aus ihrem Mund mit den schmalen Lippen drangen, aus diesem Mund, der sich wölbte wie die verzierten Fenster des Sommerhauses.

„Parker, du Hurensohn", sagte er. Es war nicht zu leugnen, daß er Selbstgespräche führte. „Mach, daß du wieder an Bord gehst, sieh zu, daß du von hier wegkommst."

Am liebsten wäre er an der Zufahrt zu seinem Haus vorbeigefahren. Aber sie werden wissen wollen, was ich gesehen habe, dachte er.

Er parkte den Laster am oberen Ende der Zufahrt. So weit, so gut. Die Jungen hatten an den Fenstern der Vorderseite erstklassige Arbeit geleistet. Sie hatten sie mit Brettern vernagelt und Zwischenräume für den Druckausgleich gelassen. Der Kamin war umgekippt. Das verschlammte Wasser war bis über die Fensterbretter gestiegen. Könnte schlimmer sein.

Als er hinter das Haus kam, reichte ihm ein Blick, und er war geschlagen. Er schaute noch einmal hin, setzte sich am Ende der Zufahrt auf den Boden, hob eine Handvoll Kieselsteine auf und ließ sie zwischen den Finger durchrieseln.

Es war seine eigene gottverdammte Schuld. Die Jungen waren nicht schuld, weil er ihnen nichts gesagt hatte. Wenn er es übersehen hatte, warum hätte es ihnen dann einfallen sollen?

Ein Stück des alten Bocks der „Spartina" ragte aus der Mauer. Die andere Hälfte steckte im Haus. Durch das Loch sah er ein Stück schwarzes Papier und zerbrochene Wandpfosten. Die zersplitterte Schindelverkleidung war weggerissen worden. Mußte ziemlich bald passiert sein – der Wind hatte noch viel Zeit gehabt, sich daran auszutoben.

Ein anderes Stück des Bocks war in den südöstlichen Eckpfosten gekracht. Der Schaden war nicht so offensichtlich wie das Loch in der Wand, aber der Pfosten war wahrscheinlich gebrochen. Dick stand nicht auf, um es sich näher anzusehen.

Ungünstiger hätte er den Bootsschuppen und den Bock gar nicht hinstellen können. Genau im Südosten. Genausogut hätte er eine Kanone auf sein Haus richten können.

Er formte aus Daumen und Zeigefinger einen rechten Winkel und hielt ihn vor das Hauseck. Keine Frage – das Dach war schief, das Eck hatte sich gesenkt.

Er blieb sitzen. Je länger er hier saß, um so besser wurde es. Das Haus war versichert, dafür hatte die Bank gesorgt, bei der er die Hypothek aufgenommen hatte. Das Boot war nicht versichert gewesen. Wenn schon etwas beschädigt werden mußte, dann das Haus.

Das Boot war okay, May und die Jungs waren okay, er war okay. Er war dem Sturm etwas schuldig. Und das konnte er auch hier bezahlen.

Die Küchentür und das Fliegengitter waren verschwunden. Das letzte Licht, das vom Himmel kam, glänzte auf dem nassen und verschlammten Küchenfußboden.

Er begann am Hintern zu frieren. Er war müde. Jetzt war er erst seit ein paar Stunden auf den Beinen und schon wieder reif fürs Bett.

May würde es hart treffen. Das erste, was sie bemerken

305

würde – na ja, vielleicht das zweite, nach dem Loch in der Wand –, war der Dreck auf ihrem schönen Küchenboden.

Er stand auf, um einen Blick auf seinen Anlegesteg zu werfen. Es war besser, er sah ihn sich jetzt an. May würde es nicht verstehen, wenn er jetzt ging und ihn erst morgen in Augenschein nahm.

Der Anlegesteg war in Ordnung. Er traute seinen Augen nicht. Er war zwar mit Schlick, Tang und kleinen Zweigen übersät, aber die vier Pfosten waren unbeschädigt. Warum auch nicht, Idiot? Er ließ das Wasser durch, also hatte es nichts gefunden, das es wegdrücken konnte. Und der waagrechte Teil war flach und ohne Erhebungen, daher konnte das Wasser einfach über die Oberseite strömen.

Das war selbstverständlich auch der Grund, warum die „Spartina" durchgekommen war. Außer dem Ruderhaus hatte sie keine massiven Aufbauten. Und die Teile, gegen die das Wasser prallen konnte, waren abgerundet – ihr Rumpf war so rund wie ein Kürbiskern. Das haben wir gut gemacht, Onkel Arthur und ich, dachte er.

Er stand auf dem Anlegesteg und blickte über den Pierce Creek. Ein paar große Bäume waren umgestürzt, und die kleineren waren kahl. Er konnte ungehindert über sein Stück Land sehen, über den Sawtooth Creek bis zur Salzmarsch, die im letzten Tageslicht raschelte und silbern schimmerte.

Vor Dankbarkeit fing er an zu weinen. Hörte auf und wusch sich im Fluß das Gesicht. Er mußte über sich selbst lachen. „Hätte sein können, daß es mir viel mehr wegfegt", sagte er. „Es hätte mich auch so wegfegen können wie diese herumhurenden Ameisen in Tennisschuhen."

Er ging zum Lastwagen. Er würde May berichten, daß es nicht so schlimm war, daß es viel schlimmer sein könnte. Würde sie überreden, mit ihm etwas zu trinken. Sie mit ein, zwei Drinks beschwipst machen. Und sich dann in sein rechtmäßiges Ehebett legen.

Dick hörte Motorengeräusch. Es war gerade dunkel genug, daß er das Scheinwerferlicht durch die Bäume huschen sehen konnte. Er ging den Weg hinauf zurück und erkannte das Blinzeln von eng beieinanderstehenden Jeep-Scheinwerfern.

Elsie stieg auf der Beifahrerseite aus und fragte Dick, ob er sie nach Hause bringen könne. Er sagte ja, und Elsie schickte ihren Partner mit dem Jeep fort.

Elsie ging auf Dick zu, und als sie bei ihm war, preschte der Jeep schon im dritten Gang auf der Route 1 davon. Sie nahm seine Hand und sagte, wie leid es ihr tue, daß sein Haus so schwer getroffen war.

„Es könnte schlimmer sein", sagte Dick. „Wie hat es dein Haus überstanden?"

„Das Glashausdach hat ein Loch. Mary und ich haben das große Fenster vernagelt. Es ist ganz geblieben." Elsie ließ seine Hand aus. „Ich bin todmüde", sagte sie. „Den ganzen Nachmittag habe ich Leute aus ihren zerstörten Häusern vertreiben müssen. Manche wollten in Häusern übernachten, die schon einstürzen würden, wenn nur jemand niest."

Sie überrumpelte Dick, indem sie sich genau in diesem Augenblick vorbeugte, die Arme um ihn legte und sich an ihn drückte. Er hatte vergessen, wie klein sie war, wie fest und wie kräftig. Sie legte eine Hand auf seine Brust und legte den Kopf in den Nacken. „Ich freue mich, dich zu sehen. Ich freue mich, daß ich vorhin deinen Laster gesehen habe."

Sie berührte seine Wange. „Komm schon, Dick. Du könntest dich doch auch ein bißchen freuen, mich zu sehen. Ein bißchen Wiedersehensfreude wird dich nicht umbringen."

Sie küßte ihn auf die Wange. „Okay", sagte sie. „Ein bißchen Zurückhaltung macht mir auch nichts aus – wenn du dich nur freust, mich zu sehen."

„Ja", sagte Dick, „ich freue mich, dich zu sehen."

„Obwohl du es nicht willst", sagte Elsie und schüttelte seinen Oberarm. Er hatte vergessen, daß sie sich manchmal so burschikos benahm, besonders in Uniform. Es wirkte ebenso überraschend exzentrisch wie ihre Versuche, sich mit Lippenstift und ihrem rückenfreien Kleid herauszuputzen.

„Übrigens", sagte sie. „Kapitän Texeira ist zurück. Er hat Miss Perry besucht."

„Hat er ihr Blumen gebracht?"

Elsie lachte. „Ja. Ich weiß nicht, wo er sie aufgetrieben hat, aber er hat es fertiggebracht. Ach ja", fügte sie hinzu, „könntest du mir einen Gefallen tun? Solang es noch hell genug ist?"

Elsie wollte, daß er mit dem Lastwagen in die Salzmarsch fuhr. „Ich weiß, daß du weißt, wo der alte Damm ist." Sie lachte. „Ich möchte etwas holen, das ich vom Strand aus gesehen habe."

Sie fuhren ins Vogelschutzgebiet und dann in die Marsch. Der Wagen schlitterte ein bißchen über den Schutt, der sich auf der leichten Erhebung aus versunkenen Felsplatten und großen Steinen, die den alten Damm bildeten, angesammelt hatte.

Schließlich gelangten sie auf das kleine Plateau der Marsch, wo die *Spartina patens* der *Spartina alterniflora* wich – eine kleine Salzwiese zwischen der Salzmarsch und der Rückseite der Dünen.

Dick stellte den Laster so hin, daß die Scheinwerfer die Stelle ausleuchteten, auf die Elsie zeigte.

„Siehst du es?" fragte Elsie. „Da ist es. Das blaue Kanu."

Dick schaltete das Licht aus, und sie gingen zu dem Kanu hinüber. Unter ihren Füßen wurde Wasser aus den verfilzten Halmen gepreßt. Dick rief Elsie, die vorauslief, zu, sie solle langsamer gehen. „Hier könnte es ein paar komische Löcher geben." Sie wartete auf ihn und nahm seine Hand. Sie gingen weitere fünfzig Meter, auf denen sie sich gegenseitig stützten, aber als sie näher kamen, rannte Elsie wieder voraus.

Sie ging gebückt um das Kanu herum und legte die Hände auf die Dollborde.

„Unglaublich! Es ist noch ganz!" Elsies Stimme klang wie die eines sehr jungen Mädchens. „Es muß einfach auf der Flutwelle hier raufgeschwommen sein. Oder im Wind gesegelt. Und hat

sich hier im Gras verfangen. Wenn man bedenkt, wie zertrümmert alles andere ist..."

Dick warf einen Blick zum Sawtooth Point. Im Licht des
Abends konnte er nur noch die Umrisse der Felsen auf Sawtooth Island erkennen. „Muß eine Meile von der Landspitze
entfernt sein", sagte er.

Elsie kam auf die Seite des Kanus, auf der er stand. Sie fing an
zu weinen und hielt sich an ihm fest wie ein verzweifeltes Kind.

„Was ist denn?" sagte Dick nach einer Weile. „Was ist denn
los, Elsie?"

Er dachte, sie würde ihm jetzt vielleicht von ihrer Schwangerschaft erzählen. Er merkte, daß sich seine Sorge um sie wandelte
– nicht mehr gezwungen und angespannt war, sondern zärtlich.

„Herrgott", sagte Elsie. „Ich weiß auch nicht... Seit Ewigkeiten habe ich nur zweimal geweint – und immer bei dir."

Dick verlagerte seinen Fuß, der in dem Loch, das er gemacht
hatte, naß wurde.

„Vielleicht weil du der einzige Mensch bist, den ich kenne,
der genauso zäh ist wie ich", sagte Elsie. „Vielleicht deshalb."

„Glaube ich nicht."

Elsie rieb sich die Augen. „Es ist alles schon so lange her.
Sally und ich. Und der arme, alte Mr. Bigelow. Und überhaupt."

„Ich habe gedacht, du wolltest mir sagen, daß du schwanger
bist."

Er bedauerte seine Worte sofort. Sie wurde stocksteif und
wandte sich ab.

„Komm, setz dich ins Kanu", sagte er etwas später. „Ich
schieb dich an."

Elsie nahm mit dem Gesicht zu ihm im Kanu Platz. Als Dick
anschob, sanken seine Füße fünfzehn Zentimeter ein. Das Kanu
rutschte einen Meter weit, aber Dick konnte die Füße nicht aus
dem Schlamm ziehen und fiel auf die Knie. Elsie lachte. „Setz
dich doch ein bißchen zur mir", sagte sie dann.

Sie saßen einander gegenüber und legten die Hände auf die
Dollen.

„Ich bin froh, daß wir hier sind", sagte Elsie. „Ich liebe die
Marsch."

„Warte nur, bis die Moskitos kommen."

„Ich glaube, die hat der Sturm vertrieben", sagte Elsie. „Wie hast du erraten, daß ich schwanger bin?"

Dick senkte den Kopf.

„Ich bin froh, daß du es erraten hast", sagte Elsie.

Dick hatte ein bißchen lügen und ein bißchen die Wahrheit sagen wollen – daß der Motor seines Lasters gestreikt und er ihr Gespräch mit Mary Scanlon gehört hatte. Er ließ es.

„Ich will das Baby bekommen", sagte sie. „Ich will es. Und ich bin froh, daß du der Vater bist."

Dick blickte zum Himmel, und ihm wurde schwindlig. „Niemand wird es erfahren", sagte Elsie. „Außer Mary natürlich. Und meiner Schwester werde ich es auch erzählen. Jack muß es nicht wissen."

„Wenn du es deiner Schwester erzählst, wird Jack es auch erfahren. Wenn man verheiratet ist, kann man nichts verschweigen."

Elsie sah überrascht aus. „Heißt das, du willst es May erzählen?" fragte sie.

„Das hab ich nicht gemeint", sagte Dick. „Aber eigentlich sollte ich. Dann wäre wahrscheinlich Schluß zwischen uns."

„Zwischen dir und May, meinst du", sagte Elsie.

Dick dachte einen Augenblick nach. „Ja", sagte er dann.

„Ich will keine Abtreibung", sagte Elsie. „Ich habe es mir überlegt, und ich werde es nicht tun. Ich habe Freundinnen, die das hinter sich haben." Sie zögerte ein bißchen. „Ich habe es einmal getan und werde es nie wieder tun. Und ich werde das Baby auch nicht weggeben. Es gibt nichts, dessen ich mir sicher bin, aber in dieser Sache bin ich sicherer als in allen anderen."

Sie beugte sich vor und legte die Hände auf die Ruderbank zwischen ihnen. „Eins kann ich auf jeden Fall: Den Leuten, denen ich etwas sagen muß, kann ich erzählen, daß ich das Baby adoptiert habe. Ich habe in den letzten Jahren so oft darüber gesprochen, daß man es mir bestimmt abnimmt. Und ich werde das Kind großziehen. Ich habe genug Geld. Und sollte es nicht reichen – einer von Jacks Vorzügen ist seine Großzügigkeit. Wenn Sally ihn bittet, mit zu helfen, dann wird er es tun. Irgendwann werde ich auch Geld von meiner Mutter erben. Mein Vater hat vielleicht auch etwas. Und Mary wird natürlich auch da sein. Ich werde sie nicht bitten, für das Kind zu zahlen, aber sie

310

wird mir mit dem Haus helfen. Aber den größten Teil kann ich allein bestreiten. Ganz gleich, was passiert."

„Ganz gleich, was passiert", sagte Dick. „Darauf läuft es hinaus. Ganz gleich, was passiert."

„O Dick, ich weiß. Ich weiß, daß ich dir selbstherrlich vorkommen muß."

„So hab ich das nicht gemeint", sagte Dick. „Ich hab nicht gemeint, daß du deinen Willen durchsetzt, ganz gleich, was kommt. Ich habe gemeint, daß da ein Leben ist, ganz gleich, was passiert. Egal, wie du und ich darüber denken. Ich muß zugeben, daß ich mir ziemliche Sorgen gemacht habe. Ich mache mir immer noch Sorgen darüber, was passieren wird, wenn ich es May erzähle. Oder den Jungs. Ob sie mir verzeihen werden oder nicht. Und ich sorge mich darum, was für ein Gefühl es für mich sein wird, ein Kind zu haben, das nicht zu meinem Leben gehört. Du bist schwanger geworden. Ich habe dich geschwängert. Ganz gleich wie wir es ausdrücken, du bist schwanger. Ganz gleich, ob ich finde, du hättest sagen sollen, was du vorhast. Du hattest doch etwas vor, oder?"

„Ja", sagte Elsie, „ich war nicht so kaltblütig wie... Ich meine, irgendwie war es ein Unfall. Ich könnte behaupten, ich hätte in der Hitze des Augenblicks vergessen, daß ich die Pille nicht mehr nehme. Und daß es das nächste Mal hätte okay sein sollen. Aber irgendwie hast du recht. Ich wußte, daß es geschehen konnte. Aber ich werde mich darum kümmern. Das habe ich gemeint, als ich sagte: Ganz gleich, was passiert! Ich werde damit fertig. Ich bin in der Lage, mich zu kümmern..."

„Ja", unterbrach Dick. „Das hast du schon gesagt."

„Ich meine nicht nur Geld. Obwohl ich viel darüber nachgedacht habe, daß ich ja eigentlich ein Mädchen aus reichem Haus bin. Nicht richtig reich, aber ich weiß, was du damit meinst, wenn du ,reiches Mädchen' denkst. Ich habe mich auch über mich lustig gemacht, ich meine, ich habe mich gefragt, wie tapfer und voll mystischer Lebensenergie ich wohl wäre, wenn ich keinen Cent hätte. Ist die Lebensenergie nur ein weiteres Privileg der Mittelklasse? Einmal angenommen, die Antwort lautet ja. Dann kann ich nur sagen: Na und? Aber jetzt möchte ich etwas von dir wissen: Du willst doch nicht, daß ich es abtreibe, oder?"

„Nein."

311

Elsie straffte sich. „Das freut mich. Ich... Übrigens – bist du sauer auf mich?"

„Nein. Ich war sauer. Ich werde dir sagen, was das Schwierigste für mich ist: Meine Gefühle für die Jungs. Ich bin streng zu ihnen gewesen, habe nicht alles richtig gemacht, aber ich weiß, wie es ist, Vater zu sein."

„Ja, du bist ein guter Vater."

„Da sind also meine Gefühle für die Jungs... Und jetzt gibt es das. Du kannst über deine Lebensenergie und dein Geld reden, aber das alles... Ich weiß nicht, wie ich es nennen soll. Es paßt einfach nicht zu dem Leben, das ich kenne."

„Ich weiß. Ich weiß, was du meinst", sagte Elsie leise. „Ich habe zumindest eins getan, was ich nie und nimmer wollte – ich habe das Muster deines gewohnten Lebens durcheinandergebracht."

„Wie meinst du das?"

„Ich meine das Gleichgewicht deines Kraftfeldes, dein Netzwerk", antwortete Elsie. „Deine Art, für deine Familie zu sorgen, mit jemandem wie Eddie zurechtzukommen und die Art deines Verhaltens gegen Miss Perry. Und, nehme ich an, auch die Art deines Ärgers über Sawtooth Point und die Leute mit den Spielzeugbooten." Elsie hob die Schultern und verschränkte die Arme vor der Brust, als friere sie. „Vermutlich meine ich damit, daß ich keine gute Ökologin war."

Dick schnaubte verächtlich. „Was zum Teufel soll das heißen? Daß du die Ökologin bist und ich eine gefährdete Tierart? Bist du vielleicht die Wildaufseherin für mein ‚Biotop' oder wie das bei euch heißt?"

„Werde doch nicht gleich wütend", sagte Elsie scharf. „Du bist genauso arrogant wie ich. Und du bist gemeiner. Wenn du ‚Sommerleute' und ‚Spielzeugboote' sagst, spuckst du die Worte praktisch aus. Ich stehe der Tatsache, daß du auf dem hohen Roß sitzt, wenigstens wohlwollend gegenüber." Elsie unterbrach sich und holte Luft. „Um Himmels willen – ich bewundere, was an deinem Leben gut ist. Ich schaue nicht auf dich herunter – ich bewundere all das, was ich gerade aufgezählt habe: dich und deine Jungs, dich und deine Art zu arbeiten und dein Boot und daß du zur See fährst. Als du damals mit Miss Perry und den Jungs zum Fischen gefahren bist –, war dieser ganze Nachmittag einer der

Gründe, warum ich . . ." Elsie streckte die Hände in die Luft und hielt sich dann den Kopf. „Dieser Tag und wie du mit mir über die Angst vor Haien geredet hast, als ich hilflos in diesem kleinen Boot gesessen habe . . . Ich habe dich doch nicht aus dem Katalog ausgesucht, um Gottes willen. Ich kenne dich. Ich meine, ich hab mich auf meine gestörte, neurotische Art in dich verliebt."

Dick war beunruhigt, aber auch befriedigt, als er sie das sagen hörte. Er dachte immer noch an Parker und Marie.

„Was alles noch kompliziert hat –", fuhr Elsie fort. „Ich meine, ich hätte ja warten können, daß es aufhört – mich vielleicht wieder auf ein bißchen Verliebtsein beschränken. Aber dann wollte ich auch noch mit dir befreundet sein, und deshalb bin ich dir immer wieder über den Weg gelaufen. Und jetzt sitze ich da und werde Mutter. Das verschlägt auch mir den Atem, weißt du. Daher verstehe ich natürlich auch, daß es nicht leicht für dich ist. Ich begreife, daß dieser letzte Teil nicht deiner Vorstellung entspricht. Mir ist klar, daß mein Kind und ich – oder wenigstens dieses Kind – deine Gedanken beanspruchen werden. Daran bin ich schuld. Ich bin dafür verantwortlich, was dir das antut – egal, wie ausschließlich ich für das Kind sorge." Elsie sagte es vorsichtig, ein bißchen unterwürfig sogar, und schwieg dann. Dick verstand nicht, warum sie unterwürfig sein sollte.

„Ich könnte weggehen", sagte sie. „Ich meine, ich gehe sowieso weg, bevor man was sieht. Aber ich könnte wegbleiben. Wenn du beschließt, es May nicht zu sagen, wäre es vielleicht einfacher, wenn ich nicht hier bin."

„Wenn ich es May sage", entgegnete Dick, „ist es bestimmt schwierig für sie, immer wieder mein uneheliches Kind sehen zu müssen." Elsie zuckte zusammen. „Wenn ich es ihr nicht sage, wird sie glauben, was alle glauben. Daß du nach Boston gefahren bist und dort ein Baby adoptiert hast."

Elsie sah überrascht aus. Dick verstand erst warum, als sie sagte: „Wie kommst du darauf, daß ich nach Boston fahre?"

Sie war zu schnell für ihn. Er zuckte mit keiner Wimper. Es hatte keinen Sinn, sich da rauszulavieren. Und aus irgendeinem Grund machte es ihm auch nichts aus, wenn sie ihn bei dieser Lüge erwischte. Ihm kam der Gedanke, daß sie wirklich Freunde sein mußten, wenn es ihm nichts ausmachte, daß sie einen Schlag gegen ihn führte, wenn er sich darauf verließ, daß sie zwar über ihn herfallen, sich aber schnell beruhigen und nicht mit ihm Schluß machen würde.

Er sagte ihr, daß sie mit Mary Scanlon über Boston gesprochen habe.

„Mary?" fragte Elsie.

„Mary hat mir nichts gesagt. Ich habe euch gehört. In der Nacht, als sie vom Begräbnis ihres Vaters kam. Ich bin zurückgekommen..."

„Wo warst du?"

„Auf der Zufahrt."

„Und hast uns gehört?"

„Stimmt."

„Also bist du einfach stehengeblieben und hast uns belauscht."

„Richtig."

„Du hinterlistiger Hurensohn!"

„Was ich gehört habe, klang für mich ziemlich hinterlistig."

Das verschlug ihr die Sprache. Dick wünschte, er hätte es nicht so gesagt, aber immerhin verschlug es ihr die Sprache.

Als sie weitersprach, war sie wieder vorsichtig. „Ich weiß nicht, was du gehört hast, aber was ich dir eben gesagt habe, ist wahr. Soll ich es noch einmal sagen? Als wir das erstemal miteinander schliefen, war – egal, was ich gedacht habe – bestimmt keine kaltblütige Berechnung dahinter."

„Nein", sagte Dick.

„Gut." Elsie sah ihn von der Seite an. „Natürlich wäre es vielleicht einfacher für dich, wenn du glauben könntest, daß alles von mir geplant war. Ich hab es dir einfach abgesaugt, weißt du, wie jemand, der Benzin aus deinem Tank stiehlt. Ein schlauer, kleiner Sukkubus, der deinen Samen stiehlt. Vielleicht bin ich eine Außerirdische, die in einer fliegenden Untertasse hier gelandet und mit einem Exemplar für unser Erdlingsgehege wieder abgeflogen ist. Wär' dir das lieber?"

„Okay", sagte Dick, „ich hab schon verstanden."

„Paß auf, Erdling", sagte Elsie. „Du wurdest als geeigneter Typus für die Absonderung von Erdlings-Essenz ausgewählt." Elsie wechselte zu einer quietschigen Roboterstimme. „Für dieses Experiment habe ich einen empfängnisfähigen Erdlingskörper angenommen. Biep. Du bist Erdling, der ejakulieren kann? Biep. Du wirst Vorgang jetzt beginnen. Biep."

„Ich habe es begriffen, Elsie."

Elsie lachte und lachte. Als sie aufhörte, sagte sie noch einmal „Biep", was zu einem weiteren Anfall führte. Dick wartete ab.

Die Sonne war längst untergegangen, und der Himmel hörte auf zu glühen. Er konnte ihr Gesicht nur sehen, wenn sie es hob. Die einzelnen Perlen an ihren Ohrläppchen schimmerten wie kleine Monde in der Abenddämmerung ihres dunklen Haares, und ihre Zähne waren weiß wie der Mond.

Er stieg aus dem Kanu. „Ich muß jetzt nach Hause", sagte er. Er nahm ihre Hand, um ihr beim Aussteigen zu helfen. Als sie mit beiden Füßen auf der weichen Erde der Marsch stand, legte er die Arme um sie. Er kam sich linkisch vor. „Ich weiß nicht, Elsie." Sie fühlte sich klein und kalt an. Als er die Arme zurückzog, blieb seine Hand am Griff ihres Revolvers hängen. „Verdammt, Elsie. Wozu trägst du eine Waffe?"

„Wir sind im Sondereinsatz. Sie haben sogar die Nationalgarde mobilisiert. Für den Fall, daß es zu Plünderungen kommen sollte."

„Pistolen-Jenny", sagte Dick und begann zu lachen.

„Das findest du lustig?" sagte Elsie ungläubig. „Meines war viel lustiger."

Das Kanu schlitterte mühelos über die Marsch.

Dick zog es mit einer Hand an der Fangleine hinter sich her.

Elsie nahm seine andere Hand. „Eines meiner Probleme ist, daß ich gern mit dir zusammen bin", sagte sie. „Was sagst du dazu, wenn wir es geheimhalten und uns weiterhin treffen?"

„Ich weiß, was du meinst", sagte Dick, brachte aber nicht mehr heraus.

„Zumindest noch zwei, drei Monate", sagte Elsie. „Nur hin und wieder zusammensein. Ich verspreche dir, meine Strahlenpistole nicht auf dich zu richten. Ab Weihnachten bin ich dann in Boston."

Bevor Dick antworten konnte, waren sie beim Laster angelangt. Dick ließ das Kanu mit dem Bug voran auf die Fahrerkabine gleiten, und er und Elsie banden es fest.

„Wir werden uns sehen", sagte er. „Aber ich weiß nicht, wieviel Zeit ich haben werde. Du hast mein Haus gesehen. Und ich muß meine Fallen kontrollieren."

„Zum Fallenkontrollieren könnte ich mit dir rausfahren."

„Weißt du noch, wie schlecht dir das letztemal geworden ist?"

„Dann nehme ich eben Tabletten gegen Seekrankheit."

„Aber ich werde Charlie und noch ein Besatzungsmitglied an Bord haben."

„Ich könnte ja helfen."

„Was soll Charlie denken? Und, was wichtiger ist – sollte May von dir und mir erfahren, würde sie noch viel mehr darunter leiden, wenn sie wüßte, daß du mit Charlie und mir auf der ‚Spartina‘ warst."

„Vielleicht auch nicht", sagte Elsie. „Vielleicht faßt sie es so auf, daß ich ihren Kindern Fairneß und guten Willen entgegenbringe. Es wird sie beruhigen, daß ich nicht darauf aus bin, eine Familie zu zerstören. Vielleicht..."

„Vielleicht", sagte Dick. „Du bist wirklich gut mit deinem Vielleicht. Aber es gibt Dinge, bei denen kein ‚Vielleicht‘ existiert." Er hatte das Gefühl, soeben ein bißchen zu hart und kurz angebunden gewesen zu sein. „Das verstehst du doch, Elsie", fügte er hinzu. „Es gibt Dinge, bei denen man sich nicht auf seine Phantasie verlassen darf." Elsie hielt den Kopf schräg und sah ihn auf eine Weise an, die ihn nervös machte. „Vielleicht wird May über die ganze Sache überglücklich sein und wollen, daß das Kind bei uns lebt", sagte er. „Vielleicht hätte sie gern ein kleines Mädchen, das sie bemuttern kann, weil doch ihre eigenen Kinder bald aus dem Haus sind. Vielleicht will sie, daß wir alle zusammen bei Eddie einziehen. Vielleicht werdet ihr gemeinsam dasitzen und Erbsen schälen, während ich mit der ‚Spartina‘ auf See bin."

„Willst du, daß ich sie frage?" sagte Elsie.

Dick spürte das unangenehme Prickeln von Elsies Unverfrorenheit. Es machte ihn wütend – sie tat ihm leid, er bedauerte sie, und sie benahm sich schnippisch. Aber so war das eben mit ihr – sie wechselte blitzschnell die Richtung. Er wußte nicht, ob es sich dabei um eine in ihren Kreisen übliche Sprunghaftigkeit handelte oder ob es ihre Natur war. Vielleicht wußte sie es selbst nicht. Was immer es war, es machte ihn genauso sprunghaft. Manchmal mochte er dieses Gefühl – das mußte er zugeben –, aber es brachte ihn dazu, an ihr zu zweifeln. Nicht an ihrer Zuneigung für ihn oder ihrer Absicht, gegen ihn loyal zu sein, sondern daran, daß in einem Leben wie dem seinen Platz für sie war. Das machte ihn traurig. Sie stiegen in den Kleinlaster und fuhren langsam über den Damm zurück. Sie legte die Hand auf seinen Arm.

„Tut mir leid", sagte sie. Er war immer noch traurig. „Die Eskimos leben so", sagte Elsie. „Ich habe ein Buch über die Eskimos in Grönland gelesen. Für sie ist es nicht so wichtig, wer in welchem Iglu schläft."

„Na, dann", sagte Dick. Er lachte. Früher oder später brachte sie ihn immer zum Lachen. „Wir legen May einfach das Buch hin, und schon sind wir unsere Sorgen los."

Es würde ihm auch fehlen, daß er nicht mehr mit ihr über alles mögliche reden konnte. May konnte er nicht von Parker und Marie erzählen. Er wußte, wie May es auffassen würde, wenn er es doch tun sollte: Wirf sofort diese widerlichen Schnecken aus meinem Garten hinaus. Er konnte das verstehen, da er genauso empfand. Aber Elsie würde sich vor Lachen krümmen, wenn er ihr von Maries Rock erzählte, der ihr plötzlich über ihren Kopf gestülpt worden war; oder von den vier Turnschuhen. Und was würde sie noch sagen? Er wußte es nicht. Irgendwie hatte es etwas für sich, daß er nicht wußte, wie sie reagieren würde.

Aber das änderte nichts daran, daß er in Schwierigkeiten war.

„Kinder zu haben, hat etwas für sich", sagte er, als sie zu ihrem Haus kamen. Und dann erzählte er ihr, wie er im schlimmsten Hurrikan plötzlich an Charlie gedacht und sich immer wieder vorgesagt hatte: „O Leerie, dann geh ich nachts umher und zünd Laternen mit dir an!"

Sie war im ersten Moment ein bißchen verwirrt. Er erklärte es ihr, erzählte ihr, daß er den Jungen vorgelesen hatte, wenn sie im Bett lagen, daß Charlie ihm mit sechs auf Schritt und Tritt gefolgt war, alles bewundert hatte, was er tat, alles tun wollte, was er tat. „,O Leerie, dann geh ich nachts umher und zünd Laternen mit dir an!'"

Elsie überraschte ihn. „O Scheiße", sagte sie. Dick sah sie an.

„Warum hast du mir das erzählt?" fragte sie. „Was soll ich nur machen, wenn es ein Junge wird – hast du es mir deswegen erzählt? Weil ich für einen Jungen nie Leerie sein kann?"

Dick fühlte sich plötzlich hundert Meilen weit weggewirbelt.

„Nein", sagte er, „Ich wollte es dir einfach nur erzählen."

„Warum hast du mir ausgerechnet das erzählt?" Sie war noch immer gereizt und verwirrt. „Doch nur deshalb, damit ich sehe, daß kleine Jungen einen Vater brauchen." Sie öffnete die Beifahrertür, drehte sich aber noch einmal zu ihm um. „Du bist engstirnig. Sogar wenn du recht hast, hast du unrecht."

Sie stieg aus. „Elsie!" Sie ging auf ihr Haus zu. „Elsie!" rief er ihr nach. „Du hast dein Kanu vergessen!"

„Bring es in die Garage", sagte sie. Aber sie kam zurück.

„Hör zu, Elsie", sagte er. „Ich wollte doch nur..."

„Ja", sagte sie, „du wolltest doch nur..."

„Ich wollte dich doch nur ein bißchen aufheitern, Herrgott nochmal. Dir sagen, daß es schön ist, ein Kind um sich zu haben."

„Verstehe", sagte Elsie nur, half ihm aber trotzdem, das Kanu in der Garage neben dem Volvo zu verstauen.

Mary Scanlon kam vom Haus in die Garage. Sie umarmte ihn und klopfte ihm auf die Schulter. „Elsie hat mir gesagt, daß Sie heil wieder an Land gekommen sind. Bleiben Sie zum Abendessen? Ich habe Eintopf gemacht – genug für uns alle."

„Danke nein, ich habe schon gegessen. Ich muß nach Hause."

Elsie hatte sich nicht gerührt. „Ich komme wieder mal vorbei", sagte er.

„Vielleicht können wir gemeinsam Miss Perry besuchen. Und sie überreden, daß sie Eddie anheuert, ihre Zufahrt aufzuräumen."

Er fuhr über die schmale Straße den Hügel hinunter. Zweige schlugen gegen die Seiten seines Lastes. Er sah seinen Fehler. Seine Erinnerungen an den kleinen Charlie gehörten May.

Die andere Geschichte war für Elsie. „Paß besser auf", sagte er laut.

Er fuhr zur Werft, um einen Blick auf die „Spartina" zu werfen. Er nahm seine große Taschenlampe aus dem Wagen, fand in ihrem Licht die Ankerboje und leuchtete dann über den Festmachstander bis zur Bootsklampe hinauf. Alles in Ordnung.

Das einzige elektrische Licht in weitem Umkreis brannte im South County Hospital, das hoch auf einem Hügel über dem Salzweiher stand. Notgenerator. Kein nennenswerter Verkehr. Auf halber Strecke schaltete Dick die Scheinwerfer aus und fuhr langsam bei Mondlicht weiter. Er hatte seine Geschichte gut vorbereitet. Sawtooth Point. Haus. Blaues Kanu? Ja, blaues Kanu. Und die „Spartina" hatte er auch noch kontrollieren müssen.

Es überraschte ihn, daß er sich noch immer darauf freute, bald mit May in die Federn gehen zu können. Wie weich ihr schlaksiger Körper in einem breiten, weichen Doppelbett werden konnte! Wie sehr sie es mochte, wenn er sich die Zeit nahm, mit ihrem Haar zu spielen und es mit den Fingern zu kämmen.

Er schaltete die Scheinwerfer wieder ein, als er die Ministerial Road hinauffuhr. Eigentlich war er ja ein niederträchtiger Mistkerl – vielleicht konnten sich May und Elsie auf dieser Basis einigen.

Eddie war nicht zu Hause. May sagte, daß er zu einer Frau gefahren war, die allein oben in Miss Perrys Nähe wohnte. May saß in Nachthemd und Morgenrock am Küchentisch und trank Kaffee. Die Jungen sahen mit einem batteriebetriebenen Portable fern. „Hallo, Dad", sagte Tom. „Wir haben dich im Fernsehen gesehen. Du warst mit der ‚Spartina' in den Nachrichten. Und der Mann, der mit Miss Buttrick befreundet ist, du weißt schon, der Filmemacher? Es war sein Film."

Dick ahnte nichts Gutes.

Er verdrängte die Ahnung wieder. Die meisten Leute brauchten Steckdosen für ihre Fernseher, und es gab noch immer keinen Strom. Die Jungs im Neptune zum Beispiel hatten die Nachrichten wahrscheinlich nicht gesehen.

„Wie sieht das Haus aus?" fragte Charlie.

„Könnte schlimmer sein", antwortete Dick. „Wir fahren morgen früh hin. Bleibt nicht zu lang auf, Jungs." Dick freute sich, als er sah, daß May Kaffeetasse und Untertasse ins Spülbecken stellte und dann leise durch die Diele ging, in der Hand die Kerosinlampe. Als er ins Schlafzimmer kam, drehte sie den Docht weit hinunter. Sie fragte nicht einmal, wo er so lange gewesen war.

Als sie ihr Haar löste, sagte er: „Es ist schön hier. Du siehst gut aus ... Ich mache dir deine Haare." Er nahm langsam die Haarnadeln heraus. „Ist es nicht komisch, so in einem fremden Zimmer zu wohnen?" sagte sie.

„Nun, eigentlich ja. Aber hier sind wir gut aufgehoben – es ist Eddies Haus. Der ist ja kein Fremder."

„Das meine ich nicht. Ich meine, es gefällt mir, in einem fremden Haus zu sein. Es ist so, als wären wir in einem Hotel."

Allmächtiger Gott, dachte Dick. Jetzt treibt es schon der ganze Landkreis so wild!

Am nächsten Morgen fuhren sie gleich nach dem Aufstehen zum Haus.

„Es sieht schlimmer aus, als es ist, May", sagte Eddie sofort. „Wenn ich nicht mehr so viel zu tun habe, helfe ich Dick, das Eck zu heben – du wirst sehen, wieviel das ausmacht."

Trotzdem warnte er die Jungen davor, das Haus zu betreten.

Dick öffnete die Tür zum Sturmkeller. Dort unten reichte das Wasser etwa bis zu den Deckeln der Köderfässer. Wenigstens waren die Fässer dicht und standen ordentlich in einer Reihe da.

Er zog den Abflußschlauch von Eddies Pumpe so nah wie möglich ans Flußufer. Im Keller stand hauptsächlich Salzwasser, und noch mehr Salz konnte er auf seinem Hof nicht brauchen.

Er überlegte sich, daß es wohl am klügsten war, den Versicherungsagenten gleich zu holen, damit er das Haus noch im schlimmsten Zustand zu sehen bekam.

Vor der Tür des Versicherungsbüros in Wakefield wartete eine Menschenschlange. Es wurden Nummern ausgegeben wie an der Fleischtheke im Supermarkt. Er bekam 102 – der erste in der Schlange hatte 37.

Er besorgte sich Sandpapier und Farbe und fuhr zur „Spartina", um die beschädigten Stellen im Anstrich auszubessern.

Der Verwalter ließ seine Mannschaft eben die Werft gründlich reinigen.

Dick fuhr mit dem Johnboot zur „Spartina" hinaus und machte sich an die Arbeit. Die Sonne brannte an diesem spätsommerlichen Septembertag heiß herunter. Obwohl er wegen seiner schmerzenden Rippen langsam arbeitete, fing er an zu schwitzen. Gegen Mittag wehte ein leichter auflandiger Wind über den Salzteich und trocknete ihn aus. Dick überlegte, ob er die Jungen holen sollte, aber er wollte sich das Vergnügen an der Arbeit nicht stören lassen – auch nicht durch sich selbst. Seinen Rippen ging es in der Sonnenwärme besser. Vielleicht waren es nur Abschürfungen und Muskelzerrungen.

Die Vorderseite des Ruderhauses war abgeschmirgelt und ausgebessert. In einer Ecke des Kastens entdeckte er eine Dose Cola. Lauwarm. Es genügte ihm. Alles was er tat, alles was er berührte oder roch, bereitete ihm Vergnügen. Er verstand zwar nicht warum, aber er hatte sich seit Jahren nicht mehr so wohl gefühlt.

Er riß das Holz von dem zerbrochenen Fenster ab. Noch immer arbeitete er bedächtig und mit großer Freude. Es ging ihm so gut wie einer Biene in einer Blume. Er fragte sich, ob May sich je so wohl gefühlt hatte, wenn sie, mit ihm und den Jungen aus dem Haus, das Haus putzte.

Er öffnete den Schaltkasten und versuchte festzustellen, wo es den Kurzschluß gegeben hatte. Er mußte Eddie bitten, sich das anzusehen. Es machte ihn nicht einmal nervös, selbst an den Stromleitungen herumzupfuschen. Die Brise wehte durchs Fenster herein und zur Tür wieder hinaus und vertrieb die klamme Feuchtigkeit. Er zerrte die Matratze zum Lüften an Deck und konnte nicht widerstehen, sich in die Sonne zu legen.

Er erwachte aus einem einfachen Traum – ein leuchtendblauer Himmel und flachbäuchige Wolken, die sich vor der Nachmittagssonne bauschten. Es war ein leichtes Erwachen – mit blauem Himmel und flachbäuchigen Wolken vor Augen. Elsie saß auf dem Lukendeckel neben seinem Kopf.

„Es gefällt mir, daß du ein eigenes Boot im Hafen hast", sagte sie. „Da weiß ich wenigstens immer, wo ich dich finde." Dick richtete sich auf. „Als ich noch klein war, habe ich immer den alten Mr. Hazard in seiner Buchhandlung besucht. Bei ihm gab es eine kleine Teeparty, wann immer man wollte. Ein Luftballon an einer Schnur – du ziehst daran, und er kommt zu dir herunter. Hast du schon gegessen?"

Dick rieb sich die Augen und zog prüfend die Luft durch die Nase ein. Er wußte zwar nicht genau, wie er mit Elsie stand, aber sie schien recht vergnügt zu sein. „Ich habe nur ein Cola getrunken."

Elsie öffnete ihre Proviantdose und fing an, Eßbares auf dem Lukendeckel auszubreiten. „Ich sollte eigentlich weiterarbeiten",

321

sagte Dick. Sie schälte ein hartes Ei und reichte es ihm. „Hol dir eine Tasse", sagte sie, „dann schenke ich dir Eistee ein. Es dauert nicht lange. Ich will dir nur was Komisches erzählen."

Er nahm seine Thermosflasche mit dem White Rock-Mädchen darauf und schraubte den Becher ab.

„Das ist auch komisch", sagte Elsie. „Mußt du zugeben."

„Du bist ziemlich gut aufgelegt."

„Stimmt, bin ich wirklich. Also, paß auf – jetzt kommt die komische Sache. Ich habe herumgejammert, daß ich wahrscheinlich kündigen muß, wenn mir das Amt keinen Urlaub gibt. Ich bin sogar zum neuen Rektor der Perryville-Schule gefahren, um mit ihm zu reden – Jim Bigelow, weißt du noch? Der Sohn der Bigelows... Ich dachte, ich könnte dort eventuell Biologie unterrichten, wenn ich wieder da bin.

Und stell dir vor, was passiert ist: Mein reicher Republikaner-Schwager hat mit einem Typen zu tun, der in ein paar Jahren für die Gouverneurswahl kandidieren will. Aber die Republikaner haben nicht genug Frauen. Es gibt eine Republikanerin im Kongreß, die gar nicht so übel ist, und sie sind der Meinung, daß tüchtige Frauen ihr Image aufpolieren können. Also hat dieser Typ Jack um eine Liste mit Namen von Frauen gebeten, die als geeignete Kandidatinnen für dieses und jenes Amt in Frage kämen, und Jack hat ihm von mir erzählt – Abschluß in Forstwirtschaft, eine der ersten Frauen im Naturschutz, Jahre treuer Pflichterfüllung. Das ist durchgesickert. Hier in der Gegend sickert ja alles durch. Als ich also meinen Chef gerade um einen verlängerten Urlaub bitten will, sagt er zu mir – noch bevor ich den Mund aufmache –, er habe gehört, ich sei jetzt bei dem Hurrikan-Notstands-SOKO. Vorübergehend – für zwei Monate – abgestellt. Und meine Beförderung stehe kurz bevor. Das hat alles so geklungen, als wollte er sagen: ‚Du bist auf dem Weg nach oben, Elsie. Vergiß deine Freunde nicht.‘ Dabei wollte ich ihn um etwas bitten... Sobald das Notstandsgremium seinen Bericht abliefert – Jack gehört auch dazu, obwohl ich keine Ahnung habe, wie er das damit vereinbaren will, daß er Teilhaber auf Sawtooth Point ist... Na ja, egal, nachdem das Gremium also seinen Bericht geschrieben hat und dann noch einen Monat lang an Erläuterungen bastelt, drücke ich ein Semester lang wieder die Schulbank und besuche einen Lehrgang für Management. Das

kann ich in Boston tun. Vom Haus meiner Mutter kann ich
problemlos in die Schule fahren. Das Amt bezahlt den Lehrgang
– und mein Gehalt und ein Tagegeld. Damit komme ich bis Juni
durch. Dann habe ich genug Urlaubstage aufgespart und kann
mich auch krank melden, um weitere drei Monate bei meiner
Mutter bleiben zu können. Ich finde das unglaublich lustig. Ich
meine, ich wollte schon das Handtuch werfen, und dann kommt
das dabei heraus. Von einer geschwängerten Jeepfahrerin zur
Auszubildenden für einen höheren Posten, inklusive aller möglichen Gerüchte, was aus mir noch werden könnte. Miss Buttrick
gehört zur neuen Frauenquote in der Politik. Deshalb bin ich
heute auch so angezogen." Elsie zupfte am Saum ihres grünen
Uniformrocks und berührte die kurze schwarze Krawatte über
ihrem weißen Hemd. An der gestärkten Brusttasche steckte ihr
Abzeichen.

„Natürlich könnte das Ganze für mich auch zum Bumerang
werden. Ich meine, wenn Jack erst herausfindet, daß er mich als
Fräulein Verantwortung lobpreist, während ich schwanger
bin... Aber das Timing paßt perfekt.... Und ich bin glücklich.
Nein, nicht nur glücklich; mir geht es wirklich gut. Ich meine, ich
habe ja wirklich hart gearbeitet und bin die perfekte Kandidatin
für so etwas. Ich weiß, wovon ich rede – warum sollte ich also
nicht weiterarbeiten und ein Baby kriegen, wenn ich will?"

Dick wurde bei Elsies Worten ganz schwindlig. Er war glücklich für sie. Außerdem bezauberte und rührte sie ihn auf eine
Weise, die er in letzter Zeit verdrängt hatte.

„Bist ein gutes Mädchen, Elsie", sagte er. „Mach du nur, du
wirst kriegen, was dir zusteht."

Elsie lachte. „Sooft jemand sagt: ‚Du wirst kriegen, was dir
zusteht', möchte ich mir am liebsten nervös über die Schulter
schauen."

„So war das nicht gemeint."

„Ich weiß." Sie berührte flüchtig seinen Unterarm in Garten-
party-Manier. Vertraut, ungezwungen, selbstverständlich. Sie
lachte wieder. „Noch was Komisches, weil wir gerade dabei sind,
daß jeder bekommt, was er verdient. Ich habe Schuyler kurz
gesehen. Der kassiert jetzt richtig ab, flippt nur noch hektisch
herum. Er war in Boston und New York und hat einen Vertrag
für seinen Dokumentarfilm unterschrieben. Er hat den ganzen

Film verkauft, auch den Teil, den wir auf der ‚Mamzelle‘ gedreht haben und anderes Material – auch was er während des Hurrikans gedreht hat. Weißt du, was er getan hat? Er ist nach der Evakuierung in Galilee geblieben, hat sich mit seiner Kamera in einer Art Bunker verschanzt und durch die Luft fliegende Dächer und die Flutwelle gefilmt, die über den Wellenbrecher und die Docks hinweggerast ist. Er war ein Stück weiter oben am Hang, sonst wäre er ertrunken. In seinem Bunker ist er ohnehin bis zu den Hüften im Wasser gestanden. Er hat den Film entwickeln lassen und Ausschnitte an Fernsehsender in Boston und Providence verkauft. Als du zurückkamst, war er nicht mehr in Galilee, aber jemand anders hat für ihn gearbeitet – und daher hat er auch ein paar Sequenzen von der ‚Spartina‘, wie sie den Kanal raufkommt.“

„Die haben die Jungs im Fernsehen gesehen“, sagte Dick.

„Und er will auch das Material verwenden, das ich an dem Morgen gedreht habe, als du hereinkamst. Ich finde ihn ziemlich unerträglich, wenn er so auf skrupelloses Showgeschäft macht. Ich habe ihm den Film von der Rückkehr der ‚Spartina‘ gegeben, und er hat mich gefragt, warum ich nicht mit dir rausgefahren bin.“

„Dort draußen hättest du nicht viel gesehen. Nur eine Menge Wasser dicht vor der Linse.“

„Auf jeden Fall hat er eine Glückssträhne. Ich weiß nicht, ob er es verdient, aber er wird wieder jedermanns Goldjunge sein. Die Nerven dazu hat er. Irgendwie witzig – die Courage, die er brauchte, um während des Hurrikans in Galilee zu bleiben, ist genau dieselbe, die er für seine Geschäfte braucht. Und was ihm noch mehr Spaß macht als das Geld, ist die Tatsache, daß er wieder an die Spitze kommt. Vor kurzem war er bei einem leitenden Angestellten eines TV-Senders in New York, der ihn das ganze letzte Jahr geschnitten hat. Schuyler hatte erfahren, daß der Chef dieses Typen die Filmausschnitte wollte, also ist er immer wieder aufgesprungen und hat so getan, als wollte er gehen.

‚Bis er vor mir gekrochen ist‘, sagt Schuyler. Er ist so von sich eingenommen, daß er wahrscheinlich bald platzen wird. Seine Frau hält es kaum noch aus. Sie hat in der Zeit, als Schuyler nichts hatte, viel mitgemacht. Sie bewundert ihn wirklich wegen seiner

324

unbekümmerten Art, wenn er ganz unten ist; hat ihm alles Mögliche verziehen... Es ist seltsam. In vieler Hinsicht sind sich die beiden sehr ähnlich. Sie denken ähnlich, sie sprechen ähnlich, sie sehen sich sogar ähnlich. Aber er ist aktiv neurotisch und sie so passiv neurotisch, daß sie den Rest ihres Lebens in einem Liegestuhl verbringen könnte. Anscheinend saugt sie es in sich auf, wenn Schuyler auf seine verzweifelt vergnügte Art um sich schlägt. Er ist ja wirklich sehr vergnügt – wenn es so aussieht, als müsse jeden Moment alles zusammenstürzen und er nur noch den Kugeln ausweicht. Aber wenn es ihm bessergeht und er richtig gepolt ist, langweilt es sie zu Tode. Tatsache ist, daß sie sich von ihm abgestoßen fühlt, wenn es bei ihm gut läuft. Sie ist wirklich eine Art Vampirin, die seine verzweifelte Energie aufsaugt."

Elsie hielt mit erhobenen Händen inne. „Ich bin ein Miststück, stimmt's? Es gefällt mir selbst nicht, daß ich über Frauen strenger urteile als über Männer. Ich habe doch recht, oder? Hast du es gemerkt? Oder ist es in diesem Fall so, daß beide verdorben sind, aber Schuyler das wenigstens durch seine Arbeit wettmacht? Also bin ich doch gerecht... Natürlich ist er neuerdings fürchterlich egozentrisch... Andererseits ist er witzig. Aber vielleicht ist sie genauso witzig und sagt es nur niemandem. Andererseits ist es ihre Schuld, wenn sie den Mund nicht aufbringt."

„‚Andererseits‘", sagte Dick. „‚Andererseits.‘ Andererseits spricht er vielleicht so schnell, daß sie es nie schafft, dazwischenzureden."

„Aha." Elsie streckte die Beine aus. „Na, gut." Sie schob den Uniformrock über die Knie, um die Beine zu sonnen. „Ist dir aufgefallen, daß ich ganz anders mit dir rede als früher? Die einzigen Menschen außer dir, mit denen ich so spreche, sind meine Schwester und Mary Scanlon. Bis jetzt habe ich eher so mit dir geredet wie normalerweise mit Jack – so in der Art: ‚Nimm die Fäuste hoch.‘

Mir ist schon klar, daß ich im Moment nur heiße Luft ablasse, doch das liegt daran, daß ich dich in nächster Zeit wahrscheinlich nicht so oft zu sehen bekommen werde... Trotzdem. Ich reiße mich zusammen. Es ist sowieso komisch, weil ich gleichzeitig am liebsten ganz still dasitzen würde."

Elsie griff in ihre Proviantdose und packte ein Sandwich aus.

325

„Hier, nimm die Hälfte. Es ist so groß. Mary hat es gemacht. Sie hat auch das Brot selbst gebacken."

Dick nahm eine Hälfte. Käse, Bohnensprossen und ein teurer Senf. Das Brot war so dick geschnitten, daß er den Mund weit aufreißen mußte. Er beobachtete Elsie, die ihren Rock zwischen der Rückseite ihrer Oberschenkel und dem Lukendeckel glattstrich. Das Problem war zwar noch da, aber er aß Mary Scanlons Brot, ließ sich von der Sonne wärmen und von der Seebrise abkühlen und fühlte, wie der blaue Himmel immer dichter und blauer über ihm zu hängen schien, sich aber dennoch zur See hin öffnete, Kanäle aus Licht in die Ferne.

Alles konnte gut werden. Tage wie dieser könnten ganz normal sein. Vielleicht sagte May: „Also gut, Dick, aber tu es nie wieder." Vielleicht sagte sie: „Sie ist ein nettes Mädchen, und ihr beide könnt gute Freunde bleiben, solange ihr euch anständig benehmt." Vielleicht sagte sie: „Ich wollte immer schon ein kleines Mädchen haben; Elsie muß es so oft herbringen, wie es nur geht."

Die „Spartina" schwojte leicht auf ihrem Liegeplatz.

Wenn er es wirklich May erzählen wollte, dann sinnvollerweise erst, nachdem er ein paarmal auf See gewesen war und wieder etwas verdiente. Nachdem er das Haus in Ordnung gebracht hatte. Und ihr vielleicht eine Geschirrspülmaschine gekauft hatte.

Dick platzte laut heraus, weil er über sich selbst lachen mußte.

Elsie sah ihn mit freundlicher Neugier an.

„Ich hab einfach so vor mich hingedacht", sagte Dick, „und bin in meiner Phantasie drauflosmarschiert, um May einen Geschirrspüler zu kaufen."

Elsie sah zuerst verblüfft aus, lachte dann aber.

„Du glaubst nicht, daß sie dich verlassen wird, wenn du es ihr sagst, oder?" sagte Elsie.

„Nein. Ich habe inzwischen darüber nachgedacht – ich glaube nicht."

„Ich kenne sie kaum", sagte Elsie.

„Wenn mir da draußen noch eine halbwegs annehmbare Anzahl an Fallen geblieben sind, kann ich bis Weihnachten sieben-, achttausend Dollar verdienen. Netto. Das ist mehr Geld, als wir seit..."

„Ich kann überhaupt nichts tun", sagte Elsie. „Mir fällt nichts ein, das es nicht noch schlimmer machen würde. Es gibt überhaupt nichts, habe ich recht? Ich kann mir ja nicht einmal vorstellen, wie sie denkt."

„Irgendwann in nächster Zeit muß ich mehr als meine Vorstellung bemühen."

„Du hast dich schon entschlossen, oder? Vielleicht könntest du damit bis Weihnachten warten, wenn ich nicht mehr hier bin. Wäre das nicht einfacher?"

Dick nickte. „Schätze, ich habe dir dein Picknick verdorben", sagte er.

Er wollte noch etwas sagen, überraschte sich dann jedoch selbst damit, daß er nach ihrer stämmigen Wade griff und die Hand in ihre Kniekehle hinaufgleiten ließ. Er zog die Hand wieder weg.

Elsie legte den Kopf schief. „Darüber habe ich mir auch schon Gedanken gemacht. Ich meine, du könntest dir doch denken: ‚Wer A sagt, muß auch B sagen‘ oder ‚wenn schon, denn schon‘. Oder du könntest dir denken... ja, was eigentlich?"

Dick schüttelte abermals den Kopf.

„Tut mir leid", sagte Elsie. „Ich weiß, ich bin flippig, aber ich kann nicht so lange ernst bleiben."

Dick schüttelte noch einmal den Kopf.

„Verstehe", sagte Elsie. „Ich seh nicht mehr so gut aus – habe meine mädchenhafte Figur verloren."

„Komm schon, Elsie. Hör auf herumzualbern."

„Ich mache doch nur Spaß, um Himmels willen. Ich meine, schließlich warst du es doch, der angefangen hat, an meinem Bein herumzuspielen – nicht, daß es unangenehm gewesen wäre, auch wenn du es aus Zerstreutheit getan hast. Nein, vergiß es, hör nicht auf mich. Okay? Ich fange nochmal von vorn an – aber ganz ernsthaft."

„Bleib so, sei wie immer du willst", sagte Dick. „Über die Patsche, in der ich sitze, kannst du sagen, was du willst – es stimmt alles." Dick machte eine Pause. „Vielleicht auch nicht. Ich möchte uns nicht mit Parker und Marie vergleichen."

„Was?" sagte Elsie. „Was meinst du? Wovon redest du?"

Dick hatte gedacht, er habe ihr die Geschichte erzählt. Es machte ihm Sorgen, daß er nicht mehr auseinanderhalten konnte, wem er was erzählt hatte. „Parker und Marie", wiederholte er.

„Was ist mit Parker und Marie? Willst du damit sagen, Parker hat dir erzählt, daß er... Parker behauptet vielleicht nur, daß er hat – Parker behauptet doch alles mögliche. Oder meinst du den Charakter der beiden im allgemeinen? Natürlich klingt es irgendwie schrecklich logisch. Sie ist wütend auf Schuyler... Meinst du etwas Bestimmtes?"

„Ja."

„Und woher weißt du es?"

Dick bedauerte, daß er überhaupt davon angefangen hatte. Er betastete die Matratze, die inzwischen fast getrocknet war. Er stand auf, nahm die Matratze und machte sich auf den Weg zur Kajüte.

„Wohin gehst du?" fragte Elsie. „Du kannst doch jetzt nicht einfach fortgehen."

Er stieg nach unten, warf die Matratze auf eine Koje und kam wieder an Deck.

„Erzähl", sagte Elsie. Sie machte ihm Platz auf dem Lukendeckel. „Setz dich her und erzähl."

Er fragte sich, wie er je auf die Idee gekommen war, daß es lustig wäre, die Geschichte Elsie zu erzählen. Er mußte geglaubt haben, daß sie die komische Seite sehen und es ihm dadurch leichter machen würde. Jetzt ärgerte er sich über ihre Neugier. Er war verlegen. Und er fürchtete, die Geschichte könnte irgendwie an Elsie und ihm hängenbleiben.

„Dick, um Himmels willen!" sagte Elsie.

Er erzählte es ihr, ohne sie dabei anzusehen. Er begann damit, wie er um das Hochzeitstorten-Haus herumspaziert war und über seinen Großonkel Arthur sinniert hatte. Sie wurde ungeduldig. Als er zu Parkers Wagen kam, schwieg sie plötzlich. Er erzählte die Geschichte Schritt für Schritt, versuchte so zu tun, als habe sie sich irgendwo weit weg abgespielt und sei sehr komisch – bis hin zu den zwei Paar Turnschuhen, die ihren ländlichen Tanz veranstalteten – „Tauch nach der Auster, grab dir 'ne Muschel aus."

„Guter Gott", sagte Elsie. Er blickte auf. Sie stellte die Füße ordentlich nebeneinander und zog sich den Rock über die Knie hinunter. „Das ist aber eine häßliche kleine Geschichte." Sie blies die Wangen auf und atmete heftig aus. „Die arme Marie. Tut mir leid, daß ich vorhin so gemein über sie hergezogen bin." Sie schüttelte den Kopf. „Ich meine, *Parker!* Arme Marie. Und so etwas wird immer schlimmer, je älter man wird... Dabei ist Parker eine solche Zecke... Er sieht doch aus wie eine Beutelrattenschnauze. Hättest du mir nur nichts davon erzählt."

„Du wolltest es doch unbedingt hören."

„Na ja, nachdem du davon angefangen hattest..." Sie hielt inne und sah verblüfft aus. „Du hast davon angefangen."

Dick wußte, was jetzt kam. In der Eile fiel ihm keine Möglichkeit ein, es abzuwenden.

„Eigentlich", sagte Elsie. „Ach Scheiße. Das ist einfach gemein. Wir sind doch nicht... Ich verstehe gar nicht, wie du denken konntest..."

„Ich habe gesagt, daß wir nicht wie Parker und Marie sind", sagte Dick.

„Du hast gesagt, du *hoffst*, daß wir nicht sind wie Parker und Marie."

„Nein, ich habe gesagt, ich würde uns nicht gern mit Parker und Marie vergleichen."

„Das ist noch schlimmer", sagte Elsie.

„Ich habe gemeint, daß..." Dick unterbrach sich und schüttelte den Kopf.

„Was hast du gemeint?" sagte Elsie. „Was könntest du gemeint haben?"

„Nur, daß es mich berührt hat."

„Es hat dich berührt, es hat dich berührt? Was soll das heißen? Doch nur, daß du denkst, das mit uns sei auch nur eine Beutelrattenschnauzen-Bumserei."

Wieder schüttelte er den Kopf, aber das sah sie nicht. Sie umschlang ihre Knie und legte die Stirn darauf.

„Nein", sagte Dick. Er stand da und beobachtete sie sekundenlang. In der Stille hörte man die Geräusche aus der Werft bis hierher – die Zugmaschine, die in den nächsthöheren Gang geschaltet wurde, das Klirren einer Kette. Er fühlte eine nahe Dunkelheit, als dringe er in Elsies Seele ein. Und dann fühlte er ihren Wunsch, frisch und bloß wie eine Wurzel, die man aus der Erde gezogen hatte. Sie war seinen Sinnen so nah, als habe er das Gesicht hineingetaucht. Er spürte ihre brennenden Gefühle wie den Geruch einer Wurzel, der ihm ätzend in die Nase stieg. Sie wollte ihr Kind – und alles, was sie für dieses Kind tat, sollte aus dem kommen, was gut in ihr war. Was das war, wußte sie

329

allerdings nicht genau. Sie war jederzeit zu allem fähig. Obwohl nicht schwer von Begriff, war sie noch nicht sicher, ob das Gute in ihr genügte, das sich durch ihren Beruf, durch das Leben in dieser Landschaft und durch den Wunsch, hier verwurzelt zu sein, in ihr angesammelt hatte; hier – das waren die Hügel, waren die von Felsen eingeschlossenen Weiher, die Krüppelwälder mit ihrem Netz in die Salzmarsch mündender Flüsse.

Alles die letzten Ausläufer eines Gletschers: halb in sich zusammengefallen und chaotisches Durcheinander, halb zufällige und fruchtbare Evolution kleiner, zäher Lebensformen, die sich dem alten Wrack und dem Felsengeröll angepaßt hatten, immer und immer wieder, bis es so war wie heute: noch immer halb Katastrophe, halb Wunder. Hier war es – wieder eingestürzt und überflutet, und hier waren auch sie, die Pflanzen und die Tiere, und versuchten es noch einmal mit dem alten Zufall. Ihm war, als habe Elsie ihm dieses Bild übermittelt und dazu den Wunsch, nach diesem Bild geformt und vollkommen zu werden, indem sie sich mit unsichtbaren Mächten verbündete, obwohl sie nur halb daran glaubte, daß sie mit ihnen übereinstimmte, und nur halb davon überzeugt war, daß sie mit ihnen etwas anfangen konnte. Aber ihr Wunsch war so stark, daß Dick ihn und auch den in ihr begrabenen zweifelnden Glauben spürte, der in seinem Mißtrauen gegen Menschen und in seiner Hoffnung auf die gerechte Ordnung der Natur seinem eigenen Glauben so ähnlich war. Er drang tiefer in ihre Gedanken- und Gefühlswelt ein, bis es ihm sekundenlang so vorkam, als glitten sie gemeinsam unter Wasser dahin und tauchten im Weiher an ihrem Haus auf, um Luft zu schnappen; als tauchten sie bei dem überhängenden Rhododendron auf und brächten Unruhe unter die auf dem Wasser treibenden grünen Blätter; nicht so, als säßen sie an Bord der „Spartina" und sähen einander schief an – in Sicht- und Hörweite der Werft: die Zugmaschine donnerte, ein langer Nagel quietschte, der aus hartem Holz gezogen wurde, und die Kette rasselte wieder, als sie schlaff zu Boden fiel.

Sie aber waren hier, zwei Körper in der Sonne, und neben ihnen lagen die Essensreste auf dem angewärmten Wachspapier.
Elsie setzte sich aufrecht hin.
„Elsie", sagte Dick.
„Ja", entgegnete sie gereizt.
„Vergiß das mit Parker und Marie", sagte Dick. „Es ist mir nicht unseretwegen so nahegegangen. Was uns beide verbindet, ist wenigstens ein ehrlicher Irrtum."
Elsie lachte. „Aha, das ist es also", sagte sie. „Großartig, wirklich großartig." Sie lachte wieder, hart genug, um ihn zu verärgern. Dick. Ihre Gefühle waren verletzt, und sie würde jetzt solange sticheln, bis es ihr wieder besserging. Er hatte nicht vor, sich besonders heftig zu wehren. Er dachte immer noch über seine Erkenntnis nach, daß der größte Teil von Elsies Energie und Kraft in Elsies Leben nicht daher rührte, daß sie aus einem reichen Haus kam. Sie stammte aus ihrem Alltagsleben. So ausgedrückt, klang es so simpel, daß es sich fast dumm anhörte. Sie würde sich nicht freuen, das zu hören, zumindest nicht in ihrer augenblicklichen Stimmung. „Du kannst nicht einfach sagen: ‚Vergiß es.'"
„Es tut mir leid, daß du es in den falschen Hals gekriegt hast."
„Ich bin gar nicht sicher, daß es so ist. Vielleicht denkst du an meine hinterlistigen tieferen Beweggründe. Aber vielleicht hast du auch nur schlechtes Gewissen wegen des widerlichen kleinen Nervenkitzels, den du dir gegönnt hast. Vielleicht hast du in Parker das gesehen, was du dir selbst nicht eingestehen wolltest – ein kleines Element des Klassenhasses. Hab endlich den Mut – gib es zu."
„Du liegst völlig falsch, Elsie."
„Nein, das tue ich nicht. Weißt du, was du unbedingt gebraucht hast, um dieses Boot bauen zu können?"

„Ja. Das Geld, das du mir beschafft hast."

„Nein, etwas viel Wichtigeres. Du hättest dieses Boot nie gebaut, wenn du nicht zornig gewesen wärst. Stunde um Stunde – nein, Jahr um Jahr nur Klassenhaß. Du hättest sie nicht ‚Spartina‘ nennen sollen, sondern ‚Klassenhaß‘."

Bei ihren Worten krümmte Dick sich innerlich vor Schmerz. Er stand auf, wandte sich von ihr ab und hielt sich am Draht der Rettungsleine fest, der aber zu dünn war, um ihn wirklich fest umklammern zu können. „Du weißt nicht, wovon du redest", sagte er. „Du weißt nichts über dieses Boot." Dennoch erkannte er das kleine bißchen Wahrheit in dem, was sie sagte, und fühlte zugleich, wie quälend falsch es war. Zugegeben, er hatte sich benommen wie ein echter Mistkerl, war verbittert, unaufrichtig und dumm gewesen, aber nicht, wenn es um die „Spartina" ging. Die „Spartina" hatte ihn unversehrt überstanden.

„Was soll die Scheiße mit dem Klassenhaß?" sagte er. „Wenn ich an die kaputten Reichen hier denke, diese Arschlöcher mit ihren Spielzeugbooten, dann bin ich gleich bedient, denn da ist einer wie der andere." Er sah ihr an, daß das keine besonders gute Antwort war. „Und was ich über sie – und über dich – denke", fügte er hinzu, „hat nichts mit meinem Boot zu tun. Gar nichts! Wenn du etwas Klassenhaß nennen willst, dann nenn gefälligst dein Kind so."

Noch ehe er begriff, was er mit seinen Worten angerichtet hatte, ja ehe er noch Erstaunen fühlte, merkte er, wie die Luft zwischen ihm und Elsie erstarrte, als habe sie aufgehört, zu senden oder zu empfangen.

Er drehte sich um, sah sie jedoch nicht an. „Ach, Mist, Elsie, ich meine es nicht so. Du hast mich wütend gemacht."

„Ich weiß", sagte Elsie. Er sah sie an. Sie war nicht böse. Sie musterte ihn gelassen. „Ich wollte dich wütend machen", sagte sie. „Das hätte ich nicht tun sollen … So etwas ist idiotisch. Und ich habe mehr dafür einstecken müssen, als ich gedacht hätte." Sie verscheuchte mit einer lässigen Handbewegung, was er gesagt hatte. Sie saß entspannt da, hatte ihre Energie zurückgewonnen und wirkte ausgeglichen. „Manchmal, wenn ich es kaum erwarten kann, was als nächstes passiert, fange ich entweder an, Witze zu reißen oder zu streiten. Früher dachte ich immer, das sei ziemlich geschickt von mir, denn es beweise, daß ich ein Energiebündel bin. Ich schätze, in Wirklichkeit ist es nur eine verkappte Methode, vertraulich zu tun und zugleich herzlos zu sein. Wo sind wir stehengeblieben? Ich meine, bevor..."

„Mach ein bißchen langsam", sagte Dick.

„Damit hast du auch recht", sagte Elsie. „Manchmal glaube ich, wenn ich langsamer werde oder anhalte, werde ich erwischt, dann sieht man mich, dann werde ich auf eine Art sichtbar, die ich nicht will. Das Komische ist, daß es mich gar nicht stören würde, wenn jemand mich für schlecht hält... ich meine schlecht im Sinn von raffiniert. Aber das Gute in mir möchte ich geheimhalten. Irgendwo im tiefsten Innern bin ich nämlich ein ganz normales, langweiliges, braves Mädchen."

„Wirklich?" sagte Dick. „Einfach ein langweiliges, braves Mädchen – mehr ist nicht dahinter?"

„Natürlich ist mehr dahinter", stimmte sie freundlich zu.

„Dann übertreib nicht", sagte Dick. „Sei nicht in allen Richtungen so extrem."

„Okay, Chef. Wie Sie wünschen."

Sie war jetzt so in sich selbst zurückgezogen wie eine Seeschwalbe auf dem Wasser, mit den Wellen schaukelnd, auf die sie sich gebettet hatte.

„Einfach eine brave Pfadfinderin", sagte er in einem Versuch, Abstand zu wahren. Wenn sie sich beruhigte, konnte er ihr nicht widerstehen.

„Mhmm."

„Dir ist doch nicht schlecht oder so?" fragte er. „Am Morgen."

„Nein, es geht mir gut. Anscheinend habe ich Glück."

Sie hielt ihm die Hand hin, damit er ihr aufhelfen konnte. Als sie auf die Beine gekommen war, verlagerte sie ihr Gewicht und sackte ein bißchen zusammen. Sie klammerte sich an seinen Arm und knickte in der Taille ein, ließ den Kopf hängen. Gleich darauf stand sie wieder aufrecht. „Nur ein kleiner Schwindelanfall", sagte sie.

„Willst du dich wieder hinsetzen?"

„Nein, mir geht es gut." Sie ließ die Hand auf seinem Arm liegen.

„Willst du ein Glas Wasser?"

„Nein, es geht schon, wirklich."

Er sah zur Werft hinüber und merkte, daß einige Mützenschirme der Arbeiter in ihre Richtung zeigten.

„Ich habe dich schon Jahre gekannt", sagte er. „Seit du damals

333

durch die Werft gingst. Ich weiß, wie du jetzt bist. Meiner Ansicht nach bist du genauso gut wie Mary Scanlon oder Miss Perry. Obwohl du natürlich auch eine Wildkatze bist."

Er spürte, wie sie vor ihm zurückwich. War sie vor ihm auf der Hut – etwa davor, daß er seine Gefühle aussprach? Aber vielleicht war es auch, na ja, irgendwie schmerzlich für sie, daß er sich möglicherweise nicht richtig ausdrückte... Ach, zum Teufel damit! Dann fragte er sich, ob sie vielleicht fürchtete, er wolle sie auf eine Abschiedsszene vorbereiten. Und schließlich sah er keine andere Möglichkeit mehr, als den direkten Weg einzuschlagen. „Es ist einfach so", sagte er, „daß mir vieles – unvollständig vorkommt. Ich meine jetzt nicht das Körperliche..."

„Das könnte man auch kaum als unvollständig bezeichnen", sagte Elsie. „Ich meine, wenn man es vom Standpunkt der Eizelle betrachtet."

„Hör doch mal eine Minute lang mit deinem verdammten Blödsinn auf." Er warf wieder einen Blick zur Werft hinüber. Die Männer waren an die Arbeit gegangen. „Aber eigentlich beantwortet das auch eine Frage, die ich mir gestellt habe. Nämlich die, ob wir einfach Freunde sein können. Wie Mary Scanlon und ich."

„Richtig gute Kameraden?" sagte Elsie. „Oder ist die Überempfindlichkeit gegen die Klasse das Problem? Oder wünschst du dir, ich hätte dich in Ruhe gelassen, und du wärst der gesunde, natürliche Junge geblieben, der du mal warst?"

„Nein." Er wollte ihr sagen, sie solle den Mund halten, aber sie schwieg von selbst. „Nein", sagte er wieder. „Ich rede von etwas anderem. Ich mag Mary wirklich sehr gern, aber wenn ich sie eine Zeitlang nicht sehe, ist das auch in Ordnung. Vergiß Mary. Ich kann mir schwer vorstellen, dich weiterhin zu sehen – das heißt, den Teil von dir, den ich jetzt auch kennengelernt habe, heimlich. Den Teil, der gern ein Echo bekommt."

Sie sagte nichts. Er wollte etwas hinzufügen, konnte aber nicht. Er drehte sich zu ihr um, um zu sehen, ob sie etwas sagen würde, aber sie hatte sich abgewandt. Er hatte keine Ahnung. Er hatte eben so gut wie behauptet, ihre Gedanken lesen zu können, und jetzt hatte er keinen Schimmer, was sie dachte.

„Okay", sagte er schließlich. „Das führt ohnehin zu nichts, so oder so. Die Schwierigkeiten bleiben uns nicht erspart."

Sie wandte sich ihm wieder zu und schüttelte den Kopf. „Nein, die erspart uns keiner. Es ist besser, ich fahre mit dem Dingi zurück."

Vielleicht hatte er mit seiner großartigen Vorstellung von ihrem Gefühl für die natürliche Ordnung der Dinge nicht recht gehabt. Vielleicht war sie ihm weit voraus, hielt ihn für einen Idioten, wenn er über Echos sprach, und für einen Jammerer, wenn er von Schwierigkeiten redete. Sie war es, die es nicht gewöhnt war, sich vom Alltag einsperren zu lassen, eine Überfliegerin, die sich über Regeln hinwegsetzte. Er wollte ihr das nicht auch noch aufbürden. – Halte dich an ein paar Regeln, Elsie. Nimm deinen Alltag wieder an.

„Ja", sagte er. „Ich muß auch wieder arbeiten."

Er nahm ihre Hand, um ihr ins Dingi zu helfen. Sie legte ab, ließ das Boot aber eine Weile in der Nähe treiben, hielt die Riemen einfach ins Wasser. „Ich wollte es dir leichter machen", sagte sie. „Wollte dir sagen, daß alles in Ordnung geht. Mit meiner Arbeit." Sie hob die Riemenblätter aus dem Wasser. „Wirst du mich besuchen können?" Sie zog die Riemen leicht durch. „Mary und mich. Vielleicht könntest du Mary und mich besuchen."

Er hatte den Rest des Nachmittags Zeit, das alles zu verdauen. Egal, was er sagte oder wie er es sagte, egal, ob sie ihn falsch oder richtig verstand, er konnte ihr nichts erleichtern, konnte ihr nichts abnehmen.

Zwei Tage später ging Dick mit der „Spartina" in See. Trotz Eddies und Charlies Hilfe hatte es länger gedauert, als geplant, sie wieder in Schuß zu bringen. Dick nahm Charlie mit an Bord. Er heuerte auch den College-Jungen Keith an, da Parker ihn noch nicht in den Süden mitnahm.

Das Wetter war klar und windig – nicht so kabbelig, daß man

die Bojen nicht sehen konnte, aber die Grundleinen einzuholen war doch ein wenig schwierig. Wie er befürchtet hatte, waren viele Fallen ein Opfer des Hurrikans geworden. In den Gebieten, wo er sie gesetzt hatte, waren weit und breit keine Bojen zu sehen. die Fallen lagen irgendwo da unten, wahrscheinlich voller Hummer und wertloser Fische. Kleine Aquarien verhungernder Lebewesen auf dem Meeresgrund.

Er hatte so viele seiner Reservefallen mitgenommen, wie die „Spartina" an und unter Deck befördern konnte, aber sie reichten nicht annähernd, um die Lücken zu füllen. Und auch wenn er eine Boje entdeckte und die Grundleine einholte, mußte er feststellen, daß einige Fallen zerschlagen oder die Schnüre abgerissen waren.

Aber alles in allem war es nicht so schlimm, wie er befürchtet hatte. Eine angenehme Überraschung erlebte er, als er wieder im Hafen war und dort seinen Hummer verkaufte. Der Preis war gestiegen und lag höher denn je. Hummer waren Mangelware – jeder hatte Fallen eingebüßt, und die Hälfte der Leute, die mehr als zwanzig Seemeilen von der Küste entfernt Hummer fischten, reparierten ihre Boote, wenn sie noch Boote hatten, die man reparieren konnte.

Dick wollte so schnell wie möglich wieder auslaufen. Charlie mußte er in die Schule schicken, die mit zwei Wochen Verspätung endlich wieder begonnen hatte. Dick ließ Parker durch Keith fragen, ob er mit hinausfahren wolle, während er auf das Geld von der Versicherung wartete. Die „Mamzelle" hatte Totalschaden. Dick übernahm ihren Ankerplatz in der Nähe der Kooperative. Parker stimmte zu, tauchte aber ein paar Stunden vor dem Auslaufen der „Spartina" in Begleitung eines sehr kleinen Vietnamesen am Pier auf.

„Ich muß mich um geschäftliche Angelegenheiten kümmern", sager Parker. „Aber dieser junge Mann ist bereit, für einen halben Anteil zu arbeiten. Da sparst du noch Geld."

„Und wie grün ist er?" frgate Dick.

Der Vietnamese sagte etwas. Dick verstand ihn nicht und dachte, er spreche Vietnamesisch. Der Mann wiederholte, was er gesagt hatte. Dick begriff, daß er versuchte sich vorzustellen. Dick sah ihm ins Gesicht. Der Mann sagte seinen Namen ein drittes Mal. Sowieso sowieso Tran. Tran sowieso sowieso. Es gefiel Dick, daß der Mann beim drittenmal seinen Namen immer noch ganz langsam und geduldig nannte. „Ich bin Dick Pierce", sagte Dick. Trans Hand zuckte an seiner Seite und Dick streckte die seine aus. Trans Hand war so klein wie die von Elsie. „Also, Tran. Sprechen Sie Englisch?"

„Ja, Sir", sagte Tran.

„Sind Sie schon auf Booten gefahren?"

„Ja, Sir."

„Wissen Sie, was eine Winde ist?"

Tran deutete auf die Winde.

„Wissen Sie, was eine Einhandwinde ist?"

Tran schüttelte den Kopf. „Nein, Sir."

„Er weiß alles mögliche, er kennt nur die Namen nicht", sagte Parker.

„Ja, Sir", warf Tran ein.

„Wie soll ich ihm dann sagen, was er zu tun hat?"

„Ich kann die Namen lernen, Sir."

„Was ist eigentlich los, Parker?", fragte Dick. „Läuft bei dir schon wieder was?"

Parker ging mit Dick zum Ruderhaus.

Parker erzählte ihm, er habe in der Nähe von Westerley eine Hummerfallenfabrik gegründet, in der er Trans gesamte Familie beschäftigte. Er hatte einen Lastwagen gemietet und verkaufte zwischen Wickford und Westerley so viele Fallen, wie sein vietnamesischer Fließbandbetrieb nur immer herstellen konnte. Die Familie wollte, daß einer von ihnen auf einem Hummerboot arbeitete. Vielleicht nur, damit er einen Eindruck davon bekam, wie die Fallen wirklich funktionierten.

„Wieviel bezahlst du den Leuten?" fragte Dick.

Parker lächelte. „Akkordlohn. Sie zahlen immer noch Werkzeug und Material bei mir ab, also haben sie bis jetzt noch keinen Lohn bekommen. Ich habe ihnen ein Darlehen gegeben, damit sie diesen Monat was zum Leben haben. Und ich beschaffe ihrem Jungen hier einen Job. Hör zu – versuch es mit ihm. Wenn es mit ihm nicht klappt, schicke ich ihn zurück. Ich habe dir schließlich auch jede Menge Gefallen getan – denk nur an die vielen Hummerkörbe, die du jetzt einholst."

337

„Die Hälfte hat sich losgerissen."

„Und du denkst natürlich, das war wahrscheinlich meine Hälfte."

Dick wollte mit Parker keine Geschäfte mehr machen. Er konnte noch heute abends ins Neptune gehen und dort einen erfahrenen Seemann von einem beschädigten Boot anheuern.

Aber der kleine Kerl hatte etwas an sich, das ihm gefiel. „Ich könnte noch ein paar Fallen brauchen", sagte Dick.

„Ich verkaufe dir hundert Stück für zwei Dollar über dem Selbstkostenpreis. Billiger kriegst du sie nirgends."

„Das sind zuwenig, höchstens zwei, drei Grundleinen. So viele muß ich auf jede Fahrt mitnehmen."

„Okay, ich verkaufe dir hundertfünfzig. Wenn du zurück-kommst, habe ich vielleicht noch mehr für dich. Diese Familie arbeitet sechs Tage in der Woche. Wir werden diesen Sonntag welche für dich machen. Ich schätze, im nächsten Monat werden wir mit der Nachfrage kaum mithalten können. Alle Kapitäne reparieren ihre Boote und haben keine Zeit, Fallen zu bauen. Sie wollen möglichst schnell auslaufen, solange der Hummerpreis so irrsinnig hoch ist. Du solltest froh sein, daß wir uns so gut kennen und ich dir die Fallen auf Kredit gebe. Alle anderen zahlen bar und sind zufrieden."

„Wenn du mir die hundertfünfzig Fallen noch heute abend an Bord bringst, nehme ich deinen Jungen zum halben Anteil mit", sagte Dick.

Wie es sich erwies, war Tran mit seinen geschickten kleinen Händen sehr flink. Als sie das erste Netz einholten, schaffte er es fast so schnell wie Keith, die Fallen zu leeren und neu zu beködern. Bei der nächsten Leine war er schon genauso schnell. Er hatte gute Augen und konnte eine Boje auch bei Seegang in größerer Entfernung ausmachen. Dick ließ ihn ein paarmal ans Steuer. Der Junge hatte es im Gefühl.

Die meisten Namen der Dinge auf dem Boot lernte er schon, während sie hinausfuhren. Keith war ein besserer Lehrer als Dick und verstand auch, was Tran sagte. Und Tran verstand Keith. Dick mußte ihm alles zweimal sagen. Obwohl er Keith noch immer nicht mochte, stieg der Student in Dicks Achtung. Dick mochte Tran.

Als es kälter wurde, wäre das arme Kerlchen fast erfroren. Er hatte nur eine Garnitur Kleider zum Wechseln mitgenommen, und das wärmste Stück, das er besaß, war seine Jeansjacke. Dick überließ ihm eine alte Schlechtwetterausrüstung, deren Ärmel- und Hosenaufschläge er dreimal umschlagen mußte. Wenn er Tran auch bei wirklich kaltem Wetter noch mitnehmen wollte, würde er ihm ein Ölzeug kaufen müssen. Er fragte sich, ob die Kooperative wohl eines in dieser Größe führte.

Dick hatte genug Fallen, um sieben Tage auf See bleiben zu können. Er ließ May und Parker über die Kooperative ausrichten, daß die „Spartina" auf dem Rückweg war. Parker erwartete sie mit seinem riesigen Mietlaster am Pier. Er wollte Dick nur noch fünfzig Fallen verkaufen. Dick musterte die anderen hohen Stapel auf der Ladefläche des Lasters. „Die sind alle schon verkauft", sagte Parker. „Zu einem Preis, den du nie bezahlen würdest."

Parker kam ins Ruderhaus, während Keith und Tran die Hummer löschten und die fünfzig neuen Fallen an Bord nahmen.

„Wie hat sich mein Junge gehalten?"

„Noch ein paarmal auf See, dann taugt er etwas."

„Sein Bruder ist auch ein braver Junge. Kann hart arbeiten."

„Nicht auf meinem Boot."

„Ich fahre bald mit Keith in den Süden."

„Ist mir recht – ich brauche trotzdem jemanden mit etwas mehr Erfahrung. Was soll das überhaupt? Plagt dich das Gewissen wegen deiner Vietnamesen? In zwei Monaten haben wir Winter, und dann haben die meisten Leute mehr als genug Zeit, ihre eigenen Fallen zu bauen – wie willst du ihnen das begreiflich machen?"

„Ich kann dir eins sagen, Dick: Es sind helle Köpfe, wirklich hell – aber sie verstehen nicht alles auf einmal. Ich bin nicht ihr Arbeitgeber, weißt du. Ich habe ihnen nur zu einem Start verholfen. Ich habe einen alten Schuppen gemietet und an sie untervermietet. Sie schlafen auf dem Dachboden und arbeiten unten. Ihr Haus ist weg – sie haben in einer katholischen Kirche gewohnt, mit anderen Leuten zusammengepfercht. Wo früher die Bingo-Abende stattfanden, steht jetzt ein Haufen alter Armee-Feldbetten. Sie haben dort ein bißchen verloren ausgesehen. Ich richte ihre Energien nur auf ein bestimmtes Ziel, mehr nicht."

Parker goß sich einen Becher Kaffee ein. Er betrachtete das

Bild auf der Thermosflasche. „Jetzt sieht das White Rock-Mädchen schon wieder anders aus. Ich erinnere mich noch an die Zeit in der man nackte Titten nur beim White Rock-Mädchen, im National Geographic und auf den Buntstiftschachteln mit der Venus von Milo zu sehen bekam. Heutzutage ...“

Dick stellte fest, daß er wütend war. Parker widerte ihn an. Trotzdem mochte er ihn noch immer und wußte, daß Parker auch ihn mochte. Parker hatte ihm nie etwas vorgemacht – Parker war ein Spieler. Das bedeutete, daß er Dick munter um fünftausend Dollar betrügen und ihn trotzdem mögen konnte. Es war nur ein Spiel – so, als spielten sie Karten. Parker hielt sich nur an seine eigenen goldenen Spielregeln. Er tat anderen nur an, was sie ihm, seiner Meinung nach, auch antun würden. Und blieb ihnen wohlgesinnt. Genauso wohlgesinnt, als tue er ihnen einen Gefallen – wie zum Beispiel damals, als er Dick den Alligator gezeigt oder mit der Luxusjacht auf die Küste zugehalten hatte, damit Dick die Pelikane sehen konnte. Parker wäre nie eingefallen, daß es kein Spaß mehr war, wenn er die Gegensprechanlage einschaltete, während er mit seiner kleinen Engländerin herumspielte. Oder Schuylers Frau vögelte.

Dick schüttelte den Kopf. „Du schreckst wirklich vor nichts zurück, wenn man dich nicht bremst.“

Parker blickte auf. „Willst du immer noch über diese Vietnamesen streiten? Wenn dich dein Gewissen drückt, so tue ich mit ihnen genau das, was jeder Geschäftsmann tun würde. Der einzige Unterschied zwischen mir und einer Bank ist – und du weißt ja, wie Banken sind – daß ich mich nicht hinter Vorschriften und Mittelsmännern verstecke. Es gibt nur mich. Und ich tue es ganz offen – in diesem besonderen Fall tue ich mehr als eine Bank. Und verdammt viel schneller. Aber vielleicht sind es gar nicht die Vietnamesen, die dich so drücken. Vielleicht trauerst du noch deinen Fünftausend nach, da du doch ein paar Fallen verloren hast. Glaubst du etwa, ich bin rausgefahren und habe die Fallen kaputtgemacht, die ich dir überlassen habe?“

„Nein“, antwortete Dick. „Ich ärgere mich nicht wegen der Fallen. Ich ärgere mich überhaupt nicht und hoffe, daß du für dein gesunkenes Boot die volle Versicherungssumme und dein neues Luxusboot bekommst. Allmählich begreife ich nämlich, was mit dir los ist. Du könntest genausowenig aufhören deine kleinen Geschäfte zu machen, wie du aufhören könntest zu essen. Und ich muß sagen – du bist ganz schön fleißig. Ein Häppchen hier, ein Häppchen da."

„Denkst du an etwas Bestimmtes?" fragte Parker.

„Ja. Ich frage mich, ob du Marie nur deswegen gevögelt hast, weil Schuyler ein bißchen zu gierig war, als er deinen Koks verkauft hat."

Parker sah ihn an, lächelte und lachte dann laut auf. Er schüttelte den Kopf. „Ich sage dir, warum ich das so komisch finde. Es ist irgendwie eigenartig." Parker rieb sich mit einer Hand das Kinn. „Wie hast du das herausbekommen? Ich hätte nicht geglaubt, daß sie viel darüber reden würde. Aber vielleicht hat sie mit Elsie gesprochen. Das wäre in Ordnung. Solange sie nicht über Drogen redet."

„Ich habe dein Auto bei ihrem Strandhaus gesehen."

„Du hast mein Auto gesehen."

„Ich hab dein Auto gesehen und sie gehört."

Parker lachte. „Hörst du schon wieder Dinge, Dickey-boy? Du kannst nicht behaupten, daß ich dich darauf eingestimmt hätte."

Darauf entgegnete Dick nichts.

„Das eigenartige, um auf deine Frage zurückzukommen", sagte Parker, „war folgendes: Sie war die ganze Zeit das reinste Miststück, du weißt schon, so wie sie sich an dem Vormittag benommen hat, an dem wir mit dem Koks bei Schuyler waren – depressiv, aber unglaublich arrogant. Als ich sie nach dem Hurrikan zufällig traf – sie und Schuyler sind in Wakefield in den Gasthof gezogen –, war sie voll auf Touren. Sie ist zwar immer noch gemein über Schuyler hergezogen", – Parker ahmte jetzt Marie nach –, „‚Wie hat es Ihnen denn mit Schuyler in der großen, großen Stadt gefallen? Haben Sie mit ihm einen draufgemacht?' Aber sie lachte darüber. ‚Hat er Sie bei Ihrem Geschäft fair behandelt?' hat sie dann gefragt. Und ich habe gesagt: ‚Er hat ein bißchen mehr als seinen Anteil kassiert, aber ich beschwere mich nicht.' Da hat sie mich angesehen, und plötzlich war mir klar, was los war. Auch wenn es noch ein bißchen dauern würde, aber zwischen uns hatte es gefunkt. Sie ist eine von denen, die gern so tun, als liefe nichts, bis es zu spät ist. Also sind wir hinuntergefahren, um uns das Häuschen der beiden anzusehen. Sie hat die ganze Zeit geredet. Ich war interessiert. – Wir haben

341

ein bißchen herumgeschmust, aber nach kurzer Zeit hat sie sich weggedreht und etwas anderes angesehen. Das hat mir nichts ausgemacht – sie wollte mich nur reizen, damit ich scharf bleibe. Aber als ich zur Sache kommen wollte, hat sie sich plötzlich zurückgezogen. Dem Ganzen hat ein bißchen Pfeffer gefehlt. Also hab ich ihr ins Ohr geflüstert: ‚Ich tue das nur, weil Schuyler mich beschissen hat.‘ Das hat ihr gefallen. Also habe ich gesagt: ‚Er hat mich nicht sehr beschissen, ungefähr um einen Tausender.‘ Das hat sie noch mehr aufgeheizt, und ich habe gesagt: ‚Es kann auch weniger gewesen sein!‘ Wie ich draufgekommen bin, daß sie das scharf machen würde? Zufällig richtig geraten eben. Ich meine, der Gedanke war auf einmal da. Doch um auf deine Frage zurückzukommen: daß Schuyler mich ein bißchen übervorteilt hat oder ich mit Mrs. Schuyler van der Hoevel ein paar kleine Schweinereien angestellt habe, belastet meine Seele nicht. Das kommt daher, daß ich jede Menge Energie habe und nicht ruhig abwarten kann, ohne irgendwas zu planen. So bin ich eben.“

„Und es macht dir gar nichts aus, stimmt’s?“

„Ich habe dir ja gesagt, es belastet meine Seele nicht.“

„Und wenn Marie es Schuyler beichtet?“

„Na und? Aber ich glaube nicht, daß sie es tun wird.“

„Warum nicht?“

„Erstens gibt sie sich mit so etwas nicht ab. So ist sie nun einmal – einfach träge. Darin besteht zum Teil auch ihr Charme, wenn man es so sehen will. Zweitens haben Frauen sexuelle Phantasien. Die ganze Angelegenheit spielt sich mehr in ihren Köpfen ab. Und das bedeutet, daß es sie sehr wohl seelisch belastet – sie schmücken die Sache aus und spielen sie im Kopf immer wieder durch. Logischerweise nehmen sie an, daß das bei einem Mann genauso abläuft. Und es wäre vielleicht nicht die beste Idee, jemandem, mit dem man verheiratet ist, ein solches Drehbuch in die Hand zu geben, so daß er sich die Szenen immer wieder vorstellen kann. Ich habe noch nie was mit einer verheirateten Frau gehabt, die mich an ihren Mann verraten hätte. Für die ist es mehr als nur Akt – es ist eine ganze Seifenoper. Weißt du, was ich meine?“

Dick war zwar angewidert, mußte aber zugeben, daß Parker zu wissen schien, wovon er redete. Als Dick Parkers Theorie auf das

342

Problem mit May übertrug, das auf ihn zukam, wurde seine gute Laune nach den paar Tagen auf See von Düsterkeit überschattet. Er ärgerte sich, weil Parker alles auf seine glatte Art regeln konnte. Er ärgerte sich, daß er in Versuchung geriet, Parker um Rat zu fragen. Er ärgerte sich, daß er immer nur hilflos verwirrt und wild um sich schlug, wenn er versuchte alles durchzudenken. Kauf ihr eine Spülmaschine. Gut, Dick, kümmere dich um alles. Er war für diese Art der Pflicht ungeeignet. Er stellte sich vor, wie er mit Eddie darüber sprach. Aber Eddie war dafür auch nicht besser geeignet.

„Ich muß weg", sagte Parker. „Muß noch etwas liefern. Ich melde mich wieder."

Dick machte die „Spartina" klar, steuerte ihren Liegeplatz an und zahlte Keith und Tran aus. Dann setzte er sich eine Zeitlang allein ins Ruderhaus. Als er nach Hause fuhr, überholte er Tran, der mit dem Fahrrad unterwegs war. Dick bot ihm an, sein Rad hinten auf den Laster zu legen und einzusteigen.

Dick mußte wieder daran denken, daß Parker mit seinen Ansichten über die weibliche Phantasie wahrscheinlich recht hatte. Das galt auch für eine so gradlinig denkende Frau wie May. Die Jungs waren den ganzen Tag aus dem Haus. Bei ihrer Arbeit gab es weder Überraschungen noch kleine Rätsel. Kein Boot, keine See. Nichts, das sie ablenken konnte. Es gehörte zu den Annehmlichkeiten der Seefahrt, daß man dabei nicht besonders oft an Sex dachte. Fast überhaupt nicht. Der Gedanke verflüchtigte sich einfach. Aus diesem Grund war es auch so verwirrend gewesen, Elsie an Bord der „Mamzelle" zu haben. In gewisser Weise hatten damit seine Schwierigkeiten angefangen. Die letzten beiden Fahrten waren gut gewesen; Geld zu verdienen, war nur ein Teil davon – der andere war dieses sanfte Vergessen.

Er fragte Tran, wo er abbiegen sollte. Tran war die Frage sichtlich peinlich. „Noch zehn Meilen", sagte er schließlich.

„Herrgott, Tran, du kannst doch nicht die ganze Strecke mit dem Rad fahren. Bald wird es kalt. Verstehst du? Ich hole dich übermorgen ab. Sieh zu, daß du rechtzeitig fertig bist, und ich komme dich holen."

Dick ging mit Tran in den Schuppen. Parker hatte recht gehabt – die ganze Familie arbeitete wie am Fließband. Sie nagelten die Rahmen zusammen, bogen das Drahtgeflecht und Spannvorrich-

343

tungen in die richtige Form und klammerten den Eingangskegel und die Wände der Falle mit einer Art Heftmaschine. Trotz des vielen Drahtgeflechts mußten die Fallen noch beschwert werden. An einem der Arbeitsplätze legten die kleinsten Kinder die Böden der Fallen mit in Zement getränktem Zeitungspapier aus. Dann spritzten sie noch ein bißchen Zement obendrauf, um die kleine Zeitungspapier-Beton-Platte zu fixieren.

Als Tran hereinkam, legte ein Familienmitglied nach dem anderen die Arbeit nieder, um ihn zu begrüßen. Dann nahmen sie ihre Tätigkeit wieder auf.

In der kurzen Zeit, die Dick dort stand, kam am Ende des menschlichen Fließbandes eine fertige Falle heraus. Der alte Mann kam zu Dick. Tran sprach mit ihm und stellte ihn Dick dann auf englisch vor. „Vater – Kapitän Pierce."

„Ich habe noch nie gesehen, daß jemand so schnell eine Falle baut", sagte Dick. „Sieht ziemlich gut aus."

Der alte Mann nickte. „Gut, danke."

„Tran hat sich auf meinem Boot gut gehalten. Ich werde ihn wieder mitnehmen."

„Gut, danke. Tran ist kräftig."

„Ja, er ist okay. Hören Sie. Was zahlt Ihnen Parker für die Fallen?"

„Kapitän Parker bezahlt uns. Dann fährt er den Lastwagen, und die Männer, die Fallen wollen, bezahlen ihn." Der alte Mann lächelte. „Tran ist okay auf Ihrem Boot?"

Dick schätzte, daß er den Preis auf der nächsten Fahrt von Tran schon erfahren würde. Er würde Keith abservieren, einen älteren Matrosen anheuern und Tran behalten. Und dann zusehen, daß er über Tran einen beseren Preis für die Fallen herausschlagen konnte.

„Wer wird die Fallen verkaufen, wenn Parker in den Süden fährt?" fragte Dick.

Der alte Mann sah verwirrt aus.

„Wer wird den Laster fahren, wenn Parker weg ist?" fragte Dick.

„Es wird kein Problem sein, einen Lastwagen zu fahren", sagte der alte Mann vorsichtig. Dick war jetzt sicher, daß der alte Mann nicht dumm, sondern nur vorsichtig war.

„Wenn ich übermorgen wiederkomme, um Tran abzuholen,

344

würde ich gern noch dreißig Fallen mit meinem Kleinlaster mitnehmen", sagte Dick. „Richten Sie Parker aus, er soll mich heute abend oder morgen anrufen." Er schrieb Eddies Telefonnummer auf.

„Kapitän Parker ist ein alter Freund von Ihnen?"

„O ja, Parker und ich kennen uns schon sehr lange. Haben Sie etwas dagegen, wenn ich mir ansehe, was Sie hier gestapelt haben?" Dick deutete mit dem Kopf auf die Reihen von Fallen neben dem Scheunentor – sechs Fallen hoch, sechs Fallen tief und mindestens zehn Fallen breit. Eine Menge guter, billiger Fallen.

Dick entspannte sich ein wenig. Er hatte ein paar störende widersprüchliche Empfindungen gehabt. Eine davon war die Sorge, Parker könnte diese Leute übervorteilen und dann im Stich lassen. Die andere war ein heftiger Anfall von Gier, als er die aufgestapelten Fallen gesehen hatte – nicht nur, weil er seine verlorengegangenen Grundleinen ersetzen wollte, sondern auch, weil er diese Fallen gern an sich gebracht hätte – alle –, bevor die anderen Boote sie bekamen. Er öffnete und schloß ein paar der obersten Fallen und stellte sich vor, wie das Scheunentor aufging und Eddie mit seinem Laster rückwärts an die Fallen heranfuhr...

Auf der „Spartina" hatte er genug Platz für alle, wenn sie sie hoch genug stapelten und ordentlich festzurrten. Aber so viele konnte er sich nicht leisten, nicht in bar. Doch er mußte es schaffen, bei jeder Fahrt hundert neue mitzunehmen. Im November würde er natürlich anfangen müssen, seine Grundleinen näher an die Küste zu legen, damit er sich in eine sichere Bucht zurückziehen konnte, wenn das Wetter umschlug.

Der alte Mann und Tran standen unschlüssig in seiner Nähe herum. „Ich werde versuchen, Parker zu überreden, daß er mir hundert verkauft", sagte Dick. „Und, Tran – du besorgst dir Wollsachen, verstehst du? Der Sommer ist vorbei. Das Ölzeug kaufe ich in der Kooperative für dich, aber wenn ich dich abholen komme, dann solltest du einen Seesack voll langer Unterhosen und Pullover bereit haben. Ich kann dir nicht viel beibringen, wenn du mit den Zähnen klapperst."

„Wann werden Sie Tran einen ganzen Anteil geben?" fragte der alte Mann.

„Je mehr er lernt, desto mehr wird er verdienen."

„Weihnachten?" fragte der Alte.

Dick hoffte, daß der alte Mann mit Parker genauso aggressiv verhandelte. „Er ist noch Schiffsjunge. Er hat erst eine Woche auf See hinter sich."

„Zwanzig Jahre alt. Sie nennen ihn einen Jungen?"

„Er wird so lange Schiffsjunge bleiben, bis er alles kann, was getan werden muß. Ich werde ihn unterrichten. Wenn er gut aufpaßt, kassiert er in einem Jahr den vollen Anteil."

Der alte Mann sprach mit leiser Stimme, ließ aber nicht locker. „Tran hat schon auf Fischerbooten gearbeitet, mehr als ein Jahr, drei Jahre." Der Alte hob drei Finger. „Wie lange haben Sie Ihr Boot? Kapitän Parker sagt, ihr Boot ist brandneu."

„Verdammt", sagte Dick. Tran sagte auf vietnamesisch etwas zu seinem Vater. „Verdammt!" sagte Dick noch wütender, aber er beherrschte sich. Er sah Tran an und schüttelte den Kopf. „Sag deinem alten Herrn, er soll eine gute Sache nicht vermasseln. Wir sehen uns übermorgen. Beschaff dir die Wollkleidung, und bereite dich darauf vor, meinen Laster mit Fallen vollzuladen."

Dick ging. Er gab ordentlich Gas, damit sie es auch hörten. Im Rückspiegel sah er, daß sein Auspuff rauchte. „Verdammt!" sagte er. „Fehlt nur noch, daß ich einen neuen Lastwagen brauche."

Er überlegte sich, was Elsie zu all dem sagen würde. Bei dem Gedanken mußte er lachen.

Es war nicht überraschend, daß der alte Mann Forderungen stellte. Schließlich hatte er mit Parker zu tun gehabt und wußte es nicht besser. Dick rief sich in Erinnerung, daß er selbst auch gierig gewesen war und man ihm das vielleicht an den Augen angesehen hatte. Der alte Mann war Ausländer und wußte wahrscheinlich nicht, daß man manchmal fordernd auftreten konnte und manchmal nicht. Es gab Dick einen kleinen Ruck, als er sich einen Moment lang in der Rolle von Kapitän Texeira sah, als der ihn gefeuert hatte. Als Kredit-Sachbearbeiter in der Bank, der die Lippen spitzte. Oder als Joxer Goode, der sich nach Bürgen und Sicherheiten erkundigte.

Kapitän „Verdammt" Pierce. Daß er „verdammt" gesagt hatte, war nicht einmal so schlimm – es waren nicht unbedingt immer die hartgesottenen Mistkerle, die einen demütigten.

Dick sorgte sich weniger um den alten Mann als um Tran. Wie die Dinge gelaufen waren, wäre Tran sicher lieber mit dem Rad nach Hause gefahren.

346

Dick war noch immer nicht ganz dahintergekommen, was ihm an Tran so gut gefiel. Teils lag es daran, daß er in Tran sich selbst sah, als er an Bord der „Junge" gewesen war. „Das soll der Junge machen – nur so lernt er es." Außerdem fiel ihm auf, daß Tran seine Pflichten anders anpackte – nicht so mürrisch wie er selbst damals. Tran war ruhig, ernst und gewissenhaft und erinnerte Dick an Charlie. Und obwohl er ein bronzebrauner junger Mann war, erinnerten seine kleinen Hände und sein schmächtiger Körperbau, der in der Schlechtwetterausrüstung so winzig wirkte, Dick ein bißchen an Elsie. Auch ihn und sein Fahrrad hatte er auf der Route 1 aufgelesen, ihn nach Hause gebracht und dort Schwierigkeiten verursacht.

„Verdammt", sagte Dick wieder und mußte lachen. Diese anderen Schwierigkeiten hatte er noch nicht hinter sich.

Als Dick zu Eddie kam, erlebte er eine weitere Überraschung. Er hatte erwartet, daß May ihn fragen würde, wann er ihr Haus instandsetzen würde. Er ging mit May ins Schlafzimmer. May setzte sich auf das Bett. Sie hatte etwas auf dem Herzen, aber es war nicht das Haus.

Er gab ihr das Haushaltsgeld für diesen Monat und erzählte ihr von der vietnamesischen Familie. Er sagte, daß er gern einen Teil des Geldes in den Ankauf billiger Fallen investieren wolle. May nickte und sagte, daß sie derzeit ohnehin nicht viel Geld für Lebensmittel brauchten, da Eddie aus dem Fleisch, das während des Stromausfalls in der Tiefkühltruhe leicht angetaut war, Unmengen Eintopf gekocht hatte. Dann bat sie ihn um hundert Dollar für sich selbst. Als er sie fragte, wozu das Geld sei, war sie verlegen. Sie wollte nicht damit herausrücken.

„Ich gebe dir das Geld, May", sagte Dick. „Was soll's, das ist nicht einmal eine Viertelleine mit billigen Fallen."

Als May das hörte, verzog sie den Mund – nicht zornig, aber gereizt.

Dick versuchte, die Stimmung aufzulockern. „Ich gebe dir das Geld. Jetzt haben wir ja zur Abwechslung ein regelmäßiges Einkommen." Er nahm fünf Zwanziger aus der Brieftasche. Sie nahm die Scheine und verstaute sie in ihrer Handtasche. Er merkte, daß sie jetzt über sich selbst verärgert war. Sie wandte ihm den Rücken zu und sagte: „Ich brauche das Geld für eine Renovierung."

„Gut", sagte er. „Was immer das ist: gut."

„Ich sage dir, was es ist."

„Mußt du nicht", sagte er fröhlich.

„Es ist für eine Behandlung im Schönheitssalon", sagte May. „Man lernt dort, welches Make-up, welche Frisur und welche Kleiderfarben zu einem passen." Jetzt war sie wütend.

„Eddie hat diese Frau, bei der er geholfen hat, hierher eingeladen", sagte May widerspenstig, als hole er alles gegen ihren Willen aus ihr heraus. „Die Frau, die er kennengelernt hat, als sie sich im Wald verirrt hatte. Er hat für sie Holz gehackt und repariert ihre Sturmfenster. Er war bei ihr und hat einen Baum zersägt, der über ihre Zufahrt gefallen war – und dann hat er sie zum Abendessen eingeladen." May machte eine Pause. „Sie ist in meinem Alter. Die Jungs kennen sie. Sie arbeitet in der öffentlichen Bücherei und als Aushilfslehrerin. Sie hat eine Tochter, die so alt ist wie Charlie. Als sie uns von ihrer Tochter erzählt hat und daß sie gerade überlegt, in welches College sie sie schicken soll, waren Charlie und Tom ganz fassungslos, weil sie so jung aussieht. Das haben sie auch gesagt. Eddie hat gelacht und gemeint: ,Kaum zu glauben, nicht wahr?' Und dann haben alle drei sie angeglotzt, bis es ihr zu peinlich wurde und sie über etwas anderes sprach."

Dick räusperte sich. „Ich weiß, wen du meinst. Ich glaube nicht, daß ich sie schon mal gesehen habe, aber Eddie hat sie erwähnt".

Er hörte seine eigene Stimme wie aus weiter Ferne, wie ein Echo. Einen Augenblick fürchtete er, er habe gesagt: „Elsie hat sie erwähnt".

„Sie hat mich angesehen, als alle sie angestarrt haben", sagte May. „Nur mit einem kurzen Seitenblick."

May sagte eine Zeitlang gar nichts. Dick wußte nicht, wie er reagieren sollte.

„Sie hat sich für ihren Besuch nicht besonders herausgeputzt", sagte May. „Sie hatte ein kariertes Hemd und eine Freizeithose an. Ihr Haar war sehr hübsch, ganz weich und locker. Die Augen hatte sie sich leicht geschminkt und die Lippen auch. Sie hatte schöne Hände. Gepflegt. Ihre Hose war so eine weite Bundfaltenhose, aber sie trug einen breiten Gürtel, der eine schmale Taille macht. In den offenen Sandalen hat man ihre Zehen gesehen. Die Zehennägel waren lackiert, aber auch sehr hübsch. An den Ohrläppchen hatte sie winzige Perlen..."

„Also, wirklich, May", fiel Dick ihr ins Wort. „Ich behaupte, sie hat sich doch herausgeputzt."

„Nein, hat sie nicht. Es geht nicht ums Herausputzen. Das ist Alltag für sie. Sie achtet auf ihr Aussehen. Sie läßt sich die Haare richtig schneiden. Ihr Hemd war ein ganz normales kariertes Hemd. Es hatte braune und rosa und weiße und ganz schmale blaue Streifen und hat perfekt zu ihr gepaßt. Natürlich hat sie auch eine gute Haut. Sie weiß einfach, wie man sich pflegt."

„Na ja, sie ist geschieden", sagte Dick.

May starrte ihn so lang an, bis er sich wie ein Idiot vorkam. „Und deshalb sieht eine Frau gleich besser aus, stimmt's?" sagte sie dann.

„Ich habe doch gemeint, daß..."

„Wenn sich dieses Geheimnis herumspricht, werden sich alle Frauen scheiden lassen wollen."

„Ich habe gemeint, daß sie sonst den ganzen Tag nicht viel zu tun hat."

„Wenn du damit sagen willst, daß sie den Dreck nicht wegputzen muß, den ihr ein paar Lümmel ins Haus tragen, dann hast du recht."

„Helfen dir die Jungs hier nicht?" fragte Dick.

May seufzte. „Doch, die Jungs helfen schon. Eddie macht auch viel. Er kocht sogar manchmal. Ich habe hier mehr Freizeit als je zuvor."

„Sehr gut, May, du verdienst es." Dick dachte wieder einmal an den verdammten Geschirrspüler. Und gleich anschließend an die zusätzliche Freizeit, in der May über alles mögliche nachdenken konnte.

349

„Du hast jetzt dein Boot", sagte May, „und wenn du an Land bist, dann hast du die Jungs und Eddie, die nach deiner Pfeife tanzen. Du gehst ins Neptune, und du hast Parker, damit du dir ab und zu auch ein paar Schwierigkeiten einhandelst. Als ich noch bei Joxer Goode Krabben gepult habe, konnte ich wenigstens mit den anderen Arbeiterinnen reden. Er hatte nichts dagegen, wenn wir uns unterhielten, solange wir nur unsere Kisten vollgekriegt haben. Du hast gesagt, ich soll kündigen, also habe ich gekündigt. Und jetzt kommt Eddies geschiedene Bekannte daher und erzählt, daß sie gern allein lebt. Allein! Sie trifft jeden Sonntag Miss Perry, sie ist mit den beiden Buttrick-Mädchen befreundet, sie besucht ihre Partys. Sie ist mit den Bibliothekaren und den Lehrern befreundet und besucht Freunde in Boston. Und außerdem hat sie noch Eddie, der immer zu ihr rennt, wenn sie etwas nicht selbst reparieren kann. Allein!"

Dick sagte nichts.

„Die Jungen werden erwachsen und immer selbständiger", fuhr May fort. „Tom ist jetzt fünfzehn. Nach der Schule verbringen er und Charlie mehr Zeit mit Eddie als mit mir. Sie arbeiten den ganzen Tag mit ihm, jeden Samstag."

„Bald werden wir alle gemeinsam an unserem Haus arbeiten", sagte Dick. „wenn das Geld von der Versicherung kommt..."

„Hast du mich jemals gefragt, was ich davon halte, daß du jeden Monat drei Wochen auf See bist?"

Das saß. Fast wäre Dick herausgerutscht: „Wozu zum Teufel, glaubst du, habe ich das Boot gebaut?" Aber er schluckte es hinunter. May stand vom Bett auf und sah auf die Uhr. „Die Jungs kommen in einer Stunde aus der Schule", sagte sie. „Möchtest du jetzt duschen?"

„Ist Eddie noch weg?"

„Er kommt zur Zeit immer spät nach Hause. So gegen sechs."

Dick wollte zwar nicht mit May ins Bett gehen, wenn sie übellaunig war, fürchtete aber, daß es noch schlimmer werden würde, wenn er nicht wollte. „Vielleicht wirst du dich in deinem eigenen Haus wieder wohler fühlen", sagte er.

May dachte ein paar Sekunden nach. „Es ist komisch", sagte sie dann, „ich hätte nicht gedacht, daß es mir gefallen würde, im Haus von jemand anders zu wohnen. Aber hier ist es nett."

„Stimmt", sagte Dick. „Eddie ist geschickt darin, es einem

350

gemütlich zu machen. Der zuverlässige Eddie. Hast du dir nie überlegt, daß es vielleicht besser für dich gewesen wäre, jemanden wie Eddie zu heiraten? Nett und häuslich. Eine gute Veranlagung."

Mays Lachen überraschte ihn.

„Armer, alter Eddie", sagte sie. „Bei dieser Frau wird er nie etwas erreichen. Und das liegt nicht nur daran, daß sie zu den Leuten mit den großen Häusern gehört. Da wäre ich mir gar nicht sicher. Aber selbst wenn sie sich für ihn interessiert hätte – er ist zu nett. Es ist schon in Ordnung, wie er einem hilft und wie er mit den Jungs umgeht. Aber bei ihr ist er einfach zu unterwürfig und liebenswürdig."

Dick war fassungslos, weil ihre Stimmung sich so plötzlich verändert hatte – es klang fast fröhlich, als sie über Eddies Problem sprach.

„Er gibt sich selbst auf", sagte May. „Er wird für sie zu einem weichen Federkissen. Ich glaube, daß sie mit Tom mehr Spaß hatte als mit Eddie. Tom war ein bißchen frech, und da ist sie richtig munter geworden. Ich weiß nicht, was sie getan hätte, wenn du auf einmal in einer deiner bombigen Stimmungen zur Tür hereingekommen wärst. Wahrscheinlich wäre sie auf die Knie gefallen und hätte dir die Stiefel ausgezogen." May lachte wieder. Jetzt war sie ganz und gar gut gelaunt.

„Ich habe geglaubt, du beschwerst dich immer, weil ich zu mürrisch bin", sagte Dick.

„Das habe ich nur gesagt, um dir zu zeigen, wie sie ist, nicht um dich zu ermutigen", sagte May. „Kein Mensch will, daß etwas nur schwarz oder weiß ist", fügte sie hinzu. „Und jetzt geh duschen."

Es war ein geselliger Herbst, den Dick und May in Eddies Haus verbrachten. Die „Spartina" hatte Glück und war recht erfolgreich. Obwohl er wegen einiger Novemberstürme aussetzen mußte, gelang es Dick, mehr Fallen auszusetzen und ein paar helle, kalte und windstille Dezembertage zu nutzen. Er heuerte einen alten Portugiesen an, der Tran und ihn bestens ergänzte. Das Essen an Bord war ausgezeichnet – sowohl Tran als auch Tony Pereira, der Portugiese, bewiesen sachkundiges Interesse an der Bordverpflegung. Auch bei Eddie war das Essen gut. Eddie nahm seine Armbrust und schoß für ihr Weihnachtsessen wieder einen Schwan. Dick hatte nie geahnt, wie fröhlich gute Mahlzeiten stimmen konnten.

Aber Dick hatte May noch immer nichts von Elsie erzählt. Hin und wieder überfiel diese Sorge ihn so heftig, daß er in Panik geriet. Aber das Gefühl verging auch recht schnell wieder. Später wurde ihm klar, daß dieses schroffe Auf und Ab gefährlich war: Dachte er doch tatsächlich, er müsse dafür bezahlen, daß die Dinge so gut liefen; und wenn der Panikanfall vorüber war, lebte er beschwichtigt sein normales Leben weiter.

Im Januar sagte er es May. Draußen herrschte nebliges Tauwetter, und sie waren alle mit Eddie zu ihrem Haus gefahren. Das Geld von der Versicherung war eingetroffen; eine Summe, die ausreichte, daß Eddie und sein kleiner Bautrupp viel mehr tun konnten, als das alte Haus nur abzustützen und zusammenzuflicken. Sie planten, an der Südseite ein kleines Gewächshaus und vor der Küche eine verglaste Veranda anzubauen. May freute sich sehr. Eddie fuhr mit den Jungen zurück zu seinem Haus, um das Abendessen vorzubereiten. Dick ging hinunter und sah sich den Bootssteg an. Als er zurückkam, stocherte May mit einer Harke im Garten herum. Auf dem Saum ihres neuen Wollmantels und auf ihrem kurzgeschnittenen Haar hatten sich kleine Nebeltröpf-chen gesammelt. Ihre Wangen waren von dem bißchen Graben gerötet. Dick sagte ihr, sie sehe sehr hübsch aus. Sie hörte auf zu graben. „Es liegt nicht nur an diesen Behandlungen im Schön-heitssalon", sagte er. „Vielleicht hat es damit zu tun, daß es endlich bergauf geht. Letzten Sommer hatten wir eine Pech-strähne. Jetzt ist mir klar, wie dich das belastet haben muß. Vielleicht sogar mehr als mich. Ich war nur noch versessen darauf, das Boot ins Wasser zu kriegen. Manchmal ist es leichter, so etwas durchzustehen, wenn man ein bißchen verrückt ist. Deshalb warst du es, die normal bleiben und dafür sorgen mußte, daß es weiterging. Ich begreife jetzt, wie schwer das gewesen sein muß."

May war glücklich über seine Worte. Sie nahm seinen Arm und wischte die Tröpfchen vom Ärmel seines Regenmantels.

„Diese Sache mit Parker", sagte Dick. „Mein Gott, ich hab' mich da auf eine Wahnsinnsgeschichte eingelassen. Es war ganz richtig, daß du mich überredet hast, zu Miss Perry zu gehen. Ich hätte den Zeitpunkt fast verpaßt, weil sie wieder ihren Anfall hatte. Aber du hattest recht, mich zu ihr zu schicken."

„Wirst du die erste Rate auch problemlos zurückzahlen kön-nen?"

„Die ist erst Ende August fällig. Das ist nicht einmal ein Problem, wenn wir eine schlechte Schwertfischsaison haben."

„Und du mußt auch mit Parker keine Geschäfte mehr ma-chen?"

„Ich bin nur auf Parkers Boot mitgefahren, weil ich Geld brauchte. Aus seiner kleinen Schmuggelei habe ich eigentlich gar kein Geld bekommen."

„Jetzt bist du ihn los", sagte May. „Und mußt für die Leute auf Sawtooth Point auch kein Strandpicknick mehr organisieren. Mußt auch nichts mehr mit dem Kerl zu tun haben, der den Film gedreht hat – diesen Freund von Elsie Buttrick. Über den habe ich Sachen gehört…"

„Immerhin haben wir ihn dazu überredet, das Aufklärungs-flugzeug zu bezahlen. Ein paar Dinge haben schon etwas ge-bracht. Sogar mit dem Muschelwildern im Vogelschutzgebiet habe ich ein bißchen Geld verdient. Aber das war schon wieder ein ganz anderer Irrsinn."

„War nicht dieser Filmtyp an dem Unfall schuld, bei dem Elsie Buttrick über Bord gegangen ist?"

„Nein, das war sie selbst, weil sich die Leine in ihren Außenbordmotor verwickelt hat."

„Im Endeffekt hat sogar das etwas Gutes gebracht", sagte May. „Schließlich hat sie dir später noch tausend Dollar geborgt. Und dein Boot ist heil durch den Hurrikan gekommen."

„Elsie erwartet ein Kind", sagte Dick.

Aus diesem einen Satz schien May sofort alles weitere zu schließen. Sie entfernte sich ein paar Schritte und kam wieder zurück, um ihm ins Gesicht zu sehen. Sie warf einen Blick auf die Uhr. „Wir müssen bald zurückfahren. Ist das Kind von dir?"

„Ja."

„Also hast du mir alle diese Geschichten über deine Verrücktheiten nur als eine Art Entschuldigung erzählt."

Auf diesen Gedanken wäre Dick nie gekommen, sah jetzt aber, daß möglicherweise etwas Wahres daran war. Er sagte nichts.

„Du solltest mir lieber mehr darüber erzählen", sagte May entschlossen. „Fang zum Beispiel gleich damit an, mir zu erzählen, wie eine moderne Frau, die ein College, nein, sogar zwei Colleges besucht hat, es fertigbringt, schwanger zu werden? Oder hat sich das auf Parkers Boot abgespielt? Und sie hat nicht..."

„Ich schätze, sie hat nicht aufgepaßt", sagte Dick. Er sah, wie sich der Zorn auf Mays Gesicht ausbreitete. Aber sie explodierte nicht.

„Das war im letzten Sommer? Bevor du das Boot zu Wasser gelassen hast? Und wie lange ist das gegangen?"

Dick sah verlegen zur Seite. „Ein- oder zweimal. Nein, zwei- oder dreimal."

May lachte ihn aus.

Dick spürte es. „Ich sag es dir ganz genau", fuhr er fort. „Es hat gleich nach Parkers Schmuggelfahrt angefangen. Elsie hatte zwei Nächte Dienst hinter sich. Sie war mit dem Rad nach Hause unterwegs, und ich hab sie im Laster mitgenommen. Es hat geregnet."

May schüttelte den Kopf. Dick hörte ihre Zähne knirschen.

„Dann war Parker in New York", berichtete Dick weiter. „Als er nach einer Woche oder so noch nicht zurück war, bin ich mit seinem Boot hinausgefahren. Und damit war auch schon alles vorbei."

„Und dann hat sie dir das Geld geliehen."

„Genau. Sie hat mir das Geld geliehen. Sie hat sich um Miss Perry gekümmert. Sie hat mit Miss Perry geredet und alles in die Wege geleitet, und sie hat mit ihrem Schwager gesprochen und weitere tausend besorgt."

„Na, dann ist sie ja eine echte Freundin der Familie", sagte May und ging zu ihrem Auto. Sie öffnete die Tür, hielt kurz inne und fuhr fort: „Als sie zu Eddies Haus kam, um uns zu sagen, sie habe die ‚Spartina‘ gesehen, muß sie doch schon gewußt haben, daß sie schwanger ist und dein Kind austrägt."

May ließ den Wagen an. Dick schaffte es gerade noch, einzusteigen und die Beifahrertür zu schließen, bevor sie losfuhr.

Während des Essens ließ May sich kaum etwas anmerken. Sie unterhielt sich völlig natürlich mit Eddie und den Jungen. Nachdem sie abgespült hatte, verschwand sie sofort im Schlafzimmer. Dick hörte sich den Wetterbericht an. Er war nicht gut. Dann sah er sich mit den Jungs und Eddie die erste Halbzeit eines Spiels der Celtics an.

May lag in der Mitte des Bettes. Dick ging noch einmal hinaus und kam mit ein paar Extradecken zurück, die er als Matratze benutzen wollte.

Als er wieder ins Zimmer kam und die Decken auf den Boden fallen ließ, fragte May: „Und was wird mit dem Kind?"

Dick war über ihren Tonfall überrascht. Sie war nicht zornig, sondern völlig erschöpft.

„Was wirst du wegen des Kindes unternehmen?" fragte sie noch einmal.

„Wie meinst du das? Willst du etwa, daß sie es abtreiben läßt? Dazu ist es zu spät."

May schüttelte langsam den Kopf. „Ich meine keine Abtreibung. Ich meine, wie willst du dich um das Kind kümmern? Egal, was passiert – sogar wenn wir uns scheiden lassen, hast du immer noch drei Kinder und zwei Mütter. Das bleibt dir, egal, was passiert."

Bevor er Angst bekam, hatte Dick das seltsame Gefühl, daß er mit May hier eine Partie Dame spielte und May jedesmal, wenn sie an der Reihe war, zwei Züge auf einmal machte.

Daß sie das Wort „Scheidung" aussprach, erschreckte ihn. „Das hier ist meine Familie", sagte er. „Wir alle zusammen. Du und ich und Charlie und Tom. Ich habe nichts von Scheidung gesagt. Nicht einmal daran gedacht."

„Und was wirst du wegen deines Kindes unternehmen?"

„Paß auf. Elsie wollte ohnehin schon lange ein Kind. Sie hat Mary Scanlon überredet, zu ihr zu ziehen, in ihr neues Haus, und die beiden wollten eigentlich ein Baby adoptieren. Bis sie festgestellt haben, daß das zu schwierig wäre. Nachdem es – passiert war, haben sie sich gedacht, sie könnten eigentlich gleich dieses Kind nehmen. Sie werden sagen, sie hätten es adoptiert. Wenn Elsie aus Massachusetts zurück ist, werden sie es sagen."

May blieb stumm. Einen Augenblick dachte Dick, daß diesmal ihm gelungen war, zwei Züge zu machen. Dann erkannte er plötzlich, daß er sich in der schlechteren Position befand.

„Also war es doch nicht so, daß Elsie nicht aufgepaßt hat", sagte May.

Dick mußte erst nach Worten suchen. „Sie hat nicht aufgepaßt", sagte er dann, „und später haben sie beschlossen, sich die Situation zunutze zu machen."

„,Sie'", sagte May. „Ich bin jetzt zu müde, um dir noch länger zuzuhören. Ich habe dich noch nie so verschlagen erlebt. Du redest wie Parker. Das kann ich mir nicht länger anhören. Geh lieber wieder auf dein Boot und denk darüber nach – was wirst du wegen deines Kindes unternehmen?"

Dick erwachte, als er Eddies Lastwagen abfahren hörte. Er hörte auch May in der Küche. Er stand auf und stellte sich an die Schlafzimmertür, um zu lauschen. Die Jungen waren nicht da. Sie mußten schon in die Schule aufgebrochen sein. Vom Schlafen auf dem Fußboden tat ihm alles weh, also ließ er sich kurz von der dicken Steppdecke auf dem Bett ablenken. Er wickelte sich in eine seiner Decken und rollte sich auf der Steppdecke zusammen. Seit Monaten hatte er nicht mehr so spät noch im Bett gelegen. Seit Monaten war er nicht mehr so müde gewesen. Nicht mehr, seit der Hurrikan sich ausgetobt und er auf der „Spartina" einen ganzen Tag verschlafen hatte. An Land hatte er noch nie tagsüber geschlafen. Außer damals, als er nachmittags in Elsies Bett eingedöst war. Die Erinnerung rüttelte ihn mit einem Schlag wach. Wie merkwürdig, daß er sich damals ganz ähnlich gefühlt hatte – er war in Elsies Bett erwacht und hatte den gleichen doppelten Druck gespürt –, Unruhe und Befriedigung. Es dauerte eine Weile, bis ihm klar wurde, daß er trotz aller Schwierigkeiten tief zufrieden darüber war, wie May reagiert hatte, wie sie es aufnahm.

May weckte ihn und sagte ihm, Tran und Tony hätten angerufen, um sich zu erkundigen, wann sie wieder in See gehen würden. Während sie das Frühstück für ihn machte, hörte er sich noch einmal den Wetterbericht an. Immer noch nicht besser. Er rief Tran und Tony an. Den Vormittag verbrachte er damit, in Eddies Keller einige Fallen zu reparieren. May rief ihn zum Mittagessen, redete aber darüber hinaus kein Wort mit ihm. Sie schien nicht wütend zu sein. Eher langsam und geistesabwesend. Der Wind drehte nach Nordost und wehte drei Tage lang sehr stark. Es wurde kalt.

May sagte, er könne ruhig wieder ins Bett gehen und schlafen.

Drei Tage lang waren sie ganz allein, den ganzen Tag im Haus oder in unmittelbarer Nähe – vom Frühstück bis zur Rückkehr der Jungen aus der Schule. May redete über andere Dinge mit ihm. Sie hatte auch keine Hemmungen, Bemerkungen über Elsies Baby zu machen. Dick begriff, daß er nichts dazu sagen durfte. Er sollte nur zuhören und auf Mays eventuelle Fragen antworten.

Er wagte es nicht, laut auszusprechen, wie sehr er Mays Verhalten bewunderte. Sie ließ sich Zeit. Sie war hart, forderte aber nichts für sich selbst. Er sah, daß das Problem eine ständige Last für sie war. Aber sie trug sie. Er ging seiner Arbeit nach.

Eddie hatte aus einem der zertrümmerten Bootshäuser, die er wieder aufbaute, ein hölzernes Segelboot gerettet. Es stand in einem seiner Schuppen auf einem Bock. Dick begann untertags

357

daran zu arbeiten. Abends ging er für etwa eine Stunde in den Keller, um weitere Fallen auszubessern.

May kam zu ihm herunter und sagte, er könne ins Neptune gehen, wenn er wolle. Er wußte, was sie meinte – daß er so viel arbeitete, galt nicht besonders viel, so oder so.

Dick fuhr zum Hafen, um die „Spartina" zu überprüfen. Als er an der Kooperative vorbeiging, rief die Funkerin etwas zu ihm heraus. Sie hatte eine Nachricht aus Woods Hole für ihn. Ihm fiel niemand ein, den er dort kannte. Selbst als er die Nachricht las, war er sich noch nicht sicher, daß sie wirklich für ihn bestimmt war. Von: Neptune Dokumentarfilm Co., Woods Hole, Massachusetts; An: Kapt. R. Pierce, Kapitän der „Spartina", Galilee, RI... Stellen Sie Kanal Zwei Boston ein, 20 Uhr, 18. Januar. Einen Augenblick war er auf dem Holzweg – dachte an Kanal 2 auf dem CB-Funk. Dann kam er darauf, daß es sich um einen TV-Sender handeln mußte. Schuylers Film? Warum hatte er die Nachricht dann nicht mit seinem Namen versehen? Schließlich vermutete er, daß Elsie dahinterstecken mußte. Deshalb stand auch kein Name darunter, war die Nachricht telefonisch an die Kooperative durchgegeben worden und deshalb hatte sie als Absender eine Adresse in Woods Hole angegeben. Dick konnte sich zwar nicht mehr an den richtigen Namen von Schuylers Filmfirma erinnern – Elsie hatte ihm erzählt, daß für jeden von Schuylers Filmen eine neue gegründet wurde –, aber vielleicht hatte sie Neptune gesagt, weil er sich die Sendung im Neptune ansehen sollte.

Am 18. wehte der Wind noch immer. Er fuhr ins Neptune. Heute spielten weder die Celtics noch die Bruins. Er bestellte ein Bier und bat den Barkeeper, Kanal 2 einzuschalten. Ein paar Typen, die Dick kannte, sagten, sie wollten lieber einen Krimi sehen. Er lud sie alle auf ein Bier ein und versprach ihnen, daß sie sofort umschalten könnten, wenn nicht gleich ein Film über die Gegend hier laufen würde.

Im Vorspann sah man eine Luftaufnahme vom Nothafen und von Galilee, für die anderen Grund genug, ein paar Freunde vors Fernsehgerät zu rufen.

Anfangs erkannte Dick die Stimme des Moderators gar nicht als die von Schuyler. Es war ein bedächtiger, ernster Bariton, der nichts von Schuylers sonstigem Unernst hatte. Die Worte, die er sprach, klangen schon eher nach Schuyler – lauter kleine Sticheleien und Verdrehungen:

„Rhode Island – der arme Vetter von Massachusetts"... „der nach New Jersey am dichtesten bevölkerte Bundesstaat" ... „das niedrigste Bildungsniveau von allen Staaten abgesehen vom tiefen Süden"... „mit dem höchsten Prozentsatz von Einwohnern, deren Muttersprache nicht Englisch ist"... Dick fielen Mary Scanlons Worte ein: „Rhode Island ist kein Bundesstaat, in den hohe Erwartungen gesetzt werden."

Es folgte eine Luftaufnahme von palastartigen Häusern in Newport – „... die grandiosen Relikte skrupelloser Räuberbarone, während die Mehrheit in Rhode Island in ebenso verzweifelter Armut lebt wie die Menschen in West Virginia.

Laut einer Studie der Bundesgesundheitsbehörde über die einzelnen Staatsregierungen hält Rhode Island – hinter Louisiana – den zweiten Platz für die korrupteste gesetzgebende Versammlung.

Wäre Rhode Island ein selbständiges Land, würde es zur Dritten Welt gehören. Der größte Arbeitgeber ist das Militär; die wichtigste Einnahmequelle der Tourismus, wobei die meisten Einwohner von Rhode Island nur im Dienstleistungsgewerbe tätig sind. Die wirklich wertvollen Immobilien bestehen zum Großteil aus Zweit- oder Ferienhäusern, die sich im Besitz auswärtiger Unternehmen befinden. Wir finden hier eine alte Seefahrertradition und – wenigstens bis heute – auch eine Fischereiflotte. Im Vergleich zu den High-Tech-Fabriksschiffen der Russen, Ost- oder Westdeutschen und Japaner oder auch der Thunfischklipper der Westküste sind die Boote und ihre Arbeitsmethoden jedoch eher veraltet. Dennoch ist es nach wie vor möglich – gerade noch möglich –, der See einen Lebensunterhalt abzuringen."

„Wofür, zum Teufel, hält sich denn dieser Schwule?" rief einer
der Anwesenden.

Während dieser einführenden Worte wechselten die Bilder
zwischen Luxus und dem, was als Verwahrlosung gelten sollte.
Ein elegantes Restaurant. Dann, während der Phrase „das niedrigste Bildungsniveau von allen Staaten, abgesehen vom tiefen
Süden", eine Aufnahme der Krabbensortierer in Joxer Goodes
Fabrik. Dick wußte, daß Joxer sich einen Teil seiner Arbeiter aus
der staatlichen Sonderschule holte. Dick war immer der Meinung
gewesen, daß Joxer den Verrückten damit einen Gefallen tat und
noch dazu wirklich billige Arbeitskräfte hatte. Die Kamera ver-
weilte lange auf den geistig behinderten Männern und Frauen, die
im Halbdunkel standen und aussahen, als handelte es sich um
Sklaven, die man irgendwo zusammengetrieben hatte. Im
Soundtrack fehlte die gezielte Musikberieselung, die Joxer den
ganzen Tag laufen ließ, was den armen Teufeln Freude machte.
Sie wiegten sich beim Arbeiten zu den Rhythmen, doch jetzt
wirkten ihre Bewegungen wie ein notwendiger Teil eines hölli-
schen Fließbandbetriebs. Als nächstes sah man ein Herrenhaus,
das von der Strandpromenade in Newport aus aufgenommen
worden war. Hinter dem kunstvollen schmiedeeisernen Zaun
trieb sich eine Meute knurrender Wachhunde herum. Im nächsten Bild erkannte Dick seinen eigenen Hinterhof und die Außen-
front seines zusammengestückelten Bootsschuppens wieder.
Dann kam das Hochzeitstorten-Haus. Bei den Worten „der See
einen Lebensunterhalt abzuringen" wurde in einer langen Einstellung Dick beim Zangenfischen gezeigt.

„Hey – das ist doch Sawtooth Pond", rief einer.

Dick überlegte, ob er aufbrechen sollte, bevor ihn die Jungs an
der Bar erkannten. Aber er konnte hier nicht ohne größeres
Aufsehen weg – die Jungs standen inzwischen schon in einer
Doppelreihe hinter den Barhockern.

Schuyler hatte die einzelnen Szenen umgestellt, so daß der
Stapellauf der „Spartina" vor den Aufnahmen über den Hummerfang und das Schwertfisch-Harpunieren kam, die er vom
Bugkorb der „Mamzelle" aus gedreht hatte. Es sah jetzt so aus,
als sei die „Spartina"das einzige Boot in seinem Film.

Schuylers Kommentar aus dem Off: „Der staatlichen Behörde
für Arbeitsmedizin zufolge sind Fischerei und Kohlenbergbau die

gefährlichsten Berufe in Amerika. An Bord dieses Fischerboots herrscht zeitweise Kameradschaftlichkeit, manchmal aber auch eine sehr gespannte Stimmung." Dazu sah man zum erstenmal eine Großaufnahme von Dicks Gesicht. Er schaute in die Kamera und sagte: „Wenn Sie reinfallen, holen wir den Fisch zuerst raus."

Die Jungs lachten. „Ooo, Dickey", stimmte einer einen spöttischen Singsang an. „Er findet dich süß. Wahrscheinlich möchte er von der Kameradschaftlichkeit gern ein bißchen was haben." Die Jungs beruhigten sich wieder, als Bilder vom Einholen, Leeren und Wiederbestücken der Fallen gezeigt wurden. Man sah keine Gesichter, aber Dick erkannte seine alten Handschuhe mit dem um den Mittelfinger gewickelten Isolierband. „Zu klein!", rief einer der Jungs. „Dieser Hummer ist zu klein." Niemand lachte.

Die nächste Szene versetzte Dick in Erstaunen. Es waren Unterwasseraufnahmen einer Falle, die auf dem Meeresgrund aufkam. In einer Ecke des Bildes war ein Rechteck mit der ablaufenden Zeit eingeblendet – 00:00.

„Das ist dieser alte Film vom Unterwasser-Forschungsinstitut", sagte einer der Jungs. „Er wurde mit Infrarot oder sowas gedreht."

Zuerst dachte Dick, das sei typisch Schuyler – ein bißchen fälschen, ein bißchen Scheiße reden, ein bißchen stehlen und dann alles zusammenfügen. Aber allmählich gefiel ihm der Kontrast zwischen dem Meeresgrund und der Betriebsamkeit an Bord, wo es chaotisch, laut und unruhig zuging.

Abgelaufene Zeit 02:38. Der erste Hummer. Schnitt. Etwas später noch drei. Der erste begreift nicht, wie man in die Falle hineinkommt.

Wieder an Bord. Eine lange Einstellung von Elsie im Dory. Die Jungs erkannten nicht, um wen es sich handelte, aber sie begriffen schnell, was falsch lief. „Sieh dir das an – dieses Arschloch hat seine Leine unklar gebracht."

Eine gute Aufnahme der Haiflossen. Einer der Jungs summte die Titelmelodie aus *Der weiße Hai*. Sie lachten. Ein Hai rempelte gegen den Bug des Dory. Das hatte Dick damals nicht gesehen. Die Jungs beruhigten sich für eine Weile. Als Dick Elsie aus dem kleinen Boot hob und ihre Füße in der Luft strampelten, lachten und jubelten sie ihm halb spöttisch zu. „Schaut nur, wie der Winzling rennen kann!" „Ist das nicht der vietnamesische Junge, der als Schiffsjunge auf der ‚Spartina' fährt?" Die nächste Sequenz reizte sie wieder zum Lachen: Elsie von hinten, zum Lukendeckel kriechend, an dem sie sich festhielt.

Dick hatte das Gefühl, sein Kopf stecke in einem Backrohr. Es war eine Erleichterung, als der Film sich wieder mit den Hummern beschäftigte. Abgelaufene Zeit 09:43. Ein ganzer Arbeitstag für einen Hummer, ehe er in die Falle geht. Er griff mit einer Schere nach dem Köder und erwischte ihn nicht. Die andere Schere setzte er ein, um die anderen draußenzuhalten, indem er nach ihnen stach und schlug. Irgendwie sieht dort unten alles langsam und ruhig aus. Obwohl die Hummer hin und her trippeln, miteinander kämpfen und mit den Scheren winken, wirkt alles friedlich. Sie lassen sich zwischen den einzelnen Bewegungen Zeit. Ihre Fühler schwenken langsam in Bögen umher, so ähnlich, als werfe jemand ganz gemächlich seine Angelrute mit der künstlichen Fliege aus. Selbst das schnelle Zucken, mit dem sie den Schwanz einziehen, um sich rückwärts zu bewegen, wirkt ruhig. Der Hummer schoß einmal vorwärts und verhielt dann, wobei sein Schwanz sich ausbreitete wie der Fächer einer Spanierin und seine Beinreihen den Meersgrund berührten, so leicht wie die einer Spinne in ihrem Netz.

Im letzten Rechteck waren die Zahlen schon ziemlich hoch. Ein Hummer war in der Falle. Ein zweiter hatte es bis in den Eingang geschafft und wehrte die anderen ab. Und rund ums „Haus" wartete eine ganze Schlange wie damals, als im Kino von Wakefield *Krieg der Sterne* lief. Dick schüttelte den Kopf. Es konnte einen nervös machen, wie langsam sie sich einfangen ließen. Statt dessen stellte er fest, wie beruhigend das gemächliche Schweben und das sanfte Dahingleiten der Zeit dort unten auf ihn wirkten. Das hatte er noch nie gesehen. Er hatte natürlich darüber nachgedacht und wußte rein technisch, wie der Vorgang ablief, aber so gesehen hatte er ihn nie. Plötzlich fiel ihm ein, daß dies nicht zutraf, daß er etwas Ähnliches schon gesehen hatte: in den Wochenschaufilmen über die Astronauten auf dem Mond – gepanzerte, schwerelose Wesen, die eine eigene langsame Fortbewegungsart entdeckten, mit einem völlig anderen Rhythmus als dem hektischen auf der Erdoberfläche. Ihre weit ausholenden Bewegungen waren ebenso flüssig wie der Treibsand, den sie aufwirbelten.

362

Schickt diese tapferen Hummer auf den Mond.

Dick störten die vielen Hummer, die nicht in die Falle gingen, jetzt nicht mehr. Er freute sich, etwas zu sehen, was er sich nie vorgestellt hätte – daß er einen Großteil seines Lebens damit zubrachte, Fallen auf dem Mond auszusetzen.

Der Film sprang wieder auf die Meersoberfläche. Dicks behandschuhte Hände bewegten sich schnell und befreiten Hummer aus dem Geflecht der Falle. Man sah sein Gesicht von der Seite, konnte ihm aber sein „Leck mich, Schuyler" von den Lippen ablesen.

Der Typ neben ihm klopfte ihm auf die Schulter. „Herrgott, Dick! Du bist im Scheiß-Schulfernsehen." Gelächter. Dick salutierte spöttisch. Sollten sie doch ihren Spaß haben. Sie waren nicht übel, nur ein bißchen ausgelassen. Dick wünschte, der Film würde wieder den Meeresgrund zeigen. Aber jetzt war sein Hinterhof zu sehen. Eine Aufnahme von May in ihrem Garten. Sie sah recht gut aus. Einer der Jungs an der Bar beugte sich vor und wollte etwas sagen. Ein anderer schlug ihm auf den Unterarm.

„Wann willst du essen?" sagte May.

Dicks Stimme: „Wenn ich zurück bin."

Die anderen johlten vor Vergnügen. „Hältst sie aber schön bei der Stange, nicht wahr, Dick?!"

Okay, dachte Dick, ich bin eben ein Arschloch.

Einen Augenblick später sah man Dick mit der Harpune in der Hand vorgebeugt im Bugkorb stehen. Er hörte Schuyler gerade noch „... erfordert Kraft und richtiges Timing" sagen.

„Hey. Der hält dich ja wirklich für süß."

Dick stieß mit der Harpune zu.

„Ja, Dick, gib es mir! Steck das Ding ganz tief rein."

„Schieb es dir doch in den Arsch", sagte Dick.

Anschließend sah man die „Spartina", als sie im Kanal an der durch Sandsäcke geschützten Krabbenverarbeitungsfabrik vorbei ins offene Meer glitt. Kurze Aufnahmen von Booten, die aufgeschleppt wurden.

„Das ist die ‚Swiss Miss'!"

„Wo ist die ‚Bom Sonho'?"

„Die war mit der ‚Lydia P.' draußen."

„Ja. Das war ganz kurz vor dem Hurrikan."

363

Als die See über den Wellenbrecher schlug, schwiegen alle.

Sie saßen reglos da und sahen zu, wie Boote wie Nußschalen zerbrachen. Eines davon riß sich von seiner Vertäuung los, wurde aufs Festland getragen und rollte – sie trauten ihren Augen kaum – ja, verdammt, es rollte auf dem weißen Brecher über den Parkplatz.

Dann konnte man nichts mehr erkennen. Dinge bewegten sich, aber man konnte nichts mehr erkennen. Alles schwarz. Der Soundtrack lief noch kurze Zeit weiter. Dann Stille.

Der Tag danach. Die Jungs starrten auf den Hafen. Sie fingen wieder an zu reden und zählten die Namen von Booten auf, die sie sahen, aber auch von Booten, die sie nicht sahen.

Da war die „Spartina" wieder, schon in Küstennähe. Dick erinnerte sich, daß Elsie in ihrem Jeep gesessen hatte. Er wußte noch, wie er die Hügel, den glattgefegten Strand und die grünen Schößlinge in der Salzmarsch betrachtet hatte. Jetzt fiel ihm nur auf, wie unglaublich zerschlagen die „Spartina" aussah. Der Film konnte auslöschen, was er dachte. Aber nicht völlig; er ließ hier ein Stückchen und da ein Stückchen von Dicks Leben hell ausgeleuchtet stehen.

Noch eine Aufnahme der Bootswracks am staatlichen Pier.

Die Männer, die neben Dick saßen, rückten auf beiden Seiten von ihm ab.

Es folgte die Szene von den Jungen und May in der Werft, die Elsie gedreht hatte. Schuyler – vielleicht auch Elsie – hatte sie mit Musik unterlegt. Dick war dankbar, daß Elsie nicht mitgeschnitten hatte, was er und seine Familie zueinander sagten. Aber die Musik war schlecht. Sie erzeugte die falsche Stimmung. Es war Happy-End-Musik wie in einem Kinofilm. Sie stank zum Himmel, und Dick wußte, daß einiges von diesem Gestank an ihm klebenbleiben würde.

Einige der anwesenden Männer hatten noch immer keine Arbeit. Es überraschte ihn also nicht, als einer von ihnen sagte: „Und heute abend ist er bei uns zu Gast. Luke Himmelsstürmer!"

Endlich sagte einer: „Zum Teufel, ein paar haben eben Glück gehabt. Texeiras Boote waren auf See. Wenn man es sich aussuchen kann, ob man Glück haben oder gut sein will, dann sollte man sich fürs Glück entscheiden."

„Hey, Dick. Haben sie dir was bezahlt? Dafür, daß du in ihrem Film mitgespielt hast?"

„Nein", sagte Dick. „Niemand hat mir was bezahlt."

„Ich habe gehört, sie haben dir Geld geliehen. Das Geld für dein Boot."

Er verließ das Lokal und blieb eine Weile neben seinem Kleinlaster stehen. Er wollte noch nicht nach Hause. Früher oder später würde May von dem Film erfahren. Auch sie würde den Gestank riechen. Anders, aber genauso schlimm. Was zum Teufel hast du mir angetan, Elsie? dachte er flüchtig. Du hast die „Spartina" für ein Kunstwerk gehalten und in einem Film auftreten lassen. Auch mich hast du in dem Film auftreten lassen und einen Idioten aus mir gemacht.

„Falsch", sagte er laut. Er legte die Hand auf den Türgriff. Genausogut konnte er seinem Laster die Schuld geben. Was war er nur für ein jämmerlicher Hurensohn? Schwamm in Selbstmitleid. Er hatte sein Boot. Und das hatte er sich gewünscht.

Es war kälter geworden. Die Sterne standen ruhig am Himmel, der Mond war klar.

Und was hatte Elsie davon? Auch ihr war ein Wunsch erfüllt worden – und ihr Leben würde sich mehr verändern, als sie je gedacht hatte.

Das Wetter klarte tatsächlich auf. Obwohl es ein bißchen windig war, rief Dick Tran und Tony an.

Sie fuhren mit der „Spartina" an den landseitigen Rand der Untiefen, wo sie noch einige Leinen mit Fallen ausgesetzt hatten. Die meisten anderen hatten sie nahe genug ans Festland verlegt, um sie so schnell wie möglich erreichen und wieder zurückfahren zu können – also nicht so weit draußen wie diese. Als sie eine der Grundleinen einholten, riß sie plötzlich. Dick hörte den Knall und dann das Pfeifen. Als er ins Freie trat, sah er, daß die Leine über das Ruderhaus gesaust war, die UKW-Antenne abgetrennt und die Verkleidung der Radaranlage zerbrochen hatte. Weder Tran noch Tony waren verletzt. Sie hatten sich flach aufs Deck geworfen, als sie das Sirren der Leine gehört hatten, bevor sie zerrissen war.

Der Schaden war einfach zu beheben, aber Dick konnte keine kniffligen Reparaturen durchführen, solange die „Spartina" auf den Wellen tanzte. Daher brachte er sein Boot nach Woods Hole. Als sie am Spätnachmittag dort ankamen, winkte ihm jemand vom Strand nördlich der Hafenmündung zu. Das Winken hörte nicht auf. Er richtete sein Fernglas auf die Gestalt, die mit dem Fuß etwas in die sandige Böschung zeichnete. Es war ein großes E.

Als sie angelegt hatten, ließ Dick Tran und Tony zum Essen an Land gehen. Da tauchte Elsie auch schon auf. Sie war in warme Schlechtwetterkleidung eingepackt.

Sie wohne hier im Haus einer Freundin... Um ihrer Mutter ein bißchen Ruhe zu gönnen... Sie kämen zwar gut miteinander aus, Mutter und sie, aber... Außerdem sehne sie sich nach ein bißchen Seeluft, also...

Während sie ihm all dies erzählte, lachte sie vom Pier auf ihn herunter. Er stieg zu ihr hinauf. Sie nahm seine Hände. „Ich freue mich, dich zu sehen", sagte sie. „Komm, ich lade dich zum Essen ein."

Dick war einverstanden, erklärte ihr aber, er müsse erst auf Tran oder Tony warten, denn er wolle nicht, daß eine Hafenratte etwas von der „Spartina" klaute.

Er half Elsie an Deck. Sie schien einen Zentner zu wiegen. Er brachte sie ins Ruderhaus, wo es wärmer war.

„Dreh dich bitte kurz um", sagte Elsie.

Sie entledigte sich ihrer Schlechtwetterkleidung. Als er sich zu ihr umwandte, sah er sie von der Seite. Sie zog gerade den Wollpullover enger um ihren Körper, um ihren vorspringenden Basketballbauch besser zur Geltung zu bringen.

Dick war bestürzt. Er hatte nicht damit gerechnet, daß er sie je in diesem Zustand sehen würde.

„Erstaunlich, nicht?" sagte Elsie. „Es paßt mir nur nicht, daß ich nicht viel ausgehen kann, weil ich sonst jemanden treffen könnte, den ich kenne. Oder auch Leute, die ich gar nicht kenne, die aber mich kennen – zufällig liegt das Haus meiner Mutter genau gegenüber von dem, das Phoebe Fitzgeralds Ex-Mann gehört. Ich schleiche mich nur abends hinaus, mit einem weiten Mantel getarnt, und gehe ins Kino, aber das ist auch schon alles." Elsie zog ihre Schlechtwetterkleidung wieder an. „Jedenfalls habe ich die ,Spartina' vom Strand aus gleich erkannt. Dich darf ich ja zufällig treffen ... Also, gehen wir essen. Du kannst doch deinen Leuten eine Nachricht hinterlassen. Und wir bitten den Hafenmeister, auf die ,Spartina' aufzupassen, bis sie wieder an Bord sind."

Dick bat nicht gern um Gefallen, aber er wollte Elsie den Wunsch nicht abschlagen. Plötzlich drückte eine furchtbare Last ihn nieder – es war weder Unruhe noch Sorge, sondern Elsies gute Laune. Im Restaurant wollte er Elsie von seinem Gespräch mit May erzählen, aber sie unterbrach ihn. „Später", sagte sie. „Essen wir vorher. Ich hatte seit Thanksgiving keine Gelegenheit mehr auszugehen."

Sie fuhr mit ihm zu dem Ferienhaus, in dem sie wohnte. Die Fenster waren dunkel. „Es ist das Sommerhaus einer Freundin", sagte sie. „Sie ist in Boston."

Sie bat ihn, Feuer im Kamin zu machen, während sie Kaffee kochte. Mit dem Kaffee brachte sie eine Flasche irischen Whiskey. „Ich trinke nicht, aber du kannst dir ruhig was nehmen."

Sie war bester Laune. Sie hatte eine Riesenmahlzeit verdrückt, inklusive Kuchen mit Eis und einem Glas Milch, und sie erzählte ihm begeistert, wie gemütlich es im Winter in Woods Hole sei. „Ich gehe abends gern am Hafen spazieren; er sieht dann aus wie eine kleine Teeschale, und der Nebel steigt auf wie Dampf. Meine Schwester kommt mich morgen für einen Tag besuchen." Sie nahm wieder seine Hand. „Mary Scanlon war auch schon ein paarmal da. Sie wird auch bei der Geburt dabei sein. Na ja, eigentlich werden sie alle dabeisein. Meine Mutter, meine Schwester und Mary." Elsie lachte. „Kommst du auch?"

„Hör zu. Ich muß dir jetzt etwas sagen", erklärte Dick. „Darüber haben wir noch nie gesprochen. Ich will wissen wie hoch die Arztrechnungen sind und was da sonst noch zusammenkommt, weil ich gern ein bißchen Geld dafür zur Seite legen möchte. Und für andere Sachen."

„Dick, wir haben darüber geredet. Und ich habe dir auch gesagt, daß ich gut zurechtkomme. Ich meine, ich kassiere auch jetzt noch mein Gehalt."

„Ich muß es tun", sagte Dick. „Nicht nur, weil es Mays Idee war. Ich habe darüber nachgedacht, und sie hat recht. Ich weiß, daß sie recht hat."

„Aha." Elsie faltete die Hände im Schoß. „War es schlimm, ihr alles zu gestehen?" fragte sie dann. „Ist zwischen euch alles in Ordnung? Das war eine blöde Frage. Ich hoffe vermutlich, daß sie mir die Schuld an allem gibt. Hat sie . . . Ach, du weißt schon – hat sie mich ein Flittchen und eine Schlampe genannt? Es ist komisch – ich habe mich ihr sehr nahe gefühlt. Ich meine, weil dieses Kind doch irgendwie mit ihren Kindern zu tun hat."

„Nein", sagte Dick. „Sie hat dir nicht die Schuld an allem gegeben. Eigentlich war sie nicht einmal böse. Nicht so. Es ist schwer zu erklären. Ich muß sagen, daß ich es bewundere, wie sie darüber denkt – soweit ich überhaupt verstehe, wie sie denkt." Dick freute sich plötzlich, daß er Elsie getroffen hatte, denn es war eine richtige Erleichterung, mit jemandem sprechen zu können, der die gleichen Schwierigkeiten hatte wie er.

„Es wird noch eine Zeitlang dauern, bis sich alles beruhigt hat", sagte er. „Aber ich nehme an, daß irgendwann alles wieder in Ordnung kommt. Nicht so wie früher, aber in Ordnung, wenn ich es wiedergutmache."

„Hast du ihr schon die Spülmaschine gekauft?"

Dick sah Elsie nur an.

„Ach, komm schon", sagte Elsie. „Nein. Ich schätze, ich sollte dich nicht aufziehen. Tut mir leid, ich kann nicht anders – aber es ist zum Teil wirklich komisch. Zum Beispiel, wie ich mich über die Staatsgrenzen befördert habe. Elsie, die nicht unter Anklage gestellte Mitverschwörerin, die sich mit einem Herrenmantel tarnt. Ich komme mir vor wie eine Anarchistin, die eine Bombe mit sich herumschleppt." Sie legte die Hände auf ihren Bauch, machte „Bumm!" und hob die Finger.

„So kann man es auch sehen", sagte sie. „Ich bringe mit meinem Verbrechen niemanden um. Ich meine, es ist nicht auf diese Weise schlimm. Ich erfülle mir nur meinen zutiefst ungesetzlichen Wunsch, ein Baby."

Nach diesem kleinen, klugen Wortschwall setzte Elsie sich

wieder. „May hat mir also nicht die Schuld gegeben, mich nicht billige Schlampe tituliert?" fragte sie.

„Ich habe gesagt, daß sie dir nicht alle Schuld gibt. Vielleicht glaubt sie nicht einmal, daß du ihr persönlich etwas angetan hast. Du hast sie nur ignoriert. Wenn sie dich irgend etwas genannt hätte, dann wahrscheinlich ‚verwöhnt'. Aber ich weiß nicht, ob ich alles richtig verstehe, was May so denkt. Ich mußte noch nie jemandem verzeihen. Zumindest niemandem aus meiner Familie. Wegen einer so unabänderlichen Sache..." Dick dachte daran, wie er endlich seinem Vater verziehen hatte, Jahre nach dessen Tod. Aber dabei war es nicht um etwas Einzigartiges gegangen, das der alte Mann getan hatte. Er schüttelte den Kopf. „Also darf man sich bei so etwas wahrscheinlich nicht nach mir richten."

„Sieh nicht schon wieder alles so schwarz", sagte Elsie und versuchte aufzustehen. „Und sitz hier nicht faul herum – hilf mir lieber." Er zog sie in die Höhe. Sie schüttelte den Rock ihres Umstandskleides, das an ihren Oberschenkeln klebte. „Als Sally schwanger war, habe ich sie immer ausgelacht, wenn sie sich mühsam aus einem Sessel kämpfte. Gott sei Dank bin ich im Sommer nicht mehr schwanger – mir ist schon jetzt viel zu heiß." Sie zog die Stiefel aus, indem sie auf die Absätze stieg. Dann streckte sie Dick ein Bein entgegen und ließ sich von ihm die Wollsocke ausziehen. Und auch die zweite. Sie stellte sich hinter die Sofalehne und schlängelte sich schwerfällig aus der Strumpf-hose, hielt sich, als sie sie von den Knöcheln und Füßen strampelte, mit beiden Händen am Sofa fest.

„Ich bin nicht verwöhnt", sagte sie. „Wenn jemand verwöhnt wurde, dann Sally. Als Sally schwanger war, ist Jack dauernd wie ein Kolibri um sie herumgeschwirrt und hat ihr vorgeschwärmt, wie schön sie sei. Damals habe ich ihn ausgelacht. Heute würde ich das nicht mehr tun. Ich finde, jede Frau sollte ein bißchen verwöhnt werden, wenn sie schwanger ist."

„Ich habe auch nur eine Vermutung geäußert, als ich sagte, daß May dich verwöhnt nennen würde", sagte Dick. „Und außerdem ging es da um dein Benehmen im letzten Sommer. Ich habe dir schon gesagt, daß May verlangt, daß ich mich an den Kosten beteilige."

„Was genau meint sie damit?" fragte Elsie. „Ich glaube es zu verstehen, aber ich bin nicht ganz sicher."

369

„Sie will nicht, daß ich dir etwas schuldig bin", sagte Dick.
„Soweit verstehe ich sie ja. Das ist eine Möglichkeit, mit dir quitt
zu werden."

„Nun gut, betrachten wir es einmal von einem praktischen
Standpunkt aus: Ich bin krankenversichert. Was Babykleidung
angeht, hat Sally ganze Truhen voll abgelegter Sachen. Buchstäb-
lich ganze Truhen voll! Jungen- und Mädchensachen – also ist für
jede Eventualität gesorgt. Aber wenn May schon will, daß du
etwas tust..."

„Ich bin es, der etwas tun will", sagte Dick.

„Okay. Ich will nicht darüber streiten. Aber ich möchte nicht
das Gefühl haben, daß ich Charlie und Tom das Leben schwer
mache. Ich meine, schließlich mußt du auch an Charlie und Tom
denken, trotz der Bücher von Miss Perry. O Gott, das wird ja
immer schwieriger! Bevor wir hier durch sind, werden wir alle
für ein wildfremdes Kind sorgen."

„Die Bücher von Miss Perry?" wiederholte Dick erstaunt.

„Oh", sagte Elsie. „du liebe Zeit. Ich habe geglaubt... Aber
für mich war es ja auch eine Überraschung. O Scheiße, jetzt wirst
du gleich wieder sauer auf mich sein."

„Wovon redest du eigentlich?" fragte Dick.

„Als ich mit Miss Perry über das Darlehen für dein Boot
sprach, habe ich sie gefragt, ob man nicht ein paar von Charlies
und Toms Büchern verkaufen könnte. Nicht die Leseexemplare,
sondern die schönen, die noch in Miss Perrys Bibliothek stehen.
Sie sagte nein, denn die seien für Charlies und Toms Collegeausbildung. Ich habe sie nicht gefragt, wieviel die Bücher ihrer
Ansicht nach wert sind, obwohl mir das ein bißchen unrealistisch
schien – ich meine, für die Collegeausbildung! Wahrscheinlich ist
sie ein bißchen verwirrt, habe ich gedacht. Aber eines Tages habe
ich mir die Bücher dann angesehen – sie stehen alle in ihrer
Bibliothek – und eine Liste angefertigt. Ich habe natürlich sofort
gemerkt, daß ein paar davon Erstausgaben sind, aber bei einigen
anderen war ich nicht sicher. Daher habe ich mir auch Erschei-
nungsdatum und -ort und solches Zeug herausgeschrieben. Als
ich das nächstemal in Providence war, habe ich einen Antiquar
aufgesucht und ihm die Liste gezeigt. Er hat gesagt, daß es
natürlich sehr davon abhängt, in welchem Zustand ein Buch ist.
Ich fand, daß sie sehr gut aussahen und hab' ihm das auch gesagt,

370

und dann hat er ihren ungefähren Wert geschätzt... Hör zu, ich weiß, daß ich wieder mal meine Nase in..."

„Was hat er gesagt?"

„Die von Tom sind mehr wert als die von Charlie, obwohl Charlie eines hat, das..."

„Wieviel insgesamt? Alles zusammen – mehr als tausend?"

„Zwanzigtausend."

Dick lachte. „Das mußt du falsch verstanden haben."

„Nie und nimmer", sagte Elsie. „Weißt du, was ganz unglaublich war? *Der Zauberer von Oz*. Eine schöne Ausgabe kostet über fünftausend Dollar. Aus diesem Grund sind Toms Bücher auch mehr wert. Es hat auf dem Regal mit Toms Weihnachtsgeschenken gestanden. Louisa May Alcott, Hawthorne, John Greenleaf Whittier... Ich kann mich nicht mehr an alle erinnern. Ich habe sie mir alle aufgeschrieben, aber die Liste liegt bei mir zu Hause. Ein Buch ist dabei, von dem der Antiquar nicht genau wußte, wieviel es wert ist – *The American Practical Navigator* von Nathaniel Bowditch. Das habe ich mir gemerkt. Es ist zwar etwas zerlesen, aber es hat einmal Oliver Hazard Perry gehört – sein Name steht auf dem Vorsatzblatt. Wenn das seine eigene Unterschrift ist – ich schätze, das ist sie auch –, dann könnte das bedeuten, daß Charlies Sammlung mehr wert ist als die von Tom. Natürlich ist es möglich, daß Kommodore Perry mehr Exemplare als dieses eine besessen hat. Es ist eine Art Handbuch, stimmt's? Erschienen ist es zu Anfang des 19. Jahrhunderts, aber es hat immer wieder aktualisierte Auflagen gegeben, und die hat er vielleicht regelmäßig bezogen. Wahrscheinlich sind sie von der Navy herausgegeben worden... Du könntest es der Navy zurückverkaufen!"

Elsie war jetzt sehr fröhlich.

Dick fühlte einen inneren Druck, der eine merkwürdige Wirkung auf ihn hatte. „Ich hatte keine Ahnung, daß sie so etwas geplant hat", sagte er „Davon habe ich wirklich nichts gewußt."

Elsie kam um das Sofa herum und kniete vor ihm nieder, um sein Gesicht zu sehen. „Ich habe befürchtet, daß du es so aufnehmen würdest", sagte sie. „Aber in Wahrheit ist es eine gute Nachricht."

Dick schüttelte den Kopf. „Es ist viel zu viel Geld."

„Es ist eine Menge Geld, aber so viel auch wieder nicht", sagte Elsie.

371

Dick schnaubte. Elsie setzte sich auf die Fersen. „Ich meine damit, daß es nicht für vier Jahre College ausreichen wird, nicht inklusive Kost und Logis", sagte sie. „Selbst wenn die Jungs nur auf die Rhode Island-Universität gehen."

„Nur", wiederholte Dick. „es kann eben nicht jeder in Brown und Yale studieren."

Elsie rutschte ein Stückchen auf den Knien, hielt sich dann an den Armlehnen eines Sessel fest und zog sich in die Höhe. „Laß es nicht an mir aus. Und fang ja nicht wieder mit dieser Klassenhaß-Scheiße an!"

Dick erwiderte nichts.

„Weißt du, jemand der sich wegen jeder Kleinigkeit so anstellt wie du, der ist auch ganz schön verwöhnt", sagte Elsie. „Genauso verwöhnt, wie einer, der glaubt, er könne ungestraft alles tun, was ihm gerade einfällt."

„Nein", sagte Dick. „Du kannst nicht behaupten, daß ich mich anstelle oder überempfindlich bin. Es ist irgendwie merkwürdig, wenn man keine Ahnung hat, wieviel die eigenen Kinder besitzen. All das Geld, das sich da still und heimlich vermehrt, hat schon etwas Seltsames."

„Na ja", sagte Elsie. „Schließlich hat sie nicht dir etwas geschenkt, sondern Charlie und Tom." Elsie lachte. „Du bist doch nicht etwa eifersüchtig, oder? Du denkst doch nicht etwa, daß sie deine Jungs mehr liebt als dich? Sie hat dir etwas geliehen, aber du mußt es zurückzahlen."

Dick sah Elsie an. Sie lachte schon wieder so spitzbübisch und machte sich über ihn lustig. „Vielleicht ärgerst du dich darüber, daß sie deine Jungs von dir unabhängig macht. Du bist ein kleiner Tyrann, nicht wahr? Aber du kannst nichts dagegen tun. Sobald die Jungs achtzehn sind, ist es eine Sache zwischen Miss Perry und ihnen." Elsie lachte wieder auf. „Das hat was Ironisches – letzten Sommer hast du jeden Cent zusammengekratzt, den du kriegen konntest. Du hast Schuyler reingelegt, damit er das Aufklärungsflugzeug bezahlt, du hast im Vogelschutzgebiet Muscheln gewildert, du hast Drogen geschmuggelt... Es gab keinen Weg, dich aufzuhalten. Und jetzt – jetzt willst du plötzlich alles hergeben. Für mein Kind zahlen. Die arme, alte Miss Perry zwingen, ihre Geschenke an deine Kinder zurückzunehmen."

Elsie ärgerte ihn, befreite ihn aber zugleich von seinem seelischen Druck.

„Weißt du was?" sagte sie. „Miss Perry hat mir zweieinhalb Hektar Grund unter dem Marktwert überlassen. Warum kannst du dich nicht einfach freuen wie ich und ihr dankbar sein?"

„Es ist nicht dasselbe, wenn man Geld von reich zu reich weitergibt", sagte Dick.

Elsie lachte ihn aus. „Ich wollte, ich wäre so reich wie du es dir nicht ausreden läßt. Kapier es doch endlich! Ich bin nicht reich, ich bin privilegiert." Darüber lachte Elsie sich fast kaputt.

Dick lachte nicht. Er hatte ihr seine Einwände noch nicht klargemacht. „Hör zu. Ich habe Miss Perry genauso gern wie alle anderen, aber die ganze Sache ist doch ein Hohn. Ob sie es nun so gemeint hat oder nicht – sie verhöhnt mich damit. Vier Jahre lang habe ich versucht, einen Bankkredit zu bekommen. Wir haben nur einmal in der Woche Fleisch gegessen, und selbst dann waren es nur Hamburger. Und sonst jede Menge Fisch, den wir alle gar nicht besonders mögen. Ich habe Fallen eingeholt und für andere Leute Boote gebaut, wenn ich es mir nicht leisten konnte, an meinem eigenen zu arbeiten ... Und in dieser ganzen Zeit, all die Jahre, besitzt eines meiner Kinder ein – ein Geschichtenbuch, das fünftausend Dollar wert ist! Verdammt noch einmal. Ich hab' ein ganzes Katboot[1] gebaut und dafür keine fünftausend brutto bekommen."

„Ich verstehe dich", sagte Elsie. „Ich bin mit dir einer Meinung – was manche Leute gezahlt kriegen, ist verrückt, und wie sie zu Geld kommen, das ist auch verückt. Miss Perry hält die ganze Sache ebenfalls für verrückt. Sie hat einmal ein altes Gemälde verkauft, das ihr nie besonders gefallen hat – und war entsetzt, wieviel es eingebracht hat."

„Entsetzt", sagte Dick trocken. „Na, na!"

„Sie weiß, daß manche Leute durch Zufall reich werden. Aber sie gesteht sich das wenigstens ein, obwohl sie reich ist. Und sie ist großzügig. Ich bewundere, was sie getan hat, und ich denke, das solltest du auch tun. Wenn sie dir ganz direkt gesagt hätte: ‚Ich will Sie unterstützen, damit ihre Kinder aufs College gehen können', hättest du vielleicht kurzerhand abgelehnt. Sie hat dei-

---

1 Boot mit besonderer Takelung

nen Kindern etwas von ihrem Besitz abgegeben. Das hat sie nichts gekostet. Sie hat sie nur auf dieses verrückte Inflationskarussell aufspringen lassen. Und wenn du nicht so ein empfindlicher Mistkerl wärst, würdest du es großzügig anerkennen. Du könntest nämlich ein richtig sympathischer Mann sein. Das heißt – du bist ein richtig sympathischer Mann, wenn du nicht gerade den Geizkragen spielst."

„Ich bin kein Geizkragen", erwiderte Dick.

„Doch, das bist du. Du bist genauso ekelhaft und mies wie ein Geizhals, wirst stocksteif und abweisend, wenn jemand großzügig zu dir ist. Diese Abwehr ist einfach gefühllos. Es ist die alte Yankee-Sünde."

Dick nahm sich ihre Worte zu Herzen. Diesmal wollte sie ihn nicht nur ärgern.

Sie stemmte sich aus dem Lehnstuhl in die Höhe und stellte sich vor ihn hin. „Jetzt bin ich zu weit gegangen", sagte sie. „Ich weiß nicht, warum ich das tue. Ich bin sicher, du und Miss Perry seid netter zueinander als wir beide es sind." Sie nahm seinen Kopf in die Hände und strich ihm mit den Daumen über die Stirn, bis sie aufeinandertrafen. Sie lachte kurz auf. „Wenigstens in mancher Hinsicht." Langsam trennten ihre Daumen sich wieder. „Beispiele guten Benehmens."

Ihre Finger und Daumen spürte er kaum, aber ihre Gegenwart fühlte er. Sie verdichtete sich um sie beide und begann ihn aus einer Tiefe heraufzuziehen, als würden er und Elsie zusammen eingeholt, als zappelten sie im selben Netz, dessen Flechtwerk sie noch nicht berührten, in dem sie noch hin- und herschossen, aber schon merkten, wie alles an die Oberfläche strebte – alles, was da war und alles um sie herum –, wie das Wasser nach oben drängte und die Wirbel gegen die seitlichen Segeltuchstreifen drückte.

Er dachte, daß Elsie es vielleicht so empfinden und einfach weitersprechen würde. Er schloß die Augen, öffnete sie wieder und betrachtete ihre geschwollenen bloßen Füße. Als sie leicht schwankte, drückte sie die Füße fester gegen den Boden, wodurch sie noch breiter wurden.

Er saß noch immer auf dem Sofa. Vielleicht redete sie noch immer, vielleicht hatte sie noch immer ihre Hände auf seinem Kopf. Elsie und er waren jetzt ganz allein, gemeinsam untergetaucht. Es fiel kein Licht von einem einsamen Stern, diesmal nicht. Alles war unter Wasser, salzig und blind. Er fühlte sie, als sei er ein Fisch, der nichts hörte – nur ein Flattern spürte, wenn sie das Wasser aufwühlte. Flattern an seinen Flanken. Flattern auf einer Seite, dann auf der anderen. Dann Flattern, das gleichmäßig gegen beide Flanken drückte, von den Kiemen bis zum Schwanz – das spürte er, wenn sie direkt vor ihm war.

Das Gefühl verblüffte ihn. Er war tief unten und stumm wie ein Fisch. Wenn sie sich bewegte, kam der Druck einmal von da, einmal von dort. Vielleicht merkte sie seine schwerfällige Aufmerksamkeit gar nicht, wenn er in den Sog ihrer Ausstrahlung geriet und herumwirbelte.

„Bist du müde?" fragte sie. „Du mußt müde sein."

Er sah ihr ins Gesicht. Vielleicht würde er einfach versinken. Vielleicht konnte er einfach aufgeben und versinken.

„Ich nehme an, du bist seit dem Morgengrauen auf den Beinen." Sie legte ihm die flache Hand auf die Stirn. Er spürte sie und lehnte sich dagegen. Dann stand er hastig vom Sofa auf. Als sein Gesicht in gleicher Höhe mit dem ihren und dann ein bißchen höher war, ließ sie die Hände über seine Schultern und Arme gleiten. „O du meine Güte", sagte sie.

Er küßte sie, legte die Hände seitlich auf ihren Bauch. „O du meine Güte", sagte sie noch einmal. „Ich sollte dir das ausreden." Er küßte sie wieder und griff mit den Händen nach ihren Schultern, um das Gleichgewicht nicht zu verlieren.

„Na gut", sagte sie. „Aber hör zu."

Er betrachtete ihr Gesicht, bis er es deutlich sah. Das Gefühl, wieder sehen zu können, riß ihn ein bißchen aus seiner Trance. Ein Teil seiner Vorstellungskraft sagte ihm, daß dies nur mit einer Katastrophe enden und ihn für den Rest seines Lebens an seine Probleme ketten würde. Aber die lautere Stimme in seinem Inneren drängte ihn, nicht aufzuhören, drängte ihn, sie zu finden. Er berührte sie, legte die Hände wieder auf ihren Bauch.

Sie deckte sie mit den ihren zu und umklammerte sie fest. Wenn sie ihn zu schnell aus seiner Trance herausholte, würde er vielleicht explodieren.

„Ich freue mich, ich freue mich wirklich", sagte sie. „Aber hör zu ...."

Vor vielen Jahren hatte er einmal getaucht, um den Bolzen eines Schäkels an einem Schirmanker zu verdrahten. Ein Werftarbeiter hatte den Schäkel angeschraubt, aber vergessen, ihn mit Draht zu verstärken, bevor er ihn verschlossen hatte. Das Wasser war nicht tief gewesen, fünfzehn Fuß vielleicht. Er war in seinem warmen Unterzeug über die Seite des Werftbootes hineingegangen, hatte sich an der Kette hinuntergehangelt. In nur fünf Fuß Tiefe war es in dem schlammigen Wasser schon dunkel. Bei fünfzehn Fuß war kein Lichtschimmer mehr zu sehen. Er hatte den Bolzen gefunden, den Draht durch die Öse geschoben und ihn ein paarmal herumgewickelt, die Beine um den Stiel des umgestürzten Ankers geschlungen. Als er fertig war, geriet er in Panik. Er hatte vergessen, wo oben und unten war. Idiotischer konnte man sich gar nicht anstellen – er brauchte nur loszulassen und würde von selbst an die Oberfläche treiben. Noch genug Luft in den Lungen. Aber er war einen Augenblick wie verblödet – es kam ihm lang vor, obwohl es wahrscheinlich nur einige Sekunden gewesen waren. Er umklammerte den Ankerstiel und brachte es nicht fertig, ihn loszulassen. Merkte nicht einmal, daß er ihn festhielt. Sein Kopf war ganz leer. Er hatte seinen Körper verloren. In dieser Leere konnte er sich nichts mehr vorstellen – am wenigsten, was ihn hier unten festhielt. Und dann war er plötzlich frei. Er konnte in der Richtung, in die er trieb, schwache Helligkeit ausmachen. Und es schien auch lange zu dauern, bis diese Helligkeit zunahm. Weder Luft noch Licht hatten ihm die große Erleichterung gebracht. Auch nicht – nach einer völlig verwirrten Sekunde – die Stimmen der beiden Männer im Boot, die miteinander sprachen: Für sie hatte sich überhaupt nichts ereignet, sie vertrieben sich die Zeit, die praktisch keine war. Erleichtert war er gewesen, weil er seine Finger und Zehen wiedergefunden hatte, so weit war seine Idiotie gegangen.

Jetzt tauchte er vor Elsie auf, nahm die Ecken des Zimmers wahr, die Lampe, das Feuer. Voller Staunen. Voller Staunen über das, was er wollte, und darüber, wie ganz und gar er es wollte.

Elsie redete immer noch. Er rekonstruierte jetzt, was sie gesagt hatte – sie hatte ihm auf ihre chaotische Weise erklärt, warum sie es nicht tun würden, aber wie froh sie war, wie nett sie ihn fand, wie komisch die Situation war ... Einiges davon hatte er mitgekriegt. Sie hatte sich zwar oft unterbrochen, aber ihre Stimme war ruhig und sanft gewesen.

Sie hielt auch noch seine Hände fest, als sie zusammen auf dem

Sofa saßen. Sie ließen sich zurücksinken. Auch Elsie war erstaunt. Sie knöpfte seine Manschette auf, rollte den Hemdsärmel zurück und schob den weiten Ärmel seines Unterhemdes hinauf. Sie küßte seinen Unterarm und legte ihre Hand darauf. Sein Arm lag zwischen ihnen. Ein Brett, das nach einer großen Tide zwischen zwei Steinen steckte. Eigentlich war er jetzt erleichtert, daß er so schwerfällig war, und genoß es, daß sie ihn tröstete.

Elsie hob den Kopf und setzte zum Sprechen an. „Sag nichts mehr", kam ihr Dick zuvor. „Nicht jetzt."

„Du wirst froh sein", sagte Elsie.

„Ja, du hast recht."

„Du gehst doch jetzt noch nicht, oder?" Sie sagte es so, daß es völlig nebensächlich schien, nicht mehr war als ein leichter Atemzug.

„Nein. Bleiben wir noch ein bißchen sitzen."

Sie blieben bis nach Mitternacht so sitzen. Elsie redete, nickte zwischendurch kurz ein, stand manchmal auf, um ins Bad zu gehen oder einen Bissen zu essen. Sie begann zu sprechen, unterbrach sich und nahm verschiedene Themen von neuem auf, nachdem sie längere Zeit geschwiegen hatte. Sie entschuldigte sich ein paarmal dafür, daß sie nicht mit ihm geschlafen hatte. „Hoffentlich denkst du jetzt nicht, daß ich nur brav sein will. Oder daß ich auf einmal Angst habe zu sündigen."

Dick, der wieder ruhig war, war belustigt. „Das ist kein Selbstmitleid – oder ein Versuch, mehr zu bekommen", sagte sie später.

Dick verlor für kurze Zeit die Geduld. „Ich wünschte, du würdest nicht dauernd so mißtrauisch gegen dich sein. Oder auch gegen andere. Ich bin es bestimmt nicht, der dich kontrollieren will."

377

Er war interessiert, als sie ihm den wahren Grund nannte.

„Man wird sich alle möglichen Lügen erzählen – über das Baby", sagte sie. „Das habe ich früher nicht so klar gesehen wie jetzt. Es gibt ein paar Lügen, ohne die ich nicht auskommen kann, also will ich lieber keine zusätzlichen. Zusätzliche Lügen oder zusätzliche Wahrheiten – du wirst May entweder anlügen müssen oder ihr die Wahrheit sagen. Wenn wir..." Elsie fuhr mit der Hand durch die Luft.

Dick nickte. Lag es an ihrer Schwangerschaft, daß sie sich klarer ausdrückte?

„Es ist mir egal, was May denkt", sagte Elsie. „Nein, es ist mir nicht egal – ich meine, es ist mir egal, ob... Also, eigentlich meine ich, daß ich mich ihr verbunden fühle – egal, was sie denkt. Ihre Kinder und meines sind miteinander verwandt."

„Das sagst du so", wandte Dick ein. „Wenn du es so ausdrückst, klingt es ganz einfach und gemütlich. Aber ich weiß, daß es nicht so ist."

„Wenn du ein arabischer Schiffskapitän wärst, wäre es so einfach. Ich in Abu Dhabi und May in Kuwait. Und du segelst in deiner Dhau zwischen uns hin und her und preist Allah."

„Ja. Dann gäbe es wirklich keine Probleme mehr."

Elsie lachte. „Hör zu", sagte sie dann. „Da wir gerade dabei sind, unnötige Lügen auszumerzen... Aber andererseits wird dich das, was jetzt kommt, vielleicht wegen Charlies und Toms Büchern beruhigen..."

„Erspar mir bitte das Drumherum und die Füllsel."

„Weißt du noch, daß ich dir einmal gesagt habe, Jack würde alles tun, worum ich ihn bitte? Also – als ich das erstemal mit Miss Perry über das Darlehen für dich geredet habe, hat es nicht so ausgesehen, als ob... Ich meine, sie war wirklich schon ziemlich weggetreten... Es stimmt zwar, daß Kapitän Texeira gemeint hat, es wäre in Ordnung, dir Geld zu leihen, aber das hat er zu mir gesagt. Ich war der Ansicht, daß es sinnlos wäre, es Miss Perry erklären zu wollen. Also habe ich einfach Jack angerufen."

„Was sagst du da? Er war das? Aber der Schuldschein, den ich unterschrieben habe, war doch auf dich ausgestellt. Weil du behauptet hast, du hättest eine Vollmacht von Miss Perry."

„Ich dachte, es wäre richtig, das jetzt aufzuklären. Jack hat mir das Geld geliehen, und ich habe es dir geliehen."

„Herrgott, Elsie." Aber er war nicht wirklich zornig. Es schien ihn weniger zu berühren, als er geglaubt hatte. Er war zwar ein wenig bestürzt, als er darüber nachdachte, aber nicht zornig. „Dein Schwager glaubt also jetzt, daß ich dir zehn – nein, elftausend Dollar abgeschwatzt und dich zum Dank dafür geschwängert habe."

„Ich habe befürchtet, daß du so darüber denken könntest – ich meine, daß du denken könntest, er könnte so darüber denken. Ich habe ihm nicht gesagt, wofür das Geld ist."

„Und er hat nicht gefragt?"

„Nein. Das ist schwer zu erklären ... Er würde nicht nur alles für mich tun ... Hin und wieder tut er auch gern etwas, das ihm das Gefühl gibt, wahnsinnig verschwenderisch zu sein. Aber als Schuyler seine Schulden bei mir bezahlt hat, habe ich Jack einen Teil meiner Schulden zurückgezahlt. In Wirklichkeit stehen wir also vor der einfachsten aller möglichen Situationen – du schuldest mir elftausend Dollar, und davon braucht niemand zu wissen außer uns beiden. Und nach allem – wenn man an die schwerwiegenden Dinge denkt, die alle getan haben – kann man die Sache mit dem Geld doch nur von einem humoristischen Standpunkt aus betrachten."

„Herrgott, Elsie!" Aber er wollte sie gar nicht berichtigen. Er wußte selbst nicht, warum. Vielleicht weil Elsie ihn eben auf eine Weise gerettet hatte, die sie von der Sünde der Einmischung freisprach. Vielleicht aber auch weil die fast fünf Monate, die er mit der „Spartina" auf See verbracht hatte, dazu beitrugen, daß ihn viel weniger kümmerte, wie er an Land dastand. Oder weil Elsie es gewesen war, die sie beide davor bewahrt hatte, in noch größere Schwierigkeiten zu geraten, so daß nicht er der Kapitän dieses Unternehmens, der Mann an der Spitze war, der alles richtig machte ...

Und noch später fragte Elsie: „War es nicht so zwischen May und dir, als ihr geheiratet habt? Ich meine, zwei Menschen erleben ein Auflodern der Gefühle, und anfangs ist alles ganz natürlich. Und eines Tages hat die Frau ein Baby im Bauch. Plötzlich wird es zum sozialen Problem – Auftritt ihres Vaters, des Predigers. Also macht der Mann eine anständige Frau aus ihr. Jetzt sind sie aneinander gebunden auf Gedeih und Verderb. Ich kann mir nicht vorstellen, wie ich das aushalten könnte." Elsie sah nachdenklich drein. „Wie die Dinge liegen, nehme ich dir überhaupt nichts übel", fügte sie hinzu.

„Ach, wirklich?" fragte Dick. „Das ist gut. Falls du dir Gedanken machen solltest, weil du mich an der Nase herumgeführt hast, sage ich dir lieber gleich, daß ich dir auch nichts übelnehme."

„Na, dann ist es ja gut", erwiderte sie. „Ist dir aufgefallen, daß wir schon ein paar Gelegenheiten zum Streiten verpaßt haben? Vielleicht auch, weil wir auch unsere Gelegenheit zum..." Sie winkte wieder ab. „Vielleicht liegt es nur daran, daß ich zur Zeit nur ans Essen denken kann."

Aber sie rollte sich wieder zwischen ihm und der Sofaecke zusammen und döste ein.

Er fühlte sich auf friedliche Weise mit ihr verbunden, aber zugleich befreit von dem ewigen „Ich will, ich will". Zum erstenmal sah er klar genug, um zu begreifen, wie dieses „Ich will" ihn unbarmherzig durch die letzten Jahre gezerrt hatte – der langjährige Wunsch nach einem eigenen hochseetauglichen Boot; das plötzliche Ziehen jenes vertrauten Wunders, das ihn in Elsies Nähe getrieben hatte.

Jetzt waren es keine Wünsche mehr. In der kleinen Nische dieses Schocks fragte er sich, was er wohl als nächstes wollen würde. Er wußte es nicht, fühlte aber eine lange Sekunde, was es möglicherweise sein würde.

Was es auch war – es war unsichtbar, aber real. Vielleicht war es der Wunsch, Teil von etwas Größerem zu sein, so als umhüllten sein Boot, seine Familie oder Miss Perrys Vorsorge ihn fest wie ein Kokon, so daß er sich darunter häuten konnte.

Einen Augenblick lang empfand er es, was immer es war, so umfassend wie den Horizont – stets vorhanden, aber stets unerreichbar. Dann dachte er, daß es etwas ganz Kleines war, der Funke im winzigen Gehirn eines Herings, der ihn dazu brachte, mit einem Heringsschwarm stromauf zu schwimmen, ein kleiner Punkt nur, der seinen Leib so steuerte, daß er sich in die lange Reihe einordnete.

Das Ausmaß dieses unbekannten Es schrumpfte von groß auf klein und verschwand dann völlig. Vielleicht lag er ganz falsch, und es war kein gradliniger Wunsch, den er brauchte, kein neuer auf einer Karte eingezeichneter Kurs.

Anschließend überlegte er, wie schnell alles gehen würde. Gleichgültig, was er sich vornahm – sein Leben war nicht mehr als ein Lufthauch, eine Katzenpfote, die das Wasser ganz leicht kräuselte. Man sah es nur als Ganzes, wenn man weit entfernt, und spürte es nur, wenn man mittendrin war.

Dies war eine mögliche Betrachtungsweise – von außen ging es schnell. Aber hier zu sitzen, langsam zu atmen und – trotz der Bilder, die auf ihn einstürmten – kaum einen Gedanken zu fassen, gab ihm das Gefühl, in der Zeit stillzustehen.

Die Zeit wurde langsamer. Dann rutschte sie, ohne daß er sich bewegt hatte, plötzlich in beide Richtungen gleichzeitig davon. Zum Teil lag es daran, daß Elsie schlief: Sie lag da wie ein sechzehnjähriges Mädchen, die flinken Hände an den Körper gepreßt, ein noch jüngeres kleines Mädchen; sein Vater war noch am Leben, er selbst noch jung und unwissend, was ihm völlig klar war; seine Mutter lebte noch, sie schlief, alle waren da.

Die Zukunft war ganz nah – einen Augenblick dachte er, er sei auch dort oder vielleicht für kurze Zeit dort gewesen und zurückgekehrt. Er spürte diese Zukunft genauso wie – noch immer – die Vergangenheit. Alles gleichzeitig.

Er schnaubte verächtlich über sich selbst. So dachten alte Leute, wenn ihr Augenlicht schwand und sie zu Hause saßen und sich in Erinnerungen verloren – oder sich zu erinnern glaubten.

Dann fiel ihm etwas ein, das ihm vor einigen Jahren während seiner Wache auf einem Küstenwachboot passiert war. Im letzten Licht eines kurzen, kalten Tages im Nordatlantik. Er hielt Ausschau nach Eisbergen nördlich der Schiffahrtswege. Dick entdeckte einen, sang aus und schaute hinunter, um den Decksoffizier ausfindig zu machen. Okay, ein Fehler – verlier den Ball nie aus den Augen. Als der Offizier hinsah, war nichts mehr da. Dick konnte es nicht glauben, aber der Eisberg war weg.

Der Offizier fragte den Radargast, der sagte, auf dem Schirm sei nichts zu sehen. Etwa eine Stunde später tauchte auf dem Radarschirm ein Lichtpunkt auf, der sich als gigantischer Eisberg herausstellte. Der Offizier und Dick staunten. Der Kapitän erklärte ihnen, so etwas könne vorkommen – manchmal sehe man Dinge, die hinter dem Horizont lägen. Die Eskimos wußten das. Auch die Arktis- und Antarktisforscher. Man nenne es „Fata Morgana" oder „Luftspiegelung". Der Alte konnte das Phänomen auch nicht erklären, wußte nur, daß es mit Luftschichten verschiedener Temperaturen zu tun hatte. „Sagen Sie mal, Pierce", erkundigte er sich bei Dick. „Hatten Sie den Eindruck, daß Ihr Eisberg auf dem Kopf zu stehen schien?"

„Nein, Sir." Auch als er versuchte, sich das Bild ins Gedächtnis zu rufen, konnte er es sich nicht vorstellen.

Aber jetzt, in diesem Ferienhaus in Woods Hole, sah er es vor sich.

Hochgetürmt wie eine Gewitterwolke, wie ein Amboß aus Opal. Er hatte auf dem Kopf gestanden.

„Das haben Sie nicht gewußt, nicht wahr, Pierce?" sagte Dicks Wacheoffizier.

„Weder Sie noch ich, Sir."

„Das reicht, Pierce", sagte der Alte.

Er hatte den Alten gemocht. Der Alte hatte versucht, ihm seine Besserwisserei abzugewöhnen. Er war ein Besserwisser gewesen. Jetzt schüttelte er seine Besserwisserei endlich ab. Eine Schicht nach der anderen. Die Besserwisserei war nur eine davon. Er schüttelte sich selbst ab.

Er war wieder ruhig, ohne zu denken, auf Wache, sah nur, wie sich alles entwickeln würde: er blieb zu Hause, ging auf Fahrt, fischte in den vertrauten Gewässern zwischen Galilee und Georges Bank, zwischen Georges Bank und Galilee. Das Haus am Pierce Creek war da, das Flüßchen, die Salzmarsch, der Salzweiher. Er würde nirgends sonst hingehen. Wie also sollten die Dinge geschehen? Er würde sein Leben weiterführen, gleichgültig, wie oft oder wie weit er hinausfuhr. Die Zukunft sah so aus, daß sich vieles von ihm entfernen würde – war es das? Charlie und Tom würden sich entfernen; was nicht unbedingt hieß, daß sie ausziehen mußten – es genügte, daß das, was sie wünschten und was sie taten, sich absetzen und mit Dingen zusammenhängen würde, mit denen er immer weniger zu tun hatte.

Vermutlich hatte er immer schon gewußt, daß weder Charlie noch Tom auf seinem Boot arbeiten würden. Aber das störte ihn nicht – während er die „Spartina" baute, war dieser Gedanke wichtig gewesen. Er hatte ihm geholfen. Man bekommt nicht alles. Er würde ihnen sagen, das sei in Ordnung, solange sie nur begriffen, daß er sie gern auf seinem Boot gehabt hätte.

Er fragte sich, ob er es zu einem zweiten Boot bringen würde. Es schien ein anderes Boot zu geben ... Er hatte oft überlegt, wie Kapitän Texeira zwei Boote besitzen und die Belastung ertragen konnte, sich gleichzeitig um das Boot unter seinen Füßen und das zweite jenseits des Horizonts Sorgen zu machen. Aber vielleicht war Kapitän Texeira nicht der Typ, der sich Sorgen machte. Oder er vertraute seinem Neffen so sehr, daß er ihn zum Kapitän der „Lydia P." machen würde.

Dick betrachtete Elsie im Lichtschein der Lampe. Bisher war ihm nie klar gewesen, daß er gezwungen sein würde, ihr zu vertrauen. Selbst wenn es ihnen gelang, in Verbindung zu bleiben, würde sie mit dem Kind ziemlich auf sich allein gestellt sein. Nicht leicht für sie.

Manchmal war sie merkwürdig jung für ihre dreiunddreißig Jahre; nein, vierunddreißig inzwischen. Er stellte sie sich älter vor – alles wäre dann älter und gut. Aber auch für ihn würde es nicht leicht sein. Das hatte er sofort erkannt, als er im Gebüsch gekauert und gelauscht hatte. Damals hatte er Bestürzung, Zorn und dann eine schreckliche Verlorenheit empfunden. Das Gefühl, verloren zu sein würde andauern, aber es war nicht mehr so schrecklich, sondern irgendwie schwächer.

Damals im Gebüsch hatte er gedacht, daß das Kind ein Mädchen sein würde. Jetzt schien er zu wissen, daß er recht hatte. Sein zweites Boot, seine Tochter erwarteten ihn in der Zukunft; noch sah er sie nicht, war aber mit blindem Instinkt darauf gestoßen. So ähnlich ging es ihm, wenn er den Pierce Creek hinauffuhr und May gerade ihren Backtag hatte – wenn es windstill war oder er den Wind gegen sich hatte, mußte er das Brot nicht kosten, um zu wissen, was May tat.

Der Wind sprang um, und er verlor das Gefühl für die Zukunft, für eine andere Zeit.

Was ihm blieb, war nur er selbst. Gereinigt. Und die Zeit, die wieder normal ablief.

Elsie bewegte sich im Schlaf und schob die bloßen Füße unter seinen Oberschenkel. Er stand auf, schürte das Feuer und sah sich nach einer Decke für Elsie um.

Das Haus war nicht besonders groß, und er fand das Schlafzimmer auch im Dunkeln. Ein Bett, eine zusammengefaltete Afghandecke am Fußende. Seine Finger ertasteten die Löcher, die

383

Fadenstärke, die festeren Maschen an den gebogten Kanten. Als er ins Licht kam, kannte er das Material so gut, daß nur noch die Farbe eine Überraschung für ihn war.

Als er Elsie zudeckte, schlug sie die Augen auf. „Ja gut...", sagte sie. „Um wieviel Uhr mußt du auf deinem Boot sein?"

Eine schwierige Frage. Bevor er noch etwas sagen konnte, schlief Elsie wieder ein.

Ich muß um keine bestimmte Zeit dort sein, dachte er gleich darauf. Ich bin der Kapitän.

Die Rückkehr des logischen Denkens empfand er so, als ziehe er wieder Kleider an, nachdem er lange nackt gewesen war.

Er wollte nicht, daß sich Tran und Tony Sorgen machten. Aber gegen ein bißchen Schlaf war auch nichts einzuwenden. Also ging er ins Schlafzimmer zurück und holte noch eine Decke. Auf dem Sofa war genug Platz, daß er sich ausstrecken konnte, wenn er mit dem Kopf am anderen Ende lag. Er zog die Stiefel aus und dachte, daß er sich lieber noch die Füße waschen sollte.

Als er auf dem Rand der Badewanne saß, kam Elsie ins Bad, zog ihr Umstandskleid hoch und setzte sich auf die Toilette. Von dem Geräusch wurde sie wieder ganz wach. „Du meine Güte, das hört sich an wie eine pissende Kuh."

Als sie fertig war, hielt sie sich an seiner Schulter fest und stand auf. „Es wird mir sicher nicht fehlen, daß ich fünfmal pro Nacht pinkeln gehen muß."

Sie blieb im Badezimmer, während er sich die Füße abtrocknete. Sie machten es sich auf dem Sofa bequem. Ihre Füße und Schienbeine lagen übereinander.

„Es gibt Dinge, dir mir fehlen", sagte Elsie. „In meinem Haus zu sein, zum Beispiel. Die Salzmarsch, die See. Und Miss Perry fehlt mir. Mir fehlt sogar meine Arbeit."

„Das läuft dir alles nicht davon", sagte Dick.

Elsie schaltete das Licht aus.

Dick schlief nicht ein. Irgendwann in den letzten Monaten, die zwischen dem Heute und der Zeit lagen, in der sein Boot noch ein ungewisser Traum gewesen war, hatte er sich verändert, war so weit aufgebrochen worden wie der Kanal vom Meer zum Salzweiher, und der schlimmste Teil seiner Bitterkeit war von ihm abgewaschen worden. Da er sich jetzt in seiner Haut wieder wohl fühlte, war es ihm unmöglich, festzustellen, ob es der

Sturm oder eine seiner eigenen Verrücktheiten gewesen war, was ihn aufgebrochen hatte, oder ob er es seiner eigenen Rechtschaffenheit oder der eines anderen zu verdanken hatte, daß er fest verwurzelt geblieben war, während seine Bitterkeit mit der Ebbe hinausgeschwemmt wurde.

Seltsam – es bestand überhaupt kein Zweifel, daß die schlimmste Bitterkeit verschwunden war, obwohl er nicht sagen konnte, wann und wie es geschah. Er spielte mit verschiedenen Antworten: Vielleicht lag es einfach daran, daß er endlich nicht mehr bis zum Hals in Schwierigkeiten steckte und sich nicht mehr dauernd den Kopf darüber zerbrechen mußte, wie er Brot auf den Tisch bekam. Dennoch schien es ihm mehr als das – sonst hätte er sich ja auch einfach Arbeit suchen und zusammen mit May das Brot auf den Tisch bringen können.

Vielleicht war es May, die das Recht hatte, bitter zu sein und eine andere Art von Gefühl zu wählen. Nicht, daß sie nicht zornig werden konnte – aber ihr Zorn war lösbar und zugänglich; er fand immer den Weg zu ihr zurück. Sie hatte viel ertragen und es ihm nie anders heimgezahlt, als daß sie ihm ihre Meinung sagte und ihm dazu erklärte, was er tun konnte, um die Sache wieder in Ordnung zu bringen. Sie hatte ohne viel Aufhebens wieder das Bett mit ihm geteilt. Seither war es ein guter Winter gewesen, und er hatte May in letzter Zeit so gern gehabt wie schon lange nicht mehr. Da war noch etwas, woran er bis heute noch nie bewußt gedacht hatte: Wenn es darum ging, daß das Abendessen schon auf dem Tisch stand, wenn er nach Hause kam, überhaupt um alle alltäglichen und praktischen Dinge, dann hatte May Elsie haushoch geschlagen. Auch mit kurzgeschnittenem und gefärbtem Haar.

Seit sie das Haar kurz trug, fehlte ihm das Ritual, ihr die Haarnadeln herauszunehmen – eine nach der anderen einzusammeln; seine Hand voller Haarnadeln ganz dicht an ihrem Mund vorübergleiten zu lassen, damit er spürte, wie ihr Atem kürzer und schneller ging, die letzten paar Nadeln ganz langsam herauszunehmen und ihre Spitzen leicht über Mays Kopfhaut kratzen zu lassen, wie sie es liebte; ihr Haar zu lockern und es dann mit gespreizten Fingern auszukämmen, wobei er an der Stirn anfing, die Fingerspitzen bis zum Nacken zog und May mit den kleinen Fingern hinter den Ohren berührte – das hatte sie auch sehr gern;

und das alles so gut zu machen, daß oft schon jetzt das verschämte kleine Lächeln auf ihrem Gesicht erschien und sie das Licht abschaltete.

Verdammt, es war komisch, daran zu denken. Er sah jetzt auch, wie komisch es war, als er sich vorhin so mitreißen ließ und Elsie umarmt hatte, obwohl sie so schwanger war, daß sie fast umkippte.

In Elsies Gegenwart benahm er sich immer wie ein grüner Junge. Diesmal war es ihre Vernunft gewesen, die alles wieder ins Lot gebracht hatte. Daß Elsie Vernunft bewies, fand er auch komisch – zumindest, wenn es um Sex ging. Auch sie hatte sich verändert. Sie war zwar immer noch aufbrausend und herb, aber mit einem süßeren Beigeschmack. Unkomplizierter und süßer und logischer denkend...

Das brachte ihn wieder auf seine eigene Veränderung, nicht nur darauf, daß seine schlimmste Bitterkeit sich aufgezehrt hatte, sondern auch auf sein Gefühl des Andersseins. Er hatte eine Menge Zeit mit dem Versuch verbracht, anders zu sein, indem er besondere Dinge tat.

Sein Leben an Land bestand aus den Booten, die er gebaut hatte, immer größeren Booten, bis er endlich eines gebaut hatte, das groß genug war.

So hätte er es ausgedrückt. Möglicherweise hätte er auch gesagt, daß sein Leben sich aus besonderen Dingen zusammensetzte: dem Tod seines Vaters, der Ehe, dem Haus, Charlie und Tom.

Schon die Fähigkeit, durch die er es in seiner Jugend geschafft hatte, zur See zu fahren, hatte darin bestanden, das Besondere früher zu sehen als die meisten Menschen – er konnte die Kante einer Schwertfischflosse erkennen, wenn der Fisch noch fast völlig unter Wasser und im Rollen und Schimmern der Meeresoberfläche nur undeutlich zu sehen war. Er sah sich selbst, eine schwarze Silhouette vor der Sonne zum Bugkorb. Er sah seinen Schatten vor dem Schatten des Bugs, einen starren Scherenschnitt, der auf dem bronzefarbenen Wasser tanzte. Er sah sich selbst mit hocherhobenem Kopf dastehen, kurz bevor sich sein Arm nach unten bewegte und mit den Schatten seines Körpers verschmolz. Der Fisch war dahin, aber die blitzschnell abgeschossene Harpune steckte tief in seinem Leib. Dick zog die Leine über

Bord, das silberne Fäßchen hinterher – es schwamm auf dem Wasser wie ein leuchtendes Auge, das den Fisch da unten deutlich sah, am Ende der straff gespannten Leine, die fest in der Wunde verankert war.

Dicks Arm zuckte. Elsie wälzte sich herum und drückte ihren Bauch gegen seine sauberen Füße. Dick blieb unbeweglich liegen.

Und da gab es noch die Positionsbestimmung an der Meeresoberfläche. Und das Ausloten des Grundes – der Festlandsockel, die tiefen Täler, bis hin zu den Riffen und Spalten, wo sich gepanzerte kleine Hummer herumtrieben. Die Fallen sanken auf den Meeresboden und verströmten dort Tag und Nacht ihren Fäulnisgeruch. Hummer bahnten sich ihren Weg in die Körbe und träumten nur von diesem fischigen Parfum, anstatt zu erkennen, wie hart und widerstandsfähig die Fallen sein würden. Das Wasser strömte hinein und heraus, aber ein bestimmter Hummer saß in der bestimmten Falle fest.

Diesmal war es eine fleckig-rote Boje, die dieses Kommen und Gehen im Auge behielt, die Warpleine entlang, hinunter ins Dunkel. Noch mehr Leinen – oben auf der Boje ein Stab, ein Radarreflektor an der Spitze des Stabs, ein Kristall, mit sechs Spitzen und zwölf Facetten, der ein hübsches Echo auf den Radarschirm zauberte; egal, auf welchem Kurs man sich ihm näherte, er blinkte einem immer genau entgegen und wies den direkten Weg. Er hatte alles gradlinig gemessen. Er hatte sich selbst gradlinig gemessen. Wo wäre er heute, was wäre er heute ohne seine Gradlinigkeit?

Er versuchte sich aufzusetzen und hätte Elsie beinahe gerufen.

Was wäre er noch ohne die gradlinigen Dinge, in denen er recht behalten hatte? Wenn seine Bitterkeit sich erschöpft hatte, was wäre er dann, wie untauglich wäre er? Er wollte nicht wie Eddie enden. Es war zwar hart, so von jemandem zu denken, mit dem er gut befreundet war – aber er wollte keine so weiche Schale haben wie Eddie. In gewisser Hinsicht hatte Elsie recht, wenn sie von Klassenhaß sprach – ihn hatten seine Feinde zu dem gemacht, was er heute war. Das war ganz natürlich.

Funktionierte die Natur nicht auch so? Er hatte seine Kenntnisse dazu benutzt, diese sogenannten Seeleute bloßzustellen, die nur gegen den Wind pissen konnten. Das war vielleicht nichts Besonderes, aber es hatte ihm geholfen, sein Gebiet abzustecken.

Und die „Spartina". Hatte ihm dagegen Nachgiebigkeit je etwas gebracht?

Die Antwort darauf kam aus einer merkwürdigen Richtung. Er dachte daran, wie Mary Scanlon über ihren Vater gesprochen hatte. Kaum von seiner Beerdigung zurück, hatte sie seine Witze erzählt, sogar die blöden.

Er war ein Mann gewesen, den Dick wahrscheinlich schnell einen geschwätzigen Iren genannt hätte. Und jetzt erinnerte er sich selbst daran, wie sie sich an die Erinnerungen ihres Vaters erinnert hatte. Der kleine Tommy Scanlon, der beim Heulen der Mittagssirene den Hügel hinunterzischte, der sein kaltes Gesicht an dem Faß auf seinem Schlitten vorbei in den Wind hielt, die Behälter mit dem Mittagessen in die Fabrik beförderte, in der sein Vater Vorarbeiter in der Färberei war und wo der kleine Tommy ihn über den Farbbottich springen sah...

Mary Scanlon hatte ihren alten Herrn wie Mehl durch die Finger gesiebt.

Dick dachte, daß er sich glücklich schätzen könnte, wenn seine Kinder ihn auch einmal so fein sieben würden. Einschließlich des Kindes, das Elsie trug und jetzt gegen seine Füße drückte. Kein Bootsbau und kein noch so gradliniges Können würden ihn vor ihren Urteilen bewahren.

Aber er dachte nicht nur deshalb an Mary Scanlon und ihren Vater, weil er sich sorgte, wie man sich einmal an ihn erinnern würde. Nicht nur deshalb. Es war auch deshalb, um etwas gelassener zu betrachten, was er schon seit jeher gewußt hatte – daß sie alle ineinander übergingen. Alle, die in den kleinen Städten und den Häusern auf den Hügeln über die Salzmarsch verstreut waren – sie alle waren eine Einheit und blieben dennoch sie selbst. Sie waren durchdringbar und nachgiebig gegeneinander – wie konnten sie also sie selbst bleiben? Diese Vorstellung war so schwindelerregend wie die, daß die Zeit sich durch sie hindurch und sie sich durch die Zeit bewegten. Sie veränderten sich, wieder und wieder, und blieben trotzdem dieselben.

Sie waren hier, sie waren weg, sie waren irgendwo in der Zeit.

Aber wenn nur die Zeit in ihnen selbst von Bedeutung war und keine sonst, dann waren sie nirgends.

Vorher hatte ihm dieser Gedanke Angst gemacht, und er hatte ihn abgeschüttelt. Nun blieb er hängen, als sei er verärgert über das, was Dick vorher gedacht hatte, verärgert über seine märchenhafte und freundlich-oberflächliche Vorstellung von Zeit als einer Welle, die sich durch eine nie versiegende See bewegte. Sie alle Wellen in einem Leben, das nie versiegte. Aber was geschah, wenn man in die Dunkelheit ging – hineinging und nicht mehr herauskam?

Er hatte den alten Käuzen zugehört, die an einem stillen Abend kurz vor der Sperrstunde im Neptune saßen: „Das Beste in meinem Leben sind meine Kinder." Das war für ihn immer lahmes Gerede gewesen. Jetzt schien es ihm völlig sinnlos.

Sie alle waren irgendwo da unten und versuchten, den Ankerschäkel zu verdrahten. Jeder von ihnen war ganz allein und klammerte sich an den Stiel eines Schirmankers mit nur einem Atemzug in der Lunge. Ein Atemzug. Es war egal, ob man den Schäkel verdrahtete oder nicht. Es gab kein Hinauf. Hatte man den Atem aufgebraucht, gab es kein Hinauf.

Man konnte loslassen oder sich weiter festhalten – egal. Kein Hinauf. Keine Helligkeit, die immer heller wurde. In der Finsternis wurde man immer sprachloser.

Er verstrickte sich immer tiefer in diesen Gedanken. Reglos, aber von diesem Gedanken bis zur Atemlosigkeit getrieben.

Endlich war er wieder frei. Er spürte, wie verkrampft er gewesen war. Sein Körper war zusammengedreht wie ein Tau. Er lockerte seine Schultern und mußte auch seine Füße bewegt haben, weil Elsie sie im Schlaf von sich stieß.

Er hatte keine Angst. Er war nicht ruhig, aber er hatte auch keine Angst mehr. Er ließ die Füße vom Sofa auf den Boden gleiten, stand auf und legte ein Holzscheit auf die Kohlen im Kamin. Vor dem Fenster war es noch dunkel.

Er glaubte nun nicht mehr, daß er diese Verzweiflung über sich gebracht hatte, weil er zu großartig gedacht hatte. Jetzt schien ihm, daß er nicht genug Angst gehabt hatte, als die Woge durch das Fenster ins Ruderhaus der „Spartina" geschwappt war. Er hatte nicht genug Angst gehabt, und er war nicht dankbar genug gewesen. Gut, das sah er jetzt ein.

Aber er wollte verdammt sein, wenn er weiterhin Angst hatte, nicht wegen einer einzigen schwarzen Gedankenwoge, die wahr sein konnte oder auch nicht. Er hatte auch noch andere Gedanken; und auch die konnten wahr sein. Ein Bild von sich selbst,

389

wie er sich im Dunkel in Mineralien verwandelte, war nicht unbedingt alles, was es gab.

Er nahm den Gedanken da wieder auf, wo er ihn unterbrochen hatte. Er fing vorsichtig an. Er dachte an die anderen Leute, die an den Ufern der Salzweiher, in der Salzmarsch und den Häusern auf den Hügeln lebten. Elsie zum Beispiel. Sie war jemand, der ihm so unähnlich war wie möglich, bei dem es völlig unwahrscheinlich schien, daß je eine Beziehung zu ihm bestehen könnte. Im Vergleich dazu ergab sogar Miss Perrys Verbindung zu ihm und seiner Familie Sinn. Und trotzdem war es jetzt so, daß er nicht nur viel von Elsie wußte, sondern auch fühlte, was sie empfand, weit über das hinaus, was sie ihm von sich erzählt hatte und weit über ihre gegenseitige Begierde hinaus. Er konnte andere Menschen in ihr aufspüren. Sie sprach davon, daß sie fürchtete, wie Miss Perry zu werden, als könne Miss Perrys Altjüngferlichkeit sie überschwemmen wie eine Flut unfruchtbar machenden Salzwassers die Felder oberhalb der Marsch. Aber Elsie hielt dennoch zu ihr, nahm soviel Gutes von Miss Perry in sich auf, wie sie konnte, und verschloß sich gegen das Salz.

Elsie war hin und wieder ein bißchen eifersüchtig auf ihre Schwester, auf die Schönheit ihrer Schwester, auf die Pflege, die man der zarten Blüte des Lebens ihrer Schwester angedeihen lassen mußte.

Aber auch zu ihr hielt Elsie, ahmte sie sogar nach und bemühte sich, selbst aufzublühen wie eine Strandrose, eine wildere Abart der Blüte ihrer Schwester.

Dann war da noch Mary Scanlon, die jetzt in Elsies Haus wohnte. Dick erinnerte sich, wie er über die Vorstellung gelacht hatte, daß die beiden Frauen unter einem Dach zusammenleben könnten – er hatte behauptet, sie würden gnadenlos jeden auseinandernehmen, der sich über ihre Schwelle wagte. Und jetzt baute Mary ein Nest in diesem Haus, während Elsie im Exil war. Elsie beklagte sich darüber, wie sentimental und tugendhaft Mary wurde, aber Dick wußte, daß sie in Wirklichkeit dankbar für jeden Zweig und jede Flaumfeder war, die Mary ins Nest brachte.

Bei all den Erklärungen, die Elsie vorhin dafür abgegeben hatte, warum sie nicht mit ihm schlafen wollte – und obwohl ihre Gründe gut waren, waren sie allein nicht ausreichend, weil er

390

genau gemerkt hatte, daß sie ebenso erregt war wie er –, hatte sie
eine Erklärung ausgelassen: Sie hatte in ihrer Einsamkeit der
letzten Wochen mehr von der Tugendhaftigkeit ihrer drei Freundinnen angenommen als je zuvor. Er konnte sie in ihr spüren,
diese Kräfte, die ebenso real waren wie jene, die ihr Gesicht
runder und ihr Haar glänzender gemacht hatten. Er spürte auch,
wie sehr sie diese Kräfte brauchte, spürte, wie sie dadurch ein
bißchen ausgeglichener wurde. Das war besser als alles, was er
für sie tun konnte. Auch gut.

Aber es war hundertprozentig Elsie gewesen, die ihn aufgereizt
hatte, bis er so hilflos wild gewesen war wie beim erstenmal.
Noch hilfloser, seine Begierde vielleicht noch größer. Aber andererseits war es auch Elsie gewesen, diese Elsie neben ihm, die ihn
mit dem kleinen Finger zurückgewiesen hatte. Gut. Gut.

Was also würde er für sie sein? Kein Teil von ihr. Wahrscheinlich tat er am besten daran, sich allen Kräften seines Lebens zu
beugen und sich nicht auf Abenteuer einzulassen. Und Elsie
aufzugeben. Jede Sehnsucht, die vielleicht in ihm war, in den
Vorsatz umzumünzen, sie in Ruhe zu lassen, außerhalb seiner
selbst wie die Salzmarsch, sie einfach sie selbst sein zu lassen, wie
die Salzmarsch die Salzmarsch war, trotz allem, was in sie hinein
und aus ihr heraus strömte. Er weitete diesen Gedanken aus – so
wie die See die See war: trotz der Winde, die über ihr wehten,
trotz der Anziehungskraft des Mondes und der Sonne, trotz der
Drehung der Erde unter ihr, trotz allem, was sie dazu brachte,
sich von einem Ende zum anderen zu wiegen, in Meerengen und
Buchten zu strömen, an Küsten zu nagen, in Salzflüsse und
Marschen zu gleiten...

Er begriff jetzt, wie klein sie waren – Elsie und er und dieser
kleine Raum. Dem Meer so unähnlich wie möglich. Zwei Pünktchen, die man im richtigen Meer nicht einmal sehen würde. In
denen gerade genug Leben steckte, daß sie sich über Wasser
halten und inmitten der kleinen Kolonie von Pünktchen dahintreiben konnten, die sie hervorgebracht hatte.

Nun war er erschöpft. Er setzte sich neben Elsies Füße und
arbeitete sich vorsichtig zu seinem Ende des Sofas hinauf. Im
Licht des Kaminfeuers konnte er die Wölbung ihres Leibes und
den purpurnen Afghan gerade noch erkennen. Ein Tag auf See,
und jetzt diese Nacht. Er war in seinen müden Körper zurückge-

391

kehrt. Zwischen ihm und dem Schlaf standen nur noch ein paar verstreute Gedanken...

Er würde May erzählen müssen, daß er Elsie getroffen hatte. Er konnte es – Elsie hatte ihn so gelenkt, daß er es konnte. Elsies warmer Unterarm rutschte auf seine Füße.

Wenn er nach Hause kam, würde er genauso erledigt sein wie damals, als er nach dem Hurrikan die „Spartina" in den sicheren Hafen gebracht hatte. Schuld daran war auch diesmal seine eigene Narrheit. Als er damals nach Hause gekommen war, hatte er May wenigstens sagen können, sie solle sich über die „Spartina" freuen; er hatte keine Ahnung, was er ihr diesmal als Grund zur Freude nennen sollte... Elsie hat mich dir zurückgegeben? Wäre besser, es gar nicht zu erwähnen. Er zog die Decke bis zum Hals.

Die Sonne würde ihn wecken, sobald ihr Licht durch das seeseitige Fenster fiel – früh genug, ehe Tran und Tony anfangen würden, sich zu sorgen; dann blieb ihm Zeit genug, die Antenne zu reparieren, wieder hinauszufahren und die restlichen Fallen einzuholen, Zeit genug, nach Hause zu kommen.

Er legte sich hin und hatte das Gefühl, er habe genug. Die Augen schließend, sah er die Marsch vor sich, den Salzweiher bei Hochwasser, wenn er das Salzgras überschwemmte. Er spürte seinen Atem auf den Fingern. In ihm würde noch genug Zeit fließen wie Ebbe und Flut, würde Dinge hereinbringen und hinaustragen...

Er öffnete die Augen. Das Holzscheit, das er auf die Glut gelegt hatte, war salzhaltig – jetzt flammte es hell auf und zischte grünlich wie die Nordlichter, wie das Phosphoreszieren in der See.

Er schloß die Augen wieder. Es machte nichts, daß es nichts mehr gab, wonach ihn verlangte. Ihm war, als gehöre es zu seiner Gegenwart, daß es in ihm und in der Natur der Dinge lag, noch mehr in sich aufzunehmen und zu geben, bevor er seinen letzten Atemzug tat.

Er konnte alles vergessen, was er hier gedacht hatte – in dieser Nacht in der Mitte seines Lebens. Laß es ebben, und es wird zurückfließen. Er fühlte sich wie die Salzmarsch, der Salzweiher bei Hochwasser, überfließend.